修訂二版

唐代古詩析賞

許正中 編著

東大圖書公司

國家圖書館出版品預行編目資料

唐代古詩析賞／許正中編著.－－修訂二版一刷.
－－臺北市：東大，2004
面；　公分
參考書目：面
ISBN 957-19-2769-4　(平裝)

831.4　　93008444

網路書店位址　http://www.sanmin.com.tw

© 唐代古詩析賞

編著者　許正中
發行人　劉仲文
著作財產權人　東大圖書股份有限公司
臺北市復興北路386號
發行所　東大圖書股份有限公司
地址／臺北市復興北路386號
電話／(02)25006600
郵撥／0107175-0
印刷所　東大圖書股份有限公司
門市部　復北店／臺北市復興北路386號
重南店／臺北市重慶南路一段61號
初版一刷　2001年8月
修訂二版一刷　2004年6月
編　號　E 820960
基本定價　伍元陸角
行政院新聞局登記證局版臺業字第〇一九七號

ISBN　957-19-2769-4　(平裝)

修訂二版弁言

詩歌是文學的精華，唐詩更是中國文學的寶庫，它表現了唐人的智慧與東方民族的異彩，傳唱千年迄今依然情采可愛，成為許多人生活中怡情養性的綺麗洞天，也是經歷社會曲折百態後的體會與共鳴。

本書作者許正中先生，即是一典型熱愛唐詩之人。他在美國長期擔任工程師，表現優異，曾取得土木工程師、結構工程師等執照，可說是一個以理性思考、精密計算為主的科學人，而去國逾半世紀的他心中從未捨去對中國詩詞的那份喜好。退休後，於古稀之年全然投入唐代古詩、絕句與律詩的研究與詮釋，優游、陶醉其中排遣時光，積累數年之功，欲與天下同好分享心得。

初版推出之後，熱心的讀者們提出了寶貴的意見。許先生身在國外，已認真搜羅眾多參考資料，而與國內中文圖書的發展相比，難免微有遺珠之憾與落差。為精益求精，在許先生熱忱協助下，與編輯部一起進行了修訂二版的工程，耗時費日於群書之中逐一查證校訂，以求無誤，盼能以更美好的面目呈現於世。雖已戮力以赴，克求完善，而疏漏難免，還請海內外愛詩讀詩的博雅君子惠予指教。

編輯部　謹上

說明古詩——代序

一、詩之源頭——詩經、楚辭、漢樂府

人有喜、怒、哀、樂，各種情感。以語言宣洩情感而有韻味的，就是詩歌。所以，各民族皆有其詩歌。因語言不同，各民族的詩歌形式不一而已。

中國文化源遠流長，早有文字。最初有記載的詩歌是四言四句形式。《詩經》是中國最早詩歌之總集。《詩經》收入自西周初年（西元前十一世紀）至春秋中葉（西元前六世紀）時期之詩歌三〇五篇，本來就是詩。孔子刪定《詩》、《書》、《易》、《禮》、《樂》、《春秋》，後世稱之為「六經」，故曰《詩經》。《詩經》有「風」、「雅」、「頌」三部分。「風」有十五國風，大多是黃河流域各地的土風歌謠。「雅」有「正」的意思，分大雅、小雅，是朝廷的樂章，視為正聲。「頌」是祭祀的祝文歌曲。這些作品，多是四言體制，隔句押韻。分章，篇幅短小、各章復沓回環。「風」是取材於社會生活，質樸而寫實。四言是二二音節，不適於詩情之展現；後來便僵化，形式上只適用於宗

廟頌歌之用。它對後世的影響是漢儒藉之而闡發「詩言志」、「比興」與「溫柔敦厚」的詩教。

在《詩經》三百年後，西元前三世紀，即戰國時期，中國在長江中游兩湖地區，產生了《楚辭》。《楚辭》以楚國三閭大夫屈原為代表。描述個人之情志與幻想，鋪張而浪漫。其弟子宋玉〈九辯〉，充滿自悲自嘆情調。這些《楚辭》，較《詩經》句子加長，篇幅擴充。其最顯著的特點是運用感嘆詞之「兮」字，和「其」、「以」、「而」等虛詞。相互配合，整齊中有變化，以調整句子的節奏，使讀起來情調抑揚，音韻嘹亮。句式中有三二或四三節奏，後來蛻變為五言或七言的古詩。例如《楚辭・離騷》中：「日月忽其不淹兮，春與秋其代序；惟草木之零落兮，恐美人之遲暮。」如將其中之虛詞略去，即是五言詩。《楚辭・招魂》云：「湛湛江水兮，上有楓；目極千里兮，傷春心！」如果把感嘆詞之「兮」字淡化或去掉，就是四三節奏的七言古詩了。

古詩另一源頭是漢樂府。漢武帝在朝廷置一音樂機構名「樂府」。它本來專掌郊廟、朝會、祭祀等等樂章演奏事宜，後來擴充職權，兼行採集各地民間歌謠，入樂演奏，統稱「樂府」。漢代民間樂府有「相和歌辭」、「清商曲」、「雜曲」三種。

(一)「相和歌辭」之樂器，據《古今樂錄》載，有笙、笛、節鼓、琴、瑟、琵琶、箏七種。按琴、瑟為雅樂器，琵琶是胡樂器，餘皆俗樂器。絲竹合鳴，雅俗並奏，故稱之為「相和歌辭」。今存者有〈江南〉、〈東光〉、〈薤露〉、〈蒿里〉、〈雞鳴〉、〈烏生〉、〈平陵東〉等七曲：

〈江南曲〉云：「江南可採蓮，蓮葉何田田，魚戲蓮葉間……」已具備五言詩二三節奏。

〈薤露曲〉云：「薤上露，何易晞？露晞明朝更復落，人死一去何時歸？」言人命之奄忽，如薤上之露之易晞滅。

〈蒿里曲〉云：「蒿里誰家地？聚斂魂魄無賢愚。鬼伯一何相催促，人命不得少踟躕？」言人死魂魄歸蒿里。二者都是喪歌。

㈡「清商曲」包括「平調」、「清調」、「瑟調」、「楚調」、「側調」、「大曲」六種，總稱之為「清商曲」。大概意謂「清調」以商為主，舉一以概其餘。各調各有樂器，大多用笙、笛、筑、瑟、琴、箏等。

「平調」曲今存〈長歌行〉、〈猛虎行〉、〈君子行〉三種。〈長歌行〉勉少壯須努力；其辭云：「青青園中葵，朝露待日晞。陽春布德澤，萬物生光輝。常恐秋節至，焜黃華葉衰。百川東到海，何時復西歸？少壯不努力，老大徒傷悲。」

「清調」曲今存〈豫章行〉、〈董逃行〉、〈相逢行〉三種。其中以〈相逢行〉最為後人所傳誦。

「瑟調」曲今存〈善哉行〉、〈婦病行〉、〈孤兒行〉、〈飲馬行〉、〈上留田行〉、〈公無渡河行〉六種。以〈婦病行〉與〈孤兒行〉最著名。

「楚調」曲今存〈怨詩行〉，言人命短促，不如及時行樂；其辭云：「天德悠且長，人命一何促！百年未幾時，奄若風吹燭。嘉賓難再遇，人命不可續。齊度遊四方，各繫太山錄。人間樂未央，忽然歸東岳。當須盪中情，遊心恣所歡！」

「側調」曲今僅存〈傷歌行〉一種。「大曲」今存〈東門行〉、〈折楊柳行〉、〈豔歌羅敷行〉、〈豔歌何嘗行〉、〈西門行〉、〈隴西行〉、〈滿歌行〉、〈雁門太守行〉、〈白頭吟行〉九種。〈西門行〉言及時行樂，較〈怨詩行〉猶有過之；其辭云：「出西門，步念之。今日不作樂，當待何時？夫為樂，為樂當及時。何能坐愁怫鬱，當復待來茲？飲醇酒，炙肥牛，請呼心所歡，何用解愁憂？人生不滿百，常懷千歲憂。晝短苦夜長，何不秉燭遊？自非仙人王子喬，計會壽命難與期。人壽非金石，年命安可期？貪財愛惜費，但為後世嗤。」〈豔歌羅敷行〉即俗稱〈陌上桑〉，寫羅敷之美且貞。〈白頭吟行〉寫夫妻間之離異。

㈢「雜曲」大概只是一些沒有一定樂器之詩。其富有寓意的短詩〈枯魚過河泣〉，已具備五言四句古詩的形式；其辭云：「枯魚過河泣：『何時悔復及？』作書與魴鱮：『相教慎出入！』」宋代郭茂倩《樂府詩集》中，「雜曲歌辭」中亦列入〈孔雀東南飛〉，寫東漢末年在婆媳不和逼迫下、恩愛夫婦離異自殺的故事。全篇三百五十七句，是中國最長的一首五言敘事長詩。（全文太長，不能俱錄於此。）

漢代樂府民歌部分，至南北朝繼續演進，南朝的「清商曲」中有〈吳聲歌〉與〈西曲歌〉。前者產生於長江下游，如〈子夜四時歌〉等多詠男女戀情；典型的如〈情人碧玉歌〉云：「碧玉破瓜時，相為情顛倒，感郎不羞赧，回身就郎抱。」

後者起源於長江中游楚地，偏多旅客商婦離情，如〈烏夜啼〉、〈莫愁樂〉、〈石城樂〉等。典型的如〈石城樂〉一首云：「布帆百餘幅，環環在江津。執手雙淚落，何時見歡還？」此等歌皆五言四句形式。

北朝樂府盛行〈鼓角橫吹曲〉，則是軍中馬上所奏之胡樂，歌詠戰爭以及與戰爭有關之戀情等。著名的有〈隴頭歌〉、〈折揚柳歌〉等。郭茂倩《樂府詩集》中，將〈木蘭辭〉也編入〈鼓角橫吹曲〉中。〈木蘭辭〉是寫花木蘭代父從軍故事的長詩，全文六十二句，三百三十四字。茲錄其出征及歸來一段如下：

朝辭爺孃去，暮宿黃河邊，不聞爺孃喚女聲，但聞黃河流水鳴濺濺。旦辭黃河去，暮至黑山頭，不聞爺孃喚女聲，但聞燕山胡騎聲啾啾。萬里赴戎機，關山度若飛。朔氣傳金柝，寒光照鐵衣。將軍百戰死，壯士十年歸。歸來見天子，天子坐明堂。策勳十二轉，賞賜百千彊。可汗問所欲，木蘭不用尚書郎，願馳千里足，送兒還故鄉。

從以上樂府之發展中，可見已醞釀古體詩。樂府本是可被之於管弦的民歌。（後來唐人之新樂府，事實上多不入樂。）其中滲入文人之仿作。他們「掛羊頭賣狗肉」，初時在樂府舊題舊調下不知不覺地作古詩；後來「舊瓶裝新酒」，在樂府舊題下作的詩，甚至合乎近體詩規律而成近體詩。

二、古體詩之演進

中國成熟的五言古詩，最早的是〈古詩十九首〉。這十九首古詩不是一人一時之作，是後人綴集東漢人之作品而成。《古詩源》云：「十九首大率逐臣棄妻、朋友闊別、死生新故之感。」「逐臣棄妻、朋友闊別」是亂世離散現象。以之為題材之古詩如：

行行重行行，與君生別離。相去萬餘里，各在天一涯。道路阻且長，會面安可知？胡馬依北風，越鳥巢南枝。相去日已遠，衣帶日已緩。浮雲蔽白日，遊子不顧返。思君令人老，歲月忽已晚。棄捐勿復道，努力加餐飯。

明月何皎皎，照我羅床幃。憂愁不能寐，攬衣起徘徊。客行雖云樂，不如早旋歸。出戶獨徬徨，愁思當告誰？引領還入房，淚下沾裳衣。

上山採蘼蕪，下山逢故夫。長跪問故夫，「新人復何如？」「新人雖言好，未若故人姝，顏色類相似，手爪不相如。新人從門入，故人從閤去。新人工織縑，故人工織素。織縑日一匹，織素五丈餘。將縑來比素，新人不如故！」

青青河畔草，鬱鬱園中柳。盈盈樓上女，皎皎當窗牖。娥娥紅粉妝，纖纖出素手。昔為倡家女，今為蕩子婦；蕩子行不歸，空床難獨守！

十九首中，以「死生新故」為題材，寫「人生如寄」之感者，如：

驅車上東門，遙望郭北墓。白楊何蕭蕭，松柏夾廣路。下有陳死人，杳杳即長暮。潛寐黃泉下，千載永不寤。浩浩陰陽移，年命如朝露。人生忽如寄，壽無金石固。萬歲更相送，聖賢莫能度。服食求神仙，多為藥所誤。不如飲美酒，被服紈與素。

去者日以疏，來者日以親。出郭門直視，但見丘與墳。古墓犁為田，松柏摧為薪。白楊多悲風，蕭蕭愁殺人！思還故里閭，欲歸道無因。

另外〈古詩十九首〉之第十五首云：

生年不滿百，常懷千歲憂。晝短苦夜長，何不秉燭遊？為樂當及時，何能待來茲？愚者愛惜費，但為後世嗤。仙人王子喬，難可與等齊。

此首與樂府〈西門行〉，不僅意旨相同，詞句亦類似，甚至相同。由此可見樂府詩與古體詩之關係。

中國最早成熟的七言古詩，公認是魏文帝曹丕的二首〈燕歌行〉。茲錄其一如次：

秋風蕭瑟天氣涼，草木搖落露為霜。群燕辭歸雁南翔，念君客遊思斷腸。慊慊思歸戀故鄉，君何淹留寄他方？賤妾煢煢守空房，憂來思君不敢忘，不覺淚下沾衣裳。援瑟鳴弦發清商，短歌微吟不能長。明月皎皎照我床，星漢西流夜未央，牽牛織女遙相望，爾獨何辜限河梁？

這是一首逐句押韻的七言詩。寓景抒情，皆甚清麗。

中國古體詩演進中，建安（漢獻帝年號）時期，曹丕與其父曹操，弟曹植三人俱能詩。古體詩自魏晉至六朝，五言詩盛行，文人很少作七言詩。建安作家除曹氏父子三人外，尚有所稱「建安七子」：孔融、陳琳、王粲、徐幹、阮瑀、應瑒、劉楨，其中以王粲、劉楨較著名。以後正始（魏廢帝年號）期間有「竹林七賢」之阮籍、嵇康、山濤、向秀、劉伶、阮咸、王戎，其中以阮籍與嵇康較著名。太康（晉武帝年號）作家有三張（華、載、協）、二陸（機、雲）、兩潘（岳、尼）、一左（思），其中以張協、陸機、潘岳，與左思較著名。東晉詩人中，最為後世所景仰的當然是陶潛（淵明）。所作之田園詩與詠懷詩，沖淡雋遠，自然質樸，為唐代田園隱逸詩之所宗。茲錄其〈歸園田居〉其三：

種豆南山下，草盛豆苗稀。晨興理荒穢，帶月荷鋤歸。道狹草木長，夕露沾我衣；衣沾不足惜，但使願無違。

〈飲酒〉詩二首：

結廬在人境，而無車馬喧。問君何能爾？心遠地自偏。采菊東籬下，悠然見南山。山氣日夕佳，飛鳥相與還。此中有真意，欲辨已忘言。

秋菊有佳色，裛露掇其英。汎此忘憂物，遠我遺世情。一觴雖獨進，杯盡壺自傾。日入群動息，歸鳥趨林鳴。嘯傲東軒下，聊復得此生。

〈讀山海經〉其一：

孟夏草木長，繞屋樹扶疏。眾鳥欣有託，吾亦愛吾廬。既耕亦已種，時還讀我書。窮巷隔深轍，頗迴故人車。歡言酌春酒，摘我園中蔬。微雨從東來，好風與之俱。汎覽〈周王傳〉，流觀「山海圖」。俯仰終宇宙，不樂復何如？

凡詩皆有聲韻。東漢魏晉之五古，除古詩之「行行重行行」、蔡邕之「飲馬長城窟」等少數外，均一韻到底。南北朝時換韻成為風尚。如沈約〈擬青青河畔草〉：

漠漠床上塵，中心憶故人。故人不可憶，中夜長嘆息。嘆息想容儀，不言長別離。別離稍已久，空床寄杯酒。

此詩每兩句一換韻，前後聯且皆頂真格。又如柳惲之〈江南曲〉：

汀洲采白蘋，日落江南春。洞庭有歸客，瀟湘逢故人。故人何不返？春華復應晚。不道新知樂，且言行路遠。

則是四句一換韻。換韻使詩之韻律更活潑，且增加節奏美。

七言古詩進展較遲。中國最早成熟之七古的曹丕之〈燕歌行〉，亦是一韻到底。南北朝時鮑照、沈約、蕭衍、蕭綱等，均有七古之作，換韻亦於此時。

三、近體詩之醞釀

南北朝之南朝齊、梁、陳三代是古體詩向近體詩過渡之時期。誠如前節所言，詩體受樂府民歌之影響。東晉以來，江南盛行吳歌與西曲；均為短短的四句。例如吳歌之〈子夜歌〉：「朝思出前門，暮思還後渚。語笑向誰道？腹中陰憶汝！」又如吳歌之〈碧玉歌〉：「碧玉破瓜時，相為情顛倒。感郎不羞郎，回身就郎抱。」

同樣地，西曲〈那呵灘〉：「聞歡下揚州，相送江津灣。願得篙櫓折，交郎到頭還。」又如西曲〈孟珠〉：「望歡四五年，實情將懊惱。願得無人處，回身與郎抱。」

這些四句民歌，文人仿作之，即成當時流行的所謂五言四句的「小詩」。

七言四句的「小詩」發生較晚。最早的當推南朝宋代湯惠休的〈秋思行〉：「秋寒依依風過河，白露蕭蕭洞庭波。思君末光光已滅，眇眇悲望如思何！」此等五言七言之「小詩」，在形式上，即是唐代近體詩絕句之前身。

在實質上，近體詩之精髓自然是聲律方面之平仄與韻律，齊永明年間周顒發現漢字有平、上、去、入、四種聲調，同時沈約撰「四聲譜」。《梁書》沈約傳云：「高祖問周捨『何謂四聲』？捨曰『天子聖哲是也。』」沈約根據四聲和雙聲疊韻來研究詩句中聲、韻、調的配合，指出八種應避免的聲律上之毛病，即其「八病」說。其所謂「八病」，即平頭、上尾、蜂腰、鶴膝、大韻、小韻、旁紐、正紐。是作詩用字上的種種限制，其目的在求聲律之和諧悅耳。使「一簡之內，音韻盡殊，兩句之中，輕重悉異」。當時詩人謝眺、徐陵、庾信等均嘗試合乎聲韻之創作，中國文學史上稱之為「永明體」。是唐代近體詩之先聲。

近體詩之律詩，除講求平仄韻律外，中間兩聯且須對仗，對仗又稱對偶，在修辭上，是將字數相同而又屬於同一詞類或概念對立的詞並列起來，造成整齊之美。某一般規則是名詞對名詞，動詞對動詞，形容詞對形容詞，虛詞對虛詞等等。因為漢語單音詞比較多，即使是複音詞，其中的詞素也有相對的獨立性，所以容易造成對偶。對偶是漢語的一種修辭手段。

對偶的詩句在《詩經》中即已有之，曹植以後詩人們有意識地運用此種修辭手段，齊、梁、陳三代遂更加普遍運用，例如庾信之〈舟中望月詩〉四首，其中之一云：「舟子夜離家，開艙望月華。山明疑有雪，岸白不關沙。天漢看珠蚌，星橋視桂花。灰飛重暈闕，蓂落獨輪斜。」形式有如唐代五律。又如其〈烏夜啼〉：

> 促柱繁絃非子夜，歌聲舞態異前溪。御史府前何處宿？洛陽城頭那得棲？彈琴蜀郡卓家女，織錦秦川竇氏妻，詎不自驚長淚落，到頭啼烏恆夜啼。

形式如同唐代七律。

對於對偶句之制造，具體示範最多者，應推初唐宮廷詩人上官儀。他有「六對」、「八對」之說。《詩苑類格》載：「唐上官儀曰：『詩有六對：一曰正名對，天地日月是也。二曰同類對，花葉草芽是也。三曰連珠對，蕭蕭赫赫是也。四曰雙聲對，黃槐綠柳是也。五曰疊韻對，徬徨放曠是也。六曰雙擬對，春樹秋池是也。』」

「又曰：『詩有八對：一曰正名對，送酒東南去，迎琴西北來是也。二曰異類對，風織池間樹，蟲穿草上文是也。三曰雙聲對，秋露香佳菊，春風馥麗蘭是也。四曰疊韻對，放蕩千般意，遷延一介心是也。五曰聯綿對，殘河若帶，初月如眉是也。六曰雙擬對，議月眉欺月，論花頰勝花是也。七曰回文對，情新因意得，意得逐情新是也。八曰隔句對，相思復相憶，夜夜淚沾衣；空歎復空泣，朝朝君未歸是也。』」

中國古詩發展至此，句式、聲韻、對偶、章法等等條件，一一俱備，初唐另二大宮廷詩人沈佺期與宋之問，進而創作完美的五言律詩，七律繼之，五絕七絕又繼之，近體詩體制奠立。正好天才之詩人競出，光芒萬丈，唐詩因之光耀千古！

四、古體詩與近體詩之區別

唐代以前之詩是古體詩或簡稱古詩。「古」是與「近」相對，古體詩是對近體詩而言。初唐近體詩之規則具備，自此凡遵守此等規則所作之詩，稱之為「近體詩」。故凡不合乎此等規則之詩，統稱之為「古體詩」。詩之古近，並非依據詩之作者生於唐代之前與否，而是依據詩之是否合乎此等規則。在唐代以前，近體詩之規則尚未俱備，固然所有的詩都是古體詩；唐代近體詩之規則俱備之後，仍有人作古體詩。唐代最大詩人李白與杜甫，兼擅各體，他倆除作近體詩（絕句或律詩）外，便都作了很多很好的古體詩。

區別詩體之古近的標準既然是近體詩的規則。那麼，這些規則是些什麼呢？

首先，最顯明的是近體詩每首詩的句數有限制。近體詩有絕句與律詩兩大類。絕句每首四句，律詩每首八句（排律則八句以上不等）。

再者，詩意的表現最好是五言或七言。近體詩的絕句與律詩中，也各有五言七言兩種。五言絕句（簡稱五絕）每句必須用五個字，五言律詩（簡稱「五律」）每句也必須用五個字。同樣地，七絕（七言絕句）、七律（七言律詩）每句必須用七個字。

表面形式上，絕句正好是律詩之半，所以絕句又稱「截律」，意謂絕句是律詩之半截。

古體詩之句數字數都無限制，所以有人稱之為「自由詩」；例如陳子昂〈登幽州臺歌〉只四句，共二十二字。杜甫〈北征〉詩長達一百四十句，有七百字。李白〈廬山謠寄盧侍御虛舟〉開端四句是五言，繼之十五句七言，以後夾入二句五言，結尾八句七言。皆是有名的古詩。

其次，近體詩講究聲調之平仄。每首詩的平仄，有一定的格式；平仄不調，謂之「失粘」。古體詩之平仄無限制。近體詩忌犯「孤平」、「孤仄」、「平三連」等毛病。唐代大詩人作古詩時，有時反而故意在詩句中犯此等毛病，以示其詩之「高古」。

其三，近體詩講究押韻。唐代孫緬根據「切韻」，制定了「唐韻」，將中國字有系統地分列入若干韻部。近體詩每首詩的偶句（每聯之下句）必須在同一韻部。如有不在同一韻部者謂之「失韻」。（有的格式，首句也押韻，謂之「引韻」。）

詩畢竟不是散文，古詩也有韻。不過唐代以前尚無韻書，押韻完全依照口語。在有官定的韻書之後，古詩在押韻方面，仍然比較寬鬆得多。首先，相鄰的韻部可以通押混用。如一東與二冬，二蕭、三肴與四豪，六語與七虞。二十四敬與二十五徑，三覺和十藥等，均可通押。

再者，近體詩每首一韻，全篇必須一韻到底。古體詩每首不限只用一韻，篇中可以換韻。古體長詩中，二句、四句、八句後可轉換其他韻部。尤其是在詩之情節有轉變的時候，韻隨情轉，反而強化情節語意之轉變。這在長篇古詩中尤為顯著。例如杜甫之〈丹青引贈曹將軍霸〉詩中，詩韻每八句一轉，全篇四十句轉韻五次。岑參之〈走馬川行奉送封大夫出師西征〉，句句用韻，每三句一轉，尤為奇特。

五、詩歌之類別

本人生平喜愛唐詩。在美四十年工程師職位退休之後，原來只想就個人讀詩心得，撰寫一本選析唐詩之書。後來因為選詩過多，一本書容納不下，乃將唐詩之古體詩與近體詩分開。本書只選析古體詩，另撰析賞絕句律詩各一本；將唐詩分成三書，絕句與律詩皆是近體詩。本人在撰寫時，發現有少許通常被認為是近體詩的，應當是古體詩。例如李白之〈靜夜思〉，四句全不合乎近體詩平仄規則。照說近體詩每句之句尾，不能連用三個平聲字或仄聲字；李商隱的〈登樂遊原〉，起句五字卻全是仄聲。兩李都是天字第一號大詩人，他倆在作這兩首詩時，也許只是即興而作，並未在意詩之體制。後人卻將這兩首詩當作絕句中之傑作。律詩最重要者是中間兩聯必須對仗；李白之律詩即屢有不遵循此規則者。最顯著的如其〈夜泊牛渚〉詩，八句四聯中即無一對仗。本人因便利讀者搜尋起見，也只好從眾，將上舉數詩，分別納入絕句或律詩之中。嚴格地就近體詩之規則言，這些詩應該都算是古體詩的。

再者，樂府詩既是古體詩中之一種。唐代詩中有些以樂府為詩題的詩，本來應該都算是樂府詩。但是有些詩雖用樂府詩題，因其合乎近體詩之規則，普通人都將之作近體詩看待。本人也姑從眾，也將之列入近體詩中。其最著者如：王昌齡之〈出塞〉、〈從軍行〉與〈長信秋詞〉，王維之〈塞上曲〉與〈渭城曲〉，李白之〈玉階怨〉與〈清平調〉，盧綸之〈塞下曲〉等，俱納入本人之《唐代絕句析賞》中。所以本書所選析之樂府詩，皆是樂府詩題中四句以上的古體詩。

歌行也是古體詩之一類，樂府本來便是譜之入樂的歌辭。本書特別舉出的歌行，只是不以樂府為詩題的歌辭。

總之，唐詩之分門別類，有時並無清晰的界限。讀者對之不必過分計較。對詩本身而言，屬何類別，並不十分重要。好詩就是好詩，讀者可細心品賞。套用一句流行的話：「不論白貓黑貓，能捉老鼠的便是好貓。」

六、古體詩之寫作

中國最早之古體詩是四言。四言詩之特點是淳厚簡質、古樸典雅。但這種詩句「句短而調未舒」。每句多是二二節奏，音調缺乏變化，聲調不夠舒展。除歌功頌德意味之作品外，後人很少運用。

漢魏以來，古人多作五言古詩。五言詩與四言詩相比，因為每句增加一字，節奏隨之活脫得多。五言詩之特點是渾厚樸茂。明代詩評家胡應麟之《詩藪》云：「折繁簡之裡，居文質之要，蓋莫尚於五言。」五言之作，須古而不奧，厚而不滯。南朝鍾嶸《詩品序》稱：「指事造形，窮情寫物，最為詳切。」本書選析之五言古詩甚多，寫景、抒情、紀事，不一而足。讀者熟讀之餘，自當體會五言詩是文學中最簡易者。

中國七言詩發展較遲。七言詩較五言詩每句更增加二字，文句亦因之更為流暢。七言古詩（包括七言歌行在內）在中國古典詩歌中，體裁最為靈活。本書選析之七言古詩與歌行中，或豪放、或雄渾、或奇峭、或婉麗，美不勝收。有文采者採用此種體裁作詩，開闔縱橫，大有迴旋之餘地。

古體詩不論五言七言，全篇以五言或七言為主。篇中可以夾雜入較長或較短之句。全篇雖多是八句，亦有超過八句者。（少於八句者甚少。）可不拘平仄，押韻亦較為寬鬆；篇中且可換韻。故而此種體裁，又被稱之為「自由詩」。

古體詩易作，故本人建議：初學作詩者，最好是從古體詩開始。很多人不諳近體詩中之平仄與押韻等規則，甚至手中連《詩韻集成》等類之書亦無，而勉強逞能地來作近體詩，結果因所作之詩，不合近體詩中平仄與押韻等要素，仍將被視之為古體詩。

近代推行新文學運動之胡適，其創始之白話詩，即如古體詩之「折繁簡之裡，居文質之要」，同樣為國人所喜愛，雖然其詩非唐詩，不在本書論說範圍之內。然而本書選析唐代古體詩甚多。尤其是白居易之古體詩多首，明白如話，很可作為初學作詩者之模範。

七、本書之內容

本書選析古詩總計二〇九首，其中包括五古一〇九首，七古二十三首，樂府五十二首，歌行二十五首，都是各類詩中之珠璣。唐代古詩很多，當然不免有遺珠之歎。

本書所選析之古詩、樂府、歌行，出自唐代三十一位詩人之手。在選析中，顯然採取重點主義。世所公認：唐代最大的詩人是李白與杜甫；本人選析他倆的古詩也最多，計有李詩四十首，杜詩三十四首。雖然，從目錄上，本書列有白居易詩六十七首，在數目上超過李杜。不過，其五古四十三首，七古三首，因皆淺顯如話，本人省略通常所予之語譯與析賞，僅選錄之而已。其樂府與歌行，則照常地語譯析賞。尤其長篇之〈長恨歌〉與〈琵琶行〉，是其最負盛名之傑作；本人特別加意析賞，敬請讀者品味。

本書中所引用前人著作之處甚多，僅在書末略舉屢次引用之書目。

許正中一九九六年六月脫稿於洛杉磯銀湖無為居

唐代古詩析賞

目次

王績

王績（五八五——六四四），字無功，絳州龍門（今山西河津）人。隋末授祕書省正字，不樂於朝，求為六合丞。嗜酒不任事，尋還鄉里。唐武德初，官待詔門下省。太樂署史焦革家善釀，績求為丞；革死，棄官歸東皋著書，號「東皋子」，集五卷。王績以身歷動亂，對世事曠達為懷，佯狂縱酒。崇拜陶淵明和阮籍，認為：「阮籍醒時少；陶潛醉日多。百年何足度？乘興且長歌！」他不隱諱其避世情懷：「此日長昏飲，非關養性靈，眼看人盡醉，何忍獨為醒？」不願如屈原之「眾人皆醉我獨醒」。遺有《東皋子集》。《全唐詩》編存其詩一卷。

五古

在京思故園見鄉人問

旅泊多年歲，老去不知回。忽逢門前客，道發故鄉來。斂眉俱握手，破涕共銜杯。殷勤訪朋舊，屈曲問童孩：

「衰宗多弟侄，若個賞池臺？舊園今在否？新樹也應栽。柳行疏密布？茅齋寬窄裁？經移何處竹？別種幾株梅？渠當無絕水。石計總生苔？院果誰先熟？林花那後開？羈心只欲問，為報不須猜」。
行當驅下澤，去剪故園菜。

【語　譯】

我在異鄉流落了多年，現在年老了忘卻歸去。忽然門前來了客人，說是從我的故鄉來的。我興奮得流淚。大家握手。招待客人進餐，破涕為笑，共同舉杯。我殷勤地向他們問起家鄉人的信息，低身向孩子們探問：

「我衰落的家族中弟侄很多，家中的那些池臺還有人賞玩否？舊有的園林今天還存在嗎？新樹也應該栽植些了。柳樹是否種植得疏密適宜？茅草蓋的書齋寬窄如何？那些竹子被移到哪裡去了？另外種植了幾株梅樹？小溝的流水該不會斷絕。石頭上總該生長些青苔吧？院子裡的果樹那種果子先熟？林木中那些花又重開了？……我懸念的心只想追問。請你不必猜疑，儘量的告訴我罷。」

看來我就將駕起短轂的車，回家去剪我故園裡的菜了。

【析　賞】

㈠此詩可分三大段。首段八句先寫久居異鄉忽見故鄉之來客，引發全篇。「斂眉」、「破涕」寫見客時悲喜交集之態。

㈡中段十四句寫向來客探問故園各種情形，俱見詩人對家園一草一木之關懷；因句法錯綜變化，雖多而不見其煩。後來如王維之〈雜詩〉：「君自故鄉來，應知故鄉事。來日綺窗前，寒梅著花未？」即簡寫此同一意境。

(三)末段兩句寫不勝鄉思而決意回歸。「下澤」為車名，是一種小輪車，適於在沼澤上行馳。

(四)全篇情真語淺，層次井然。

王勃

王勃（六五〇——六七六），字子安，絳州龍門人。王績之侄孫。年輕時即文華煥發，以作「滕王閣序」而名震天下，遺有《王子安集》。

七古　蜀中九日

九月九日望鄉臺，他席他鄉送客杯。人情已厭南中苦，鴻雁那從北地來？

【語譯】九月九日那天我登上望鄉臺，在他鄉度過重陽佳節；懷望故鄉，又在他鄉為客餞行。我在這南方，情緒上已厭惡、痛苦；遙見鴻雁，不知從北方何處飛來？

【析賞】

㈠詩題一作〈蜀中九日登玄武山旅眺〉，玄武山在今四川中江縣。詩人為沛王府修撰，撰「檄英王雞」，獲罪被斥，客劍南。本詩當作於其時。

㈡上聯述事：九月九日是重陽節，詩人登高遠眺，已有望鄉情緒。他鄉設席，送客遠去，益增悲情。

㈢下聯起句抒懷：「人情已厭南中苦」，滯留巴蜀，心生厭惡。詩人是被迫來此，情非得已。然而，結句詰問所見：「鴻雁那從北地來？」鴻雁何故亦來此地？此句感情豐富，驚異之中，含有惋惜之意。同時，鴻雁既來自北方，應知詩人故鄉情況。詩人不禁對鴻雁有親切之感，不知牠是否帶來一些故鄉信息。

㈣此詩看來好像是首近體詩的七言絕句。然而上下兩聯失粘，不合乎近體詩平仄之規則，所以須當作古體詩。

古體詩本來不須對仗的。此詩上聯「九月九日」與「他席他鄉」，構成寬泛之對仗。下聯「南中苦」與「北地來」，以差距之大，增強望鄉之悲情，對仗甚為生動。所以這是一首全部對仗之古詩，難得可貴！

劉希夷

劉希夷（六五一——六七九？），名庭芝，汝州人。少有雋才，過目成誦，善解音律，擅彈琵琶；擅長於從軍及閨情之詩，不為時人所重。後孫昱撰《正聲集》，以希夷詩為集中之最，由之名噪一時。茲選其名作一首。

七古

代悲白頭翁

洛陽城東桃李花，飛來飛去落誰家？洛陽兒女惜顏色，行逢落花長歎息。今年花落顏色改，明年花開復誰在？已見松柏摧為薪，更聞桑田變成海。

古人無復洛城東，今人還對落花風。年年歲歲花相似，歲歲年年人不同！寄言全盛紅顏子，應憐半死白頭翁：

此翁白頭真可憐，伊昔紅顏美少年。公子王孫芳樹下，清歌妙舞落花前；光祿池臺開錦繡，將軍樓閣畫神仙。一朝臥病無相識，三春行樂在誰邊？

宛轉蛾眉能幾時！須臾鶴髮亂如絲。但看古來歌舞地，惟有黃昏鳥雀悲！

【語譯】

洛陽城東盛開的桃花、李花，花瓣隨風飄揚；飛來飛去，終將落在哪戶人家？洛陽年輕的兒女們，容顏美好。路上逢到落花，不禁為之歎息。想到今年花落時顏色改了，明年花開時又有誰在呢？已經看到長青的松柏被摧折作薪柴，也聽到桑田變成滄海，世間萬事萬物，時時刻刻都在不停地改變呀！

過去曾在洛陽城東看花的人們，已經不復存在了。今天的人們還在看這些落花在風中飛飄。年年歲歲，花都很相似；可是歲歲年年看花的人們就不同了！奉告青春正盛的青年們，應該憐惜年紀漸老的白頭老人們：

這些老人們頭髮白了真可憐。過去他們也曾是美貌的少年。曾是芬芳花樹下的王孫公子，在落花前清歌妙舞；有的則在文官池臺展開錦繡，在武將閣上筆畫神仙。然而一旦病倒了，無人相識，春天時候還能到哪裡去尋歡行樂呢？青春少女們的美貌能維持多久？很快地頭髮就稀得像亂絲了。但看古來歌舞的地方，現在黃昏時只有鳥雀在悲啼！

【析　賞】

㈠此詩主旨在借花開花落，寫歲月不居，人事靡常。奉告今日「全盛紅顏子」，應憐白頭翁是「伊昔美少年」。曉悟青春易逝，繁華易滅。

㈡全篇以花開花落與紅顏白髮，相互映照。回環起伏，詠歎有致。

㈢西洋文字之名詞，隨單數複數而變化。中國文字無此特徵。故而本詩中之「白頭翁」與「蛾眉」，可僅指一人，亦可泛指眾人。語譯中作多數人解。

㈣《唐詩紀事》載：詩人作此詩時，自悔「今年花落顏色改，明年花開復誰在」是詩讖。曰：

「與石崇『白首同所歸』何異？」乃更作一聯：「年年歲歲花相似，歲歲年年人不同。」既而歎曰：「此句更似詩讖矣！然生死有命，豈真由此？」乃兩存之。詩成，未周歲，為奸人所殺。

或云：詩人是宋之問之婿。宋之問愛其「年年歲歲」聯，欲竊為己有，而謀殺希夷。至今宋集中尚有此篇。

陳子昂

陳子昂（六五六——六九八），字伯玉，梓州射洪（今四川三臺）人。二十八歲進士及第，在長安鮮為人知。一日，在街頭見售胡琴者，索價百萬錢。圍觀者甚眾，但無人知此琴之好壞。陳排開眾人，以一千貫錢買之。有人驚問之曰：「千貫非小數，此琴果值此高價乎？」陳曰：「當然值得！我最擅彈琴，不致有誤。」眾議紛紛。請曰：「既然如此，可否請彈一曲，俾我等一享耳福？」陳脫詞曰：「我可為君等演奏；惟此刻事忙。如諸君有興趣，明日請光臨宣陽里舍下，我當為諸位獻醜。」

次日，果然眾人來臨陳寓。陳子昂俱盛席招待，將此昂貴之胡琴亦置席上。

酒酣耳熱之際，陳突然舉起胡琴向眾宣告：「吾乃四川陳子昂。此胡琴乃賤工所拉，我怎會彈此玩意？但我作有百篇詩文，敢請賞識！」言罷，即將胡琴摔得粉碎；隨手將其詩文散給來眾。自此聲名大噪！

武則天垂拱二年（六八六），陳從軍出征西北。長壽二年（六九三）升為右拾遺。多次進諫皆被拒斥。六九八年辭官歸鄉。

射洪縣令是一貪官。因陳家富有，向之勒索。陳雖呈送二十萬貫錢，仍嫌過少。將之逮捕入獄害死。死時年僅四十三歲。陳為人慷慨，常仗義疏財；不幸終因富有而受害。

陳子昂反對只注重詞藻華麗和只講求形式與聲律的唯美詩風。主張詩人須寫有生命有真實感情之詩。《全唐詩》編存其詩二卷。茲選析其五古、歌行各一首。

五古

酬暉上人秋夜山亭有贈

皎皎白林秋，微微翠山靜。禪居感物變，獨坐開軒屏。

風泉夜聲雜，月露宵光冷。多謝忘機人，塵憂未能整。

【語譯】

樹林上月光皎皎，一片秋意。朦朧中青山靜悄悄地躺著。我在這裡習禪，感到景物的改變。單獨閒坐，敞開走廊上的屏風。

夜間風聲、泉聲雜沓而來。月色灑在花草露珠上，一片寒意。多謝您這位超世絕俗的上人寄詩給我；只是我滿懷的世俗憂慮掃除不盡。

【析　賞】

㈠一位名暉的和尚寄贈詩人一詩，此是詩人酬答之作。詩中寫詩人秋夜禪居，塵心未了之複雜情境。

㈡首聯寫秋夜景色：上句寫月照樹林是近景，點出節令「秋」字。下句寫朦朧翠山是遠景，一「靜」字烘托夜之氣氛。

㈢次聯「感物變」寫詩人心緒。「開軒屏」顯示心情煩悶。

㈣第三聯上句是開屏後之所聞，下句是所見。「雜」、「冷」則兼示所感。

㈤末聯上句「多謝忘機人」，此「忘機人」顯然指「暉上人」。稱讚其忘記世人習有之機心。此句應詩題之酬贈。大概暉上人秋夜山亭贈詩給詩人，言及佛理禪學。下句「塵憂未能整」，詩人自愧雖然禪居獨坐，仍然思念國家社會家庭個人等等問題，不能排除世人所有之憂慮，有負暉上人之厚望。

㈥此詩前三聯文辭皆對偶，形式上看來如同律詩。但是在音韻上，不合乎近體詩平仄之規則。故而仍然是古體詩，而不是五言律詩。

歌行

登幽州臺歌

前不見古人，後不見來者。念天地之悠悠，獨愴然而涕下！

【語　譯】

我現在登上這幽州臺，向前瞻望，看不到昔聖先賢；回顧身後，也看不到繼起新生的下一代。想到這宇宙天地如此遼闊，沒有邊際。歲月流轉又無窮無盡。相形之下，感到個人多麼渺小，生命多麼短促，最後不禁悲從中來而流淚了。

【析　賞】

㈠「幽州」在今河北薊縣。戰國時燕昭王招賢納士，在此築「黃金臺」，又稱「賢士臺」。唐時稱「薊北樓」。陳子昂登此樓，在無限感慨下而作此歌。

歌是詩之一種，不是近體詩之律詩或絕句。整首詩的句子與字數皆無限制。有長歌短歌之分，此首是短歌。

㈡詩人有政治才能，直言敢諫。在武后朝嘗因批評時政，被視作「逆黨」。武則天通天元年（六九六）契丹入侵，攻陷營州。武則天派武攸宜往征。詩人隨行擔任參謀。武輕率無謀。次年兵敗。詩人請率萬人前驅擊敵，不受採納。再進言，反降為軍曹。詩人懷才不遇，滿腔悲憤，登「幽州臺」而作此歌。

㈢此歌前二句從無盡之時間著眼：「前不見古人，後不見來者。」其所謂「古人」，泛指歷代古聖昔賢，尤其是那些禮賢下士的明君賢主，例如禮遇郭隗樂毅之燕昭王等。

第三句從無限之空間著眼：「念天地之悠悠」。詩人登樓遠望，原野廣闊、蒼茫無垠。在無盡之時間、無垠之空間中，顯得自己非常微渺，孤立無助，不禁「愴然而涕下」！

讀此歌時，讀者似見在北方蒼茫廣闊的原野上，兀立一位胸懷大志、報國無門的詩人，在為懷才不遇而感到孤獨苦悶，慨然淚下。這也是千古以來懷才不遇之士所共悲！

㈣在音韻上：此歌前兩句以五言構成，音節急促。從時間之觀點，抒發詩人鬱積胸中不平之氣。後兩句則分別增加「之」「而」兩虛詞，以六言構成，讀時多一個停頓。使音節由急迫而轉變為紆徐舒緩，一種無可奈何的曼聲長嘆！從空間觀點，表達詩人對有限人生的無限感慨。此二虛詞之嵌入，使全詩句式參差錯落，詠吟時感到抑揚變化的音樂美，增加詩歌的感染力！

㈤在辭句上：此歌似深受《楚辭．遠遊》之影響。〈遠遊〉有云：「惟天地之無窮兮，哀人生之長勤。往者余弗及兮，來者吾不聞。」

㈥在意境上：此歌似脫意於晉代阮籍之〈詠懷〉詩：「朝陽不再盛，白日忽西幽。去此若俯仰，如何似九秋？人生若塵露，天道邈悠悠。齊景升丘山，涕泗紛交流。孔聖臨長川，惜逝忽若浮。去者餘不及，來者吾不留。願登太華山，上與松子遊。漁夫知世患，乘流泛輕舟。」

(七)在詩之演進上：詩人被公認為開展唐朝詩風先進者之一。此歌立意高古，造句蒼勁。淨洗六朝綺麗之流風，破除梁陳浮誇之積習，是一首劃時代的傑作。

張若虛

張若虛（六六〇——七二〇），揚州人，曾任袞州兵曹。晚年與賀知章、張旭、包融並稱「吳中四仕」，馳名京都。其詩多已散佚。《全唐詩》僅錄存其詩二首。樂府題〈春江花月夜〉為其著名之佳作。

樂府

春江花月夜

春江潮水連海平，海上明月共潮生。灩灩隨波千萬里，何處春江無月明？江流宛轉繞芳甸，月照花林皆似霰。空裡流霜不覺飛，汀上白沙看不見。江天一色無纖塵，皎皎空中孤月輪。江畔何人初見月？江月何年初照人？人生代代無窮已，江月年年祗相似。不知江月待何人，但見長江送流水！白雲一片去悠悠，青楓浦上不勝愁。誰家今夜扁舟子？何處相思明月樓？可憐樓上月徘徊，應照離人妝鏡臺。玉戶簾中捲不去，擣衣砧上拂還來。此時相望不相聞，願逐月華流照君。鴻雁長飛光不度，魚龍潛躍水成文。

昨夜閑潭夢落花，可憐春半不還家。江水流春去欲盡，江潭落月復西斜。斜月沉沉藏海霧，碣石瀟湘無限路。不知乘月幾人歸，落月搖情滿江樹！

【語譯】

奔騰東流的春江與升起的海潮，連接在一起。江海匯合，浩瀚茫茫。明月看似與從海面的海潮同時生長出來。那瀉曳在江波上的月光，隨著波濤閃爍動蕩。越長越闊，汪洋萬頃。春江上那處沒有明亮的月光？江流曲折地環繞著野花芳草的原野。在皎潔的月光下，那花林上面好像綴滿了一顆顆的雪珠。月亮升起了，天空白茫茫的一片，好像充滿了凝滯不飛的白霜一樣。一抹雪亮的月光，流瀉在江邊的沙地上，沙礫都看不見了。

如今江水和天空是一樣的顏色。天空沒有一點塵埃。皎皎的一輪明月，孤懸在空中，彷彿是這宇宙唯一的主宰。不由得人想問：這江畔是誰最先看到月亮的呢？這江上的月亮，又是從什麼時候開始散發光華給人類？世界上的人一代一代的過去了。那江上的明月卻恒久長存，年年看來都是一樣。人們不知道江月在等待何人，只看到長江的流水，不停地流去！

天上一片白雲緩緩飄浮。江水分岔處楓葉青青，平添人間的離情別緒。今夜不知道有多少遊子在小舟上飄蕩？多少妻子在閨樓上思念她遠遊的親人？

遊子揣想：明月懷著深切的憐憫之情，在閨樓上徘徊不去。應當照進她的妝鏡臺上，撫慰她的淚痕。月的光輝灑在她閨房的珠簾上，她捲也捲不去；鋪在她搗衣的砧石上，她抹去了卻又回來。遊子可以聽到她的呼喊：這時我倆可以同望明月，卻不能互通聲息。我是多麼想隨著月光到你的身邊，投入你的懷抱呀！人家都說魚雁傳書，可是你我相隔這樣遠！天上長飛的大雁，也不能把月光帶到你的身邊；魚兒躍動水底，也只能在水面上撩起幾道水紋而已。

昨夜夢見閑潭落花，醒來嘆息。春天已過大半，我仍不得回家。眼看江水奔流不已，就將把春天帶走。江邊深水處，將落的月亮向西傾斜了。斜月終於慢慢地沉落，漸漸地藏進海霧裡。遊子家人天南地北，距離恁地遙遠。不知有幾個遊子乘著月光回到家中？反正我是回不去了！眼前看到的：只是落月的餘暉，融和人間離情，灑滿在江畔的樹林裡！

【析賞】

㈠〈春江花月夜〉是樂府舊題，屬清商曲辭，吳聲歌曲。據《舊唐書．音樂志》載：「〈春江花月夜〉、〈玉樹後庭花〉，陳後主所作。後主常與宮中女學士及朝臣，相和為詩。太常令何胥善於文詠，採其尤豔麗者，以為此曲。」陳後主即陳叔寶，此曲早已佚傳。

㈡本詩全篇三十六句，就韻律轉換言可分九組，每組四句。就內容章法言，大致可分四大段。

㈢首段二組八句是起。分別點出詩題之春江花月夜之景，作全篇之背景。第一組四句先寫明月初升之景：

首句先向東望：「春江潮水連海平」，見江水奔騰自上而下，海潮洶湧自下而上，兩者接合，匯成汪洋一片。「平」字寫江海一體之浩瀚景象，氣勢壯闊。首即點出「春江」二字。

次句「海上明月共潮生」，點出「月」字。此詩下文有「月輪」二字，可見所見之月為望日之滿月。望日為農曆月之中旬，因月球與地球相對之引力關係，有海潮湧起。每年有名之錢塘潮，在海寧沿海一帶所見者，即在農曆八月中旬。句中「生」字極為生動，好像明月也有生命，如嬰兒之誕生。

此詩以「春江」開端，次句即寫「明月」，兩句中「潮」、「海」兩字，重疊出現，因其與「江」及「月」有連帶關係。

第三、四句：「灩灩隨波千萬里，何處春江無月明」？承上聯繼寫春江。「灩灩」疊詞描寫水面溢滿閃光波動之狀。「千萬里」誇張水面之廣闊浩渺。月光映照。這是初夜之景。

此組四句在結構上，王堯衢《唐詩合解》解析說：「海潮應月而生，故即海帶潮以出『月』字，『灩灩』，水月光也。『隨波』者，月也。曰『千萬里』，曰『何處無』，見水月之遠，兩不相離。正承上『連海』、『共潮』也。」

第二組四句寫月升後之夜景。首句平視：「江流宛轉繞芳甸」。「芳甸」是有野花芳草之原野。句中已間接暗點「花」字。次句「月照花林皆似霰」，寫雪亮的月光之下，繁花視之如顆顆雪珠。則直接點明「花」字。以「霰」比「花」，出自梁柳惲詩：「春花落如霰」。於此，徐增《而庵說唐詩》注解：「方出花字，又將『月』字伴出。『霰』者，雨雪雜下也。『皆』字承上『水繞芳甸』、

「月照花林」。水光灩灩，花光離離，相交不定，故云『似霰』也。」

繼而仰視：「空裡流霜不覺飛」。「霜」字是借用其白色，以形容空中白茫茫一片景象。繼而遠眺：「汀上白沙看不見」。「汀」是江邊淺灘之地。白沙不見。因江既有水、月、花光，交相映射，則汀上之白沙看不見矣，此寫半夜之景。

在結構上，此組四句中，首句將江流帶起有花之芳甸，次句由「月」伴出「花」字，其次二句描寫月夜。總上三組八句，將春、江、花、月，逐字吐出，而「夜」在其中矣。

㈣次段二組八句，詩筆轉而抒發在江月之下，詩人對人生之感慨。首先：「江天一色無纖塵，皎皎空中孤月輪。」「江天」二字承上段而來，詩人仰首看見一輪明月孤懸天空，似為宇宙主宰。因而遐想，發出天真的疑問：「江畔何人初見月？江月何年初照人？」對人生代謝，生出玄想。繼而面對現實，體現「人生代代無窮已，江月年年祇相似」。不由不有「江月常在，人有變更」的悲慨。

約與詩人同時代之劉希夷，在其〈代悲白頭翁〉詩中，有「年年歲歲花相似，歲歲年年人不同」之詩句，與此詩同一情調。不過劉是詠花，此詩是詠江月而已。後詩人數十年之李白，在其〈把酒問月〉詩中，開端時也癡問：「青天有月來幾時？我今停杯一問之」。接著他也覺察到：「今人不見古時月，今月曾經照古人。」其實明月是永恒地常在。今人所見者，仍是古時之月；不過今人不能見古人而已。後來宋代蘇軾之〈水調歌頭〉詞，一開端也問：「明月幾時有？把酒問青天。」皆與此詩同一機杼。

此詩中詩人在「不知江月待何人」之時，「但見長江送流水」。再回到江月本題上，看到永恒與無常的不變定律，流光易逝，發出人生短促之嘆息。

以上皆寫月本無情，情生於望月者耳。下文乃就月下最關情之人抒感。

㈤第三段三組十二句，抒發月下遊子思婦之離情：

「白雲一片去悠悠」，「悠悠」疊詞，描寫浮雲閑散、緩緩飄動、漸行漸遠之態。由天空白雲之飄浮不定，聯想到人間遊子之飄泊無依。

「青楓浦上不勝愁」，可能有兩種解釋：湖南瀏陽瀏水中有地名青楓浦，遊子在青楓浦有不勝愁。作此解則下文所寫，皆此青楓浦遊子之愁。另一解釋是「青楓浦」並非一特定地點。「浦」是水口，江水分岔處，也是將行分手處。青楓寫分手之江濱岸上有青葉的楓樹。楓經霜則紅，此處不用習用之丹楓而說青楓，因詩題是「春」江，楓葉春時青色。「楓」、「浦」等字在古詩中與離情有關，《楚辭・招魂》：「湛湛江上兮有楓，極目千里兮傷春心。」《楚辭・河伯》：「子交手兮東行，送美人兮南浦。」故而本詩此句可解作泛指浪蕩遊子的境遇。

由天上之白雲，地上之楓浦，詩人轉筆到人間遊子思婦之離情別恨：「誰家今夜扁舟子？」「扁舟」烘托遊子孤單飄零之狀。「何處相思明月樓？」「明月樓」指思婦，是修辭上以物代人。以下二組八句，皆遊子之揣想。

「可憐樓上月徘徊，應照離人妝鏡臺。玉戶簾中捲不去。擣衣石上拂還來。」此組之意境，可能脫胎自〈七哀〉詩：「明月照高樓，流光正徘徊。上有愁思婦，悲歎有餘哀。」杜甫之傑作〈月夜〉詩，不正面寫自己在長安對月懷念寄居鄜州妻子之情，而從對面著筆，寫妻子對月懷念自己。詩中有「香霧雲鬟濕，清輝玉臂寒」，纏綿悱惻，終究是望月懷人。本詩寫遊子揣想多情的明月陪伴思婦，情韻尤為深遠。

此組四句是遊子所思，呼應上文「誰家今夜扁舟子」。

第二組四句：「此時相望不相聞，願逐月華流照君。鴻雁長飛光不度，魚龍潛躍水成文。」寫遊子幻想中彷彿聽到妻子的呼喚：「這時我倆雖然同時同看這一輪明月，聲息卻不相通。我很想追隨這月光，投入你的懷抱。可是大雁不能把光帶到你那裡，小魚兒只能攪擾幾個水泡而已。傳說魚雁傳書都是虛構。」

王堯衢《古唐詩合解》解釋此組四句：「樓上人想月之光華，照到夫君身上，願隨月華流到夫君之前；復又轉語云：月華安可逐也？即如能飛者，鴻雁，雁飛在月光中。此處月光，鴻雁不能帶去，故曰不度。又想浦上之月，魚龍或可帶來。誰知魚龍潛藏水底，並月光又照不著。即其水中跳躍，從月下視去，不過成水面波紋而已。然則逐月流照，豈不誣哉！」

此組四句是就思婦所想，呼應上文「何處相思明月樓」。

與詩人同時期之張九齡，有〈望月懷遠〉詩：「海上生明月，天涯共此時，情人怨遙夜，竟夕起相思。滅燭憐光滿，披衣覺露滋。不堪盈手贈，還寢夢佳期。」其意境與此詩相似。詩中要將月光「盈手贈」，自不若此詩之「願逐月華流照君」之生動親切。不過其〈望月懷遠〉中乃是朋友間之友情，此詩是詠夫婦間之愛情，懷念之對象不同，所用之詞語自別。

㈥末段二組八句是結，以遊子之情結「春江花月夜」之景。此段「昨夜閑潭夢落花」，結「花」字，寫遊子之夢，亦可解作思婦之夢。「可憐春半不還家」，「春半不還家」者當然是遊子；「可憐」者是遊子，亦是思婦。「江水流春去欲盡」，結「江」字與「春」字。「江潭落月復西斜」，是一片淒迷景色，則是「夜」已將盡之景矣。

「斜月沉沉藏海霧」。月藏霧中，昏暗不明，將結「月」字。「碣石瀟湘無限路」，碣石在北，瀟湘在南，遊子思婦，相距千里。在此情況之下，「不知乘月幾人歸」，遊子之不歸事所必然。遊子思婦可見者，惟「落月搖情滿江樹」而已。最後結出「月」字，總結夜景。情搖滿樹，以景結情，終結全篇。

㈦就內容言：此詩以春、江、花、月、夜，五大特定景物為主題，加意渲染，錯綜層疊，交替結連。在此五大景物之中，尤以天上之「月」與地面之「江」為重點。篇中「月」字有十五見，「江」字有十二見（春字四見，花、夜二字各二見）。而於「月」又用霰、霜、空中、白雲、樓、妝臺、簾、砧、鴻雁、魚龍、海霧、江樹等為陪；於「江」又用潮、海、波、流、汀、沙、浦、潭、瀟湘、樹等為助，混合陪襯，多姿多彩。故而鍾惺《唐詩歸》讚賞此詩：「將春江花月夜五字，煉成一片奇光，分合不得，真化工手！」

抑猶有進者，此詩於客觀之春江花月夜中，滲透有主觀「人」與「情」之因素。就「人」而言：此詩前半統寫常人見江月之長在，嘆人生之短暫。後半特寫遊子之思歸，離婦之悵望。就「情」而言：此詩上段江繞芳甸，月照花林，江月似有情者。中段江月不待人，又似無情者。然而後段提出江上遊子月下離婦時，寫明月簾捲不去，砧拂還來，又似極有情者。末段落月思歸路途遙遠，遊子不能乘月而歸，徒見江樹滿情而已。

全篇情景交融，渾然一體。王堯衢《古唐詩合解》亦就此詩之情景交融而評云：「餘情裊裊，搖曳於春江花月之中。望海天而杳渺，感古今之茫茫，傷離別而想思，視流光而如夢。千端萬緒，總在此情字內動搖無已。將全首詩情，一總結其下，添不得一字，而又餘韻無窮。此古詩之所難於結也。」

㈧就謀篇言：全篇有九組，前兩組是起，漸漸吐出春、江、花、月、夜五主題。末二組是結。逐漸收束此五主題。起結皆著重寫景。中間五組抒情：明月永照，感宇宙之無窮；江水長流，嘆人生之短暫。繼而想見月光下人間遊子思婦之離情。全篇九組三十六句，可分作九首七絕（雖然九首七絕，並非皆完整無瑕）。本詩將九組七絕貫串成篇。在組與組之間，前組之尾與後組之首，有時更有似頂真格之聯繫，如「照人」與「人生」，「月樓」與「樓上月」，「月」「斜」與「斜月」等。使全篇為一整體，使人讀之陶醉於其迷離景物之中，感情隨之起伏跌宕，讀後猶有「餘情不盡」之意。

㈨就結構言：全篇之進展，以月出月落為線索，寫月時又虛實相間：首先以實筆寫月之初生，在「春江潮水連海平」之時，見「海上明月共潮生」。次寫月之升起，可見「月照花林皆似霰」、「汀上白沙看不見」。繼而月至中天：「皎皎空中孤月輪」。在「江天一色無纖塵」之情況下，此一輪明月，普照萬物，似為宇宙之主宰。由此引發詩人之遐想，用虛筆抒情，問起「江月何年初照人」。發現「江月年年望相似」，哀傷「不知江月待何人」。在現實世界裡，描寫江上之扁舟，月樓之思婦。遊子揣想月徘徊樓上，照進妝臺：「簾中捲不去」，「石上拂還來」。而思婦也「願逐月華流照君」。最後再轉回用實筆寫江潭月斜，深入海霧。在「不知乘月幾人歸」之時，「落月搖情滿江樹」，景結終篇。

㈩就手法言：此詩寫景之如此生動，抒情之如此動人，其主要之祕訣，在詩人之運用「擬人化」之寫作手法，賦予原無生命的景物以人格：除潮「生」，長江「送」流水，江水「流春」「去欲盡」外，詩人將永恒的月，當作有生命有意志有感情的實體。月初起時是共潮「生」。上升後「照」花林似霰。皎皎空中時，令人問她何年初「照」人。而她卻什麼人都不「待」。在遊子幻想中，她能「可憐」思婦，到樓上去「徘徊」，「照進」妝鏡臺。簾中捲她「不去」，石上拂之「還來」。思婦也願逐她「流照」到君邊。最後她西斜時，沉沉「藏進」海霧，她「落」時可「搖情」滿江樹。將月寫得多情多姿！

另外，此詩在寫作手法上還有許多其他優點。如大量運用排比句在重疊中顯變化：如「江畔何人初見月？江月何年初照人？」；「人生代代無窮已，江月年年望相似」；「誰家今夜扁舟子？何處相思明月樓？」；「江水流春去欲盡，江潭落月復西斜」等。詩人又用很多對偶句在變化中見整齊：如「空裡流霜不覺飛，汀上白沙看不見」；「不知江月待何人，但見長江送流水」；「玉戶簾中捲不去，搗衣石上拂還來」；「鴻雁長飛光不度，魚龍潛躍水成文」等。

至於詩人善用疊詞：如「灩灩」之繪水光，「皎皎」之寫月色，「悠悠」烘托白雲緩慢地飄浮，「沉沉」渲染明月沉進海霧之腳步，皆狀物寫景，維妙維肖。

㈩就韻律言，初國卿著之《唐詩賞論》（頁二六）有精到的評說：「〈春江花月夜〉的韻律幽雅，節奏和諧。它以整齊為基調，採取逐章轉韻的手法，以平聲庚韻起首，接下是仄聲霰韻、平聲真韻、仄聲紙韻、平聲尤韻、平聲灰韻、平聲文韻、平聲麻韻，最後以仄聲遇韻結束。形成了平—仄—平—仄—平—平—平—平—仄的聲律。而且一組中凡押平聲韻的，第三句尾字必為平聲。全詩隨著韻腳的轉換變化，平仄的交錯運用，聲音抑揚頓挫，起伏跌宕，讀來清潤圓轉，十分富於聲韻美。而且韻律和節奏的變化又和起伏的詩情相吻合。其優美的旋律如同寧靜月光下奏出的小夜曲，使人如入夢幻之中。可以看出：張若虛在賦予〈春江花月夜〉舊題以新意之同時，對南朝宮體詩在韻律上的宮商靡曼等特點進行了大膽的改造運用，達到了『濃不傷纖，局調俱雅』（王闓運之王志語）的程度。這些，充分顯示了作者獨特的藝術慧眼和藝術匠心！」

張九齡

張九齡（六七八——七四〇），字子壽，韶州曲江（今廣東樂昌縣）人。幼為神童，七歲即能作文章。十三歲寫信給廣州刺史自我推薦，刺史認為此童前途無量。張說被貶至嶺南時見之，亦認為他將來必享譽文壇。此時他已中進士，為左拾遺。張說主持集賢院（相當於今之中央研究院），推薦九齡為顧問。張說死，九齡繼其職；後升為工部侍郎（相當今之工業部次長）同平章事。再升為中書令，與尚書令同掌今行政院長之職務。他直言敢諫，嘗諫阻玄宗之賜涼州給都督牛仙客作封賞，勸諫玄宗不可以李林甫為相。李牛等深恨之。掌權後貶他為荊州刺史。不久他即辭職歸鄉，作感遇詩以抒情懷。他的五古五律，詞采華贍，情致深婉。晚年受貶後，風格轉趨疏澹。卒謚「文獻」。天下稱之為「曲江公」。遺有《曲江集》二十卷。《全唐詩》編存其詩三卷。

五古

感遇（十二首選三）

其一

蘭葉春葳蕤，桂華秋皎潔。欣欣此生意，自爾為佳節。

誰知林棲者，聞風坐相悅？草木有本心，何求美人折？

【語　譯】

蘭草的葉子在春天長得很茂盛；桂花在秋天開得很皎潔。它們旺盛的生機，自然地點綴形成春秋美好的季節。

誰知道那棲息山林的隱逸者，是仰慕其品格才欣賞蘭桂的？蘭桂們自有其堅貞的本質，何須美好的人攀折才顯得出其高潔呢？

【析　賞】

㈠詩人正直敢言，受李林甫等排擠罷相歸隱後，作〈感遇〉詩十二首；採傳統的比興手法、托物寓意，明志寄慨。

㈡詩人在此首詩中以春蘭秋桂高潔的品質自況；堅持政治理念與節操，若蘭桂之不因無人采折而失其特有之芳潔本質。亦〈離騷〉：「不吾知其亦已兮，苟余情其信芳」之意。

其　四

孤鴻海上來，池潢不敢顧。側見雙翠鳥，巢在三珠樹。矯矯珍木巔，得無金丸懼？美服患人指，高明逼神惡。今我遊冥冥，弋者何所慕？

【語　譯】

一隻鴻雁向海上飛來。飛越池塘時，不敢看下面的池塘。牠側眼看見一對翠色的鳥，把巢築在一株名貴的三珠樹上。想到牠倆高高地棲息在這珍木的頂梢，難道不怕獵人的彈丸嗎？有道是：「穿著華麗服裝的人怕人指說，居高位的人要遭受鬼神的嫉惡。」我現在獨自在廣闊的天空自由翱翔。獵鳥的人對我有什麼要求呢？

【析賞】

㈠首句「孤鴻」顯然是指自己。「海上來」可解釋為從前從海上飛來。詩人是廣東曲江人，古時在中原的人，認為廣東大體上已算作海上。較好的解釋：「海上來」是「來海上」之倒裝。詩人作此詩時，是他在朝廷做官後退隱家鄉。因之這「海上來」，也可解釋為現在來到海上。次句「池潢不敢顧」，意謂詩人不願再正視中土的官位。

㈡次聯「雙翠鳥」，自然指在朝當權的李林甫與牛仙客。「側視」者側目而視，不屑正視也。「三珠樹」是中國《山海經》上珍珠作葉的神樹。「巢在三珠樹」，言李牛在朝中居高位掌權。

㈢第三聯為雙翠鳥著想，恐其遲早亦不免有被射殺之虞。可見詩人宅心仁厚，為仇人之安危設想。

㈣第四聯重複「高位者危」的明訓，向來如此，不可不戒懼。

㈤末聯寫自己現在之處境。「冥冥」寫廣闊高遠景象。意謂我歸隱田園，已不再在官場鉤心鬥角；汝等弋者，也不用再對我身上打主意了。

㈥詩人在此詩中以「孤鴻」比喻自己之清高出塵，「翠鳥」比喻李牛之短視卑鄙。此詩表明自己罷相歸里後，悠然自得，不屑與人爭池窪之地。含蓄委婉，立意高超。

㈦《全唐詩話》載：帝賜詩人白羽扇時，詩人作〈詠燕〉詩貽李林甫：「海燕何微渺，乘春亦暫來。豈知泥滓賤，祇見玉堂開。繡戶時雙入，華軒日幾回。無心與物競，鷹隼莫相猜！」詩人以「海燕」自況，請李林甫等「鷹隼」不必猜忌他。李林甫得之，知其將掛冠遠去。詩人隱退後，詩中詠鳥次數，更有增無減，本詩即其一例。

㈧詩人常以鳥來比況自己或他人，據黃永武統計，今存其詩二一八首中，提及鳥類的句子，大約有一〇六處。（《詩與美》頁二五一）

其七

江南有丹橘，經冬猶綠林。豈伊地氣暖？自有歲寒心。可以薦嘉客，奈何阻重深。

運命惟所遇，循環不可尋！徒言樹桃李，此木豈無陰？

【語譯】

江南這個地方生長有一種紅色的橘子，那橘樹到冬天還是一片綠色。豈是那個地方天氣暖和，乃是由於橘樹本來就有耐寒的天性。那樹結出的甜美果實本可進獻給嘉賓的；怎奈山川阻隔，難以辦到。

天下萬物皆受命運安排，天理循環是如何地不易揣測啊！大家只知要栽植桃李，橘樹不也一樣枝繁葉茂嗎？

【析賞】

㈠此詩中詩人以丹橘自況。首寫丹橘在冬天冰雪嚴霜情況下，保持青綠，比喻自己在奸人攻擊下，堅定不移。

㈡次聯言丹橘之「經冬猶綠」，並非「地氣暖」，而因「自有歲寒心」。文勢起伏，強化自己歷霜雪而彌勁的高度情操。

㈢第三聯文勢再作起伏。言丹橘本可供嘉客品賞，但被阻隔。比喻自己之才識應為朝廷所重而受排擠。詩人在被貶作荊州刺史時，曾作〈荔枝賦〉：「夫其貴可薦宗廟，其珍可以羞王公。亭十里而莫致，門九重兮曷通？……何斯美之獨遠，嗟爾命之不工。每被銷於凡口，罕獲知於貴躬。」亦即此意。

㈣第四聯談命運。勉作豁達語，樂天安命。

㈤結聯感慨：世人但知春天桃李美色，成蔭結果。豈知丹橘亦色美味甘，終冬猶綠耶？

寒山子

寒山子，不知何許人，生卒大概在西元六八八與七五〇年之間。以居天台山寒岩而得名。

他早歲習儒，後來學道事佛。他容貌枯悴，布襦零落，以樺皮為冠，曳大木屐，形狀怪特。時來國清寺，就拾得取眾僧殘食菜滓食之，或廊下徐行，或時叫噪，望空謾罵，寺僧以杖逐之。他反撫掌大笑而去。雖出言如狂，而有意趣。常題詩於竹木石壁上。太守閭丘胤知其賢，親往寒岩禮謁，呈送衣物。他卻反高聲斥責：「賊我！賊我！」退入石穴，不知所終。《全唐詩》錄存其詩一卷，皆無題目。茲選析其古詩四首，就詩之內容，姑且代擬詩題。

五古

吾心

吾心似秋月，碧潭清皎潔！無物堪比倫，教我如何說？

【語譯】

我的心像秋月一樣，照耀在深潭的碧波上，明瑩皎潔！沒有任何東西可與相比，教我怎麼能說得出來呢？

【析賞】

㈠此詩只可意會，不能言傳。陳慧劍《寒山子研究》說：「這首詩境是純形上化，由形再轉入『抽象的意象』。這是佛家禪語的特色。是由文字表達『靈明妙心』的上乘手法。」

㈡詩人另有一首七言古詩，說其心如明月，可與此詩互相參證：「眾星羅列夜明深，巖點孤燈月未沉。圓滿光華不磨瑩，挂在青天是我心！」

水籃與春韭

我見瞞人漢，如籃盛水走。一氣將歸家，籃裡何曾有？

我見被人瞞，一似園中韭。日日被刀傷，天生還自有！

【語譯】

我看見瞞騙別人的人，其行為就像是用竹籃盛水而走。一鼓作氣地趕回家中，他的竹籃裡究竟有些什麼呢？

我也看見忠實做事而被人欺騙的人，好像是園中的韭菜一樣，每天受人剪割。可是「快刀割不盡，春風吹又生」！

【析賞】

㈠本詩詩人用對比手法，分寫奸詐與忠厚的人，其行為結果皆在預期之外。

㈡此詩「如籃盛水，如刀割韭」。是佛經的喻言。詩人用古詩的形式，活潑生動地寫出，避免「偈子」的枯澀。

㈢本詩寫欺世者，鑽營奔走，終無所得。忠厚者雖被取奪，而生生不息，永久長存。此亦老子所云：「天道無親，常佑善人」之意也。

啀喍

我見百十狗，箇箇毛猙獰；臥者渠自臥，行者渠自行。
投之一塊骨，相與啀喍爭；良由為骨少，狗多分不平。

【語譯】

我看見百餘隻狗，個個身上的毛長得很亂。有的閑躺在地上，有的慢慢行走。忽然有人拋擲一塊骨頭在牠們面前，這群狗便馬上齜牙咧嘴，面目猙獰，吼吠相向，來爭奪這塊骨頭。因為骨少狗多，沒辦法平分呀！

【析賞】

㈠本詩描寫群狗本來安然相處，但一見骨頭，便群起爭奪。顯然以之比喻世人為利之鑽營逐鹿，繪聲繪形，淋漓盡致！

㈡「啀喍」讀作「崖柴」，犬嚙貌。本來是江南土語，詩人用之入詩，形容群狗爭食所發出的聲音與所表現之動作，充分顯示仇恨兇狠的表情，極為傳神，故即用之為詩題。

作詩

有個王秀才，笑我詩多失：云不識蜂腰，仍不會鶴膝；平側不解壓，凡言取次出。　我笑你作詩，如盲徒詠日！

【語譯】有個王秀才，譏笑我作詩有很多過失：批評我作詩不知道要避免蜂腰鶴膝的毛病，平仄不調，不押韻，幾乎像隨便說話一樣。

我笑說：「你作詩，好像是瞎子描寫太陽！」

【析賞】㈠蜂腰鶴膝指作詩用字的限制。南朝齊代沈約作《韻譜》。定詩格，創「四聲八病」之說。所謂「八病」，即「平頭、上尾、蜂腰、鶴膝、大韻、小韻、旁紐、正紐」。所謂「蜂腰」，即是五言詩中，某句第二字第五字同聲，形成兩頭大、中心細，似蜂腰也。如江淹詩「遠與君別者」，杜甫詩「望盡似猶見」之類。所謂「鶴膝」者，在一首五言詩中，第五字與第十五字同聲，以兩頭細，中間粗，如鶴膝也。如杜甫「水聲含群動，朝光接太虛，年侵頻悵望」之類。嚴羽《滄浪詩話》云：「八病嚴於沈約，作詩正不必拘此，蔽法不足據也。」

㈡此詩第五句中，「平側」疑是「平仄」，「不解壓」疑指不押韻。因詩固皆須平仄調和而押韻也。

㈢此詩最精彩處在其尾聯，詩人反唇相譏，說對方作詩，「如盲徒詠日」。其實世上「如盲徒詠日」者，何止王秀才一人，作詩一事而已！

孟浩然

孟浩然（六八九—七四〇），襄陽人，後人稱之為「孟襄陽」。隱居鹿門山。年四十遊京師；應進士試不第，仕進無門。四十八歲時，張九齡鎮荊州，署為從事。旋因背疽而卒。詩人一生多半在歸隱與漫遊中度過。其詩之主要題材，是自然山水與田園風光。他的詩清新淡遠，與王維齊名。遺有《孟浩然集》四卷。本書選析其五古三首，歌行一首。

五古

秋登蘭山寄張五

北山白雲裡，隱者自怡悅。相望試登高，心隨雁飛滅。愁因薄暮起，興是清秋發。時見歸村人，沙行渡頭歇。天邊樹若薺，江畔舟如月。何當載酒來？共醉重陽節。

【語譯】

遙想在白雲瀰漫的北山裡，隱居的您怡然自得。為著和您相望，我在這兒登上蘭山。心越神馳，眼光隨著飛逝的雁鳥投向天邊的您那兒。我懷念您的愁悵之情，隨著漸深的暮色而引起；登高的興味，更因這清秋時節而激發。

我不時看到近處村中的歸人，沙灘行走，渡口歇憩。遠望天邊的樹叢像薺菜般地矮小整齊。江岸的沙洲像月色般地皎潔。這風景雖美，卻無友人共賞；什麼時候該攜帶酒菜來，與您一同共度重陽佳節呢？

【析賞】

㈠「蘭山」即漢皋山，在湖北襄陽西北十里。「張五」名子容。這是一首詩人登高懷念其友人張子容之詩。

㈡首聯先自友人處寫。南北朝時齊高帝詔請道士陶宏景出山做官，問他為何隱居山中？住在山上有何好處？陶答之以詩云：「山中何所有？嶺上多白雲。只可自怡悅，不堪持贈君。」詩人引用其意，寫友人隱居白雲深處之閒逸生活，兼示不勝嚮往之情。李白讚嘆孟浩然亦說他是「白首臥松雲」。

㈢次聯寫自己之登高：「相望試登高」，由思念而登高相望。「心隨雁飛滅」，雁常成群飛行，思念隨雁在天際飛翔隱沒，表示遙不及見之意。借用獨孤及詩：「日南望中盡，唯見飛鳥滅。」

㈣第三聯：「愁因薄暮起」，寫登高懷遠之時間，炊煙四起，暮色蒼茫，正是愁悵不堪時分。「興是清秋發」，寫登高季節，轉用張九齡詩句：「清秋發高興」。

㈤以次兩聯寫登高所見：「時見歸村人，沙行渡頭歇」是動態近景。「天邊樹若薺，江畔洲如月」是靜態遠景。此聯上句襲用戴暠詩：「今上關山望，長安樹若薺。」下句類似庾信詩：「峽路沙如月，山峰石似眉。」

㈥結聯點出寄詩之意：「何當載酒來？共醉重陽節。」相期重陽聚會。「重陽」呼應前文之「登高」與「清秋」。

夏日南亭懷辛大

山光忽西落，池月漸東上。散髮乘夕涼，開軒臥閒敞。荷風送香氣，竹露滴清響。

欲取鳴琴彈，恨無知音賞。感此懷故人，中宵勞夢想。

【語　譯】

山上的太陽匆匆西沉，池上的月亮在東方漸漸升起。我披著散開的頭髮，在這傍晚乘涼。打開長廊的窗戶，面向安靜寬敞的地方躺著。荷池上的微風，送來陣陣的香氣。靜聽竹葉上的露珠滴滴落下，發出清脆的響聲。

我很想拿起琴來彈弄一下，卻恨沒有知音的人來欣賞。由此我懷念起老友來，這想念一直帶我進入夢寐之中。

【析　賞】

㈠這篇古詩寫夏日山居懷友，層次井然。

首聯先從日落月出寫起：首句日光西斂，而日落用「忽」字顯示日沉西山之速。次句池月東升，而月出用「漸」字表現月亮緩緩而上。夏日可畏，喜其「忽」沉。明月可愛，愛其「漸」升。對物愛惡不同，感受其緩速亦異。此聯對仗，寫黃昏晚景。清幽靜爽。「池」字為下文「荷風」伏筆。

㈡次聯寫詩人之行動：按古人蓄髮，把頭髮挽上頭頂束住，再戴上帽子。上句「散髮乘夕涼」，描寫詩人放浪不拘的神態。下句「開軒臥閒敞」，描繪詩人閒散自在的心情。此聯來自陶淵明文：「五六月中北窗下臥，遇涼風暫至，自謂是羲皇上人。」

㈢第三聯寫詩人嗅聞：上句「荷風送香氣」，嗅到荷風送香，可見空氣之清涼。下句「竹露滴清響」，聽到竹露滴響，可見四周之靜寂。同時露滴也表示夜深。沈德潛稱此「荷香露滴」為「清絕」之境界。此聯充分顯示詩人詩風清新之特色。皮日休稱孟詩之特色是：「遇景入詠，不拘奇抉異。只說其閒情逸致，輕描如行雲流水，而韻致盎然！」

㈣第四聯寫詩人之興致。在上聯那種清涼的境界中，很自然地使人想到幽雅的音樂，引發「欲取鳴琴彈」之思來。因為古琴是平和的樂器，適合在恬淡閒適的心情下彈奏。古之雅士彈琴，先得沐浴焚香，摒除塵念。《呂氏春秋》載：俞伯牙鼓琴，志在高山，鍾子期品道：「巍巍乎若泰山」。

志在流水，子期品道：「湯湯乎若流水」。伯牙稱子期為知音。子期死，伯牙亦絕弦而不復奏。此詩第七句「欲取鳴琴彈」，是「欲取」而並未取。因其第八句隨即感到「恨無知音賞」。此句乃通篇筋脈，喝起題之「懷」字，引發下聯。

㈤結出「感此懷故人」，一直延續到「中宵勞夢想」。以夢想結篇，餘味不盡！

㈥周嘯天評此詩：「寫各種感覺細膩入微，詩味盎然！文字如行雲流水，層遞自然。由境及意而達於渾然一體，極富於韻味。詩的寫法上又吸收了近體的音律、形式的長處，中六句似對非對，具有素樸的形式美。而誦讀起來諧於唇吻，又有嚴羽《滄浪詩話》的『金石宮商之聲』。」（《唐詩的天空》頁六一）。

宿業師山房待丁大不至

夕陽度西嶺，群壑倏已瞑。松月生夜涼，風泉滿清聽。樵人歸欲盡，煙鳥棲初定。

之子期宿來，孤琴候蘿徑。

【語譯】

夕陽移過西邊的山頭，周圍的許多山谷轉瞬間已經昏暗下來。松間的明月，帶來夜晚涼爽的寒氣。聽到風聲、泉聲，充滿著清幽的感覺。眼看到山中砍柴的樵夫們大都回家去了。暮靄中的飛鳥，剛剛都棲息下來。

你約定了要來這裡過夜的。我只好獨自地攜著琴，在這長滿藤蘿的小路上等候你。

【析　賞】

㈠題目「業師」是個法名「業」的僧人。「山房」是山中房舍，在此當指僧舍。這首是詩人自述其期待友人遲遲不至之詩。詩之主題在「待」。全詩洋溢詩人閑適之情調。

㈡詩一開始在未宿之前，先描寫山中黃昏景色。首聯統寫嶺長壑深之景色。次聯細寫一片清幽夜景。上句青松冷月是所見，下句風聲泉響是所聞。在松、月、風、泉之景中，融合適意幽靜之情。

㈢第五、六句以「樵歸」、「鳥棲」喻丁大之應已來宿。用一「欲」字隱含「未盡」之意，暗喻丁大即應歸而尚未歸之人也。

㈣末聯：「之子期宿來」，道出丁大遲遲未到之事實。「孤琴候蘿徑」，點出「待」字，轉折作結。雖從黃昏至月上，久候不至，詩人並不焦躁。攜孤琴於蘿徑，充分顯示詩人安閑中等待友人之情。惟「孤」字亦難掩孤寂之感。

歌行

夜歸鹿門山歌

山寺鐘鳴晝已昏，漁梁渡頭爭渡喧。人隨沙岸向江村，余亦乘舟歸鹿門。
鹿門月照開煙樹，忽到龐公棲隱處。巖扉松逕長寂寥，唯有幽人夜來去。

【語譯】

山上廟裡的鐘聲傳來，暮色已經漸漸昏暗了。橋梁渡口處許多人在為著過渡喧嘩。過渡後的人們都順著沙岸向江邊村落走去。我也乘船到此，從此捨舟登陸回到鹿門山來。

不久在月光下，鹿門山樹梢上煙消雲散。不知不覺地我已到達當年龐德公隱居的地方。那山岩旁的柴扉、松林內的小徑，都長年寂寞，行人很少。只有尋幽隱逸的人，才獨自地往來這個地方。

【析賞】

㈠「鹿門山」在湖北襄陽東南三十里。詩人曾隱居於此。此詩是其素描夜歸之作。

㈡上段四句先從黃昏寫起，開首聞到「山寺鳴鐘」，已點出世外情境，為下文鹿門伏筆。見到「爭渡喧」，烘托塵囂紛擾之意。

㈢次聯「人隨沙岸向江村，余亦乘舟歸鹿門」，暗喻詩人與世人相遺、遠避塵世。詩人田園詩模仿陶淵明、謝靈運，其語彙「沙岸」、「江村」，有意無意中似襲用謝靈運詩：「曠野沙岸淨」，與謝朓詩：「曖曖江村見」。

㈣此詩下段四句以頂真法轉韻。在時間上，亦自日落而月出。

㈤鹿門山明月之下，一片煙樹，岩扉松徑，正是理想的歸隱之地。「幽人」是詩人自稱。在此清幽之境中，可見詩人怡然超脫的隱士形象。

㈥「龐公」指龐德公。《後漢書・逸民傳》：「龐公者，南郡襄陽人也。居峴山之南。未嘗入城府。荊州劉表數延請不能屈。後遂攜其妻子登鹿門山，因採藥不返。」本詩「忽到龐公棲隱處」，顯然詩人有步武其後塵之意。

李 頎

李頎（六九〇——七五〇），祖籍趙州（今河北趙縣），家居穎陽（今河南洛陽一帶）。開元十三年（七二五）進士。曾任新鄉縣尉。與王昌齡、高適、王維等交遊。仕途不得意，歸居嵩山之下。一說他是雲南東川人，故而世稱「李東川」。他信仰道教，喜歡慷慨任俠之風。長於寫邊塞征伐，喜歡描繪當代不羈人物，以充沛辭氣歌詠之。茲選其五古、七古、樂府各一首。

五古

贈張旭

張公性嗜酒，豁達無所營。皓首窮草隸，時稱太湖精。露頂據胡床，長叫三五聲。興來灑素壁，揮筆如流星！下舍風蕭條，寒草滿戶庭。問家何所有？生事如浮萍。左手持蟹螯，右手執丹經。瞪目視霄漢，不知醉與醒！諸賓且方坐，旭日臨東城。荷葉裹江魚，白甌貯香粳。微祿心不屑，放神於八紘。時人不識者，即是安期生。

【語譯】

張公喜歡喝酒，性情豁朗達觀，不經營什麼生計。老來頭髮俱白，草書、隸書都寫得極好。當時的人稱他是「太湖精」。他光禿禿地盤據在交椅上，有時長嘯三五聲來發洩胸中之氣。興致來的時候在白壁上寫字。揮起筆來像流星般地急速！

他簡陋的家中，清風蕭瑟，戶院裡滿地荒草。問他家裡有些什麼呢？他生活飄蕩像浮萍一樣。在有酒可飲的時候，他左手拿著螃蟹的螯足，右手執著道家的經典。對高空睜著眼睛，神采飛揚，不知道是醉還是醒？

諸位來賓暫且安坐下來。張旭每天都要到東城來的。只要看到：荷葉裡裹著江中新捕的鮮魚，白瓦盆中貯著不黏的香米。有此他便心滿意足。他不屑於微薄的官職薪俸，放馳心神於九州之外。當時不認識他的人，說他是漢武帝派人入海去訪求的蓬萊仙人「安期生」哩。

【析　賞】

㈠此詩是詩人描寫與其同時期之「草聖」張旭。張旭擅書法，尤善草書。嗜酒。每大醉，呼叫狂走，乃下筆；或以頭濡墨而書。既醒，自視以為神，不可復得也。時人稱之為「張顛」。唐玄宗時，張旭草書、李白詩歌，與裴旻劍舞，並稱為「三絕」。

㈡此詩分三段，每段八句。上段押平聲庚韻，中段換平聲青韻，末段又回平聲庚韻。「庚」「青」相通，從寬點說，此詩亦可說是通篇一韻到底。

㈢首段開端：「張公性嗜酒」，標出張旭「嗜酒」之特性。「豁達無所營」，寫張旭之襟懷與操守。兩句統攝全篇。繼言「皓首窮草隸」，特出張旭之以書法見長。「時稱太湖精」，因張為蘇州人，生於太湖之濱，故被稱為太湖之精靈。

以下四句即描繪張旭草書時之神態，瘋顛絕倒！

㈣中段上四句寫其家貧，回應開篇次句之「無所營」。下四句描寫其有酒可飲時狂放之神態，寫足篇首之「嗜酒」。

㈤末段寫張旭之超塵絕世。「八殥」指大地之極限。《淮南子・地形》：「九州之外，乃有八殯。」「安期生」是傳說中之一仙人名。《史記．封禪書》載：漢武帝以方士李少君言，遣使入海訪求蓬萊仙人安期生。

㈥張旭飲酒草書之狂態，正顯示其是一狂放不羈、天才卓絕之奇人。非市井臥倒街頭之醉鬼可比。從其行為中，可見其不拘禮法之態度、漠視名利之襟懷。使吾輩終生為世俗束縛之人讀之，不啻一爽心神之清涼劑。

七古

送陳章甫

四月南風大麥黃，棗花未落桐葉長。青山朝別暮還見，嘶馬出門思舊鄉。
陳侯立身何坦蕩，虯鬚虎眉仍大顙。腹中貯書一萬卷，不肯低頭在草莽。
東門酤酒飲我曹，心輕萬事如鴻毛。醉臥不知白日暮，有時空望孤雲高。
長河浪頭連天黑，津吏停舟渡不得。鄭國遊人未及家，洛陽行子空歎息。
聞道故林相識多，罷官昨日今如何？

【語譯】

四月裡南風吹拂，麥田裡的大麥呈現已熟的金黃色。棗花還未飄落，桐樹的葉子已經長大了。你在這時離開這青山，暮晚還可看見。坐騎高鳴，出門想往故鄉。

陳君立身曠達坦率，面上有虬曲的鬍鬚，虎般的濃眉，額角寬闊。肚子裡貯滿萬卷文書。自然是不肯伏身於草莽之間的。

我們相別時，在東門買酒共飲。你把萬事都看得像鴻毛一樣輕。醉躺著彷彿不曉得天色晚了。有時仰首悵望那高空孤雲浮動。

你這一去，長江上浪潮洶湧。遠接天際一片陰暗。渡頭上官吏也許停航。你這鄭國的遊子尚未到家。我們旅居在洛陽的人，只有空空地惦念而已。

聽說你在故鄉相知的人很多。不知道剛剛罷官回家的你，現在心情如何？

【析　賞】

㈠陳章甫，江陵人，家居嵩山。據《全唐文》載：他開元間應制科及第；因籍貫不符，吏部不予錄取。後上書力爭，始破例錄取。此詩是他罷官返鄉之際，詩人為之送行而作。

㈡首段四句寫分別時節。「青山朝別暮還見」，有縈懷山川、留戀京邑之意。「嘶馬出門思故鄉」，落入題旨。

㈢次段四句寫陳章甫面貌雄偉，飽學多才，非甘伏林泉之士。

㈣第三段四句寫餞行暢飲。「心輕萬事如鴻毛」。可見陳之曠達高昂。「孤雲高」取意自陶淵明詩：「萬族各有托，孤雲獨無依」。謝靈運亦有詩云：「達人貴自我，高情屬天雲。」

㈤第四段四句惦念陳君旅遊。暗示世途險惡。

㈥末段兩句以「故林相識多」相慰。末句「罷官昨日今如何」，有不勝感慨思念之情。

㈦明代詩評家胡應麟《詩藪》評：「盛唐高適之渾，岑參之麗，王維之雅，李頎之俊，皆鐵中錚錚者。」

樂府

古從軍行

白日登山望烽火，黃昏飲馬傍交河。行人刁斗風沙暗，公主琵琶幽怨多。

野營萬里無城郭，雨雪紛紛連大漠。胡雁哀鳴夜夜飛，胡兒眼淚雙雙落。

聞道玉門猶被遮，應將性命逐輕車。年年戰骨埋荒外，空見蒲桃入漢家！

【語譯】

白天登山看見遠處燃起報警的烽火，知道邊境告急。傍晚時分我們已趕到交河，引馬飲水了。入夜風沙黑暗，軍營中只聽到巡夜的打更，偶爾琵琶奏出當年和番公主的心聲，幽怨得很。

在平沙無垠的萬里，行軍紮營原野，沒有城郭。雨雪紛紛，與大沙漠連成一片。胡地鴻雁哀鳴著夜夜飛過，胡地少年聽了，眼淚也雙雙垂下。

聽說通到玉門關的道路，仍然被阻隔。我們只能拼著性命，跟隨著戰車向前了。年年只見戰士的白骨，被棄置在邊地荒野。換取的，只見西域的葡萄送到漢家來而已！

【析賞】

㈠〈從軍行〉是樂府古題，相和歌辭、平調曲。樂府解題云：「皆軍旅苦辛之辭」。此詩則寫當代之事，諷刺窮兵黷武之國策。因懼觸犯忌諱而獲罪，故在題上加一「古」字。

㈡此詩分段，每段四句，首段四句平聲歌韻，寫軍中緊張生活。第一句「白日登山望烽火」，寫白天警戒，登山望烽火，見烽火即有邊警。第二句「黃昏飲馬傍交河」，軍隊立即奔赴前線，黃昏時到達交河。交河在今新疆吐魯番西南。在此借指邊疆河流。第三句寫黑夜。「刁斗」是軍中銅製之炊具，白日用之煮飯，夜晚敲擊代替更柝。「公主」指烏孫公主。《漢書》本傳載：「烏孫公主本是江都王劉建之女，武帝時飾為公主，遠嫁烏孫國主昆莫。昆莫年老，言語不通，公主悲傷。後依烏孫國俗，嫁昆莫之孫岑陬為妻。」此段第三、四句對仗。

㈢中段四句轉仄聲藥韻，寫邊陲淒寒景象。荒涼無人，雨雪紛紛。胡雁飛鳴，胡兒尚且哀鳴落淚，遠戍之漢族「行人」，更何以堪？

㈣末段四句轉平聲麻韻，寫征夫之命運。「玉門」句指玉門關，是中原通西域必經之關口。《漢書・班超傳》有云：「臣不敢望到酒泉，但願生入玉門關。」此詩中「玉門猶被遮」，則據《史記・大宛列傳》：「武帝太初元年，命李廣利攻大宛，欲至貳師城取善馬。戰不利，士卒飢，請罷兵。武帝聞之大怒。使使者遮玉門關曰：『軍有敢入者輒斬之！』」意謂出征者已無歸路。故即緊承云：「應將性命逐輕車」。輕車是戰車。古時作戰，戰車在前，士卒隨後，故出征者只好跟隨戰車，向前拚命。結果呢？「年年戰骨埋荒外，空見蒲桃入漢家」。結出全篇主旨，筆力千鈞！《漢書．西域傳》：「大宛以葡萄為酒……宛王遣子入侍，歲獻天馬二匹，漢使采葡萄種歸。」

㈤此詩章法上分三段，每段四句一韻。整首詩分開來看，每段是首絕句。整體來看，全篇皆寫軍旅苦辛。全是題中應有之事。第一段寫軍中備戰之緊張生活。第二段寫行軍塞外之淒寒景象。重點在第三段，寫士卒生還無望之命運。

在第三段中，首句「玉門被遮」，言歸路封閉。次句「性命逐輕車」，言士卒被驅入戰場。第三句寫年年戰爭，棄屍荒外，言千萬士卒之慘重犧牲。末句言所得之戰果，不過是「空見蒲桃入漢家」而已。何等有力之諷刺！

㈥此詩所詠者雖屬漢代舊事。唐人常借漢指唐。唐玄宗早期雖有開元之治，厚植國力；天寶以後，即開始擴邊政策，對外用兵。詩人有鑑於此政策，將帶來無窮之苦難，乃作此詩，對當政者迎頭棒喝：勿輕易發動戰爭！

王昌齡

王昌齡（六九八——七五六），字少伯，京兆人，開元十五年（七二七）進士。補校書郎，調汜水尉。因不拘小節，貶龍標尉。後棄官退居江夏，被刺史閭丘曉妒殺。王擅長七絕。《全唐詩》編存其詩四卷，茲選析其〈塞下曲〉一首。

塞下曲

樂府

飲馬渡秋水，水寒風似刀。平沙日未沒，黯黯見臨洮。
昔日長城戰，咸言意氣高。黃塵足今古，白骨亂蓬蒿！

【語譯】

涉過秋天的澗水，牽馬來飲。水很寒冷。風像刀般割裂皮膚。平曠的沙漠上，日色還未消沒。暮色黯黯中可以遙見臨洮的城垣。
從前的長城戰役，講起來大家都說鬥志高昂。然而現在黃色塵沙覆蓋今古，能看到的只有那些散亂在蓬草蒿稈之間的白骨！

【析賞】

㈠飲馬涉水，點出秋季行軍。「水寒風似刀」可見天氣寒冷。平沙日暮，黯見臨洮，可見遠入塞外。按「臨洮」是縣名，在今甘肅省岷縣治，始置於秦，蒙恬築長城，西端即起於此。唐以後，沒於吐蕃。
㈡聯想到長城之戰，意氣高昂。今則黃塵覆蓋今古，蓬蒿中惟留白骨。一揚一抑，令人不勝感慨！

王維

王維（七〇一——七六一），字摩詰，太原祁（今山西祁縣）人。其父遷居於蒲（今山西永濟），遂為河東人。世代為官。詩人穎異，九歲能作詩文。十六歲作〈洛陽女兒行〉，十七歲作〈九月九日憶山東兄弟〉詩，十九歲作〈桃源行〉，文名震遐邇。二十一歲進士科及第。因知音律，初授太樂丞；繼謫濟州司倉參軍，皆八品下之微官。四年後辭官浪遊河南陝西各地。隱居嵩山，又遊歷巴蜀。直至三十四歲時，始得宰相張九齡之賞識，擢為右拾遺。旋升為監察御史，巡察西北邊地。再返朝任文部郎中。安史亂中，詩人被安祿山俘虜，迫任給事中偽職。亂平後，降為太子中允。旋為給事中，累進至尚書右丞，故世稱「王右丞」。

詩人終生徘徊於仕官與隱退之間。曾隱居嵩山、終南山。晚年定居輞川莊信佛行善。常作詩寄情山水，宣揚禪理。後人尊之為「詩佛」。實則詩人對詩、書、畫、音樂無不精到。在詩作上，詩人擅用細緻入微的白描手法，描繪大自然的清幽美景，抒發自己對人生世事的淡泊情懷。遺有《王右丞集》、《全唐詩》編存其詩四卷。

五古

送別

下馬飲君酒，問君「何所之？」君言「不得意，歸臥南山陲。」「但去莫復問，白雲無盡時！」

【語譯】

請你下馬來飲我這杯與你話別的酒。請問你「將要到哪裡去？」你說：「遭遇不順心，只好歸隱到終南山邊去。」那麼：「你儘管去罷，其他的都不必問了。那山裡的白雲是永遠不會窮盡的！」

【析賞】

㈠此詩送友人歸終南山退隱。全篇用問答式。詩中無通常之離情別緒，反促其安心歸隱。「白雲無盡」意謂可盡情欣賞大自然美景。則今日君之「不得意」，來日可能「最得意」也！

㈡西洋文字，動詞隨著主體而變化，中文無此特徵。故此詩首句必須從詩意內確定動詞之主體。

表面上粗淺地看，首句「下馬飲君酒」，是「我下馬來喝你的酒」。但詩題「送別」。在通常情形下，沒有遠行者在道旁置酒，請送行者來飲的事。所以這句應該解釋是：請你下馬來，飲我這杯為你餞行的酒。「君」字在此不能作「你的」酒的形容詞，而須作動詞「飲」的直接受詞。「酒」是「飲」的間接受詞。「飲君酒」是「飲君以酒」。而「下馬」者是遠行的人，不是送行的人。

㈢第五句之「莫復問」言不須再問，是承上啟下之詞。此詩用意全在結句，感慨寄託，盡在

「白雲無盡」中！

送綦毋潛落第還鄉

聖代無隱者，英靈盡來歸。遂令東山客，不得顧采薇。
既至金門遠，孰云吾道非？江淮度寒食，京洛縫春衣。
置酒臨長道，同心與我違。行當泛桂棹，未幾拂荊扉。
遠樹帶行客，孤城當落暉。吾謀適不用，勿謂知音稀！

【語譯】

在天子聖明的時代，天下有才幹的人，都出來為朝廷效勞。即使原來隱居山林的高士，也不能只顧在山上採薇而不出仕。你也就因此出來求仕進了。

不幸你到京城後，考試落第，未能踏上仕途。誰說我們的看法有不對的地方呢？去年寒食節時你遠渡江淮來此。現在京都你縫製春衣準備還鄉。

今日我在這長安大道上，備下酒席，為你這位與我志同道合的人餞行。你就將乘船歸去，不久便可到家了。

這時我遙望遠處的樹林，伴隨著你的旅程遠去。仰看落日餘暉映照在孤獨的城樓上。細想起來，只是我們的願望沒有實現而已，你可不要因此就以為世界上缺少了解你的人呀！

【析賞】

㈠綦毋潛，複姓綦毋，名潛。開元才子，歷任集賢院待制，右拾遺，終至著作郎。當其初落第還鄉時，詩人作此詩以送之。

㈡詩之首段四句，先寫聖明時代，野無遺賢。「東山客」指東晉時謝安，當初曾高臥東山，不受徵召。「採薇」句指不出來做官，依據《史記．伯夷列傳》：「義不食周粟，隱於首陽山，採薇而食之。」

㈢次段四句述綦毋潛落第。第五句「既至金門（一作『君門』）遠」。「金門」是「金馬門」之簡稱。漢時金馬門與玉堂殿為文學之士出仕之官署，故「金門遠」言考試落第。不能達到金馬門。第六句「孰云吾道非？」借用《孔子家語》：「楚昭王聘孔子，孔子往。陳蔡發兵圍孔子。孔子曰：『詩云：「匪兕匪虎，率彼曠野。」吾道非乎？吾何為至此乎？』」詩人借此，意謂「時不我予，並非吾道之非」。以你我並舉，寬慰其懷。

㈣第三段四句寫送行。第九句「臨長道」，《唐文粹》作「長亭送」，《唐詩別裁》作「長安道」。第十一句「桂棹」是桂樹做的槳，即船槳。「泛桂棹」句與上文「度江淮」句呼應。

㈤末段四句寫送行景色，並慰其終有為人賞識之時。「遠樹行客」，寫友人遠去。「孤城落暉」寫送行者回返時一片落寞之情。與同時期之李白送行詩：「浮雲遊子意，落日故人情」，異曲同工。結語二句，化用古詩：「不惜歌者苦，但傷知音稀。」慰藉行人。

㈥此首送別詩，敘事、寫景、抒情，反覆安慰落第友人歸鄉，委婉曲折，勉慰情深。故沈德潛《唐詩別裁》評論：「反覆曲折，使落第人絕無怨尤。」

曉行巴峽

際曉投巴峽，餘春憶帝京。晴江一女浣，朝日眾雞鳴。
水國舟中市，山橋樹杪行。登高萬井出，眺迴二流明。
人作殊方語，鶯為故國聲。賴多山水趣，稍解別離情。

【語　譯】

天明時我乘船進入了巴峽，值此暮春時節，我的心卻仍然浸在長安洛陽的回憶裡。眼見晴朗的江面上，有個姑娘在岸畔浣紗。早晨的太陽已昇起，耳中卻還聽到許多雄雞在叫。這裡風景很特殊：環顧江上船隻聚集，形成水上市集。仰看山間的橋樑，好像架在樹梢上。登上高山，可俯瞰到四周的民居。長江與嘉陵江兩條清澈的河流，就在此匯合。

此地人講的是我聽不懂的方言，可是黃鶯的啼聲還是和長安的一樣。幸虧此地山水恁地有趣，可稍微解除些我的離情別緒。

【析　賞】

㈠此詩是開元二十一年詩人遊巴蜀時之作。詩題中之「巴峽」，指從四川沿長江東下之九十華里水域，包括石洞、銅鐸、明月三峽。

㈡「水國」句寫三峽中交通以舟船為主。市集若在船上。「山橋」句寫山上吊橋，高度可及樹梢。在山谷樹林中上望，若隱若現。此聯寫巴峽景色，奇極妙極！

㈢「殊方語」指詩人不習之四川方言。然「鶯為舊國聲」。非詩人通曉鳥語，乃詩人心在舊國耳，回應篇首「憶帝京」。

㈣篇末「山水趣」統括上文，「稍解別離情」，呼應篇首：「餘春憶帝京」。流露詩人失意浪遊時，無時不心存魏闕。

獻始興公

寧棲野樹林，寧飲澗水流。不用坐粱肉，崎嶇見王侯。
鄙哉匹夫節，布褐將白頭。任智誠則短，守任固其優。
側聞大君子，安問黨與讎？所不賣公器，動為蒼生謀。
賤子跪自陳，可為帳下不？感激有公議，曲私非所求。

【語譯】過去我曾認為：寧可住在山野裡，喝山澗的清水，也不能為著好米好肉，彎腰曲背地向王侯們討生活。

現在我才覺悟到那種人的氣節，是如何的粗鄙。如此下去，注定要穿著粗布衣裳，貧困到老。所以我現在出來，想找個職位。我自知不算聰明，但自信還有保持操守的優點。

我聽說偉大的君子，是不計較對方在過去是友是敵。您並不是玩弄官職的人，做事經常在為民眾謀利益。

卑賤的我跪著向您陳說，能否讓我加入您的幕下？我很感激您作個公正的評斷，並不妄求您委曲私情。如蒙接納，將是我莫大的榮幸。

【析　賞】

㈠詩題獻始興公。「始興公」指張九齡，他是廣東始興人，開元二十二年官居相當宰相之中書令。詩人則於開元十年至十四年間被貶在濟州為司曹參軍，是一「八品下」的地方倉庫管理員。後棄官浪遊。為求張九齡援引，於開元二十二年作此詩獻給張九齡。張亦早已聽到詩人之才名，乃請准授予中書省右拾遺之職。中書省有右拾遺定額二名。雖官階只是「從八品上」；但能回朝廷，在天子身邊，可以直接參與政治，能在朝廷發言或提意見書，是詩人仕途上一大躍進。

㈡此詩十六句可分四大段。首段先說過去的矜持。次段覺察自外於人之非。第三段仰望張公寬宏大量。其所提之「黨與仇」，隱指詩人十餘年前在長安府試中，曾超越張弟張九皐成為榜首之事。希望張公不再計較。末段不卑不亢，感激張之接納。

寄荊州張丞相

所思竟何在？悵望深荊門。舉世無相識，終身思舊恩！

方將與農圃，藝植老邱園。目盡南飛鳥，何由寄一言？

【語譯】我所思念的人在什麼地方呢？我很惆悵地遙望那遠處的荊門。這個世界上再也沒有賞識我的人了。我一輩子都思念著您老人家從前提拔我的恩典！

現在朝廷的人事完全改變了。李林甫們執掌政權。我就將回家種田去，終身在邱園裡種植蔬菜花果。眼看南飛的鳥不見蹤影，我心裡的話如何能傳達給您呢？

【析賞】㈠詩題「張丞相」指張九齡。開元二十二年，詩人曾受張九齡援引入朝為右拾遺。開元二十五年，張九齡受李林甫等排擠出朝，貶為荊州長史。詩人感懷，賦此詩寄奉。詩題仍尊之為「丞相」，表示部屬對老長官之尊敬。

㈡首聯先以懷望興起。次聯言懷念舊恩，因張九齡為相時，擢詩人入朝為官；張去，詩人亦失去支柱。

㈢張被迫下野後，朝廷由李林甫等把持。朝政日趨腐敗。下段詩人自述即將歸隱田園。荊州在長安之南。故結句「目盡南飛鳥」，喻詩人仰望神馳荊州張丞相之情。「南飛鳥」別本作「南無雁」，借雁足傳書故事。與下句「何由寄一言」，一氣貫通。

渭川田家

斜陽照墟落，窮巷牛羊歸。野老念牧童，倚杖候荊扉。
雉雊麥苗秀，蠶眠桑葉稀。田夫荷鋤至，相見語依依。
即此羨閒逸，悵然吟式微！

【語譯】

夕陽西下，餘暉照著村莊，牛羊回到僻陋的巷裡。田野裡的老人心念著在外的牧童，拄著拐杖在柴門邊等候。

雄的野雞啼叫，正是田野裡麥苗吐穗的時節。家中蠶兒正眠，桑葉也稀少了。在田中耕作終日的農夫們揹著鋤頭回家，彼此相見，談長說短，捨不得分手。

看著這些景色，我很羨慕這農村閒適安逸的生活，惆悵地唱起《詩經》上：「式微，式微，胡不歸」的詩來！

【析賞】

㈠首段四句先寫傍晚農村景象。本諸《詩經》「日之多矣，牛羊下來」之意，以興下文「君子於役，倦世歸隱」之情。

(二)中段四句寫農事。雉雊句示麥秀時節，蠶眠句示蠶收在望，「荷鋤」「依依」寫深厚人情。

(三)末段二句結出主旨。詩人羨慕農村閑逸之情。「悵然吟式微」。「式微」乃《詩經・邶風》篇首句：「式微，式微，胡不歸！」「式微」是衰落之嘆。意謂「不得意時，不如歸去」。

(四)此詩平淡自然，寫農村初夏傍晚景色如畫；與百餘年前王績之〈野望〉詩，情調相似。

青谿

言入黃花川，每逐青谿水。隨山將萬轉，趣途無百里！
聲喧亂石中，色靜深松裡。漾漾泛菱荇，澄澄映葭葦。
我心素已閒，清川澹如此！請留盤石上，垂釣將已矣！

【語譯】

進入黃花川，往往要沿著青溪水而行。隨著山勢，有千萬次的轉折；直達的路程卻不過百里而已。

青溪水流沖濺在亂石上，發出響聲。兩岸松林，卻是一片安靜的色調。有時船行到靜闊的水面，船在菱角荇菜間浮泛，清澄的水色掩映著岸邊的蘆葦。

我的心向來很寧靜，這青溪水又如此澹淨。就讓我留在這溪邊的大石上，手持釣竿以了此生罷！

【析　賞】

㈠「青谿」在今陝西省勉縣東。篇首「言」字是發語辭。「入」含「歸」意。「黃花川」在今陝西省鳳縣東北部。「每逐」之「逐」，是隨從之意。表示詩人心情閒逸，隨興漫遊。

㈡次聯「隨山將萬轉，趣途無百里」。路程百里，而隨山萬轉，極寫溪流在群山中迴環曲折，大有「尺幅千里」之美！南齊謝朓詩有聯：「淩崖必十仞，尋壑將萬轉。」

㈢第三聯寫深山中所聞所見：「聲喧亂石中，色靜深松裡」。以水沖亂石之喧，反襯深松之靜。類似詩人〈鳥鳴澗〉詩中，以鳥鳴襯托夜靜，同一高超手法。

㈣第四聯寫舟行較闊水面之景，「漾漾」疊辭寫水搖動貌，「澄澄」疊辭寫水靜止狀，與詩人同時期之儲光羲詩有聯：「遲遲菱荇止，泛泛菰蒲裡。」

㈤第五聯道出詩人之感受：「我心素已閒，清川澹如此。」陳述詩人心境已與大自然融合為一，形骸俱忘，情景一致。

㈥最後結出：「請留盤石上，垂釣將已矣！」「盤石」是大石，盤同磐。徐陵文：「居蔭高松，臥依磐石。」詩人結語，含有〈古詩十九首〉中：「良無盤石固，虛名復何益」之意。

㈦殷璠《河嶽英靈集》評：「王維詩，詞秀調雅，意新理愜，在泉成珠，著壁成畫，一字一句，皆出常境。」

(八)此詩寫青溪景色，抒發自己情志，平淡自然，意趣自在其中。

偶然作（六首選一）

老來懶賦詩，惟有老相隨。宿世謬詞客，前身應畫師。
不能捨餘習，偶被世人知。名字本皆是，此心還不知。

【語　譯】

我年紀老了懶得作詩。好像只有衰老伴隨著我。在這世界上我誤成詩人，想必我的前身應該是個畫師吧！

我不能捨棄剩餘的習性，偶然間得到些名聲。為著想可無垢，遂取名「維摩詰」，只是大家還不了解我的心意。

【析　賞】

(一)此首五言古詩，是詩人向世人自白。首聯兩用「老」字，當是其晚年作品。詩人有「偶然作」六首，以連作方式，坦率地自我表現，此首為其六，總結其自白。

(二)在世俗中，詩人因有詩畫之聲譽，不勝求索之累。詩畫反成為其煩惱之緣由。次聯詩人謙稱「謬」詞客。而自信對繪畫有天賦。實則詩人多才多藝，除詩文外，兼通音樂繪畫。草隸書法亦極出色。

專就繪畫言：晚唐朱景玄《唐朝名畫錄》中，列王維為妙品上七人之一。他擅長寫真、山水、松石、樹木。其〈襄陽孟浩然馬上行吟圖〉，即其寫真。其〈輞川圖〉繪其別墅輞川莊。與其《輞川集》詩，渾成一體。為唐朝南派水墨畫法文人畫之開山祖。北宋蘇軾〈題摩詰藍田煙雨圖〉即稱讚：「味摩詰之詩，詩中有畫；觀摩詰之畫，畫中有詩。」

㈢末聯「名字」是指王維的名與字，也就是「維摩詰」，是梵語Vimalakirti的音譯。原是「無垢」的意思。詩人取用此名字，希望在世俗污濁中，可以清淨無垢。惜世人之不見諒也。

藍田山石門精舍

落日山水好，漾舟信歸風；探奇不覺遠，因以緣源窮。遙愛雲木秀，初疑路不同；安知清流轉，偶與前山通。捨舟理輕策，果然愜所適。

老僧四五人，逍遙蔭松柏。朝梵林未曙，夜禪山更寂；道心及牧童，世事問樵客。

暝宿長林下，焚香臥瑤席；澗芳襲人衣，山月映石壁。

再尋畏迷誤，明發更登歷。笑謝桃源人，花紅復來覿。

【語譯】

斜陽中山水美好，我蕩著小船，順風歸去。想要探尋奇跡，不覺得路遠，慢慢地來到水源的盡頭。遙遠地望著天上的雲彩，兩岸樹木，景色秀麗。起初還以為走錯了路，那裡知道清溪轉彎，卻與繞過前山的水路是相通的。足見這山景的曲折幽深。於是我便離船登岸，扶杖而行。果然到達一個很愜意的地方。

那兒有四、五個年老的和尚，在松樹蔭下自由自在地閒談。他們起身誦經時天還未亮，夜晚打坐靜思，山間更是寂靜。他們心情純潔，可比隔絕世事的牧童；只有從樵夫口中，略知世外情事。

天黑了，我露宿在深密的樹林下。燒一爐清香，躺在潔淨的蓆子上。衣服上浸入澗旁野花的芳香。皎潔的月光，灑射在石壁上。

我因天晚怕迷失路途，不再尋奇了。打算等天明以後，再登山遊覽。笑著謝別這桃花源的人，等到明年花開的時候，要再來看望你們。

【析　賞】

㈠「藍田山」在陝西藍山縣東南。「精舍」本是精美之房屋，在此指佛教徒居住之所。「石門」當是精舍所在之地。

㈡此詩收錄在《河嶽英靈集》中，推定是天寶十二年（七五三）詩人五十二歲前作品。詩人十九歲時（七一九）曾就陶潛之〈桃花源記〉而作〈桃源行〉。此詩可視作詩人終身嚮往之桃源仙境之實現。故詩人結句逕稱居住石門精舍之僧侶是「桃源人」。

㈢此詩寫其遊石門精舍，自探勝至告別，層次井然。幾乎與〈桃源行〉同一情調。大致可分四段：

首段十句寫尋幽探勝，由漾舟緣源而捨舟理策，進入藍田山石門，山重水複，美景如畫！

次段自老僧至樵客六句，寫石門精舍老僧之生活心態。舉出牧童與樵夫，兩者皆習居山野，不干利祿。「牧童」句可能引用《莊子・徐无鬼》故事：黃帝遇一牧童，驚異其能應答許多問題，乃詢之治國之道。牧童答曰：「此與我牧馬何異？除去害群之馬可也。」「問樵夫」句蓋以樵夫在山上砍柴後，必須入市轉售他人，與世人交往，故乃成為世外消息之來源。由此側筆寫其地與世俗隔絕，是遠離塵囂之世外桃源。

第三段自「暝宿」至「石壁」四句寫詩人夜宿精舍，清絕！

末段四句寫將再來。「笑謝」示賓主盡歡。「桃源人」指老僧，直指石門精舍為桃源仙境矣。「花紅」當是明春也。

樂府

桃源行

漁舟逐水愛山春，兩岸桃花夾古津；坐看紅樹不知遠，行盡青溪不見人。山口潛行始隈隩，山開曠望旋平陸；遙看一處攢雲樹，近入千家散花竹。樵客初傳漢姓名，居人未改秦衣服。居人共住武陵源，還從物外起田園。月明松下房櫳靜，日出雲中雞犬喧。

驚聞俗客爭來集，競引還家問都邑。平明閭巷掃花開，薄暮漁樵乘水入。初因避地去人間，及至成仙遂不還。峽裡誰知有人事，世中遙望空雲山。

不疑靈境難聞見，塵心未盡思鄉縣。出洞無論隔山水，辭家終擬長游衍。自謂經過舊不迷，安知峰壑今來變？當時只記入山深，青溪幾曲到雲林？春來遍是桃花水，不辨仙源何處尋？

【語譯】

漁人乘著小船迎著溪水搖去，欣賞春天的山色。兩岸桃花夾著古渡口。因貪看桃花豔麗，不覺路程已經行得很遠；一直划到清溪的盡頭，還沒碰見一個人。

溪頭有個山洞，爬進時很曲折幽深。不久洞口開朗，忽然看到一片廣闊的田野。遠看有處煙靄籠罩的樹林，走近去看，花木翠竹中散佈著千百戶人家。打柴的人初次講出漢朝的名稱，居住的人們卻還未改掉秦時的衣服打扮。這些居民們共同住在這武陵溪的源頭，在塵世之外另起一片新的田園。這兒在明月之下，松林中屋舍窗戶，一片清靜。早晨太陽從雲端升出，便聽到一片雞鳴犬吠的聲音。

大家聽說來了位外客都很驚喜，紛紛聚集來看望。搶著邀請到家去，探問各人家鄉的情形。

這兒的人們天亮時掃除村巷的落花走往田間，傍晚時打漁砍柴的人都回家來。據說最初只是因避亂離開塵世。後來留戀這神仙似的生活，便不想再回返原來的人世了。在這山峽裡的人，誰還知道人世間的事？從這兒遠望世間，也不過一片雲山而已。

漁人也知道這仙境是難得遇見的；但因塵心未盡，思念起家鄉來。打算出洞後不論隔了多少山水，也將捨棄家園，來此遊息。自以為經過的舊路不會迷惑，那裡知道山峰谿谷現在竟然變化了？當時只記得入山很深，現在卻不知道這清溪要轉折多少次才能到那雲林深處？春天到處都是桃花盛放，溪水漫流。分辨不出那仙境的源流，從哪兒去找呢？

【析　賞】

㈠此首新樂府詩是依據陶潛〈桃花源記〉而作。〈桃花源記〉故事純屬虛構，為幻想逃避現實政治環境者所嚮往，千古傳誦。詩人作此詩時年僅十九歲。除王維外，韓愈、劉禹錫、王安石等皆有桃源之吟作。

㈡在聲韻上，本篇韻腳（真、屋、元、緝、刪、霰、侵）轉換七次，平仄平仄平平仄，輪流轉換，起伏抑揚，朗誦起來，生動自然。

㈢在辭句上，本篇雖是古體詩，多處卻用近體詩的對仗。例如描寫桃花源中遠近景色：「遙看一處攢雲樹，近入千家散花竹」。說到桃花源中人之生活動態：「平明閭巷掃花開，薄暮漁樵乘水入」等皆渲染桃花源如同仙境，將原文大加美化。

㈣清代詩評家沈德潛《唐詩別裁》評此詩：「順文敘事，不須自出意見；而夷猶容與，令人味之不窮！」

㈤為比較起見。附錄陶潛之〈桃花源記〉：

「晉太元中，武陵人，捕魚為業。緣溪行，忘路之遠近，忽逢桃花林，夾岸數百步，中無雜樹，芳草鮮美，落英繽紛。漁人甚異之。復前行，欲窮其林。林盡水源，便得一山。山有小口，彷彿若有光，便捨船從口入。

初極狹，才通人。復行數十步，豁然開朗。土地平曠，屋舍儼然，有良田、美池、桑、竹之屬，阡陌交通，雞犬相聞。其中往來種作，男女衣著，悉如外人。黃髮垂髫，並怡然自樂。見漁人，乃大驚，問所從來。具答之。便要還家，設酒、殺雞、作食。村中聞有此人，咸來問訊。自云：『先世避秦時亂，率妻子、邑人來此絕境，不復出焉，遂與外人間隔。』問今是何世？乃不知有漢，無論魏、晉。此人一一為具言所聞，皆歎惋。餘人各復延至其家，皆出酒食。停數日，辭去。此中人語云：『不足為外人道也。』

既出，得其船，便扶向路，處處誌之。及郡下，詣太守說如此。太守即遣人隨其往，尋向所誌，遂迷不復得路。南陽劉子驥，高尚士也，聞之，欣然規往。未果，尋病終。後遂無問津者。」

老將行

少年十五二十時，步行奪得胡馬騎。射殺山中白額虎，肯數鄴下黃鬚兒？一身轉戰三千里，一劍曾當百萬師。漢兵奮迅如霹靂，虜騎崩騰畏蒺藜。衛青不敗由天幸，李廣無功緣數奇。

自從棄置變衰朽，世事蹉跎成白首。昔時飛箭無全目，今日垂楊生左肘。路傍時賣故侯瓜，門前學種先生柳。蒼茫古木連窮巷，寥落寒山對虛牖。誓令疏勒出飛泉，不似潁川空使酒。

賀蘭山下陣如雲，羽檄交馳日夕聞。節使三河募年少，詔書五道出將軍。試拂鐵衣如雪色，聊持寶劍動星文。願得燕弓射天將，恥令越甲鳴吾軍。莫嫌舊日雲中守，猶堪一戰樹功勳！

【語譯】

這將軍當他少年的時候，曾經徒手步行，奪取胡人的戰馬來騎。他射殺了山中最兇猛的白額老虎。其勇猛的程度，不讓於曹操在鄴城的黃鬚兒曹彰。他從軍時一身轉戰三千里，手中一把利劍可抵擋百萬雄兵。當年漢兵奮戰，迅捷威猛如雷電。胡虜騎兵崩潰逃竄，生怕碰到漢兵佈下的鐵蒺藜。漢朝衛青常勝似有天助；李廣雖立戰功，而未得應有的獎賞，只可說時運不好。

他自從被遺棄後便衰老了。世事失意把頭髮都變白了。當年他射箭百發百中；現在射術荒疏，好像左肘生了瘤。他像邵平在路旁賣瓜一樣地自食其力，也像陶潛門前種柳一樣地家境蕭條。住在窮巷裡滿眼古木，空窗面對著寒冷的荒山。但他仍堅守鬥志，像耿恭一樣，祝望在水源斷絕中掘土出泉。不像穎川灌夫那樣免職後借酒罵人。

現在邊疆賀蘭山下戰雲密佈。朝夕都聽到軍情緊急的消息。河南、河東、河內的節度使都在招募青年從軍。皇上頒下詔書，兵分五路出擊敵人。老將拂拭舊時身穿的銀白色鎧甲，仍如白雪樣的光彩；耍弄寶劍，上面的七星花紋閃閃發光。他希望能得到燕地名產的弓箭來射殺敵人的首領，不能忍受敵人之侵略我國。國家不要捨棄舊日立功的老將，他還能夠效命疆場建立功勳呀！

【析賞】

(一)此詩引用切合詩題之典故多處，使內容大為豐富。主旨在寫老將一生際遇。對其年老見棄，寄予無限之同情。全篇大致可分為三大段：

(二)首段十句，先寫老將年盛時英勇，與建功未受賞識。借用典故數則：

1.「步行」句：據《漢書・李廣傳》：「胡騎得廣，廣時傷，置兩馬間，絡而盛臥，行十餘里，廣佯死。睨其旁有一兒騎善馬。暫騰而上胡兒馬，因抱兒鞭馬南馳數十里。」詩人借此故事，寫老將少年時之英勇機智。

2.「白額虎」是額有白色斑紋之猛虎，傳說是虎中之最兇猛者。《晉書・周處傳》載：周處除掉三害之一的就是南山之白額虎。詩人借之寫老將少年時勇力過人。

3.「黃鬚兒」指曹操之次子曹彰。《三國志・魏志》載：曹彰少善射；膂力過人。數從征伐，所向皆破。太祖（曹操）在長安召彰。彰自代過鄴（今河南臨漳）歸功諸將。太祖喜。持彰鬚曰：「黃鬚兒竟大奇也。」詩人借此喻老將之驍勇而謙讓，不亞於曹彰。

4.「霹靂」是猛烈的雷聲。《隋書》載：隋朝車騎將軍長孫晟，善騎射。突厥南侵甚畏之，聞其弓聲稱霹靂，見其坐騎稱閃電。「蒺藜」是有刺的植物。詩中之蒺藜則為作戰時用鐵鑄成蒺藜形之障礙物。漢軍佈之以阻胡騎者。此詩「霹靂」「蒺藜」一聯是承上聯「轉戰」「一劍」而來，寫老將在軍中時漢軍之威勢。

5.「衛青」、「李廣」聯寫老將之遭遇。衛青指漢武帝時之衛青，七伐匈奴，斬首五萬餘級。官至大將軍。（其外甥霍去病亦數次遠征匈奴，深入敵境千餘里，官至驃騎將軍。）而與衛青同時之李廣，雖亦曾參加大小戰役七十餘次，屢立戰功。驍勇善戰，深得全軍擁戴，匈奴稱之為飛將軍，卻不得封賞。《史記・李將軍列傳》：「廣從大將軍出擊匈奴，諸將多以功為侯。而廣軍無功。大將軍亦陰受上誡，以為李廣老，數奇。」中國古代以偶（雙數）為吉，奇（單數）為凶。「數奇」意謂命運不好。此段以李廣結束，有嘆息老將有功而未受應得賞賜之意。引申下文。

㈢中段十句接寫老將之被棄置，生活貧困，又借用數則典故：

1.「全目」句：寫老將昔日之善射。《帝王世紀》載：帝羿有窮氏與吳賀北遊，賀使羿射雀。

羿曰「生之乎？殺之乎？」質曰「射其左目」。羿引弓射之，誤中右目。羿抑首自愧，終身不忘。

2.「垂楊」句：「楊」，「柳」互通。「垂楊生肘」即「垂柳生肘」。「柳」、「瘤」諧音。意謂左手彎處生了瘤，射術荒疏。

3.「故侯瓜」句：按秦時東陵侯邵平，秦亡後，家境貧困。在長安城東種瓜為生。其瓜甜美異常，人稱「故侯瓜」。詩人以此喻老將自食其力，如邵平之賣瓜度日。

4.「先生柳」句：喻老將清高貧寒，安居田園。如晉陶潛之棄官歸隱，在門前種植五株柳樹，自號「五柳先生」。

5.「疏勒」句：《後漢書．耿恭傳》：「恭以疏勒城旁有澗水，引兵據之。匈奴擁絕澗水。恭穿井不得水，向井再拜。水泉奔出。匈奴見之大驚，疑有神助，乃解圍而去。」詩人以此寫老將雖身處困境，然信心仍在。或者老將見國家垂危，祝禱其轉危為安。

6.「潁川」句：據《史記》載：潁川人灌夫，曾馳馬突入敵營，殺死數十人，因之名聞天下。漢武帝時為淮陽太守，後因事免職。灌夫為人剛直。使酒，常酒後發脾氣罵人。詩人借此喻老將雖身處逆境，不發牢騷，守身嚴謹。

㈣末段十句寫邊情緊急，老將仍望為國效命。

1.「賀蘭山」，在今寧夏省境，在此泛指邊陲。「羽檄」是插有羽毛的皇上調兵遣將之詔書，加上羽毛表示要像飛鳥一樣地儘快傳遞。

2.「五道」句：《漢書・常惠傳》：「漢大發十五萬騎，五將軍分道出。」在此指詔令各路軍馬，分頭進擊。

3.「越甲」句：據《說苑・立節》載：戰國時，越軍至齊雍門。子狄請齊王賜死。齊王異之，問其故。子狄說：「有一次你去打獵，左邊的車輪有噪音，駕車人因車軸噪音使你不安，而請求賜死。你說：『這是做車子工匠的過失，與你無關。』駕車人說：『也是由於我檢查不周，是我的失職。』言罷自刎。現在越國敢於進犯我國，這也是我的失職，所以請求賜死。」言畢自刎。越軍聞之，認為齊國臣子都像雍門子狄那樣認真的話，齊國一定不亡，因之退兵而去。詩人借用此故事，喻老將熱愛國家，感到敵人侵邊是自己的恥辱。

4.「雲中守」句：是漢代魏尚故事：漢文帝時雲中太守魏尚，屢立戰功。有一次所報斬殺敵首數目差六人，被舉發虛報罪，削職歸鄉。後來大臣馮唐在文帝前為之鳴冤，乃赦罪復職。詩人借此故事，喻應重新起用老將，為國效命。

㈤最後兩句：「莫嫌舊日雲中守，猶堪一戰立功勳。」是詩人之結論。希望朝廷能再起用老將，為國效力。也可解作老將本身之企求，自信仍能殺敵立功。

丘為

丘為（六九四——七八九），江蘇嘉興人。事繼母至孝，做官至太子右庶子退仕。常與王維、劉長卿等交遊。

五七 尋西山隱者不遇

絕頂一茅茨，直上三十里。扣關無僮僕，窺室惟案几。若非巾柴車，應是釣秋水。差池不相見，黽勉空仰止！

草色新雨中，松聲晚窗裡。及茲契幽絕，自足蕩心耳。雖無賓主意，頗得清淨理。興盡方下山，何必待之子？

【語譯】

隱者住在西山山頂上的一間茅草屋，我攀登了三十里才到達。敲門時沒有僮僕答應。看到屋內只有幾張桌几。料想他若不是駕著柴車出遊，便是到秋水邊垂釣去了。彼此誤差錯過而不能相見；我徘徊躊躇，空懷一片仰慕之情！

環顧山景，新雨後草色清翠。傍晚窗中可聽到風吹松濤的聲音。我在這幽絕的景色中，覺得心曠神怡。雖然賓主未能面晤，我已很領略到清淨的道理。興味盡了才下山來，又何必要看到所訪之人呢？

【析賞】

㈠前八句正面寫不遇。「絕頂一茅茨」，可見隱者之超塵絕世。「直上三十里」，亦見詩人專訪之誠心。「巾柴車」謂以車上布棚蓋車，言駕車出遊。詩中「巾車」聯暗含隱者行止如陶淵明，因陶有文：「或命巾車，或棹孤舟」。

㈡中段乃轉寫山景，因幽絕之景足以契心。結出興盡下山。語出自《語林》故事：王子猷雪夜訪戴安道。造門便返。曰：「乘興而行，興盡而返，何必見戴？」

㈢此詩以「直上」始，「下山」終。中間「何必待」，呼應「不相見」，脈胳分明。詩中明寫隱士之遠離塵寰。其灑脫閑逸之生活，可想像得之。雖然此詩並未言隱者為誰。

㈣作者與王維交遊，其詩亦有王維風味。

李白

李白（七〇一——七六二），字太白，其先隴西成紀（今甘肅天水）人。隋末因罪徙西域。詩人出生西域。其母可能是胡人，所以他「眸子炯然，哆如餓虎」。五歲時舉家遷居綿州彰明青蓮鄉（今四川綿陽附近），故詩人自號「青蓮居士」。家中經商致富。詩人年少時喜擊劍任俠，好縱橫術。二十五歲時出川，漫遊江漢齊趙，求仙訪道，行俠疏財。

詩人在浙江剡中時，與道士吳筠來往。吳受詔往長安時，在玄宗前推薦李白。天寶元年秋，詩人進京。秘書監賀知章在旅舍讀詩人之〈蜀道難〉，驚嘆詩人為「謫仙」，大力推薦。

玄宗妹玉英公主，亦久仰詩人之大名。玄宗接見之。徵之為翰林供奉。然而詩人因無實職，常飲酒洩憤，目中無人。一日他在醉中為玄宗起草詔書時，伸足要太監高力士脫其靴，宰相楊國忠為之磨墨。高楊等在帝前雖不敢抗拒，自然心懷仇恨，時在帝后前讒言。玄宗雖甚喜愛他作詩之才華，亦認為非廊廟器，優詔遣之。

詩人於天寶三年離京。自此再漫遊天下，在洛陽與杜甫、高適等結識。詩人飲酒賦詩，其生平憤恨不平之作，多作於此時。

安史亂時，詩人隱居廬山。永王李璘號召討賊，徵召他入幕。後來李璘被判叛變，兵敗，詩人亦被株連，流放夜郎，中途赦回。晚年遊蕩於金陵宣城之間，依靠族叔當塗縣令李陽冰生活。六十二歲時飲酒過量而死；有人傳說他在當塗采石磯酒醉在舟中下水撈月溺斃。

詩人之被稱為「詩仙」者，除傳說為文曲星下凡，及死後成仙外，主要在其天機清妙，富有想像力，能以豪邁之才，生花之筆，暢所欲言。以寫其飄然出塵之思，顯其激昂青雲之氣。故其詩如神龍變幻，如天馬行空。尤擅樂府歌行，縱橫開闔，不可端倪。晚唐詩人皮日休讚之曰：「言出天地外，思入鬼神表，讀之則神馳八極，測之則心懷四溟。磊磊落落，真非世間語者！」

周紹賢在總述詩人生平時結論：「總觀太白之才氣，能詩文，好劍術，有用世之志，亦有超世之心，有憂世之深情，亦有玩世之逸志。故其生平，徧干諸侯，歷抵卿相。詩思跌宕，放浪江湖。其志大言大，如孔門之狂者；其輕視富貴，如楚狂之浩歌。……是以杜甫稱之云：『昔年有狂客，號稱謫仙人，筆落驚風雨，詩成泣鬼神。』（《論李杜詩》頁三八）。《舊唐書》謂李白有文集二十卷行於世。《全唐詩》編存其詩二十五卷。

五古　古風（五十九首選六）

其九

莊周夢蝴蝶，蝴蝶為莊周，一體更變易，萬事良悠悠。乃知蓬萊水，復作青淺流。

青門種瓜人，舊日東陵侯。富貴固如此，營營何所求？

【語譯】

莊周夢見蝴蝶，夢中的蝴蝶也可能是莊周。一個物體可能改變成另一個物體，天下事是很難確定的。海外蓬萊仙島的水，也可能又成為清淺的細流。

那位種植青門瓜的人，昔日曾經是東陵侯。人生富貴改變本來便如此，又何必去營營地追求呢？

【析賞】

㈠詩人是提倡詩歌復古的。古詩自建安以後，分為重質的「正始」，與重文的「太康」兩系。前者著重內容的充實，寄托深遠，不事藻繪。後者偏重形式的美觀，辭藻華麗，多用對偶。詩人推崇「正始」風格，不滿「太康」的唯美。詩人作〈古風〉五十九首，即其復古思想之實踐。其風格出入於阮籍詠懷、左思詠史、與郭璞遊仙之間，不過以唐人之筆調為之。他的五十九首〈古風〉，非一時之作。年代先後，亦無倫次。蓋後人取其無題者彙為一卷耳。

㈡此首一開端引用莊周故事，說宇宙一切形象，都非真實的存在。世間一切，隨時都在變化。按《莊子・齊物論》：「昔者莊周夢為蝴蝶，栩栩然蝴蝶也。自喻適志與！不知周也。俄然覺，則蘧蘧然周也。不知周之夢為蝴蝶與？蝴蝶之夢為周與？」

㈢蓬萊大海之水，浩瀚無涯。蒸發上騰為雲後，下降為雨，流動時可作清泉細流。世間萬物，迴環往復，亦常如此。

㈣下段引用邵平事，喻富貴無常。漢初有邵平者，本來是秦之東陵侯。後來種瓜於長安城東。瓜美，世稱東陵瓜，亦曰青門瓜。

㈤此詩主旨在嘆息人生富貴無常，不必營求。

其十

齊有倜儻生，魯連特高妙。明月出海底，一朝開光曜！
卻秦振英聲，後世仰末照。意輕千金贈，顧向平原笑。

吾亦澹蕩人，拂衣可同調！

【語譯】

齊國有些闊爽不羈的人，其中以魯仲連最為特出。他好像是從海底升出的明月一樣，光采耀目！

在抵制秦國侵略時，他英名遠振。後世的人都仰慕他的餘輝。他說服魏國救趙國，趙國平原君以千金致謝時，他笑而不受，遠辭而去。

我也是個澹蕩的人，拂衣而起，能像他一樣地這麼去做這類的事！

【析賞】

㈠首段四句讚嘆魯仲連，倜儻不俗，品格高超。魯仲連是戰國時齊人，富於智謀而無意做官。《史記・魯仲連鄒陽列傳》形容他「奇偉倜儻」。詩人借用曹植〈贈丁翼〉詩：「大國多良材，譬海出明珠。」說魯仲連是像「明月出海底」。而「一朝開光耀」，這「一朝」即指下文救趙之事。「開光耀」說由此顯示其人格光芒萬丈，名垂青史！

㈡中段四句述救趙之事：「卻秦振英聲，後世仰末照」，寫其功蹟。「意輕千金贈，顧向平原笑」，寫其神采。按秦昭王五十年，發兵攻趙，圍攻趙京邯鄲。趙國危急。魯仲連適在城中。魏派使辛垣衍來說趙王尊秦為帝，投降稱臣以解圍。魯仲連獨自進見趙公子平原君，力駁辛垣衍之說。告以「秦有虎狼之心。趙若降秦，魏亦必食惡果。」於是不復言帝秦。秦兵稍退。旋魏公子無忌率兵來救，秦兵始退出趙境。趙圍解後，平原君以仲連有巨功，欲封以爵位。仲連不受。乃設宴致敬，並報以千金。仲連笑曰：「所謂貴於天下之士者，為人排患釋難，解紛亂，而無所取也。苟有所取者，是商賈之事也。」語畢，乃辭而去。

㈢末段兩句：「吾亦澹蕩人」，說自己也是一個澹泊疏蕩的人，輕富貴，傲王侯，任俠好義，不拘世俗。「拂衣可同調」，以「拂衣」之一小動作，寫自己「澹蕩」之態。「可同調」是借用謝靈運〈七里瀨〉詩：「誰謂古今殊？異代可同調。」於此，詩人直以魯仲連為其千古知音，表達自己之志趣與抱負。清代方東樹《昭昧詹言》云：「此以魯連起興以自比」。

㈣曹濟平、秦寰明評析：「作者對史實作了精心的裁剪，把描寫的重點，放在魯仲連的『功成不受爵』的高妙澹蕩這一點上，而對他的『卻秦』的功蹟僅用一句帶過。在敘寫中，作者時而出之以讚嘆：『齊有倜儻生，魯連特高妙』。時而形之以比喻：『明月出海底，一朝開光耀』。或寫其神采：『意輕千金贈，顧向平原笑』。或論其功業：『卻秦振英聲，後世仰末照』。手法多變，錯落有致，用筆開合流放，語言清空一氣，使人讀之，彷彿舉首浩歌，情永而韻遠！」（《三李詩鑒賞辭典》頁一六）

㈤周紹賢就詩人之性情，說出其所以仰慕魯仲連：「太白俠骨丹心，不事產業，重義輕財，固然不熱中利祿。故雖遭遇迍邅，窮通得失皆能泰然處之而無罣礙。蓋其思想悟得道家超世之旨。苟其得志用世，飛黃騰達，亦必功成身退，決不戀戀於富貴。故生平甚慕魯仲連之為人。」（《論

李杜詩》頁三四）

㈥詩人讚嘆魯仲連之詩甚多，在其〈古風〉五十九首中，除其十外，其三十六云：「東海沉碧水，西關乘紫雲。魯連及杜史，可以躡清芬！」詩人將「功成身退」之魯仲連與「知足常樂」之老子並論，可躡清芬！

此外，在詩人之詩集中，尚有多篇詠及魯仲連之處。詩人參加永王璘幕，以為是靖君難，其〈在水軍宴贈幕府諸侍御〉詩云：「願與四座公，靜談金匱篇，齊心戴朝恩，不惜微軀捐。所冀旋頭滅，功成追魯連。」夢想安祿山賊軍平定以後，他便像魯仲連一樣，功成身退。甚至在其病故前一年，企圖加入李光弼之軍南征，途中因病而回時，其〈留別金陵崔侍御〉詩猶云：「恨無左車略，多愧魯連生。拂劍照嚴霜，雕戈鬘胡纓。願雪會稽恥，將期報恩榮。」還恨自己沒有李左車的謀略，自愧不能作魯仲連，很想如范蠡輔佐越王滅吳復國，功成身退，以報效朝廷。

其十二

松柏本孤直，難為桃李顏。
昭昭嚴子陵，垂釣滄波間。身將客星隱，心與浮雲閒。長揖萬乘君，還歸富春山。

【語譯】

清風灑六合，邈然不可攀！使我長嘆息，冥棲巖石間。

松樹與柏樹，本來就是孤獨挺直。四季如恆，不與那些桃花、李花等妖豔的春花爭妍。光明磊落的嚴子陵，孤直地在碧綠的波浪上垂竿釣魚。他像天上的星宿一樣隱退，心像浮雲一樣的閒散。光武帝邀請他出來做官輔佐朝廷，他作個長揖道謝，便回到富春山隱居。他的這種高風亮節，瀰漫天地四方。高遠得誰也攀不上！他能靜寂地安身於這岩石之間，令我深深地讚嘆！

【析　賞】

㈠這是一首詠嘆嚴子陵的詩，起首兩句是興。以松柏的堅貞不拔作引子，比喻嚴子陵的清高風範。

㈡中段六句是賦，鋪陳嚴子陵事蹟。據《後漢書》載：嚴子陵名光，會稽餘姚（今浙江餘姚）人。少有高名，曾與後漢開國皇帝劉秀（光武帝）同學交好。光武即位後，嚴隱居不出。光武思念其賢能，下令訪求。時有人上奏，說有男子身披羊裘，垂釣於澤中，疑為光。乃遣使聘之，三反而後至。即日幸其館，光臥不起。光武即其臥所，撫光腹曰：「咄咄子陵，不可相助為理耶？」光眠不應。良久張目熟視曰：「唐堯著德，巢父洗耳。士故有志，何至相迫乎？」後引光入，論道舊故，相對累日。因共偃臥。光以足加帝腹上。次日，太史奏天象，說客星犯帝座甚急。光武笑曰：「朕故人嚴子陵共臥耳。」拜為諫議大夫；不就，歸隱富春山。後人名其垂釣處為「嚴陵灘」，灘在今富春江上游桐廬縣境。

㈢末段四句是頌。讚揚嚴子陵清高之美德。中國士人有孔子「用之則行，捨之則藏」的古訓。「行」者是服官，「藏」者是隱居。而「學而優則仕」，所有讀書人都是希望「用之則行」的。「捨之則藏」是在不見「用」時不得已的處置。在其「藏」的期間，仍然等待有「用之則行」之日；真正只要「藏」而不願「行」的人極少。像嚴子陵那樣，受到光武帝的敬愛，邀請他做官而堅持不就的，更是絕無僅有。詩中「清風」，就是指他這種只要身心自由、鄙棄利祿的清高品格。詩人讚嘆說：「邈不可攀！」

㈣詩人在天寶元年（七四二）曾遊會稽，與道士吳筠居剡中。吳筠入朝在玄宗前推薦詩人，由之被徵召入京，任翰林供奉。二年後，被讒言排擠，贈金放還，浪遊天下。至德元年（七五六）再往剡中，遊蹤遍及越地山水。此詩大概即作於此時。

㈤唐代李陽冰在其《草堂集》序中，記載詩人受詔進京時之情形：「天寶中，皇祖（玄宗）下詔徵就金馬（門），降輦步迎，如見綺、皓（指商山四皓：綺里季、東園公、甪里先生、夏黃公四人）。漢高祖曾親迎之，以七寶床賜食，御手調羹以飯之。謂曰：『卿是布衣，名為朕知。非素蓄道義，何以及此？』置於金鑾殿，出入翰林中，問以國政，潛草詔誥，人無知者。」

玄宗之禮遇詩人，亦猶光武之對嚴子陵。詩中之「客星」，亦詩人當年之自身。詩人以後為宮內外所側目。其在長安時，其亦有「客星犯帝座」之說耶？

㈥詩人說嚴子陵心閑如浮雲。詩人詩集中亦常有「浮雲」之說，詩人自己視富貴如浮雲（在他處則以浮雲喻小人之當道）。嚴子陵辭官不就，亦正合詩人笑傲王侯之心態。詩人高唱：「安能摧眉折腰事權貴，使我不得開心顏？」就是此種心態的強烈表現。所以此詩表面是讚嘆嚴子陵，骨子裡也是詩人為他自己的心胸而驕傲。

其十八

天津三月時，千門桃與李。朝為斷腸花，暮逐東流水。前水復後水，古今相續流。新人非舊人，年年橋上遊。

雞鳴海色動，謁帝羅公侯。月落西上陽，餘暉半城樓。衣冠照雲日，朝下散皇州，鞍馬如飛龍，黃金絡馬頭。行人皆辟易，志氣橫嵩丘！入門上高堂，列鼎錯珍饈，香風引趙舞，清管隨齊謳。七十紫鴛鴦，雙雙戲庭幽。

行樂爭晝夜，自方度千秋。功成身不退，自古多愆尤：黃犬空歎息。綠珠成釁讎。何如鴟夷子？散髮棹扁舟！

【語譯】

暮春三月時在洛陽的天津橋畔，千門萬戶的桃李盛開。那些早晨開放令人消魂的花朵，晚上便隨著洛水向東流去。這河水後浪推前浪，古今不變繼續的流著；新人也代替著舊人，在橋上來往走過。

雄雞唱曉時，地面上朦朦朧朧地像有海上的霧氣流動。公侯們都集體來朝拜帝王。月亮下落到上陽宮的西面，剩餘的光輝還照射半面城樓。下朝的時候，雲日照耀著衣冠，文武百官們分散到京城各處。那些鞍馬馳行像飛龍一樣。馬頭上裝飾著黃金的籠絡。沿途的行人都向兩旁驚退讓路。那些公侯百官的氣焰真可說高過嵩山！公侯們到家時，步入高大的廳堂，山珍海味擺滿在晚餐桌上。北方美女獻舞，香氣馥郁。清亮的管弦，伴著齊魯的歌唱。幽靜的庭院池塘內，很多雙雙成對的鴛鴦在戲水作樂。

這些日夜行樂的公侯們，自己以為那就是他們終身的生活。但是自古以來功成而不身退的，多半會有過失，歷史上有很多的前車可鑒：李斯是秦始皇最得力的宰相，輔佐他建立皇朝。在秦二世時被讒受戮，臨刑時對他兒子說：「我不能再想和你牽著黃狗出城打獵了。」東晉富豪石崇有美妾綠珠，不肯讓給孫秀。結果惹來殺身之禍。這些人怎麼能與范蠡相比？他在助越滅吳復國以後，便披著頭髮乘隻小舟泛遊五湖去了！

【析　賞】

㈠此詩主旨在嘆富貴無常，是詩人道家思想之表現。全篇大致分三大段。

㈡首段八句，以花開花落，前水後水，舊人新人等自然界之代謝現象，與起下文人事盛衰的觀點。

㈢中段十六句鋪陳今日公侯驕奢之情況。前四句寫黎明早朝。次六句寫下朝時之意氣風發。後六句寫其家居之奢侈。

㈣末段八句終篇，以「行樂爭晝夜」兩句，總結中段公侯之行樂情節。轉而告誡世人，莫貪戀富貴，列舉盡人皆知之故事，驗證其觀點：

「黃犬」句引用李斯故事：《史記・李斯列傳》載：李斯佐秦始皇，統一天下。二世時，趙高誣其子盜，得罪棄市。斯臨刑回顧其次子曰：「吾欲與汝牽黃犬臂蒼鷹，出上蔡東門，不可得矣！」

「綠珠」句引用石崇故事：《晉書・石崇傳》載：晉石崇富甲天下，有歌妓名綠珠，美而豔，善吹笛。孫秀見而求之。崇不許。秀矯詔收崇殺之，綠珠亦墜樓自盡。

「鴟夷子」句引用范蠡故事：范蠡曾輔佐越王句踐滅吳，功成後隱退。《史記・越王句踐世家》載：「范蠡浮海出齊，變姓名，自號鴟夷子。」索隱：「鴟夷，革囊也。或曰生牛皮也。」《漢書・范蠡傳》注：「范蠡自號鴟夷子皮者，言若盛酒之鴟夷，多所容受而可卷懷，與時張弛也。」詩中「棹扁舟」，亦指范蠡退隱事。「散髮」在詩中似指范蠡退隱駕舟時之形態。古人通常引用「散髮」二字，意謂棄冠簪而不仕也。如《後漢書・袁閎傳》：「延熹末，黨事將作。閎遂散髮絕世，欲投跡深林。」

其十九

西上蓮花山，迢迢見明星：

素手把芙蓉，虛步躡太清。霓裳曳廣帶，飄拂昇天行。

邀我登雲臺，高揖衛叔卿。恍恍與之去，駕鴻凌紫冥。
俯視洛陽川，茫茫走胡兵。流血塗野草，豺狼盡冠纓。

【語　譯】

我向西方登上華山的蓮花峰，遠遠地看見一位明星仙女：她白淨的手中，正拿著一束蓮花。輕盈地在空中漫步。她穿著彩裙，圍著寬帶，在天空飄拂自如。

她邀我同上東北的雲臺峰，會見了另一位仙人衛叔卿。我們拱手作揖，一見如故。恍恍惚惚地與他一同騎著大鳥，在紫色的天空遨遊。

我俯首看見地面上的洛陽山川：那裡有無數的胡兵在橫行，野草上塗滿了鮮血，那些狐群狗黨們卻峨冠博帶地在建立新的王朝。

【析　賞】

㈠此詩從內容上看，推定是作於唐肅宗至德元年（七五六）。其時安祿山攻陷洛陽以為新都，建立「大燕」王朝。詩人則遊蕩於長江下游剡、宣城、廬山等地（並非身在陝西華山地區）。

㈡此詩顯然可分上下兩截。上截十句寫天空仙遊，下截四句寫人間慘狀，中間以「俯視」二字連結在一起。

㈢上截仙遊十句，分三層細寫：

1. 第一層起首兩句，寫仙遊之地與所見之仙。

首句「西上蓮花山」，是仙遊之地。「蓮花山」即西嶽華山之蓮花峰，又稱西峰，為華山三大主峰之一。其山頂有宮，宮前有巨石，狀如蓮花，故名。傳說山頂有池，生千葉蓮花，長年服食可以成仙，因以為名。

次句「迢迢見明星」，是所見之仙。「迢迢」意謂遙遠。「明星」是仙女。《太平廣記》引《集仙錄》云：「明星玉女者，居華山。服玉漿，白日昇天。」蓮花峰上遙見此服食玉漿而昇天的明星仙女。

2. 第二層四句寫仙女：「素手把芙蓉」。「素手」是白淨的手，詩人以「素手」概括仙女的肌膚，表示其冰肌玉骨。「芙蓉」即荷花，「把芙蓉」切合蓮花峰仙女身分。

「虛步躡太清」，「太清」是道家語天空之意。《抱朴子・內篇・雜應》稱：「上升四十里，名為太清。」仙女體態輕盈，凌空而行。

「霓裳曳廣帶」，寫仙女的服裝。《楚辭・九歌・東君》云：「青雲衣兮白霓裳。」詩人〈清平調〉中亦有「雲想衣裳花想容」之句。「霓裳」是彩裙，「廣帶」是寬闊的飄帶。在服飾上可見仙女搖曳生姿的情態。

「飄拂昇天行」，寫仙女在天空窈窕輕舉、飄拂自如的形態。此四句將仙女之姿容、體態、服飾，寫得活靈活現，栩栩如生！

3.第三層寫仙遊：「邀我登雲臺」。此「邀」字非常好。顯示仙女誠懇殷勤之意，可想見其笑容可掬之態。更重要者，是此「邀」字將詩人帶入仙遊之中。「雲臺」是華山東北部之最高峰，相傳是老子修煉之處。

仙女邀詩人將作何事？「高揖衛叔卿」。原來仙女早有安排，帶著詩人去會見另一名仙人衛叔卿。「高揖」兩字，寫兩人相見時之情況。詩人向衛叔卿高揖致敬，說「久仰大名，幸得相會」。衛叔卿亦拱手相謝，說「承蒙惠顧，恕未遠迎」。二人一見如故。

天上仙女甚多，何以仙女特意引帶詩人去會見衛叔卿？據《太平廣記》引《神仙傳》載：衛叔卿原為中山人，以服雲母而成仙。漢武帝時，他以為「皇帝好道，見之必加優禮」，乃「乘雲車，駕白鹿」去拜謁漢武帝。料不到其時武帝正閒居殿上，見他從天而下，驚問其是誰。他回答說：「吾中山衛叔卿也。」武帝沒有想到：衛叔卿雖原籍中山，卻從未是其臣民；現已成仙，更非其人間權力所能及。仍擺起架子，很冷傲地說：「子若是中山人，乃朕臣也。可前共語。」衛叔卿見武帝「不識真道，反欲臣之」。遂「默然不應」，飄然而去。由此可見衛叔卿之性格，與詩人頗有相近之處。詩人原來懷有大志，「願為輔弼，使寰宇大定」。玄宗徵召他到長安時，當初雖很禮遇，後來只授以翰林供奉之名，視作文學侍從，不予實職。詩人抱負不能施展，不得不「懇求歸山」。這種「合則留，不合則去」的舉動，與衛叔卿之不願臣服於漢武帝相同，所以兩人可說是千古同調，一見傾心。

「恍恍與之去，駕鴻凌紫冥」。「鴻」是大鳥，「駕鴻」是騎著大鳥。「紫冥」，天也，天空雲景變幻，或映日成紫。「恍恍」二字寫似實而虛之情，亦幻亦真，正是詩人想像中之境界。

㈣下截四句寫人間慘狀：

「俯視洛陽川」，「俯視」二字，承上啟下，將此詩上下兩截作有機的聯繫，為全篇之樞紐。「洛陽川」指洛陽一帶地區。詩人雖仙遊天空，仍關注人世，於遨遊天空之際，俯首下瞰，見三大異常特出之景：

1.「茫茫走胡兵」，「胡兵」指安祿山軍隊。「茫茫」形狀其眾多，並含散漫之意。其時安祿山叛軍佔據洛陽，遍地胡兵，橫行無忌。

2.「流血塗野草」，野草上塗滿鮮血。顯示人民死傷慘重，屍橫遍野，血流成河。

3.「豺狼盡冠纓」，其時安祿山在洛陽建立「大燕」帝國，僭稱「雄武皇帝」；其部屬與投降者轉成新貴，皆袍笏登場，沐猴而冠。「豺狼」指此等首領，「冠纓」是帽帶，即作官之意。

㈤此詩上半截仙遊，純屬詩人之幻想；下半截之現實，亦非詩人真正親睹。詩人在仙遊逍遙之時，仍然俯見人世之苦難，表現詩人有超世之心，仍難擺脫現世之憂。這兩種矛盾的感情，連結在一起，融合成篇，可見詩人獨運之匠心與藝術之功力。

楊仲賢說此詩是浪漫主義和現實主義的完美結合，詩人將前半美妙的仙遊境界與後半現實的災難景象，自然地結合起來，成為一個有機的藝術整體。（《三李詩鑒賞辭典》頁二五）

(六)詩人自幼求仙訪道，曾於齊州（今之濟南）紫極宮（老君廟）受北海高天師之道籙，自己亦撰〈崇明寺佛幢頌〉，可見詩人深通佛典。其〈雜詩〉：「傳聞海水上，乃有蓬萊山，玉樹生綠草，靈仙每登攀。一食駐玄髮，再食留紅顏。吾欲從此去，去之無時還。」表示他甚至有成仙之想。

(七)詩人另有〈夢遊天姥吟留別〉詩。寫神遊仙境，與仙人過從，膾炙人口；但以內容過於荒誕，本書未予選析。（只在討論詩人之性格時，常提及其詩之最後兩句：「安能摧眉折腰事權貴？使我不得開心顏！」）在其〈古風〉五十九首中，選析此首，使讀者可略窺其詩作中關於此類仙遊詩之一面。

其三十九

登高望四海，天地何漫漫！霜被群物秋，風飄大荒寒。

榮華東流水，萬事皆波瀾。白日掩徂輝，浮雲無定端。

梧桐巢燕雀，枳棘棲鴛鸞。且復歸去來，劍歌〈行路難〉。

【語譯】

登上高處遠望四海，天地是多麼的廣闊呀！而現在地面萬物在嚴霜覆蓋下，秋意蕭瑟。大風吹過遼闊的原野，寒氣襲人。

我感到人生像自然界萬物的消長一樣，年華易逝，如東流水之一去不返。人事盛衰興替，也如波瀾之起伏無常。白日漸漸失去剩餘的光輝，天上的浮雲飄蕩不定。

本來是鸞鳳所棲的梧桐，現在被燕雀佔住；鸞鳳卻只得棲身於原來燕雀住的枳棘上。顛倒如此，世間毫無公道！在這種情況中，我只好如陶潛之歸隱田園。彈劍而歌，吟唱〈行路難〉，來抒發鬱積的憤慨了。

【析　賞】

㈠開端兩句，唱出宇宙廣大，有不勝蒼茫之感。

㈡次聯寫大地萬物蕭索，寓哀愁之情。句末之「秋」、「寒」，有動態詞性。

㈢第三聯由自然界萬物榮枯，轉入人事興替。年華易逝如流水。人事紛擾，如波瀾起伏。此是詩人在被迫出長安後，個人之感受。

㈣第四聯上句寫日將落漸失光輝，猶人衰之失光采。含有「日之夕矣，時不我與」之沉哀，呼應第三聯上句。下句寫浮雲無端，猶人之飄泊無依。含有自感一事無成，呼應第三聯之下句。

㈤第五聯寫梧桐本為鳳凰所棲而燕雀巢其上，喻小人當道。枳棘本燕雀所集而鵷鳳棲其間，喻君子失所，正是詩人之悲憤之所在。

㈥末聯言「且復歸去來」，意謂隱退。晉代陶潛退隱時，賦〈歸去來辭〉。結吟「劍歌行路難」。〈行路難〉是樂府舊題，內容多嘆世路艱難與離別怨傷之意。「劍歌」是彈劍而歌，戰國時馮諼不滿齊孟嘗君對他的待遇，即三興彈劍之歌。詩人另有〈南奔書懷〉詩云：「拔劍擊前柱，悲歌難重論」，亦與本詩結句同意。按詩人精於劍術，「劍」在詩人之詩中，象徵高度之修持與衛護正義之精神。詩人詩集中常用「劍」字，如其贈〈張相鎬〉：「撫劍夜吟嘯，雄心日千里！」其〈臨江王節士歌〉：「安得倚天劍？跨海斬長鯨！」以及下首〈贈何七判官昌浩〉詩：「不然拂劍起，沙漠收奇勳」等不勝枚舉。

贈何七判官昌浩

有時忽惆悵，匡坐至夜分。平明空嘯吒，思欲解世紛。心隨長風去，吹散萬里雲。羞作濟南生，九十誦古文。不然拂劍起，沙漠收奇勳。老死阡陌間，何因揚清芬？

夫子今管樂，英才冠三軍。終與同出處，豈將沮、溺群？

【語　譯】

我有時會忽然心情不好，端坐到夜半。天亮時對空叫嘯，想要安邦定國，解決世上的紛爭。我的志向像長風一樣，要吹散萬里浮雲，使國家清平。恥於作濟南伏勝那樣的人，九十歲在家誦讀古文。如果不是那樣，就該揮劍而起，到邊疆沙漠去建立卓越的功勳。若老死於田野之間，如何能傳播清美芬芳的聲譽？

閣下今有管仲、樂毅的才能，才幹是三軍之首。我終於要和你一同在仕途上積極進取，怎能與長沮、桀溺一類的隱者在一起呢？

【析　賞】

㈠上段十二句，先寫詩人自己閑居時，關懷世事，不安於室，極欲有所建樹，不甘老死田野。按「濟南生」指濟南人伏勝。《漢書．儒林傳》載：伏勝，西漢濟南人，曾為秦博士。漢文帝詔求通曉《尚書》之學者，慕伏勝之名，欲召進長安。其時伏勝年逾九十，衰老不能成行，漢文帝乃派晁錯至其家就教。

㈡下段四句方言及何判官與自己，關合題目，表達贈詩之旨。稱許何判官有管樂之才，也以管樂自期，顯示詩人胸懷壯志。按管仲是春秋時齊桓公之相，助齊建立霸業。樂毅是戰國時燕昭王之亞卿，善於用兵，攻陷齊七十餘城。

最後詩人云「終與同出處」，要與何判官共進取。「豈將沮、溺群？」長沮、桀溺是春秋時隱者，譏笑孔子棲棲遑遑，忙於用世。詩人不甘與此類人為伍，表現詩人急於用世之心志，不想逃避現實，渴望建功立業。

魯郡東石門送杜二甫

醉別復幾日？登臨遍池臺。何時石門路，重有金樽開？
秋波落泗水，海色明徂徠。飛蓬各自遠，且盡手中杯！

【語　譯】

上一次喝醉酒分別以後，不知又過了多少天？今天為你送別，我倆才重會。回想我們兩人聚會的一段時間，曾經遊覽遍登齊魯各地的城池樓臺。今天我倆要在石門分離，要到那一天才能重開金樽共飲呢？

現在正是秋天，泗水已有秋意。大海也在徂徠山的側面閃出明亮的光采。我倆就像被風吹散的枯蓬似的，就要各自遠去。現在，且讓我們把杯中的酒一飲而盡罷！

【析　賞】

㈠山東曲阜縣東北有石門山，因石峽對峙如門故名。「魯郡」指曲阜，春秋時是魯國土地。

㈡首句「醉別復幾日」，含有兩人因將別離，已於數日前醉過。別期遲延迄今。「登臨遍池臺」，詩人與高適、杜甫曾經結伴遊歷梁宋，後來高去楚，李杜二人繼續遊歷齊魯。杜甫在其〈昔遊〉詩中，追憶云：「昔者與高李，晚登單父臺，寒蕪際碣石，萬里風雲來。」

㈢次聯道出兩人之心聲：「何時石門路，重有金樽開？」切盼兩人分別後盡早可以在石門再會。顯示兩人深厚之友誼，並示對魯郡同遊之留戀。想不到此後兩人永未再聚，後來杜甫〈春日懷李白〉詩云：「何時一樽酒，重與細論文？」即針對此二句而言。

㈣腹聯寫分手處之大景遠景：「秋波落泗水，海色明徂徠。」成為描繪魯南風光之名聯。按「泗水」是河名，在山東省中部，源出泗水縣之東蒙山；四源合流，故名「泗水」。「徂徠」是山名，在今山東泰安東南，距黃海約二百公里。

從寓情於景之觀點看，「秋波」清澈明淨，比喻兩人之友誼。「泗水」源遠流長，象徵友誼之長遠。海色映照青翠的徂徠山，也比喻兩人之友誼萬古長青。這兩句都可暗喻兩人友誼之純潔與永恆。

㈤尾聯再回到現實，言兩人分往他地。詩人正準備到江南遊歷。杜甫回往長安。結語「且盡手中杯」，有不勝依依之感，餘情不盡！

㈥詩人與杜甫交遊，此是兩人最後分手之作。關於兩人之交誼，本人在杜甫〈春日懷李白〉詩中言之甚詳，請參閱拙作《唐代律詩析賞》。

㈦此詩看似五律，然聲調大都不合平仄規則，故仍是古詩。

嘲魯儒

魯叟談五經，白髮死章句。問以經濟策，茫如墜煙霧。
足著遠遊履，頭戴方山巾。緩步從直道，未行先起塵。
秦家丞相府，不重褒衣人。君非叔孫通，與我本殊倫。
時事且未達，歸耕汶水濱！

【語譯】

你們這些山東的老頭子們，老是談論著五經。頭髮都白了，還只是在死啃著書本。如果問起經國濟民的策略來，卻一無所知，都像是墜入煙霧之中一樣。

你們腳上穿著遠遊的鞋子，頭上戴著方正的帽子。慢條斯理地在大路上踱方步，動身前還要先將衣服上的塵埃吹打一番。

輔佐秦始皇統一天下的丞相李斯，就看不起你們這類寬衣博帶的儒生。你們不像叔孫通般的通權達變，與我本來就不是同類的人。

你們對於時事都未能通達，還是回到你們老家汶水旁邊去耕田罷！別妄想出來為國家社會做什麼事了！

【析　賞】

㈠「魯」是春秋時魯國，在今山東省西南部。國都曲阜，是孔子出生地。孟子出生地的鄒縣也在魯國。所以向來是所謂「禮義之邦」，以孔孟為首的儒生至眾。詩人於開元二十三年至天寶十年（七三五——七五一）期間，曾多次居留魯地，目睹其地儒生迂腐，乃有此嘲笑之作。此詩大致可分四段。

㈡首段四句寫魯儒死讀五經。因為此等魯儒「白髮」，故首稱「魯叟」。「五經」指《詩經》、《尚書》、《周易》、《禮記》、《春秋》，始於漢代以《詩》、《書》、《易》、《禮》、《春秋》立於學官。古時研究、分析儒家經典的章節和句讀，並加以解說，稱為「章句」之學。「經濟策」意謂經國濟民的策略。此段先寫此等魯叟，終身分析句讀五經，對實際上治理國家的策略，一無所知。

㈢次段四句寫魯儒迂腐形象。首二句寫其服飾。「遠游履」是一種鞋名，不一定是種走長路的運動鞋。相反地，可能是種高跟厚底的官式鞋，這從下文之「緩步」可知。「方山巾」是一種上下均平方正的帽子。看起來道貌岸然，一股不可侵犯的樣子。後兩句寫其動作，行動緩慢，一副迂闊樣子，其冬烘形態，滑稽可笑！

㈣第三段四句寫魯儒之不適應時代，上兩句「秦家丞相府」，指秦始皇之丞相李斯，他是法家、輕儒，「不重褒衣人」。褒衣是古代所穿的一種寬大的袍子。下兩句之「叔孫通」，初仕秦，後降漢。他頭腦靈活。初見「沛上亭長」出身之劉邦，不喜儒服，便改穿短衣；在楚漢相爭時，向劉邦薦舉群盜而非儒生；漢朝建立後，又勸說劉邦，招聘儒生，為漢朝制朝儀。他能順應潮流，通權達變，作出各時代所需要的措施。

㈤最後一段兩句，總結詩人對魯儒的鄙棄。說出：你們還是在老家耕田算了罷。不必癡想什麼治理國家了！

㈥詩人縱酒任俠，灑脫狂放。自視極高，自以為有「濟蒼生」、「安社稷」的雄才大略；卻又不屑於科舉致仕，循規漸進；只單純的幻想著有一機遇，可使他平步登天，一展所長。所以對於那些白首窮經的魯儒、迂腐呆板，不通世變，極為鄙視，乃有此作。

翰林讀書言懷呈集賢諸學士

晨趨紫禁中，夕待金門詔。觀書散遺帙，探古窮至妙。片言苟會心，掩卷忽而笑。

青蠅易相點，白雪難同調。本是疏散人，屢貽褊促誚。

雲天屬清朗，林壑憶遊眺。或時清風來，閒倚欄下嘯。

嚴光桐廬溪，謝客臨海嶠。功成謝人間，從此一投釣！

【語譯】

我從清晨來到翰林院，一直到晚，等待為天子起草詔書。終日坐在院中，閱讀古籍；研究一些書本中最奇妙的地方。偶而看到一兩句「於我心有戚戚焉」的話，就合上書本，發出會心的微笑。

綠色的蒼蠅，容易屙牠的糞便在白玉上。陽春白雪之意，向來是曲高和寡的。我本來就是個任性不羈的人，常常受到褊狹的人譏笑。

現在天清氣朗，不禁使我想起以前遊歷過的林泉山壑。偶而清風徐來，安閒地靠著欄杆上長嘯一下，發洩積鬱之氣。

嚴子陵經常在桐廬溪垂釣，謝靈運登上陡峭的臨海山作詩。我很想和他們一樣，功成之後，便謝絕人世，去釣魚算了！

【析賞】

㈠此詩為天寶三年，詩人四十四歲時，將離開翰林院之作。向同僚剖陳自己之胸懷。

㈡首段寫他在翰林院之日常生活。金馬門為進入翰林院之門。翰林院當時稱集賢書院。本來翰林院是起草詔敕之處。天寶元年，玄宗徵召詩人入宮時，任之為翰林院供奉，乃顧問或侍從之類的閑職。並不是看重他有何政治才能，只是要他在宮廷宴樂場合，作詩助興而已。此詩首聯「紫禁」、「金門」，雖然表面上似有顯赫炫耀字樣，「晨趨」言清晨隨班上朝，「夕待」則在實際上顯示詩人無聊不耐之心情，可見其投閑置散之形態。詩人在翰林院除偶而起草詔書外，日常在翰林院，只是校勘古籍，偶有所得，掩卷而笑。為皇帝起草詔書重責之人，日常只閒觀「散帙」而已，其內心是很落寞煩悶的。

㈢次段寫其超立不群。「青蠅」句本據陳子昂〈宴胡楚真禁所〉詩：「青蠅一相點，向壁遂成冤。」比喻高力士等小人之讒毀忠良。「白雪」句引用宋玉對楚王問說：「大眾只欣賞通俗的歌曲。陽春白雪之類高尚的曲子，能應和的人就很少了。」詩人以此比喻自己志向高潔，與宮廷內外之人合不來。

㈣第三段道出詩人心中嚮往大自然景物，厭棄世俗。

㈤末段宣稱其功成身退之意願。引述嚴光與謝靈運故事。後漢嚴光，字子陵，年輕時是漢光武帝劉秀之至友。光武帝即帝位後，雖屢次招致，皆不應出。常在桐廬溪釣魚。六朝時宋之大詩人謝靈運，乳名「客兒」。左遷永嘉時，曾過嚴陵瀨，有詠嚴陵瀨之作。登上臨海山時，有臨海嶠之詩。徜徉山水之中，與世人斷絕。詩人在此詩末段，列舉此二人，意謂很想與他倆一樣，將來功成之後，謝絕人世，無意與眾人爭名逐利。

春思

燕草如碧絲，秦桑低綠枝。當君懷歸日，是妾斷腸時。

春風不相識，何事入羅幃？

【語譯】

你在燕地的春草，剛生出像碧綠細絲般嫩芽的時候，我這秦地春天的桑樹枝頭，已是濃蔭低垂了。當你開始懷想要回家之日，正是我想念你想得要斷腸之時。討厭的是：這素不相識的春風，為什麼吹進我的簾幃裡來呢？

【析賞】

㈠首聯：「燕草如碧絲，秦桑低綠枝。」古詩云：「青青河畔草，綿綿思遠道。」芳草青青，遠接天涯，引起人懷遠之思。桑樹也易起離婦之思，採桑織績，婦人為夫子作衫；桑枝低垂，表示農婦連想裁衣以寄遠方戍卒之際。同是春天，因地理上緯度不同，氣溫亦異。燕地指今之河北與遼寧西南地區，春草剛吐嫩芽時，較南之秦地（今之陝甘地區）桑樹已經綠枝低垂。此聯寫兩地景物不同，顯示春色之淺深。暗喻君思妾的淺，一如燕地的春天那麼遲；而那種思念，只如遲吐的草芽。妾思君之深，一如秦地的春天那麼深；思念已如春桑之綠枝低垂。以兩地春光之遲早，對比兩人相思感情之淺深。

㈡中聯：「當君懷歸日，是妾斷腸時。」意謂當你才想到要回家的時候，我早已想念你想得肝腸寸斷了。描寫同一時期中，對比兩人思念程度的懸殊。

此詩之中聯與首聯，互相交織回應。「燕草如碧絲」暗喻「當君懷歸日」之思淺；「秦桑低綠枝」隱示「是妾斷腸時」之情深。同時，「燕草如碧絲」有「方興未艾」之意；「秦桑低綠枝」兼有「美人遲暮」之感。

㈢尾聯：「春風不相識，何事入羅幃？」思婦正在哀怨之中，忽而春風吹來，不禁惱怒責問：「素不相識，何事見擾？」思婦埋怨春風之惱人，正寫其癡！將餘情寄於文字之外，含蓄委婉，餘韻不盡！後世詩評家有認為此聯言思婦之貞潔純一，未免迂闊，有失神韻。

下終南山過斛斯山人宿置酒

暮從碧山下，山月隨人歸。卻顧所來徑，蒼蒼橫翠微。
相攜及田家，童稚開荊扉。綠竹入幽徑，青蘿拂行衣。

忘機！歡言得所憩，美酒聊共揮。長歌吟松風，曲盡河星稀。我醉君復樂，陶然共忘機！

【語譯】

傍晚的時候，我從碧綠的終南山走下。月亮也伴隨著一同回來。回頭看看來時的路徑，已經被青色縹緲的山氣籠罩了。

斛斯山人與我會見，兩人攜手一同來到田莊。他家的小孩子為我們打開了荊條的門，讓我們進入莊內。沿著幽靜的小路走進翠綠的竹叢。路旁樹上懸垂的青蘿長絲，不時撩拂行人的衣衫。

我們歡笑談說，今夜可得到舒適的安歇。主人拿出好酒來開懷暢飲。我們在松風吹拂中高歌吟唱。唱罷時夜已深沉。天上銀河群星逐漸稀少。我醉了，主人也高興。大家把那世上一切的機心俗慮都忘掉了！

【析　賞】

㈠首段四句寫「下終南山」：

「暮從碧山下」，「碧山」指終南山，為秦嶺之一部份。在長安之南，唐代有許多高士隱居於此。「斛斯山人」即為其中之一。「暮」字挑起下句之「山月」，並為留宿預作地步。

「山月隨人歸」，因暮而有「山月」，「隨」字妙，將「山月」擬人化，伴隨人歸，融情於景。

「卻顧所來徑」，詩人不忘情終南山而回顧。

「蒼蒼橫翠微」，「蒼蒼」是深青色，渲染暮色漸深。「橫」意謂籠罩。「翠微」舊注是青縹色山氣，即青綠色的山間霧氣。亦有謂指青翠的山坡，或青翠掩映的山林幽深處。則指終南山麓。明代鍾惺《唐詩歸》評此詩「起似右丞」，說此首聯有似王維之作。

㈡中段四句寫「過斛斯山人」田家：

「相攜及田家」，可能約會在先，斛斯山人早已在門外等待詩人前來。故一見即歡喜迎接。「相攜」二字表現兩人情誼親切，「田家」即斛斯山人之住所。

「童稚開荊扉」，「童稚」是斛斯山人家之小孩子。「荊扉」是荊條編成之門，可見斛斯山人之家道，絕非豪門貴族。

「綠竹入幽徑」，此句是「幽徑入綠竹」之倒裝。詩人進荊扉後，沿著清幽的小路進入碧綠的竹林之中。竹在中國文化中有特殊的形象，因為它空心有節，竹竿淨滑，竹葉常青，世人常以之為高潔堅貞的代表。斛斯山人的居處有叢竹圍繞，也可見他是高潔出塵之士。

「青蘿拂行衣」，竹樹上垂懸的青蘿兔絲，不時撩拂幽徑上行人的衣衫。有意無意，飄動自然。晚唐李商隱《日日》詩：「幾時心緒渾無事，得及游絲百尺長。」就是歌吟此種游絲悠閒自得之情態。此聯兩句寫斛斯山人居處，清淨幽雅。將人境描繪成仙境。清代沈德潛《唐詩別裁》說：「太白山水詩亦帶仙氣。」大概即就此類詩作而言。

㈢末段六句寫「宿置酒」：

「歡言得所憩」，表示主客兩情相悅。詩人遇到知己，慶幸身心得到安息的所在，表示自己有「賓至如歸」的感覺。

「美酒聊共揮」，《禮記・曲禮》，鄭玄注：「振去餘酒曰揮」，「共揮」意謂彼此乾杯。主人擺出美酒，大家開懷暢飲。

「長歌吟松風」，大家酒醉飯飽，臨松風而長歌。有人解說「吟松風」為唱樂府之〈松風曲〉。

「曲盡河星稀」，飲酒高唱至夜深，天上銀河群星稀少，表示大家盡歡之情。

「我醉君復樂」，我飲醉了，主人也快樂，不僅表示主人好客，亦足見主人之知己。

「陶然共忘機」，「陶然」是形容沉醉之情態。陶淵明〈時運〉詩云：「揮茲一觴，陶然自樂。」崔曙〈九日登望仙臺呈劉明府容〉詩：「且欲近尋彭澤宰，陶然共醉菊花杯。」「忘機」是忘掉機巧之心，即心地淡泊，與世無爭之意。唐許彬〈送李處士歸山〉詩：「得道書留篋，忘機酒滿尊。」似乎有酒就可忘機。宋代蘇軾〈和子由送春〉詩：「芍藥櫻桃俱掃地，鬢絲禪榻兩忘機。」是自己年老躺在佛寺禪榻上，悟道而忘機。此詩篇末「共忘機」，是詩人與斛斯山人賓主盡醉後，兩位友人，同入忘我超塵的境界。

㈣此詩是詩人在長安任翰林供奉時，月夜造訪終南山麓一隱士田家之作。在詩人之詩集中，是其最接近陶淵明田園詩色彩之作。但因詩人天性豪放，難掩飾其飛揚神采，故終究不若陶淵明之了無塵心。不若陶詩之有平淡寧靜之韻味。

月下獨酌（四首）

其一

花間一壺酒，獨酌無相親。舉杯邀明月，對影成三人。

月既不解飲，影徒隨我身。暫伴月將影，行樂須及春。

我歌月徘徊，我舞影零亂。醒時同交歡，醉後各分散。永結無情遊，相期邈雲漢！

【語譯】

在花叢中我拿著一壺酒，四顧無親近之人。只好孤獨地一人來自酌自飲。可是，舉起酒杯，我邀請明月，對著映在地面上自己的影子，立刻變成了三人了。

雖然月亮不會飲酒，影子也只是徒然地跟隨著我的身子。但我姑且陪伴月亮與影子，趁此春光尚在，大家來快樂一番吧。

你看：我唱歌的時候，月亮留連不去；我跳舞的時候，影子也婆娑共舞。在清醒的時候，大家一同來歡樂；酒醉了各自分散。但願大家永遠結為交情不滯於俗的好友，把我們的聚會，相期在邈遠的天際吧！

【析賞】

詩人天才橫溢，曠達不羈。在這首五言古詩上，表現得淋漓盡致。詩題〈月下獨酌〉，細看他的這首詩如何在「獨」字上打轉：

㈠本來是「獨」：「花間一壺酒，獨酌無相親。」

㈡忽然異想天開，使「獨」變成「不獨」：「舉杯邀明月，對影成三人。」

㈢再一轉折：因為「月既不解飲，影徒隨我身。」理應還是「獨」。

㈣又自相慰解，權自認「不獨」：「暫伴月將影，行樂須及春。」自願陪伴月與影。

㈤既自以為「不獨」之後，即將「不獨」之歡情，寫得天花亂墜：「我歌月徘徊，我舞影零亂。」將月與影作陪，愈說得熱鬧，則愈顯其「獨」。「花」、「春」、「歌」、「舞」等字，皆用來作反襯。

㈥分述「不獨」與「獨」：「醒時同交歡，醉後各分散。」

㈦結出詩人之「天人合一」的觀點：「永結無情遊，相期邈雲漢！」詩人與大自然融合成一體。無「物我之分」，永不孤獨。

㈧趙昌平云：「本詩的構思是：以月明花好之夜為背景，以月、我及影三者為中心，以獨飲為線索，展開想像，逐步達到精神之昇華。詩歌的四個層次，正是獨飲中的人，感情變化發展的幾個階段。想像因酒興的深入而越出越奇，而無一處奇思異想，又無不是詩人的自然聯想。這聯想下更深蘊著詩人苦悶與力圖衝破苦悶的內心矛盾，因此全詩形成了幾揚幾抑的節奏。」（《三李

詩鑒賞辭典》頁五六〇）

其　二

天若不愛酒，酒星不在天。地若不愛酒，地應無酒泉。天地既愛酒，愛酒不愧天。

已聞清比聖，復道濁如賢。賢聖既已飲，何必求神仙？

三盃通大道，一斗合自然。但得酒中趣，勿為醒者傳。

【語　譯】

天如果不愛酒的話，天上就不會有「酒星」。地如果不愛酒的話，地上不致於有地名「酒泉」。天地既皆愛酒，人愛酒才不辜負天意。

已經有人說過，飲清酒的是聖人，又說飲濁酒的是賢人。喝酒既可以做聖賢，人又何必要求去做神仙呢？

人喝了三盃酒後，可以通曉道家的大道理。喝了一斗酒後，就能達到道家的所謂與大自然合一的境界。人只要能在酒醉後享受很多的樂趣，不必去告訴那些不喝酒的人！

【析　賞】

㈠首段引用孔融與曹操〈論酒禁書〉：「天垂酒星之耀，地列酒泉之郡。」作其邏輯，硬說飲酒才不負天意。

㈡魏武帝禁酒。徐邈私飲至於沉醉。武帝問狀，對曰：「中聖人」。武帝不解，乃曰：「酒清者為聖人，濁者為賢人。」詩人即據此而說聖賢皆飲酒。進而宣稱：飲酒可作聖賢。

㈢末段乃特就道家之觀點言之：稍飲點酒，便可瞭解道家的大道。大飲其酒，可以達到道家「天人合一」的境界。

㈣最後諄諄勸人：但能得到醉中趣味，不必理會他人。

㈤全篇故意強詞奪理，充分表現詩人玩世不恭之態度，顯示詩人狂放不羈之性格。

其　三

三月咸陽城，千花晝如錦。誰能春獨愁？對此徑須飲！

窮通與修短，造化夙所稟。一樽齊死生，萬事固難審。

醉後失天地，兀然就孤枕。不知有吾身，此樂最為甚！

【語　譯】

春天三月的長安，百花盛開，絢爛如錦。在這春暖花開時節，誰能獨自陷於憂愁之中呢？對此美景，應該要盡性的飲酒啊！

每個人的窮困或富貴，生命的長或短，都是他的造化所致，不是自己能決定的。人只要喝杯酒，生死都是一樣，一切事情本來就難得講的。

人喝醉後就忘卻天地萬物，昏昏沉沉地躺在枕頭上。不知道有自身的存在。這種快樂是最好的了！

【析賞】

㈠首段先言：人當及時避愁飲酒。

㈡次段主張命運論，一切聽天由命。

㈢末段強調醉以忘我。人能忘我，萬慮俱無！

其四

窮愁千萬端，美酒三百杯。愁多酒雖少，酒傾愁不來。所以知酒聖，酒酣心自開。

辭粟臥首陽，屢空飢顏回。當代不樂飲，虛名安用哉？

蟹螯即金液，糟丘是蓬萊，且須飲美酒，乘月醉高臺！

【語譯】

無窮盡的憂愁，千端萬緒。美酒只有三百杯。愁緒雖多，美酒雖少，酒一到肚，愁便消失了。所以酒聖知道，酒喝足了，心境自然開朗。

從歷史上看：殷商的伯夷叔齊，恥食周粟；隱居首陽山，採薇而食，終於餓死。孔夫子的高徒顏回，家裡米缸內，老是空空的。他們堅持忠義道德的大道理，在世時不曾飲酒取樂，身後留下的虛名，有什麼用處呢？

左手持螃蟹大腿肉，右手持酒杯，就像服用登天的金液。酒糟堆成丘陵，就是人間的蓬萊仙島。還是來喝美酒，月光下醉臥在高臺上罷！

【析　賞】

㈠首段說酒可消愁，不管愁多少，有酒便可消除。

㈡中段言虛名無用，有酒即該飲，並列舉二先賢為例：

「辭粟」句見《史記・伯夷列傳》：「周武王伐紂，孤竹君之二子伯夷叔齊叩馬諫阻。商亡後，二人恥食周粟，逃入首陽山，採薇而食，終於餓死。」

「屢空」句見《論語・雍也》：「一簞食，一瓢飲，在陋巷，人不堪其憂，回也不改其樂。賢哉回也！」

㈢末段再重申須飲美酒。

「蟹螯」句引《晉書・畢卓傳》：「卓嘗謂人曰：『得酒滿數百斛船，四時甘味置兩頭，右手持酒杯，左手持蟹螯，拍浮酒船中，便足了一生矣。』」

「金液」句引《神仙傳》：「藥之上者有九轉還丹、太乙金液，服之皆立登天。」

「糟丘」句引《南史・陳暄傳》：「暄嗜酒過差非度。其兄子秀常憂之，致書於暄友人何胥，冀以諷諫。暄聞之，與秀書曰：『速營糟丘，吾將老焉，爾毋多言。』」

㈣中國歷代騷人墨客，常將詩酒吟詠在一起。晚唐鄭谷〈讀李白集〉詩云：「何事文星與酒星，一時鍾在李先生。高吟大醉三千首，留著人間伴月明。」即是寫古人將詩酒與明月融合為一者，首推李白。李白之〈月下獨酌〉詩四首，可說是其代表作。

詩人上四首詩中，第一首繪月、影、與我交情，極寫月下獨酌之樂。第二首言飲酒可作聖賢，可通大道，可與自然合一。第三首言醉後可忘我。第四首言酒可消愁，虛名無用。總括地說：這四首詩都是詩人對酒之歌頌。此四首詩，從積極的角度看，可見詩人慷慨曠達之豪情，玩世不恭之態度；但如從消極的角度看，亦流露詩人失意落寞的心情，顯示其遁世逃避之意向。

沙邱城下寄杜甫

我來竟何事？高臥沙丘城。城邊有古樹，日夕連秋聲。
魯酒不可醉，齊歌空復情。思君若汶水，浩蕩寄南征。

【語譯】

我為什麼竟然來到此地呢？每天睡在沙邱城裡，無所事事。城邊一帶有古老樹木，早晚都可感到秋天的聲息。

此地的魯酒，喝了也不會醉。此地的齊歌，聽了徒增悵惘之情。我永遠懷念著你，就像這汶水永遠不斷地流著一樣。現在姑且將我的心意付託給這流水，浩浩蕩蕩地向著南方流去罷！

【析賞】

㈠此為詩人寂居沙邱城中時懷念杜甫之作。後代公認李杜為唐朝二大詩人。二人於天寶三年（七四四）在洛陽相識，交誼甚篤。二人「醉眠秋共被，攜手日同行」（杜甫與李白同尋范十隱士），然而不久在魯郡石門分手，未再見面。杜集中甚多懷念李白之詩，李集中卻鮮見懷杜之詩。此首為其僅有者之一。

㈡此詩大概作於天寶四年（七四五），其時詩人甫自長安被玄宗「賜金放還」。詩之首句自問「我來竟何事？」表示詩人莫知所之，百無聊賴之心緒。「沙邱城」在今山東掖縣汶水之濱。詩人心中充滿落寞寡歡之感，故見城邊古樹，聞日夕秋聲。寓其與友人分別後孤寂之情於暗淡蕭瑟之景中。

㈢魯、齊，春秋時國名，皆在今山東省境內。此詩下段之「魯酒」兩句引用《莊子・胠篋》：「魯酒薄而邯鄲圍」，傳說楚王大會諸侯，魯趙諸國獻酒。管酒的官向趙國索賄未遂，將味薄的魯酒冒充趙酒進獻。楚王認為趙酒薄，不恭。派兵包圍趙都邯鄲。後世即用魯酒作薄酒的代詞。此時詩人正在山東，詩意雙關。意謂我在此獨飲無味，獨唱亦得不到慰藉。

㈣建安七子之一的徐幹，其〈室思〉詩有「思君如流水，何有窮已時」之句。詩人襲用其意，末聯就眼前景，詠出：「思君若汶水，浩蕩寄南征。」「汶水」即大汶河，在山東省中部，西南流入濟水，其流向與杜甫之去向相同，故用此以喻自己對杜甫相思之情。語短情長，餘韻不盡！

寄東魯二稚子

吳地桑葉綠，吳蠶已三眠。我家寄東魯，誰種龜陰田？春事已不及，江行復茫然。南風吹歸心，飛墮酒樓前。樓東一株桃，枝葉拂青煙。此樹我所種，別來向三年。桃今與樓齊，我行尚未旋。嬌女字平陽，折花倚桃邊；折花不見我，淚下如流泉。小兒名伯禽，與姊亦齊肩。雙行桃樹下，撫背復誰憐？念此失次第，肝腸日憂煎。裂素寫遠意，因之汶陽川！

【語譯】

吳地的桑樹葉子都綠了。蠶三眠後二十七天，已在作繭。時值春暮，我想起寄居在東魯的家。這一年春天我不在家，誰來耕種我那龜山北面的田地呢？即使我現在能趕回去，也已趕不上春耕了。況且我現在流落在長江一帶，也沒有回家的打算。陣陣的南風吹來，把我的心都吹落到東魯我家的酒樓前了。

我家樓東那棵桃樹，想來長得枝葉茂密。這樹是我親手種植的，別來快三年了。現在桃樹已長得與樓同樣高，而我出門後卻還沒有回去過。

我那嬌美的女兒，名喚平陽。遙想她正摘枝花，倚靠在桃樹邊。她摘下花看不到我，眼淚大概要像泉水一樣地湧下吧？我的小兒子名叫伯禽，想來該長得和他姊姊差不多高了。他們兩人並肩走在桃樹下；而父親不在身邊，有誰會撫摸他們的後背，來疼愛他們呢？

我想到這些，心情更紊亂了，心中真是痛苦無比。只好撕下一塊白綢，把我這懷念兒女的心情寫在上面，付託給流經家鄉的汶水，寄給他們倆！

【析　賞】

㈠此詩作於天寶六年（七四七）。在詩人退出長安後，浪遊大江南北。詩題下原注「金陵時作」。詩人在金陵（今之南京），其原配許氏所生之女平陽與子伯禽，則在東魯（指山東任城，即今之山東濟寧）。其時許氏已去世。詩人深感未盡父親照顧子女之責，乃作此詩。

㈡此詩大致可分三段。首段八句先寫身居吳地之春景。蠶三眠後即作繭抽絲。「絲」與「思」諧音。由之而思及東魯二稚子。「誰種」之問，語意沉痛。「飛墮」描摹詩人欲插翅回歸之心態。

㈢次段十四句寫想像中家中之情景。第一層六句承上文寫樓前手植之桃樹，現已長與樓齊，而自己不能歸去。第二層八句，想像兒女思念父親之情，讀之鼻酸，作之者當更心痛。

㈣末段四句，以「念此」二字總結上文之想像。再言詩人欲歸不得之苦情，乃裂素而作此詩，希望藉此能將自己思念之情，傳到東魯去。

㈤此詩脈絡清晰。詩人通過想像，用瑣屑細事，寫出為父者殷殷眷念子女之情，充分流露其慈父愛子之心，真切動人！清代沈德潛《唐詩別裁》評此詩：「家常語。瑣瑣屑屑，彌見其真。」

望鸚鵡洲懷禰衡

魏帝營八極，蟻觀一禰衡。黃祖斗筲人，殺之受惡名。
吳江賦鸚鵡，落筆超群英。鏘鏘振金玉，句句欲飛鳴。
鷙鶚啄孤鳳，千春傷我情。五嶽起方寸，隱隱詎可平？
才高竟何施？寡識冒天刑！至今芳洲上，蘭蕙不忍生！

【語譯】

曹操經略天下，號召唯才是用，卻將非常有文才的禰衡看作螞蟻一樣。黃祖器量狹小，手殺禰衡，得了惡名。

禰衡當年在長江沙洲上作〈鸚鵡賦〉時，下起筆來超過許多英才。文辭華美，鏗鏘之聲如金玉振動。鸚鵡寫得活生生地，好像句句都可飛鳴。

猛禽啄食孤鳳，千年以來使我傷心。每想起禰衡被殺的事，我心中就像陡然長出五座大山，憤憤地怎可平衡？

才高的人有什麼辦法？不正視惡勢力而遭殺身之禍！一直到現在這芳草的沙洲上，高貴的香草還是不生長的！

【賞析】

㈠「鸚鵡洲」，在今湖北武漢地區之長江中。相傳後漢時禰衡在此作〈鸚鵡賦〉。詩人大概在流放夜郎遇赦，歸途路經江夏時，遙望鸚鵡洲，觸景生情而作此詩。

「禰衡」事見《後漢書．禰衡傳》：「禰衡，字正平，少有才辯，而氣剛傲物。孔融薦之於曹操。曹身為宰相，衡倨傲不遜。操召為鼓吏，令其改服鼓吏之裝，欲辱之。衡於操前裸身更衣，撾鼓後至營門大罵。操怒。然恐殺之蒙害賢之名，乃送衡於荊州牧劉表。表初重之。旋又以侮慢不見容，又送於江夏太守黃祖。祖器量小，卒以出言不遜見殺，年僅二十六歲。」

㈡本詩首段四句先述史實：首聯有兩種解說：一說曹制伏八方，下「求賢令」延攬人才，卻視有才之士如禰衡者如一小蟻。一說曹操威力振天下，敢於視之如蟻者，惟禰衡一人而已。後說顯出禰衡狂傲之特性，似更有力。次聯言「黃祖斗筲人」，「斗筲」是十升與二升之容器，喻其器量狹小。

㈢次段四句寫禰衡之文才。《文選》載：黃祖長子射大會賓客，有獻鸚鵡者，射請衡作賦。衡作〈鸚鵡賦〉，筆不停綴，文不加點，眾皆歎服！

㈣第三段四句，寫詩人對禰衡被殺之悲憤；「鷙鶚啄孤鳳」，將曹操黃祖等比作嗜殺成性之猛禽，禰衡比作高尚之孤鳳，當道勢力如此強大惡毒！一書生勢單力薄而被殺害，詩人心中猶如五岳突起，憤恨難平！

(五)末段四句抒情：詩人高呼「才高竟何施？」責怪他「寡識冒天刑」，過分天真，對世事認識不夠而遭殺身之禍。最後說鸚鵡洲是禰衡殺身之地，迄今蘭蕙不生。詩人另有〈鸚鵡洲〉詩，末句亦問「長洲孤月向誰明？」表示無限悲慨。請參閱拙作《唐代律詩析賞》。

(六)詩人對禰衡之被殺，極為憤慨，因為他同情禰衡。詩人違世俗，輕王侯，恃才傲物，目中無人，性格上與禰衡很類似。詩人詩名滿天下，雖蒙玄宗徵召入朝，只予文學侍從之閑職。他不結交權貴，飲酒澆愁，甚至竟敢「天子呼來不上船」。終至群小攻訐，玄宗「賜金還山」，放蕩江湖。後來因永王璘案繫獄，被判死刑；幸經郭子儀等力救，得以流放夜郎。其際遇亦與禰衡略似。所以高步瀛《唐宋詩舉要》評此詩云：「此以正平自況，故極致悼惜，而沉痛語以駿快出之，自是太白本色。」

擬古（十二首選一）

生者為過客，死者為歸人。天地一逆旅，同悲萬古塵。
月兔空搗藥，扶桑已成薪。白骨寂無言，青松豈知春？
前後更嘆息，浮榮何足珍？

【語譯】

芸芸眾生活在這世界上，就像一些來去匆匆的過客。死去的那些人是找到了他們的歸宿而永遠安息了。天地之大，不過是一棟送往迎來的客棧，人們只是在這中間暫時通過一下而已。人生有限，歲月易逝，這是千古以來所有人都感到的悲哀。

人們不是追求長生不老嗎？偷食長生不老藥的嫦娥，逃到月宮。現在伴著她的不過是隻白兔，在那裡日夜搗藥。她的生活有什麼樂趣呢？天上那棵高大無比的神木，也變成了木炭。人死了埋葬的白骨不能說話。青翠的松樹沒有感覺，豈能感到春天的溫暖？

從古到今既然所有的事物都令人嘆息，那麼所有的浮名虛榮，又有什麼值得珍惜的呢？

【析賞】

㈠詩人有〈擬古〉詩十二首，此為其九。

㈡起首兩句，取自《列子．天瑞》：「古者謂死人為歸人，則生人為行人矣。」

㈢次聯「逆旅」句：孔穎達《正義》解釋「逆旅是客舍」：「逆，迎也；旅，客也。迎止賓客之處」。詩人〈春夜宴桃李園序〉：「天地者萬物之逆旅，光陰者百代之過客。」與此詩同意。

㈣第三聯「月兔」句之「空」字，固言搗藥無用，亦喻嫦娥空服長生藥，永久獨在月宮，無幸福可言之意。「扶桑」據《楚辭章句》：「東方有扶桑之木，其高萬仞，為日所出處。」詩人說「已成薪」，不知出自何典？

㈤第四聯上句言人死後之白骨，埋於土中無聲無息，不能計較世事。下句「青松豈知春」，即詩人〈日出入行〉詩所云：「草不謝榮於春風，木不怨落於秋天，誰揮鞭策驅四運，萬物興歇皆自然」之意。

㈥黃錫珪編《李白編年詩集》推定此詩是上元元年秋在潯陽時作。其時詩人六十歲。詩人經過一生挫折後，似已看破紅塵，有超越生死之念。這首詩反映他的道家佛家思想。

七古

南陵別兒童入京

白酒新熟山中歸，黃雞啄黍秋正肥。呼童烹雞酌白酒，兒女嬉笑牽人衣。高歌取醉欲自慰，起舞落日爭光輝！

遊說萬乘苦不早，著鞭跨馬涉遠道。

會稽愚婦輕買臣。余亦辭家西入秦。仰天大笑出門去，我輩豈是蓬蒿人！

【語　譯】

正當白酒剛好釀熟的時候，我從山中歸來。那吃黍子長大的黃雞，到這秋天正好最為肥美。叫孩子燉好雞，飯菜上桌，酌上白酒。慶祝我得到皇上詔見的好消息。兒女們都嬉笑著拉扯我的衣服。我自己放聲高歌，飲酒取醉，來自我喜慰。在落日之前，起身舞蹈，盡興地抒發內心的狂喜！

我能得到向天子進言的機會，只怪來得不早。現在能有這機會，我就要跨馬加鞭，立刻往遙遠的京城馳去！

當年朱買臣的笨妻以為他終身貧賤，想不到他後來果然做大官。我現在也辭別家人而到長安去了。我仰天大笑，出門高呼：我怎可永久做個草野的人呀！

【析賞】

㈠此詩是天寶元年，詩人四十二歲時，接到玄宗徵詔，辭別南陵家人之作。詩中充滿興奮之情。

㈡首段六句先寫在家聞訊之喜情。詩人何時接到徵召之喜訊？詩中並未明言。可能在詩人山中歸來時，家人告以喜訊。更可能是家中接到喜訊後，火速通知在山中之詩人，詩人趕返家中。到家後立刻要家人烹雞酌酒，全家慶祝。兒女「嬉笑」顯示歡樂之態；「牽衣」又刻畫依依難捨之情。高歌取醉，是狂飲至醉；舞與落日爭輝，是與日爭時。

㈢中段轉韻只兩句，承上啟下。詩人其時已四十二歲，恨未能在一、二十年前就得到此向皇上進言之機遇。但現在既然終於得到這大好機遇，可以一展長才，當然跨馬就道，即早進京。「著鞭跨馬」四字，刻畫詩人急切之情。

㈣末段四句，先引用朱買臣故事。按《漢書．朱買臣傳》：「朱買臣家貧，好讀書，不治產業。常刈新樵，賣以給食。擔束薪行且誦書。其妻亦負擔相隨，數止臣毋歌謳道中。買臣愈益疾歌。妻羞之，求去。買臣笑曰：『我年五十當富貴，今已四十餘矣。汝苦日久，待我富貴報汝功。』

妻恚怒曰：『如公等，終餓死溝中耳。何能富貴？』買臣不能留，聽去。」後來朱買臣果然官至會稽太守。本詩云我現亦受召入京，即將做官。不過，此典與詩人情況適合與否，頗有問題。

此詩題為〈南陵別兒童入京〉，詩中特提出「兒童」而不兼及妻子。回家時，「呼童烹雞酌白酒」。烹雞應為妻子之事，卻呼「童」為之。「兒女嬉笑牽人衣」，亦未言及妻子。則其時家中似無妻子。曾與詩人相識之魏顥所作之《李翰林集．序》云：「白始娶許氏，生一女一子（即詩人〈寄東魯二稚子〉詩中之平陽與伯禽）。又合於劉。劉訣，次合於魯一婦女，終娶宗氏。」詩人此時之妻子當為劉氏。「訣」可意謂生離，亦可意謂死別；不論劉氏已離異或死亡，此時皆不在家中。詩人詩中言及「會稽愚婦」，也許劉氏在「訣」時有責怪詩人未得功名之語，詩人現在言此以洩憤。或者此時劉氏尚未「訣」，而夫妻口角之時，偶而有怨詩人未能仕進之事。則詩人現言及此，是對劉氏揶揄之詞。

當然撇開妻子之事實不談。此「愚婦」一詞，也可泛指嘲笑詩人之若干人。此等人因見詩人年逾不惑，而仍未得到官職，猶如朱買臣四十餘歲之仍以賣柴為生，不免輕視詩人，沒有想到詩人今日亦有受皇上徵召入京之機遇！

(五)末聯「仰天大笑出門去，我輩豈是蓬蒿人！」刻畫他狂喜之情態。其所以如此狂喜，說得堂皇一點，是他得到發展抱負的機會。詩人年二十五歲時出川，自認為「申管晏之談，謀帝王之術」。要「奮其智能，願為輔弼，使寰宇大定，海縣清一」（〈代壽山答孟少府移文書〉）。然而又不屑於在科舉上求功名，或上書獻詩，請求顯要援引，故而始終不得入朝，一展抱負。其唯一可能的做官的機會，便是像此次之皇帝徵召。一下子便平步青雲，由此可以大展鴻圖。他得到這千載難得的良機，無怪乎他「仰天大笑出門去」，高呼「我輩豈是蓬蒿人」！

說得實際一點，是他得到做官的機會。在此以前，雖然他佩劍出遊，訪仙求道。看來揮金如土，視富貴如浮雲。表面上輕視功名利祿，其實他內心中也是和常人一樣，想要官職富貴的。現在從天上降下這御旨徵召，他立刻便可飛黃騰達。狐狸露出了尾巴，他自然「仰天大笑出門去」，不禁吐出積鬱已久的呼聲：「我輩豈是蓬蒿人！」

把酒問月

青天有月來幾時？我今停杯一問之。人攀明月不可得，月行卻與人相隨。
皎如飛鏡臨丹闕，綠煙滅盡清輝發。但見宵從海上來，寧知曉向雲間沒？
白兔搗藥秋復春。嫦娥孤棲與誰鄰？今人不見古時月，今月曾經照古人。
古人今人若流水，共看明月皆如此。唯願當歌對酒時，月光長照金樽裡！

【語譯】

青天上的月亮什麼時候來的呢？我現在要停下酒杯來問一下。人想攀登月亮攀不上，可是人走到那裡，月亮卻老是伴隨到那裡。

皎潔的月亮像飛鏡一樣，高懸在宮闕之上。雲翳散開時，散放清澈的光輝。世上的人們只見夜晚月亮從海面上昇起，怎知清晨月亮又消失到雲層裡去了？

月亮裡的白兔一年到頭在那裡搗藥。嫦娥單獨地在那裡與誰作伴？現在的人看不到古時的月亮，但是現在的月亮卻曾經照見過古人。

古人今人更替，像流水一樣川流不已；但所見的月亮卻永恆不變。我只希望在我對酒當歌的時候，月光能長久地照在我的金杯裡！

【析　賞】

㈠首句「青天有月來幾時？」突兀而起，打開詩題〈把酒問月〉之全篇。此首句與次句「我今停杯一問之」是倒裝。詩人是在已有幾分醉意之後，提出此問題。語序顛倒，增強氣勢，引發讀者神往迷惑之情，詩味因之大為增強。宋代蘇東坡〈水調歌頭〉詞之開端兩句：「明月幾時有？把酒問青天。」即顯然由此蛻化而來。

㈡次聯「人攀明月不可得，月行卻與人相隨。」將月擬人化，好像月亮故意與人挑逗。人想攀登她，而攀不上。然而人走動時，她卻又老是跟隨著人。若離若即，亦遠亦近。生動活潑，巧思奇趣！

㈢第三聯上句言「丹闕」之上，月如「飛鏡」，皎潔臨空。下句言明月破雲而出，「清輝」煥發。皆描繪月之光彩。

㈣第四聯：「但見宵從海上來，寧知曉向雲間沒？」故意發出呆問，如小孩子之天真好奇。

㈤第五聯就神話傳說中，發出疑問。傅玄〈擬天問〉：「月中何有？白兔擣藥。」詩人乃說「白兔搗藥秋復春」。月中白兔，辛勤搗藥，年復一年。《獨異志》：「羿燒仙藥，藥成。其妻姮娥（一作嫦娥）竊而食之，遂奔入月中。」在詩人看來，月中嫦娥雖得長生，而終生無伴，何等寂寞！晚唐李商隱之「嫦娥」詩：「嫦娥應悔偷靈藥，碧海青天夜夜心。」亦就此事而詠。

㈥第六聯：「今人不見古時月，今月曾經照古人。」亦可互文回環：「古人不見今時月，古月仍然照今人。」此聯脫意出初唐張若虛之〈春江花月夜〉：「人生代代無窮已，江月年年望相似。」歸結下文。

㈦第七聯：「古人今人若流水，共看明月皆如此。」亦即前引張若虛詩句之意。明月永恆，人生短暫，詩人從明月與人生之對照中，引申到宇宙哲理，曠達中隱含悲情。

㈧結聯：「唯願當歌對酒時，月光長照金樽裡！」曹操詩云：「對酒當歌！人生幾何？」詩人亦歸結到及時行樂。

㈨此詩自「停杯問月」始，至唯願「月光長照金樽裡」終。首尾呼應。中間反覆寫人與月，趣味橫生，情意錯綜。既有情趣，亦富哲理，多姿多采，亦莊亦諧。在音韻上每四句一轉，平仄互換，宮商並具。一氣呵成，充分洋溢詩人浪漫主義之色彩！

宣州謝朓樓餞別校書叔雲

棄我去者，昨日之日不可留。亂我心者，今日之日（一作事）多煩憂！長風萬里送秋雁，對此可以酣高樓。蓬萊文章建安骨，中間小謝又清發。俱懷逸興壯思飛，欲上青天攬明月！

抽刀斷水水更流，舉杯消愁愁更愁。人生在世不稱意，明朝散髮弄扁舟！

【語譯】

棄我而去的昨天，已經不能留住了。擾亂我心的今天，給我帶來了很多的煩憂！

萬里長風送走秋雁。面對這情景，該登上高樓來暢飲一番。大家歡送你去翰林院校閱典籍。議論古時建安七子詩文，剛勁且有風骨。魏晉迄今之間，南朝謝朓詩文，亦清麗靈明。大家都心懷逸興，壯思飛揚，想要登上青天，手攬明月！

我抽起刀來截斷流水，那水還是照樣地流。我舉起杯來飲酒，想以酒消愁，而愁反而更多。我生在這世界上不能順心如意；還不如明天披散著頭髮、乘隻小船，去遨遊江湖算了！

【析賞】

㈠此詩作於天寶十三年，詩人在安徽宣城謝朓樓餞別校書族叔李雲。

㈡首段開端兩句：「棄我去者，昨日之日不可留；亂我心者，今日之日多煩憂。」高步瀛《唐宋詩舉要》評為：「破空而起，不可端倪。」詩題是餞別，詩人開端卻不從餞別或被送之人著筆，突然抒發送行者之詩人自己內心之積鬱，至為奇特！詩人感到歲月易逝，嘆息：「棄我去者，昨日之日不可留。」想到自己浪跡江湖，一事無成，不禁吐出苦情：「亂我心者，今日之日多煩憂！」詩人以極富感情色彩而又能凸顯形象的動詞：「棄」、「亂」兩字。分置兩句之首，領起全篇。古詩每句的字數可以參活。此首七言古詩，每句七字；但開始兩句，卻每句十一字。一氣讀出，宣洩詩人滿腔積鬱之情！

㈢第三句「長風萬里送秋雁」，點明分手之季節是秋季。秋雁在長風護送下直去萬里，喻校書被歡送遠行之盛況。「送」字切題。

第四句「對此可以酣高樓」。大家在此聚會，可以酣飲一番。「酣」字切題目之餞行。「高樓」指餞別之地點，即「謝脁樓」。因謝脁曾任宣城太守，後人建此樓而紀念之。又稱「謝公樓」或「北樓」。「對此」者言對此樹木搖落可悲之秋季，大家可為送友遠行而酣飲，亦可為消除悲秋之感而酣飲也。

方東樹《昭昧詹言》評此詩：「起二句發興無端，長風二句落入。如此落法，非尋常可比。」指此詩忽起忽落，恣肆奇橫。王堯衢《古唐詩合解》，卻注釋其中自然之承接：「日月如流，光陰如馳，已去之昨日難留，方來之憂思煩亂。況人生聚散不定，而秋氣又復可悲。當此秋風送雁，臨眺高樓，可不盡醉沉酣，以瀉我憂乎？」

㈣以次一聯：「蓬萊文章建安骨，中間小謝又清發。」則極費解。「蓬萊」二字，尤難理解。按「蓬萊」原是盡人皆知之海中仙山之名，與餞別毫無關係。有人煞費周章地說「蓬萊是仙府幽經祕錄之藏所。後漢政府藏書之室名東觀，有校書郎之設置，校覽書籍。當時學者亦稱東觀為道家之蓬萊山」。由之硬將此詩中之「蓬萊」，是暗指李雲將去之祕書省或翰林院。但即使如此，與「文章建安骨」有何關聯？按「建安」是漢獻帝年號。其時曹氏父子與所謂「建安七子」之孔融、王粲、陳琳、徐幹、劉楨、應瑒、阮瑀等詩文，風骨遒上，多饒古意。要「蓬萊」與「文章建安骨」有關聯，除非是說李雲之文章，俱有建安之風骨，則此句是詩人對其族叔溢美之辭。至於下句之「小謝」，指南朝齊之詩人謝朓。因其族兄謝靈運為南朝宋之詩人，故被稱為「小謝」。他才思富捷，工五言詩，向為李白所仰慕。在李白詩集中，多有吟詠謝朓之作。謝朓曾為宣城太守，現在餞別之地之高樓，即為紀念謝朓而建。故此詩中之提到「小謝」，可能是因餞別之地而起。或者是詩人以謝朓自況。蓋以詩人詩作之清麗，可媲美謝朓也。然而句中之「中間」二字，又無法解釋。明代唐汝詢《唐詩解》云：「子（李雲）校書蓬萊宮，文有建安風骨，我（李白）若小謝，亦清發多奇。」意謂上句蓬萊文章，是借指李雲作品，下句小謝清發，則借喻李白詩歌。

本人不能已，提供另一解釋：在此餞別宴會中，文人雅士聚集，不無談論文學觀點。詩人古詩主張復古，謝朓為其仰慕之詩人。此聯之上下兩句，是他文學史觀之要點。當然這些解釋，都是非常牽強，詩人早已作古，誰知道他的本意是什麼呢？

㈤以次一聯：「俱懷逸興壯思飛，欲上青天攬明月。」寫眾人在餞別宴上酒醉飯飽後之豪情歡興，與上文「酣高樓」相呼應。此聯之上句脫意自建安七子之一之劉楨的〈贈五官中郎將〉詩：「君侯多壯思，文雅縱橫飛。」謝朓〈七夕賦〉亦云：「君王壯思風飛，沖情雲上。」下句雖與詩人自己〈把酒問月〉詩之「人攀明月不可得」有違，亦正見其「言出天地外，思出鬼神表。」（皮日休對詩人之贊語）。「明月」一作「日月」。

㈥末段四句寫感慨。詩人大概以積鬱之心情來此餞別李雲，故在歡送其族叔之中，始終掙脫不了其積鬱之情。「抽刀斷水水更流」，在全篇結構上，是虛筆呼應首段之「不可留」。這句雖看似突如其來，實則也可說是即景生情而出。因為謝朓樓前有宛溪、句溪二水，奔流不息。詩人〈秋登宣城謝朓北樓〉詩中，即有「兩水夾明鏡，雙橋落彩虹」之描繪，詩人登樓時，且有「誰念北樓上，臨風懷謝公」之嘆。中國遠自《論語．子罕》，子在川上曰：「逝者如斯夫，不舍晝夜」之感歎以來，詩文中即常有流水如光陰流逝之概念。此自然界之現象非人力所能阻止。「舉杯消愁愁更愁」，在全篇結構上，是實筆回應中段之酣飲，也是即景生情之句。因為如前文所說，當「對此可以酣高樓」時，已有借酒消愁之意。然而人世之憂愁亦非飲酒之能消除。在此聯中，詩人「抽刀斷水」、「舉杯消愁」表示其意圖掙扎，要與現實抗衡。爭奈刀不能斷水，酒不能消愁，一切努力皆屬徒勞。詩人道出其內心的悲哀：「人生在世不稱意」。最後惟有逃避：「明朝散髮弄扁舟！」

「散髮」是效法袁閎。《後漢書・袁閎傳》：「延熹末，黨事將作。閎遂散髮絕世，欲投跡深林。」「扁舟」是想步范蠡後塵。《史記・貨殖列傳》：越亡吳後，范蠡「乘扁舟浮於江湖」。

(七)此詩首段與末段，皆為世人所激賞之名句。中段「蓬萊文章建安骨，中間小謝又清發」一聯，極難理解。然瑕不掩瑜，乃選錄之。

(八)在結構上。此詩篇中呼應之處，除已多處指出外，此詩最後之「明朝」，顯然回應篇首之「昨日」、「今日」，首尾呼應，連環一體。篇末之「不稱意」，回應篇首之「多煩憂」，將詩人之愁緒，貫穿始終。

(九)在音韻上，此詩首句十一字：「棄我去者，昨日(之)日不可(留)」，接連用九個仄聲字。次句連用「多煩憂」三個平字以救轉之。有一瀉千里之勢，藉之以吐出詩人內心積鬱寥落之情。在韻腳上，黃永武指出此詩：「先用了四句極響的『留、憂、樓』，末尾再用四句極響的『流、愁、舟』，這些尤韻字感慨最深。但中間的四句，轉寫逸興清發，飛天攬月時，轉用輕約的月韻，與入夢輕飛的情節諧和。」(《中國詩學・設計篇》頁一六六)

(十)在章法上，清代王夫之《唐詩評選》評此詩：「興比超忽。」沈德潛《說詩晬語》云：「太白七言古，想落天外，局自變生，大江無風，波浪自湧；白雲從空，隨風變滅。」大概亦就是指此等詩而言。黃永武《中國詩學・鑑賞篇》說：「本詩的長風句、蓬萊句、抽刀句都是取突接的方式。既飄忽，又緊峭，像風雨驟至，有『恣肆奇橫』之美。」當然，這些評論，言及突接之美時，什麼「自然流暢」、「脈路分明」等詩文的原則，不能兼顧了。

廬山謠寄盧侍御虛舟

我本楚狂人，鳳歌笑孔丘。手持綠玉杖，朝別黃鶴樓。五嶽尋仙不辭遠，一生好入名山遊。

廬山秀出南斗旁，屏風九疊雲錦張，影落明湖青黛光。金闕前開二峰長，銀河倒掛三石梁，香爐瀑布遙相望。迴崖沓嶂凌蒼蒼，翠影紅霞映朝日，鳥飛不到吳天長。

登高壯觀天地間，大江茫茫去不還。黃雲萬里動風色，白波九道流雪山。好為廬山謠，興因廬山發。閒窺石鏡清我心，謝公行處蒼苔沒。早服還丹無世情，琴心三疊道初成。遙見仙人綵雲裡，手把芙蓉朝玉京，先期汗漫九垓上，願接盧敖遊太清。

【語譯】

我本來是個像楚國接輿那一類的狂放之人，佯狂高歌嘲笑孔子。我手拿綠色如玉的手杖，早晨離開了黃鶴樓，往許多大山尋找仙人，不怕路途遙遠。這一生就喜歡到名山去遊覽。

廬山高峻，好像特立在天上南斗星旁邊。狀如九疊屏風的石壁，像彩雲錦繡樣的張開。青山的影子倒映在澄澈的湖面上，閃出深青的光彩。金黃色狀如門闕的石門山前，有一座長高的山峰。像天上銀河似的瀑布三折而下，倒掛在長大的巨石上，它正和香爐峰的大瀑布遙遙相望。重疊迂迴的山巒，上淩青天。早晨青翠的山影與天上的紅霞，映照在陽光之中。那高峻得連飛鳥都達不到的峰頂，上接寥闊的吳地天空。

登上這高山作壯闊的觀賞，縱目天地之間，看到長江茫茫向遠方流去。漫天黃色雲層，隨風變動色彩。地面上白色的江水九道分馳，浪峰像雪山一樣。

我愛唱廬山歌，興致也因見廬山而激發。安閒地看看石鏡來清洗我的塵心。詩人謝靈運的行蹤，現已被深厚的青苔掩沒了。我早年服食過仙丹，已無塵世之情，心平氣和，道行初步告成。遙遠地看見彩雲堆裡的仙人，手裡拿著荷花去朝見天帝。我想先有個在天上杳不可知的約會，隨著盧敖在天上遨遊。

【析賞】

㈠「廬山」在今江西九江市南，高三千三百六十丈，周圍二百五十里；向來是中國一大名勝。相傳周武王時，匡氏兄弟七人結廬隱居於此。後仙去，留下空廬，故而廬山亦稱「匡山」。盧虛舟，范陽人。肅宗時曾任殿中侍御史。賈至稱他「操守有清廉之譽」，是詩人之友。

㈡首段六句說自己無意政途、惟愛遊名山：「我本楚狂人，鳳歌笑孔丘。」根據《論語．微子》：「楚狂接輿歌而過孔子曰：『鳳兮鳳兮！何德之衰！往者不可諫，來者猶可追，已而已而！

今之從政者殆而！』孔子下，欲與之言，趨而辟之，不得與之言。」接輿是楚之賢者，佯狂避世。「鳳兮」意謂鳳有道則見，無道則隱。接輿以之比孔子而譏其不能隱。詩人此詩一開端自稱是類似接輿之狂人；嘲笑孔子棲皇於紛擾之人世，追求其仁政之實現。表現詩人鄙棄現實政途。

「手持綠玉杖，朝別黃鶴樓。」上句活畫出詩人一副道家與仙人模樣。下句特舉出「黃鶴樓」而非「江夏」等任何一地名者，因為「黃鶴樓」曾有仙人憩息過，更適合此詩之情調。

「五嶽尋仙不辭遠，一生好入名山遊。」上句「五嶽」在中國通常是指東嶽泰山、西嶽華山、北嶽恒山、南嶽衡山、中嶽嵩山而言，在此只是泛指很多名山。「尋仙」二字為下文伏筆。下句轉入正文。廬山即是「名山」之一，故今來遊。

㈢中段寫廬山勝景，上節一連長韻九句，大致是由下望上看：

「廬山秀出南斗旁」，首句先極言廬山之高，說它突出在天上南斗星之旁。以下分寫各景點：

「屏風九疊雲錦張」，廬山五老峰有疊石如屏，稱為「九疊雲屏」或「屏風疊」。詩人說這「屏風疊」好像雲霞錦繡般地張開著。

「影落明湖青黛光」，此「明湖」指鄱陽湖。廬山的影子映落在鄱陽湖的水面上，閃出青墨色的色彩。

「金闕前開二峰長」，「金闕」在廬山之北部。《水經注》：「廬山之北有石門水，水出嶺端，有雙石高竦，其狀若門，因有石門之稱。水導雙石之中，懸流飛瀑。近三百步許，散漫數十步。

上望之連天，若曳飛練於霄中矣。」「二峰」即《水經注》所謂高竦之「雙石」。

「銀河倒掛三石梁」，屏風疊之左有三疊泉，水流三折而下，如銀河之掛在長大之石上。

「香爐瀑布遙相望」，僧慧遠《廬山記》：「東南有香爐峰，游氣籠其上，氤氳若香煙。西南有石門山，其形似雙闕，壁立千餘仞，而瀑布流焉。」則香爐峰瀑布與前景遙遙相望。

「迴崖沓嶂淩蒼蒼」，此統寫大景。重疊迂迴的山巒，上淩青天。此句是化用唐初楊炯「巫峽」詩句：「重岩窅不極，疊嶂淩蒼蒼。」

「翠影紅霞映朝日」，詩人抓住一日之中，朝日初昇時最清新之景：霞光雲影映對著蒼翠的山色，在晨曦之中。

「鳥飛不到吳天長」，以「鳥飛不到」來側面再寫廬山之高。廬山在三國時屬於吳國，「吳天長」喻長空萬里。

在以上九句寫景物之中，詩人用動詞：「出」、「張」、「落」、「開」、「掛」、「望」、「淩」、「映」、「到」，各在句中不同之位置，生動活潑，錯落有致！色彩「雲錦」、「青黛」、「金」、「銀」、「蒼蒼」、「翠」、「紅」，五彩繽紛，目不暇給，美不勝收！足見詩人運筆飛動，辭藻富麗！

㈣中段寫景之下節四句，是從上往下看：

「登高壯觀天地間，大江茫茫去不還。」寫大江一去不還，似有「逝者如斯夫，不舍晝夜」之感。

「黃雲萬里動風色，白波九道流雪山。」「九道」的通常解釋：所謂長江流至潯陽，分作九條支流。「雪山」是形容江濤飛捲如雪山。此四句皆寫登高下望，景色蒼茫，氣象壯闊！

此節三句寫景中之動詞：「去」、「動」、「流」，則皆在句中之第五位置，整齊一致。

詩人如現代電影攝影師之高手，將攝影機鏡頭，遠近上下，前後左右，不停地轉向跳動。將一一孤立的靜止的景物，生動錯落地呈現在讀者之前，有動態之美。在秀麗的景物中見雄奇之姿，於壯闊的境界中，顯雄渾之氣。讀者於細賞其廬山美景之中，可感到詩人豪逸之情懷。

㈤末段結出尋仙意念：

「好為廬山謠，興因廬山發。」詩人喜作廬山詩歌，其興趣更因見廬山有如此美景而益發增高。

「閒窺石鏡清我心，謝公行處蒼苔沒。」「謝公」指南朝詩人謝靈運，其〈入彭蠡湖〉詩有「攀岩照石鏡」之句。彭蠡湖是隋以前鄱陽湖之名。「石鏡」據《藝文類聚》：「宮亭湖旁山間有石數枚，形圓若鏡，明可以鑒，人謂之石鏡。」又據《太平寰宇記》：「石鏡在東山懸崖之上，其狀團圓，近之則照見形影。」但是詩人重臨昔日謝靈運登臨之處時，其地已長滿蒼苔，懷古之餘，不禁油然生超世之想。

「早服還丹無世情，琴心三疊道初成。」上句「還丹」是道家術語。《廣弘明集》：「燒丹成水銀，還水銀成丹，故曰還丹」。詩人迷信神仙丹藥，以為服食丹藥，就能逃世仙去。下句「琴心三疊」亦是道家術語。《黃庭內景經》：「琴心三疊舞胎仙」。梁丘子注：「琴，和也，疊，積也，存三丹田，使和積如一。」意謂心地和平則精神愉快，正是學道初成的境界。

「遙見仙人綵雲裡，手把芙蓉朝玉京。」這是詩人幻想所見。「芙蓉」是蓮花。「玉京」是道教大神元始天王的住居。《枕中書》：「元始天王在天中心之上，名曰玉京山。山中宮殿，都用金玉為飾。」

「先期汗漫九垓上，願接盧敖遊太清。」「汗漫」是不可知事物。「九垓」是九天。「太清」是天上。盧敖，燕人，秦始皇召以為博士，使求神仙，亡而不返。《後漢書．仲長統傳》：「敖翔太清」。《淮南子．道應》：「盧敖游於北海，見一像貌極其怪異之仙，欲與之為仙，結伴同遊。怪仙曰：『吾與汗漫期於九垓之外，吾不可以久駐。』言罷，遂入雲中。」詩人在此詩中即活用盧敖典故，切合寄廬侍御題旨，巧妙之至！

㈥此詩是詩人後期作品。黃錫珪《李白編年詩集》說此詩是作於至德元年（七五六）九月。在詩人被迫出長安（七四四）之後，詩人隱居廬山。正好是參加永王璘軍幕（至德元年十二月）前夕。王步高、王嵐則說此詩是作於上元元年（七六〇）。其時詩人因參加永王璘亂事，下獄，被判流放夜郎。中途遇赦折返，路經廬山時作。是詩人再受重大打擊後之作品。詩中明顯地表示其消極出世之思想，詩人似已無意於仕途而要遁世作仙。

王步高之推定此詩是作於夜郎放還之後，可能是基於詩中所表現的消極遁世的思想。然而，詩人之有此種思想，可能只是其心緒低落時暫時之反映。事實上，詩人對於建立事功的願望，並未澈底放棄。詩人是六十二歲死亡。就在其死亡的前一年，他還想加入李光弼的東南征軍，希望建立功業報效國家。中途因病折回。至於求仙訪道，由來已久。詩人少年時即任俠好道。二十歲在其四川家鄉時即與道士交往；其最早之佳作〈訪戴天山道士不遇〉，即其明證。二十五歲出川之後，曾與道士元丹丘隱居於河南之嵩山。他也曾與湖北的胡紫陽求道。在浙江與道士吳筠隱居於剡中（今浙江嵊縣附近）。其〈懷仙歌〉即表示其想脫離現實，嚮往自由，追求道家之真境。天寶三年被排擠出長安後，天寶四年其〈夢遊天姥吟留別〉詩中，他神遊天界。結尾高唱「安能摧眉折腰事權貴」？在齊州時，曾請高天師授道籙於紀念老子之紫極宮。范傳正在其〈唐左拾遺翰林學士李公新墓碑〉說詩人求道之目的，在於：「脫屣軒冕，釋羈韁鎖。因肆性情大放宇宙間……好神仙非慕其輕舉，將不可求之事求之，欲耗壯心遺餘年也。」所以此詩所表現之思想，可視作詩人內心複雜思想中仙道一面之片斷。

(七)詩人富有天才。他的古詩，變化多端。這首詩因為是古詩，每句的字數可以不拘。此詩起首四句五言，後來十五句七言，接著又兩句五言，最後八句七言。舒卷自如，不為成例所縛，可視為歌行中之散調。

萬憤詞投魏郎中

海水渤潏，人羅鯨鯢。蓊胡沙而四塞，始滔天於燕齊。何六龍之浩蕩，遷白日於秦西。九土星分，嗷嗷棲棲！

南冠居子，呼天而啼。戀高堂而掩泣，淚血地而成泥。獄戶春而不草，猶幽怨而沉迷。兄九江兮弟三峽，悲羽化之難齊。穆陵關北愁愛子，豫章天南隔老妻。一門骨肉散百草，遇難不復相提攜。

樹榛拔桂，囚鸞寵雞。舜昔授禹，伯成耕犁。德自此衰，吾將安棲？好我者恤我，不好我者何忍臨危而相擠？子胥鴟夷，彭越醢醯，自古豪烈，胡為此繫？

蒼蒼之天，高乎視低。如其聽卑，脫我牢狴。儻辨美玉，君收白珪。

【語譯】

翻滾的海水中，出現如鯨鯢般的怪物。安史叛軍從燕齊發難，揚起胡沙阻塞四方。天子御駕浩浩蕩蕩地遷移往西蜀。九州紛亂，人民哀聲遍野！

我現在身繫牢獄，向天哭訴。為思念朝廷哭泣，淚血落地而成泥土。雖然時值春季，但監獄門前不見寸草。我孤獨地怨恨，不知如何是好。我這個做哥哥的被關在九江的監獄裡，弟弟在三峽，縱有羽翼也難得相聚。我憂愁在山東穆陵關北的愛子，我妻子被阻隔在江西洪州。我一家骨肉如雜草四散，遇到災難，不再能互相照顧。

現在世界上君子見棄，小人當道。好像種植雜樹，拔除桂樹；關禁鸞而寵愛雞。想起古時舜讓帝位給禹，伯成子高辭去諸侯而躬耕田野。德政自此衰敗，我到哪裡去安身？喜歡我的人，可能會同情我；不喜歡我的人，又何忍在我危難的時候，落井下石呢？古時吳國功臣伍子胥被迫自殺，屍體被裝在皮囊中投入河裡。漢初開國功臣彭越，被漢高祖斬首後，把他的屍首剁成肉醬。自古以來的英雄豪傑為什麼有此結果？

老天在上，看看下面吧！如果能聽到我的下情，知道我只是一心想討伐安祿山的叛亂而參加永王璘的軍事行動，並無叛國的企圖，應該把我從牢獄中開釋出來。郎中魏兄啊！你如能分辨出美玉，請你接收我這塊白玉吧！

【析賞】

㈠此詩是詩人至德二年（七五七），在潯陽獄中，投寄給至友「魏郎中」之作。其時詩人五十七歲。數月前，永王璘起兵討伐安祿山之亂時，聞李白之名，請其出廬山相佐。詩人以為此舉為討亂而受命。肅宗則視永王璘志在篡奪帝位，擊敗璘後，收捕詩人入獄，判處死罪。此詩是詩人向其友人投訴之作。按魏郎中名顥，原名魏萬。隱居山西王屋山。久仰詩人大名。天寶十三年，二人初會於廣陵（今江蘇揚州），肝膽相照，曾同遊多處。不久分手後，詩人將其全部詩稿交之編纂。此詩集於上元末年（七六一）完成，是詩人之最早詩集，現已失傳。魏著有《李翰林集》。

㈡詩人繫獄，因其參與永王璘之軍幕。詩人之參與永王璘之軍幕，因其誤認璘軍是平定安祿山之亂。故此詩先從安祿山之叛亂說起。首段八句中，「鯨鯢」喻安祿山。天寶十四年，安祿自范陽（今北京地區）起事，范陽在戰國時屬燕國。齊為今山東。河北山東接壤，故燕齊並稱。「六龍」喻皇帝之車駕。《淮南子》：「日乘車駕以六龍。」本詩「遷白日於秦西」，言玄宗奔蜀事。蜀在長安西南，故云「秦西」。「九土」即九州，古時中國分為九州。

㈢次段十二句寫詩人在獄中之苦情。「南冠」指囚人。《左傳》：「晉侯觀於軍府，見鍾儀，問之曰：『南冠而縶者，誰也？』有司對曰：『鄭人所獻楚囚也。』」自此南冠即指囚人。在此是說詩人自己。「高堂」通常是稱父母；但詩人詩集中鮮見思親之句，大概其父母早已去世，故在此可能是指朝廷。《漢書・賈誼傳》即有「人主之尊譬如堂」之說。「穆陵關」在今山東沂水縣北。其時詩人之子伯禽在今之山東。「豫章」，唐之郡名，即洪州（今之江西南昌），在潯陽郡之南，詩人家室可能寄居於此。

㈣第三段言時事。所舉前代例證，有待商榷：

「樹榛拔桂，囚鸞寵雞。」顯然地是說小人當道，君子遭殃。詩人以「桂」、「鸞」自況。

「舜昔授禹，伯成耕犁。」此兩句是根據《莊子》：「堯治天下，伯成子高立為諸侯。堯授舜，舜授禹，伯成子高辭為諸侯而耕。禹往見之，則耕在野。禹趨就下風，立而問其故。子高曰：『昔堯治天下，不賞而民勸，不罰而民畏。今子賞罰而民且不仁，德自此衰，刑自此立，後世之亂自此始矣。夫子闔行耶？無落吾事。』俋俋乎耕而不顧。」

莊子此段故事，是為其「無為而治」的政治理念找出論證。詩人也主張「無為而治」嗎？還是只責怪朝廷的賞罰不公？朝廷不賞不罰，就可以使天下民勤民畏嗎？詩人因受永王璘叛亂事牽連入獄，問題在事實的真象。永王璘是否有叛國企圖？詩人參與其事是否企圖叛國？詩人所責怪的應該是賞罰不明，並不是有無賞罰。世上並無一個無賞無罰的烏托邦。

「子胥鴟夷，彭越醢醢。」吳越爭霸時，伍子胥輔佐吳王夫差，會稽一戰，大敗越軍；後來被讒賜死，屍首被裝在皮囊內拋入江中。楚漢相爭時，彭越降漢，項羽敗亡。後來漢高祖疑忌斬彭，將其屍體剁成肉醬。二人皆有功績而受殺害。詩人何功？曾佐永王平定安祿山未？死罪固可疑，有功則未必也。何可將自己之遭遇與子胥彭越並論？詩人縱因罪處死，亦可說一冤死而已。更何況並不是「自古豪烈」，命運皆是如此也。「豪烈」之有善終者，多矣！

㈤末段六句，詩人以白珪自況，堅稱無罪，求人諒解。

㈥詩人在被放逐夜郎時作〈憶舊遊書懷贈江夏韋太守良宰〉詩，回憶當年參加璘麾下之情形：「半夜水軍來，潯陽滿旌旃。空名適自誤，迫脅上樓船。徒賜五百金，棄之若浮煙。辭官不受賞，翻謫夜郎天。」此言其受脅迫而參軍。不知是否屬實？當永王徵召時，可能詩人初予推謝，自抬身價。其參軍可能是自願，因詩人甚想掃除安祿山亂軍。在其從軍後，作有〈永王東巡歌〉十一首，形容璘軍軍容壯盛，並自信將「南風一掃胡塵靜，西入長安到日邊！」永王發動大軍，號召討平安祿山之亂。如討平安祿山亂軍，進而取得帝位，亦在意中。詩人參與其事，也想在政治上大翻身。玄宗對他，始禮後疏。肅宗與他，毫無淵源。永王如由平亂而登帝位，詩人何樂不作漢高之張良？不幸永王軍不數月即潰敗。詩人被捕入獄，被控叛國之罪。詩人自稱只知永王為平息安祿山之亂，不知永王有篡位之心，恐只是其辯詞耳。參軍時，詩人果未嘗作張良之夢乎？

(七)此詩為詩人一生中最慘痛之哀鳴。所幸他在獄中不久，因御史中丞宋若思及宣慰大使崔渙等之助，得以釋放。朝廷雖仍擬處以死刑，掌軍政大權之郭子儀以身家擔保，改判流放夜郎。他在前往夜郎途中，適逢大赦。詩人乃得放還，三年後病死。

江上吟

木蘭之枻沙棠舟，玉簫金管坐兩頭。美酒樽中置千斛，載妓隨波任去留。
仙人有待乘黃鶴，海客無心隨白鷗。屈平詞賦懸日月，楚王臺榭空山丘。
興酣落筆搖五嶽，詩成嘯傲凌滄洲。功名富貴若長在，漢水亦應西北流！

【語譯】

紫玉蘭喬木的楫，沙棠樹木製成的船；樂伎吹奏玉簫金管坐在船頭船尾；酒罈中盛滿美酒，船上載著妓女，隨波逐流。

想要成仙的人須等待黃鶴飛來，沒有機心的人，則能隨著白鷗遊玩。屈原作〈離騷〉可與日月爭光，永垂不朽。楚王建築的樓臺亭閣，卻都變成空寂的山丘了。

我興起之時，下起筆來可搖動五嶽，詩作成後在隱者的水濱高嘯自傲。試想功名富貴如能長存的話，現在流向東南的漢水也該向西北流了！

【析　賞】

㈠此詩大概是詩人流放夜郎遇赦後滯留江夏之作。大致可分三段解說，每段四句兩聯。

㈡首段四句先寫泛舟江上之豪華景象。「木蘭」、「沙棠」皆名貴之木，以之作舟，可見舟之華貴。舟上有樂伎奏管弦樂，飲不盡之美酒，妓女作伴，一切豪華供應。舟宴之主人可能是地方官或富豪，詩人是賓客之一，因詩人本人當時似無此財力。此段雖寫詩人遊樂中得到暫時的麻醉，「任去留」三字任江船所之，隱示詩人不知何以終生之慼。

㈢中段由第三、第四兩聯組成，四句借用四古事抒懷：

1. 第三聯：上句聯想黃鶴樓之傳說。《南齊書．州郡志》：仙人子安乘黃鶴在此經過。《太平寰宇記》則云：「昔費禕登仙，每乘黃鶴於此憩駕。」下句典出《列子．黃帝》：「海上之人有好鷗者，每旦之海上，從鷗鳥游，鷗鳥之至者百住（數）而不止。其父曰：『吾聞鷗鳥皆從汝游，汝取來吾玩之。』明日至海上，鷗鳥舞而不下也。」蓋以此人懷有機心之故。

此聯「有待」與「無心」對比，是詩人意願之抉擇。在整篇章法上，「無心隨白鷗」與上段「隨波任去留」相拍應。

2. 第四聯上句指屈原。《史記．屈原賈生列傳》，言屈原《離騷》之作，「雖與日月爭光可也」。

「懸日月」言日月常懸天空，喻屈原之《離騷》，傳之不朽。下句之「榭」指臺上之屋。楚靈王建章華臺，楚莊王築釣臺，均以豪奢稱。「空山丘」意謂富貴之不能持久。

此聯兩句也對比：「懸日月」與「空山丘」是詩人的價值判斷。在整篇章法上，「屈平詞賦懸日月」為下段自己「落筆」「詩成」伏筆。

3. 清代王琦編輯《李太白詩全集》對於此詩，亦作同樣之析評：「仙人一聯，謂篤志求仙，未必即能沖舉；而忘機狎物，自可縱適一時。屈平一聯，謂留心著作，可以傳千秋不刊之文；而溺志豪華，不過取一時盤遊之樂，有孰得孰失之意。然上聯實承泛舟行樂而言，下聯又照下文興酣落筆而言也。特以四古人事排列於中，頓覺五色迷目，令人驟然不得其辭。似此章法，雖出自逸才，未必不少加慘淡經營，恐非斗酒百篇時所能構耳。」

㈣末段四句逕寫詩人自己：「興酣落筆搖五嶽，詩成嘯傲凌滄洲。」「落筆」與「詩成」，在時間與動作上，是連續的，所以這聯也可視作流水對。明顯地宣揚自己詩文磅礡的氣勢，震撼五嶽，傲岸不群的形態，超出塵世。

漢水發源於陝南秦嶺山脈中，順地形東南流，至武漢注入長江。最後，詩人乃就自然界之所見高喊：「功名富貴若長在，漢水亦應西北流！」以反語結束江上吟唱，道出自己輕視富貴之觀點，爭千秋而不爭一時之信念！

樂府

蜀道難

噫吁戲！危乎高哉！
蜀道之難難於上青天！
蠶叢及魚鳧，開國何茫然！
爾來四萬八千歲，不與秦塞通人煙！
西當太白有鳥道，可以橫絕峨嵋巔。
地崩山摧壯士死，然後天梯石棧相鉤連！
上有六龍回日之高標，下有衝波逆折之回川。
黃鶴之飛尚不得過，猿猱欲度愁攀援！
青泥何盤盤，百步九折縈巖巒。
捫參歷井仰脅息，以手撫膺坐長嘆！
問君西遊何時還？畏途巉巖不可攀！

但見悲鳥號古木，雄飛雌從繞林間。
又聞子規啼夜月，愁空山！
蜀道之難難於上青天，使人聽此凋朱顏！
連峰去天不盈尺，枯松倒掛倚絕壁。
飛湍瀑流爭喧豗，砯崖轉石萬壑雷。
其險也如此！嗟爾遠道之人胡為乎來哉？
劍閣崢嶸而崔嵬，一夫當關，萬夫莫開！
所守或匪親，化為狼與豺！
朝避猛虎，夕避長蛇。
磨牙吮血，殺人如麻！
錦城雖云樂，不如早還家！
蜀道之難難於上青天，側身西望長咨嗟！

【語譯】

哎喲！多危險啊！多高峻呀！入川道路之難走，簡直比登天還難囉！

想它早年，蜀王蠶叢到魚鳧時期，開國的情形如何地遙遠渺茫！經過了四萬八千年，都未曾與秦國邊境有人煙往來。西邊那太白山嶺上，只有鳥飛的途徑。沿著那些連綿不斷的山巒，一直橫貫穿過峨眉山頂去。在秦惠王時期，經過一番地裂山崩的開鑿，壓死了許多開路的壯士。然後才能在天空搭起梯子，在石壁上築起棧道。四川與陝西之間的路線才連接起來！

這條通到四川的道路，非常高峻。那上面有神話中說的太陽神、駕著六條龍的神車、到此迴轉的標誌。下面有衝擊的波濤，逆阻著水流的彎曲溪澗。山嶺高得連黃鶴都飛不過去，猿猴們也愁著無法攀登！例如那必經之道的青泥嶺一段路，彎曲紆迴，盤繞在山崖岡巒之間。百步之內就有九個轉折。人在上頭好像伸手就可摸到天上的星辰。令人不禁要摒住了呼吸，坐在那兒用手撫摸心胸，發出驚險的嘆息！

請問你遊行到這西方來的人：什麼時候回家呢？這可怕的道路上，高峻的山岩是攀登不上的！在山中只能見到飛鳥在古老的樹枝頭悲啼；雄鳥飛旋，雌鳥跟隨，繞著樹林轉。夜間子規鳥在月色下淒厲地喊著「不如歸去」，使空寂的山谷更顯得悽慘！啊！到四川的道路之難走，真比登天還難。叫人聽了紅潤的臉色也會變成衰老！

這條路非常驚險。那山峰相連，高得離開天不滿一尺。枯老的松樹倒掛斜撐在岩壁上。飛動的急水與瀑布爭著發出喧鬧的響聲；澎湃的水浪撞擊山崖，轉動澗底石頭。千山萬壑，響聲如雷。景象是如此地驚心動魄！呵！你等遠道而來的人，為什麼要到這種地方來呢？

劍閣的山嶺崎嶇高峻。只要有一人守住關口，千萬人都不得通過！如果守關者不是親信的人，那就變成豺狼一般的可怕！人們早上避開老虎，晚上又要躲避長蛇。牠們磨著牙齒要吸血，殺人如斬麻一樣！那錦官城雖然說起來安樂，還是不要留戀，早點回家的好！

啊！那入川的道路之難走，難得實在比登天還要難！我扭轉身子向西邊望去，嘆息不已！

【析　賞】

㈠〈蜀道難〉是樂府中相和歌瑟調曲舊題。多寫蜀道之崎嶇或入蜀道路之險阻。梁陳間已有人作，非始自李白。如與李白同時之張文琮即有〈蜀道難〉：「梁山鎮地險，積石阻雲端。深谷下寥廓，層巖上鬱盤。飛梁架絕嶺，棧道接危巒。攬轡獨長息，方知斯路難！」就是描繪蜀道之難。

李白之創造，在仍用舊題而以歌行體裁寫蜀道難。其所作的是以賦入詩之雜言體歌行。其特點在除了有七言歌行寫景抒情外，還錯綜地使用長短不一的句子，以增強詩中情意。使此詩奔放暢達，多姿多采。成為其天才絕調！

㈡開端一句三歎，可視作全篇之引子。「噫吁戲」為西蜀人之口頭語，表示驚異之情。「蜀道之難難於上青天！」為全篇之主旨。「危乎高哉！」為蜀道之難之所以故。下文即詳寫其高其危。李正治說：「這三句是蜀道艱難的基本旋律，它是對蜀道難的綜合的感受，約化為旋律而出現。這一基本旋律首先激起我們望山而喘的感覺。這種感覺隨節奏的由短而長，更暗示了加重吃力的

氣喘情形。」(《李白詩賞析》頁一四五)

㈢首段先述開闢蜀道之艱難：在追述蜀道之歷史時，先追述到四萬八千年前蠶叢魚鳧時代。據揚雄《蜀王本紀》：「蜀王之先名蠶叢、柏護、魚鳧、蒲澤、開明。是時人民椎髻龐言，不曉文字，未有禮樂。從開明上至蠶叢，積三萬四千歲。」不過這些史事，詩人也自說時間久遠，又無文字記載，是茫然不清。蜀是一直「不與秦塞通人煙」的。

為什麼蜀在那麼久遠時期「不與秦塞通人煙」呢？因為在地形上：「西當太白有鳥道，可以橫絕峨嵋巔。」「太白」即秦嶺山脈中之太白山，在今陝西省西南部郿縣之南。峨嵋巔指峨眉山，在今四川西南部之峨眉縣。鳥道者鳥飛之路線。高山連綿，惟有飛鳥路線，獸猶無蹊，人跡更無論矣。

那麼，入蜀之道路是何時開闢的呢？對於此問題，詩人引用「五丁開山」神話。據《華陽國志·蜀志》：「周顯王三十二年，秦惠王許嫁五女於蜀。蜀遣五丁迎之。還到梓潼，見一大蛇入穴中，一人攬其尾，掣之不禁。至五人相助，大呼拙蛇，山遂崩。壓殺五丁及五女。而山分為五嶺。」詩人用這種神話傳說，給開闢蜀道，抹上神祕色彩：「地崩山摧壯士死，然後天梯石棧相鉤連。」李正治著眼於此詩之節奏，認為這兩句的讀法應該是：「『地崩／山摧／壯士死，然後／天梯石棧相鉤連。』在『地崩』與『山摧』之後，應稍停頓。然後『壯士死』。這節奏是困頓而緩慢的，配合開山鑿道的艱苦，每一小節奏以毀滅性的動詞加重其力量。下句作節奏性的延展，在

『然後』二字一停頓後，接著以下『天梯石棧相鉤連』七字，一氣呵成，解除了情感上的困頓，而配合著築道露出的曙光。像一群歡呼：『終於完成了！』」（《李白詩賞析》頁一四四）

㈣那麼，這條「天梯石棧相鉤連」的入蜀之道，究竟是如何地難行呢？下文三節即寫其「危乎高哉」之情景。

首節八句著重蜀道之「高哉」：「上有六龍回日之高標，下有衝波逆折之回川。」在寫高時，詩人又用神話。《淮南子》注：「日乘車駕以六龍，羲和御之。日至此而薄於虞泉。羲和至此而回六螭。」意謂羲和駕著六條龍拉著的車子，在空中飛行。碰到蜀道的高山，無法跨越，只好將車子折回，繞道前進。「高標」指這山的最高點。這句是用極其誇張的手法寫山之高。下句寫山谷裡，波浪衝擊，水流迴旋。如此以上下懸殊的對照，山高水險、互相襯映手法，寫蜀道之高危（按《河嶽英靈集》、《又玄集》，與《唐文粹》將此聯上句作「上有橫河斷海之浮雲」）。

詩人更進一步以禽獸難越為例，側面印證山高水險：「黃鶴之飛尚不得過，猿猱欲度愁攀援！」連健飛九天之上如黃鶴之大鳥，也休想飛越山巔；擅長攀援之猿與有「飛猿」之譽的猱看到這高山險水，也愁莫能展。那麼，人行之難，不可言喻（按此聯上句，《又玄集》作「黃鶴之飛兮上不得」）。

以下四句：「青泥何盤盤，百步九折縈巖巒。」乃舉一地為例。「青泥」即青泥嶺。在今陝西省略陽縣北，是唐時入蜀必經之地。據《元和郡縣志》載：那裡「懸崖萬仞，山多雲雨。行者屢逢泥淖，故號青泥嶺」。「盤盤」疊詞是形容其山路之迂迴曲折。「百步九折」說在百步之短程內要轉彎九次。「縈岩巒」言繞著連綿不絕的山巒，縈迴轉進。人行到那裡，「捫參歷井仰脅息」，可以撫摸天上參星井星。我國古代的天文學家，按照天上星宿的位置，來劃分地面上的行政區域，名之曰「分野」。秦屬參星的分野，蜀屬井星的分野；由參到井，是由秦入蜀的星空。描寫山之高，沒有比這句更誇張的了！人到達這樣的高度，「仰脅息」為這高險，心理上驚異得摒住呼吸。當然，這高空的山巔，空氣稀薄，人感到呼吸困難，生理上自然肋骨一張一弛地喘息。「以手撫膺坐長嘆」，難怪行人要坐下來，用手撫摸著胸口，唉聲嘆氣了。這節的後兩句寫行人到達高嶺之神態，何等生動傳神！

㈤第二節：為著行文另有生氣，詩人突然轉筆：「問君西遊何時還？」插入此一問句，卻又不等對方回答。筆轉進入蜀境之情景：「畏途巉巖不可攀！」「巉巖不可攀」總承上節高山難越、險水難渡之景。「畏途」為下文伏筆。「但見悲鳥」（《文苑英華》與《唐詩品彙》作鳥）號古（《河嶽英靈集》作枯）木，雄飛雌從繞林間（《文苑英華》、《唐文粹》、《樂府詩集》與《唐詩品彙》作「雄飛呼雌繞林間」）。此句寫所見。形容詞之「悲」、「古」（枯），與動詞之「號」，皆渲染荒涼悽慘之情景。「繞林間」有繞林盤旋，找不到出路之含意。「又聞子規啼夜月（《文苑英華》作『啼月落』），愁空山」。此句寫所聞。子規為蜀之特產。相傳為古代蜀王杜宇魂魄所化。特意提出此鳥，加強蜀之氣氛。而此鳥之啼聲，似為喊「不如歸去」。則呼應此節開端之「問君西遊何時還」。

雖然這兩句皆為鳥鳴。但上之「悲鳥」（或悲烏）句著重在「見」；而且是日間之所見。下之「子規」句是所聞；是夜間之所聞。而且每句的構造又不同，故不嫌重複。

在此節所寫之陰森可怖的情景下，詩人再嘆：「蜀道之難難於上青天！」因為縱使進入蜀境，高山深谷中景色如此陰森可怖，「使人聽此凋朱顏」，來者之朱顏也為之失色！

(六)第三節六句，著重寫蜀道之「危乎」：「連峰去天不盈尺，枯松倒掛倚絕壁。」寫所見驚險之景。連綿不斷的山峰，高與天接。枯老的松樹倒掛在懸崖削壁上。「飛湍瀑流爭喧豗，砯崖轉石萬壑雷。」寫所聞驚險之聲。那從山上直瀉而下的瀑布，與山谷裡飛奔的急流，競爭著發出喧鬧的響聲。沖擊岩岸，掀轉石頭。千山萬壑，震聲如雷。「其險也如此！嗟爾遠道之人胡為乎來哉？」責問遠道之人，為何來此危險之地？呼應上節首句之「問君西遊何時還」。詩人於此對於遠道來蜀之人，表示不勝關注之情，自然地轉進到下文蜀中環境之人事。

(七)由秦入蜀，最後險要之關口是劍閣。「劍閣崢嶸而崔嵬」，「崢嶸」、「崔嵬」，俱言其高峻。《清統志》寫劍閣：「其山削壁中斷，兩崖相嵌，如門之壁，如劍之植。」「一夫當關，萬夫莫開！」言其戰略上之價值。《淮南子．兵略》即云：「一人守隘而千人弗敢過也。」然而，張載〈劍閣銘〉云：「一夫荷戟，萬夫趑趄。形勝之地，匪親勿居。」詩人借用其句，指出：「所守或匪親，化為狼與豺！」如果陷入不可信賴者之手，則為患大矣。如蜀在暴政之下：人民將「朝避猛虎，夕避長蛇」。暴虐者「磨牙吮血，殺人如麻」。在這種政治環境之中，「錦城雖云樂」，縱然說錦官城還稱得起說有樂可享，「不如早還家」，也不如及早離蜀回家的好。於此，詩人再嘆：「蜀道之難難於上青天」。不過這「蜀道」是言其政治環境，其難則喻在蜀生活之困難。

結句：「側身西望長咨嗟！」詩人西望巴蜀，為其難長嘆不已。於此亦可見此篇〈蜀道難〉非詩人身在蜀道現場時所作。詩人以凝望的神態，深長的嘆息，結束全篇。咨嗟蜀道之難，蜀地之險。使此詩除寫入蜀道路之難外，似兼有關懷西蜀局勢之穩定與親友之安危在。

(八)此首樂府之基本旋律是「蜀道之難／難於上青天！」詩人開篇即嘆：「噫吁戲！危乎高哉！蜀道之難／難於上青天！」篇中又嘆「蜀道之難／難於上青天，使人聽此／凋朱顏！」篇末又再嘆「蜀道之難／難於上青天，側身西望／長咨嗟！」富於音樂美。詩人再三作如此嘆，正見所詠之蜀道，真是難，難，難也！

(九)黃永武在其《中國詩學．設計篇》(頁一七二——一七三)中，對於此詩句型變化，有極為精闢的論述，茲抄錄於次：「全詩寫蜀道的高峻、危險、難於攀援。用句法的參差來作為象徵。這字數長短錯落的句子相間地排列，正顯現出蜀道中『地無三尺平』的景象。

起首『噫—吁—戲—危乎—高哉！』這七個字在發音上極不順口，盤盤折折、斷斷續續，這種『聲勢』已將山勢的高峻危險寫將出來。接著是『蜀道之難難於上青天』，這九字長句，也正代表著蜀道的長遠迂迴，以二個『難』字頂接著，更強化了艱難的意味。

其後二句十字，累增為二句十四字，又累增為二句十六字，又累增至二句十八字；其後降為二句十五字、十二字、十四字，旋陟旋降，崎嶇不平。其中偶而有一些規則的七言詩行，是從規則中表現著森然的嚴肅。但規則的七言詩行中，又常轉韻，以見變化不同。如「尺、壁」為入聲陌韻，「豗、雷」為平聲灰韻。偶雜入聲仄韻，給聽覺上帶來惕厲警戒的感覺，喚起注意。其後用十一字的長句，深深地吐出了嘆息。再後面，大概是感情特別激動，句型的長短又與前面的不同，句型較短，節拍更緊：自七言八言，而降至五言四言，結尾再重複「蜀道之難難於上青天」九言長句以為收束。使詩行中隱約可聽見「難……難」的喘息聲！

全詩句型的變化面目最多，一樣是「九言七言」、「八言七言」配合成句，前半用「七、九」「八、七」組成。後半則用「九、七」「七、八」組成。一樣是十字合成一句。有用「五、五」的，有用「七、三」的。眾多變化，無非在象徵崎嶇不平的蜀道。」

㈩在修辭造句上，宋恪震《唐詩名篇精賞》（頁八五）認為詩人運用靈活而得體的語言，並分別舉出：「在對仗方面，如『地崩山摧』、『天梯石棧』等，是當句對的格式，這就增強了層層疊疊，相互勾連的實感。又如『上有六龍回日之高標，下有衝波逆折之回川』，則構成了駢偶長句，從而突出了蜀道高下懸殊的山勢。在諧聲方面。如『捫參歷井仰脅息』一句的後五字全用仄聲，這在聲調上給人造成一種脅迫之感；而『愁空山』三字全用平聲。這又使人如聞一聲長嘆。在用韻方面，也頗富於變化。『使人聽此凋朱顏』以前，是用an韻。此後則多次換韻，正好體現了詩的節奏層層轉急的變化。在遣詞方面，有時寫特險之景，就不惜用難字以增其險。如用『喧豗』，已顯艱澀；再添『砯崖』，更近奧僻；但不如此就不足以表現『使人聽此凋朱顏』的景象！這一切，都和諧地統一在詩歌的整體表現之中，有效地增強了詩歌的藝術魅力！」

(十)詩人出生於西域，五歲時隨父徙居四川。二十五歲時出川，是舟行經三峽長江之水路。詩人經歷中，並無由秦入蜀之事。有之，則為其五歲時隨父由西域徙居四川，經秦入蜀，走過詩人所詠的蜀道。在其幼稚的腦海中，深刻下可怖的經驗。依據黃錫珪《李白編年詩集》，推定此詩是詩人三十五歲時之作。如此，是詩人三十年後，基於其幼年可怖而模糊的經驗，想像中予以擴大、開展；加上後來聽到的有關蜀道的道聽塗說，予以增強；再揉合些神話傳說，抹上神祕色彩；以其飛動之筆調，寫出此瑰麗的詩篇。所以這詩看起來好像是篇現實性的現場報告，實際上是詩人想像的產物。是詩人浪漫主義的精神作品。

(土)此詩於詩人在世時已極受讚賞。與詩人同時代之殷璠，在其天寶年間所撰之《河嶽英靈集》中，即稱讚此詩是「奇中之奇」！距詩人約百年後之孟棨，在其《本事詩．高逸》中載：「李太白初自蜀至京師，舍於逆旅。賀監知章聞其名，首訪之。以既奇其姿，復請所為文。出〈蜀道難〉以示之。讀未竟，稱嘆者數四，號為謫仙。解金龜換酒與傾盡醉，期不間日。由是稱譽光赫。」

(圭)此詩通篇縱橫變化，出沒莫測，句法參差，可說極古今樂府之大觀！是以明代胡應麟《詩藪》評此詩：「出鬼入神，惝怳莫測！」清代沈德潛《唐詩別裁》亦評此詩：「筆陣縱橫，如虯飛蠖動，起雷霆於指顧之間！」

長干行

妾髮初覆額，折花門前劇。郎騎竹馬來，遶床弄青梅。同居長干里，兩小無嫌猜。
十四為君婦，羞顏未嘗開。低頭向暗壁，千喚不一回。十五始展眉，願同塵與灰。常存抱柱信，豈上望夫臺？
十六君遠行，瞿塘灩澦堆。五月不可觸，猿聲天上哀。
門前遲行跡，一一生綠苔。苔深不能掃，落葉秋風早。八月蝴蝶來，雙飛西園草。感此傷妾心，坐愁紅顏老！
早晚下三巴，預將書報家。相迎不道遠，直至長風沙！

【語譯】

我的頭髮剛剛覆蓋到額頭上的時候，折下花枝在門前遊戲。你跨上竹枝當馬騎來，和我一同繞著井欄邊剝著青梅。我倆都住在長干里，小小的年紀玩在一起，沒有什麼嫌疑顧忌。

我十四歲的時候做了你的妻室，羞澀澀地未嘗開口大聲說笑。只是低著頭，面向陰暗的牆角；雖然一再有人呼喚，我也不敢回過頭來。十五歲時我才公開露面，展開眉眼；心中只想著與你像塵與灰一樣混合在一起，長相廝守，至死不渝。我那裡想到望夫臺上來盼望你呢？

我十六歲那年，你離家遠行。那旅途中的瞿塘峽灩澦堆，五月水漲時隱沒水面；江船是不能碰上的。兩岸悽厲的猿聲，在空中振蕩。

分別以來，我在門前遲遲未能看到你歸來的行跡。石階上一次又一次地，生了綠色的苔蘚，逐漸已深得不能掃除了。望著落葉，秋風又早臨了。八月間蝴蝶飛來，一對對地在西園草上飛舞。面對這種情況，我心感哀傷。坐守在這兒，愁待著青春消逝！

但願你早晚能沿著三巴的長江水路歸來，預先以家書通知我。我要迎接你。不管路是多遠，我將要一直到長風沙那兒等待你！

【析　賞】

㈠〈長干行〉是樂府雜曲歌辭舊題。「長干」是地名，在今南京中華門外，秦淮河南。有大小長干里二處。樂府詩題也有〈大長干〉、〈小長干〉之分，皆源於當地民歌。此地商業發達，商人經常往來於長江上下游。故民歌多詠商人生活。唐代崔顥、張潮等皆有〈長干行〉之作。李白有〈長干行〉二首，此其一；是其中較好的一首，描寫一年輕商婦思念丈夫之心情。

㈡此詩首段六句自兒時敘起，寫兩小無猜。蛻化自蘇武詩：「結髮為夫妻，恩愛兩不疑。」世人常用「青梅竹馬」一詞，即由此詩而來。

㈢次段八句細寫初婚少婦羞怯情態與少年夫妻深厚愛情。「抱柱信」源於《莊子・盜跖》：「尾生與女子期於（橋）梁下。山洪暴發，女子不來，尾生守約不去，抱柱而死。」以尾生守約不去，終於抱柱溺斃，喻堅貞不渝之愛情。「望夫臺」故事是說：古代有妻子登山望夫不歸，最終轉化為石頭。中國有「望夫臺」或「望夫石」之處甚多。其一在四川忠縣，一在武昌北山。

㈣第三段四句，殷殷以丈夫遠行入川之旅途為念。瞿塘峽在今四川奉節縣；兩岸山崖對峙，江流其中。灩澦堆是屹立峽中之一巨大礁石。五月大水時隱藏水面下，行船稍不注意就會觸礁，非常危險。「猿聲」句據《水經注》寫三峽：「每至晴初霜旦，林寒澗肅。常有高猿長嘯，屬引淒異；空谷傳響，哀轉久絕。」

㈤第四段八句寫久待不歸之哀傷。「苔深」句寫久無人跡。「蝴蝶」句反襯自己之孤獨。紅顏在寂靜愁坐中消去。

㈥末段四句以盼夫歸來作結。丈夫如告歸程，將遠至長風沙相迎，可想像急切迎候丈夫歸來之熱情。按「長風沙」在今安徽安慶東五里。自南京之長干至長風沙，有數百里之水程。我亦將兼程趕至，迎接夫君！

㈦在此詩中，詩人通過少婦第一人稱之口吻，用回憶形式，娓娓敘述自己與丈夫之相會、相愛、相別，與相思，意真情切，感人心弦！

㈧清乾隆御訂《唐宋詩醇》評此詩：「兒女情事，直從胸臆間流出，縈迂曲折，一往情深！」

長相思（二首）

其一

長相思，在長安。絡緯秋啼金井闌，微霜淒淒簟色寒。孤燈不明思欲絕，卷帷望月空長歎！

美人如花隔雲端。上有青冥之長天，下有淥水之波瀾。天長路遠魂飛苦，夢魂不到關山難。長相思，摧心肝！

【語譯】

我在長安城裡，沈入悠長的相思。秋天蟋蟀在金飾的欄干邊哀叫。薄薄的秋霜，在床上的蓆面抹上寒意。我在屋裡昏黯的孤燈之下，相思得肝腸寸斷；捲起窗帷，面對高空明月，長聲吁嘆！

我那如花的美人遠隔在雲層那端。上面有溟濛的長天，下面有清水的波浪。天長路遠，連魂魄飛往都很困難。我在夢裡也飛越不過這些重阻的關山。我只有在這裡悠長的相思，摧折心肝！

【析賞】

㈠〈長相思〉是樂府中雜曲歌詞。原本於漢代古詩：「客從遠方來，遺我一書札。上言長相思，下言久離別。」是思婦懷念遠遊在外的丈夫之詩。南朝以後詩人常以〈長相思〉為題，寫思婦之情。詩人作〈長相思〉二首。男女各一。

㈡此首因有「美人如花隔雲端」之句，照傳統的普通的用法，「美人」是指女人。故此詩姑且視作男人思念女人。詩內之主人公是男性。

㈢上段首句：「長相思，在長安」點題。多數以「長相思」作詩題之詩皆如此。先標取「長相思」三字。「在長安」解為作此詩之主人公身在長安。

㈣以次四句寫相思之情景：

「絡緯秋啼金井欄，微霜淒淒簟色寒。」「絡緯」又名促織，俗稱紡織娘或蟋蟀。「秋啼」點出季節與哀意。古人有「秋女多思，秋士多悲」之說，秋季草木枯萎，易挑起曠男怨女之哀愁。「金井欄」是有金為飾之井欄干。「簟」是竹製之床蓆。「微霜」再點明秋季。「淒淒簟色寒」，床蓆寒冷隱含難以就寢之意。

「孤燈不明思欲絕，卷帷望月空長歎。」上句寫燈油將盡，室內燈光不明，思念欲絕。下句寫主人公轉身捲起窗簾，見到室外皓月當空，哀聲長嘆。「思欲絕」、「空長歎」，皆寫哀愁之情態。

㈤「美人如花隔雲端」，承上啟下，緊寫所思之人美如花朵，啟下難聚「隔雲端」之情。

㈥下段即寫難聚之情：「上有青冥之長天，下有淥水之波瀾。天長路遠魂飛苦，夢魂不到關山難。」寫天長路遠。關山阻隔，思念者與所思念之人，中間有難以飛越之關山。故而結言：「長相思，摧心肝！」呼應篇首之「長相思」，重複道出自己之苦情「摧心肝」！

㈦西洋文字如西班牙文，其動詞與形容詞之字尾，隨主詞賓詞之性別與單複數而變化。讀者從句中之動詞與形容詞中，可以確定主人之性別是男抑是女。中國文字無此特徵。故此詩就字面而言，不能確知題中主人公之性別。以上之解釋，是基於詩中之「美人」一句，而判定詩中之主人公是男子。但在中國之古典文學中，「美人」可男可女。通常作女人解，「美」指女子的容貌，「美人」是容貌美麗的女子。（如作男人解，則「美」指男人的德性，「美人」是德性良好的男人。所以此詩不排除是女人思念男人之詩。）

此詩中之「淥水」，除解作清澈的水外，很可能是一專有名詞。中國湖南省有淥水，是湘江之一支流。其北源起自今江西之萬載，南源起自湖南之瀏陽；兩源在湖南醴陵會合後，流至淥口鎮，納入湘江，而匯入洞庭湖。本詩之「淥水」如作此解說時，則意謂詩中所思念之人是在淥水流域地區。

(八)古人文學中，有以男女之戀隱喻君臣之情者。早在屈原《離騷・九章》之一的〈思美人〉中，即是以求女喻思君之意。其所思之「美人」就是楚懷王。閻琦即持此觀點，認為對於此詩深一層的看法是：詩人首次入長安，很想接近玄宗而不能接近時之作。參閱宋緒連、初旭主編之《三李詩鑒賞辭典》（頁九六）。

(九)明代梅鼎祚《李詩鈔評》評此詩：「綴景幽色，如泣如訴，怨而不誹。」

其二

日色已盡花含煙，月明如素愁不眠。趙瑟初停鳳凰柱，蜀琴欲奏鴛鴦弦。此曲有意無人傳，願隨春風寄燕然。

憶君迢迢隔青天，昔日橫波目，今成流淚泉。不信妾腸斷，歸來看取明鏡前！

【語譯】

陽光漸漸消失時，花上煙霧迷濛。月亮出來了，像白絹般潔亮。我愁惱得睡不著。停下剛彈過的趙瑟，想撥動蜀琴上的雙弦。這些曲子含有無限的情意，可惜沒有人能為我傳達，但願能隨著春風傳到塞外燕然山那兒去。

我回想著你，如今遙遠地隔在天涯。從前我那雙像橫波一樣流轉的雙眼，現在卻變成了流淚的泉源。你如果還不相信我為你肝腸寸斷的話，等你回來時，看看我對著明亮的鏡子前的容顏！

【析賞】

㈠上段首聯寫思婦自暮至夜所見之情景：上句「花含煙」，寫薄暮時，那一團團水汽籠罩著花叢，遠望猶如煙霧一樣。次句之「素」，是白色的絹。在此以之寫月色之美。

㈡次聯寫思婦枯守空房，百無聊賴之形態：上句「趙瑟」是戰國時趙國女人善彈的瑟，《漢書・楊惲傳》：「婦，趙女也，雅善鼓瑟」。「鳳凰柱」是捲弦的瑟柱上刻有鳳凰形狀的裝飾。下句「蜀琴」是以四川桐木製作的琴，琴音特別好。漢時司馬相如遊蜀，撫琴奏「鳳求凰」曲挑動卓文君。「鴛鴦弦」是配對的弦，與上句「鳳凰柱」對仗。

㈢第三聯寫思婦思念丈夫之心態：「燕然」，山名，即杭愛山，在今外蒙古境內。東漢元和元年（一三六），大將軍竇憲遠征匈奴，破北單于，登燕然山，在山上刻石紀功而返。在此泛指塞外地方。

㈣下段五句道出思婦向丈夫的傾訴：「橫波目」，寫目光如水，閃動流盼。傅毅〈舞賦〉：「眉連娟以增繞兮，目流睇而橫波。」

此詩末尾，不說「你回來時，就可見到我憔悴的容顏」，而說「不信妾腸斷，歸來看取明鏡前！」透過紙背去看，隱含：「自你去後，我也懶得對鏡梳妝。等你回來，我對鏡梳妝時，你就可看到我究竟為你憔悴到什麼程度，怕連我自己也不相信哩！」

㈤洪本健析評：「本詩先以『花含煙』和『月明如素』的美麗景色反襯思婦之淒苦悲涼，繼以思婦的鼓瑟彈琴表現其對征夫的思念，又憑春風傳曲的想像抒寫思婦的心願，末借思婦的眼睛，用對比和誇張的手法傳神地刻畫其心態，塑造出一個感情熱烈，光彩照人的女性形象。顯然，善於調動各種藝術手段以深刻地展現人物的內心世界，是這篇作品成功感人的重要原因。」（《三李詩鑒賞辭典》頁二一八）

㈥此首一定是思婦思念其在邊塞的丈夫之詩。描述思念之情，與上首有許多契合之處。試比較觀之：「絡緯啼」與「趙瑟」「蜀琴」，同為音響所感而思；「卷帷望月」與「月明如素」，皆是望月懷人；「魂飛苦」與「願隨春風」，皆寫神魂飛越；「天長路遠」與「迢迢隔青天」，皆寫難以相聚；「摧心肝」即是「腸斷」。不過上首「秋啼」、「微霜」是秋季，此首「春風」是春季。上首是男思女（有可能是女思男），此首則確定是女思男。

(七)上首明代梅鼎祚評：「怨而不誹」。此首清代沈德潛評：「怨而不怒」。

(八)《柳亭詩話》載：李白作〈長相思〉時，其妻從旁看見「不信妾腸斷，歸來看取明鏡前！」說：「武后有詩云：『不信比來常下淚，開箱驗取石榴裙』，君見之乎？」太白爽然自失。按詩人原配妻雲夢許氏，是高宗時宰相許圉如之孫女。由此可見所謂「相門之女」，畢竟不凡！

行路難（三首）

其一

金樽清酒斗十千，玉盤珍羞直萬錢。停杯投箸不能食，拔劍四顧心茫然！
欲渡黃河冰塞川，將登太行雪滿山。閒來垂釣碧溪上，忽復乘舟夢日邊。
行路難，行路難，多歧路，今安在？長風破浪會有時，直挂雲帆濟滄海！

【語譯】

金樽裡的清酒，每斗要十千錢。白玉盤中珍貴的菜餚，價值萬錢。這桌酒席，非常珍貴。可是面對著這樣的美酒佳餚，我卻停著杯子，放下筷子，吃不下去。拔出腰懸的劍，四邊看望，心中湧起一片茫然之感！

我想渡過黃河，河面被冰凍封塞了。我想登上太行山，山上被大雪覆蓋了。閒空下來垂著釣竿，坐在碧溪畔去釣魚；忽然又夢見乘船，駛近太陽旁邊去了。

行路困難啊。行路真是困難！分歧的路多的是。逢到我要走的時候，又何處去找？但是，我畢竟會有乘長風破萬里浪的時候，遲早總要掛起雲樣的大帆去渡過大海的！

【析　賞】

㈠〈行路難〉是樂府詩列入雜曲之歌詞。《樂府解題》云：〈行路難〉備言世路艱難及離別悲傷之意。多以「君不見」開端。詩人在此詩題下作詩三首，雖亦嘆世路艱難。第二、三首中，皆有「君不見」三字。然而總體而言，皆在悲慨中抒發豪邁之情。

㈡首段首句「斗十千」，言酒之高貴。不一定是實事。詩人是沿用曹植〈名都篇〉：「美酒斗十千」之句。次句之「羞」同「饈」，「直」同「值」，取自《北史》：「韓晉明好酒縱誕，招飲賓客。一席之費，動至萬錢，猶恨儉率。」對此美酒珍饈，一向嗜酒之詩人，本當「一杯復一杯」，「會須一飲三百杯」；而詩人卻「停杯投箸」，拔出長劍，四顧茫然。此一大轉折，其內心必有深隱之苦情！

在修辭上，「不能食」與「拔劍四顧」，是化用鮑照〈擬行路難〉第六首之詩句：「對案不能食，拔劍擊柱長嘆息。」不過詩人化用鮑照之詩句，正好戲劇性地以外表「拔劍四顧」的動態，表現他內心「心茫然」之心態，生動地繪出他心中壓抑著的空茫之感。

㈢中段承上段，先說出「拔劍四顧心茫然」之緣由。詩人本想創業立功，有所作為：「欲渡黃河」，「將登太行」；然而橫遭阻礙！「冰塞川」、「雪滿山」。此兩句是借用鮑照〈舞鶴賦〉中之：「冰塞長川，雪滿群山」；不過將泛稱之「長川」、「群山」，改為特定的「黃河」、「太行」。正好以面前實有之河山，象徵他面對之困境。此兩句句內，又各有轉折，自有波瀾！

㈣既然有志難伸，投效無路，詩人乃有歸隱之想：「閒來垂釣碧溪上」，欲效呂尚之垂釣於渭水之濱。《史記・齊太公世家》記載：呂尚年老垂釣於渭水之濱。後遇周文王而得重用。因呂尚之終得周文王重用，故詩人不禁又想到自己也許也有如呂尚之奇遇：「忽復乘舟夢日邊」。「日邊」是皇城所在地。又夢想有受朝廷重用之機緣。據《宋書・符瑞志》：「伊尹將應湯命，夢乘船過日月之旁。」此聯又一轉折，暗喻詩人希求有如呂尚與伊尹之遭遇。兩句在反覆中，語意卻一貫。

㈤幻想醒來，面對現實，世路困難重重。末段嘆出：「行路難，行路難，多歧路，今安在？」世上的門路固多，但等我行時，卻無處可尋。然而，詩人並不絕望，再一轉折，想到「長風破浪會有時」，蒼茫中可能仍有一線希望，我會有一天乘風破浪。於此，詩人又用一典故：《宋書・宗慤傳》：「宗慤少時，叔父炳問其志，曰：『願乘長風破萬里浪。』」到那時候，詩人即可「直挂雲帆濟滄海」！

㈥《唐宋詩醇》評論此詩：「冰塞雪滿，道路之難甚矣。而日邊有夢，破浪濟海，尚未決志於去也。」可謂道中詩人積極進取之心意。

㈦宋緒連析評此詩：「開頭的兩句，極寫盛宴，而三、四兩句突然以『不能食』、『心茫然』

兜住，形成一個巨大漩渦，這是第一個波瀾。五、六兩句申足前意，大有「山重水複疑無路」之勢，而「閒來」、「忽復」兩句頓生亮色，柳暗花明，這是第二個波瀾。九、十兩句重申「行路難」本意，結句以「會有時」、「濟滄海」的希望之光收束，完成了新的第三個波瀾。層層折轉，蕩漾生姿，不主故常，卻在情理之中。在一首篇幅短小的〈行路難其一〉中，將詩人急劇變化的心理活動，展現得如此真切，如此感人，前無古人，後無來者！」（《三李詩鑒賞辭典》頁九一）

(八)此詩是詩人天寶三年（七四四），被排擠出長安時所作。詩人在政途上遭遇困難，情緒憤慨。全篇層層轉折，波瀾起伏。詩人運用其雄奇變化之手筆，抒發其憤激複雜之心情。以茫然之心緒始，以破浪之信念終，全篇流露他在世路艱難之中，仍不失其豪邁進取之精神！

其二

大道如青天，我獨不得出！羞逐長安社中兒，赤雞白狗賭梨栗。彈劍作歌奏苦聲，曳裾王門不稱情。淮陰市井笑韓信，漢朝公卿忌賈生。君不見：昔時燕家重郭隗，擁篲折節無嫌猜；劇辛樂毅感恩分，輸肝剖膽效英才。昭王白骨縈蔓草。誰人更掃黃金臺？行路難，歸去來！

【語譯】

人生的道路像青天一樣的寬廣，唯獨我沒有出路！我羞於追隨那些長安的市井少年，以梨栗為賭箸去鬥雞跑狗，博取歡心。雖然我像馮諼一樣，彈劍作歌自嘆苦情，提起衣襟去走訪權貴，都不達心意。這世人之對我，如漢初淮陰街頭少年之取笑韓信，漢文帝朝廷公卿之妒忌賈誼。

你們不曾聽見過嗎？古時燕昭王借重郭隗來招賢納士。他親自拿著掃帚，彎著腰接待賢士，毫不嫌猜。因而來投效的劇辛、樂毅等都深感他的恩情，全心全意的來貢獻出他們卓越的才能。現在埋葬昭王屍骨的墳墓上叢生蔓草，還有誰來掃那為招賢而築的黃金臺呢？

行路真是很難啊！還是回去罷！

【析賞】

㈠劈頭兩句：「大道如青天，我獨不得出！」即道出其心中「不得出」之憤慨，統領全篇。

㈡繼即陳述其「不得出」之原因：「羞逐長安社中兒，赤雞白狗賭梨栗。」按唐代有鬥雞之風。陳鴻《東城老父傳》載：「玄宗在藩邸時，樂民間清明節鬥雞戲。及即位，治雞坊於兩宮間；索長安雄雞，金毫鐵距，高冠昂尾千數，養於雞坊。選六軍小兒五百人，使馴擾教飼之……諸王世家、外戚家、公主家、侯家，傾帑破產市雞，以償雞值。都中男女以弄雞為事……時人為之語曰：『生兒不用識文字，鬥雞走馬勝讀書，賈家小兒年十三，富貴榮華代不如。能令金距期勝負，白羅繡衫隨意取。』」可見當時鬥雞之風之熾熱。詩中說長安子弟，鬥雞走狗，以梨栗為賭物。實則對此等浮浪子弟而言，鬥雞走狗不僅是賭戲，也是他們謀得榮華富貴之階梯。詩人天性高傲，自然不甘與此等鬥雞者為伍。

㈢「彈劍」句，詩人引用馮諼故事，按馮諼一作馮驩，長劍楚人稱為長鋏。《戰國策》載：「戰國時齊人馮諼貧乏不能自存，寄食孟嘗君門下。左右以君賤之也，食以草具。居有傾，倚柱彈其劍，歌曰：『長鋏歸來乎！食無魚。』左右以告。孟嘗君曰：『食之，比門下之客。』居有頃，復彈其鋏，歌曰：『長鋏歸來乎！出無車！』左右皆笑之，以告。孟嘗君曰：『為之駕，比門下之車客。』於是乘其車，揭其劍，過其友曰：『孟嘗君客我。』後有頃，復彈其劍鋏，歌曰：『長鋏歸來乎！無以為家。』左右皆惡之，以為貪而不知足。孟嘗君問：『馮公有親乎？』對曰：『有老母』。孟嘗君使人給其食用，毋使乏。於是馮諼不復歌。」（馮諼後奉使收債於薛，矯命焚券，為孟嘗君市義。及齊王信讒，使君就國於薛，薛民老幼歡迎，是即市義之報。既就國，諼又為君遊說於梁。梁惠王厚禮聘君。齊王聞之懼，遣使謝罪，仍請返國。自此為相數十年，高枕無憂，皆諼之計也。）

詩人在此詩中引用馮諼故事，但並未明言詩人不願如馮諼之「彈劍作歌奏苦聲」，抑詩人已如馮諼之「彈劍作歌奏苦聲」。如承上文「羞逐」二字直下，是詩人恥於「彈劍作歌奏苦聲」。然而，事實上，詩人已「彈劍奏苦聲」，詩人之作此詩，亦即正是其「彈劍作歌奏苦聲」也。按玄宗徵召詩人入長安，只視其為一文學侍從而已，並未給予實際權職；誠如馬端臨《文獻通考》所言：「但假其名，而無所職」。詩人當初所抱「奮其智能，願為輔弼」之願望，不得實現。詩人借用馮諼彈劍作歌之典，吐出其內心怨恨之情……爭奈唐玄宗之非孟嘗君何！

「曳裾」句，「曳裾王門」意謂提起衣袍進入王侯之門，即奔走權貴之門之意。此詩並未明言是詩人不願俯首奔走權貴之門，抑詩人拜望權貴而無效果。如屬前者，是詩人自誇品格高尚之詞。但按諸史實，是詩人自道其干謁顯要而無成效之事實：詩人著作中有〈上安州裴長史書〉及〈與韓荊州書〉；裴（行儉）與韓（休）皆一時之人望，其時有「願得裴公之一言，不須驅馬埒華軒」，「生不用封萬戶侯，但願一識韓荊州」之詩句。詩人向之毛遂自薦，自言「心雄萬丈」，有「四方之志」；表示「儻急難有用，敢效微軀」之願望。但是並沒有得到預期的效果，無人要用其微軀。玄宗之所以徵召詩人入京，還是由於詩人在剡中結識的道士吳筠在玄宗面前的推薦。玄宗妹妹玉英公主也仰慕詩人的詩作，在旁勸說。然而既到長安之後，玄宗對之，初時雖甚禮遇，但亦只欣賞其詩文才華，並非其政治才能。認為他並不是「廊廟之器」（不是做官的材料）。

㈣至於「淮陰市井笑韓信，漢朝公卿忌賈生」，顯然地是借古人以寫自己。《史記・淮陰侯列傳》：「韓信，淮陰人，市中少年眾辱之，使出胯下。」賈生指賈誼。《史記・屈原賈生列傳》：「漢文帝召為博士，年僅二十餘，曾請帝制法度，興禮樂。文帝欲拔擢之任公卿之職。朝中大臣周勃、灌嬰等均忌之，時進讒言。於是帝亦疏之，出為長沙太傅」。韓信賈誼之遭遇，頗有似詩人在任侍詔供奉時之被人譏笑、戲弄、妒忌與誹謗之情狀。是以詩人特意提出此兩人之事。

㈤「君不見」以下，寫燕昭王招賢納士之盛事。據《史記》記載：燕昭王即位，為求國家富強，築黃金臺以厚幣徵召天下之賢士。郭隗語昭王曰：「王必欲致士，先從隗始。況賢於隗者，豈遠千里哉？」昭王為隗改築宫屋而師事之。後來，賢士果紛紛而至，「樂毅自魏往，鄒衍自齊往，劇辛自趙往。」當鄒衍到燕時，「燕昭王擁篲先驅」。篲，帚也。意謂燕昭王親自為之清道，顯示燕昭王謙恭下士之態。因為他如此接待賢士，來者亦感恩戴德，乃竭忠盡智為之效勞。如樂毅被拜為上將軍，為燕攻齊，下七十餘城，即其一例。詩人深嘆而今燕昭王墳墓之野草叢生。用詰問語氣問：「誰人更掃黃金臺？」世上無求賢之人，賢能者無投效之地。詩人深痛「行路難」之下，氣憤中作「歸去來」之嘆！

(六)此詩中詩人引用古典，推陳出新，寫自己之不遇。追述燕昭王招賢之事，慨嘆世無求賢之人。全篇是針對唐玄宗而發，憤慨自己之被棄。看似詠古，實乃諷今。

(七)詩人另有〈古風〉其十五一首，與此詩旨意相似，亦詠燕昭王之招賢而慨已之被棄。語更明顯，茲錄於次：「燕昭延郭隗，遂築黃金臺。劇辛方趙至，鄒衍復齊來。奈何青雲士，棄我如塵埃！珠玉買歌笑，糟糠養賢才。方知黃鵠舉，千里獨徘徊！」

其　三

有耳莫洗潁川水，有口莫食首陽蕨。含光混世貴無名，何用孤高比雲月？
吾觀自古賢達人，功成不退皆殞身：子胥既棄吳江上，屈原終投湘水濱。陸機雄才豈自保，李斯稅駕苦不早。華亭鶴唳詎可聞，上蔡蒼鷹何足道？
君不見：吳中張翰稱達生，秋風忽憶江東行。且樂生前一杯酒，何須身後千載名？

【語　譯】

人生於世不須過分高潔。不要像高士許由那樣不願作皇帝；不願聽到唐堯要讓位給他，就去潁水河畔用水洗耳。也不要像義士伯夷、叔齊那樣，商朝亡後，不吃周朝的糧食；隱居首陽山採薇而食，終於餓死。一個人應該收斂光采，混跡世上。最好沒有什麼名氣。何必要一意孤高，與天上的浮雲明月相比呢？

我看自古以來，賢智通達的人，他們功名成就而仍不告退的話，都會喪失生命的：例如伍子胥輔佐吳王夫差破越，反對與越王句踐之和議；後來夫差賜劍叫他自殺，死後把他的屍首裝在革囊內拋入江中。屈原是楚大夫，當初很受楚王器重；後來因讒被逐，自投湘江而死。陸機有雄才大略，卻保全不了自身性命，臨刑時對兄弟哀嘆：「華亭鶴鳴，再也聽不到了。」李斯身為秦之開國宰相，懊悔辭職得太遲。被斬時對他兒子說：「今後我倆再也不能牽著黃狗帶著蒼鷹，走出上蔡東門去打獵了。」

你沒有聽見過嗎？蘇州的張翰是個通達的人，他外出在齊王冏那裡做官。當秋風吹起的時候，忽然想起他故鄉的菰菜鱸魚羹，便棄官歸鄉。他說得好：「暫且享受這生前的一杯酒罷，何必介意死後千年萬載的名聲呢？」

【析　賞】

㈠首段四句即標出「含光混世」。中段八句列舉「功成身殞」之先例。末段以「且樂生前一杯酒」作結。

㈡首句「有耳莫洗潁川水」，先說堯欲讓天下於許由，許由不受之事。蓋天下之貴，莫過於做天子；歷代世人之爭戰，最大的願望，皆在想做天子。而高士許由竟不願受讓做天子。皇甫謐《高士傳》：「許由耕於潁水之陽。堯召為九州長，由不欲聞之，洗耳於潁水之濱。」

次句「有口莫食首陽蕨」。按伯夷叔齊兄弟，孤竹君之後。《史記》：「周武王已平殷亂。天下宗周；而伯夷、叔齊恥之，義不食周粟，隱於首陽山，採蕨而食，遂餓死。」

「含光混世貴無名」，是採自老子處世之明哲保身哲學。老子曰：「和其光，同其塵。」《史記．老子韓非列傳》：「其學以自隱無名為務。」

㈢中段列舉功成身殞故事：

「子胥」句：按《吳越春秋》：伍子胥曾佐吳王夫差，大破越兵。越王句踐請和，夫差許之；子胥諫不聽。後來太宰嚭得越賄，讒之。夫差賜子胥屬鏤之劍曰「子以此死」。子胥謂其舍人曰：「抉吾眼懸諸吳東門，以觀越人之滅吳也。」乃自刎死。吳王取子胥尸，盛以鴟夷之器，投之於江中。後九年，越果滅吳。

「屈原」句：按屈原仕楚為三閭大夫。懷王初重其才，後聽讒言，乃予放逐。屈原著〈離騷〉、〈漁父〉諸篇以見志。自沉汨羅江而死。

「陸機」句：按陸機晉吳郡人。服膺儒術，詞藻宏麗。後事成都王穎，受命討長沙王乂。軍敗被譖，穎使收機。機臨刑神色自若，顧其弟雲曰：「華亭鶴唳，可復聞乎？」《語林》載：機為河北都督，聞警角之聲，謂孫丞曰：「聞此不如華亭鶴唳。」故臨刑復有此嘆。《說文》：「唳，鶴鳴也。」華亭在今江蘇松江郊外，有清泉茂竹，陸機兄弟共遊此十餘年。

「李斯」句：《史記》：李斯為丞相，長男由為三川令，諸男皆尚秦公主。女悉嫁秦諸公子。李由告歸咸陽，李斯置酒於家，百官長皆前為壽，門庭車騎以千數。李斯喟然嘆曰：「吾聞之荀卿曰：『物禁太盛』。夫斯乃上蔡布衣，閭巷之黔首，上不知其駑下，遂擢至此。當今人臣之位，無居臣上者，可謂富貴極矣。物極則衰，吾未知所稅駕也。」《索隱》：稅駕，猶解駕，言退休也。李斯言自己今日富貴已極，未知向後吉凶止泊在何處也。後來始皇死，二世立，趙高用事，與斯互忌。高誣斯子通盜，腰斬咸陽市，夷三族。斯臨刑謂其子曰：「吾欲與汝牽黃犬，臂蒼鷹，出上蔡東門，不可得矣！」

㈣末段稱讚張翰作結：《晉書》：張翰，字季鷹。吳郡吳人也。有清才，善屬文，而縱任不拘。齊王冏辟為大司馬東曹掾。冏時執權。翰因見秋風起，乃思吳中菰菜、蓴羹、鱸魚膾，曰：「人生貴得適志，何能羈宦數千里以要名爵乎？」遂命駕而歸。俄而冏敗，人皆謂之見機。翰任心自適，不求當世。或謂之曰：「卿可縱適一時，獨不為身後名耶？」答：「使我有身後名，不如即時一杯酒。」時人貴其曠達。

㈤有人病此首詩堆疊過甚。蘇東坡寫此首詩時，即節去其中間八句。朱子是之。

㈥詩人〈行路難〉三篇。颯然而至，如驟風急雨，飄忽震盪。首篇自「四顧心茫然」之感始，而有「長風破浪會有時」之「望」終；中篇慨其「不遇」；末篇要「含光混世」。三篇之中，首篇以「金樽清酒斗十千」開端，末篇以「且樂生前一杯酒」結束，又首尾呼應。

秋　歌（子夜吳歌）

長安一片月，萬戶擣衣聲。秋風吹不盡，總是玉關情。何日平胡虜，良人罷遠征？

【語　譯】

長安城裡月光瀰漫，千家萬戶傳出擣衣的聲音。這聲音從秋風裡傳送開來，聲聲裡都含著遙念塞外征人的情意。什麼時候才能平定胡人，丈夫可以不必到遠方去打仗呢？

【析　賞】

㈠《唐書．樂志》：「子夜歌者，晉曲也，晉有女子名子夜，造此聲，聲過哀苦。」《樂府解題》：「後人更為四時行樂之詞，謂之子夜四時歌。」此歌則屬於樂府吳聲歌曲詞，猶如現在四季相思一類之歌曲。

〈子夜歌〉原來只有四句，李白仍用舊題，而增為六句，使藝術有迴旋的餘地，並給人一種自由和新鮮的感受。

㈡唐時無現代之洗衣機，「擣衣」是將織成之布帛放在砧石上，用杵捶擊，使之軟熟，以備裁縫成衣；或將已成之衣服洗淨後，重新捶擣，使之潔淨。欲了解此詩之意境，須知中國古時婦女多在秋天擣素製紈，以供家人裁製冬衣之用。故唐詩中多有詠擣聲，詠嘆思婦為丈夫製衣，及「歲將云暮」之情。

㈢此詩起句拈出「長安」，點出思婦之地；實際上因長安為國都，亦可以之代表全國。次句「萬戶」表示征人戶口之多，當然亦可以之代表全國。「一片月」是視覺上由月色激發閨中思婦念夫之情。「擣衣聲」是聽覺上寫萬戶擣衣，此起彼落。此聯寫所見所聞，淒楚悲涼。不寐思婦，觸景傷情，擔心遠在塞外之征夫衣服單薄。因為唐時徵兵制，出征將士的衣履，悉由各人之家屬供應。

㈣次聯「秋風吹不盡，總是玉關情。」「玉關」指玉門關。在今甘肅省境，是唐時通西域之要隘。在此泛指邊境，是丈夫戍守之地。此聯情真語摯，寫思婦之哀怨與癡心。鑄語自然，幽怨自露。

㈤清代王夫之認為此詩：「前四句是天壤間生成，被太白拾得。」實則此詩之前四句，頗似另一首〈子夜秋歌〉：「風清覺時涼，明月天色高。佳人理寒服，萬結砧杵勞。」

㈥末聯：「何日平胡虜，良人罷遠征？」用反詰語表示思婦殷切之期望。亦間接表示思婦認為其一切苦惱之根源，在於胡虜之侵犯。此聯之語意，類似王昌齡〈出塞〉詩之末聯：「但使龍城飛將在，不教胡馬度陰山。」

㈦王運熙、鄔國平析評：「詩歌由夜間的月光，擣衣聲響，而及閨婦的綿綿思意，三者一線貫串，構成和諧的情境關係。『一片月』、『萬戶聲』，閨婦的情思由長安而及邊疆，這些描寫使作品顯得空間寬宏，境界開闊，而這正是李白詩歌風格的一個顯著特點。詩人的表達手法語言，都非常樸素、自然、簡當，富有民歌色彩。他通過近乎白描和直敘，使長安月夜的幽寒，思婦心中波瀾，得到了恰如其分的描寫。詩歌音調清揚宛轉，悅耳動聽，首二句似俯拾而得，未經鍛煉，實又工妙精美，於自然中見功力。」（《三李詩鑒賞辭典》頁二〇五——二〇六）

冬　歌（子夜吳歌）

明朝驛使發，一夜絮征袍。素手抽針冷，那堪把剪刀？裁縫寄遠道，幾日到臨洮？

【語　譯】明天驛站傳送文書物件的人就要出發了。我今天夜裡一定要做好我遠征丈夫所需要的衣袍。潔白的手，拿起針來時已經很冷，何況還要用那冰冷的剪刀？同時這縫製的寒衣，要寄到遠地，心裡又盤算著：那天這寒衣才能送達我丈夫所在的臨洮呢？

【析　賞】

㈠中國唐時尚無郵政制度。但官府沿重要交通大道，設置驛站，近似現代之郵政。傳送文書物件之驛使，沿途在驛站換馬，繼續前進。驛使即乘馬傳送文書物件之人。唐時徵兵制度中，被徵之兵員，雖遠在邊疆，其衣履皆由各人之家屬供應。此詩即詠一婦人，趕製寒衣，託驛使寄送給其遠征之丈夫。

㈡此詩前四句寫思婦為其遠征丈夫趕製寒衣。首聯陳述此一事實。有時間緊急之意，隱示思婦的急切之心情。

㈢次聯寫天冷。「素手」是思婦潔白的手，隱示她的美麗。「抽針冷」，捏針縫線時已感到手指發冷。「那堪把剪刀？」剪刀體積大，是鋼鐵製成品，易遞溫度，寒冬時手觸之，當然更寒徹肌骨。這冰寒的觸覺，更增強思婦心頭的寒意。詩人通過此趕製寒衣的典型事件，寫思婦關顧丈夫之深情。預為末聯伏筆。

㈣此詩末聯：「裁縫寄遠道，幾日到臨洮？」上句總結此詩之前四句。下句道出思婦心中最大的憂慮。衣服雖然趕成，那天才能送達我丈夫之手呢？臨洮，在今甘肅省境，為唐時通往西域要道之一關隘。在此指本詩中思婦丈夫遠戍之地。此聯將思婦為丈夫著想之心情，入木三分地刻畫出來。晚唐陳玉蘭〈寄夫〉詩之結句：「寒到君邊衣到無？」即同樣地寫思婦此種心情。

㈤詩人善用「言之不盡，思之不絕」的詩筆，如其〈玉階怨〉、〈春思〉等，都是此類逸品。

㈥詩人另有〈子夜吳歌〉二首，附錄於次：

子夜春歌（詠羅敷採桑）

秦地羅敷女，採桑綠水邊。素手青條上，紅妝白日鮮。蠶飢妾欲去，五馬莫留連。

子夜夏歌（詠西施摘荷）

鏡湖三百里，菡萏發荷花。五月西施採，人看隘若耶。回舟不待月，歸去越王家。

烏棲曲

姑蘇臺上烏棲時，吳王宮裡醉西施。吳歌楚舞歡未畢，青山欲銜半邊日。
銀箭金壺漏水多，起看秋月墜江波。東方漸高奈樂何！

【語譯】

姑蘇臺上烏鴉棲息的時候，吳王宮裡的西施正在醉酒。外面已日落西山，宮內仍歌舞不止。宮內計時器水漏裡的水，漏出的很多。起身一看，秋月已經墜落到江的水面上。天色將亮，東方的天空漸漸發白。宮中的歡樂該怎麼辦呢？

【析賞】

㈠樂府古題〈烏棲曲〉。屬於「清商曲辭．西曲歌」。梁代的簡文帝、元帝、蕭子顯等皆有此作。據《唐書樂志》說：彭城王義康因范曄謀反被遭免職，臨川王義慶在江州相見大哭。文帝怒而徵還，義慶懼。而妓妾夜聞烏啼聲，以為明日應有赦；後果如此，因作烏夜啼歌。此歌通常是一首四句，兩句一轉韻。也有六句構成一首的。多數是七言，也偶然有人在開端用五言的。題目雖是〈烏棲曲〉，並不一定以「烏棲」為主題。大多數抒寫夜晚情景。李白此詩沿用舊題，雖也寫夜景，實際上是姑蘇懷古。形式上在通常的六句之後，再加上一句，打破舊有格式，而且其最美、用意最深的是其第七句，妙不可言！

㈡此詩第一句「姑蘇臺上烏棲時」，點出所詠之地（姑蘇臺）與時（烏棲）。「姑蘇臺」故址在今江蘇吳縣木瀆鎮附近靈岩山（姑蘇山）上。《述異記》：「吳王夫差築姑蘇之臺，三年乃成。周旋詰曲，橫亙五里。崇飾土木，殫耗人力。宮妓千人。上別立春宵宮，為長夜之飲。造千石酒鍾。作天池，池中造青龍舟；舟中盛陳妓樂，日與西施為水嬉。」「烏棲時」指烏鴉歸巢之時，並點題名。

㈢第二句「吳王宮裡醉西施」，點出人（西施）與事（宮裡醉）。西施是越王句踐戰敗後獻給吳王的美女。「醉西施」表面的解釋是「西施醉了」，深一層的解釋是吳王沉醉於西施美色之中。那麼，西施與吳王「烏棲時」已醉，則「烏棲前」飲酒必多；間接地說：吳王、西施等白日亦飲宴矣。

㈣第三句「吳歌楚舞歡未畢」，「吳歌楚舞」言吳宮有當時最好之歌舞。並隱示吳王夫差之勢力範圍，擴及吳楚。「歡未畢」之「未」字，顯然說歌舞早有，入晚時「尚未」完畢。

㈤第四句「青山欲銜半邊日」，寫時間已晚。不說日落西山而說青山將銜半輪紅日，造句新穎。

㈥第五句「銀箭金壺漏水多」，「銀箭金壺」是中國古代皇宮中計時之儀器。金壺用銅製成，中貯水。壺底有小孔讓水點漏出。水中有箭，箭上有表示時間之刻度。「漏水多」表示時光過去甚多，夜已漸漸消失。

㈦第六句「起看秋月墜江波」，表示秋月將沉落。「起看」二字表示吳王荒淫極樂，不覺時光飛逝，驚愕惋惜。隱示「良宵苦短」之態。

㈧以上六句已寫足吳王徹夜歡樂之情。最後，詩人再額外加上一句：「東方漸高奈樂何！」按「高」是「皜」的假借字。語本漢樂府之〈有所想〉：「東方須臾高知之」。是以「高」同「皜」，發白、發亮之意。就是說東方漸漸轉白，發亮了。「奈樂何」意謂「爭奈歡樂畢竟終須結束」。所以此結句是問：大家歡樂到天快亮了，又怎樣呢？天下無不散的筵席啊！

詩人於樂府古題格律之外，增加此第七句。此格外新增之句，改變了整首詩之旋律，使此詩有悠然不盡之韻味！詩人用單句來收束上文六句，既收束得緊湊，又使平板的偶句變得靈活起來！整首詩富有錯綜變化之美！在全篇詩意中，此句可說是畫龍點睛之筆。含蓄委婉，韻味無窮！《唐宋詩醇》評：「末綴一單句，有不盡之妙！」非天才詩人，曷克作此！

㈨此詩寫「吳王宮裡醉西施，吳歌楚舞」，通夜達旦，表面上似歌頌吳王歡樂之盛況者。在字面上對吳王亦無斥責之詞。詩人之用意，須於字背後見之。清代王夫之《薑齋詩話》評此詩：「寓意深遠」。《唐宋詩醇》評云：「樂極悲生之意寫得微婉，未幾而麋鹿游於姑蘇矣。全不說破，可謂寄興深微者。」

(十)孟棨《本事詩》：李白初自蜀至京師，賀知章見其「烏棲曲」，嘆賞苦吟，曰：「此詩可以泣鬼神矣！」

(土)此詩是詩人未入長安前，漫遊吳越時作。其時詩人已聞唐玄宗寵愛楊貴妃之事。詩人此詩追述吳王夫差沉醉於西施，終日尋樂之往事。心目中可能有諷諫現時玄宗耽溺於楊貴妃之意在。吳王夫差後來國亡身死；玄宗後來亦有安史之亂，倉皇幸蜀，貴妃在馬嵬自縊。雖然吾人不能因歷史上偶然之重演故事，即說詩人是政治預言家。然而荒淫無道者之無好結果，確是歷史上屢見的事實。

戰城南

去年戰，桑乾源；今年戰，葱河道。洗兵條支海上波，放馬天山雪中草。萬里長征戰，三軍盡衰老！

匈奴以殺戮為耕作，古來惟見白骨黃沙田。秦家築城備胡處，漢家還有烽火燃。

烽火燃不息，征戰無已時。野戰格鬥死，敗馬號鳴向天悲。烏鳶啄人腸，銜飛上挂枯樹枝。士卒塗草莽，將軍空爾為！乃知兵者是凶器，聖人不得已而用之！

【語譯】

去年在桑乾河源頭戰鬥。今年又在葱嶺河打仗。兵器在西域條支波斯灣洗滌，軍馬又放到終年積雪的天山去吃草。沿著萬里邊境征戰不已，軍隊都疲於奔命了！

那匈奴只知殺戮，不事耕作。自古以來沙漠黃沙中只見白骨橫陳。秦代修築長城以防胡人。漢代還有烽火，不時傳報警火。

烽火不時燃起，征戰沒有終止的時候。兩軍在荒野裡互相爭鬥而死，負傷的軍馬仰首向天悲鳴。烏鴉猛鳶啄食戰死者的腸子，銜著飛行，高掛在枯樹枝上。士卒們的鮮血塗抹荒草。將軍們徒有虛名而已！由此可知戰爭是件殘忍的事。聖人明君只在不得已的情況下才採取軍事行動！

【析賞】

㈠〈戰城南〉是樂府舊題，屬「鼓吹曲辭」，是〈漢鐃歌十曲〉之一。漢古辭云：「戰城南，死郭北。野死不葬烏可食。為我謂烏：『且為客豪！野死諒不葬，腐肉安能去子逃？』水深激激，蒲葦冥冥，梟騎戰鬥死，駑馬徘徊鳴。梁築室，何以南？何以北？禾黍不獲君何食？願為忠臣安可得？思子良臣，良臣誠可思：朝行出攻，暮不夜歸！」

這是一首反映漢武帝征討匈奴的詩。明顯地表示非戰思想。詩人此詩亦與之類似。故乾隆御批之《唐宋詩醇》說：「亦本其意，而語尤慘痛，意更切至。所以刺黷武而戒窮兵者深矣！」

㈡此詩三段換韻三次。首段六句言當時戰事頻繁：

「去年戰，桑乾源」，首自去年戰事說起。「桑乾」即桑乾河。源出今山西省北部管涔山，流經山西北部之大同而入今河北省西北部。唐時這一帶是奚、契丹部落遊牧之地。

「今年戰，葱河道」，接述今年戰爭。「葱河」即葱嶺河，今稱喀什噶爾河，發源於帕米爾高原，為塔里木河支流。古代稱帕米爾高原和喀喇崑崙山脈諸山為葱嶺。唐時在今新疆塔什庫爾干附近設「葱嶺守捉」，屬安西大都護府管轄。吐蕃在此地擴張勢力，時有戰爭。

此詩開端兩句，連用兩個「戰」字，強化戰爭連年不絕。而桑乾與葱河，一在北方，今山西與河北二省之北部，一在西方，今之新疆省境。連用二河名，概括去年與今年之中戰爭區域之廣闊。

接下兩句：「洗兵條支海上波」，「條支」是西域一國名。《後漢書‧西域傳》：「條支國城在山上，周圍四十餘里，臨西海。」在今伊拉克底格里斯河口，濱臨波斯灣。蕭綱〈隴西行〉：「洗兵逢驟雨，送陣出黃雲」，此「洗兵」取出征之意。左思〈魏都賦〉：「洗兵海島，刷馬江洲，振旅軥軥，反旆悠悠。」則「洗兵」有戰勝休兵意。《兵摘要》：「大將將行，雨濡衣冠，是謂洗兵。」則「洗兵」是洗滌軍裝或兵器之意。用波斯灣海水，洗刷軍裝或洗滌兵器，可見行軍地域之遙遠。

「放馬天山雪中草」，天山是亞洲中部之大山系。從蘇俄之中亞細亞，伸入中國新疆中部，為今日新疆塔里木與準噶爾兩盆地之分界嶺。山上終年積雪，又名雪山。放馬到天山山麓去吃草。

此兩句是補充上文兩句。然而海水含鹽，並不適合洗滌，更不能飲用。雪下無草，縱有亦乾枯，戰馬不能下嘶。故此兩句亦暗喻水土不適，軍馬陷入窘境。

「萬里長征戰」，總結上文戰線之長遠。「三軍盡衰老」，總結上文戰士歷盡苦辛，疲敝不堪。

㈢中段四句，寫秦漢以來之邊患：

上兩句：「匈奴以殺戮為耕作」，根據漢王褒〈四子講德論〉：「匈奴者，百蠻之最強者也」，「業在攻伐，事在獵射」，「逐水隨畜，都無常處。鳥集獸散，往來馳騖，周流曠野，以濟嗜欲。其耒耜則弓矢鞍馬；播種則捍絃掌拊；收秋則奔狐馳兔；穫刈則顛倒殪仆。追之則奔遁，釋之則為寇。」

「古來惟見白骨黃沙田」，是以其地無稻田、麥田；黃沙之中，惟有白骨。詩人以此兩句概括匈奴之特性。

下兩句：「秦家築城備胡處」，秦始皇併吞六國後，為防禦匈奴入侵，命大將蒙恬監修秦、趙、燕三國北邊之長城，將之連為一體，起自臨洮（今甘肅岷縣境），北傍陰山，止於遼東，即後世所稱之「萬里長城」。

「漢家還有烽火燃」，沿邊境每若干里，在高地築有烽火臺。敵人入侵時，舉火報警。此段言匈奴為患，秦漢迄今無已。同時顯示匈奴南侵，我國是被迫自衛而戰。

㈣末段痛寫戰爭之殘忍：

「烽火燃不息，征戰無已時」，頂真格，緊承並總結上文。以下即細寫戰爭之慘狀：

「野戰格鬥死，敗馬號鳴向天悲」，即漢古辭之「梟騎戰鬥死，駑馬徘徊鳴」。詩中之「向天悲」三字何其悲壯！

「烏鳶啄人腸，銜飛上挂枯樹枝」，即漢古辭之「野死不葬烏可食」，雖不問「腐肉安能去子逃」？然而，「銜飛上挂枯樹枝」之景象，非任何人敢目睹！

「士卒塗草莽」，即漢古辭之〈死郭北〉、〈野死不葬〉，更寫出鮮血淋漓，即通常小說寫慘烈戰爭後，戰場上之「屍橫遍野，血流成河」。

「將軍空爾為」，意謂將軍徒有其名。此句可能從兩個角度去看，一從作戰能力去看，將軍們徒有官職，並無實際指揮能力，以致敗績。一從戰爭結果去看，大戰之後，兵員死傷殆盡，將軍無士卒可供驅遣。此段與首段「三軍盡衰老」亦前後呼應。

詩人因見邊患自秦漢以來迄未嘗息，近年來邊疆戰爭更為頻繁，戰場死傷枕藉，情景慘烈；而玄宗仍持窮兵黷武政策，邊將無能而爭功，常輕啟戰端。最後結論：「乃知兵者是凶器，聖人不得已而用之！」此句「兵者是凶器，聖人不得已而用之」，是來自太公望之《六韜》。老子亦云：「兵者，不祥之器，非君子之器，不得已而用之。恬淡為上，勿美也。若美之，是樂殺人。夫樂殺人不可以得志於天下矣。」（河上公本第三十一章）凡掌握軍權者，在運用兵力時，能不慎乎？

㈤此詩反對戰爭，與詩人在其〈塞下曲〉等邊塞詩中之歌頌戰爭，看似矛盾。其實，戰爭有兩種。詩人反對者，是主動地，為擴展疆土而發動的侵略戰爭。詩人歌頌者是被動地，被迫為保衛國土而自衛的戰爭。蕭澄宇在〈關於唐代邊塞詩評價的幾個問題中〉陳言：唐玄宗有「吞四夷之志」，從開元元年（七一三）至天寶十四年（七五五），唐王朝與各邊疆民族之間有戰爭達九十餘次。其中四十八次是外族挑起。唐王朝抵禦；其餘則皆是唐王朝進犯。而開元後期至天寶末年（即天寶十四年），進犯性的擴邊之戰增加了將近一倍。此詩即是反對這類戰爭的。

㈥據黃錫珪《李白編年詩集》，詩人此詩作於天寶三年夏。詩人此詩在當時並未發生多大影響。唐王朝與外族之戰爭，不僅未減，反而與日俱增；而且多是敗績。其最著者，如天寶八年（七四九），派哥舒翰攻取吐蕃之石堡城（今青海西寧西南），為爭奪一蕞爾小城，竟犧牲數萬人。天寶十年派高仙芝率兵三萬人與大食作戰，幾乎全軍盡沒。命鮮于仲通征伐今雲南境內之南詔，又大敗於瀘南，士卒死六萬人。安祿山在北方攻契丹，全軍又六萬人覆沒。唐王朝因之消耗大量人力物力，帶給人民之苦難，自不待言。唐王朝由盛而衰，終致有安史之亂，王朝幾乎滅亡。此詩之結論：「兵者是凶器，聖人不得已而用之！」豈虛言哉？

關山月

明月出天山，蒼茫雲海間。長風幾萬里，吹度玉門關。
漢下白登道，胡窺青海灣。由來征戰地，不見有人還！
戍客望邊色，思歸多苦顏。高樓當此夜，嘆息未應閒！

【語　譯】

明月從天山上冉冉升起，映照在蒼蒼茫茫的雲海之間。大風從幾萬里遠的中原大地吹來，一直吹過了玉門關。

漢高祖曾在白登與匈奴激戰，胡人曾侵犯到青海湖畔。自古以來邊疆就戰爭不已，征戰的人沒有能得到生還的！

戍邊的戰士們面對著邊關月色，思念家鄉，臉上現出愁苦的表情。遙想自己的親人，在這夜裡，一定也站在高樓上，對著明月，嘆息不已吧！

【析　賞】

㈠〈關山月〉是樂府舊題，鼓角橫吹曲，樂府解題為「傷離別」，內容多述戍邊戰士久戍難歸之苦情。

㈡首段四句畫出邊塞遼闊蒼茫景象：

「明月出天山，蒼茫雲海間。」天山指橫亙新疆境內之天山山脈而言。由此可見所詠者是身在天山以西之邊陲。

「長風幾萬里，吹度玉門關。」王之渙之〈涼州詞〉末句：「春風不度玉門關」。詩人此詩卻說「吹度玉門關」。天山與玉門關之距離不過千里，而此詩說「長風幾萬里」，則此長風必自中國之中原而來。也就是自戍卒之故鄉而來。吹過了玉門關，吹拂到戍卒的臉上。戍卒的思鄉之情，自然隨之而起。明代胡應麟《詩藪》評此段：「渾雄之中，多少閑雅」。呂居仁說：「太白詩，如『明月出天山』等篇。氣蓋一世，學者能熟讀之。自不褊淺矣。」

㈢中段四句自今溯古，征戰難還：

「漢下白登道，胡窺青海灣。」轉筆追述史事。上句言漢高祖劉邦，在其建國之第七年時，被匈奴三十餘萬騎圍困於白登，七日糧絕。白登在今山西省大同，其東南有白登山。下句言唐高宗時吐蕃佔據青海。青海即今之青海省之青海湖。唐開元年間在此屢有戰事。詩人特舉此二例，寫外族之強大，一在北方，一在西方。可見邊患之嚴重。

「由來征戰地，不見有人還！」言自古迄今，前往邊境作戰之人，無人可得生還。此語極為沉痛。當然，這是誇張之詞。征戰者固多死亡，亦有生還者。此語使下文益為可哀。

㈣末段四句寫戍卒之悲情：

「戍客望邊色，思歸多苦顏。」「邊色」一作「邊邑」。此「望邊色」或「望邊邑」三字，統攝前文。不說「戍卒」而言「戍客」，意謂戍卒之在邊境，只是作客。反過來說：邊境並非其家鄉，然久居不返，甚至永無歸期，則「思歸」之時，自然面容愁苦。尤其念及「由來征戰地，不見有人還」，則自身之命運，可說是絕望，何止愁苦而已？

「高樓當此夜，嘆息未應閒！」遙想家中妻子兒女父母與家人，高樓之上，明月之夜，懷念到我，必也嘆息不已。此聯可能襲取曹植〈怨詩行〉：「明月照高樓，流光正徘徊。上有愁思婦，悲嘆有餘哀。」當然詩人亦自然有此種涉想。南朝徐陵之同題目〈關山月〉，亦有「思婦高樓上，當窗應未眠」之句。

將進酒

君不見黃河之水天上來，奔流到海不復回。君不見高堂明鏡悲白髮，朝如青絲暮成雪。人生得意須盡歡，莫使金樽空對月。

天生我材必有用，千金散盡還復來。烹羊宰牛且為樂，會須一飲三百杯！岑夫子，丹丘生，將進酒，杯莫停！與君歌一曲，請君為我傾耳聽：鐘鼓饌玉不足貴，但願長醉不願醒。古來聖賢皆寂寞，惟有飲者留其名。陳王昔時宴平樂，斗酒十千恣歡謔。主人何為言少錢？徑須沽取對君酌！五花馬，千金裘，呼兒將出換美酒，與爾同銷萬古愁！

【語譯】

你沒有看到：黃河之水從天上直流而下，奔流到海不再回流嗎？你沒有看見：人們對著高堂的明鏡，悲嘆白髮的生長，早上還是青絲，晚上便變成白雪嗎？人生在得意的時候就該盡情歡樂，不要讓那金酒杯空空地對著明月呀！

上天生下我這樣的材具，一定有用到我的地方。千兩黃金散盡後還可以回來的。還有什麼顧惜的呢？烹羊殺牛，大家暫且取樂罷！一飲就應當飲上它三百大杯！

岑夫子，丹丘君，來喝酒。不要停！讓我為你們唱首歌，請你們好好地用耳朵來聽：

鐘鼓樂聲、玉盤佳餚，都不貴重。祇願長久地醉著，不要醒來。自古以來聖賢們都寂寞無聞，只有喝酒的人留下名來。例如陳王曹植在平樂觀大宴，一斗酒值十千錢，大家都縱情戲謔。那場面多熱烈呀！主人為什麼說錢太少呢？儘管買酒來大家同飲好了！家中的五花馬，價值千金的毛裘，都可以叫孩子去拿出來換酒來飲。我要和你們在一起共同銷除掉萬古以來的愁恨呀！

【析賞】

㈠〈將進酒〉原為漢樂府詩題，是漢朝軍樂鼓吹鐃歌十八曲之一。《樂府詩集》的解說古詞云：「將進酒，乘大白。」大白，即大酒杯，大略以飲酒放歌為言，內容多寫飲酒放歌之情態。

㈡「君不見」是漢朝樂府詩開端使用的表現手法，乃是提醒對方注意其事，加重語氣的說法。「黃河之水天上來」，雄奇突兀。黃河發源於青藏高原之巴顏喀拉山；但在詩人眼中，是從天上奔流而下，氣勢何等雄奇！可是，接著一跌：「奔流到海不復回」！此種起興，一起一落，搖曳生姿，作比喻引出下文。

「君不見高堂明鏡悲白髮，朝如青絲暮成雪。」也是一起一落。「青絲」與「白髮」，顯明對照。「朝」與「暮」，極寫為時之短。

此開端兩句「君不見」，強烈地寫出時光一去不返，人生短暫之悲哀！

詩人由此悟出：「人生得意須盡歡」的人生觀。盡歡之法，則為「莫使金樽空對月」。

㈢詩人有酒，豪情萬丈，道出：「天生我材必有用」。自覺自己是天生「有用」之材；再加上一「必」字，顯示自己信心十足。「長風破浪會有時」的。那末，一時有錢財與否，何必介意？「千金散盡還復來」，不是酒中醉言，一時狂語。詩人自身言行，確實如此。在其〈上安州裴長史書〉中，自述「曩昔東游維揚，不逾一年，散金三十餘萬，有落魄公子，悉皆濟之」。

詩人對人生如此看法，故要「烹羊宰牛且為樂，會須一飲三百杯」，要與朋友們開懷暢飲。此豪情句借用《南史・陳暄傳》：「暄與兄秀書曰：『鄭康成一飲三百杯，吾不以為多。』」「會須」者，言必須如此也。

㈣詩人至此，興致越來越高，情緒更加熱烈。詩的句式，也轉為短促，節奏加快：「岑夫子，丹邱生，將進酒，杯莫停！」「岑夫子」指岑勛，有文才。「丹丘生」指元丹丘，好道談玄。二人皆是詩人良友、詩人詩集中屢提及之人。此詩即作於嵩山元丹丘處。時為天寶十一年，詩人五十二歲。詩人興高采烈。高呼其朋友名字，喊著要大家快飲酒！詩人酒酣耳熱，還要「與君歌一曲，請君為我傾耳聽」。生動活潑地刻畫出詩人在酒醉中，得意忘形之狂態；並顯示老友間無拘無束的真實的友情。

㈤「鐘鼓饌玉不足貴，但願長醉不願醒。」古時富貴人家鐘鳴鼎食，即鳴鐘伐鼓作樂，桌上擺滿珍饈美味。南朝梁載嵩〈煌煌京洛行〉詩：「揮金留客坐，饌玉待鐘鳴。」在此詩中，「鐘鼓饌玉」一作富貴之代稱。言其皆不足貴，流露詩人對富貴之鄙視；但願長留醉鄉，不願面對醜惡之現實。

㈥詩人進而陳言：「古來聖賢皆寂寞，惟有飲者留其名。」不是嗎？南北朝庾信〈懷古詩〉，即有「眼前一杯酒，誰論身後名」之句。

㈦在「留其名」之「飲者」中，詩人特別舉出：「陳王昔時宴平樂」為例。按「陳王」即曹植，其兄魏文帝曹丕封之為陳王；其才華與抑鬱之情，頗有與詩人類似之處。著有〈名都篇〉，寫他在平樂觀以美酒大宴賓客之盛情。「斗酒十千恣歡謔」，即借用其篇中「歸來宴平樂，美酒斗十千」之句。

㈧詩人最快意事，為與友人開懷暢飲。在酒興發展到最高潮時，責問「主人何為言少錢」？要他把所有的錢都拿將出來，「徑須沽取對君酌」！如果還不夠的話，詩人反客為主，叫他去典當：「五花馬，千金裘，呼兒將出換美酒」，五花馬是一種名貴的馬。唐朝講究馬的裝飾，有名馬者將馬的鬃毛剪成花瓣形，五花馬是鬃毛剪成五瓣的名馬。千金裘是價值千金的裘袍。《史記》：「孟嘗君有一狐白裘，直千金，天下無雙。」在此指貴重物品，並非主人家實有其物。從詩句中，可想見詩人高踞一席，頤指氣使，叫人牽出名馬，拿出貴裘，換取美酒，大有喝盡天下之勢！也可見詩人與主人間之關係，親密到如何深切的程度。最後，詩人道出其盡醉之目的：「與爾同銷萬古愁！」

㈨此詩充分顯示詩人豪邁之個性，豁達之情懷。在淋漓盡致之醉態中，顯有不可一世之慨，可說是詩人真面目之寫照。

㈩初國卿評論此詩：「在詩的氣勢佈局上，此詩筆酣墨飽，五音繁會。全詩文勢大起大落，節奏激蕩跳躍。詩情忽翕忽張，以悲開篇，積鬱難抑。順流而下；以憤貫中；如大河奔流，九折而東。以愁作結，戛然而止，涵涵回蕩。其中悲樂相加，狂憤相轉，憂愁相交，曲折縱橫，回環往復，確有鬼斧神工之妙！在具體手法上，不惜使用巨額數目字，如『千金』、『三百杯』、『斗酒十斤』、『千金裘』、『萬古愁』等字來增強詩的豪壯氣勢。又以七言為主，間或三、五、十言，參差變化，錯落有致，無疑增強了詩的審美效果。」（《唐詩賞論》頁九〇）

門有車馬客行

門有車馬客，金鞍曜朱輪。謂從丹霄落，乃是故鄉親。呼兒掃中堂，坐客論悲辛。對酒兩不飲，停觴淚盈巾。

嘆我萬里遊，飄颻三十春。空談帝王略，紫綬不挂身。雄劍藏玉匣，陰符生素塵。廓落無所合，流離湘水濱。

借問宗黨間，多為泉下人。生苦百戰役，死託萬鬼鄰。北風揚胡沙，埋翳周與秦。大運且如此，蒼穹寧匪仁？惻愴竟何道？存亡任大鈞！

【語　譯】

車馬將客人載到了門前。黃金色的馬鞍，朱紅色的車輪，光耀奪目。我以為是從天而降，卻原來是我故鄉的親人。我叫孩子們趕快清掃家中的堂屋，請客人坐下。談論到悲傷辛酸的事情時，我和他兩人對著酒飲不下去，停下杯來，眼淚流濕了手巾。

我嘆息自己遊蕩萬里，在外飄泊了三十年。只空談如何作帝王的策略，卻沒有得到官職。雄劍收藏在玉匣裡面，太公陰符上都被塵埃封蓋了。落寞地找不到合適之所，流落在這湘水岸邊。

借問故鄉宗族鄉黨人士的近情，才知道大多數人都死了。活著的人為連年戰爭受苦，死去的人和千萬鬼魂去作伴了。

現在北方大風把胡地的沙石揚起，洛陽、長安都被埋沒了。世界的大勢如此，難道是上天麻木不仁嗎？我們悲傷怨恨，有什麼可說的呢？死活只有聽由老天擺佈了！

【析　賞】

㈠《樂府詩集》載：王僧虔《技錄》：相和歌瑟調三十八曲中有〈門有車馬客行〉。《樂府古題要解》：〈門有車馬客行〉，曹植等皆言問訊其客，或得故舊鄉里，或駕自京師，備述市朝遷謝，親戚凋喪等事。詩人此詩即寫有客自故鄉來，照詩人之內容推測，當作於至德元年冬（七五六），其時詩人年五十六歲。

㈡首段八句寫貴客臨門：「謂從丹霄落」，詩人以為其從天而降，極寫驚喜之情。「坐客論悲辛」，統括下文。

㈢第二段八句自嘆身世境遇：

「嘆我萬里遊，飄颻三十春。」此段以「嘆」字開端。詩人自開元十三年（七二五）離蜀，至至德元年（七五六）冬作此詩。在外飄蕩三十一年。「三十春」是取其整數。在此三十一年中，詩人足跡遍及長江下游以及華北全部地區，遊蹤合計數千里。「萬里」是言其長遠，雖略有誇張，亦是取其整數。

「空談帝王略，紫綬不挂身。」詩人在其〈代壽山答孟少府移文書〉中，早說他的志向是「申管晏之談，謀帝王之術，奮其智能，願為輔弼。使寰宇大定，海縣清一」，而他所有的帝王方略，迄今皆只是空談。《東觀漢紀》曰：「公侯紫綬，九卿青綬」在此「紫綬」指高等官位。詩人雖曾一度授任翰林供奉，只是帝側之詞臣而已，迄未取得任何實際官職。

「雄劍藏玉匣，《陰符》生素塵。」「雄劍」是應該奮發有為的，而今被封藏在玉匣之中，不能一展身手。《陰符》，書名，舊題黃帝撰。《隋書．經籍志》兵家類有《太公陰符鈐錄》一卷。《周書陰符》九卷，歷代史志，則以《周書陰符》著錄兵家，而以此「陰符」入道家。今本為太公、范蠡、鬼谷子、張良、諸葛亮、李筌六家注，即所謂《太公陰符》，是道家之書，非兵家之書。其書真偽無可考。詩人之所言《陰符》當作道家或兵家之祕錄均可，因為詩人曾兼習道家並談兵事。

而今此祕錄被束諸高閣，一任塵封。

「廓落無所合，流離湘水濱。」詩人除於天寶三年在長安短期為翰林供奉外，在此三十一年期間，遊浪各地，迄無定所。作此詩時，身在湖南湘水之濱。

㈣第三段四句，轉筆寫來客告以親友亡故：「借問宗黨間，多為泉下人。生苦百戰役，死託萬鬼鄰。」寫戰爭帶給人民之苦難。詩人幼年生長在四川。詩中之「宗黨」，當指其在四川之宗族鄉黨。「百戰役」，大概指唐代西南邊境之內亂，和對外與吐蕃之戰爭。「死託萬鬼鄰」句是借用陸機詩句：「昔居四民宅，今託萬鬼鄰。」

㈤末段六句悲慨時局：

「北風揚胡沙，埋翳周與秦。」安祿山是胡人，其叛軍起自北方之范陽，故而「北風揚胡沙」喻安祿山之叛變。周都洛陽，秦都長安。安祿山於天寶十四年（七五五）十一月謀反，十二月攻陷洛陽，翌年即至德元年（七五六）正月安祿山在洛陽建都，稱大燕皇帝。六月攻佔長安，唐玄宗奔蜀。「埋翳周與秦」，說胡沙掩埋周與秦之國都，指安祿山攻佔洛陽與長安。（是年七月肅宗繼位靈武，改元至德。翌年一月安祿山為其子安慶緒所殺。九月，郭子儀收復長安與洛陽，故斷定此詩是作於至德元年冬。）

「大運且如此，蒼穹寧匪仁？」大勢如此，難道是上天的不仁嗎？詩人向上天申訴，表示極深的憤慨！

「惻愴竟何道？存亡任大鈞！」詩人傷痛之情，無處可以呼告。只好將生死存亡，聽任老天去擺佈！賈誼〈鵩賦〉有「大鈞播物」之句。如淳註：「陶者作器於鈞上，此以造化為大鈞也」。顏師古註：「今造瓦者謂所轉者為鈞。言造化為人，亦猶陶之造瓦耳。」故「大鈞」作造化之神解。

高適

高適（七〇二——七六五），字達夫，滄州渤海（今河北省境）人。二十歲時遊長安，其〈別韋參軍〉詩云：「舉頭望君門，屈指取公卿。……白璧皆言賜近臣，布衣不得干明主」。只好回家務農，三十一歲時，感到「十年守章句，萬事空寥落。北上登薊門，茫茫見沙漠。倚劍對風塵，慨然思衛霍。」（〈淇上酬薛三據兼寄郭少府〉）。但投效無門，只好回家務農讀書，詩名漸著。五十歲時登有道科，初授封丘（今河南開封縣北）尉，不稱意，棄之遊河西（今甘肅武威一帶）。河西節度使哥舒翰見他相貌堂堂，且有學問，表薦為右驍騎兵曹參軍，掌書記。安祿山造反，哥舒翰奉命平亂，詩人有機會親臨戰場，作詩多邊塞戰爭之詩。後來哥舒翰兵敗被殺。玄宗逃往四川時，詩人趕往詳陳哥舒翰兵敗緣由。玄宗認為詩人頗有識見，任之為侍御史；旋升為諫議大夫，直言敢諫，權貴大臣多敬畏之。歷任淮南節度使，蜀、彭二州刺史，代四川節度使。後召為刑部侍郎，左散騎常侍，封渤海縣侯。世稱「高常侍」或

「高渤海」。古詩是他最擅長的體裁，常歌詠邊塞，沉雄遒勁，骨力甚高。遺有《高常侍集》。《全唐詩》編存其詩四卷，茲選析其七古一首，樂府一首。

七古

人日寄杜二拾遺

人日題詩寄草堂，遙憐故人思故鄉。柳條弄色不忍見，梅花滿枝空斷腸。
身在南蕃無所預，心懷百憂復千慮。今年人日空相憶，明年人日知何處？
一臥東山三十春，豈知書劍老風塵？龍鍾還忝二千石，愧爾東西南北人！

【語譯】

正月初七日我作這首詩寄到草堂給你，遙遠的我很同情你思念故鄉的心情。現在春天來臨，你不忍看到柳條新綠，滿枝梅花也徒叫人傷心。

我現在身居這南方邊遠之地，不能參預朝政，對國家大事仍不免百憂千慮。今年這天我徒然回憶你我各事。在這動蕩時代，不知道明年這天你我又將在什麼地方。

早期三十年我隱身田野，閑散自適。出仕以後，那裡想到竟老於宦海風塵之中，辜負了書劍。現在我已老態龍鍾，還辱居此刺史職位。而你有為君國之心，仍然奔走四方。真使我慚愧不安！

【析賞】

㈠古人以正月初七為人日。按《北史·魏收傳》引董勛答禮俗曰：「正月一日為雞，二日為狗，三日為豬，四日為羊，五日為牛，六日為馬，七日為人。」此詩為上元二年（七六一）詩人任蜀州刺史時，寫給在成都浣花草堂杜甫的。「二」是杜甫在其家族中之排行。杜甫在肅宗至德二載至乾元元年（七五七——七五八）曾任朝廷左拾遺；故「拾遺」是杜甫履歷上在朝最高之官職。詩人與杜甫早於開元末年結識，天寶三年秋，二人與李白結伴同遊梁宋。後來詩人得玄宗肅宗賞識，歷任要職。乾元元年（七五九），詩人出任彭州（今四川彭縣）刺史。同年年底，杜甫流亡至成都；詩人立即致書問候，饋贈糧食。次年，詩人改任蜀州（今四川崇慶）刺史，杜甫從成都趕去拜望。上元元年，詩人寄此詩給杜甫。其時詩人年將六十，杜甫年五十。此詩分三段，每段四句。首段平聲陽韻，中段仄聲御韻，末段平聲真韻。

㈡首句點題，次句承接上句引出下聯。「憐」字為全篇中心，通篇即就此「憐」展佈。

㈢杜甫於上元元年冬，作〈和裴迪登蜀州東亭送客逢早梅相憶見寄〉詩有云：「幸不折來傷歲暮，若為看去亂鄉愁。江邊一樹垂垂發，朝夕催人自白頭」。詩人此詩之次聯，即引申杜詩而作。

㈣第三聯言詩人自己之情懷。「身在南蕃無所預」，其時詩人為蜀州刺史，對長安與中原而言，蜀州為南方邊陲之地；非任職長安朝廷，不能參預朝政。下句「心懷百憂復千慮」，寫詩人對時局之憂慮。因其時中原有安史之亂，四川亦亂象環生。杜甫亦就此在其〈追酬故高蜀州人日見寄並序〉中云：「嘆我悽悽求友篇，感君鬱鬱匡時略。」

㈤第四聯「今年人日空相憶，明年人日知何處？」乃因局勢動盪而有人事無常之嘆。唐詩中常有此類詠嘆，如杜甫之〈九日藍田崔氏莊〉云：「明年此會知誰健，醉把茱萸仔細看。」

㈥第五聯詩人自嘆身世：「一臥東山三十春，豈知書劍老風塵？」詩人作此哀嘆，乃自謙之詞，與事實不盡全合。按詩中「東山」是東晉謝安隱居處，在今浙江上虞。詩人生平從未至其地。「一臥東山三十春」是說自己隱居了三十年。事實上，詩人二十歲時，「舉首望君門」，以為自己可以「屈指取公卿」。赴長安求官未得，只好回家務農。三十餘歲時更屢往燕趙，希立邊功，投效無門。直至五十歲時，方通過吏部任職資格的「有道科」，進入仕途。其間自二十至五十，是三十春，他在家務農。不過並非是「一臥東山」的隱居，而是屢次求仕而不可得。後來卻官運亨通，由河西哥舒翰之書記，而任朝廷之侍御史，諫議大夫。永王璘叛亂時，任淮南節度使，平定永王亂有功；因內臣李輔國等讒毀，外調為彭州刺史。入蜀，再轉任蜀州刺史而作此詩。後來擢為西川節度使，又攝東川節度使。在四川時他曾平定徐知道和羌族的叛亂。所以他的政治軍事才能，頗有表現。在所有唐代的大詩人中，他的官運算是最好的一個，並非「書劍老風塵」。

㈦末聯「龍鍾還忝三千右」，寫其現在身體狀況與官職。其時詩人年六十，在唐時年紀可算已老。不過「龍鍾」也許是自謙；因為其時及稍後，他還率軍平亂。他作這詩時身體應不至於如何地老邁龍鍾。「三千石」是刺史年俸，言其辱任刺史之職。末句「愧爾東西南北人」，言愧對杜甫。按「東西南北人」是為君國奔走的人。語出《禮記・檀弓上》：「今丘也，東西南北人也」。指孔子為行道而周遊列國。杜甫在其〈謁文公上方〉詩中，也自稱是「東西南北人」。杜甫心懷君國而坎坷終身，其時運不濟，當然不是高適的過失。高適與杜甫是至友，對其遭遇很同情很哀憫。將其遭遇與自己的相比，覺得老天不公平，故而有愧也。

(八)此詩渾厚質樸，充溢真摯友情。故杜甫在其〈追酬故高蜀州人日見寄並序〉中說，他接到此詩時「淚灑行間」。

樂府

燕歌行並序

開元二十六年，客有從御史大夫張公出塞而還者，作〈燕歌行〉以示適。感征戍之事，因而和焉。

漢家煙塵在東北，漢將辭家破殘賊。男兒本自重橫行，天子非常賜顏色。摐金伐鼓下榆關，旌旆逶迤碣石間。校尉羽書飛瀚海，單于獵火照狼山。山川蕭條極邊土，胡騎憑陵雜風雨！戰士軍前半死生，美人帳下猶歌舞！大漠窮秋塞草腓，孤城落日鬥兵稀。身當恩遇常輕敵，力盡關山未解圍！鐵衣遠戍辛勤久，玉筯應啼別離後。少婦城南欲斷腸，征人薊北空回首。邊庭飄颻那可度？絕域蒼茫更何有？殺氣三時作陣雲，寒聲一夜傳刁斗。相看白刃血紛紛，死節從來豈顧勳？君不見沙場征戰苦，至今猶憶李將軍！

【語譯】

大漢的東北邊境燃起了戰火。大漢的將軍們辭別了家，去擊破那裡殘餘的敵人。做男兒的本來就著重東征西討，而天子又非常地給他們鼓勵。於是大隊軍馬，敲打銅鑼、敲擊戰鼓，直趨山海關。旌旗招展，連接在碣石山之間。武將們軍情緊急的文書，飛馳過沙漠曠野；匈奴的酋長們備戰演習狩獵的火光，照耀著狼胥山。

在這山河蕭索淒涼的邊遠之地，胡人的馬隊憑著他們擅長馳騁的優勢，像狂風急雨般地襲來！戰爭慘烈，敵勢凶猛！我軍誓死奮戰，在兩軍對陣前，我軍已死傷過半。後面營帳內的主將們卻正擁著美女在歌唱跳舞！這仗是怎樣打的呀！在這茫茫的沙漠裡，秋末時塞外的草都枯萎了。夕陽下一座孤城，戰士們稀稀落落。領軍的將帥們恃著皇上的恩寵，老是輕視敵人，罔顧現實。士卒們只有竭力為守衛關山而死戰，也終未能解圍！

這些戰士們穿著鐵甲，在這遠方戍守，辛勤勞苦很久了。他們家中的妻子，在別離之後，應當終日垂淚啼哭。這些年輕的婦女們獨居在後方，因思念征夫肝腸寸斷。那些戰士們遠戍薊北，也只有終日無望地回首遙想著故鄉。那邊陲地區風勢狂大，如何可以飛渡？那阻絕之地一片蒼茫，一無所有！一天到晚殺氣迷漫，戰雲密佈。徹夜傳送的，只有那淒寒的刁斗聲。

戰士們大家互相看著那刀片上染滿著鮮紅的血痕。那些都是與敵人短兵相接，浴血奮戰的紀錄。自古以來，為著堅持以身許國的氣節而作戰的人，難道只是想博得功勳嗎？你們沒有看到沙場上征戰的艱苦。至今人們還在思念當年鎮守邊疆的李將軍呢！

【析賞】

(一)〈薊歌行〉原為樂府古題，相和歌平調曲。唐人吳兢《樂府古題要解》云：「言時序遷換，行役不歸，婦人曠怨。」宋人郭茂倩《樂府詩集》引《樂府廣題》云：「薊，地名也，言良人從役於薊，而為此曲。」魏曹丕最初作〈薊歌行〉，歷代文人承其傳統作曲。內容皆寫征夫思婦之離恨哀情。詩人此篇〈薊歌行〉雖仍有如傳統之征夫思婦之哀情離恨，但只是豐富內容中之小插曲。詩之主旨乃寫一戰役，與詩人對戰役所感之悲慨。同情士卒，諷刺不恤士卒之將軍。可說是詩人舊瓶裝新酒，在〈薊歌行〉之樂府舊題中，賦予痛論時政新的內容。所以成為唐代邊塞詩中之傑作，千古傳誦。

(二)此詩序文中：「客有從御史大夫張公出塞而還者」。其「客」不知是何人。所作之〈薊歌行〉亦不可考。然所云之「張公」，則確定是指張守珪，其時為幽州節度使兼御史大夫。《資治通鑑》載：開元二十四年，張讓平盧討擊使安祿山討奚、契丹。「祿山恃勇輕進，為虜所敗」。《舊唐書》載：開元二十六年，幽州將趙堪等矯張守珪之命，逼迫平盧軍使烏知義攻奚與契丹，先勝後敗。「守珪隱其狀，而妄奏克獲之功」。事泄，貶張為括州刺史。按張守珪初為守邊名將，後恃功驕縱，不恤士卒。詩中所寫戰役，可能即是以上二大戰役之一。詩人自二十歲起即對邊事甚為關切，思立邊功，曾數度前往薊趙；故對邊事知之甚深。他有感於征戍之事而和此詩，並非無病呻吟。

㈢此詩寫一戰役之全部過程，大致可分為四大段。

1. 第一大段八句寫出師：

⑴首聯之「漢家」、「漢將」，實指唐家唐將。唐詩中常以漢代唐。因為論說現人現事，殊多不便。尤其牽涉諷刺或暴露醜聞等，可能立即引起禍患，故以托古為優。如此張冠李戴，可以指桑罵槐。在中國歷史上，與唐之文治武功相彷者是漢代。唐人認為漢是中國最光榮的時期。唐人自負，故以漢代唐，唐詩中輒明言漢而暗喻唐。

⑵詩之開端兩句：「漢家煙塵在東北，漢將辭家破殘賊」，指出戰爭發端之方位與性質：「煙塵在東北」，東北方戰火燃起。可能是原住東北的外族，舉兵入侵中國。也可能是在東北的奚、契丹內訌，互相爭鬥。漢將欲乘機破除其殘餘勢力。「男兒本自重橫行，天子非常賜顏色」。好男兒們本來就喜歡橫衝直撞，這些將領們要想東征西討。而天子對他們有這種昂揚的願望，也非常歡喜，特加鼓勵。這兩句表面看來似揄揚漢將出征時之榮耀，實則隱含譏諷。《史記・季布欒布列傳》載：上將軍樊噲曰：「臣願得十萬眾，橫行匈奴中。」季布斥責他欺君該斬。因「橫行」隱含恃勇輕敵之意。明人唐汝詢《唐詩解》評云：「言煙塵在東北，原非犯我內地，漢將所破特餘寇耳。蓋此輩本重橫行，天子乃厚加禮貌，能不生邊釁乎?」。徐永年《唐詩的天空》與初國卿《唐詩賞論》亦持此見解。

⑶然而，宋恪震《唐詩名篇精賞》，則從另一角度，欣賞此詩。他認為「煙塵在東北」是實指

東北邊境的奚、契丹等外族入侵。「殘賊」是凶猛殘暴的敵人。「重橫行」意謂崇尚馳騁疆場、沖擊掃蕩的衷義。首聯連用兩「漢」字，不僅造成連貫的語勢，而且顯出唐軍出師有名，渲染一種堂堂正正、同仇敵愾的氣派。因而這次聯兩句意謂唐軍將士都是血氣方剛的男子漢大丈夫，他們本來就崇尚馳騁疆場、蕩寇殺敵，而今又受到皇上的格外禮遇和嘉獎，他們就更為激昂慷慨，一往無前，要往前線去擊破凶猛殘暴的敵人了！

(4)「摐金伐鼓下榆關，旌旆逶迤碣石間。」「摐」、「伐」皆敲擊意。「金」是銅製盤形的鉦。「榆關」即今之山海關；用一「下」字，顯示勢不可當之氣勢。「旌」是竿頭飾羽的旗。「旆」是末端狀如燕尾的旗。在此「旌旆」並舉，言軍中旗幟甚多，顯示軍隊人馬之眾。「逶迤」是連續相接之貌。「碣石」在今河北昌黎縣，一說在今遼寧綏中縣。此兩句勾勒出一幅壯觀的千軍萬馬挺進邊境圖；固然顯示挺進軍馬之威武浩蕩的聲勢，也隱示主將出戰前不可一世之驕態。

(5)「校尉」句，「校尉」是泛指我軍先頭部隊。「羽書」是插有羽毛的軍用文書。「瀚海」是指大沙漠之一望無邊之猶如大海。「飛」字極寫情勢之緊急。此句寫我軍剛到前方就接到先頭部隊飛速傳來之緊急軍書。「單于」句，「單于」是匈奴首領之通稱。「狼山」指狼胥山，在今綏遠五原縣。漢代霍去病戰勝匈奴，封狼胥山而返。在此是泛指匈奴出戰之地。此句言匈奴首領調兵備戰之獵火照耀狼山，顯示其威勢嚇人。此聯兩句寫大戰前之緊張情勢。

2.第二大段八句寫戰鬥：

(1)戰況激烈：「山川」句，實寫戰場地形，荒漠廣闊，無險可守。「胡騎憑陵雜風雨」，極寫胡人騎兵來勢凶猛，銳不可當！「戰士」句，我軍在陣前拼命搏鬥，人喊馬嘶，殺得天昏地暗，半數死亡。而此時此刻，在遠離戰場的主帥營帳內，卻「美人帳下猶歌舞」，統軍的將帥們還在尋歡作樂！這是一副多麼尖銳的對比！這種將帥如何指揮作戰？這場戰爭焉有不敗之理？

(2)慘敗之後戰場上的景象：「大漠窮秋塞草腓（《唐詩紀事》上『塞草』作『草木』，《文苑英華》中『腓』作『衰』），孤城落日鬥兵稀。」大漠深秋，荒草衰萎。殘陽下孤城中，兵殘卒散。一片陰慘景象！「鬥兵稀」是「軍前半死生」的結果。何以落得如此慘境呢？因為主帥們「身當恩遇常（《全唐詩》將『常』作『恆』）輕敵」，以至於今日「力盡關山未解圍」，與前段出師時將領們驕橫之態勢，成鮮明的對比！

3.第三大段八句，寫戰後士卒之慘境：

(1)「鐵衣遠戍辛勤久」，「鐵衣」是鐵甲，意謂戰衣。此句寫戍卒服兵役長久在外。「玉筯應啼別離後」，「筯」，箸也。玉筯指女子之眼淚。梁簡文帝「楚妃歎」有「玉筯衣前滴」之句。劉孝威《獨不見》：「誰憐雙玉筯，流面復流襟。」久戍征夫，遐思其妻子在別離後應兩眼淚垂。「應」字表示征夫冥想推測，猶如李商隱《無題》詩中之「夜吟應覺月光寒」。此兩句寫征夫之處境與其所想。

(2)「少婦城南欲斷腸，征人薊北空回首。」「城南」指長安城南；長安為唐之京城，宮廷在城北，平民區在城南，在此是泛指後方百姓居處。「薊北」為今河北密雲縣，是邊地之泛稱。「空」字淒絕，表示征夫欲歸不得。內心之悲痛與少婦之斷腸相若。此兩句對立，一寫思婦，一寫征夫，承接以上兩句，細膩地表達夫婦分離思念之情，是傳統的〈燕歌行〉應有的內容。在此詩之整體上，是戰役所帶來之悲劇。

(3)以下四句，承上節「鐵衣遠戍辛勤久」而來，再寫士卒悽厲之處境：「邊庭飄颻那可度？絕域蒼茫無所有」。《全唐詩》中「無所有」作「更何有」。《唐文粹》與《唐詩紀事》作「何所有」，皆用反詰語氣，與上句「那可度」語氣一致，所表現語勢似較「無所有」更佳。邊地氣候惡劣，大風勁烈，黃沙漫天，滿目荒涼，一無所有。這日子如何過法？《文苑英華》將「那可度」作「難可越」，則此句除可作戍卒日子難過外，並可作思婦想到丈夫身邊亦無法到達之意。「殺氣三時作陣雲」，「三時」指早、中、晚三個時辰。包括整個白天。此句寫白日所見，戰場上戰雲密佈，殺氣騰騰。「寒氣一夜傳刁斗」，寫夜間所感所聞。寒氣襲人，唯聞軍中巡更擊銅鈴之聲。詩人此節強調邊卒所處之慘境。不由人想問：何以士卒陷此絕境？孰使致之？

4.末段四句結出詩人之悲慨：

(1)「相看白刃血紛紛，死節從來豈顧勳？」詩人以悲壯淋漓之筆，寫士卒樸實純貞，不為功名而為國犧牲之精神；與將領為邀功而輕啟戰端者，成強烈之對比！「死節」二字，意至沉痛。初唐詩人王宏〈從軍行〉云：「從來戰鬥不求勳，殺身為君君不聞！」

(2)最後，詩人畫龍點睛：「君不見沙場征戰苦，至今猶憶李將軍！」指出邊患之主因，在於邊境將領之不得有如李將軍那樣的人。

(3)詩人只言及李將軍而未說其名，後世多認為詩人所指之李將軍為漢將李廣。《史記・李將軍列傳》載：「廣居右北平，匈奴聞之，號曰『飛將軍』。避之數歲，不敢入右北平。……廣之將兵，乏絕之處，見水，士卒不盡飲，廣不近水；士卒不盡食，廣不嘗食。寬緩不苛，士以此愛樂為用。」其體恤士卒若此，且胸懷韜略，勇猛善戰，故匈奴敬而畏之。

亦有人認為詩中所指之李將軍是戰國時趙將李牧。《史記・廉頗藺相如列傳》：「李牧者，趙之北邊良將也。厚遇戰士。匈奴入，急收保。匈奴數歲無所得。邊士皆願一戰。於是多為奇陣，張左右翼擊之，破匈奴十餘萬騎。單于十餘歲不敢近趙。」

由此可見，李廣、李牧二人皆愛撫士卒，克敵致勝，與現時邊將之不顧士卒存亡，惟求功名利祿者，成強烈之對比。就本詩內容中看，本人認為此詩所言之李將軍是指李廣。本人所以如此確定是李廣者，首先因為李廣是漢武帝時之漢將；李牧是戰國時之趙將。此詩一開始即標出「漢」字，在此當以漢將作結，前後呼應，今古對照。再者李牧當年守邊之地是今之綏晉地區；李廣當年守邊之地是右北平，即此詩所詠之薊北。更何況李廣是當時詩人的熱門話題人物。與詩人同時之大詩人王昌齡之名詩〈出塞〉絕句即云：「但使龍城飛將在，不教胡馬度陰山。」詩人自己在其他詩作中，也常有追懷李廣之情，如其〈塞上〉詩中下段：「惟昔李將軍，按節出皇都。總戎掃大漠，一戰擒單于。常懷感激心，願效縱橫謨。倚劍欲誰語？關河空鬱紆。」此詩是開元十九年，詩人北上燕趙，想從軍邊塞，投效無門時悲憤之作。悲嘆邊地無李將軍，與此篇〈燕歌行〉之末句，同一主旨。

(四)詩人是唐代邊塞詩之巨擘；此篇〈燕歌行〉被公認為是他的最長最好的邊塞詩。其可欣賞之處甚多，茲就下列各方面分陳之：

1.關於內容方面：此詩之主題是寫一場戰役，從出師前、出師，到接戰、到戰敗，層次井然。未出師前，「漢將辭家破殘賊」，「天子非常賜顏色」。何其堂皇！在出師時：「摐金伐鼓出榆關，旌旆逶迤碣石間」，隊伍何其威武！「校尉羽書飛瀚海，單于獵火照狼山」，接戰前何其緊張！「胡騎憑陵雜風雨」，作戰時胡騎何其兇猛！「戰士軍前半死生」，作戰中我軍傷亡何其慘重！「孤城日落鬥兵稀」，我軍敗得何其悽慘！「殺氣三時作陣雲，寒聲一夜傳刁斗」，我軍敗後，士卒處境何其悲涼！

戰役之背景為北方邊境：寫出師時之路線是「下榆關」，「旌旆逶迤碣石間」。接戰時戰場之開曠：「山川蕭條極邊土」。戰敗後戰地之荒涼：「大漠窮秋塞草腓」，「孤城日落鬥兵稀」。邊地之遼遠空蕩：「邊庭飄颻那可度？絕域蒼茫更何有？」可注意者，詩人在〈燕歌行〉之題目下，其所述之地名，皆與燕地有關，如「榆關」、「碣石」、「薊北」等。其至結句「猶憶李將軍」之李廣，當年亦為守衛右北平之名將。

戰後戰士身陷絕境，寫戰爭帶給人民之苦難：「鐵衣遠戍辛勤久，玉筯應啼別離後」，「少婦城南欲斷腸，征人薊北空回首」。詩人在寫悲壯激烈戰爭中，夾述征夫思婦之哀情，剛柔並舉。詩篇於雄渾淋漓之中，並有淒婉頓挫之致！保有〈燕歌行〉舊題下應有之本色。

詩之主旨：詩人認為邊患之起，在於邊將之不得人。詩中寫邊將輕啟戰端，驕橫輕敵，以致戰敗。最後以「猶憶李將軍」作結，寄情深遠。主旨昭然！與詩人同時代之殷璠，在其《河嶽英靈集》中評云：「適詩多胸臆語，兼有氣骨，故朝野通賞其文。至如〈燕歌行〉等篇，甚有奇句。」明人胡應麟《詩藪》，認為詩人「尚質主理」。

2.關於結構方面，詩人善用對比手法：詩中有多聯上下兩句皆對比。其顯著者：在接戰前，我方「校尉羽書飛瀚海」，敵方「單于獵火照狼山」。在戰後，「少婦城南欲斷腸，征人薊北空回首」。而在戰爭時，「戰士軍前半死生，美人帳下猶歌舞」，更為最有名之警句！就詩之總體而言，首段寫邊將出師時威武；次段寫「力盡關山」之窘迫。篇終古之「士卒愛樂為用」，大破匈奴之李將軍，與今之不顧士卒死活，驕縱致敗之邊將，形成強烈對比，深化全篇主題。

3.關於詩之規則音調方面，邢昉《唐風定》評此詩：「是唐人七言歌行中運用律句很典型的一篇。全詩用韻依次為入聲『職』部，平聲『刪』部，上聲『麌』部，平聲『微』部，上聲『有』部，平聲『文』部。恰巧是平仄相間，抑揚有節。除結尾兩句外，押平韻的句子，對偶自不待言；非對偶句也符合律句的平仄，如『摐金伐鼓下榆關，旌旆逶迤碣石間』。押仄韻的句子，對偶的上下句平仄相對也是很嚴整的，如『殺氣三時作陣雲，寒聲一夜傳刁斗』。這樣的音調之美，正是『金戈鐵馬之聲，有玉磬鳴珠之節。』」

4.吳汝綸《唐宋詩舉要》評此詩：「戰士軍前半死生，美人帳下猶歌舞」二句，最為沉至！有人將之與杜甫〈自京赴奉先縣詠懷五百字〉詩中之「朱門酒肉臭，路有凍死骨」媲美。本人認為：詩人之〈燕歌行〉作於開元二十六年（七三八）。杜甫於天寶三年（七四四）在洛陽與詩人及李白相遇，結成好友，同遊梁宋。杜之〈奉先詠懷〉詩作於天寶十四年（七五五），後高之〈燕歌行〉詩十七年。後人不能確定杜詩是否曾讀高詩而受其影響。就兩人此兩句詩而言，所寫之對象不同，可能毫無牽涉。專就詩句而論：杜詩所詆者是貧富懸殊，為社會一般之病態；「朱門」與「路人」似無直接關係。高詩所詆者是軍中現實。在軍隊中，長官與士卒原為一共同生命體。士卒是受長官之指揮前往戰場。本詩中長官不顧士卒之死活，在激烈戰爭之同一時刻內，士卒在戰場上浴血奮戰，而在遠離前線的營帳內，將領卻在欣賞美人歌舞，尋歡作樂！高詩對比之深度較杜詩更強烈，所顯示之矛盾更尖銳，故其感人之程度也更深！

杜甫

杜甫（七一二——七七〇），字子美。祖籍湖北襄陽，生於河南鞏縣。其祖父是初唐大詩人杜審言。他自幼聰明異常，世承家學。青年時漫遊吳、越、齊、趙各地。與詩人李白、高適、岑參等為友。應進士考試，不第，難得仕進。從其〈奉贈韋左丞丈二十二韻〉中，可見他年少時顯露之才華、抱負，以及謀求官職時之窘境。玄宗天寶十年，詩人年四十歲，獻「三大禮賦」，始得拜謁天子，命侍制集賢院。在此期間，玄宗窮兵黷武，連年進攻南詔，並對吐蕃用兵，人民不堪其苦。詩人作〈兵馬行〉，陳述民兵出征之慘痛場面。天寶十一年，楊國忠為相。詩人作〈麗人行〉，批判的是不顧人民痛苦、鎮日豪遊的楊氏家族。天寶十四年，詩人改任為右衛率府兵曹參軍，是個看管兵甲器仗門禁鎖鑰的微官。十一月其〈自京赴奉先縣詠懷五百字〉詩中，陳述報國之心，以及所見之民間疾苦與隱憂。安祿山即於此時在范陽起兵，所向披靡，十二月即攻陷洛陽。翌年六月，玄宗倉皇出奔成都，長安亦陷。玄宗讓位給太子肅宗。詩人身陷長安。〈哀王孫〉、〈哀江頭〉即作於此時。數月後，詩人隻身逃出長安，投奔鳳翔肅宗行在所。肅宗憐其忠忱，任之為左拾遺。詩人思念在鄜州家小，但因剛受官職，不便請假探親，乃作〈述懷〉詩。不久為房琯辯護，惹怒肅宗，命回家人處。乃作長篇〈北征〉詩，寫其家國之思。〈羌村〉三首，寫其返家情景。翌年，左遷為華州司功參軍。其三吏、三別等詩皆為詩人此時期之所見。凡此諸詩皆作於安史之亂中，是反映安史亂時重要之史詩。

華州司功參軍是一個八、九品之地方微職，薪俸不足以養家活口；故一年後詩人即棄官流亡赴秦州。其〈夢李白〉二首，與〈乾元中寓居同谷縣作歌〉等即作於此時。尚幸後來輾轉入川至成都，在親友支援下，築草堂安居。劍南節度使嚴武表薦之為檢校工部員外郎（大概官職是七品或以下，是詩人終生最高之官職，他終生想「致君堯舜上」，所得如此而已），故後世稱之為「杜工部」。其〈茅屋為秋風所破歌〉，與〈丹青引贈曹將軍霸〉等古詩，皆作於此時。其律詩亦於此時聲律更細，達到登峰造極境地。最後出川，病死於湘江小木舟中。

詩人終生貧困，然其詩兼長各體，後世尊之為「詩聖」。「聖」是人之極至，其詩藝固極高超，人品亦無瑕垢。他雖僅謀得中下級官職，對唐王朝則忠貞不渝。後世研究學習杜詩者，亦多於其他詩人。故詩人千古獨步，可說是中國詩壇之百代宗師。新舊唐書皆說詩人有詩集六十卷。《全唐詩》編存其詩十九卷。本書選析其古體詩甚多，有五古十一首，七古一首，樂府十首，歌行十二首，共計三十四首。

五古

望嶽

岱宗夫如何？齊魯青未了！造化鍾神秀，陰陽割昏曉。

盪胸生曾雲，決眥入歸鳥。會當凌絕頂，一覽眾山小！

【語譯】

泰山怎麼樣？從齊到魯的山東一帶，青峰翠谷，碧綠無際！天生的靈秀之氣，都聚積在這裡。

山峰高峻，山南山北在同一時間內，明暗大異，判若晨昏。

山上生起層層的白雲，盪滌人們的胸懷。空中歸來的飛鳥，投進人的眼簾。等一下我一定要登上最高峰頂，俯覽四周，將見那些周圍的群山都要俯伏在我的腳下，變成小丘了。

【析　賞】

㈠此詩以問句開篇：「岱宗夫如何」？破空而來。起筆非常突兀！按「岱宗」，即泰山，為五岳之首。《風俗通．山澤》：「泰山之尊者，一曰『岱宗』。『岱』，始也。『宗』，長也。萬物之始，陰陽交代，故為五岳之長。」

次句即答以五字：「齊魯青未了」。應以泰山全貌，意象雄渾！按齊、魯是春秋時二國名。在今山東省。今皆為山東省之簡稱。黃坤《杜甫心影錄》認為此五字：「已囊括千里，雄蓋一世……從來大境界，非大胸襟不能領略！」

㈡次聯寫泰山氣象之磅礡：上句「造化鍾神秀」，是從地面上來領會其靈異。「造化」猶言天地，謂其能創造化育。「鍾」字意謂大自然天賦之深厚。「鍾神秀」者：「神」言變化不測，「秀」言包含萬有。

下句「陰陽割昏曉」，是從天空來鳥瞰，以見山色之變化。「割」字誇張山峰之高峻，反映山色變化。山之前曰「陽」，日光能到故「曉」；山之後曰「陰」，日光不達故「昏」。

金聖歎《選批杜詩》評：「二句寫岳，岳是造化間氣所獨鍾。先生望岳，直算到未有岳以前；

想見其胸中咄咄！」

(三)腹聯著重「望」字。上下兩句皆倒裝。上句「盪胸生曾雲」，寫「望」之闊，「曾」通作「層」。山間層疊雲海之升起，使人心胸滌盪。下句「決眥入歸鳥」，寫「望」之遠。高飛的歸鳥投入眼簾，使視野擴展。「入」字極為傳神！

王嗣奭《杜臆》評：「盪胸句，狀襟懷之浩蕩。決眥句，狀眼界之空闊。」又解析：「『盪胸』由於『層雲』之『生』，上二字因下。『決眥』而見『歸鳥入』處，下三字因上；下引上者，倒句也。下因上者，順句也。」

金聖歎《選批杜詩》很生動地將此聯解說在一起：「望岳則見岳之生雲，層層浮出來，望者胸為之盪。望之既久，則見歸鳥；眼力過用，欲閉合不得，若眥為之裂者然。眥，眼兩眶紅肉心。「子虛賦」云：『弓不虛飛，中必決眥』。『入』字如何解？日暮而歸鳥入望，其飛必疾。望者正凝神不動，與岳相忘。但見有物一直而去，若箭之離弦者然。又鳥望山投宿，若箭之上垛者然。此總形狀望之出神處。說『決眥』字、『入』字確極！」

(四)尾聯「會當凌絕頂，一覽眾山小」，是詩人想像之詞。詩人說他一定要登上泰山最高峰，俯覽天下。那時群山都將成為矮小的土丘了。此兩句虛寫。詩人活用《孟子．盡心》：「孔子登東山而小魯。登泰山而小天下。」

王嗣奭《杜臆》：「公身在岳麓，而神遊岳頂。所之『一覽眾山小』者，已冥搜而得之矣，非必再登絕頂也。」此解可自「會當」二字得之。

金聖歎《選批杜詩》認為此末聯：「『翻』『望』字為『凌』字已奇，乃至翻『岳』字為『眾山』，奇也！如此作結，真是有力如虎！」

㈤詩題〈望嶽〉。全篇皆著筆在「望」字上。清代仇兆鰲《杜詩詳注》解說：『此詩用四層寫意：首聯，遠望之色。次聯，近望之勢。三聯，細望之景。末聯，極望之情。上六句實敘，下二句虛摹。岱宗如何，意中遙想之詞，自齊至魯其青未了。言岳之高遠，拔地而起，神秀之所特鍾。矗天而立，昏曉於此判割。二語奇削！」

㈥此詩融情於景，泰山雄奇之景與詩人闊大之氣魄，融為一體。此詩是詩人二十七歲時之作品。由此可見詩人其時抱負宏偉，壯志淩雲。

㈦泰山是中國五岳之首，可說是所有山岳之首。歷代帝王登基之初或太平盛世，都要來此舉行封禪大典，祭告天地。文人詞客賦詩題詠，不計其數。登山途中，碑碣林立。其中最為眾人所注目者，厥惟杜公此首〈望岳〉詩。泰山極頂之玉皇頂橫額，即刻著此詩末句「一覽眾山小」五個大字。明代莫如忠深感此詩，其〈登東郡望岳樓〉詩，即嘆：「齊魯到今青未了，題詩誰繼杜陵人」？由此足徵此詩俯視百家，擅名千古！

奉贈韋左丞丈二十二韻

紈褲不餓死，儒冠多誤身。丈人試靜聽，賤子請具陳：

甫昔少年日，早充觀國賓。讀書破萬卷，下筆如有神。賦料揚雄敵，詩看子建親。李邕求識面。王翰願為鄰。自謂頗挺出，立登要路津。致君堯舜上，再使風俗淳。

此意竟蕭條，行歌非隱淪。騎驢三十載，旅食京華春。朝扣富兒門，暮隨肥馬塵。殘杯與冷炙，到處潛悲辛！主上頃見徵，欻然欲求伸。青冥卻垂翅，蹭蹬無縱鱗。

甚愧丈人厚，甚知丈人真。每於百僚上，猥誦佳句新。竊效貢公喜，難甘原憲貧。焉能心怏怏？只是走踆踆！

今欲東入海，即將西去秦。尚憐終南山，回首清渭濱。常擬報一飯，況懷辭大臣。白鷗沒浩蕩，萬里誰能馴？

【語譯】

那些穿著素綾衣褲、不學無術的貴族子弟們，不會餓死。像我這樣頭戴儒冠的人，卻往往誤了一生。請您靜靜地聽卑賤的我盡情相告吧：

我杜甫過去年少的時候，很早就是國家盛會中的賓客。我熟讀萬卷的書，動起筆來有如神助一般。我所寫的賦，可作漢朝揚雄的對手。我作的詩，與曹魏的曹植相近。北海太守李邕要求認識我；名人王翰也願意作我的鄰居，以便與我接近。因此我自認為比別人強些，應該很快地便可得到重要的官職；我要輔佐君主，使他的政績超越堯舜，再使天下的風俗返回古代的淳樸。

可是，我的願望竟然落空。我不是隱者，卻落得行吟路旁。騎在驢上已經三十年了。京城春天，我還是得投靠人家。早晨敲著富人家的門，晚來跟隨大官肥馬之後；喝的是宴會剩下的酒，吃的是剩下的冷肉，在無人處偷偷地滴下辛酸的淚水！近來主上有詔，徵求人才；我以為機會來，滿懷希望參加特別任用考試，結果卻仍落選。我既像無垠天空中斷了翅膀的鳥，也不能成為任意遨遊大海中的魚。

我很慚愧您對我的厚意，我很明瞭您對我的真情。您只要有機會便在朝廷眾官員之前，誦讀我的新詩。因此，我很希望借助您的力量，我可以像漢朝貢禹一樣，有因王吉推薦而得要職的喜悅，不甘心像孔子弟子原憲般一直赤貧如洗。我如何能垂頭喪氣？可是到處奔走，找不到出路！

事到如今，我現在只想浮遊東方海上，就要離開這西邊的都城。我還懷念終南山，要回顧這清澈的渭水河畔。我常想報答您對我的照顧，但是現在不得不向您這位高官拜辭了。此後我就像隻渺茫大海中的白鷗，消失在浩瀚的大海裡，遠離塵世，誰能馴服我呢？

【析　賞】

㈠此詩推定是玄宗天寶七年（七四八），詩人在長安，敬呈尚書左丞（副宰相）韋濟之作。詩人父親閑在前一年去世，詩人成為一家之長。為謀一家生活，必須謀得官職，故不斷向權貴呈送求職詩。韋濟曾對詩人小有資助。詩人此時三十七歲，在長安作文書零工營生；有時到山中採藥，取至富貴人家出售，以補家用。生活極為貧困。

㈡此詩是詩人詩集中第一首自敘詩，反映他早年抱負與此時落魄長安之酸辛。對於研究詩人生平者，頗有歷史價值，故選析之。

㈢本詩「今欲東入海」四句，言苟不援引，只有別謀出處。「尚憐」兩句，表示其去父母之邦時遲遲難行之依戀。

㈣俞旅農云：「昔日抱負未舒，今復不遇而去，此二詩前後之結構也。起甚抑鬱，結自慷慨，身分仍高。」

自京赴奉先縣詠懷五百字

杜陵有布衣，老大意轉拙。許身一何愚，竊比稷與契。居然成濩落，白首甘契闊。蓋棺事則已，此志常覬豁。

窮年憂黎元，歎息腸內熱。取笑同學翁，浩歌彌激烈。非無江海志，蕭灑送日月。生逢堯舜君，不忍便永訣。當今廊廟具，構廈豈云缺？葵藿傾太陽，物性固難奪。

顧惟螻蟻輩，但自求其穴。胡為慕大鯨，輒擬偃溟渤？以茲悟生理。獨恥事干謁。兀兀遂至今，忍為塵埃沒。終愧巢與由，未能易其節。沉飲聊自遣，放歌破愁絕！

歲暮百草零，疾風高岡裂。天衢陰崢嶸，客子中夜發。霜嚴衣帶斷，指直不能結。

凌晨過驪山，御榻在嵽嵲。蚩尤塞寒空，蹴踏崖谷滑。瑤池氣鬱律，羽林相摩戛。君臣留歡娛，樂動殷膠葛。賜浴皆長纓，與宴非短褐。

彤庭所分帛，本自寒女出。鞭撻其夫家，聚斂貢城闕。聖人筐篚恩，實願邦國活。臣如忽至理，君豈棄此物？多士盈朝廷，仁者宜戰慄！

況聞內金盤，盡在衛霍室。中堂有神仙，煙霧蒙玉質。煖客貂鼠裘，悲管逐清瑟。勸客駝蹄羹，霜橙壓香橘。朱門酒肉臭，路有凍死骨。榮枯咫尺異，惆悵難再述！

北轅就涇渭，官渡又改轍。群水從西下，極目高崒兀。疑是崆峒來，恐觸天柱折。河梁幸未坼，枝撐聲窸窣。行李相攀援，川廣不可越。

老妻寄異縣，十口隔風雪。誰能久不顧？庶往共飢渴。入門聞號咷，幼子餓已卒。吾寧捨一哀？巷里亦嗚咽！所愧為人父，無食致夭折。豈知秋禾登，貧窶有倉卒？

生常免租稅，名不隸征伐。撫跡猶酸辛，平人固騷屑。默思失業徒，因念遠戍卒。憂端齊終南，澒洞不可掇！

【語譯】

我是個祖籍杜陵的老百姓。年紀老了，意志轉變得更加執著。我對於自身的期許是多麼愚昧啊，私下把自己比作堯舜的賢臣稷與契。現在我居然落得個不為世用的下場。頭髮白了，卻仍然窮忙不已。本來一個人的事業，要到死時才算終止。我的志向，總想能夠實現。

窮年累月，我為著天下人民擔憂。看到民眾的苦況，五內如焚。雖然老同學們譏笑；我卻仍志氣不改，昂揚地引吭高歌。我並不是未想到退隱，放船江海之上，無拘無束，安享歲月；但現在我此生遇到一位像堯舜般的賢君，不忍心便這樣永久離開朝廷。固然現在朝廷上人才濟濟，那裡缺少像我這樣的人？但是葵藿一類的植物，面向太陽生長，原是不可奪除的天性呀！

再看那些螻蛄螞蟻一類的小蟲們，只求有巢穴安居便滿足了。為什麼要羨慕大鯨魚，老想著遊蕩大海呢？由此我覺悟到人生處世的道理，不願趨炎附勢，謀取利祿。窮困到現在，忍受像塵埃一樣地消失。終於慚愧不能像古時輕視富貴的隱士巢父和許由那樣的去退隱，不能改變我的節操。我沉緬於飲酒來自我排遣；縱情高歌，來破除我心頭極端的愁恨。

時屆年終，百草凋零。勁疾的寒風，彷彿把高起的山岡都吹裂了。京城街上寒氣襲人。我這個在此作客的人，半夜起程，霜重嚴寒，衣帶冷斷。手指頭都凍得僵直了。

天色微明時，旅途經過驪山。皇上的寢宮，就在這高山上。寒冷的天空，大霧迷漫。岩谷間山路濕滑難行。可是那驪山上的溫泉，熱氣蒸騰。守衛的羽林軍眾多，摩肩接踵。君臣們居留在那裡，歡喜娛樂。音樂響聲宏大。被皇上邀來洗浴的都是大官，參加盛宴的沒有普通人。

朝廷分給的布帛，本來都是出自民間貧寒婦女之手。政府徵收租稅的官吏，用鞭子鞭打她們的家人；搜刮財物，呈繳給朝廷。皇上轉手將整筐大簍的財物，賞賜給臣僚。也是希望臣僚們能盡心竭力將國家治理好。臣子們如果忽視了這其中的道理，難道君主把這些財物白白地拋棄了嗎？這些高官厚祿者充滿朝廷，有仁德之心者想到這裡，應當要戒慎恐懼呀！

何況又聽說皇宮內御用器物，多半都落在皇親國戚家中。宮中有仙姿的美人，御香繚繞，如煙霧般籠罩著她那潔白的肌膚。貂鼠裘暖著客人。簫管瑟弦合奏出激越清脆的音樂。主人用駝蹄羹請客人們嚐，宴席上還有霜橙和香橘。權貴富豪人家，酒肉多得吃不完而發臭。道路旁卻有人凍得死去。貧富之間有多大的差別啊！我難過得再也說不下去了。

我的車行向北往涇水、渭水那邊去。在官方設立的渡口，我又改變了路程。極目望去，我懷疑洪水是從崆峒山奔流而下，波浪如山，迅猛異常，看來彷彿可以沖斷撐天的柱子。幸虧那架在河上的橋樑還未被沖毀，橋搖動得發出吱吱的聲響。行人車馬行李，互相攀援牽引，勉強過得橋來。這河水很廣闊，不是輕易能渡過的。

我的老妻寄居在奉先縣，全家十口，阻隔在風雪之中。誰能長久拋開妻小不顧呢？我想要來與她們共患難。我一進門就聽到號咷大哭的聲音。小兒子已經餓死了。我縱可忍住這一大哀痛，鄰居們看了也泣不成聲！我慚愧身為人父，卻不能供應家小衣食，而讓小兒夭折。我那裡曉得在秋季農作物收成的時候，窮苦的人竟然會倉卒之間餓死呢？

我這一生是公務員，依法免付租稅，也不服兵役。我追念往事，還是很辛酸。那些老百姓的日子，更是不好過了。我靜心想起那些失去家業的人們，念及遠在邊疆戍守的士兵。我心裡的憂愁和終南山一樣地高；又像廣闊無際的洪水一樣，迷漫不可收拾！

【析賞】

㈠此詩是天寶十四年（七五五）十一月，詩人四十四歲時，在獲得右衛率府兵曹參軍之微職後，由長安赴奉先（今陝西蒲城）探親之作。題中特標明五百字，也許是詩人在作此詩時，認為此詩是其詩篇中最長之作之故。（未想到二年後作「北征」，竟然長達七百字。）

㈡此詩大致可分三節，首節三十二句述懷。語意看似多有重複，其中又可細分為三段，用筆虛實相間，曲折盡致。

1.首先四句述志，首述自己。「杜陵」是漢宣帝之陵寢，在長安西北。詩人祖上曾在此居住甚久。詩人自己雖是襄陽人，仍常用舊籍貫，自稱「杜陵布衣」。「布衣」者，老百姓也。詩人作此詩時，年四十四歲，而自稱「老大」，已有遲暮之感，流露毫無成就之意。用虛筆說：「竊比稷與契」。詩人終生謀求仕進，四十四歲才謀得右衛率府兵曹參軍之微職，掌管宮廷之兵甲器仗門禁鎖鑰。而卻將自己，比作堯舜之賢臣稷與契，故而在轉折中，言「許身一何愚」，自知其愚。《新唐書》本傳也說他：「放曠不自檢。好論天下大事，高而不切。」

其次四句落到現實。用實筆寫：「居然成濩落，白首甘契闊。」此兩句又一轉折。不能實現自己抱負，果然落得個空無所用。即使如此，也願辛勤到老。為加重語意，加上「蓋棺事則已，此志常覬豁」。又一曲折。說一個人的一生，蓋棺才能論定。我現在一息尚存，願望總還有實現之日。

以上八句述志，重點在「竊比稷與契」。所謂「意轉拙」，在「比稷與契」。「甘契闊」則安於「意轉拙」。「契闊」猶言勤苦。「常覬豁」，則已「許身」，冀成「稷與契」。按「稷」，厲山氏之子，蕃衍百穀；「契」，高辛氏之子，舜時佐禹治水有功。

王嗣奭《杜臆》云：「人多疑老杜自許稷契之語。不知稷契無他奇，惟在己溺己飢之念而已。伊（尹）得之，而納溝為恥；孔（丘）得之，而立達與共。聖賢皆同此心。篇中憂民活國等語，已和盤托出。」

2.以下十二句一段，寫詩人戀棧之情，自第九句至第十二句四句，再以實筆寫詩人之憂民：「窮年憂黎元，歎息腸內熱」。「黎元」即百姓。此兩句與篇末兩句呼應。「取笑同學翁，浩歌彌激烈」，此二句又一轉折。顯然同學們不明我意，譏我杞人憂天。他們不能諒解我，我惟有激烈高歌。此四句重點在「憂黎元」。

第十三句至第十六句，再盪開來說。用虛筆提出另一想法：「非無江海志，蕭灑送日月。」我並不是不想隱遁山林，逍遙歲月。然而，「生逢堯舜君，不忍便永訣」。孔子教士人「邦有道則仕」，明君在位，我不忍離去，又是一大轉折。

既不忍離開天子，第十七、十八句，想到朝廷上：「當今廊廟具，構廈豈云缺？」朝廷上有的是很多廊廟之才，豈缺少我杜甫一人？接著，下兩句又一大轉折地說，不是朝廷之需要或不需要我，「葵藿傾太陽，物性固難奪」。猶如葵藿生性傾向著太陽生長一樣，我天性便是要效忠皇上的。

3.再次十二句一段，剖析現狀。第二十至二十四句：「顧惟螻蟻輩，但自求其穴。胡為慕大鯨，輒擬偃溟渤？」這四句可能作兩種解說：一解是這四句都說自己：像我這樣一個如螻蟻的小人物，理應只求自己有安身之處，為何要想在政治上求大發展呢？另一解是前二句說他人，後二句指自己。一些目光短淺如螻蟻之輩，只求個人的職位，怎麼能知道我有雄圖大志？前者是很消極的自我謙退的說法，後者是積極的憤慨之詞。不論那種說法，這四句本身皆構成一轉折。

以下第二十五至三十二之八句言詩人之沉淪下僚。道出詩人「兀兀遂至今，忍為塵埃沒」。其原因在於「獨恥事干謁」。「干謁」者，趨炎附勢，走權貴之後門也。按諸史實，亦不盡然。在作此詩之前，詩人應試不第。為求援引而得官職，詩人曾贈詩給很多權貴：如尚書左丞韋濟，汝陽王李璡與隴西公李瑀，京兆尹鮮于仲通，秘書監李全問，駙馬都尉鄭潛耀，侍中韋見素等有權勢之人物。除韋濟外，似未得任何效應。他於作此詩之前一年，且曾上奏天子三大禮賦。他之所以在天寶十四年得到個小官，也許是他歷年不斷贈詩高官之效果。

詩人在第二十九句與三十句中，言「終愧巢與由」，有愧於古代高人逸士如巢父與許由之類，再哀其未能隱退，置身世外。然而，「未能易其節」，仍不放棄其匡君安民之願望，此又一轉折！

末了，「沉飲聊自遣，放歌破愁絕」。詩人自傷壯志難酬，既不能出輔「堯舜」，又不能退作「巢」「由」。空自負「竊比稷與契」之初願，乃「沉飲」以「自遣」，「放歌」來「破愁」。用實筆寫「沉飲」、「放歌」，以表面豪放之態，抒內心悲憤之情。感情上又一大迴蕩曲折！

4.以上首節「述懷」。三十二句中每四句一轉折，有時每兩句即轉折。志願是正面，不得意是反面，遠走高飛是側面，多方面曲折，寫其心想匡君救國之忠忱，極其「沉鬱頓挫」之本色。張綖《杜通杜古》評云：「撫時慨己，或比或興，迭開迭闔。備極排蕩頓挫之妙！」

㈢中節寫旅途之觀感，自「歲暮百草零」至「川廣不可越」四十八句，可分四段分析之。

1.起首六句自「歲暮」至「不能結」寫自長安午夜起程，天氣嚴寒之情景。「歲暮」點明啟程之時節是農曆十一月。「百草零」是歲暮之所見。「高岡裂」因風疾勁。「天衢」指長安街道。「陰崢嶸」是天寒地凍之貌。「客子」是詩人自稱。「衣帶斷」因天寒。「指直不能結」，可見天氣酷寒之程度。

2.自「凌晨過驪山」至「與宴非短褐」之十句，以實筆寫驪山之景物人事。表面上看來，此十句通常皆解說是描繪玄宗在驪山君臣歡樂之情。然而，透過紙背去看，詩人是在隱射天下大亂之徵兆。茲專從此隱射之觀點以析之：

(1)「御榻在嵽嵲」，「嵽嵲」是高遠險峻之山顛。天子臥榻不在四平八穩之宮城，而在險峻之山顛，其位危乎險哉！

(2)「蚩尤塞寒空」，按「蚩尤」是傳說中古代一酋長，善作霧，曾作亂與黃帝大戰。評者多詬詩人用「蚩尤」以代大霧為贅詞。實則詩人於此並非故意玩弄舊書袋，詩人用「蚩尤」以代大霧者，暗示將有類似「蚩尤」之人作亂，使天下大亂也。

(3)「蹴踏崖谷滑」一句，跟著「蚩尤塞寒空」而來。地面崖谷山路濕滑難行，由於天空霧水迷漫所致。就上文同一觀點言之，亦可喻大亂之中，國步艱難也。

(4)「瑤池氣鬱律」，指唐玄宗與楊貴妃在驪山溫泉沐浴之事。詩人為臣下，不敢直言其非。乃以天上西王母之「瑤池」，指驪山之溫泉。「氣鬱律」形容氤氳升騰。隱射貴妃楊氏家族氣焰高漲。

(5)「羽林相摩戛」，看來形容羽林軍眾多，往來互相摩擦。然而，保衛皇帝之兵士，縱然誇張，也不致於多到摩肩擦背的程度。就隱射之觀點言之，此句可隱含各節度使之軍隊不協調。各將領中有互相摩擦之象。

(6)「君臣留歡娛，樂動殷膠葛。」「殷」是盛大。「膠葛」是廣大貌。看來寫君臣歡娛，樂聲宏大。就隱射之觀點言之，其反面莫非「哀鴻遍野，怨聲載道」？

(7)「賜浴皆長纓，與宴非短褐。」「長纓」是長長的帽帶，代指權貴。短褐是粗布短衣，代指平民。就隱射之觀點言之。此兩句安知非痛恨在朝者皆尸位素餐，才具之士擯除在野乎？

(8)清代朱鶴齡《杜詩詮釋》注：「天寶十四載冬十月，上幸華清宮。十一月丙寅，祿山反。公（指杜甫）赴奉先縣時，玄宗正在華清宮。所以詩中言驪山事特詳。十一月九日，祿山反書至長安，玄宗猶未信。故詩中但言歡娛聚斂，亂在旦夕，而未及祿山反狀。」

3. 以下自「彤庭所分帛」至「惆悵難再述」二十二句，實筆陳述事實後，隨即用虛筆抒發議論與感慨。虛實相間，夾敘夾議，茲逐段分析之：

(1)由上段賜浴之事，詩人提出賜帛：「彤庭所分帛，本自寒女出。」寒女織帛不能自用。地方之官吏，「鞭撻其夫家，聚斂貢城闕」。「城」指長安城，「闕」指宮闕。詩人不敢直說：地方官吏搜刮貧民以供天子，而說「貢城闕」。

(2)「聖人筐篚恩」，「聖人」指天子，天子用竹筐盛幣帛分賜群臣，以示恩寵。其目的在「實願邦國活」。希望群臣可輔佐他，使國家可生存發展。「臣如忽至理，君豈棄此物？」臣子如果不明此理，君主的賞賜豈不是白白丟棄？因此「多士盈朝廷，仁者宜戰慄」。故而有良心的官吏，在接受賞賜之時，應當戒慎恐懼，撫心自問：是不是不負重托？明瞭這些財物，皆是搜刮人民之血汗。於此，詩人悉心為天子回護，不言其濫賜，而只著筆告誡臣僚須為民服務，不負上望。

(3)那麼，臣僚是否克勤克儉，為人民謀福祉呢？詩人即轉筆寫權貴豪奢之情景：「況聞內金盤，盡在衛霍室。」「內金盤」泛指宮廷內之珠寶珍品。「衛霍」指漢武帝時外戚衛青與霍去病。在此詩中，隱射貴戚楊國忠等，囊括國家財富。「中堂有神仙」，唐人慣稱歌伎為「神仙」，家中有歌伎表演。亦有人認為詩中之「神仙」指楊貴妃姊妹。「煙霧蒙玉質」，言其為御香煙霧所掩蔽。以下四句，細寫楊氏等家族豪奢之宴會場面。

(4)由此，詩人慨嘆：「朱門酒肉臭，路有凍死骨。」酒肉本來是香味，詩人卻說「朱門酒肉臭」。「朱門」指豪富之家，有紅色油漆的大門。這些富人餐魚頓肉厭膩了，覺得氣味難聞；或者家裡酒肉堆積如山，消用不盡，任其腐爛。此句極言富豪之家奢侈無度。與「路有凍死骨」，成強烈之對比。加深「榮枯咫尺異」之形象。詩中此兩句極寫貧富之懸殊，常為後人所引用。此兩句是脫胎自《孟子．梁惠王上》：「庖有肥肉，廄有肥馬；民有飢色，野有餓莩」。

王嗣奭《杜臆》注：「天寶八年，帝引百官觀左藏，以國用豐衍，賞賜貴妃之家，無有限極。十年，帝為祿山起第，窮極壯麗。既成，幄簾器皿，充牣其中，雖禁中不及。祿山生日，帝及貴妃賜衣服寶器酒饌甚厚。故彤庭分帛，衛霍金盤，朱門酒肉等語，皆道其實，真詩史也。」

評者有謂此詩上句既是「朱門酒肉臭」，下句何不「路有餓死骨」，而曰「凍死骨」？愚意以為其中可能有兩個緣由：其一是此詩上文寫歲寒年暮，已有疾風、天陰、霜嚴、指直、寒空等寒冷景色，此句用「凍」死，呼應前文。其二是後文將述詩人抵家時，「幼子餓已卒」。如在此已說天下「路有餓死骨」，則其後幼子之「餓」卒，毋啥希罕？其可悲可驚之程度，將有損減。所以為全篇而言，顧全上下文，乃用「凍」死。

4.繼虛筆議論之後，再實筆細寫抵家前渡河之驚險旅程：自「北轅就涇渭」至「川廣不可越」，共十句寫渡河情景。其驚險景象，已在語譯中詳細描繪。細察此十句，除表面寫驚險之景物外，似隱射「國之將亡」之情況。諸如：「群水從西下」喻吐蕃等外患由西而來，聲勢浩大。「恐觸天柱折」，恐怕唐王朝要被打倒。「河梁幸未折」，幸虧大局還有郭子儀等若干人來支撐。「枝撐聲窸窣」，危險的信息，顯然可聞。「行旅相攀援，川廣不可越」，全國上下要齊心協力，才可共度難關。

(四)末節寫抵家與所感，共二十句。

1.首自詩人在途中念及家人說起：「老妻寄異縣，十口隔風雪。」詩人感到：「誰能久不顧？」其目的在「庶往共飢渴」，要回家與家人共患難。

2.到家時的實際情形是：「入門聞號咷，幼子飢已卒。吾寧捨一哀？里巷亦嗚咽。」舉此一端，已可見家中貧困之慘狀。詩人不說自己如何悲痛，而說「里巷亦嗚咽」，自己之悲，不言可喻。

詩人對兒死之事的反應：「所愧為人父，無食致夭折。豈知秋禾登，貧窶有倉卒？」王嗣奭《杜臆》注「敘父子夫婦之情，極其悲慘。寄跡他鄉，故秋禾雖登，而無救於貧。」范晞文《對床夜話》注：「舐犢之悲，流於胸膈。讀此不為鼻酸者，應無其人，況所愧為人父乎？」

3.篇末，詩人推己及人，抒發感慨。想到自己是公職人員，常免租稅，不服兵役。猶酸辛如此。其餘老百姓，遭遇更將如何？「默思失業徒，因念遠戍卒」。他們能夠承受負擔嗎？他們有心作戰嗎？人民如何痛苦？國家如何得了？詩人興念及此，當然「憂端齊終南，澒洞不可掇」！於此，詩人以「終南」象徵天子，憂慮天子也不得安全。果然安祿山起兵，玄宗逃命了。

㈤此詩是詩人於天寶十四年十一月赴奉先時作。當時信息遲緩，不知安祿山亦於是月在范陽起兵。十二月陷洛陽。次年六月九日，玄宗便倉皇逃離長安，奔往四川避離了。可見詩人洞燭機先，此詩所言並非杞人憂天，只是不知大禍之臨如是其速耳。

㈥詩之命題是〈自京赴奉先縣詠懷五百字〉。赴奉先縣之目的在探親，然而全篇一百句中言及家庭者僅十二句，寫家中慘狀者僅兩句。其餘皆旅途觀感與議論感慨，在在流露其悲民憂國之深情！

㈦詩題旅行詠懷，是二不相干之事。如全篇前半記行，後半詠懷，或先詠懷，後記行，則不免呆板。本書為便於分析起見，將全篇就章結上分為三節：首節述懷，中節旅途觀感，末節抵家。細讀此詩，在佈局上詩人是採用夾雜式：第一段三十二句，完全是詠懷；第二段自「歲暮百草零」至「與宴非短褐」，十六句記行；第三段自「彤庭所分帛」，至「惆悵難再述」，二十二句則是詠懷。其間由「驪山」、「賜浴」等事實，自然引申到「分帛」、「朱門」等議論。第四段自「北轅就涇渭」至「巷里亦嗚咽」，十四句是記事。第五段自「所愧為人父」至終篇十二句是議論。由「幼子餓死」而念及「失業徒」、「遠戍卒」，順理成章。所以，統觀全篇佈局，五段之中一、三、五詠懷，二、四記行，詩人於實筆敘事寫景記行中，夾入虛筆議論感慨之詠懷，虛實相間，出入自如。劉中和評論：「全篇左曲右彎，迴環紆折；忽實忽虛，忽開忽闔，忽前忽後，忽敘述忽議論；而其中真氣，又能一貫如注，如黃河之水天上來，百曲百折；又如神龍蟠踞，半在天空，半在地上。在千變萬化之中，仍能保持全詩格律謹嚴，法度不亂，確是登峰造極之作。」（《杜詩研究》頁七五）

(八)孟子曰：「禹思天下有溺者，猶己溺之也。稷思天下有飢者，猶己飢之也」（〈離婁下〉）。詩人詠懷，首節述其「窮年憂黎元，歎息腸內熱」。顯示其己溺己飢之心。中節「彤庭所分帛，本是寒女出，鞭撻其夫家，聚斂貢城闕」。痛斥官吏之聚斂。「朱門酒肉臭，路有凍死骨」，揭露貧富之懸殊。末節歸家見到「幼子餓已卒」後，仍「默思失業徒，因念遠戍卒」。結出「憂端齊終南，澒洞不可掇」。在在顯示詩人「下憫萬民瘡」之情懷，不忘「致君堯舜上」之素志。故浦起龍《讀杜心解》評此詩云：「其稷契之心，憂端之切，在於國奢民困。而民為邦本。尤其所危而極慮者，一篇之中，三致意焉！然則其所謂『比稷契』者，果非虛語。」

(九)李長祥《杜詩編年》云：「此詩與〈北征〉詩，變化之妙盡矣。極幻極變化，捉摸不得一。〈北征〉有極幽細語，情人語，新美語，閒暇語。此詩一味真實說話。〈北征〉如『風』，此詩如『雅』，其中各有一段大議論。〈北征〉在篇後，此詩在中幅。此不同處，又皆變化處。」

述懷

去年潼關破。妻子隔絕久。今夏草木長，脫身得西走。麻鞋見天子，衣袖見兩肘。朝廷愍生還，親故傷老醜。涕淚受拾遺，流離主恩厚。柴門雖得去，未忍即開口。寄書問三川，不知家在否？

比聞同罹禍，殺戮到雞狗。山中漏茅屋，誰復依戶牖？摧頹蒼松根，地冷骨未朽。幾人全性命？盡室豈相偶？嶔岑猛虎場，鬱結回我首。

自寄一封書，今已十月後。反畏消息來，寸心亦何有？

漢運初中興，生平老耽酒。沉思歡會處，恐作窮獨叟！

【語譯】

去年潼關被叛軍攻破，妻兒與我就隔絕兩地了。我身陷長安賊兵手中，直到今年夏天草木叢生之時，才乘機會逃出長安。隻身西行到鳳翔，穿著麻草鞋去朝見天子。衣服破爛，兩肘都露了出來。朝廷憐憫我死裡逃生地回歸；親友們看我既老且醜，為之悲傷。我拜受左拾遺官職，感動得流下熱淚；經過顛沛流離之後，更感到主上的恩厚。這時我雖然可以回家一下，但不便馬上開口請假。寄封信到鄜州家中去，看看家人是否還在老地方？

近來聽說那裡的人遭受戰亂的禍害，連雞狗都不能倖免。我那山上的破舊茅屋裡，還有人依持門戶防禦盜賊嗎？那兒不僅雞狗遭殃，連古老樹木也只剩下根；地凍天寒，遍佈未朽的屍骨。有幾人能苟全性命？全家人怎能在一起？那裡地勢高峻，叛軍橫行無忌。思念及此，我愁腸百結，屢次回首遙望。

我自從去年寄封信回家，迄今已經十個月了。我反而怕有消息傳來，誠恐有什麼惡耗。我的心都將碎了。

我朝國運現在開始中興，我應該樂觀以待。我生平嗜酒，可是每當眾人歡樂聚會的時候，卻老是提不起興趣，陷入沉思；想來妻子大概難望苟全，自己將成為一個窮苦的光桿子了！

【析　賞】

㈠此詩是至德二年（七五七）四月，詩人自長安逃至鳳翔肅宗行在，受命為左拾遺時之作。詩中思念家人，反映戰時人民之苦難，茲逐段分析如次。

㈡首先十句寫生還受職：「去年」指至德元年（七五六），安祿山攻破潼關，進軍長安。玄宗出奔四川，讓位於肅宗。詩人逃亡時被安祿山叛軍所執，拘於長安。翌年夏季，「今夏草木長」（襲用陶潛「孟夏草木長」之詩句，表示時當夏季），詩人等到草木茂盛，便於躲藏掩蔽之時，穿越山林，走無人之崎嶇小徑，而至鳳翔。詩人在其〈喜達行在所〉三首詩中，描述其行徑甚詳，如「茂樹行相引，連山望忽開。所親驚老瘦，辛苦賊中來」等。此詩因重點不同，故略去其經過歷程。只寫「麻鞋見天子，衣袖露兩肘」，已可見他窮困狼狽之狀。「朝廷愍生還」，寫主上之眷愛。「親故傷老醜」，寫親友之憐惜。「涕淚受拾遺」，寫天子與自己相見悲切，詩人慶幸終於能回到天子身旁。

㈢以次四句寫思家：「柴門雖得去，未忍即開口。」因剛受新職，不便請假回家，乃「寄書問三川」，三川在鄜州南，是他家屬寄居之地。然而，「不知家在否」，值茲戰亂之中，不知家是否仍然存在原處。

㈣以下十句寫傳聞中戰亂之情形：自潼關失陷後，河東、華陰、馮翊、上洛防禦使皆棄郡逃走，守兵星散。叛軍與散兵橫行無忌，百姓慘遭殺戮。詩人對時局之哀號：「幾人全性命？盡室豈相偶？」

㈤故而詩人：「自寄一封書，今已十月後。反畏消息來，寸心亦何有？」寫信回家，反而怕得回音。足見當時危難之深，恐怕預想之不幸，果然成真。此「反畏消息來」，刻畫詩人對家人安全之恐懼，戰亂中人民命運之難測。

㈥詩人再一轉筆，從好處去想：「漢運初中興」，局勢看來可能轉好，唐室中興，戰亂平復。詩人應該高興。可是在歡會中詩人沉思默想，來日家室無有，「恐作窮獨叟」，自己將是一個既窮且獨的老叟！「窮」字固在意料之中。「獨」字言家室之苟全無望。「叟」字喻重聚之遙遙無期。聚「會」云乎哉！「會」固無有，何「歡」可言？此詩人之所「恐」也。

㈦在謀篇上，全篇上半敘事，當對懷念家室的人，在不能請假探親之情形下，只好寄封信回家。然而，篇中言及家鄉「殺戮到雞狗」之情況，他家信寄出後，不見回音，他也「反畏消息來」，篇末乃思及將來他沒有家室，將孤苦終生。

在結構上，篇末「漢運初中興」與篇首「去年潼關破」，末句「恐作窮獨叟」與次句「妻子隔絕久」，首尾呼應，結構嚴密。全篇反映詩人亂世念家之心情，真切感人！

㈧沈德潛評此詩：「若云『不見消息來』，平平語耳。『反畏消息來，寸心亦何有？』覺驚心動魄矣。」初唐宋之問在其流放瀧州逃歸之〈渡漢江〉詩中，結句云：「近鄉情更怯，不敢問來人」，亦是此種心情。詩人反接其意，在念家時而「反畏消息來」。皆寫恐懼心情，入木三分！

㈨附注可告慰者，是年秋，詩人之家書終至。詩人在其〈得家書〉中有：「今日知消息，他鄉且舊居。熊兒幸無恙，驥子最憐渠」之句。不久，詩人即返家團聚。

北征

皇帝二載秋，閏八月初吉，杜子將北征。蒼茫問家室。維時遭艱虞，朝野少暇日。顧慚恩私被，詔許歸蓬蓽。拜辭詣闕下，怵惕久未出。雖乏諫諍姿，恐君有遺失。君誠中興主，經緯固密勿。東胡反未已，臣甫憤所切。揮涕戀行在，道途猶恍惚！乾坤含瘡痍，憂虞何時畢？

靡靡踰阡陌，人煙眇蕭瑟。所遇多被傷，呻吟更流血。回首鳳翔縣，旌旗晚明滅。

前登寒山重，屢得飲馬窟。邠郊入地底，涇水中蕩潏。猛虎立我前，蒼崖吼時裂。菊垂今秋花，石帶古車轍。青雲動高興，幽事亦可悅：山果多瑣細，羅生雜橡栗，或紅如丹砂，或黑如點漆。雨露之所濡，甘苦齊結實。緬思桃源內，益歎身世拙！

坡陀望鄜時，巖谷互出沒。我行已水濱，我僕猶木末。鴟鳥鳴黃桑，野鼠拱亂穴。夜深經戰場，寒月照白骨。潼關百萬師，往者散何卒！遂令半秦民，殘害為異物。

況我墮胡塵，及歸盡華髮。經年至茅屋，妻子衣百結。慟哭松聲迴，悲泉共幽咽！平生所嬌兒，顏色白勝雪。見耶背面啼，垢膩腳不襪。床前兩小女，補綻才過膝。海圖坼波濤，舊繡移曲折。天吳及紫鳳，顛倒在短褐。

老夫情懷惡，嘔泄臥數日。那無囊中帛，救汝寒凜慄。粉黛亦解苞，衾裯稍羅列。瘦妻面復光，癡女頭自櫛。學母無不為，曉妝隨手抹。移時施朱鉛，狼藉畫眉闊。生還對童稚，似欲忘飢渴。問事競挽鬚，誰能即嗔喝？翻思在賊愁，甘受雜亂聒。新歸且慰意，生理焉得說？

至尊尚蒙塵，幾日休練卒？仰觀天色改，坐覺妖氣豁。陰風西北來，慘淡隨回紇。其王願助順，其俗善馳突。送兵五千人，驅馬一萬匹。此輩少為貴，四方服勇決。所用皆鷹騰，破敵過箭疾。聖心頗虛佇，時議氣欲奪。伊洛指掌收，西京不足拔。官軍請深入，蓄銳可俱發。此舉開青徐，旋瞻略恒碣。昊天積霜露，正氣有肅殺。禍轉亡胡歲，勢成擒胡月。胡命其能久？皇綱未宜絕！

憶昨狼狽初，事與古先別。姦臣竟葅醢，同惡隨蕩析。不聞夏殷衰，中自誅褒妲。周漢獲再興，宣光果明哲。桓桓陳將軍，仗鉞奮忠烈。微爾人盡非。於今國猶活！

淒涼大同殿，寂寞白獸闥。都人望翠華，佳氣向金闕。園陵固有神，掃灑數不缺。煌煌太宗業，樹立甚宏達！

【語譯】

唐肅宗至德二年閏八月初一日，我杜甫在蒼茫的心情下，往北方去探望家室。當時局勢很艱險，全國上下皆無閒暇。但很慚愧的我，承蒙皇上的恩德，准許回到我那茅草屋的家去。我到皇帝面前拜辭，惶恐不安地好久沒有出來。我雖然缺乏諫臣的才能，但身為左拾遺，總恐怕在我離職期間，皇上有什麼考慮欠周的地方呀！我們這位皇帝實在是位中興的賢主，他對於國家大大小小的事情，固然本來就很勤勉謹慎處理的。但是安慶緒的反叛還沒有結束，我做臣子的難免憂憤不已。我揮著淚水，對皇帝的行宮，戀戀不捨；在路上神情還恍惚不定。天下經過戰亂，到處瘡痍滿目。憂愁到什麼時候才能終止呢？

我腳步遲緩地走過田間道路，沿途人煙稀少，景象蕭條。路上碰到的人，也多半受傷，呻吟著還在流血。回頭看鳳翔縣，旗幟在昏沉暮靄中若隱若現。

往前我攀登重重疊疊又荒涼的山巒，常常碰到行軍途中飲馬的水窪。從山上往下走，邠縣的城郊，好像在地底一樣。涇水洶湧地流著。山路旁蹲踞著的山岩怪石，像老虎一樣地凶惡可怕。青色岩石的裂縫，也好像老虎怒吼時張著裂開的大口一樣。沿途景色，驚險可怖！然而在山形坳凹之處，沒有烈風，卻有秋菊開放。山路平易之處，還有古時車輪碾過的痕跡。天上的青雲引起我高遠的興致，山中幽靜的景物，也有賞心悅目的地方：諸如山中的果實，很多很小，羅列地雜生在橡栗之間。有的紅得像丹砂一樣，有的黑得像漆一般。這些植物受到雨露的滋潤，不管生來是甜是苦，同樣地都結出果實來。我看到這些自然景物，遙想那避秦的桃源樂土。更嘆息自己之不會處世而在亂世浮沉。

我在山崗上遙望鄜州祭天神的祭壇，山谷和山岩上下起伏。因家近心急，走到山腳水邊時，回頭看到隨行的僕人，還在山上樹林間行走。貓頭鷹在枯黃的桑樹上叫。野鼠在地面亂洞中，見人來時交叉前足拱立。夜深時我經過戰場，那寒冷的月光，照射在無人收埋的白骨上。我想起那駐守潼關的哥舒翰，有百萬大軍，怎麼敗得那樣倉卒！使得這古代秦地半數的人民喪生。人民受他戰敗的後果，實在太慘了。

何況我因之陷入賊手，歸家時頭髮都花白了。經過了整整一年，才回到我家的草屋。妻子的衣服，是用許多碎布結成的。一家人見面，放聲大哭；哭聲和風吹松林的松濤聲，一起迴蕩。泉水也和人一同悲哀地幽咽！平生驕生慣養的兒女們，原來是肥胖細嫩的，臉色比雪還白。現在他們看見父親時背著面啼哭。身手污垢，腳上沒有襪子。床前兩個小女兒，穿著補綻的衣服，短小得才過膝蓋。家人將我舊有朝服上刺繡的波濤圖案，都拆開了做補丁，移動了位置。那些神話中天吳紫鳳等圖案，都被顛倒地縫補在短衣上。補綴破爛，聊以蔽體！

我這老頭子心情惡劣，上吐下瀉地睡了幾天。眼看妻子兒女飢寒抖慄，奈何沒有財帛來救濟他們！妻子卻解開她收藏的塗面脂粉和畫眉青條，床被也略加鋪陳。經過化裝以後，妻子枯瘦的臉上又有了光采。癡女兒們也自己梳頭，樣樣都跟著母親學做。她們清晨梳洗裝飾，隨手向臉上塗抹胭脂香粉；花了好多時間，把眉畫得很闊。臉上弄得一塌糊塗！我能夠活著回家，面對小兒女們，好像也忘記了飢渴。他們爭著抓摸我的鬍鬚，問長問短。誰能惱火，對他們大聲喝止呢？反過來再想起那身陷賊手時的愁困，我現在也心甘情願地承受孩子們的吵鬧了。我剛才回家，暫且歡慰一下，生計有什麼能說的呢？

皇帝現在還在流亡之中，有幾天不在訓練軍隊？我抬頭觀察天空，看到天上的氣象已有了改變。我已經覺察到那邪惡的妖氣豁然破開，安史之亂就要結束了。冷風從西北方吹來，回紇軍隨著來了。他們的酋長願意幫助我王朝平亂。他們的習俗是喜歡騎馬奔馳。送來了五千名兵，一萬匹馬支援。他們看重年輕人。世界上的人都佩服他們的勇敢果決。他們好像鷹樣般地飛騰，攻破敵人的速度比箭還快。皇上對他們很虛心期待。當今能談論的人都懾服在他們的威勢之下。看來河南伊水洛水地區，就立刻可收復了。西京長安也將很容易地從賊兵手中拿回來。希望官軍深入敵後，養精蓄銳，把握這時機，和回紇軍一起進發。這次舉動，大軍開往青州徐州，馬上可望光復恒山碣石地區。霜露重降，肅殺中正氣流行。安祿山等胡人的厄運已到，擒捉胡人的大勢已經形成。那些胡人的命運那能持久？我皇朝的法紀不應斷絕的！

回想過去混亂剛開始的時候，本朝事情的發展就與古時不同：在馬嵬坡事變中，奸臣竟被砍成肉醬。同類的歹徒都同時跟著清除掉了。我們就沒有聽到夏商衰敗時自動殺死褒姒、妲己的。周朝漢朝都得復興，周宣王、光武帝果然都英明有遠見。威武的陳元禮大將軍啊，你大刀闊斧，斬除楊氏兄妹。表現得忠誠激烈！如果沒有你的話，人事將大不同；因為你，國脈至今得以保存！

現在大同殿景象淒涼，白獸門氣氛寂寞。長安的老百姓們都盼望早日重見天子儀仗中飾有翠鳥羽毛的旌旗。興旺之氣籠罩著皇宮！唐朝歷代皇帝陵墓，神靈常在。灑掃的禮數沒有缺少。輝煌的唐太宗的基業，樹立得是很宏大深遠的啊！

【析賞】

㈠這篇七百字一百四十句的長詩，是詩人至德二年（七五七）八月所作，其時詩人四十六歲，在鳳翔肅宗行在任左拾遺，請假往鄜州（今陝西富縣）探親。鄜州在鳳翔東北，故曰「北征」。再者，漢朝班彪有〈北征賦〉，詩人襲用其名為詩題。

全詩大致可分為辭闕、旅途、歸家、與展望四節，分別析賞於次。

㈡第一節寫辭闕，自首句至「憂虞何時畢」，共二十句。

1.開始四句是全詩之引子：詩之開端仿效春秋筆法之措辭，以敘時日，標明國家之正統。古時以「年」紀事，堯舜時名年曰載。如《尚書・堯典》：「朕在位七載」。玄宗天寶三年（七四四），改稱「年」為「載」。此詩首句「皇帝二載秋」，指肅宗至德二載秋天。「初吉」，朔日也。即月之初一。「閏八月初吉」是陰曆閏八月初一。次聯「杜子將北征」。「杜子」是詩人自稱。「征」，行也。鄜州在鳳翔之北，故曰「北征」。加一「將」字，是欲行未行之時。「蒼茫問家室」。「蒼茫」為疊詞連語，意謂曠遠迷茫之狀。引申有急遽之意。「問」言「探望」。「家室」指詩人在鄜州之妻小。

2.其次四句寫當時之情況：「維時遭艱虞」，「維」是發語詞，「艱虞」意謂正當艱難憂患之時，公私不遑安處。然而「顧慚恩私被，詔許歸蓬蓽」。自顧慚愧，能得到皇帝的恩惠，准許回到遠在鄜州的茅草屋裡去。四句中寫能歸乃朝廷之恩德，一轉折頓挫。金聖歎《選批杜詩》注「詔許」二字：「所謂家固臣之家也，臣惡得不念；乃身，則君之身也。然則不蒙『詔許』，臣焉敢自去哉？作得如許詩垂示後人，不知增長幾許忠義！」

3.第三段四句寫辭闕俄頃之心態：「拜辭詣闕下，怵惕久未出。」「怵惕」是惶恐不安之狀。蓋以「雖乏諫諍姿」，雖然自知並無諫諍的才具。然而，既然身為左拾遺，職責所在，「恐君有遺失」，終究恐怕在離職期間，皇帝有什麼看不到之處。此四句又兩度轉折：既拜辭矣，又怵惕久未出。既自知缺乏諫諍姿，又「恐君有遺失」。頓挫沉鬱，波瀾迭起！

金聖歎注「拜辭」：「寫得次序有法。上云不被詔不敢歸。此云被詔猶不肯歸，不止見其筆勢之曲。且服其筆力之大。然總是一片極忠厚心地中流出來。若無此一片極忠厚心地，亦生不出此大力曲勢。」

實則，詩人此想未免過戇，因為詩人之官職，不過一八品之左拾遺而已。即使常在帝旁，皇帝有失誤時，詩人不一定會看到；詩人縱然看到，人微言輕，他的諫議，也不一定被採納。他是否在皇帝身邊，並沒有多大關係。

4.第四段，詩人乃又一轉折說：「君誠中興主，經緯固密勿」。轉頭說皇帝是位中興聖主，更無絲毫須臣僚補救之處。織之縱者曰「經」，橫者曰「緯」。引申之。「經緯」則為籌劃方略之意。「密勿」猶黽勉也（《漢書．劉向傳》：「密勿從事」）。詩人之所以仍戀戀不能去懷者，則以「東胡反未已」。安祿山本是營州胡人，「東胡」指安祿山之亂。故而「臣甫憤所切」，詩人憤切於心耳。皇帝聖明，而詩人仍憤切，折回至「艱虞」。

5.第五段寫離闕：「渾涕戀行在」，「行在」指肅宗在鳳翔之臨時朝廷，詩人初出時揮淚。登程時「道途猶恍惚」。「恍惚」是雙聲連語。形容不可辨認。詩人雖上征途，而心存朝闕，故有此感。

「乾坤含瘡痍」，「乾坤」二卦名，以喻天地。「瘡痍」猶言創傷。「含」言無處不然。「憂虞何時畢？」詩人是以國難方殷之憂慮之心，離闕登程。

6.此節二十句，寫詩人心情，轉折數次：請假回家（蒼茫問家室），慚恩詔許（顧慚恩私被，詔許歸蓬蓽）；辭闕不忍（拜辭詣闕下，怵惕久未出），因「恐君有遺失」；繼而又思「君誠中興主，經緯固密勿」；乃「揮涕戀行在」；而「道途猶恍惚」。曲曲道出詩人對皇朝耿耿於懷之忠誠。因其為左拾遺，無時不以個人對國事之職責為念也。

㈢第二節寫旅途：自「靡靡踰阡陌」至「殘害為異物」，共三十六句，又可細分為五段以析賞之：

1.第一段六句先寫鳳翔近郊景象：「靡靡踰阡陌」，「靡靡」猶遲遲。詩人遲遲其行。取自《詩經》：「行邁靡靡，中心如醉。知我者，謂我心憂；不知我者，謂我何求？」形容詩人戀闕難捨，甚為恰當。「阡陌」是田間之路，東西為「阡」，南北為「陌」。「人煙眇蕭瑟」，居者為人煙，眇者少也。此句寫村落蕭條衰颯。人煙稀少，居者幾乎全無。

「所遇多被傷，呻吟更流血。」寫行者或有，然多被傷，呻吟流血，一片血戰後慘象。因為至德元載十月，房琯有陳濤斜之敗，官兵死者四萬餘，存者四千而已。後來又有青阪之敗。至德二載，郭子儀有清渠之敗，亦死傷枕藉。

「回首鳳翔縣，旌旗晚明滅。」至此詩人忽又轉筆回顧行在，筆勢突兀，流露眷戀之情，寫景中似含擔心行在護衛之情！

2.第二段寫進入山區景象：「前登寒山重」，重者，重疊也。寒山重重，離行在漸遠。「屢得飲馬窟」。飲馬窟是泉水可供馬飲之土窪，是兵戈後之遺跡。呼應前文之兵災之後。

「邠郊入地底」，是人在高山，俯瞰一城市在盆地之景。「涇水中蕩潏」，「蕩潏」寫水湧流之貌。

「猛虎立我前，蒼崖吼時裂」，寫山路驚險之惡景。巨石當前，猶如虎蹲。蒼崖中裂，似虎開口。行人經此，不禁心驚魄動。是山形陰峻之處。

「菊垂今秋花」，轉寫山形坳凹之處，不受烈風之襲擊，菊花開放。「石帶古車轍」，石上有古時車輪輾過之痕跡。則是山形平易有路之處。

注意此段八句，寫地勢險要，前人設有重兵，何以不見設防耶？有防即得險，無防即失險。得之為我之險，失之即他人之險矣。

3.第三段轉筆「青雲動高興，幽事亦可悅」。「山果」六句，寫山中景物，又有別樣可悅之處。金聖歎注：「山果瑣細，千態萬狀，到處深山絕谷，無不汗漫生遍。雖不曾蒙人齒牙盼睞所及，然而紅黑甘苦，莫不各自盡情極致。因思人生在世，亦如草木羅生，各自細實已耳，何苦定欲作夔龍伊呂等人，必為人齒牙盼睞之所得及，乃為快乎？『緬思』二句，遂不覺遙望桃源，自嘆計拙矣！筆勢起落之甚。」

4.第四段寫將近鄜州情景，四句寫白晝景色：「坡陀望鄜時，巖谷互出沒。」遠望鄜州，崖谷起伏，一幅平遠圖畫。鄜州遠固不遠，近仍不近。「我行已水濱」，我心急步快，已到山底澗邊。而「我僕猶木末」，回顧我的挑夫僕人，心寬步緩，看來好像還在山上樹梢中行走。此聯「已」、

「猶」兩字對照，極為精鍊。充分現出陶潛〈歸去來辭〉中之：「乃瞻衡宇，載欣載奔」之情態。

5.第五段仍寫將近鄜州情景：「鴟鳥鳴黃桑」是所聞。鴟鳥是惡鳥。《詩經》：「為鴟為梟」。《莊子》亦云：「鴟得腐鼠」。黃桑是枯萎的桑樹。《詩經》：「桑之落矣，其黃而隕。」「野鼠拱亂穴」是所見。《異苑》云：「拱鼠形如常鼠，行田野中，見人即拱手而立」。鴟鳥與野鼠皆是夜出之動物。鴟鳥是仰看。野鼠是俯看。兩者皆是夜晚不祥的景物。「夜深經戰場，寒月照白骨」。一片陰森悽厲景象，有如鬼域世界。

詩人觸景生情，因而思及：「潼關百萬師，往者散何卒！」憶起潼關敗績之事。天寶十五年六月，哥舒翰率眾二十萬，鎮守潼關，阻止安祿山叛軍之進攻長安。他被催命出戰時，大敗投降，詩中不說敗降，而曰「散」，諱言之也。《唐書．哥舒翰傳》：「翰率兵出關，次靈寶縣之西原。為賊所乘，自相踐蹦，墜黃河死者數萬人。」詩人責問其敗何其倉卒！「遂令半秦民，殘害為異物。」長安古為秦地。故曰「秦民」。傷者傷，死者死，俱化為異物矣。

(四)第三節寫歸家。在旅途與抵家兩節之間，詩人夾入「況我墮胡塵，及歸盡華髮」二句承轉。言潼關失敗，秦民遭殃，我且因之陷身賊手。回家時頭髮皆白。上節之「遂令」，與此節之「況我」，自然承轉。抵家後之情景，自「經年至茅屋」至「生理焉得說」，計三十四句。分七段析賞如次：

1.第一段四句，初抵家門：「經年至茅屋」，詩人天寶十四年十一月曾回奉先家中一次。翌年五月攜家人避難於鄜州，隻身欲投肅宗時，被賊軍捕回長安。再一年五月逃出長安，奔鳳翔，任左拾遺。八月奉詔回家。共經時一年有餘，始與家人再聚。見面時，看到「妻子衣百結」。在戰亂中家人生死難卜之情況下，突然重逢，不禁放聲大哭，「慟哭松聲迴」。繼而忍住，哽咽閉塞，「悲泉共幽咽！」

2.第二段寫驕兒：本來「平生所嬌兒，顏色白勝雪」，白胖肥嫩。現在「見耶背面啼」，不說其黑乾憔瘦，而說他背著爺面啼哭。「垢膩腳不襪」，沒穿襪子的腳，污穢不堪。如沈佺期詩：「窮困多垢膩」，貧困露骨！

3.第三段寫兩女之衣服：「床前兩小女，補綻才過膝。海圖坼波濤，舊繡移曲折。天吳及紫鳳，顛倒在短褐。」海圖、天吳、紫鳳皆刺繡圖案，現在小女衣衫破碎，將之綻裂補綴，花紋繡樣，七顛八倒，其狀可笑，其情可悲！家中貧苦情況由此可見；房屋破漏，桌椅朽壞，自不必說矣。

4.第四段寫自己之情況：「老夫情懷惡，嘔泄臥數日。」此是旅途辛苦所致，亦因到家之悲痛，目睹家人如此貧苦。「那無囊中帛」，爭奈囊中未帶回財帛。「救汝寒凜慄」，來救濟家人貧寒之苦，忝為人父，愧何如之！

5.第五段詩人轉筆寫其在病榻上所見：中國古時婦女，苦等丈夫回家，萬事俱了。現在詩人歸家，當然妻子「粉黛亦解苞，衾裯稍羅列」。而「女為悅己者容」，整容化裝後，「瘦妻面復光」，立即又容光煥發。轉筆「癡女頭自櫛。學母無不為，曉妝隨手抹。移時施朱鉛，狼藉畫眉闊。」

妙趣橫生，詩人描繪癡女滑稽可笑之狀，以抒辛酸悲苦之情！

細按此段語意，表面上詩人寫妻，雖只「瘦妻面復光」一句，深入地看去，此段各句中都含有妻子在內：「粉黛亦解苞，衾裯稍羅列」，當然是妻子所為。「癡女頭自櫛」者，因妻無暇為女櫛也。癡女既「學母無不為」，則抹粉畫眉，皆母所為，癡女效之而不習，故「隨手抹」，「狼藉畫眉闊」矣。同時，從上段描繪妻女之競事梳裝中，不僅從正面可見妻女因詩人之歸家而興奮之情；在反面上，也隱射詩人不在家時，妻女蓬首垢面之苦況矣。

《詩經》：「自伯（指丈夫）之東，首如飛蓬，豈無膏沐，誰適為容？」詩人是將此段翻寫，插入癡女映襯，筆墨淋漓，極富諧趣和幽默感。然而情思深處，蘊藉著說不盡的悲酸！

6.第六段六句寫兒女繞膝之歡：「生還對童稚，似欲忘飢渴。」詩人在賊手中能夠逃生歸來，與兒女團聚，幾乎忘記饑渴。本來中國古時禮法甚嚴，家庭中有所謂「嚴父慈母」，父親總是一板正經，板起不可侵犯的面孔。而現在詩人歸家，兒女們「問事競挽鬚」，搶著問長問短，詩人不及回答，竟敢揪著他的鬍鬚。「誰能即嗔喝？」誰能叱責阻止？寫父子藩籬盡撤之親情，淋漓盡致！「翻思在賊愁，甘受雜亂聒」。詩人亦暢開情懷，與孩兒們鬧成一團！

7.第七段二句：「新歸且慰意」，總結全節上文。在此情況之下，「生理焉得說？」還談什麼生理？當然，此時詩人不及想到家庭生計，還有個最大原因，是國事蜩螗。「匈奴未滅，何以家為？」詩筆由此轉寫國事：

㈤第五節寫展望，分五段析賞如次：

1.第一段四句：「至尊尚蒙塵」，「蒙塵」是在風塵僕僕之中，意謂流亡。此時玄宗遠奔成都。肅宗在鳳翔行在，組織臨時政府。「幾日休練卒？」此句之下，應有一問號，意謂正在整軍經武，何曾休息？詩人「仰觀天色改」，看到天空景象。「坐覺妖氣豁」，確確實實地感覺妖氣已有散開的跡象。

2.第二段自「陰風西北來」至「時議氣欲奪」十一句，寫回紇兵事。由前文之潼關喪師，詩人言至尊練兵，而轉入借兵回紇之事。此為全篇脈胳，猶如「水由地中行」之筆法。詩人一向是反對借用外兵的。此段自「此輩少為貴」以下數句頗難解。除語譯所作之解釋外，亦可就詩人之觀點說：這些回紇兵，還是少用為妙。朝廷不得已而借用之。全國也就贊成這項勇敢的決策，把他們視作鷹犬行獵，以火速消滅安史亂事。

3.第三段自「伊洛指掌收」至「皇綱未宜絕」十二句，是詩人對戰局樂觀的看法，其重心在「官軍請深入，蓄銳可俱發」，希望放在官軍之上。

4.第四段自「憶昨狼狽初」至「於今國猶活」十二句，翻回到馬嵬坡舊事。在全篇之結構上，由「亡胡歲」引起「憶昨」，由「皇綱未宜絕」引起「事與古先別」，承轉自然。詩人認為唐玄宗能賜死楊貴妃，不若夏桀商紂之不肯自動地殺褒姒妲己；希望肅宗能效法周宣王漢光武帝；回護玄宗，鼓舞肅宗，皆是詩人之苦心孤詣。

許顗《許彥周詩話》：「老杜〈北征〉詩中，獨以『活國』許陳元禮，何也？蓋禍亂既作，惟賞罰當則振，否則不支持矣。元禮首議誅太真、國忠輩，近乎一言興邦，宜得此語。倘無此舉，雖得李（光弼）、郭（子儀），不能展用。」

5.最後八句，詩人虛筆詠嘆，結尾「太宗業」，呼應篇首「皇帝二載」，對唐王朝表示衷心祝望，韻味雋永！詩云「都人望翠華」，猶如宋代陸放翁詩之：「遺民淚盡胡塵裡，南望王師又一年」。讀之令人慨然不已！

(六)就內容言：詩人之〈詠懷〉與〈北征〉二詩，將安史之亂前後社會各方面情況，與詩人所經歷之種種可悲可泣之事，上自朝廷政事，下至百姓生計，大自整個國家艱危，小至一家之不幸，皆濃縮於其中。此杜詩之所以譽之為「詩史」也。

(七)就章法言：此詩與〈詠懷〉詩，皆敘事寫景與議論感慨，交錯成篇。波瀾起伏，情景並融。

清代朱庭珍《筱園詩話》評論：「少陵大篇，最長於此。往往敘事未終，忽插論斷；論斷未盡，又接敘事。寫景正迫，忽入寫境；寫境欲轉，遙接生情。大開大闔，忽斷忽連。參差錯綜，莫測端倪。如神龍出沒雲中，隱現明滅，頃刻數變，使人迷離。此引「左」「史」文筆為詩法也。千古獨步，毋庸他求矣！」

黃珅《杜甫心影錄》亦論此詩與〈詠懷〉之表現手法云：「這兩首詩都撫時嘆事，感慨身世。或賦或興，或開或闔。忽正忽反，忽離忽合。若整若亂，若斷若續。中間忽自敘，忽敘人；忽言情；忽寫景；忽記事；忽立論；如山出雲，如水赴壑；起伏轉折，波瀾層疊；過接無痕，照應有情；極排蕩頓挫，縱橫恣肆之奇！」

(八)就韻律言：〈詠懷〉與〈北征〉二詩是詩人「沉鬱」詩風之典型。兩詩皆用仄韻到底。增強沉鬱頓挫之情調。中間有時設疑互答，有時鋪敘間關酸辛。最後運用對比法，寫出社會內在的尖銳矛盾，達到批判現實之目的。

(九)就整體言之：清代楊倫《杜詩鏡銓》評論〈詠懷〉與〈北征〉二詩：「為集內大文章，見老杜平生大本領，所謂巨刃摩天，乾坤雷硠者，惟此種足以當之！」乾隆欽訂之《唐宋詩醇》，更予此二詩最高之評價：「具備萬物，橫絕太空。前無古人，後無來者，自有五言古詩以來，無此大文字！」

(十)最後，附帶地就此詩之背景言之：據史實唐肅宗至德元年（七五六）安祿山進兵長安。玄宗奔蜀時，讓位予其子肅宗，薦房琯為相。房琯在肅宗前，自動請命，率軍平亂，在陳濤斜與青阪二役大敗，死傷無數。肅宗大失所望。雖未深究戰敗責任，但其直屬臣僚，本來對玄宗派來之人已側目相看；適逢房琯親信之琴師董廷蘭受賄被揭發，乃群起拉房琯下馬。至德二年五月十日，肅宗乃調房琯任太子少傅之閑職。杜甫五月十六日，接受左拾遺職務；他本是房琯之布衣交，並認為房琯是新政府宰相最恰當之人選，在不明瞭政府內情與本身地位之情形下，就其所想，貿然為房琯辯護，上奏「罪細不宜免大臣」，並守御床廷爭。肅宗勃然大怒，命御史臺，刑部、大理寺議處，可能判詩人死刑；幸經新宰相張鎬等說項，暫予留職察看。肅宗對他已甚厭惡，乃命其返家。形同免職。詩人不察，在此〈北征〉詩中，尚「慚恩私被」。說是「詔許還家」，拜辭時尚「恐君有遺失」，對肅宗忠心耿耿。態度未免過於天真！此是詩人可敬可愛處。在此背景中，更覺其可憐可哀！

翌年六月，房琯即左遷為邠州刺史。詩人亦左遷為華州司功參軍，服職一年後，詩人亦自覺他做官無前途之可言，乃棄之逃難前奔秦州。

羌村（三首）

其一

崢嶸赤雲西，日腳下平地。柴門鳥雀噪，歸客千里至。
妻孥怪我在，驚定還拭淚。世亂遭飄蕩，生還偶然遂。
鄰人滿牆頭，感嘆亦歔欷。
夜闌更秉燭，相對如夢寐！

【語譯】

赤色的、堆積如山的雲彩，浮現在西面的天空；太陽已經西沉到地平線下。柴門邊鳥雀噪聲突起，原來是在很遙遠地方作客的我回來了。

妻子很驚異地發覺到我還活著。定神之餘，不禁拭起淚水。世局動亂中，我飄蕩在外，能夠生還，真是太偶然了。

鄰居們聽到我歸來，都伸出牆頭來探望。又是感嘆又是悲泣、抽噎。

夜深了坐在燭光下，妻和我面面相對，好像還在夢中一樣！

【析賞】

㈠此詩是至德二年閏八月，詩人「北征」還家之作。「羌村」是詩人家小所居之地，在今陝西省富縣南。

㈡第一首寫初到家時之情景，首段四句先寫傍晚到家，門前所見所聞。「鳥雀噪」可能因有人來到柴門。同時中國有喜雀報喜訊之迷信，故特地點出「柴門鳥雀噪」，足徵其可信。

㈢次段四句寫妻子悲喜交集之情：「妻孥怪我在」，妻子早以為我已死於兵亂之中。猝然相見，最初內心的感覺是「怪我在」，驚奇我沒有死，活生生地站在她面前。她神定之後，終於相信了事實。「驚定還拭淚」，喜極而悲。這兩句將妻子的心理過程，由「怪」、「驚」、「定」、「拭淚」等動詞，一一展露出來，極為傳神！

這悲喜之情之所以發生，因為「世亂遭飄蕩，生還偶然遂」。亂世之中，處處皆有危險，外出之家人不能必定歸來。能生還者，自是「望外」之事。深切地道出亂世人命運之可悲！

㈣第三段兩句：「鄰人滿牆頭，感嘆亦歔欷。」以鄰人感泣，烘托全家人悲喜之情，並為第三首伏筆。

㈤末段「夜闌更秉燭，相對如夢寐！」寫詩人與妻子夜間秉燭相對之時，猶疑是夢中相逢。次段本已說「驚定」，末段又「疑是夢中」，深切地顯出詩人感到回家之不易，難得相信自己如何竟能回到家中，正是篇中「世亂遭飄蕩，生還偶然遂」之注腳。

黃永武解說得好：「杜甫選擇夜闌秉燭的畫面，因久別話長，因話長而秉燭。秉燭相對又疑是夢。這種又喜又悲又疑，似幻似真似夢的描繪，把伉儷間至情，全映在讀者眼前。」（《中國詩學・設計篇》）

同時黃坤在其《杜甫心影錄》指出：「這兩句詩，將亂世相逢且驚且疑，亦悲亦喜的心理狀態，表現得極其逼真傳神。以後如司空曙的詩『乍見翻疑夢，相悲各問年』（〈雲陽館與韓紳宿別〉），晏幾道的詞『今宵賸把銀釭照，猶恐相逢是夢中』（〈鷓鴣天〉），都從杜甫詩中化出。而陳師道詩『了知不是夢，忽忽心未穩』（〈示三子〉），柳永詞『夜永有時。分明枕上，覷著孜孜地。燭暗時酒醒，原來又是夢裡』（〈十二時〉），則翻用杜甫詩意，均成佳句。」（頁七二）

㈥陳式《杜意》解評：「此歸省到家之作。以年餘陷賊之人，生還事屬可怪，通篇只摹一『怪』字出。起八句『怪』在妻孥，中二句『怪』在鄰人，末二句則並言『怪』在自己。」

其二

晚歲迫偷生。還家少歡趣。嬌兒不離膝，畏我復卻去。

憶昔好追涼，故繞池邊樹。蕭蕭北風勁，撫事煎百慮。
賴知禾黍收，已覺糟床注。如今足斟酌，且用慰遲暮！

【語譯】

我年老了，被迫著苟且偷生。回家來內心很少有歡樂的情緒。嬌小的兒女們圍繞在我的身邊，誠恐我又走了。

回憶過去夏天追求涼氣，我們大大小小繞著池邊樹下。現在我回家時，北風強勁。季節景物，大不相同，國事人事都不可同日而語。想到這種種，百感交集。

所可幸者，今年收成好，酒已釀好，我現在有足夠的酒可飲。就此暫且來慰藉我這年老的歲月罷！

【析賞】

㈠此首詩寫既歸之後之情景。首聯兩句言早歲出門，欲「致君堯舜上」，始功成身退；乃今心短計促，一事無成，偷生還家，何趣之有？

㈡次聯兩句言「嬌兒」久久不見父親，今日幸得歸來，故「不離膝」。「畏我復卻去」，顯示子女與父親久別重聚之情，誠恐再失父愛。刻畫入微，與首聯轉折頓挫。

㈢中段四句憶往撫今：昔日夏季閑散，繞樹追涼。而今冬季，北風凜冽，情景大異。「撫事煎百慮」，所撫之事，包括國事、家事、身事，一言難盡，百憂交結。昔今又一轉折頓挫。

(四)末段四句，詩人想借酒消愁。強自寬慰。詩人豈是沉醉終生之人？其內心之沉痛，不言可喻。

其三

群雞正亂叫，客至雞鬥爭。驅雞上樹木，始聞叩柴荊。
父老四五人，問我久遠行。手中各有攜，傾榼濁復清。
苦辭酒味薄，黍地無人耕。兵革既未息，兒童盡東征。
請為父老歌，艱難愧深情。歌罷仰天歎，四座淚縱橫！

【語譯】

群雞正在亂叫，人來了，雞也亂成一團。把這些雞趕到樹上去，才聽到有人在叩柴門。原來是四、五個父老來慰問我遠行歸家。他們每人手中都帶著酒菜，清酒濁酒都傾倒出來，大家共飲。

他們埋怨酒味太薄，因為沒有人力耕種。戰爭既然沒有停止，年輕的兒郎們都被拉到東邊打仗去了。

在這些鄉親們盛情之下，讓我向你們來唱幾句罷。現在時局艱難，我實在有愧，面對你們深厚的情意。我唱後仰天長嘆，在座的人都眼淚齊下！

【析賞】

㈠此首詩寫父老來慰問之情景。開端四句寫鄉村客到情形。二十字一氣寫出，頗有漢魏文章高古樸拙意味。

㈡第二段四句寫父老之來訪，各有所攜。情意深厚。

㈢第三段四句是父老之所言，謙稱酒薄；解釋其原因，由於田畝缺乏人力。人力缺乏由於壯丁盡被徵服役；壯士被徵由於兵戈未息。詩人身在朝廷，對此不無責任。

㈣故而最後末段四句，詩人愧對深情，對酒高歌。

㈤羌村三首中，第三首較前二首皆多出四句。第三首中之最後四句，固然是對鄉親而言；然而其所謂父老，亦可將妻子包括在內。故而可視為總收羌村三首詩。這是詩人謀篇嚴謹之處。

㈥羌村詩三首，可視為一有機的整體。

1.在章法上，第一首寫初到家時之情景，第二首寫歸家後之情景，第三首寫父老來慰問之情景。

2.在內容上，第一首重點在寫夫妻，第二首在兒女，第三首在鄉親。

3.在結構上，就各首分別言之。第一首末聯之「夜闌更秉燭」，呼應首聯之「日腳下平地」。第二首末尾之「遲暮」，呼應開端之「晚歲」。第三首「兒童盡東征」，對照上文之「父老四五人」。

㈦就三首間之關聯言之：第二首「撫事煎百慮」，承第一首「世亂遭飄蕩」，帶起第三首「艱難愧深情」。第三首「問我久遠行」，回應第一首「歸客千里至」，反襯第二首「畏我復卻去」。當然，第一首之「鄰人滿牆頭」為第三首父老慰問之伏筆，已如上述。

贈衛八處士

人生不相見，動如參與商。今夕復何夕，共此燈燭光？
少壯能幾時？鬢髮各已蒼！訪舊半為鬼，驚呼熱中腸！焉知二十載，重上君子堂？
昔別君未婚，兒女忽成行。怡然敬父執。問我來何方。
問答未及已，驅兒羅酒漿。夜雨剪春韭，新炊間黃粱。
主稱會面難，一舉累十觴。十觴亦不醉，感子故意長。
明日隔山岳，世事兩茫茫！

【語譯】人們不能時常相見，往往就像天上的參星和商星之常相隔離一樣。今天晚上不知是一個什麼晚上，我竟能和你共在一個燭光之下相對！

想想人生在世，少壯的時期能有多久呢？現在我倆兩邊的鬢毛和頭髮都已蒼白了。訪問過去的朋友，多半已經死去。思及人生禍福無常，不免驚叫而熱血沸騰！我哪裡能想到，分別二十年之後，能重新登上你家廳堂呢？

從前分別時，你尚未結婚。現在忽然你已兒女成行了。他們高高興興地，很恭敬地對待父親的老友，問我從哪兒來等問題。

相互寒暄未畢，你就催著去擺酒席。割下夜雨後春天的嫩韭菜，剛炊好的飯中還攙和些黃粱。

主人連聲說大家難得會面，舉起酒來，一連就喝了十杯。十杯也不會醉的，我很感謝你這個老朋友的情意。

明天我就將與你離別，翻越山岳而去。今後會如何，世界上的事情渺茫，不得而知了。

【析賞】

㈠此詩大概是乾元二年（七五九），詩人從洛陽至華州任所，路經老友衛八處世家之作。「衛八」，姓衛，排行第八。唐時稱人常如此。「處士」是隱居中有學問德行之士。古人相見，相別或相念時常作詩相贈，抒發情意。

㈡開篇由相見甚難引起：「人生不相見，動如參與商。」「參」「商」是二星名，此出則彼落，不在地平線上同時出現。《左傳》：「高辛氏有二子，長閼伯，次實沈，日尋干戈。帝遷閼伯於商邱，主商；遷實沈於大夏，主參。」「動」是動輒，意謂「往往」。下一「動」字，深切表示無規則可尋，由此翻出相見之難。老友重逢，不禁驚問：「今夕復何夕，共此燈燭光？」對此聚會，發生不勝驚喜之情！

㈢相見之下，第一個印象是彼此的頭髮都蒼白了，「鬢髮各已蒼」。少壯時期，轉眼已逝。「訪舊半為鬼」，談到舊日親友，多半作古。不勝驚愕，不勝惋惜，「驚呼熱中腸！」

「焉知二十載，重上君子堂？」這「焉知」二字，包涵很複雜的情感：二十年前分別時，以為不久便會再見，那是對於人生經驗不深的想法。二十年中，訪舊半為鬼，你我二人可能已死，則彼此即永無再見之可能。今日能「重上君子堂」，豈是意料所及？

㈣今天怎樣呢？我還記得：「昔別君未婚」，當年我倆分別時你還沒有結婚。而今重見時，你「兒女忽成行」。此一「忽」字極為傳神，表示乍見衛八家兒女時驚喜之情，也顯見二十年光陰之飛逝。繼而又見衛八兒女「怡然敬父執」，可見衛處士家教有方，家庭中溫文有情。「問我來何方」，兒女對我之來，亦同感驚喜。

㈤繼寫熱情之招待：「問答未及已」，寒暄未畢。「驅兒羅酒漿」，處士吩咐兒女，趕緊擺上酒菜。「驅」字活畫出處士心急督促之神態。「驅兒」而不是驅婢僕，隱示處士之安貧樂道，家無婢僕。「夜雨剪春韭」，菜是新剪家園中夜雨後嫩綠的韭菜，新鮮可口。「新炊間黃粱」，剛煮的飯內還攙合些黃粱，香味撲鼻。這些田園風味，絕非市井中飯館之酒肉可比，顯示主人直率樸實之情意。

㈥「主稱會面難」，主人連聲高呼大家難得相見，要舉杯請乾。「一舉累十觴」，乾了之乾。「十觴亦不醉」，不論乾多少杯，也不說醉。「感子故意長」，感到故人情誼太深長了。

㈦最後，想到今日相會，明天又要相別，「明日隔山岳」。值此戰爭未息，萬方多難之時，後會將更難期。一念及此，心情轉趨沉重，不禁嘆出「世事兩茫茫」！呼應篇首，餘情無限！

⑻此詩敘事抒情：敘事由會見時之「共此燈燭光」，而「羅酒漿」，而「累十觴」，至「明日隔山岳」，層序井然。抒情由喜問「今夕復何夕」，「訪舊半為鬼」時，「驚呼熱中腸」。賓主盡歡時，「感子故意長」。然後不免將別而有「世事兩茫茫」之感。皆以平常語，說心中話，情真意切，故成佳構。

⑼劉中和《杜詩研究》對於此詩有極精闢的分析與論說，可作寫作之範例，茲擇錄之於次：

「以章法言：開始四句是『起』，其次自『少壯能幾時？』，至『重上君子堂』之六句是『承』，以下為『轉』，最末兩句為『合』。

以佈局言：首二句由反面起，是反。『今夕……』二句是正。由反筆翻到正筆。由『燈燭光』本可直接『鬢髮』，卻又向『少壯』時兜一筆，這是曲；無此一曲，便覺太直；抒情之作，最忌太直。『熱中腸』之下，本可直接『昔別君未婚』，又恐其直，則再向『焉知二十載』曲一筆，而疾以『重上君子堂』直落到主人身上。凡這些曲筆，都屬於『頓挫』的各種筆法中之一種。由『問答』而忽轉移到『羅酒漿』，又是一種頓挫筆法。以上曲折頓挫已經夠了，不可再多；於是『主稱會面難』四句，文氣都放直了，稍稍舒暢一下。而到『明日……』忽又一頓挫一變化，變化為『兩茫茫』而收篇。留下無窮感慨！

以結構言，機杼組織極為細密。以參商為喻，不以勞燕為喻，因星是夜間之物，由此而生出下文「今夕」，妙極！由參商生出「今夕」，由「今夕」生出「燈燭光」，而「鬢髮」之蒼則是在燈下看出。由「少壯」而「髮蒼」，生出「訪舊半為鬼」。以下脈絡一斷，急用「驚呼」二字緊緊一接，此是不用悵惘悲傷字樣而用「驚呼」的原因，「驚呼」當然更為傳神。「焉知……」二句把前面作一總結束，再轉入下文。「昔別」二字由上文「二十載」生出來。「兒女忽成行」暗反映「訪舊半為鬼」，有對照之妙。「來何方」三字，又暗貫前文「不相見」和「重上君子堂」。由兒女一直向下貫到「黃粱」。然後，又切斷這兒女一條脈絡，另從「主」提起，再以「會面難」總綰以上一切。準備作收，欲收而不收，又延續三句，直到「意長」。

讀至此，讀者覺詩必將甚長，不料忽然一變，迎面突起「明日隔山岳」。此句力斷急轉，脫出機杼之外；卻又與一開始「參與商」相呼應。結構之妙，至此已極！前人評說：『結處對處士感自身為客，隱然無限』，真是惆悵不已。而「兩茫茫」實含有「訪舊半為鬼」之意。焉知此一別後，還能再相見嗎？也許為鬼了，「茫茫」難料！並且附帶有天下動亂之感在內。如果天下太平，人有衣食，則亦不致於「茫茫」了。」（頁二二四——二二五）

夢李白（二首）

其一

死別已吞聲，生別常惻惻。江南瘴癘地，逐客無消息。

故人入我夢，明我長相憶。恐非平生魂，路遠不可測。
魂來楓林青，魂返關塞黑。君今在羅網，何以有羽翼？
落月滿屋梁，猶疑照顏色。水深波浪闊，無使蛟龍得！

【語譯】

死別固然傷心得不得了。生離也時常令人悲傷。江南是瘴癘迷漫的地方，而你被放逐到那裡，迄今全無消息。大概你也知道我一直在想念你吧！

你來到了我的夢中。這該不是你往日的魂魄吧？路途如此遙遠，你的情況是怎樣呢？

你魂來的時候，楓葉青青。你魂返的時候，關山塞口黑色沉沉了。你現在陷身羅網之中，那裡有翅膀可飛呢？

我從夜夢中醒來時，那西沉的月光照在屋樑上，好像看到你慘淡的容光。那江上水深浪闊，你千萬不要落下水去，為蛟龍攫得啊！

【析賞】

㈠李白在至德二年（七五七），因入永王璘幕府案被捕，入潯陽獄。翌年被流放夜郎（今貴州桐梓縣地）。次年中途赦還。乾元二年（七五九）秋，杜甫流寓秦州。唐時訊息遲緩，杜甫只知李白入獄與流放事，不知其已遇赦。憂思成夢而作此詩二首。

㈡開端先標出死別生離之苦：首句「死別已吞聲」，取自江淹〈恨賦〉：「自古皆有死，莫不飲恨而吞聲」。次句「生別常惻惻」，「惻惻」意謂心中悲痛。詩一開端先說出死別生別皆是悲痛之事。李白是死是生，尚不可知。然就詩人而言，皆是悲傷之事。第三句「江南瘴癘地」，「江南」指夜郎。「瘴癘」是南方濕熱蒸鬱之氣，北方不習之人，接觸之易得疾病。憂心李白流放夜郎，生命難保。第四句「逐客無消息」，「逐客」指被流放之李白。「無消息」固未報平安，亦無惡耗兇訊，可能尚在人間。故此四句迴環反覆，對李白生死，迷離恍忽，總是放心不下。

㈢詩人日有所思，乃夜有所夢。然而，詩人不說他苦思李白而夢見之；卻言「故人入我夢」，說李白來到他的夢中。其所以來到他的夢中之原因，是「明我長相憶」，說是李白知道他的苦念。這樣，把自己對李白的深切的情感，說是李白對他的深情，使語意更為深曲。

㈣詩人忽然又說：「恐非平生魂，路遠不可測」。疑懼莫非李白已死，死後魂魄來我夢中吧？

㈤隨即想像李白魂魄來往之情景：「魂來楓葉青，魂去關塞黑。」《楚辭．招魂》：「湛湛江水兮，上有楓；目極千里兮，傷春心，魂兮歸來哀江南。」詩人想像李白魂魄飄然經江南一帶青青的楓樹林而來，又倏然經秦隴的關塞黑暗重重中離去。寫夢幻中之景，既迷離，又逼真！

黃永武在討論色彩的冷暖與景物悲喜的配合時，以此二句為例，指出：「青色有寒冷的感覺。黑色的明亮度極低，這一大片寒冷黯淡的色調，把深宵的夢境塗繪得十分悲涼。幽魂往來，淒迷黝黯，教人毛骨悚然！一股陰冷的感覺，來自森森的樹林與重重的關塞，再配以青與黑的色彩，強化了恍忽陰森『路遠不可測』的迷惑感。」（《詩與美》頁三〇）

㈥夢中李白來去匆匆，未及相談。李白去後，詩人忽又想起：「君今在羅網，何以有羽翼？」莫非李白本人親自來到？李白在犯罪之中，何以能飛來？究竟是人是鬼？是真是夢？使人恍忽。是憂是喜。是苦念是欣喜？使人心緒萬端。呆呆癡想。詩人沉思中，抬頭一望：「落月滿屋梁，猶疑照顏色」，月光中好像看到了李白的面容了。這是一幅如何慘淡的情景！此兩句是呼應上文之「恐非平生魂」而來。後人常以「落月屋梁」為思念故人之成語。漢代李陵早有「明月照高樓，想見餘光輝」之句。杜詩此句可能由之蛻化而來。

㈦詩人看清月下所見者，只是屋樑。故人現在何處呢？你要善自保重啊！這時，傳聞中有李白墜水之說，詩人不知是真是假，乃特意叮嚀：「水深波浪闊，無使蛟龍得！」小心腳步，不要在水上失事呀！

其二

浮雲終日行，遊子久不至。三夜頻夢君，情親見君意。
告歸常局促，「苦道來不易。江湖多風波，舟楫恐失墜。」
出門搔白首，若負平生志。冠蓋滿京華，斯人獨憔悴！
孰云網恢恢，將老身反累。千秋萬歲名，寂寞身後事！

【語譯】

浮雲終日在天上飄行，遠遊的人久久不歸。我接連三夜都夢見你，可看到你的情意十分親切。

在夢中你辭別時，老是很匆促，苦痛地對我說：「來一趟很不容易，那江湖上風浪很多，坐船時怕要墜下水去。」

你走出門時搔著白頭，好像在悲傷平生未能得志。這京城裡到處有華服美車的達官貴人，而你卻如此困頓失意！

誰說天網恢恢？你老了還受別人的牽累！看來千年萬載後的聲譽，只是你寂寞一生以後的事了！

【析　賞】

㈠前首是詩人夢見李白後之作。此首是詩人接連三夜夢見李白後之作。二詩皆是乾元二年之作品。其詩詩人四十八歲，李白五十九歲。

㈡本詩開端四句，言終日仰看白雲片片飄行，不見李白來，詩人對李白苦念不已，而一連三夜夢見李白，想到李白也同樣地苦念我。

㈢「告歸常局促」，寫夢中李白之匆匆告別。「苦道來不易」是李白訴苦說來之不易。「江湖多風波，舟楫恐失墜」，是李白解釋「來不易」之原因。似已預見其終將墜水而死。

㈣「出門搔白首，若負平生志」，寫夢中李白之神態。

㈤「冠蓋滿京華，斯人獨憔悴！」是詩人之牢騷語，並為李白抱不平。「孰云網恢恢，將老身反累。」指李白因參加李璘幕府而被捕入獄流放事，諷示朝廷應當寬赦李白。

㈥最後：「千秋萬歲名」，詩人深信李白必然有千秋萬載之盛名。不過，「寂寞身後事」，那是身後之事，此生只有寂寞而已！這是詩人為李白悲，也是詩人之自悲。

㈦仇兆鰲《杜詩詳注》評注此二詩：「次首因頻夢而作，故詩語更進一層。前云『明我憶』，是白知公；此云『見君意』，是公知白。前云『波浪蛟龍』，是公為白憂；此云『江湖舟楫』，是白又自為慮。前章說夢處，多涉疑詞；此章說夢處，宛如目擊。千古交情，惟此為至！然非公至性，不能有此至情；非公至文，不能傳此至性。」

七古

丹青引贈曹將軍霸

將軍魏武之子孫，於今為庶為清門。英雄割據雖已矣，文采風流今尚存。學書初學衛夫人，但恨無過王右軍。丹青不知老將至，富貴於我如浮雲！

開元之中常引見，承恩數上南薰殿。淩煙功臣少顏色，將軍下筆開生面：良相頭上進賢冠，猛將腰間大羽箭，褒公鄂公毛髮動，英姿颯爽猶酣戰！

先帝御馬玉花驄，畫工如山貌不同。是日牽來赤墀下，迥立閶闔生長風。詔謂將軍拂絹素，意匠慘澹經營中。須臾九重真龍出，一洗萬古凡馬空！

玉花卻在御榻上，榻上庭前屹相向。至尊含笑催賜金，圉人太僕皆惆悵！弟子韓幹早入室，亦能畫馬窮殊相。幹惟畫肉不畫骨，忍使驊騮氣凋喪。
將軍畫善蓋有神，偶逢佳士亦寫真，即今漂泊干戈際，屢貌尋常行路人。途窮反遭俗眼白，世上未有如公貧。但看古來盛名下，終日坎壈纏其身！

【語譯】

曹將軍原來是魏武帝曹操的後代，現在只是個清寒門第的平民了。三國時魏武帝割據稱雄的事業雖已過去，但他的文采風流還表現在他的後人身上。曹將軍年輕時先學習衛夫人的隸書，只恨不能在書法上超過王羲之。乃轉而專心繪畫。一直到老，忠心藝術；不求名利，將富貴看作浮雲一樣！

當開元年間，他常常承受皇帝的恩寵，好幾次到南薰殿上去。那時凌煙閣上原有的功臣畫像，顏色都暗淡了。將軍用筆重新再繪，顯出栩栩如生的畫面來。文臣賢相的頭上戴上進賢冠。武將腰間掛上大羽箭。褒國公段志元、鄂國公尉遲敬德，都被畫得毛髮生動，英氣雄風，好像要與敵人大戰一場一樣！

先帝有匹名貴的馬：玉花驄，眾多的畫工都畫得不像。這天牽到宮殿赤階之下，昂首卓立，風神駿偉！皇帝命令將軍展開白絹作畫。將軍聚精凝神，在馬的前後左右端詳了一番。苦苦地心意上先構成了意象；乃縱筆一揮，一會兒宮殿上真龍出現！千古以來所有凡俗的馬，都相形失色，如同無物！

一匹玉花驄就在御榻的素絹上。御榻上畫中的馬與宮殿前屹立的馬相向，難分真假。皇上看了，含笑地催著內監趕快賞賜黃金！掌馬的官吏馬伕們都癡呆地出神，一時不知如何反應才好！將軍的徒弟韓幹，早年也跟隨老師學了不少，也能畫出馬兒各種不同的形象。可是他只畫出馬的肉體，畫不出馬的筋骨，縱使名馬也沒有神氣。

曹將軍擅長畫馬，是有天賦神才。偶而逢到有品德的人，也替他們畫像。現在他飄泊在戰亂之中，只好常為尋常的人畫像了。命運困頓的人反遭世俗人們的輕視。這世界上沒有像你這樣貧窮的人了。自古以來，才能方面享有盛名的，是往往窮愁潦倒、困苦終生的！

【析　賞】

㈠「引」是詩體中的一種歌行。故此首七言古詩也可納入歌行之內。「丹青」就是畫，因為彩色畫多用紅綠著色。詩題〈丹青引〉是以畫為詩題。曹霸是曹髦之後裔。開元年間已有畫家之名。天寶末，嘗詔畫御馬及功臣。官至左武衛將軍。此詩大概是詩人五十三歲，在成都任節度參謀檢校員外郎時期之作。

㈡此詩一開始，即採《史記》列傳體裁：「曹將軍者，魏武之子孫也」。氣派蒼茫！按「魏武」指魏太祖武皇帝曹操。次句「於今為庶為清門」，「庶」指平民，「清門」言其家境清寒。為下文張本。

「英雄割據」指三國時期曹操割據中原之業績。只云「割據」者，詩人不承認曹魏是歷史正統也。（詩人在其〈詠懷〉〈蜀先主〉詩中云：「崩年亦在永安宮」，以「崩」字言劉備之死。顯示詩人之視蜀漢為歷史正統。）這是詩人史觀上之嚴肅立場。然而曹操父子皆工詩；詩人仍不抹煞其文學上之地位，故認為曹霸之善畫，仍有其祖先文采風流之餘韻也。

㈢在未寫曹霸擅畫之前，先寫其「學書初學衛夫人，但恨無過王右軍」。說他先習書法，以求發展天賦。按張懷瑾〈書斷〉：「衛夫人名鑠，字茂猗，衛展之女弟，李矩之妻。隸書尤善，右軍嘗師之。」右軍指王羲之。《晉書．王羲之傳》：「王羲之字逸少，善隸書為古今之冠。官右軍將軍。」此兩句為陪襯。意謂曹霸取法乎上，從衛夫人習字，只恨不能超過王右軍。可見其雄心壯志，一定要在藝術上能超群拔眾。同時其書法當亦不差，不過不能超過王右軍而已。轉而「丹青不知老將至，富貴於我如浮雲」。曹霸乃專心繪畫，希望在藝術上有成就，不在意富貴。此兩句活用《論語》中孔子之「發憤忘食，樂以忘憂，不知老之將至」云爾，及「不義而富且貴，於我如浮雲」。足見曹將軍之終生致力繪畫，志節高尚！

以上八句，元韻平聲起，寫曹霸之家世與學習過程。

㈣詩人用開闔法，在未寫畫馬之前，先寫曹將軍之畫人物：「開元之中常引見。承恩數上南薰殿。凌煙功臣少顏色，將軍下筆開生面。」唐太宗時圖功臣二十四人於凌煙閣，玄宗時因年久顏色褪暗，詔請將軍下筆，使圖中功臣面目如生。「良相頭上進賢冠，猛將腰間大羽箭」，寫畫之對象。「褒公鄂公毛髮動，英姿颯爽猶酣戰」，寫畫之神態。現出凜凜如生，虎虎可畏！

以上八句轉仄聲霰韻，寫曹霸善畫人物。

㈤進而進入畫馬之正文：「先帝御馬玉花驄，畫工如山貌不同。」「先帝」指玄宗，「玉花驄」產於西域。很多畫工畫出不同的形象，都畫得不像。此馬如何呢？「是日牽來赤墀下，迥立閶闔生長風。」「迥立」寫其昂首卓立，「生長風」寫其神駿姿態，有天馬行空之勢！

由此進入最高潮：「詔謂將軍拂絹素」，天子下令，就請將軍繪畫。「意匠慘澹經營中」，「意匠」是構思佈局。「慘澹」寫凝思聚意，「經」言將馬從頭到尾一直看去，「營」言復從馬之四面看轉來。「須臾九重真龍出」，頃刻之間，天上真龍出現。此「真龍」指馬。因《周禮・夏官》：「馬八尺以上為龍」。這畫出的馬，「一洗萬古凡馬空！」使古往今來所有普通的馬，都不復存在！寫畫馬只此兩句。而此兩句有萬鈞之力！「一洗萬古凡馬空」。杜公此詩，亦「一洗千古凡詩空」矣！

以上八句轉平聲東韻，寫主文曹霸之畫馬。

㈥此畫出之馬如何好法？「玉花卻在御榻上」，玉花馬就在御榻的素絹上。「榻上庭前屹相向」，御榻素絹上的畫馬，與赤墀前站立的真馬，面對著面，完全一樣！孰真孰假？難以分曉。真馬畫馬，相映成趣。畫之妙肖，至於奪真！寫畫之肖，還有比這更好的麼？

「至尊含笑催賜金」，這「催」字生動地顯示皇上歡喜之情，也暗示內監們都目瞪口呆，看馬看得出神之態。大家癡立在那兒。「圉人太僕皆惆悵」，「圉人」是宮中之養馬官。「太僕」是宮中掌理車馬之官。「悵惆」是形容他們失落之態。詩人以至尊與圉人太僕等之反應，側筆烘托畫之出神。以上為曹將軍畫馬之主題正文。

其時有韓幹者，亦以畫馬著稱。「弟子韓幹早入室，亦能畫馬窮殊相」。《論語・先進》：「孔子謂子路：『升堂矣，未入於室也。』」入室弟子是最得師傳學生之美名。詩人亦讚賞其能畫馬「窮殊相」。後世不及見曹霸真跡，猶得見韓幹之畫者甚多。然而「幹惟畫肉不畫骨，忍使驊騮氣凋喪」。可見畫一物體之形象易，畫一物體之神氣難。馬奔馳戰場，要在疾勁，不在肥壯。金聖歎《杜詩解》云：「畫肉不畫骨，箴砭世人不少」。詩人重骨輕肉之說，反映其對人物之品鑒。

以上八句轉仄聲漾韻。寫曹霸畫馬，並以韓幹作襯。

(七)詩篇急遽下降：「將軍善畫蓋有神」，總結前段。然後接寫現況：「偶逢佳士亦寫真」，偶而逢到有品格之士，也為他們寫真。然而有品格者，非日日可逢，衣食則不可一日能無。「即今漂泊干戈際，屢貌尋常行路人。」為著衣食溫飽，來者不拒，將軍亦常為任何路人畫像了。此六句寫戰亂中，將軍不得不以賣畫為生。曹霸傳記，至此戛然而止。按曹霸繪畫是一代國手，官至左武衛將軍。在天寶末年，因事得罪，被革職為平民，後來落魄潦倒，一至於此。篇首寫其當初之才氣，正為篇末淒涼景況之反襯。

最後兩句：「但看古來盛名下，終日坎壈纏其身」。是傳記之贊。詩人借曹霸之潦倒，來鳴自己胸中之不平，並道出千古盛名之士末路之悲哀！

末段八句結出平聲真韻，寫曹霸今日之沒落。

(八)就佈局言，金聖歎云：「起處寫將軍之當時，極其寵縱。結更寫將軍之今日，極其悲涼。中間述其丹青之恩遇。以畫馬為主；馬之前後，又以功臣佳士來襯。起頭之上，又有起頭；煞尾之下，又有煞尾。至於插入學書衛夫人一段，授弟子韓幹一段，昔日右軍為弟子，賢過其師；今日將軍得弟子，師賢於弟。波瀾迭出，分外爭奇，卻一氣混成，真乃匠心獨運之筆！」（《選批杜詩》頁一一九）

(九)就謀篇言：劉中和云：「這首詩格律最為謹嚴。章法、佈局、結構，井然有條不紊，最值得效法。全詩每八句一換韻，四十句凡五次換韻，整整齊齊，如四方形石刻楷書碑文。而內容縱橫變化，如神龍莫測。足為杜詩中如椽大筆的代表傑作！」（《杜詩研究》頁一七七——一七八頁）

(十)就音節言，黃永武云：「七古的換韻，不能太疏，不能太密，應視詩中情節氣氛而定。大抵意轉折時換韻多，意直達時換韻少。就此詩為例：全詩轉韻五次，平轉為仄，仄轉為平，間亦平轉為平。意雖曲折，韻雖屢易，但仍如一氣呵成。大概在標明主旨時用平聲韻，在迂徐曼衍時用仄聲韻。平仄互換。句數每八句一換，均勻嚴整。結尾處用平韻，悠揚唱出，教人一唱三歎！」（《中國詩學．鑑賞篇》頁一七四）

(十一)就主旨言：浦起龍《讀杜心解》云：「讀此詩莫忘卻『贈曹將軍霸』五字，通篇感慨淋漓，都從此五字出。自來注家只解作題畫，不知詩意卻是感遇也。但其盛其衰，總是從畫上見。故曰『丹青引』。」並云：「詩人之作此詩，身歷興衰，感時撫事，唯其胸中有淚，是以言之有物。」

㈢另外，黃永武還指出，此詩詠馬縮連先帝的追思：「詩人對玄宗惓惓不忘，玄宗曾欣賞詩人的三大禮賦，並一度召試文章。詩人終身感激。凡與玄宗有關的一事一物，無不反覆吟嘆。此詩第二段呼『開元』年號，追憶『承恩』的榮寵。第三段再呼『先帝』。第四段又呼『至尊』。末段言先帝歿後，這位畫家一貧如洗。畫家一身的盛衰，就繫於先帝事業的盛衰。明皇愛真馬，也愛畫馬。愛真馬是為開邊的武功，愛畫馬是為倡導藝術的文治。文治武功均彪炳一時的唐玄宗，使杜甫永懷難忘。」（《中國詩學・思想篇》頁一六一）黃永武別出心裁，有此論點，饒有趣致，附錄於此。詩人另有〈韋諷錄事宅觀曹將軍畫馬圖〉詩，亦詠曹將軍畫馬，則顯然露出其追念玄宗之情懷。

樂府

前出塞（九首選一）

挽弓當挽強，用箭當用長。射人先射馬，擒賊先擒王。
殺人亦有限，列國自有疆。苟能制侵陵，豈在多殺傷？

【語　譯】

拉弓弦的時候當然要拉強硬的弓，射箭的時候當然要射出長的箭。兩軍交戰時，射騎馬的人不如先射馬。馬的身軀較大，不穿盔甲，比較容易射中。馬被射倒了，騎在馬身上的人自然也倒下。敵人眾多，難於一一制服；如果將他們的首領捉到，他們全體也會因群龍無首而解散了。殺人是有限度的。各個國家皆有特定的疆土。如果能制止侵略，何必一定要用死傷慘重的方法呢？

【析賞】

㈠〈前出塞〉是樂府橫吹曲辭。《錢注杜詩》：「前出塞為征秦隴之兵赴交河而作。前則主上好武，窮兵開邊，故以軍中苦樂之辭言之。」詩人詠有「前出塞」九首，此其六。

㈡首聯兩句是就戰術言。

㈢次聯兩句是就戰略言。明代張綖《杜通杜古》云：「章意只在擒王一句，上三句皆引興語；下四句，則申明不必濫殺之故。上半疊用成語，擒王則眾自降，即所謂殲其渠魁，脅從罔治也。」

㈣第三聯兩句是就國策言：各有領土，應和平共存，互不相犯。「列國自有疆」，是古今中外皆應遵守之國際公法。

㈤末聯兩句是詩人之戰爭觀。如果能夠制止侵犯，不必一定要用武力。不得已而用武力時，也不一定弄得死傷慘重。「豈在多殺傷」對黷武主義者當頭棒喝！

㈥詩人此詩涉及戰爭各方面之問題，可抵得一篇軍事論文。含有《韓非子》：「兵者兇器也，不可不審用也」之意。

㈦黃生《杜說》云：「前四句，似謠似諺，最是樂府妙境。」又云：「戰陣多殺傷，始自秦人。蓋以首級論功，前代無是也。至於出塞之舉，則始於漢武帝，當時衛青屢勝，然士卒大半物故矣。明皇不恤其民，而遠慕秦皇漢武，此詩託諷良深。」

(八)王嗣奭《杜臆》評：「他人有前四句，必無後四句。兼此八句，方是仁者無敵之師。三代而後，誰復領此？論兵邁古，此老（杜甫）蓋自道也。」

兵車行

車轔轔，馬蕭蕭，行人弓箭各在腰。耶孃妻子走相送，塵埃不見咸陽橋。牽衣頓足攔道哭，哭聲直上干雲霄！

道旁過者問行人，行人但云點行頻。或從十五北防河，便至四十西營田。去時里正與裹頭，歸來頭白還戍邊。邊庭流血成海水，武皇開邊意未已。

君不聞：漢家山東二百州，千村萬落生荊杞。縱有健婦把鋤犁，禾生隴畝無東西。況復秦兵耐苦戰，被驅不異犬與雞。

長者雖有問，役夫敢申恨？且如今年冬，未休關西卒。縣官急索租，租稅從何出？

信知生男惡，反是生女好；生女猶得嫁比鄰，生男埋沒隨百草！

君不見：青海頭，古來白骨無人收！新鬼煩冤舊鬼哭，天陰雨濕聲啾啾！

【語 譯】

車聲轔轔地響著，馬兒蕭蕭地叫著，出發征戍的人們，腰旁都繫著弓箭。他們的爺娘妻子都來相送。地面上塵埃飛揚，連偌大的咸陽橋都看不清楚了。家屬們拉著征夫們的衣服，跺著腳，擋在路上號哭，哭的聲音一直衝上了雲天！

道路旁經過的人問出發的征夫。征夫只說徵召得太頻繁哪！有的人十五歲時便被徵去參與黃河以北的防務，直到四十歲時還被轉派到西方去屯田。他們去的時候，里長還為他們裹著頭巾去應徵。他們回來的時候，頭髮都白了，還要去戍守邊疆。邊疆流的血已像海水一樣多，可是天子擴張疆土的野心還沒有終止！

難道你未聽說過嗎？華山以東有二百個州郡，那裡千萬個村落都雜草蔓生了。縱然還有些健壯的婦人鋤地犁田；可是人力不夠，田畝亂七八糟，連田埂界限都看不見了。關東如此。至於那些在關西古代秦地的士卒們，不消說因為他們耐苦作戰，故像雞狗似的，拉上戰場，聽任宰殺。

你老先生雖然有問，但我們這些征戍士卒又那敢申訴內心的怨恨呢？就拿今年冬天來說吧，關西士卒都沒有休假回家。縣官們便急促地來向農民催繳租稅了。這些農家那裡能繳出租稅呢？

人們這才知道生男孩反而不如生女兒的好。生下女兒還能嫁給左右鄰居，生了男孩只有等著埋葬在荒郊野草中了。

先生們未看到嗎？青海那邊疆之地，自古以來不知道有多少白骨暴露在那裡無人收斂。新死的呼喊死得冤枉，舊死的不斷啼哭。在天色陰沉，雨水潮濕的時候，只聽到啾啾地鬼哭神號！

【析 賞】

㈠此首七言古詩是新樂府詩。大概作於天寶十一年。唐玄宗窮兵黷武，連年對吐蕃與南詔用兵。為了補充兵額，縣吏捕人，枷送軍所。行者愁怨。家人送之，哭聲震野。詩人就其所見所聞而作此詩。大致可分三大段。

㈡首段至「哭聲直上干雲霄」，寫征夫出發，家屬送別時之悲慘景象：車行馬鳴，被迫應徵者在官吏押送下，身著戎裝，腰掛弓箭。送行家屬父母妻子等，牽衣頓足，哭聲高入雲霄。一幅紛亂悲慘畫面！其間用家屬「牽衣頓足攔道哭」之具體形象，並且接下「哭聲直上干雲霄」，連用兩「哭」字，強烈地描繪家人難捨難分之情！使人深切地感到妻離子散家破人亡的悲痛，這是詩人所目擊。

㈢第二段詩人改用敘述方式，耳聞征夫之直接控訴。這一段可分兩層：

第一層「行人但云點行頻」是總起。以下八句寫征調之無已。「或從十五北防河」，十五歲尚未成年。「裏頭」是當作成年人之意。唐制凡百戶為一里，里置里正一人。當時壯丁俱亡，又搜至少小，故里正為十五歲者裹頭當作成年人去補充兵額。「武皇」在表面上指漢武帝，唐人常以漢喻唐，故實際上指唐玄宗。唐玄宗連年向南詔、吐蕃等用兵，以貫徹其擴張領土的慾望，死傷無數，血流成河。

第二層六句自「漢家山東二百州」至「被驅不異犬與雞」，言由此招致農村破產。「山東」指華山以東地區。此二百州即整個中國之中原。「千村萬落生荊杞」，是壯丁盡被徵調，農田無人耕作。「秦」指今之陝西地區，古為秦地。民性強悍善戰，古時有「關東出相，關西出將」之說。「被驅不異犬與雞」，是猶今日人海戰術之將士兵充當炮灰。

中文古代無標點符號，此段之「道旁過者」指詩人自己，「行者」是被徵之征夫。此段可能有兩種解說，其一是整段全文皆是行人之所述。其二是「行人但云點行頻」。征夫只說「徵兵徵得太兇哪」。其餘段中各句，皆是詩人之觀感。按唐玄宗初期有開元之治，媲美貞觀。後來好大喜功。天寶年間，窮兵黷武。天寶八年，命哥舒翰率兵六萬三千，攻數百人守之「百堡城」，唐軍死傷以萬計。天寶十年，命劍南節度使鮮于仲通討伐南詔蠻。大敗於瀘南。士卒死者六萬，仲通僅以身免。詩人晚年追憶往事，在其〈遣懷〉詩中云：「先帝正好武，寰海未凋枯。猛將收西域，長戟破林胡。百萬攻一城，獻捷不云輸。組練去如泥，尺土負百夫。」邊將報喜不報敗，驅使百萬之眾，換取一尺土地！

(四)第三段，仍藉征夫之口，繼寫苦情，可細分之：

前四句「且如今年冬，未休關西卒。縣官急索租，租稅從何出？」顯示政府軍政與財政兩方面政策之失調。在「千村萬落生荊杞」，「未休關西卒」之情形下，政府仍向人民催繳租稅，人民從何繳起？

是「信知生男惡，反是生女好。」中國向來重男輕女，現在反而「女勝於男」，是至痛之言。是在「生男埋沒隨百草」之下，人民心理上傷痛決絕的反映。

注意此段一開始：「長者雖有問，役夫敢申恨？」筆法上一轉折。在此「長者」當然是詩人自己。「役夫」即被徵出發之征夫。「敢」字極為沉痛。隱有敢怒不敢言的痛苦。讀者在讀此詩時，須略作頓挫。征夫雖云不敢言，抑不住悲憤，終於吐出苦水。元代吳師道評曰：「尋常讀之，不過以為漫語而已。更事之餘，始知此語之信。蓋賦斂之苛，貪暴之苦，非無訪察之司，陳訴之令，而言之未必見理，或反得害。不然，雖幸而伸，而異時疾怒報復之禍尤烈。此民之所以不敢言也。『雖』字、『敢』字，曲盡事情。」（《吳禮部詩話》）

(五)最後數句，詩人更由今日「生男埋沒隨百草」，而聯想到自古以來邊戰帶給人民之苦難。「新鬼煩冤舊鬼哭」，與首段之「牽衣頓足攔道哭，哭聲直上干雲霄」，前後呼應。「天陰雨濕聲啾啾」，景融於情，以景結情。

較詩人稍早之盛唐李華，作〈弔古戰場文〉，有「往往鬼哭，天陰則聞」之句。此詩以人哭始，以鬼哭終。清人方東樹《昭昧詹言》說此詩：「結與起對著，悲慘之極！見目中之行人，皆異日之鬼隊也。」

(六)仇兆鰲《杜詩詳注》詳析：「杜甫〈兵車行〉，是一頭兩腳體，下面兩扇，各有起結，各有四韻，各十四句。條理秩然，而善於曲折變化，故從來讀者不覺耳。首段敘送別悲楚之狀，乃紀事。下二段述征夫苦役之情，乃紀言。次提路人問行人，而以「君不聞」數語作收應。曰「防河」、曰「營田」、曰「戍邊」，所謂「點行頻」也。「開邊未已」，譏當日之窮兵。至於村落蕭條，夫征婦耕，則民不聊生可知。本言「秦兵」，而兼及「山東」，見無地不行役矣！末段，再提及長者，役夫，申明問答，而以「君不見」數語作總結。「未休戍卒」，應上「開邊未已」。「租稅何出」，應上「村落荊杞」。「生男」四語，因前「爺娘妻子送別」，而為此永訣之詞。「青海鬼哭」，則驅民鋒鏑之禍，至此極矣！」

㈦明代周甸《會通杜釋》評：「少陵值唐運中衰，其音響節奏，駸駸乎，變風變雅，與騷同功，兵車行則其一證。唐非無詩，求能仰窺聖作，俾益世教，如少陵者鮮矣。」

㈧單復《見讀杜愚得》云：「兵車行為明皇用兵吐蕃而作，故託漢以諷，其辭可哀也。先言人哭，後言鬼哭，中言內郡凋弊，民不聊生，此安史之亂所由起也。吁！為人君而有窮兵黷武之心者，亦當為之惻然興憫，惕然知戒矣！」

麗人行

三月三日天氣新，長安水邊多麗人。態濃意遠淑且真，肌理細膩骨肉勻；繡羅衣裳照暮春，蹙金孔雀銀麒麟。頭上何所有？翠微㔩葉垂鬢脣。背後何所見？珠壓腰衱穩稱身。就中雲幕椒房親，賜名大國虢與秦。

紫駝之峰出翠釜，水精之盤行素鱗。犀箸厭飫久未下，鑾刀縷切空紛綸。黃門飛鞚不動塵，御廚絡繹送八珍。簫管哀吟感鬼神，賓從雜遝實要津。後來鞍馬何逡巡，當軒下馬入錦茵。楊花雪落覆白蘋，青鳥飛去銜紅巾。炙手可熱勢絕倫，慎莫近前丞相嗔！

【語譯】

三月三日上巳這天，天氣晴朗。在長安曲江的水邊，許多美女來遊玩。她們姿態豔麗，氣質高尚，風度美好。她們的皮膚細膩，體態勻稱。她們穿著刺繡的衣裳，映照在暮春的陽光下，金線繡著的孔雀和銀線繡著的麒麟，華麗奪目，熠熠生輝！她們的頭上有什麼呢？極薄的翡翠玉片所做的花葉插在髮鬢上，垂在兩頰邊。有什麼東西在她們的後背上呢？珍珠結成的腰裙，正貼合著她們的腰身。在這些美女群中，那坐在撩起如雲彩的帳幕內的，是皇后的親屬，賜名叫做「虢國夫人」和「秦國夫人」。

如今她們在江邊宴會，席上都是非常珍貴的食品：紫駝的肉峰，烹在色彩鮮明的炊器裡。水晶的盤子裡盛著銀白色的鮮魚。面對著這些珍貴的食品，她們拿起犀牛作的筷子，久久地懶得下箸夾菜。因為她們都對這些食品吃膩了，現在不想再吃。使那些廚師們，用飾有鸞鈴的小刀而細切的肉絲，算是白忙了一陣子了。大內的宦官們騎著馬，蹄不沾塵地趕來趕去，又從宮中送來各種珍貴的菜餚。席旁笙簫奏出足以驚動鬼神的音樂。帶來的賓客僕從，填滿了街道。

這時有一人騎馬，懶懶洋地到來。在帳前下馬，緩步進帳，踏入錦繡般的地毯上。在這暮春時節，楊柳的飛絮，飄落在池塘的白蘋上。青色羽毛的鳥兒銜著紅絲巾飛去。此人的權勢如日中天，碰到時要小心燙手啊！你千萬不要莽撞地走上前去，提防那丞相的叱責！

【析　賞】

㈠此首七言歌行，作於天寶十二年（七五三）春，詩人借楊家遊幸曲江事，譏刺諸楊之驕侈荒淫；但措辭含蓄委婉。全詩大體上可分三段。

㈡首段十二句統寫上巳日曲江美女如雲，描寫麗人體態服飾之美，極盡鋪張，段末點出楊氏姊妹。

開端兩句「三月三日天氣新，長安水邊多麗人」，先點出時間、氣候、地點與人物。按「三月三日」為「上巳」日。人民習俗要到水邊濯洗以祓除不祥。實際上成為遊春踏青之日。「長安水邊」指曲江，為長安遊樂勝地。「多麗人」，點明詩題。

繼即以「態濃意遠」、「肌理細膩」，具體地描繪麗人。並且在服飾上渲染其富貴華麗。

段末，畫龍點睛地點出楊貴妃之姊妹「虢國夫人」與「秦國夫人」。她們在雲幕中，是椒房之親屬。「雲幕」可解為飾有雲彩之帳幕；也可解為帳幕之重重如雲。「椒房」是漢代皇后的宮室，以椒末和泥塗壁，溫暖且有香氣。《舊唐書．楊貴妃傳》：「有姊三人，皆有才貌。玄宗並封以國夫人之號。長曰大姨，封韓國；三姨封虢國；八姨封秦國；並承恩澤，出入宮掖，勢傾天下。」

詩中因字數所限，只舉虢、秦，以一概三。

㈢第二段八句，寫楊氏姊妹之飲食排場，與明皇寵賜之優渥：「犀箸厭飫久未下」，極寫其味盡水陸，席盡珍饈之事。「黃門飛鞚不動塵，御廚絡繹送八珍」，諸楊出遊，玄宗竟派太監不停地送來御膳，可見皇帝對其寵愛之深。「簫管哀吟」寫聲樂之盛。「賓從雜遝」寫趨附之眾。凡此皆極寫其豪華驕侈之情景。

㈣第三段六句隱射楊國忠與虢國夫人之曖昧關係與楊國忠之驕橫：注意在筆法上，詩人寫楊國忠之來到，並未明寫顯赫之勢；只說一人鞍馬逡巡而來，「當軒下馬入錦茵」。接著兩句寫景後，在全篇之終，才洩出「丞相」二字，猶如繪畫之畫龍後點睛，筆法超絕！

細讀詩中詞句，此人「當軒下馬」時，已顯示其目中無人，毫無顧忌的姿態。「入錦茵」後，接著「楊花雪落覆白蘋」。表面上看似在寫當時景色，時值暮春，楊花隨風飛揚，飄落水面。民間向有楊花入水化為浮萍之說。然而在隱射中，此句是寫楊國忠與虢國夫人之隱私關係。蓋以楊國忠雖姓楊，與楊貴妃姊妹等本無血統關係，一說他是武后佞人張易之之子。他與虢國間之曖昧關係，史實上多有記載。《樂史・楊太真外傳》：「國忠賜第在宮東門之南，虢國相對。韓國秦國，甍棟相接。天子幸其第，必過五家，賞賜燕樂……虢國又與國忠亂焉。略無儀檢。每入朝謁，國忠與韓，虢連轡，揮鞭驟馬，以為諧謔。從官與嫗百餘騎，秉燭如晝，鮮裝袨服而行，亦無蒙蔽。衢路觀者如堵，無不駭歎！」《舊唐書・楊貴妃傳》亦載：「玄宗每年十月幸華清宮，國忠姊妹五家扈從。每家為一隊，著一色衣。五家合隊，映照如百花之煥發。而遺鈿墜舄，瑟瑟珠翠，燦爛芳馥於路。而國忠私於虢國，不避雄狐之刺。每人朝，或聯鑣方駕，不施帷幔。每三朝慶賀，五鼓待漏，靚妝盈巷，蠟炬如晝。」雖然，唐時男女之關係，不若宋代以後禮教之嚴守分界；然而以楊國忠與虢國夫人之身分地位，在眾目睽睽之下，竟敢如此之不拘形跡，可見其驕縱狂妄的程度，令人駭異！

同時，此詩「楊花雪落覆白蘋」之句，可能又使人聯想諧音之楊華故事。《梁書．楊華傳》：「華少有勇力，容貌雄偉，胡太后逼通之。華懼及禍，乃率部曲來降，胡太后追思之。作『楊白花』詩：『陽春二三月，楊柳齊作花，春風一夜入閨闥，楊花飄蕩落南家。含情出戶腳無力，拾得楊花淚沾臆，秋去春還雙燕子，願銜楊花入巢裡』」。詩裡以楊花喻其情人楊華，希望他能回到她的身邊。本詩「楊花雪落覆白蘋」，則隱示楊國忠之投入虢國夫人懷抱。

詩人意猶未足，再接下去云：「青鳥飛去銜紅巾」，按「青鳥」乃神話中為西王母傳信之神鳥。「紅巾」是高貴婦女之手帕一類之飾物。紅巾被青鳥銜去，隱射虢國與楊國忠間之交往。或者神鳥將他們倆人的祕情傳之於外。

最後，「炙手可熱勢絕倫，慎莫近前丞相嗔！」言丞相權勢絕倫，千萬不要觸怒了他。還是小心，最好別要走近他！

清代盧元昌《杜闡》指出此詩；「中云『賜名大國虢與秦』，後云『慎莫近前丞相嗔』，玩此二語，則當時上下驕淫瀆倫亂禮，已顯然言下矣。」

㈤詩人本是「疾惡懷剛腸」（〈壯遊〉詩句）之人，但此詩似乎只寫楊貴妃姊妹服飾華麗、飲食排場，與楊國忠聲勢炫赫者。清代仇兆鰲《杜詩詳注》說此詩：「語極鋪揚，而意含諷刺。故富麗中特有清剛之氣」。施補華《峴傭說詩》評說：「〈麗人行〉前半竭力形容楊氏姊妹之游冶淫佚，後半敘國忠之氣焰逼人，絕不作一斷語，使人於意外得之。此詩之善諷也。」浦起龍《讀杜心解》認為此詩含蓄，說此詩「無一刺譏語，描摹處語語刺譏；無一慨嘆聲，點逗處聲聲慨嘆！」錢基博《中國文學史》評此詩：「柔聲曼調，意態曲盡，脫胎庾子山。而沉鬱頓挫，於濃腴中出奇峭，則少陵所獨。結句『炙手可熱勢絕倫，慎莫近前丞相嗔！』滿腹塊壘。只是如此，戛然而止，令人意會言外。然同一傷心事，悲歌慷慨。而〈兵車行〉以盡為奇，〈麗人行〉以不盡為奇。亦見逆鱗可犯，城狐難嗔！」

㈥此詩作於天寶十二年，唐玄宗寵愛楊貴妃。楊國忠為相，楊氏權傾天下。此詩譏刺諸楊之驕奢無度。二年後，安祿山造反。再一年，玄宗逃蜀，途中在馬嵬坡殺楊國忠，賜死楊貴妃，自已亦禪位於肅宗，以息民怨。

哀王孫

長安城頭頭白烏，夜飛延秋門上呼。又向人家啄大屋，屋底達官走避胡。金鞭斷折九馬死，骨肉不得同馳驅！

腰下寶玦青珊瑚，可憐王孫泣路隅。問之不肯道姓名，但道困苦乞為奴。已經百日竄荊棘，身上無有完肌膚。高帝子孫盡隆準，龍種自與常人殊。豺狼在邑龍在野，王孫善保千金軀！

不敢長語臨交衢，且為王孫立斯須。昨夜東風吹血腥，東來橐駝滿舊都。朔方健兒好身手，昔何勇銳今何愚！竊聞天子已傳位，聖德北服南單于。花門剺面請雪恥，慎勿出口他人狙。哀哉王孫慎勿疏！五陵佳氣無時無！

【語譯】

長安城頭上有許多白頭的烏鴉，夜間飛上延秋門上啼叫，又到高官人家的屋頂啄食。屋裡的高官們為躲避胡人而逃走了。皇上於急忙趕路時，金鞭都打斷，御馬甚至被打死；他自顧不暇地逃奔，至親骨肉們都不能跟著一齊逃走！

我忽然看見一個身佩青色珊瑚半環的人，是個可憐的皇家子孫在路旁哭泣。問他他也不肯說出姓名，只說很困苦，請求可作別人家的奴僕。他已經伏匿在草野荊棘之中百日了，身上幾乎沒有一處沒有傷痕。但他究竟是帝王的子孫，高高的鼻樑與眾不同。現在安祿山的叛軍如豺狼般地佔據了長安；皇帝出奔，你們這些帝王子孫們也得好好地保重自己貴重的身體啊！

我不敢和你在這交通要道多談，暫且陪你站一會兒吧：昨天夜晚東風吹來一片屍首血腥氣味。

東來的駱駝充滿了這長安的古都。那些身手矯健的北方健兒們，過去何等勇猛，現在何等無用！以致於長安陷入賊手。聽說天子已經傳位給太子了。新皇帝聖明賢德，北方的回紇已來臣服。面刺花紋的回紇軍願為唐室雪恥。我告訴你這些消息，你要謹慎不說出口，小心伏在暗中的歹徒對你不利啊！可憐你們這些帝王子孫們，一定不要疏忽呀！安心等待吧！唐朝祖先們的陵墓上，還始終籠罩著一片興隆吉祥的氣象哩！

【析　賞】

㈠天寶十四年十一月，安祿山在范陽舉兵叛變。翌年六月，攻破潼關，長安震動。十二日黎明，玄宗率楊氏兄妹與親近宦官等，出延安門，奔往四川。詩人身陷長安，在街頭邂逅一王孫而作此詩，藉此以記當時喪亂實況，而寓哀傷之思。

㈡首段六句，先寫長安離亂景象，首句「長安城頭頭白烏」起興，先言它物以引起主題。中國人民一向視烏鴉為凶鳥，頭白的「白頭烏」當然是更凶。《三國典略》：「侯景篡位，令飾朱雀門。其日有白頭烏萬計集於門樓。童謠曰：『白頭烏，拂朱雀，還與吳。』」此詩以侯景喻安祿山，白頭烏飛鳴，顯示出凶兆。同時以鳥雀驚飛，渲染大難臨頭之氣氛。

「夜飛延秋門上呼」，「延秋門」是長安南門，玄宗逃難時從此門出奔，根據《唐鑑》：「乙未黎明，帝獨與貴妃姊妹，王子、妃、主、皇孫、楊國忠、陳元禮及親近宦官宮人出延秋門，妃、主、王孫之不在者，皆委之而去。」

「又向人家啄大屋，屋底達官走避胡」。「大屋」泛指高官貴族之房屋。《禮記．檀弓》注：「受命於君者名達於上，謂之達官」。此處託言「達官走避胡」，乃為玄宗掩飾之詞。事實上，玄宗倉皇逃難時，隨同逃奔之大臣無幾，百官皆不知皇帝出奔。翌晨早朝時，禁衛方通報皇帝已出奔矣。

「金鞭斷折九馬死」。「金鞭」是皇帝之馬鞭，「九馬」是御用之良馬。鞭折馬死，可見皇帝急切逃難之狀。自顧尚且不暇，當然「骨肉不得同馳驅」。由此引起以下被遺棄之王孫。

㈢中段十句寫邂逅王孫：詩人忽見有人「腰下寶玦青珊瑚」。從其身佩之寶物上，可知其人是「可憐王孫」，未隨皇上逃走，在「泣路隅」。

「問之不肯道姓名，但道困苦乞為奴。已經百日竄荊棘，身上無有完肌膚。」極寫王孫狼狽不堪之狀。「不肯道姓名」，可見其知道說出自己姓名後之危險。且已百日伏匿於荊棘之中，以求隱蔽。然而體無完膚之情形下，猶腰佩寶玦，暴露貴族身分，可見其未經世故，不通人情。「困苦乞為奴」，更十足地顯示其毫無骨氣，即今人之所謂「膿包」。《南史》：「齊明派柯令孫去殺建安王子真。王子真叩頭乞為奴。不得而死。」詩人引用此典，說此王孫「乞為奴」，深含譏諷之意。

不過，詩人仍認為此王孫是龍種，希望他「善保千金軀」。顯示詩人對王室之忠貞，以長者惻然之仁心，對此王孫寄予哀憐之情，掩蓋了譏諷之意。這是本詩之深沉渾厚之處。

㈣末段寫詩人之撫慰王孫：「不敢長語臨交衢，且為王孫立斯須。」二人站在街頭，暫且談一下。「不敢長語」四字，顯示詩人誠惶誠恐之態。

詩人先說敵人之情勢：「昨夜東風吹血腥，東來橐駝滿舊都。」《唐書・史思明傳》：「祿山陷兩京，以橐駝運御府珍寶往范陽，不知紀極。」

繼而感嘆我軍之敗績：「朔方健兒好身手，昔何勇銳今何愚！」言安祿山西來時，哥舒翰率河隴朔方兵及蕃兵二十萬拒之於潼關，敗績後，長安隨之失陷。

轉而密告王孫好消息：「竊聞天子已傳位，聖德北服南單于。花門剺面請雪恥。」言天寶十年七月，肅宗即位於靈武，並得到回紇援軍。「南單于」、「花門」皆指回紇。「剺面」意謂割血流面以示信。言回紇首領割面宣誓，願為朝廷效命。

言至此，詩人突然終止，警告王孫「慎勿出口他人狙」。「狙」是一種猴類，善於伏暗處突出撲人，故凡從暗中突出擊人，稱之為「狙擊」。此「狙」字即意謂「狙擊」！注意按照律詩常法與此詩行文，常用四句申展一概念。此詩中自「竊聞」至「雪恥」只三句，突然中止，可想見此時一定有旁人走來，故而詩人立即截斷談話。詩人見王孫面有喜色，乃低聲附耳，囑其「慎勿出口他人狙」。詩人此種突轉句法，必須細讀，方可見其「無言勝有言」之妙處。

㈤末聯在「哀哉」之後，又復囑「王孫慎勿疏」！充分描繪長者對不諳世故的後輩關顧之情。最後結尾一句「五陵佳氣無時無」。「五陵」是長安城北之唐代帝王之陵寢。《唐紀》：「高祖葬長陵，惠帝葬安陵，景帝葬陽陵，武帝葬茂陵，昭帝葬平陵，謂之五陵」。「佳氣」是吉祥之氣。

此句言皇陵有佳氣，預兆王室必興，寬慰王孫。詩人並非對此王孫有何期許，只是對唐室王朝之祝禱；與「北征」詩尾之「佳氣向金闕」、「園陵固有神」，語意相同。

此詩以「長安城頭頭白烏」凶兆之事實始，以「五陵佳氣無時無」之吉兆祝禱終，遙遙相對，首尾對照。

㈥全篇描繪詩人街頭邂逅王孫之事，以溫厚長者之態度，對哀泣路隅之王孫，表示哀憐之情。最重要者，從詩之描繪中，此王孫並不精明，看來並無出息，而詩人對之猶關顧備至，叮嚀再三者，因此王孫為皇室後裔。可見詩人對皇室固有無限之忠忱也。

注意此詩中所見之王孫是一「無骨氣」之膿包，。詩人對他談話之中，並未言及乘機起義之事，並非詩人無此想，只因此王孫毫無膽識，不足與言也。

㈦張戒《歲寒堂詩話》析評：「觀子美此詩，可謂心存社稷矣。烏朝飛而夜宿，今夜飛延秋門上呼，又向人家啄大屋者，長安城中兵亂也。鞭至於斷折，馬至於九死，骨肉不得同馳驅，則達官走避胡之急也。以龍種與常人殊，又囑王孫，使善保千金軀，則愛惜宗室子孫也。雖以在賊中之故，不敢長話臨交衢，然且為王孫立斯須者，哀之不忍去也。朔方健兒非不好手，而昔何勇銳今何愚，不能抗賊，使宗室子孫，狼狽至此極也。竊聞太子已傳位，必言太子者，亦以言神器所歸，吾君之子也。言聖德北服南單于，又言花門助順，所以慰王孫也。其哀王孫如此，心存社稷而已。有人以為此詩是刺明皇，失子美詩意。」

錢基博《中國文學史》評此詩：「丁寧惻怛，曲盡眉語目視光景。而以跌宕昭彰之筆，寓路隅畏泣之情，道路以目，欲言不言，神妙直到秋毫巔！」

哀江頭

少陵野老吞聲哭，春日潛行曲江曲。江頭宮殿鎖千門，細柳新蒲為誰綠？

憶昔霓旌下南苑，苑中萬物生顏色，昭陽殿裡第一人，同輦隨君侍君側。輦前才人帶弓箭，白馬嚼齧黃金勒。翻身向天仰射雲，一笑正墜雙飛翼。

明眸皓齒今何在？血污遊魂歸不得。清渭東流劍閣深，去住彼此無消息，人生有情淚霑臆，江草江花豈終極？

黃昏胡騎塵滿城，欲往城南望城北。

【語譯】

我這個出身杜陵鄉野的老頭子，春天時靜悄悄地來到這曲江的轉彎處，不敢成聲的在哭著。看到這曲江岸上所有宮殿的門都已鎖閉。那岸邊纖細的垂柳，水面新生的菖蒲，一片翠綠。是供誰來欣賞呢？

回憶過去皇上在彩色奪目的旌旗掩護中，駕臨芙蓉苑時，這苑中一切景物，都平添光彩。那昭陽殿中最得寵幸的楊貴妃，侍候在皇帝身旁，同坐在一輛御車上。御車前的女官帶著弓箭，騎著口銜黃金口勒的白馬，翻轉腰身向天空雲層射箭。一箭正好射中雙飛鳥兒的翅膀，鳥兒就墜落在馬前。引起楊貴妃開顏一笑！

那眼睛明亮、牙齒雪白的美人，現在何處呢？一身血污、飄蕩的遊魂是回不來的了。在她縊死的地方，那條澄清的渭水向東流去。唐明皇南去蜀地，劍閣的雲影一片陰森。一個葬身水濱，一個遠去蜀地，死者存者，彼此皆不通消息了。人生原是有情感的，想起此事來不免眼淚流落胸前。看那江水自流，花草自開自謝，自榮自枯，那有終止的時候？

天色黃昏了，胡人騎馬，激起的塵土，飛揚滿城。我心神慌亂，分辨不清方向，我要往城南去，眼睛還望著城北。

【析　賞】

㈠此詩是至德二年春，安祿山佔據長安，詩人身陷城中，偶到長安勝地之曲江，想及楊貴妃受寵往事之作。

㈡首段四句寫詩人潛行曲江，看到景物依舊，而感人事全非，不禁淚下。首句「少陵野老吞聲哭」，「少陵野老」是詩人自稱，蓋以詩人祖籍杜陵。「吞聲哭」是流淚而不敢哭。次句「春日潛行曲江曲」，「春日」紀時。「潛行」者因城為賊軍所佔有，詩人是悄悄前來。「曲江」是長安遊覽勝地。開元中疏鑿，南有紫雲樓、芙蓉池，西有杏園、慈恩寺。花卉環繞，煙水明媚。「江頭宮殿鎖千門，細柳新蒲為誰綠？」寫宮苑一片荒寂，春光無人領受之情景。與「庭樹不知人去盡，春來猶發舊時花」，同一意境，對比無常與永恆。康駢《劇談錄》：「曲江池入夏則菰蒲蔥翠，柳陰四合，碧波紅蕖，湛然可愛」。詩人特提此景，意謂千門之細柳新蒲，為貴妃之細柳新蒲。不意往日曲江之春有貴妃，今日曲江之春無貴妃也。句中之「誰」字起下文之「第一人」，緊接呼應。

㈢中段八句回憶舊日玄宗與貴妃遊幸於此，以及貴妃之受寵幸。前四句寫貴妃：「憶昔霓旌下南苑」，「霓旌」言皇帝車駕之旗幟招展如虹霓，借代指明皇親臨。「南苑」即芙蓉苑，在曲江南端。「苑中萬物生顏色」，因御駕親臨，南苑萬物皆增光彩。「昭陽殿裡第一人」，指楊貴妃。採自李白宮中行樂詞中之「宮中誰第一，飛燕在昭陽」，以漢代昭陽殿之趙飛燕指唐代之楊貴妃。「同輦隨君侍君側」，「輦」是皇帝所乘之車。《漢書．外戚傳》記漢成帝欲與班婕妤同車而行。班據賢君之理，婉言拒絕。此處既寫貴妃之專寵，亦隱諷玄宗之荒唐。

後四句以輦前弓人之射鳥，反襯楊貴妃之驕健。「一笑正墜雙飛翼」，「一笑」指楊貴妃之一笑。雙鳥墜落正好暗示玄宗與貴妃之終局。「比翼雙飛」之誓言，轉成千古長恨！

㈣末段八句寫詩人之感慨：「明眸皓齒今何在？」「明眸皓齒」指楊貴妃。「血污遊魂歸不得」！指楊貴妃縊死於馬嵬坡事。昔日之明眸皓齒，轉成今日之「血污遊魂」，強烈對比。馬嵬南濱渭水。明皇遠走四川，必經劍閣。「清渭東流劍閣深」，死者長埋，生者遠去。「去住彼此無消息」，黃泉人世，消息永隔。縱使聖主多情，妃子遊魂永難隨從。

詩人由貴妃與明皇之悲劇，引發人生聚散無常之悲哀：「人生有情淚霑臆，江草江花豈終極？」呼應首段「江頭宮殿鎖千門，細柳新蒲為誰綠？」點明全篇主旨。

末聯「黃昏胡騎塵滿城」，胡騎指安祿山之軍馬，祿山原是胡人。「塵滿城」回應首聯「潛行」之故。「欲往城南望城北」，有兩種解說。1.「望」即「向」之意。寫詩人意亂心迷。以致城南城北莫知所之，如陸游《老學庵筆記》所言：「方惶惑避死之際，欲往城南，乃不能記孰為南北也。」此倉皇之情，與篇首之「潛行」呼應。2.其時肅宗即位靈武，位於長安之北。「望城北」有北望王師中興之意。

㈤仇兆鰲《杜詩詳注》解析：「哀江頭，首段有故宮離黍之感。曰『吞聲』、曰『潛行』，恐賊知也。曰『鎖門』、曰『誰綠』，無人跡也。次段憶貴妃遊苑之事，極言盛時之樂。『苑中生色』，佳麗多也。『昭陽第一』，寵恃專也。『同輦侍君』，愛之篤也。『射禽供笑』，宮人獻媚也。末段慨馬嵬西狩之事，深致亂後之悲。妃子遊魂，明皇幸劍，死別生離極矣。『江草江花』，觸目增愁。『城南城北』，心亂目迷也。」

黃生《杜說》云：「此詩半露半含，若悲若諷。天寶之亂，實楊氏為禍階。杜公身事明皇，既不宜直諫，又不敢曲諱。如此用筆，淺深極為合宜。」

㈥黃永武以現代電影「轉位」技巧的角度，來解析此詩：輦前才人「一笑正墜雙飛翼」，緊接「明眸皓齒今何在？血污遊魂歸不得」。由「鳥」忽然引接為「人」。突然引接為貴妃哀聲命絕，鮮血灑地的場景。這種意象鏡頭之間，利用「血污遊魂」的共通性，作為媒介，使二個並不連續的意象，相互引接。同時這「歸不得」的血污遊魂，與下文「清渭東流」中不回頭的逝水，也有形義上相似的共通性，所以遊魂下接著逝水；再接著「彼此無消息」的惆悵，用「轉位」來解釋，饒有意趣。

㈦百年後，白居易作〈長恨歌〉，詳寫明皇與楊貴妃之悲劇。後人常將兩詩相比較：此詩之「清渭東流劍閣深，去住彼此無消息」，正是白歌之「一別音容兩渺茫」；此詩之「人生有情淚霑臆，江草江花豈終極？」是白歌：「蜀江水碧蜀山青，聖主朝朝暮暮情」之先河。此七言詩二十句，白歌七言一百二十句。此詩含蓄隱微，白歌快直鋪張，各有千秋！

張戒偏愛此詩而輕視白歌。認為此詩隱藏白歌之美：「〈哀江頭〉云：『昭陽殿裡第一人，同輦隨君侍君側』。不待云『嬌侍夜』、『醉和春』，而太真之專寵可知；不待云『玉容』、『梨花』，而太真之絕色可想也。至於言一時行樂事，不斥言太真，而但言輦前才人，此意猶不可及。如云『翻身向天仰射雲，一笑正墜雙飛翼』。不待云『緩歌慢舞凝絲竹，盡日君王看不足』。而一時行樂可喜事，筆端畫出，宛在目前。『江草江花豈終極？』不待云『比翼鳥』、『連理枝』、『此恨綿綿無絕期』。而無窮之恨，黍離麥秀之悲，寄於言外。題云『哀江頭』，乃子美在賊中時，潛行曲江，睹江草江花，哀思而作，其詞婉而雅，其意微而有禮，真可謂得詩人之旨者。」（《歲寒堂詩話》卷上）

新安吏

客行新安道，喧呼聞點兵。「借問新安吏，縣小更無丁？」「府帖昨夜下，次選中男行。」中男絕短小，何以守王城？肥男有母送，瘦男獨伶俜，白水暮東流，青山猶哭聲。莫自使眼枯，收汝淚縱橫。眼淚即見骨，天地終無情！

我軍取相州，日夕望其平。豈意賊難料，歸軍星散營。就糧近故壘，練卒依舊京。掘壕不到水，牧馬役亦輕，況乃王師順，撫養甚分明，送行勿泣血，僕射如父兄。

【語譯】

我從新安的路上走來，聽到一陣陣嘈雜的聲音，原來是徵兵正在點名。我問新安的官吏：「這縣太小，再也沒有壯丁嗎？」官吏說：「昨夜接到河南府點名名簿，要中男來當兵。」看來這些中男身軀短小，如何能用來守衛城池呢？這些被徵的兵丁中，身體肥胖的，還有母親來送行。那些瘦弱的，膽怯怯地踽踽前來。河裡白浪翻湧，黃昏中向東流去；青山旁還聽到哭聲。我勸你們：還是收下眼淚吧！不要把眼睛哭壞了。縱使哭乾了眼淚，見到骨頭。天地仍然是無情的！我軍上次就將攻取相州，本想亂即可平。不料賊軍夾擊。我軍敗退後，零零星星地在各地整編，希望捲土重來。

你們這次去，糧食補給近在古老堡壘。士卒訓練就在洛陽附近。你們挖戰壕，也不必掘到出水那樣深。牧放馬匹的工作，也還算是輕鬆。更何況國軍是為正義而戰的，一切安撫養育的辦法也都很清楚。你們送行的家屬們就不必哭得血淚斑斑地了。大家不必擔憂，統帥郭子儀是像父兄一樣的愛護士兵的！

【析賞】

㈠唐肅宗至德二年（七五七）冬，郭子儀、李光弼等收復兩京。乾元元年（七五八）冬，郭子儀等九節度使率兵二十萬圍困安慶緒於鄴城（今河北臨漳），希望平定安史之亂。然軍無統帥，朝廷派宦官魚朝恩為觀軍容宣慰使，名將郭子儀不得自專。久圍不下。次年春，史思明率軍來援安慶緒，唐軍大敗。諸節度使各潰歸本鎮，郭子儀退守河陽（即孟津，今河南孟縣）。是役唐軍元氣大傷，洛陽震動。為應戰事之急，官府四出抽丁。百姓苦不堪言。這時詩人正好從洛陽回華州任所，沿途見差役抓丁，如狼似虎，一片紛亂悽慘景象。又適逢關輔大饑。乃就耳聞目睹，作三吏（〈新安吏〉、〈潼關吏〉、〈石壕吏〉）、三別（〈新婚別〉、〈垂老別〉、〈無家別〉）。這六篇擬樂府詩，是安史亂中之血淚史詩。茲選析其二吏三別。

㈡本篇敘朝廷徵兵戍守東部洛陽，語多慨慰。

㈢開端「客行新安道」，「客」指詩人自己，因此時詩人是旅客路經新安。「新安」即今河南省新安縣。「喧呼聞點兵」點明主題，「點兵」即收集兵丁。「喧呼」二字已見官吏之粗暴與人民之擾攘。

「借問新安吏，縣小更無丁？」是詩人之問。「更無丁」者非無丁，乃小縣中僅有的壯年男子已被徵盡也。

「府帖昨夜下，次選中男行」，是吏答。昨夜府帖下，今即執行，可見事之緊急。唐制男子二十三歲以上為丁，十八以上為中男。因丁盡而下及中男，則大男已在軍中矣。

「中男絕短小，何以守王城？」可能解作詩人對吏之責問。亦可解作詩人見一般中男體質後所感之疑詫，是詩人之自言自語。「肥男有母送，瘦男獨伶俜」，暗示無父，或父親不敢出面送行。被徵者，前看「白水暮東流」，自己即將如水之流去；回顧「青山猶哭聲」，耳中仍然聽到家人之哭聲。

「莫自使眼枯」之四句，是詩人對出發者與送行者之勸慰。「天地終無情」言哭也無用，官府是不會放過你們的。人世本就無情，充分顯示其無助感。王嗣奭《杜臆》：「此處不言朝廷而言天地，諱之也」。

㈣中段「我軍取相州，日夕望其平。豈意賊難料，歸軍星散營」，是詩人對時局之觀感。念及今日局勢之所以如此緊急，由於鄴城之敗。「相州」即鄴城，是黃河以北之重鎮，兩軍爭奪之焦點。「望其平」者希望早日可取得鄴城，平定安慶緒之亂，不意功敗垂成。「散營」是各歸各屬之建制。加一「星」字，則是零零星星地回去，潰不成軍之狀。此處不言兵敗而云「星散營」，是為官軍隱護之詞。

(五)末段八句仍回到詩人對被徵者與送行者寬慰之詞。仇兆鰲《杜詩詳注》：「曰就糧，見有食也。曰練卒，非臨陣也。曰掘壕牧馬，見役無險也。且師順則可制勝，撫養則能優恤，俱說得愷至動情。此子美居心之可欽可敬處，詩人之溫柔敦厚者也。」

篇末「僕射如父兄」，指郭子儀，其時雖已進位「中書」，詩中仍以其舊職稱之。郭素以待士卒仁厚著稱，詩人故以此語寬慰被徵與送行者，可以放心前去也。

石壕吏

暮投石壕村，有吏夜捉人。老翁踰牆走，老婦出看門。吏呼一何怒，婦啼一何苦！

聽婦前致詞：「三男鄴城戍。一男附書至，二男新戰死。存者且偷生，死者長已矣！室中更無人，惟有乳下孫。有孫母未去，出入無完裙。老嫗力雖衰，請從吏夜歸，急應河陽役，猶得備晨炊。」

夜久語聲絕，如聞泣幽咽。天明登前途，獨與老翁別！

【語　譯】

黃昏時我投宿石壕村，夜裡官吏來捉人。這家的老頭子越牆逃走，由老婆婆開門應付官吏。

官吏們呼喝得多麼兇惡可怕！老婆婆啼哭得又是多麼悽慘可憐！

側耳細聽，老婆婆在說：「我家三個兒子都去參加鄴城的戰役了，其中一個兒子捎信來說，那兩個兒子都陣亡了。我家活著的人苟且在偷生，死去的人再也不能回來了。現在我家裡沒有別的人，只剩下個還在吃奶的小孫子。小孫子的媽媽還沒有走。我家太窮，她連一條可穿出門的裙子都沒有。我這老太婆雖已年老力衰，今天就跟你們官吏大人們一塊去吧！趕快的去河陽參加工作，也許還趕得上為士兵們準備早餐哩。」

夜深下來，說話的聲音沒有了，暗地裡好像有人在嗚咽哭泣。天亮我再上路時，只有老頭子與我道別！

【析　賞】

㈠此詩是一短篇小說。

首段首句交代時間（暮）與地點（石壕村）。石壕村在今河南省陝縣東七十里。

次句「有吏夜捉人」是全篇故事之中心。縣吏知道老百姓白天躲藏起來，抓不到人，故黑夜突然襲擊。但百姓深受抓丁之苦，深夜一聽到門外有響聲，就知道又來抓人。「老翁踰牆走」，連老翁也嚇得越牆逃走。「老婦出看門」，由老婦開門來應付，因為從來還未有官府抓老婦的事。「吏呼一何怒，」刻畫出縣吏兇狠惡毒的嘴臉。「婦啼一何苦！」老婦的啼哭非常悽慘。此兩句用一「呼」一「啼」，一「怒」一「苦」，形成強烈的對比。明代陸時雍《詩境總論》評：「其事何長，其言何簡。吏呼二語，便當數十言，文章家所云要會，以去形而得情，去情而得神故也。」

㈡中段「聽婦前致詞」十四句，皆是老婦之哭訴。此段苦訴，伴隨縣吏的呵斥，可分為四層。詩韻亦隨之改換四次：

1.首先：「三男鄴城戍」。我家所有三個兒子都服兵役，投入鄴城戰役。

2.而且：「一男附書至，二男新戰死」，一個兒子捎信來，說我那另外兩個兒子都已戰死。如今我家：「存者且偷生，死者長已矣！」

3.顯然，縣吏因無人可抓，仍在大發雷霆。屋內乳孩，被驚嚇而放聲大哭。老婦只得據實稟告：「室內更無人」，家中沒有男人。「惟有乳下孫」，只有一個尚在吃奶的小孫子。「有孫母未去」，嬰兒仍需奶吃。媳婦因餵奶，尚未回娘家去。老婦惟恐媳婦又被抓走，即說我家中非常貧窮，不讓媳婦出面，說她「出入無完裙」，我媳婦衣服破爛，不便出面見人。

4.但是，縣吏坐下，仍然逼迫不已。老婦為著保全老翁，照顧乳孫寡媳。最後，只好決心犧牲自己。自動請求隨吏夜歸，「急應河陽役」。說她「力雖衰」，「猶得備晨炊」。訴求到此結束，似乎縣吏勉強首肯，帶著老婦而去。

㈢末段，「夜久語聲絕」，糾纏很久，夜深中縣吏攜老婦離開。萬籟俱寂中「如聞泣幽咽」，詩人只聽到嗚咽飲泣之聲，大概是那僥倖逃脫之媳婦，哭其丈夫新死，乳嬰在懷，婆婆抓走後，未來如何生活？或者潛逃又偷回之老翁，哭他在二子新死，老婆又被抓去後之命運。將來又如何隻手照顧寡媳乳孫？或者翁媳為老婦被帶走，一時手足無措，在無助無望之下，皆在飲泣吞聲。當然，詩人之內心，亦在飲泣幽咽。

「天明登前途，獨與老翁別」。記事到此，戛然而止。老翁之心情如何？詩人之感想如何？皆留待讀者去想像，言有盡而情無已！

(四)此詩寫一家一夜中之悲劇，皆從詩人耳聞中得之。反映千家萬戶之苦難。不加議論：字字沉痛，感人肺腑！

新婚別

兔絲附蓬麻，引蔓故不長。嫁女與征夫，不如棄路旁。結髮為君妻，席不暖君床，暮婚晨告別，無乃太匆忙！君行雖不遠，守邊赴河陽。妾身未分明，何以拜姑嫜？

父母養我時，日夜令我藏。生女有所歸，雞狗亦得將。君今生死地，沉痛迫中腸。誓欲隨君去，形勢反蒼黃。

勿為新婚念，努力事戎行。婦人在軍中，兵氣恐不揚。

自嗟貧家女，久致羅襦裳。羅襦不復施，對君洗紅妝。

仰視百鳥飛，大小必雙翔。人事多錯迕，與君永相望！

【語譯】

兔絲附攀著蓬麻寄生，故而長高不到哪裡去。人家如將女兒嫁給一個被徵服役的丈夫，還不如遺棄在路旁的好。像我現在與你剛剛結婚，床還沒有睡暖，你就被徵去了。晚上剛結婚，你翌日清晨就與我告別，不是太匆忙了嗎？你現在雖然走得不太遠，只是到河陽去守邊界。可是我在這婆家，情形一點都不清楚，叫我怎樣去服侍婆婆姑姑們呢？

想起來我父母養育我的時候，一天到晚把我藏在家裡。女兒嫁出後，即跟隨夫君。你現在生活在危險之地。我內心非常沉痛。我要與你同去共生死，但情勢反而更加翻覆。

我只好望你不要以我倆的新婚為念，好好地在軍中服役。如果我這婦女在你軍中，也怕對你軍中的士氣有不良的影響。

我自己只哀嘆生在貧窮之家。忙了好久，做了幾件好衣服。現在這幾件好衣服也不用穿了，對著你把我所有的胭脂花粉都洗掉算了。

抬頭看看天上成群的鳥雀在飛，大大小小的都是成雙成對。人間的事卻如此錯雜坎坷，我與你永遠地彼此想望罷！

【析　賞】

㈠此詩是新婦對征夫臨別之言。

㈡開端四句，黃生《杜說》解：「此詩用比興發端，兔絲，常附於松柏，蓬、麻亦皆草，故蔓均不長。」

「嫁女與征夫，不如棄路旁」，是牢騷語。

㈢寫「不如棄路旁」之原因。在於「暮婚晨告別」。此句是全篇中心。亦是自「結髮為君妻」至「何以拜姑嫜」八句之重點。因「無乃太匆忙」而衍生我作新婦之種種困難。諸如在人事上，我不諳新家庭中姑嫜諸人之喜惡與個性，以及其他各親友近鄰之關係。在物質上，我不知家庭之經濟與生計上各方面之問題，甚至家中衣物碗盞在何處亦茫然無知。「妾身未分明」意謂我個人對各事毫不知曉，如何可以負起家庭中新婦的任務？

㈣激情之下，乃有「誓欲隨君去」之幻想。「父母養我時」，是望「生女有所歸」。希望我出嫁有個歸宿。「君今生死地」，所以我亦「誓欲隨君去」。這是在「沉痛迫中腸」之下感情衝動之反映。事實上，當然無法實現，故立即言「形勢反蒼黃」，而戛然中止。

此段八句，自「父母養我時」說起以蓄勢。其中「日夜令我藏」，如語譯中照字面解說是把我藏在深閨，從來不與任何外界之異性接觸。但是我懷疑這「藏」字可能是「臧」字之誤。臧，善也，則全句意謂「父母要我好」，似更圓滿。

㈤在此情形下，新婦對征夫可能做的，只有二事：

其一是「勿為新婚念，努力事戎行」。自己正為新婚念，反而勸丈夫勿以新婚為念，專心服役。並以「婦女在軍中，兵氣恐不揚」為托詞，且呼應上文。此兩句取自《漢書・李陵傳》：「我士氣少衰而鼓不起者，何也？軍中豈有女子乎？搜得皆斬之。」

其二是「對君洗紅妝」。中國古諺云：「女為悅己者容。」中國古代婦女，無社交生活，一生中接觸之外界異性只有丈夫。丈夫是其唯一之悅己者。夫君既出，何以容為？故新婦對征夫自誓：「羅襦不復施，對君洗紅妝。」而在「羅襦不復施」之前，加上「自嗟貧家女，久致羅襦裳」。意謂我本貧寒，好不容易「久致」才有之「羅襦裳」，原想婚後可服。又一頓挫，以加強今日「羅襦不復施」之可悲！

羅大經《鶴林玉露》評：「國風『豈無膏沐，誰適為容？』蓋古之婦人，夫不在家，則不為容飾，此遠嫌防微之意也。杜詩『羅襦不復施，對君洗紅妝』，尤可悲矣。國風之後，唯杜陵不可及者，此類是也。」

㈥最後，「仰視百鳥飛，大小必雙翔」，觸景生情，感到人不如鳥之痛。又一轉自認「人事多錯迕」，但願「與君永相望」以終結。

㈦此詩每二句或四句一轉折。寫新婚夫婦恩情難捨之情。曲折纏綿，肝腸寸斷！

㈧王嗣奭《杜臆》云：「此詩代婦人語，而揣摩以發其隱情。『暮婚晨告別』，是詩柄。篇中有極細心語，如『妾身未分明』二句、『婦人在軍中』二句，是也。有極大綱常語，如『勿為新婚念』一句，『羅襦不復施』兩句，是也，真三百篇嫡裔！」

仇兆鰲《杜詩詳注》云：「陳琳〈飲馬長城窟行〉，設為問答。此三吏、三別諸篇，所自來也。

而『新婚』一章，敘室家離別之情，及夫婦始終之分，全祖樂府遺意，而沉痛更為過之。此詩，君字七見：君妻、君床，事之暫也。君行、君往，別之速也。隨君，情之切也。對君，情久傷也。與君永相望，志之貞且堅也。頻頻呼君，幾於一聲一淚！」

垂老別

四郊未寧靜，垂老不得安。子孫陣亡盡，焉用身獨完？投杖出門去，同行為辛酸。

幸有牙齒存，所悲骨髓乾。男兒既介冑，長揖別上官。

老妻臥路啼，歲暮衣裳單！孰知是死別？且復傷其寒！此去不必歸，還聞勸加餐！

土門壁甚堅，杏園度亦難。勢異鄴城下，縱死時猶寬。人生有離合，豈擇衰盛端？憶昔少壯日，遲回竟長嘆！

萬國盡征伐，烽火被岡巒，積屍草木腥，流血川原丹。何鄉為樂土？安敢尚盤桓？棄絕蓬室居，塌然摧肺肝！

【語譯】

全國都不寧靜，年老的人也得不到安息。子孫們都戰死了。我一人如何能單獨地活下去？率性摔掉枴杖，出門去從軍算了。同時入役的人看到我這年老的人來入伍，都覺辛酸。

我慶幸自己的牙齒還未脫落，只可悲這把骨頭都老乾了。我身為男子漢，載起頭盔，穿起甲冑來，也煞有介事的模樣，向長官作個大揖，登上征程。

我老妻臥倒在送行的路旁啼哭，哭著說當這年終之際，天氣寒冷而我衣裳單薄。她那裡知道這是死別？還在為我將受寒而傷心！我這一去，不是必然能夠回來，她還在勸我要多吃些飯！

土門的牆壁很堅固，敵人要想在杏園渡河也很困難。敵我形勢與過去在鄴城之下不同。我縱然難免一死，也還要等到一些時間。人生本來有分離，有聚會，不管是老年還是壯年。回憶我倆年輕的時候，我回家略遲一點，妳還長聲嘆息哩。

現在許多國家都在打仗，到處烽火連天。地上堆積的屍體，使草木都有腥氣。流血將河流與平野都染紅了。哪裡還有安樂的地方？我怎敢徘徊不去？我棄絕我多年的茅草房子，丟下老伴。從此生死異路。想起來不禁頹然，肺肝崩裂！

【賞析】

㈠此詩是一老年征夫之自述。

㈡首段六句先道出垂老從軍之原因。在「四郊未寧靜」之動亂時期，自己垂老不得安寧！感歎「子孫陣亡盡」，覺得「焉用身獨完」。於是「投杖出門去」從軍。「同行」之人見如此老人來從軍，都感「辛酸」。

㈢第二段四句寫從軍。老人自慰自憐，自覺「幸有牙齒存，所悲骨髓乾」。悲慨登程，「男兒既介冑，長揖別上官」，儼然糾糾武夫，老當益壯！

㈣第三段六句寫老妻之送別。「老妻臥路啼」，不知是「死別」，是「不必歸」，而仍慮我衣單，勸我加餐！寫夫婦愛顧之情，入木三分。其最感人處，是老妻「孰知是死別」之情況下，「且復傷其寒！」老翁在心知「此去不必歸」之心情中，「還聞勸加餐！」在極不尋常之中，作老夫老妻相互之間極平常之表現。筆法極妙，感人極深！

當然此六句也可自老征夫方面來解說，同樣地辛酸：他眼看老妻臥路啼，當此歲暮之時，她仍衣裳單薄。老征夫不能判定他這行是死別，還可憐老妻受寒。他不知他這一去不能回來，還勸老妻要多吃些飯，不要餓壞了。

㈤第四段「土門」以下四句是老人故作寬慰之詞。「人生有離合」二句，顯示無助感。「憶昔少壯日」二句一頓挫。中文動詞本身不隨時間而變化，末句「遲回竟長嘆」，也可作他現時嘆息往日解。

㈥第五段「萬國」四句寫戰爭帶給人民之苦難，呼應本篇之首句。「何鄉為樂土」總結以上四句。「安敢尚盤桓？」呼應首段「焉用身獨完？」

「棄絕蓬室居」呼應「投杖出門去」。總結全篇之離家別妻。最後，「塌然摧肺肝」，內心之悲痛，噴薄而出！

(七)仇兆鰲《杜詩詳注》：「此詩，乃傷亂激為奮身之語。言與其遭亂而死，不如討賊而亡。毅然有敵愾勤王之義！前云遲迴長嘆，尚以年邁自憐。繼云安敢盤桓，不復以身家為念矣！」

無家別

寂寞天寶後，園廬但蒿藜。我里百餘家，世亂各東西，存者無消息，死者為塵泥。賤子因陣敗，歸來尋舊蹊。久行見空巷，日瘦氣慘悽。但見狐與狸，豎毛怒我啼。四鄰何所有？一二老寡妻！宿鳥戀本枝，安辭且窮棲？方春獨荷鋤，日暮還灌畦。縣吏知我至，召令習鼓鞞。雖從本州役，內顧無所攜。近行止一身，遠去終轉迷。家鄉既盪盡，遠近理亦齊。永痛長病母，五年委溝谿，生我不得力，終身兩酸嘶！人生無家別，何以為烝黎？

【語譯】

天寶亂後，田園廬舍，蕩然無存，可見者只是荒草而已。我家的村莊原有百餘戶人家，世亂後分散各地。活著的行蹤沒有消息，死了的都變成泥土。

我因為仗打敗了，回來找家鄉的老路。走了很久，看見的都是空巷。日色也昏暗無光。只見到一些野狗，毛髮聳立，向我怒叫。左鄰右舍還有些什麼呢？不過一兩個年老的寡婦而已！

夜間棲宿的鳥兒還依戀著原來的樹枝，我又怎麼忍心捨得離此而去？姑且湊合著過活吧！春天才到，我便單獨地負荷著鋤頭去耕種，天晚回來灌溉田園。

縣城裡的官吏知道我回家了，召集我去參加軍事訓練。雖然在本州服役，我妻室無有，也就沒有什麼可攜帶的了。近處我來往只是一個光桿子；遠去的話，那就不知道要到什麼地去了。我家鄉既已蕩然無存，遠近也就都是一樣了。

最令我痛心的是我那多年有病的老母。上次我服役，她死後五年都不得安葬。她白白地養育我這個無用的兒子。母子兩人，貧困傷心，抱恨終生！

人生到敗陣歸來，又被徵調、無家可別。試問，老百姓如何可以生存呢？

【析賞】

㈠這首詩是敗兵回鄉又被重徵之自述。

㈡首段十四句寫戰敗歸來，目睹家鄉之悽慘景象。詩中之狐狸想是無人豢養之野狗，貌似狐狸，面對他豎毛怒吼。兇惡飢餓之態，活靈活現。見之聞之，毛骨悚然！突出戰後居民無存之悽厲景象。「久行」承「尋舊蹊」，傳「尋」之神。「一二老寡妻」以及「空巷」，呼應篇首「園廬但蒿藜」與「世亂各東西」。皆烘托亂後荒涼景象。

㈢中段「宿鳥」四句，轉筆寫征夫回鄉耕作，試求偷生苟活。

㈣第三段自「縣吏知我至」以下八句，又轉筆寫重被徵召。「鼓鞞」是戰鼓，大者曰鼓，小者曰鞞。「習鼓鞞」猶言習戰，即今之軍事訓練。下六句中有三轉折。首言「本州役」是在本地受訓，繼言「遠去終轉迷」，將來不知將往何處作戰。終於想到「遠近理亦齊」。既然孑然一身，到那裡都是一樣。

㈤第四段「永痛長病母」，想起上次服兵役之時，母病不能照顧。母死不在身邊，母死後五年未得安葬，愧為人子，母子含恨終生！

㈥最後以反詰語作結：「人生無家別，何以為烝黎？」言人生既無家告別，猶被逼迫重征，亂世百姓竟如此痛苦！當然，此最後兩句，也可解說是詩人之慨嘆。

㈦仇兆鰲《杜詩詳注》指出：「此詩有數句迭有開闔者，如云『從役本州』，幸之也。『內無所攜』，傷之也。隻身近行，非比遠去，又以本州為幸矣。『家鄉既盡，遠近齊等』，即在本州亦傷矣。語意輾轉悲痛！『無所攜』，無與離別者。『終轉迷』，言往無定所。『兩酸嘶』，謂母子飲恨。『為蒸黎』，不得比於人數也。」

㈧本人所選析之以上五首詩，皆以徵兵為中心之題材，從新安吏至無家別，題既分陳，作亦殊體，由淺入深。征調從中男至三男，累及老婦，新婚即離，垂老仍役，以及重徵老兵。其故事有詩人之親見，詩人之耳聞；或者藉當事人新婦、老翁、老兵之自述。要皆文字樸實，蘊而不掩，韻律沉雄，哀而不怨。是文學上不可多見之佳作。敘述安史亂中社會之史實，補充官府正史之不足，故亦視為「詩史」。同時，也含有稱道其詩類似司馬遷《史記》筆法之意。

(九)王嗣奭《杜臆》評：「此數章詩，非親見不能作；他人雖親見，亦不能作。公往來東都，目擊成詩，若有神使之，遂下千古之淚！」又云：「新安，憫中男也，其詞如慈母保赤。石壕，作老婦語。新婚，作新婦語。垂老、無家，其苦自知而不能自達，一一刻畫宛然，同工異曲，隨物賦形，真造化手也！」

(十)盧元昌《杜闡》指出唐人之作此類詩是由於實行府兵制：「先王以六族安萬民，使民有室家之樂。今新安無丁。石壕遺嫗，新婚有怨曠之夫婦，垂老痛陣亡之子孫。至戰敗逃歸者，又復不免。河北生靈，幾於靡有子遺矣！唐之危而不亡者，賴太宗德澤在人，而思明自殞於蕭牆。唐人作詩，多言遣戍從軍之苦，而宋元以下無聞矣。蓋唐用府兵，兵即取之於民，故有別離室家，遠罹鋒鏑，及親朋送行歷歷悲慘之情。宋明之師，或用召募，或用屯軍。出征臨戰，皆其身所習熟，而分所當然者，故詩人亦不復為哀苦之吟矣。」

(土)杜甫一向是忠於唐王朝，希望早日平亂者。在目睹徵兵帶給人民苦難時，內心雖然非常痛苦；但他作這些詩之目的，並非是反戰的。張綖《杜工部詩通》對於這一點有很好的解釋：「凡公（指杜甫）此等詩，不專是刺。蓋兵者兇器，聖人不得已而用之。故可已不可已者，則刺之。不得已而用者，則慰之哀之。若兵車行，前後出塞之類，皆刺也。此可已而不已者也。若夫新安吏之類，則慰也。石壕吏之類，則哀也。此不得已而用者也。然天子有道，守在四夷，則所以慰哀之者，是亦刺也。」

㈢楊倫《杜詩鏡銓》論說：「自六朝以來，樂府題率多摹擬剽竊，陳陳相因，最為可厭。子美出而獨就當時所感觸，上憫國難，下痛民窮，隨意立題，盡脫去前人窠臼。意謂五言古體詩，大多從漢魏樂府而來。詩人此五首詩，以新題材、新作法，開拓漢魏樂府詩之領域，可視為詩人之新樂府詩。」

歌行

飲中八仙歌

知章騎馬似乘船，眼花落井水底眠。
汝陽三斗始朝天，道逢麴車口流涎，恨不移封向酒泉。
左相日興費萬錢，飲如長鯨吸百川，銜杯樂聖稱避賢。
宗之瀟灑美少年，舉觴白眼望青天，皎如玉樹臨風前。
蘇晉長齋繡佛前，醉中往往愛逃禪。
李白一斗詩百篇，長安市上酒家眠，天子呼來不上船，自稱臣是酒中仙。
張旭三杯草聖傳，脫帽露頂王公前，揮毫落紙如雲煙。
焦遂五斗方卓然，高談雄辯驚四筵。

【語譯】

賀知章醉了時，騎在馬上卻覺得坐在船上。眼睛看不清道路，失足落下井去，便在井底昏睡。

汝陽王李璡要先喝三斗酒後才去朝覲天子。路上逢到運酒的車子，口水便流下來。恨不得天子改封他作「酒泉王」。

左丞相李適之，每日辦起酒會來要花上萬的錢。暢飲起來就像大鯨魚吸飲百川一樣地灌下肚去。口裡銜著酒杯，像魏時徐邈一樣，自願作「中聖人」，把相位讓給賢人。

崔宗之是位很瀟灑的美男子。飲酒時狂傲地對青天泛白眼；他的神態，像棵玉樹站在風中一樣。

蘇晉無酒時在繡佛前長齋唸佛；可是喝醉了酒，便逃避禪門的功課。

李白喝了一斗酒後，可作百篇詩。他在長安市上酒家睡眠，天子傳召他的時候，也不肯上船，自稱他是「酒中仙」，不受人間指使。

張旭是世所公認的「草聖」。飲了三杯酒後，在王公前脫帽，露出禿頂。在紙上下筆揮毫起來，如雲煙一樣！

焦遂口吃。但是飲了五斗酒後，便卓然不群。高談雄辯，語驚四座！

【析賞】

㈠此歌大概是詩人四十左右旅食京華時之作品。描寫此一時期八位嗜酒名人。是歌而不是詩。

因詩中之韻腳字不能重用；而此篇中，「船」、「眠」、「天」字二用，「前」字三用，不合詩之「規則」。然而全篇卻皆用先部韻，一韻到底。非常適合歌唱，這是全歌音韻上的特色。

此歌所詠之八人，在當時並無「八仙」之雅號。詩人就其見聞所及，將八人嗜酒、飲酒、與酒後之形態，並寫於一歌之中，冠以「飲中八仙」之名。劉中和《杜詩研究》對此歌有極精彩之析評，列舉詩人以八種寫法，描繪八人。

㈡第一位酒仙賀知章，浙江紹興人。初唐名詩人，且任高官。因南人習船而不習馬，故詩人說他「騎馬似乘船」，形容其姿態；並虛構「眼花落井」即在井底眠。詩人用虛構手法誇張其酒後糊塗。

㈢第二位酒仙李璡，他是王子。朝見天子之前要先飲三斗酒，不怕失儀。在路上遇到運酒的車子，還要流口水。恨不得被封作「酒泉王」而不是「汝陽王」。（當然，「酒泉」是甘肅一地名，不一定是有酒之泉，可無限量地供應他美酒。）詩人用舉一斑以示全豹的點睛法，寫其見酒貪饞。

㈣第三位酒仙李適之，官拜左丞相。《舊唐書》：「李適之雅好賓友，飲酒一斗不亂。天寶元年，代牛仙客為左相，與李林甫不協，為其陰中。五載，罷知政事。遽命親知歡會。賦詩曰：『避賢初罷相，樂聖且銜杯。為問門前客，今朝幾個來？』」本歌即用其句。其所云「樂聖」，則根據《三國志．魏志．徐貌傳》：「邈私飲，至於沉醉。校事趙達問以曹事，邈曰：『中聖人。』」以醉酒為「中聖人」。詩人用幽默寫法，寫其為人愛酒豪放。

㈤第四位酒仙崔宗之。描繪其人風度瀟灑如玉樹臨風。而舉觴則白眼望青天，高傲不凡，目中無人。詩人用描繪寫法，寫其人舉酒高傲。

㈥第五位酒仙蘇晉，歷官戶、吏兩部侍郎，及太子左庶子。無酒之時吃長齋，在刺繡之佛像前虔誠唸經。一旦有酒，便逃禪如小兒之逃學了。詩人用正反寫法，寫其人對酒落拓。

㈦第六位酒仙李白作詩。斗酒之後，可作詩百篇。在唐玄宗面前，他曾在酒醉後，作〈清平調〉「雲想衣裳花想容」詩三首。有一次唐玄宗泛舟白蓮池，召見李白作詩。李白已醉，帝命高力士扶之上船，李白自稱是「酒中仙」。詩人用傳記寫法，寫其人恃酒疏狂。

㈧第七位酒仙張旭，世稱「草聖」。借酒助興，傳說他曾於喝醉後用頭髮沾墨汁寫字。醒後自視，以為神異。人稱之為「張顛」。詩中說他「脫帽露頂王公前」，可見其玩世不恭；「揮毫落紙如雲煙」，故為草書聖手。詩人用特點寫法，寫其人借酒酣暢。

㈨第八位酒仙焦遂，有口吃之病。《唐史拾遺》說他口吃，對客不出一言，醉後酬答如注射，時人目為「酒吃」。詩中說他口吃，講話不靈光；但飲五斗酒後，高談闊論，口若懸河，語驚四座。詩人用重點寫法，寫其人得酒興奮。

㈩全歌八段，分寫八人，各段寫一酒仙。每段皆以一酒仙之名開始。注意在各段皆以名始之不變中，姓名之用，又有其變。人之姓名有三字，難於全部嵌入一詩句之內，故在前四人中，在各段之始，李璡以爵位之「汝陽」始，李適之以官位之「左丞」始。賀知章是朝中秘書監，崔宗之是侍御史，二人當時已負盛名，乃用其名而略其姓。後四人中皆用單名，其中蘇晉焦遂二人，知名度不高。當然非用姓名不可。李白是詩中「謫仙」，張旭是書法中「草聖」。唐時李白詩歌，張旭草書，與裴旻劍舞，合稱為唐代三絕。知名度雖然不成問題，然而亦不能僅舉一名或姓，故亦用其單名。

(十一)在寫八仙中，描寫詩人之句數不同：有用兩句者三，其所寫與酒有關之實事則各一：賀知章酒後頭暈，「騎馬似乘船」是其酒醉後之神態，下句「落井」乃虛構以博一粲。蘇晉有酒即逃禪，焦遂酒後則言談無礙。

有用三句者四：寫汝陽王者二句實（三斗始朝天，逢麴車口流涎），一句虛（移封向酒泉）。寫左相者三句皆實。寫宗之者三句中僅「舉觴白眼望青天」是實。寫張旭者亦二句實（脫帽王公前，揮毫如雲煙），一句虛（草聖傳）。

寫四句者惟李白一人，四句中三實（斗酒詩百篇，呼來不上船，自稱酒中仙），「長安市上眠」與「天子呼來不上船」是一事。

所以全篇中對各人所寫之多寡不同，所寫之虛實不一，參差不齊，變化多端！

(十二)在章法上，此歌八段，前無導言，後無結論，突然而來，戛然而止。以二、三、四句不等，分寫八人嗜酒、舉觴與醉後之神態。參差錯落中顯示酒仙共同之特性，章法出神入化！

(十三)在佈局上，全歌八段分寫八人，每段皆以人名開始。八人齊頭並列，而對各人之描繪，二、

三、四句不齊，讀之如一散文。全歌各段各成一首。全歌八段又合成一首，佈局新穎奇特！

(十四)在詩歌之結構上，此歌雖分寫八人，而賀知章之「似乘船」，與李白之「不上船」；汝陽之「三斗」，李白之「一斗」。與焦遂之「五斗」；左相「長鯨吸百川」之大量，與張旭「三杯」之少量。語彙皆前後互相照應，全篇結構嚴密。

(十五)在人物上，一歌寫八人，已非易事。如果此八人中有人嚴謹、有人狂放、有人溫和、有人粗暴，性情相去甚遠，尚可下筆。而此歌中八人卻皆嗜酒，皆是「狂放不羈」、「玩世不恭」一類人物，實在很難寫得好。詩人用二、三、四句，不同寫法，將八個不同典型之人，醉中神態，一一寫出，描聲繪影，使讀者如見其人，如聞其聲！所有八人，在詩人筆下，皆愛酒愛得可愛。信乎！詩人「下筆如有神」也。

(十六)明代王嗣奭《杜臆》評：「此係創格，前古無所因，後人不能學。描寫八人，各極生平醉趣，而都帶仙氣。或兩句，或三句、四句，如雲在晴空，卷舒自如，亦詩中之仙也。」

錢基博《中國文學史》評：「類敘八人，直起直落，就『飲中』二字生發，描寫八人性情，繪影繪聲，各極其妙。寫八人同而不同，不類而類。此太史公『游俠』、『滑稽』諸傳體也，尤難大筆淋漓，如酒氣拂拂之從十指中出，此之謂景與人稱，人與事稱。」

醉時歌

諸公袞袞登臺省，廣文先生官獨冷。甲第紛紛厭粱肉，廣文先生飯不足。先生有道出羲皇，先生有才過屈宋。德尊一代常轗軻，名垂萬古知何用？

杜陵野客人更嗤，被褐短窄鬢如絲。日糴太倉五升米，時赴鄭老同襟期。得錢即相覓，沽酒不復疑。忘形到爾汝，痛飲真吾師。

清夜沉沉動春酌，燈前細雨簷花落。但覺高歌有鬼神，焉知餓死填溝壑？相如逸才親滌器，子雲識字終投閣。

先生早賦歸去來，石田茅屋荒蒼苔。儒術於我何有哉？孔丘盜跖俱塵埃！不須聞此意慘愴，生前相遇且銜杯！

【語譯】

諸公一個接一個地登上了高官要職，雖獨我廣文先生坐著冷板凳。高官們紛紛住著高大的官邸，吃厭了精美的飯菜；唯獨我廣文先生食不果腹。廣文先生的德行直接從伏羲傳來，廣文先生的才學勝過屈原、宋玉，舉世尊敬有德的人時常生活上遇到困難，名垂萬古有什麼用處？

我這個杜陵野老更為人們所嗤笑，穿著的粗布衣既短又窄，頰髮白如銀絲。每天領取官家濟貧的五升米糊口，時常到鄭老那裡去聚會，彼此倒很投契相得。我有錢就去找他，買酒共飲。我和他得意忘形，彼此你我相稱，暢飲醉酣，他真是我的老師！

在黑暗沉沉的春夜，我和他燈前對酒，屋外細雨在簷邊下落。二人放聲高歌，似有鬼神助興，那裡知道餓死、棄身溝壑的事？看開點罷：才華卓越的司馬相如，也要親自洗滌酒器。讀書作賦的揚雄弄得要跳樓自殺！

廣文先生早有棄官隱退的打算，他家鄉的薄田茅舍已經荒蕪冷落，長滿青苔了。儒家學術對於我們有什麼用處呢？孔丘和盜跖，都同樣地化為塵土！我們不必來談這些傷感的事了。趁此生前相遇的機會，我倆姑且舉杯痛飲罷！

【析賞】

(一)此詩詩人原注：「贈廣文館博士鄭虔」。按鄭虔能詩善畫。《唐書．鄭虔傳》：「明皇愛虔才，欲置左右，以不事事；更置廣文館，以虔為博士。在館貧約，甚淡如也。」詩人在長安時與之結交。此詩大概作於天寶十三年。其時詩人已困居長安九年，仕途上一無進展，情緒非常低落，以酒澆愁，發洩胸中積鬱，詩歌細寫兩人藉酒排悶之情景。

(二)首段八句先寫鄭虔之境遇，詩人為鄭抱不平。開篇四句：如兩峰突起並峙：「諸公袞袞登臺省，廣文先生官獨冷。甲第紛紛厭粱肉，廣文先生飯不足。」以諸公「袞袞」、「臺省」、「甲第」、「粱肉」之富貴，對比廣文先生「官獨冷」、「飯不足」之寒酸，詩人為廣文先生抱不平。後四句直寫廣文先生之道德文章：「先生有道出羲皇，先生有才過屈宋」，筆鋒一揚，對廣文先生推崇至最高峰；然而「德尊一代常轗軻，名垂萬古何所用？」，「轗軻」通作「坎坷」。感慨廣文先生之際遇，筆鋒一抑，直落谷底！先生之道德文章固然「名垂萬古」，但先生「官獨冷」「飯不足」，實際上有何用處？此段末「知何用」三字，是全篇感嘆之基調！

注意在音節上，此段後四句之第五、六兩句之「先生」與前四句中第二第四兩句之「先生」頂真相接。故而此段前四句與後四句換韻而不脫節，一氣呵成，有騰挪變化之妙！此段詩中，詩人連用「先生」、「先生」二字，敬愛之中，充分流露詩人對鄭虔親切之情！

㈢於上段盡寫廣文先生後，詩人中段乃轉筆寫自己：「杜陵野客人更嗤」自稱「杜陵野客」，說他自己比廣文先生「更嗤」。在形態上：「被褐短窄鬢如絲」；在經濟上「日糴太倉五升米」；是個既老又貧之人。詩人如此描繪自己，也是與前段諸公之「登臺省」、「甲第紛紛厭粱肉」對比，說他與廣文先生之境況相同，兩人同病相憐。所以他「時赴鄭老同襟期」，倆人志同道合，將鄭老與自己接連在一起。

接著，描寫兩人共飲歡樂之情：「得錢即相覓，沽酒不復疑。忘形到爾汝，痛飲真吾師。」一詩人改用五言句，音調疾速，說他一得到錢後，就去找鄭老買酒共飲，什麼事都不計較。兩人飲醉時，彼此你我相稱，詩人對鄭老，亦師亦友，在痛飲親密中含有衷心的敬意！

劉中和指出詩中「得錢」二字，妙絕千古。認為何謂「得錢」？乃是臨時得到之錢，並非經常收入。詩人得錢之道，在於「入糴太倉五升米」。五升米超過他一日所需，乃將平價領受多餘之米，市價出售，博取額外之錢來買酒與鄭老共飲。本來「太倉米」是官家以廉價出售之米以濟貧，私人豈能出售？詩人為過酒癮也就不顧小節。詩人在詩中此句只含糊地說「得錢」，上句中暗示其得錢之玄機，幽默之至！

劉中和在其《杜詩研究》（頁四六）中對此有很精彩的描繪，他說：「我們可從這八句中，想像出來一段電影：一個『杜陵』野客，兩鬢銀白如絲，身穿一件平民粗布衣，又短又瘦，踽踽獨行，來到『太倉』門前，與一般民眾排長龍，買得了五升平價配售米。提著米袋，又踽踽走去，找個僻靜地方，把米悄悄賣掉，得了些散碎銀兩，精神為之一振。於是輕快地走向廣文館，找到鄭虔。原來鄭虔也是個窮老頭兒。老杜和老鄭露出天真的笑容，歡天喜地，如小兒得餅般地，一同去喝酒了。」

為著稍舒文氣，詩人轉回用七字繼寫兩人共飲之情：「清夜沉沉動春酌，燈前細雨簷花落。」在沉沉靜寂之夜，二人卻「但覺高歌有鬼神，焉知餓死填溝壑？」引吭高歌，不知死活，顯示兩人笑傲疏狂，旁若無人之歡情狂態。在結構上「安知餓死填溝壑」正是上文沽酒「不復疑」之注腳。

試想古人：「相如逸才親滌器，子雲識字終投閣。」「相如」是漢代大文學家司馬相如，善作賦，與卓文君開酒店。《漢書》：「相如令文君當壚，身著犢鼻褌，滌器於市中。」「子雲」是漢代辭賦家揚雄之號，博學，多識奇字。因弟子劉棻被王莽治罪而受株連。《漢書》：「雄校書天祿閣上，治獄使者來收雄。雄從閣上自投下，幾死！」由此足徵自古以來，才學之士，在世難免有委曲之時，終生可能有不測之禍。詩人特列舉此二人，說明首段「德尊一代常坎坷」，並啟下段「孔丘盜跖俱塵埃」。

㈣末段筆鋒再回到鄭老身上：「先生早賦歸去來，石田茅屋荒蒼苔。」言鄭老有意退隱。晉代大詩人陶淵明為彭澤令，不甘為五斗米折腰，棄官歸家時作〈歸去來辭〉。有云：「歸去來兮。田園將蕪胡不歸？」詩人由之而提到鄭虔之「石田茅屋荒蒼苔」，感到「儒術於我何有哉！孔丘盜跖俱塵埃！」孔丘是大成至聖，盜跖是寓言中春秋時之大盜。《莊子．盜跖》記孔子與盜跖論辯之語。詩人言孔子與盜跖並無差異，是其極端悲慨之語！

最後，結出「不須聞此意慘愴」，總結全篇之感慨。「生前相遇且銜杯！」我倆還是喝酒罷！《晉書．張翰傳》：翰曰：「使我有身後名，不如生前一杯酒。」詩人引用其句，結束「醉時歌」。

㈤王嗣奭《杜臆》評：「此詩多自道苦情，故以醉歌命題。」又云：「此篇總屬不平之鳴，無可奈何之詞；非真謂垂名無用，非真謂儒術可廢，亦非真欲孔、跖齊觀，又非真欲同尋醉鄉也。公〈詠懷〉詩云：『沉飲聊自遣，放歌破愁絕。』即可移作此詩之解。」王之評語看透詩人之本意，真「杜臆」也。

㈥此詩語意格調，皆類似李白詩。不過李杜二人之性格與處世哲學，根本不同。李之此類詩，可作曠達語視之，杜之此詩，當作是悲憤語讀之。

奉先劉少府新畫山水障歌

堂上不合生楓樹,怪底江山起煙霧!聞君掃卻赤縣圖,乘興遣畫滄洲趣。畫師亦無數,好手不可遇。對此融心神,知君重毫素。

豈但祁岳與鄭虔,筆跡遠過楊契丹。得非懸圃裂?無乃瀟湘翻?悄然坐我天姥下,耳邊已似聞清猿。反思前夜風雨急,乃是蒲城鬼神入。元氣淋漓障猶濕,真宰上訴天應泣。

野亭春還雜花遠,漁翁暝踏孤舟立。滄浪水深青溟闊,欹岸側島秋毫末。不見湘妃鼓瑟時,至今斑竹臨江活。

劉侯天機精,愛畫入骨髓。自有兩兒郎,揮灑亦莫比。大兒聰明到,能添老樹巔崖裡。小兒心孔開,貌得山僧及童子。

若耶溪,雲門寺,吾獨胡為在泥滓?青鞋布襪從此始!

【語譯】

堂上本來不該生長楓樹的啊。看那煙霧從這山水中冉冉升起,多麼奇怪呀!聽說你畫了幅中國地圖,乘著興趣再畫這幅含有隱者情趣的山水畫。世上的畫師也可說夠多了,好手卻很難遇到。我全神貫注地面對著這幅畫,知道你是注重繪畫藝術的。

你繪畫的技巧，豈只高過同時期的祁岳和鄭虔，還遠超過隋朝的楊契丹。這畫上的山，莫非是崑崙山巔坼裂而成？這畫中的水，不道是瀟湘翻倒過來嗎？看到這畫，我彷彿靜悄悄地坐在天姥山下，耳邊似乎還聽到猿猴淒清的叫聲。忽然想起前夜的風急雨驟，原來是鬼神進入了這奉先城。這畫面上陰陽二氣渾沌混和，屏障還是濕的。在這巧奪天工的藝術作品前，真主也因妒忌而上訴天庭，上天也該淚如雨下吧？

再細看這畫中的景物：春回大地，野外亭邊雜花叢開。落日黃昏，漁翁獨立孤舟之上。隱者之處水深，如大海之蒼蒼茫茫；斜岸半島，秋毫可辨。湘妃鼓瑟的情景雖然看不到，她那血淚染成的斑竹，至今還生長在江濱。

劉公天資極聰穎，他愛畫愛得入骨髓。他有兩個兒子，畫技也卓越不凡。大兒子靈機一動，能在山巔岩縫中添生幾株老樹。小兒子心竅一開，能維妙維肖地畫出山僧與童子。

看到這幅有隱者情趣的山水畫，我忽然想起那若耶溪、雲門寺等地方。我為什麼要獨自在這污濁的塵世呢？讓我穿起青鞋布襪，從此便去尋求山水名勝罷！

【析　賞】

㈠天寶十三年，詩人家小暫住奉先（今陝西蒲城），詩人有奉先之行。故此詩大概是其時之作。《文苑精華》收錄此詩，並注云：「奉先尉劉單宅作」，則劉單必是詩題中之劉少府。「少府」是縣尉之尊稱。「山水障」是畫著山水風景之屏障，在廳堂上作間隔之用。

㈡此詩突兀而起，詩人不說先見畫，而瞠目結舌，驚問：「堂上不合生楓樹，怪底江山起煙霧！」所見皆奇異之景物，活生生地呈現眼前，極寫所畫之維紗維肖！「赤縣」是中國之古稱。「滄洲」向來表示隱者之地。

㈢第二段首先二句虛筆抬高劉少府之畫技。祁岳、鄭虔皆當時之畫家。《新唐書・文藝傳》：「鄭虔善畫山水，好書，嘗自寫其詩並畫以獻帝，大署其尾曰『鄭虔三絕』。」其自信之高如此！楊契丹是隋代名畫家。《後畫錄》：「隋參軍楊契丹六法頗佳，殊豐骨氣。」

以次八句實筆描繪眼前奇異山水景物，極言劉畫之巧奪天工。詩人詰問：眼前所見之山，「得非懸圃裂？」按「懸圃」是崑崙之顛，神話中之神仙居處。眼前所見之水，「無乃瀟湘翻？」「瀟湘」是湖南二水名。詩人覺得「悄然坐我天姥下」。「天姥」是浙東名山。李白曾夢遊其地。詩人甚至於「耳邊已似聞清猿」。可見劉畫是將此等景物畫活了。詩人「融心神」，深深地浸入畫境之中。詩云「真宰上訴天應泣」。無怪乎對此真所謂「巧奪天工」之畫，鬼神也為之震驚。

㈣第三段六句詳寫畫中景物：野亭雜花。漁翁孤舟。水波蒼茫，攲岸側島，斑竹臨江。注意詩人在提到斑竹臨江時，特又附加「不見湘妃鼓瑟時」，以畫中不見之事入詩，巧妙地將詩意加入畫境！

㈤第四段「劉侯」八句，言劉侯尚有二兒善繪，衣缽得以家傳。

㈥末段四句，詩人道出自己觀畫後之感受。「若耶溪」在今浙江省紹興縣南二十里之若耶山下。

「雲門寺」在「若耶溪」畔。兩者地方風景清幽。詩人看過劉之山水畫後，令他想到若耶溪與雲門寺等風景清幽的地方。忽然自問：「吾獨胡為在泥滓？」為何自己仕途奔波，身陷泥滓？所以詩人立即醒悟，「青鞋布襪從此始」。要立刻穿上青鞋布襪，去遊山玩水，訪幽探勝！

㈦此詩極寫劉單山水畫之妙，詩人心神融入其中。情景並融，將畫中之境界與詩人之情感匯合成一體。

㈧此詩極讚劉單所繪之山水障畫，可能有誇張之處。在溢美辭句中，顯示詩人確實欣賞劉畫。大概劉畫後已失傳，故而唐代著名畫人中，罕見劉單之名。但此詩不失為詠畫最好詩歌之一。

戲題王宰畫山水圖歌

十日畫一水，五日畫一石。能事不受相促迫，王宰始肯留真跡。
壯哉崑崙方壺圖，挂君高堂之素壁。
巴陵洞庭日本東，赤岸水與銀河通，中有雲氣隨飛龍。舟人漁子入浦漵，山木盡亞洪濤風。
尤工遠勢古莫比，咫尺應須論萬里。焉得并州快剪刀，剪取吳松半江水？

【語譯】

他十日畫一道流水，五日畫一塊山石。他所擅長的事要不受催促，王宰才能下筆作畫，留下他的真正筆跡。

多麼雄壯啊，他那幅崑崙山與海上仙山的畫。懸掛在您府上高堂的白壁上！

那畫上的江水，西起巴陵洞庭，東至日本東面的大海。岸邊水波浩渺，似與天上的銀河相通。中間的雲氣隨著飛龍上下翻騰。漁夫將船划泊岸邊，山上樹木皆低伏在巨大波濤的風下。

王宰尤其擅長描繪山水遠景，古人都比不上他。他在八寸見方的畫幅上，能繪出萬里景物。我怎能得到并州的快剪刀，剪取這畫上吳淞的半江水歸家呢？

【析　賞】

㈠詩題下詩人原注：「王宰畫丹青絕倫」。《唐朝名畫錄》：「王宰家於西蜀，貞元中，韋令公以客禮待之，畫山水樹石，出於象外。」張彥遠說他多畫蜀山，珍瓏嵌空，巉嵯巧峭！

㈡此詩首寫王宰繪畫，從容不迫。「壯哉」二句寫其畫之雄偉壯麗。

㈢末段言其尤工遠勢。「咫尺應須論萬里」，源於《南史．齊武帝諸子傳》：「蕭賁於扇上圖山水，咫尺之內，便覺萬里之遙」。按周代之尺，八寸為咫。

㈣此詩末聯：「焉得并州快剪刀，剪取吳松半江水？」評者皆認為想像力活潑，構思奇特。實則前人已有此語。晉朝索靖見顧愷之的畫，愛賞不置，欣然曰：「恨不帶并州快剪刀來，剪松江半幅練紋歸去。」按并州是今之山西太原，古時以產剪刀著稱。

義鶻行

陰崖二蒼鷹，養子黑柏巔。白蛇登其巢，吞噬恣朝餐。雄飛遠求食，雌者鳴辛酸。力強不可制，黃口無半存。其父從西歸，翻身入長煙。斯須領健鶻，痛憤寄所宣。

斗上捩孤影，嗷哮來九天。修鱗脫遠枝，巨顙拆老拳。高空得蹭蹬，短草辭蜿蜒。折尾能一掉，飽腸皆已穿。生雖滅眾雛，死亦垂千年！

物情有報復，快意貴目前。茲實鷙鳥最，急難心炯然。功成失所往，用舍何其賢！

近經潏水湄，此事樵夫傳。飄蕭覺素髮，凜欲衝儒冠。人生許與分，亦在顧盼間。聊為〈義鶻行〉，用激壯士肝。

【語譯】

陽光照不到的山崖上，有兩隻蒼鷹，在黑柏樹的頂上養育著幼子。白蛇爬上鷹巢，把幼鷹吞噬，當作豐盛的早餐。這時雄鷹飛到遠處尋食去了，雌鷹辛酸地哀叫！白蛇兇惡強壯，雌鷹無法阻擋。微弱的幼鷹們苟存下來的不到一半。做父親的雄鷹從西邊歸來，一見家中慘劇，便翻身飛入雲霧裡。頃刻間領來了強健的大鶻，向牠訴說了自己悲痛的遭遇。

那大鶻聞言，陡然直上雲霄，厲聲長鳴，從高空俯衝直下！只見那修長的白蛇從高樹上掉下。大鶻強有力的巨爪，把那蛇如拳的頭頸折斷。蛇從高空翻跌下來，再也不能在短草中行動了。那折斷的尾巴還能甩動一下，飽食的腸子已被大鶻啄穿。牠生前雖吞食了些小鷹，死後卻永久留下了惡名！

按照事物的情理：幹壞事的當然要得到報復。令人心快的是這因果報應就在眼前！這大鶻實在是猛禽中之佼佼者，牠急人之難，心地光明磊落！功成之後便去無蹤影，來去進退，是何等地賢德！

我近日路過滈水岸邊，這件事是樵夫告訴我的。我聽了凜然起敬，興奮得頭上稀疏的白髮直衝帽子。想到人生互相許諾的情份，有的也在顧盼之間。俠義之事，令人感發！所以姑且寫下這篇〈義鶻行〉，用來激勵世上壯士們的心。

【析賞】

㈠首段十二句寫蛇侵鷹巢，飽餐雛鷹，老鷹求救於健鶻。情景至可悲憫！

㈡中段十句細寫健鶻撲殺惡蛇，氣勢勇猛，景象慘烈！大鶻沖天高鳴，顯示憤慨之情。「巨顙拆老拳」句，「巨顙」語譯為鶻之腳爪，亦可解說是鶻那強有力的翅膀。「老拳」是白蛇之頭頸，其狀如拳頭。「修鱗脫遠枝」對照上段之「白蛇登其巢」；「飽腸皆已穿」，對照上段之「吞噬恣朝餐」。皆是下段「物情有報復，快意貴目前」的具體寫照。

健鶻在撲殺惡蛇之後，「功成失所往」，意即飄然而去。「用舍何其賢」。取《論語・述而》「用之則行，舍之則藏」之意，稱讚健鶻之功成身退，高賢可風！

㈢末段八句是詩人之議論與感慨。此詩之故事是詩人行經濇水時，樵夫所告。濇水在杜陵附近。此詩大概是詩人在長安時期之作品。

㈣此詩讚揚健鶻之俠氣。詩人早期有〈畫鷹〉詩，想望鷹之義勇。皆借物抒懷，發洩胸中不平之氣。

㈤吳山氏《吳山𨁂談》云：「子美平生要借奇事以警世。故每每說得精透如此。詩說老鶻仁慈義勇，所以感動人情。而其慷慨激昂，正欲使毒心人斂威奪魂！」

王嗣奭《杜臆》評：「此明是太史公一篇義俠傳，筆刀相敵，而敘鳥尤難。『斗上』一段，摹神寫照，千載猶生。『功成失所往，用舍何其賢』。分明是仲連逃賞。『人生許與分，亦在顧盼間』，又分明是季札掛劍。借端發議，時露作者品格性情。」

乾元中寓居同谷縣作歌七首（選析四首）

其一

有客有客字子美，白頭亂髮垂過耳。歲拾橡栗隨狙公，天寒日暮山谷裡。中原無書歸不得。手腳凍皴皮肉死。嗚呼一歌兮歌已哀，悲風為我從天來！

【語譯】旅人啊！旅人啊！我的別名叫子美。散亂的白髮已垂到耳下。經常在天寒日暮的山谷中，跟在猿猴後面撿拾栗子。故鄉中原沒有音訊傳來，回不了家。手腳凍壞，皮肉都死了。唉呀！我唱第一首歌時，歌中已充滿悲哀。悲風為著我從天上吹來！

【析賞】

㈠此組詩是乾元二年（七五九），詩人四十八歲時，流寓同谷時之作。「有客有客」，詩人自認是寓居之客。是年詩人棄去華州司功參軍之官職，流離至秦州；生活困難，又離秦州而至同谷。此時詩人窮途末路，第一首即先從自己窮途末路說起。

㈡詩中「中原無書歸不得」，是指家鄉中原無信息，不能回故鄉，並非言再回長安。因詩人此時已斷絕做官之念。以前積極仕進之想，完全放棄，前途渺茫一片。

其二

長鑱長鑱白木柄，我生托子以為命。黃獨無苗山雪盛，短衣數挽不掩脛。此時與子空歸來，男呻女吟四壁靜。嗚呼二歌兮歌始放，鄰里為我色惆悵！

【語譯】

長鋤頭啊！長鋤頭啊！有個白色的木柄。我的生命全依靠你，你是我的命根子。你我找不到草藥苗，山上積雪很厚。我雖然多次拉著短衣下的下襬，也掩蓋不住腳脛。此時我與你空手而歸，家裡男男女女饑餓呻吟。空空房子四方牆壁靜悄悄的站著。唉呀！當我唱第二首歌時，方放聲大哭。鄰里們也為著我們而露出哀傷的表情！

【析　賞】

㈠第二首詳述飢寒苦況。他生路都絕，最後只靠手中一柄長鑱，到山中採掘草藥，持回出售，維持生計。

㈡山上積雪，黃獨（草藥）無法找到。雪地上足脛無法掩蓋。空手而歸。「家中男呻女吟」，四壁「靜」者，非「男呻女吟」，乃家徒四壁，釜空灶冷之「靜」也，何等悽慘！按「黃獨」：狀如芋，肉白皮黃，蔓延生葉，江東人謂之土芋。

其　三

有弟有弟在遠方，三人各瘦何人強？生別輾轉不相見，胡塵暗天道路長！東飛駕鵝後鶖鶬。安得送我置汝旁？嗚呼三歌兮歌三發，汝歸何處收兄骨？

【語　譯】

弟弟啊！弟弟啊！在遙遠的地方。三個人都瘦弱，有誰強壯？大家流離不能相見，沙塵蔽天，道路長遠！野鵝鶖鶬，向東飛翔，能送我到你們身旁嗎？唉呀！當我唱第三首歌時，唱了三次。恐怕生離將成死別，你們到那裡去收埋我這哥哥的屍骨啊！

【析　賞】

㈠第三首念弟。詩人有弟妹五人，皆繼母盧氏所生。弟名豐、穎、觀、占。其中除占隨詩人後來入蜀外，餘皆分居他郡。《後漢書》：「趙孝之弟禮為賊所得，將食。孝自縛詣賊曰：『禮餓羸瘦，不若孝肥飽』。賊感其義，俱舍之。」本詩「三人各瘦何人強」？特意提出「三人各瘦」。有含趙孝故事中兄弟相救之意。然而「何人強」則大家皆自顧不暇。現今「生別輾轉不相見」，分居各地。「胡塵暗天道路長」，干戈阻隔，所以無法相助。

㈡「駕鵝」是野鵝。「鶖鶬」是水禽，色蒼灰形狀如鶴。詩人見「東飛駕鵝後鶖鶬」而歎「安得送我置汝旁」？不能與弟弟們相聚。

㈢三歌由生離進而想到死別。我今生命難保。「汝歸何處收兄骨？」你們到何處可收我的屍骨？哀痛欲絕！

其五

四山多風溪水急，寒雨颯颯枯樹濕。黃蒿古城雲不開，白狐跳梁黃狐立。我生何為在窮谷？中夜起坐萬感集！嗚呼五歌兮歌正長，魂招不來歸故鄉！

【語譯】

四面山上風勢勁峭。山谷間溪流急湍。冷雨颯颯中枯樹盡濕。枯黃的高草環繞古老的荒城。天上陰雲密佈。處處野狐跳踉，鮮有人跡。想想我怎麼會落到這步田地？半夜起坐，萬感交集！唉呀！唱到第五首歌時唱得長！魂魄也回不了故鄉！

【析　賞】

㈠前四句描出一片恐怖景色。寫景與後漢蔡琰〈胡笳〉詩：「塞上黃蒿兮枝枯葉乾」，意境類似。

㈡詩人自問：「我生何為在窮谷？」悲憤不平。感情激動中找不出答案，自責自嘆！「中夜起坐萬感集」，刻畫詩人一籌莫展、萬般無奈的神態！千愁萬緒，紛至沓來，無法成眠。

㈢讀者試想一位滿腹經綸、一心救國濟民之老人，被朝廷擯棄，面容枯槁，形體憔悴，流落到此荒山絕谷，竟然陷入如此「無以為生」之絕境，能不掩卷慨嘆，愴然淚下！

㈣詩人作〈同谷歌〉共七首，本書選析四首，其餘三首併錄於次。

其　四

有妹有妹在鍾離，良人早歿諸孤癡。長淮浪高蛟龍怒，十年不見來何時？扁舟欲往箭滿眼，杳杳南國多旌旗。嗚呼！四歌兮歌四奏，林猿為我啼清晝。

其　六

南有龍兮在山湫，古木巃嵸枝相樛，木葉黃落龍正蟄，蝮蛇東來水上游。我行怪此安敢出，拔劍欲斬且復休。嗚呼！六歌兮歌思遲，溪壑為我回春姿。

其　七

男兒生不成名身已老。三年饑走荒山道。長安卿相多少年，富貴應須致身早。山中儒生舊相識，但話夙昔傷懷抱。嗚呼！七歌兮悄終曲，仰視皇天白日速。

㈤中國古代士人，讀書唯一之目的在做官。家非富有者，仕進是其唯一的生路。詩人雖有才華，卻累舉進士不第。安史亂中，詩人自長安叛軍手中逃出，九死一生，奔投行在。肅宗念其忠忱，授以左拾遺微職。詩人不自量力，上疏營救房琯，觸怒肅宗。一年後左遷為華州司功參軍。服職一年後，因饑饉棄官，攜眷西往秦州，依靠從侄杜佑，並得僧人贊公、隱士阮昉等些微資助。詩人到山中各處採掘草藥，曬乾後出售營生。其只有一文錢之〈空囊〉詩，即作於此時。因生活困難，三月後轉往同谷，連草藥亦採不到，生活陷入絕境。詩人作此〈同谷七歌〉時，是詩人生平最困苦時期，也是他一生之轉捩點。在此以前，詩人積極進取，希求仕進。從此以後，已對仕途絕望，前途一片黯淡，莫知所之！故此〈同谷七歌〉是詩人一生中最哀痛之悲歌，也是中國文人窮途末路的寫照。

㈥朱晦庵《朱文正公全集》評：「杜陵此歌七章，豪宕奇崛。兼取〈九歌〉、〈四愁〉、〈十八拍〉諸詞而變化之，遂成創體。」誠然，此歌固然『豪宕奇崛』，但只是就其氣勢言，忽視了歌中感情上有血有淚之一面。

黃益《竹軒甲集》云：「有謂太白〈遠別離〉、〈蜀道難〉，與子美〈寓居同谷七歌〉，風騷極致，不在屈宋之下。愚謂一歌結句『悲風為我從天來』，七歌『仰視皇天白日速』，其聲慨然，其氣浩然，殊又非宋玉太白輩所及者！」

魯訔《杜工部詩》云：「少陵為詩深純宏遠，千古不可追蹤。序事穩實，立意渾大。遇物為難狀之景，抒情說不出之意。借古的確，感時深遠。〈乾元中寓居同谷七歌〉，人謂近騷，實乃皮相之擬耳。」

王嗣奭《杜臆》云：「七歌創作，原不仿〈離騷〉，而哀實過之。讀〈離騷〉，未必墮淚；而讀此不能終篇，則以節短而聲促也。」

茅屋為秋風所破歌

八月秋高風怒號，卷我屋上三重茅。茅飛渡江灑江郊，高者掛罥長林梢，下者飄轉沉塘坳。

南村群童欺我老無力，忍能對面為盜賊。公然抱茅入竹去，脣焦口燥呼不得，歸來倚杖自嘆息！

俄頃風定雲墨色，秋天漠漠向昏黑。布衾多年冷似鐵，嬌兒惡臥踏裡裂。床頭屋漏無乾處，雨腳如麻未斷絕。自經喪亂少睡眠，長夜沾濕何由徹？

安得廣廈千萬間，大庇天下寒士俱歡顏，風雨不動安如山。嗚呼！何時眼前突兀見此屋？吾廬獨破受凍死亦足！

【語譯】

八月裡秋風狂大，將我家屋頂上鋪的三層茅草吹走。茅草飛過河，落在沿河的野地上，飛得高的掛在樹梢，飛得低的就沉在水塘裡。

南村的頑童們欺負我年老無力，竟然當著我面做盜賊。公然抱起我屋上吹落下的茅草走進竹林裡去。我想阻止他們，喊得口乾舌燥，幾乎發不聲音來了。疲乏下來，只有拄著拐杖，嘆著氣回來！

一會兒風勢穩定，天空出現如墨的烏雲。黃昏已近，天色昏黑。我家的布衣棉被，因長年使用，已冷硬如鐵。再加上調皮的孩子們不好好地睡覺，把棉被都踢破了。床頭屋漏，找不到一塊乾的地方。那滴下的雨，像麻一樣地細密，好像沒有停止的意向。我自從亂世以來，從來就沒有好好地睡過一夜。如此長夜漫漫，我如何能在潮濕中挨過？

我真希望能夠得到千萬間大屋，收容天下貧寒的人。讓他們都高興，在風雨中穩固如山。啊！如果有一天真有那麼一棟房子聳立在我眼前，就算我的房子倒塌，人被凍死，也心滿意足！

【析賞】

㈠詩人於乾元二年（七五九）末，流寓到成都。翌年春，得眾友人資助，在浣花溪畔築草堂安居。上元二年（七六一）八月，狂暴的秋風颳破了草堂茅屋，屋漏床濕，詩人徹夜難眠而作此歌。

㈡首段寫風捲茅屋：開端兩句：「八月秋高風怒號，卷我屋上三重茅。」點明詩題，總括全篇故事。「三重茅」之「三重」是屋頂建築時所鋪茅草之層數。「三」是言其多。「茅飛渡江」，極寫風勢之大。驚天撼地，居民恐怖之情，可以想見。詩人眼睜睜地看著家中辛勤所得之財物，盡被狂風摧毀，人力無法挽救，焦急悲痛，自不待言！

(三)次段寫頑童作惡：「忍能對面為盜賊」，「公然抱茅入竹去」。而詩人「脣焦口燥」，呼喝不能阻止。描寫頑童「欺老」，詩人「無力」，淋漓盡致！詩人在莫可奈何之情勢下，只好「歸來倚杖自嘆息！」「歸來倚杖」，刻畫詩人爭持無力，疲乏歸來。「自嘆息」三字，含有深沉的哀情。此一「自」字充份顯示詩人之無助感。一老人回天無術，只有嘆息而已！

(四)第三段寫屋漏床濕苦況，層層緊扣：家中多年之布衾，冷硬如鐵，早已失去保暖作用。加以小兒女不會睡覺，將布被蹬得大洞小眼，破爛不堪。現今床頭屋漏，無有乾處；而「雨腳如麻」，不休不止。家人如何可以安眠？詩人「自經喪亂少睡眠」，此時當然更不能睡。「長夜沾濕何由徹？」不僅今夜而已，詩人為一家之主，負責家庭生計，茅屋經此風暴嚴重破壞，如何修葺？何時可以修好？未修好前再有風雨，家又將如何撐持？這種種難題如何解決？

(五)以上三段，已經將「茅屋為秋風所破」之過程，全部寫完。詩人經此過程，內心之痛苦已達極點。末段奇峰突起，詩人忽然筆鋒一轉，即景生情，由自己之痛苦，推己及人，想到天下人之痛苦。忽然眼睛一亮，抬起頭來，大聲一呼：「安得廣廈千萬間，大庇天下寒士俱歡顏，風雨不動安如山。」一幅多麼廣大的景象！詩人為著這廣大景象的實現，「眼前突兀見此屋，吾廬獨破受凍死亦足！」多麼博大的胸懷！詩人能在其茅屋為秋風所破之餘，仍有此博大的「憂以天下，樂以天下」的胸懷，真是一位偉人！

㈥此詩語文淺顯樸素，感情強烈動人！採用歌行體，句子長短錯綜，參差相間，依情用韻，情韻一致。在章法上分四段，前三段敘事寫景，逐步漸進。末段感慨抒情，由敘事而生感，熔景情為一體。在結構上，以「茅屋為秋風所破」始，以「吾廬獨破受凍死亦足」終，中間抒發「安得廣廈千萬間，大庇天下寒士俱歡顏」之懷抱，顯出詩人博愛與捨己為群的襟懷。

㈦詩人是儒家仁者，仁道是推己及人。詩人雖然終生困頓，仍常想到比自己更困苦之社會大眾。如其〈自京赴奉先縣詠懷五百字〉中，歸家時，「幼子餓已卒」，念及自己「生常免租稅，名不隸征伐」，在「撫跡猶酸辛」之餘，想到「平人固騷屑，默思失業徒，因念遠戍卒」，而至於「憂端齊終南，澒洞不可掇」！此外，在其〈夏日嘆〉詩中，身受炎熱之苦時，想到乾旱帶給人民之災害，而怕「良田起黃埃」，「舉目惟蒿萊」。〈夏夜嘆〉甚至「念彼荷戈士，窮年守邊疆。何由一洗濯？執熱互相望。」在其〈三川觀水漲〉詩中，他在途中遇到大水，行路艱難，而想到水淹民舍：「應沉數州沒，如聽萬室哭。」以及人民淹斃，「因悲林中士，未脫眾魚腹。」

㈧中唐白居易也有類此之詩。其〈新製布裘〉詩：「安得萬里裘，蓋裹周四垠？穩暖皆如我，天下無寒人。」其〈新制綾襖成感事有詠〉：「百姓多寒無可救，一身獨暖亦何情？心中為念農桑苦，耳裡如聞飢凍聲。爭得大裘長萬丈？與君都蓋洛陽城。」與杜甫前舉諸詩，同一旨趣。

據此，可見杜白二公俱是仁者，皆有兼善天下之心。白公己立立人，己達達人，自己飽暖之餘，想與他人共享，固然可貴。杜公在自己飢寒之中，念及較己更飢寒之人，更是難得！從上列之詩看來，白「新製布裘」，想到「安得萬里裘，蓋裹周四垠」，是推己及人，兼善天下。杜在「茅屋為秋風所破」後，而想「安得廣廈千萬間，大庇天下寒士俱歡顏，風雨不動安如山」，也是兼善天下；而他更進一步，捨己為人，說「何時眼前突兀見此屋？吾廬獨破受凍死亦足」，只求眾生安樂，不計自己苦難；唯聖人能如此，後世尊之為「詩聖」，良有以也。

古柏行

孔明廟前有老柏，柯如青銅根如石。霜皮溜雨四十圍，黛色參天二千尺。君臣已與時際會，樹木猶為人愛惜。雲來氣接巫峽長，月出寒通雪山白。

憶昨路繞錦亭東，先主武侯同閟宮。崔嵬枝幹郊原古，窈窕丹青戶牖空。落落盤踞雖得地，冥冥孤高多烈風。扶持自是神明力，正直原因造化功！

大廈如傾要梁棟，萬牛回首丘山重。不露文章世已驚，未辭剪伐誰能送？苦心豈免容螻蟻？香葉終經宿鸞鳳。志士幽人莫怨嗟，古來材大難為用！

【語　譯】

諸葛孔明的廟前，有株古老的柏樹。它的枝幹，色如青銅；它的樹根，堅硬如石。樹皮蒼白，雨水滑溜。樹身有四十人合抱那麼粗大。深青色的枝葉，上拂天際，似乎有二千尺之高！當年劉備與孔明遇合的一番功業，雖成往跡；留下來的樹木，現在尚為人珍惜。上面雲氣繚繞，伸展到與長江的巫峽相接。月亮在枝頭出現時，一片寒光，幾乎遠與白雪皚皚的雪山相連。

記得不久前我在成都路過錦亭東面的時候，看到蜀先主劉備與諸葛武侯同供奉在一個神廟裡。那廟前高樹的枝幹挺立在城郊的平原上，古色盎然。幽深的廟宇內，滿壁圖畫，一片空寂！

這夔州古柏雖然得佔廟前高地。傲然獨立，高聳入雲，承受強烈的狂風襲擊。它之所以能挺立不倒，自然是神明的扶持。它能那般端正挺直，根深蒂固，也是上帝造化之功！

一棟大廈如將傾倒，就須這般的大樹來做樑柱。但它這樣高大，即使萬頭牛來拖運，也將回頭嘆息，感覺像丘山般地沉重。它不炫耀外表，世人已對之驚嘆。它雖然不禁止人來砍伐，但有誰能運送它呢？

柏樹的內心雖苦，又怎能免除螻蟻的侵蝕？它那含有芳香的枝葉，終究是經過鸞鳳棲宿過的。想到這點，世上有志之士與高雅的隱士們都不要怨嘆了。自古以來，材具大的人，都是難得為人所用的啊！

【析賞】

㈠此詩是大曆二年（七六七），詩人五十六歲時，在夔州孔明廟前見古柏而詠；以「古柏」象徵諸葛武侯之忠貞精神。「行」是一種樂曲。故此七言古詩亦可納入歌行之中。

㈡首段八句寫夔州孔明廟前之古柏。三、四兩句用誇張手法，具體地寫古柏之高大。七、八兩句，抽象地寫古柏高大，筆力遒勁，氣勢雄偉，情景並融。

㈢中段前四句憶成都先主武侯祠之古柏作陪襯。「郊原古」、「戶牖空」，有不勝唏噓之感，筆意蒼涼！

㈣中段後四句，回轉寫夔州孔明廟前之古柏。因所寫者是盤踞高山，孤高挺拔，亦喻孔明堅貞氣節；烈風難拔，象徵孔明不屈不撓之精神，立意高古！

㈤末段八句，詠古柏之不炫俗，不絕世，志高材大、卓立千古。

㈥全篇以寫古柏高大始，以嘆材大難用終。全詩表面寫古柏之高大挺立，實際寫孔明之忠貞不朽。材大之嘆，為武侯惜，亦詩人自惜也。

負薪行

夔州處女髮半華，四十五十無夫家。更遭喪亂嫁不售，一生抱恨長咨嗟！

土風坐男使女立，男當門戶女出入。十猶八九負薪歸，賣薪得錢應供給。

至老雙鬟只垂頸，野花山葉銀釵並。筋力登危集市門，死生射利兼鹽井。

面妝首飾雜啼痕，地褊衣寒困石根。若道巫山女粗醜，何得此有昭君村？

【語譯】

夔州有些處女頭髮都一半花白了，年紀已四、五十歲，還沒有嫁人。更加遇到戰亂年間，女子很難嫁出去。她們一生懷抱怨恨，常時嘆息悲傷！

當地的風俗習慣是：男子坐而享受，婦女站立侍候。男子在家支應門戶，婦女出外從事各種勞動，往來奔波。十有八九，婦女外出採取柴草回家；再賣出柴草得錢，供給家用，維持生活。

她們到老只落得雙鬟垂頸，把野花樹葉當作化妝用的裝飾品和銀釵並插。竭盡全力攀登高山、砍柴收草；筋疲力竭時，趕到市場上去出售。還要不顧生死地去賺錢，背運食鹽。

她們終生勞累，頭面上的裝飾品，雜和著滿面淚痕。在這偏僻地區，她們衣服單薄，困居在荒山腳下。若說巫山地區的婦女們都很粗糙醜陋，那麼此地怎麼有一個昭君村呢？

【析賞】

㈠此詩大概是大曆元年（七六六）詩人移居夔州後之作。

㈡詩人揭露連年戰亂，壯丁離亡，所造成婦女難得有丈夫的惡果，抨擊社會男尊女卑之習俗。

㈢詩中具體描繪老大不婚的婦女，勞動終生之悲慘生活。

㈣末句以昭君村作結，反證婦女之老醜乃貧苦之生活所致，言之可悲！按「昭君村」在夔州東，是漢朝王昭君之出生地。王昭君是中國歷史上最有名之美女，其身世家喻戶曉。

岑參

岑參（七一五——七七〇），先世南陽。天寶三年（七四四）以第二名進士及第，授右內率府兵曹參軍（皇太子宿衛部隊隊長）。天寶八年冬至十年春，在安西四鎮節度使高仙芝幕府掌書記。十三年又隨安西四鎮節度封常清，任安西、北庭節度判官，直至至德二年（七五七）。數年之中，足跡幾遍天山南北。與高適並名為盛唐二大邊疆詩人。至德二年回陝西鳳翔，由杜甫等推薦為右補闕。大曆二年（七六七）出任四川嘉州刺史，三年秩滿後罷官，死於成都。著有《岑嘉州集》，《全唐詩》編存其詩四卷。唐時殷璠《河嶽英靈集》評：「岑詩語奇體峻，意亦造奇。」後人亦讚賞其七言古體詩筆法奇峭，氣勢豪邁，色彩瑰麗，風格俊逸。茲選析其五古一首，七古一首，歌行三首。

五古

與高適薛據登慈恩寺浮圖

塔勢如湧出，孤高聳天宮。登臨出世界，磴道盤虛空。突兀壓神州，崢嶸如鬼工。四角礙白日。七層摩蒼穹。下窺指高鳥，俯聽聞驚風。

連山若波濤，奔湊似朝東。青槐夾馳道，宮館何玲瓏！秋色從西來，蒼然滿關中。五陵北原上。萬古青濛濛。

淨理了可悟，勝因夙所宗。誓將掛冠去，覺道資無窮！

【語　譯】

這座塔的形勢，好像是從地面湧出來的樣子，孤零零地高聳到天空中去。塔旁的石級，盤繞在空中。我們登上塔眺望，彷彿超出了世界。此塔高大聳立，鎮壓著整個神州大陸。它那高峻不凡的形象，好像出自鬼斧神功。它的四角遮住太陽。七層高頂，可與青天相摩擦。俯首向下窺視，用手指點那些高飛的鳥。俯耳下聽，耳聞那地面令人害怕的風聲。

從塔上向四周遠望：群峰起伏連綿，像波濤洶湧，東流入海。南望青色槐樹夾著大道，宮廷館舍等何以看來都如此小巧玲瓏呢？西望秋色傳來，青蒼的景色佈滿關中。北望高原上漢代五座帝王的陵墓，雖然年代久遠，仍然樹木鬱鬱蔥蔥。

我在這塔上遊覽了一回，對於佛教淨土宗派的佛理，愈加明白起來。我原來便很信奉佛教中勝因的義理的。現在我決意要辭去官職去退隱，覺悟出這些道理，益處是受用不盡的啊。

【析　賞】

㈠「慈恩寺」在今西安市東南。唐貞觀二十二年太子李治為追薦其母文德皇后而建，故名。高宗時，名僧玄奘在寺內建塔。「浮圖」是唐人稱塔之名，後稱「大雁塔」。

㈡此詩描寫慈恩塔之高大雄偉，以及登塔所見種種景色，描述逼真，歷歷如繪。尤其難得者，詩人寫佛教寺塔，詩中語彙亦多處借用佛教經典中語。例如「開端「塔勢」句即化用《妙法蓮華經》中語：「佛前有七寶塔，從地湧出。」「世界」兩字亦佛家語，《楞嚴經》：「何名為眾裡世界？世為遷流（即時間），界為方位（即空間）。」末段「淨理」指淨土宗派之佛理。淨土宗是唐代流行之佛教宗派，以遠離塵世惡行為清淨。「勝因」即善因，與「惡業」相對。《佛說無常經》：「勝因成善道。」

㈢末尾以悟道作收，表露詩人對佛教皈依心切。此詩是詩人自安西歸來後，仕途不得意時之作。因當時詩人雖任職為右補闕，但職位甚低，其建言不被重視。故在其〈西掖省即事〉詩中云：「平明端笏陪鵷列，薄暮垂鞭信馬歸。」隨班進退，甚感無聊！其〈寄左省杜拾遺〉詩，託詞「聖朝無闕事，自覺諫書稀。」自己承認無事可作，所以意志消沉，有此出世之想，此詩反映其一生中生活思想的另一面。

七古

銀山磧西館

銀山磧口風似箭，鐵門關西月如練。雙雙愁淚沾馬毛，颯颯胡沙迸人面。

【語譯】丈夫三十未富貴，安能終日守筆硯？

銀山磧峽口的風好像箭一般地鋒利疾速，鐵門關的月光皎潔得如白色薄絹。我行經此地，兩眼因憂愁所引起的眼淚，沾在馬毛上。颯颯風聲揚起邊地的沙石，直對著我的面孔射擊。男子漢大丈夫三十多歲仍沒有富貴，怎能一天到晚還守在筆硯旁邊呢？

【析賞】

㈠「銀山磧」在今新疆吐魯番西南的庫木什附近。「館」是官府設置接待賓客的房舍。此詩是詩人初赴安西途中經過銀山峽口時之作。

㈡首二句點明地址與風光，風勢尖利，月色冷峻。中二句極寫苦境。雙雙愁淚寫詩人自己，亦可能是寫駐守此地區之戍卒。「迸人面」之「迸」字，極寫風勢之強，如噴射一樣，打擊人面。

㈢末二句抒情。《後漢書．班超傳》：「超家貧，常為官傭書以供養。久勞苦，嘗輟業投筆嘆曰：『大丈夫無他志略，猶效傅子介、張騫立功異域以封侯，安能久事筆硯間乎？』」詩人引用班超投筆從戎之語句以抒懷。寫其欲立邊功之願望。其時詩人三十五歲，詩中「三十」是取其成數而言。

歌行

走馬川行奉送封大夫出師西征

君不見：走馬川行雪海邊，平沙莽莽黃入天！

輪臺九月風夜吼，一川碎石大如斗，隨風滿地石亂走！
匈奴草黃馬正肥，金山西見煙塵飛，漢家大將西出師。
將軍金甲夜不脫，半夜軍行戈相撥，風頭如刀面如割。
馬毛帶雪汗氣蒸，五花連錢旋作冰，幕中草檄硯水凝。
虜騎聞之應膽懾，料知短兵不敢接，車師西門佇獻捷。

【語譯】

你沒有看見雪海旁邊的走馬川嗎？那裡沙漠曠野，莽莽一片。黃沙塵霧迷漫，上接天際！九月時候的輪臺城，夜間狂風怒吼。那乾枯的河床中斗般大的碎石，順著風勢，滿地亂滾！這時匈奴地域的草已黃了，馬正肥壯。金山西邊便可見到戰爭的煙塵飛揚，外族興兵入寇。漢家的大將軍正率兵向西征討。

將軍們身穿鐵甲，夜裡也不能脫去。半夜裡大隊軍馬行進的時候，兵器都互相撞擊。寒風撲面，猶如刀割。

馬毛上帶著的雪花被汗蒸發，不久便在馬身上凍結成冰塊。在營幕中起草聲討敵人的文書時，硯臺上的水也凝結起來。

胡虜們聽到我大軍前來，應該膽怯心驚；料想不敢應戰，來與我軍短兵相接。我軍參謀軍師們佇候在西門前，等著勝利的消息罷！

【析賞】

㈠「行」是古詩歌曲的一種體裁。詩題利用樂府歌行的舊調。「走馬川」從下文「一川碎石」看起來，大概是古代冰川之遺跡，當在輪臺附近。「封大夫」指封常清，官位御史大夫。「西征」大概是指破播仙之亂。此詩主旨在寫塞外戰爭寒苦情形，大致可分四段。

「行」既是歌行，必須合乎音律。此詩在聲韻上最大的特點是每三句一換韻。每行三句，全歌六行即換韻六次。黃永武在其《中國詩學．設計篇》（頁一五九——一六一）中，就訓詁學家劉師培《正名隅論》所說之「聲義相切」的條例，欣賞此詩。本書亦逐行摘錄於次。

㈡此詩首段兩行，寫西域沙漠。第一行之「雪海」，大概即是「瀚海」，指沙漠積雪變白。風沙吹入天空則仍為黃色。故下句云「平沙莽莽黃入天」。曠野無涯，黃沙瀰空，景象蒼茫雄渾！

第一行兩句，以「邊、天」為韻腳。是真類的字。劉氏說真類的字，有「抽引上穿」及「聯引」的意思。用在走馬川行上，人向西行，仰視塞雲，黃沙茫茫直聯到天上！用真類字為韻腳，與這時的情節非常諧適。而「邊、天」等韻腳，自有廣袤遼闊的涵義。加以第一句特別以十個字為一句，句子的長度，也暗示出走馬川行曠遠的路程。

㈢第二行「輪臺」，指唐貞觀時於庭州設置的輪臺縣，隸屬北庭都護府，治所在今新疆米泉縣境；是封常清屯兵之地。詩中「一川碎石大如斗」，黃香山欣賞其誇張手法。在《唐賢三昧集箋注》云：「大如斗者，尚謂之『碎石』，是極寫風勢。」洪亮吉在《北江詩話》中，談其親身經歷云：

「余嘗于己未冬抄，謫戍出關祁連雪山，日在馬首。又晝夜行戈壁中，沙石嚇人，沒有髁膝，而後知岑詩『一川碎石大如斗，隨風滿地石亂走』之奇而確實也。大抵讀古人之詩，又必身經其境，身歷其險，而後知心驚魄動者，實由於耳聞目見得之，非妄語也。」

第二行以「吼、斗、走」為韻腳，是侯類的字。劉氏說侯類的字有「曲折有稜」的意思。本詩為行進的路程中多石多風，艱險屈曲。這走馬川行時的塞上風物，與侯類字的韻腳頗合適。

㈣第三行是本詩第二段，寫匈奴寇邊，我大軍出師。第一句「草黃馬肥」，秋高馬肥之時，匈奴常藉牧馬為名，侵擾邊境。第二句「金山西見煙塵飛」。「金山」是今新疆烏魯木齊東之天山。「煙塵」指烽火之煙與馬蹄揚起之塵土。故此句意謂敵騎入寇金山以西地域。第三句「漢家大將西出師」。指封常清率軍西征。唐人詩中常以「漢」指「唐」。此句點題。

第三行以「肥、飛、師」為韻腳，是脂類的字。劉氏說脂類的字有「由此施彼」及「平陳」的意思。這詩寫的是大將誓師西征，伐鼓啟行，漢旗飄揚，誓掃胡塵，用脂類字為韻腳與情境是一致的。

㈤第四、五兩行皆寫我軍之備戰與天氣之寒冷，是本詩之第三段。「將軍金甲夜不脫，半夜軍行戈相撥」，言將軍夜不解甲，半夜行軍。「風如刀割」與「馬毛結冰」三句，皆寫天氣奇寒，故兩行皆行軍艱苦情形。由此可見將士奮勇出擊，引出下文。

第四行以「脫、撥、割」為韻腳，是元類的字。劉氏以為與真類字含義相近，都有聯引上進的意思。只是第一行用真類平聲韻，可以顯示前進的浩蕩。這裡用元類入聲韻，可以顯示前進的不暢快。詩中寫「金甲不脫」，「風如刀割」，當然舉步維艱，這情境用元類入聲曷末韻是調和的。

第五行以「蒸、冰、凝」為韻腳，是蒸類的字。劉氏說蒸類字有「進而益上」「淩踰」的意義，配合「汗氣上蒸」、「旋毛冰凝」，也頗合適。在這結尾的前一段，正要表現一個突破困境的姿態，利用這三個平聲韻腳的雄厚力量，凝聚成一股強固的力量。

㈥第六行三句是本詩之末段，寫虜騎膽懾。獻捷可期。

此結尾一行，以「懾、接、捷」為韻腳，是談類的入聲韻。劉氏說談類字有「隱暗狹小」的意義。懾接捷等入聲葉韻的字，大都和「小」的音義的密切關聯。以「懾」「接」來表現膽小後退，以「捷」來表現迅捷輕巧，也很切合。在上一行「蒸、冰、凝」平聲的昂揚聲勢之後，接著「懾、接、捷」入聲的短促音調，一強一弱，一虛一實，一進一退，兩相奏鳴，一種橫掃席捲的形勢，已在音響中被充分地強調出來了！

輪臺歌奉送封大夫出師西征

輪臺城頭夜吹角，輪臺城北旄頭落。羽書昨夜過渠黎，單于已在金山西。戍樓西望煙塵黑，漢兵屯在輪臺北。

上將擁旄西出征，平明吹笛大軍行。四邊伐鼓雪海湧，三軍大呼陰山動！

虜塞兵氣連雲屯，戰場白骨纏草根。劍河風急雪片闊，沙口石凍馬蹄脫。
亞相勤王甘苦辛，誓將報主靜邊塵。古來青史誰不見，今見功名勝古人！

【語　譯】

輪臺城頭夜晚，軍隊吹著號角。輪臺城北天空中，那象徵胡人命運的昴星墜落了。告急的軍事情報，昨夜經過渠黎送來，報告單于的兵馬已經開到金山的西端了。從戍樓的城樓向西望去，可見報警的烽煙與敵騎揚起的塵土，我軍正駐守在輪臺的北方。

牛尾軍旗下，大將軍領軍向西征討。天剛亮時大軍在樂隊的軍笛聲中出發。四邊戰鼓響聲，震得瀚海沙濤洶湧。三軍大呼，陰山為之動搖，氣勢何等壯盛！

胡虜邊塞上戰爭的戾氣，上接雲霄。古戰場白骨滿地，與草根相纏繞。劍河寒風緊急，天空雪片飄飛。沙口碎石凍結，馬踏上去，蹄鐵都脫落了。戰區氣氛何等緊張恐怖！

我軍位至亞相的大將軍為國宣勞，決心要平定邊患來報答君主。自古以來留傳青史的人，固然盡人皆知。看起來他的功名，還要勝過古人哩！

【析　賞】

㈠「封大夫」指封常清，時攝御史大夫並任安西四鎮節度副史知節度事。岑參隨之屯兵輪臺。其西征當指征討播仙族。此詩描寫一整個戰役歷程，層次井然。

㈡首段先從戰前寫起，開端兩句寫出師前之徵兆。「夜吹角」這軍營中夜晚吹號角，以示警備，氣象已森嚴。「旄頭」據《史記・天官書》：「昴曰旄頭，胡星也。」「旄頭落」象徵胡兵定將敗亡。

「羽書」兩句言告急。「羽書」是插羽毛以示緊急之軍事文書。《魏武奏事》云：「邊有警急，即插羽以示急」。「渠黎」是漢時西域國名，在輪臺西南。「單于」本是匈奴君主之稱號，在此借指播仙族之首領。「金山」是今新疆烏魯木齊東之天山。故此詩之作，與前舉之〈走馬川行〉詩是同時，因前詩亦說「金山西見煙塵飛」也。

「戍樓」兩句寫兩軍在戰前之態勢。

㈢次段寫我軍出師西征。「上將」指封大夫。「四邊伐鼓雪海湧，三軍大呼陰山動。」寫我軍之威勢。「雪海」指大沙漠，亦稱「瀚海」。《名義考》：「以沙飛若浪，人馬相失若沉，視猶海然，非真有水之海也。」「陰山」指靠近輪臺之天山。黃永武說：「此兩句將動詞置於句末，這『湧』、『動』二字佔了比其他各字加倍的音樂長度，讀起來自有風發泉湧的力量。」（《中國詩學・鑑賞篇》頁一五七）。

㈣繼寫戰場：上觀兵氣連雲，下看白骨縈草。風急雪大，石凍碲脫，一片緊張恐怖景象。以示在冰雪中作戰之艱苦。由此引出下文。

㈤讚頌封大夫之功勞。在此種艱苦情況之中。仍決意掃除邊患。功蓋古人，亦題中應有之旨。按漢代御史為三公之一，官位僅次於丞相。封大夫時任御史大夫，故尊之為「亞相」。

㈥就詩韻言：李鍈《詩法易簡錄》云：「此詩前十四句，句句用韻，兩韻一轉，節拍甚緊。後一韻衍作四句，以舒其氣，聲調悠揚，有餘音矣。」

㈦就才氣言，方東樹《昭昧詹言》評此詩：「奇才奇氣，風發泉湧。」此詩之「劍河風急雪片闊，沙口石凍馬蹄脫」，極寫天氣之寒，行軍之苦。其〈走馬川行〉之「一川碎石大如斗」，言碎石之大，「隨風滿地石亂走」，更見風力之強。〈白雪歌〉之「忽如一夜春風來，千樹萬樹梨花開」，極寫白雪之麗。故王士禎亦稱道詩人「奇逸而峭」。詩人有奇才奇氣，故其詩皆有奇情奇趣。

白雪歌送武判官歸京

北風捲地白草折，胡天八月即飛雪。忽如一夜春風來，千樹萬樹梨花開。散入珠簾濕羅幕，狐裘不暖錦衾薄。將軍角弓不得控，都護鐵衣冷難著。瀚海闌干百丈冰，愁雲黲淡萬里凝。

中軍置酒飲歸客，胡琴琵琶與羌笛。紛紛暮雪下轅門，風掣紅旗凍不翻。

輪臺東門送君去，去時雪滿天山路。山迴路轉不見君，雪上空留馬行處！

【語　譯】

北風在地面上捲颳，吹折了白草。胡地的天氣，八月就下起雪來。好像忽然一夜吹來了春風，雪落下來，在千樹萬樹上盛開了梨花一樣。可是那雪花飄入珠簾，沾濕了帷幕。這時寒氣襲人，雖穿狐裘襖也不覺得溫暖。夜晚蓋著錦被都嫌單薄。將軍們角弓拉不開來，都護們的鎧甲，冷得難以穿上。外面沙漠上有百丈長的大冰塊，縱橫龜裂著。陰黯的垂雲，萬里一片都凝結在寒氣裡。

這時，中軍主帥的營盤內，設了酒席來為將歸京城的武判官餞行。胡琴、琵琶和羌笛，齊聲並奏。漸到天晚時大雪紛紛落在營前，風曳紅旗，卻因凍結而不能飄動。

在輪臺東門，我們送你歸去。你去時白雪蓋滿了天山的路途。山路迂迴轉折，不久就看不見你的身影了。我們只有在雪地上，凝望著你騎馬行去的痕跡！

【析 賞】

㈠〈白雪歌〉大概是首琴曲。此詩詠雪中送別，譜之為歌來送行。此詩大概是天寶十四年（七五五），詩人在輪臺，出任安西北庭判官時之作。「武判官」也許即是其前任。

㈡此詩上半截寫雪，可說是送別之背景。開端四句寫下雪。首句之「白草」，生長於甘肅新疆一帶。又稱席萁草或芨芨草。徐松在《漢書．西域傳》補注中，描寫白草：「春發新苗，與諸草無異。冬枯而不萎，高三四尺，性至堅韌。以之織物，其用如竹，心可為箸。」

首句「北風捲地白草折」，開篇就奇突。未及白雪，先起風聲。「北風捲地」可使堅韌如竹之白草斷折，風勢威猛，可以想見！

次句「胡天八月即飛雪」，雪隨風來。特提出「八月」二字，在中國內地猶是炎熱夏天，「即飛雪」，可見雪降之早，一「即」字充分顯示在內地人眼中驚異之情！

接著詩人寫雪景：「忽如一夜春風來」。「忽」字顯示出乎意料。「一夜春風來」是離奇之想。「千樹萬樹梨花開」，表示不勝喜悅嘆賞之情！詩人將遍地銀妝，視作萬樹梨花。更是奇絕異絕！後人皆以此兩句，顯示詩人才情之「奇」與文筆之「麗」。其實南朝梁蕭子顯「燕歌行」中，早有「洛陽梨花落如雪」之句，岑詩是反用其意。唐初東方虯〈春雪〉詩，亦即早詠：「春雪滿空來，觸處似花開。」則直接將雪比作花開。岑詩可說由此蛻化而來。不過說成「千樹萬樹梨花開」，絢爛瑰麗，文辭更為美好，成為詠雪之千古名句。方東樹評此兩句：「奇情逸發，令人心情一快！」

㈢詩人筆鋒轉到現實，提出這並不真是江南春天。先寫營帳內：「散入珠簾濕羅幕」，風雪侵入室內各處。「狐裘不暖錦衾薄」，寫人對大雪之感受。並且寫大雪之威力：「將軍角弓不得控，都護鐵衣冷難著。」兩句是互文句格。分省互補，將軍與都護兩人，前舉「角弓不得控」，省去「鐵衣冷難著」；後舉「鐵衣冷難著」，省去「角弓不得控」；各舉一事，又各省一事。兩句合起來，達到一完整的意思。意謂天氣奇寒，將軍都護，皆「角弓不得控，鐵衣冷難著」。

轉到營帳外，寫雪地冰天之大景：「瀚海闌干百丈冰，愁雲黲淡萬里凝。」「瀚海」指大沙漠。「闌干」是縱橫交叉之態。此兩句寫大沙漠皚皚白雪，大冰塊縱橫遍野。茫茫天空，雪壓雲低。一個「凝」字，給人一種天低欲墜之感。

㈣此詩下半截寫雪中送別：「中軍置酒飲歸客」，落題到「送武判官歸京」。席設在中軍帳，乃主帥起居之所。表示此宴乃官方餞行之宴。場面盛大隆重。餞別飲宴時有「胡琴琵琶與羌笛」，此句連用三種樂器之名，並無動詞。但其奏曲助興，不言可喻。這種散文式的賦體句，增強詩之表現力與簡潔性。同時將三種胡人樂器連接在一起，使人聯想其急管繁弦，齊聲並奏，所奏的一定是邊地胡曲。時而悲壯淒涼，時而激昂慷慨，正合這種場面。

接著寫帳外：臨送行時，從中軍營帳走出，但見「紛紛暮雪下轅門」，時已黃昏，外面大雪紛飛。詩人又見一奇異景象：「風掣紅旗凍不翻」。用一「掣」字，可見風力強勁，能把轅門外旗桿上之紅旗展開。但「凍不翻」，軍旗凍結，不能翻轉飄動。此句可能襲取隋代虞世基「出塞」詩之「霜旗凍不翻」。不過確是詩人所目睹。在一片銀白世界中突出一點火紅，色彩鮮明！

㈤篇末四句寫雪中見客遠去：「輪臺東門送君去，去時雪滿天山路」，點出送別之地點、景物與客去之路程。「山迴路轉不見君，雪上空留馬行處」，寫客人之遠去。

在送別上：「山迴路轉不見君」，可見送行者依依難捨，佇立遠望之情。「雪上空留馬行處」，行人不見，唯一可見者，惟有「雪上空留」之「馬行處」。鏡頭轉到雪上馬蹄，這情景何其深刻動人！這一鏡頭可抵千言萬語。送行者凝視這雪上馬蹄時，心中在想些什麼呢？回想行者之言行，可惜其離去？大雪封途，為行者旅途艱難而擔憂？為行者能歸京而祝福而羨慕？為自己之滯留而惆悵？為自己之歸去，能選擇較好之季節而籌劃？為託行者帶給京中親友之信而意猶未盡？……詩中未明言，亦不必言。故此詩結尾雖只兩句，而餘情悠悠不盡！與漢代古詩：「步出城東門，遙望江南路，前日風雪中，故人從此去。」意境類似，而悲涼過之！

㈥此詩上半截全部詠雪。在末段寫送別時，「雪」字又再三出現：餞別中，「紛紛暮雪下轅門」；分別時，「去時雪滿天山路」；分別後，「雪上空留馬行處」。〈白雪歌〉中之「雪」，可算真正寫足了。

㈦詩人之至友杜甫，在其〈渼陂行〉詩中，稱讚「岑參兄弟皆愛奇」。胡應麟《詩藪》云：「嘉州清新奇逸，大是俊才」。王士禎《藝苑卮言》說「岑才甚麗」。此詩「北風捲地白草折，胡天八月即飛雪。忽如一夜春風來，千樹萬樹梨花開」，可算是奇中之麗。「紛紛暮雪下轅門，風掣紅旗凍不翻」，可說是麗中之奇，奇中麗，麗中奇。奇麗之中，充滿豪情奇趣！

㈧全詩韻味音節上，也顯示歌行特點。周嘯天《唐詩的天空》中指出此詩：「利用換韻與場景畫面交替的配合，形成跌宕生姿的節奏旋律。詩中或二句一轉韻，或四句一轉韻，轉韻時場景必更新。開篇入聲起音陡促，與風狂雪猛畫面配合；繼而音韻輕柔舒緩，隨即出現『春暖花開』的美景；以下又轉沉滯緊澀，出現軍中苦寒情事……末四句漸入徐緩，畫面上出現漸行漸遠的馬蹄印跡，使人低迴不已。全詩音情配合極佳，當得『有聲畫』的稱譽！」

元　結

元結（七二三——七七二），字次山，別號漫郎、漫叟、浪士、聱叟等。河南洛陽人。天寶十二年（七五三）進士。安史亂爆發後，以右金吾出任為道州刺史。最後任容州都督充本管經略守捉使。因遭權臣忌害，辭官歸隱。他常作山水詩。愛用新樂府詩以述時事。茲選析其歌行一首，是其道州刺史任內之作。

歌行

春陵行並序

癸卯歲，漫叟授道州刺史。道州舊四萬餘戶，經賊已來，不滿四千，大半不勝賦稅。到官未五十日，承諸使徵求符牒二百餘封，皆曰：「失其限者，罪至貶削。」於戲！若悉應其命，則州縣破亂，刺史欲焉逃罪？若不應命，又即獲罪戾，必不免也。吾將守官，靜以安人，待罪而已。此州是春陵故地，故作〈春陵行〉以達下情。

軍國多所需，切責在有司。有司臨郡縣，刑法競欲施。供給豈不憂？徵斂又可悲！

州小經亂亡，遺人實困疲。大鄉無十家，大族命單羸。朝餐是草根，暮食仍木皮。出言氣欲絕，意速行步遲。追呼尚不忍，況乃鞭撲之？

郭亭傳急符，來往跡相追。更無寬大恩，但有迫促期。欲令鬻兒女，言發恐亂隨。悉使索其家，而又無生資。聽彼道路言，怨傷誰復知？

去冬山賊來，殺奪幾無遺。所願見王官，撫養以惠慈。奈何重驅逐？不使存活為！

安人天子命，符節我所持。州縣忽亂亡，得罪復是誰？逋緩違詔令，蒙責固其宜。

前賢重守分，惡以禍福移。亦云貴守官，不愛能適時。顧惟孱弱者，正直當不虧。何人采〈國風〉？吾欲獻此辭。

【語　譯】

國家和軍隊需要財源供給，朝廷急迫地責成地方長官徵稅，供應需要。郡守到任，須用刑法來壓榨人民。一方面怎能不憂慮朝廷與軍隊的給養？另一方面要強迫人民付稅，也很悲傷！

道州這個小地方大亂之後，遺留下來的老百姓實在貧困疲憊。大的鄉村沒有十家，大的家族人丁稀少，身體又瘦弱。他們早上吃草根，晚上仍啃樹皮。說起話來，上氣不接下氣。走起路來，想走快也走不動。看到人民貧困到這種情況，追逐呼喊尚且不忍，何況為了徵稅而去鞭撻他們呢？

然而，傳遞公文的驛站裡，送來緊急公文；催收賦稅的人，一個跟著一個來。不講什麼寬大恩惠，只是逼迫催收賦稅的期限。我想叫人民賣兒賣女來繳錢納稅，又怕說出口來，將招來禍亂。搜索老百姓家中所有來納稅，而他們家中連所需的生活資源都沒有了。聽聽老百姓在路上訴苦的話，他們的悲哀痛苦有誰了解呢？

去年冬天山嶺中叛賊來到，佔領道州一個多月，殺傷掠奪，幾乎沒有遺留下什麼東西！老百姓希望朝廷能關顧他們。看到朝廷派來官員，指望能仁慈地撫慰黎民。朝廷怎麼反而來驅逐他們，不讓他們能活命呢？

使人民安居樂業是天子給我的命令，我所持的是朝廷的任命。如果橫徵暴斂，忽然逼迫人民造反或逃亡，受朝廷治罪的又將是誰呢？當然，容忍人民拖欠或緩繳賦稅，違背朝廷的詔令，我也該受責備的。

前代有賢德的人注重遵守本分，不因為結果對於本身之是福是禍，而有所轉移。又說地方官吏最重要的是，不要為適合時宜而忘卻原則。如為顧念人民的苦難，正直的地方官不強徵暴斂，於理也是不虧的。現在如果有人像先秦時代採集〈國風〉民歌的話，我想把這首詩呈獻上去。

【析　賞】

㈠「春陵」是道州舊名，漢代長沙定王子之封地。州治在今湖南省南部之道縣。癸卯是唐代宗廣德元年（七六三），「漫叟」是詩人自稱。「山賊」指嶺南西原族叛民，曾起義佔領道州一月餘。起義雖被鎮壓下去，但戰火之後，「城池井邑，但生荒草；登高極望，不見人煙。」詩人適於此時，來任道州刺史，而朝廷仍欲在此徵稅，詩人作此詩陳述其苦情。

㈡先述朝廷為軍國所需，必須徵稅。繼寫地方災情慘重，人民無力納稅。詩人身負地方官之重任，進退惟谷；如逼迫人民納稅，可能招致叛亂；如寬容民困，則違背詔令。最後詩人本諸天理良心，不願鞭撻百姓，寧可承擔徵稅不力之罪責。可為官鑑，可作〈國風〉！

戴叔倫

戴叔倫（七三二——七八九），字幼公，潤州金壇（今江蘇金壇）人。曾任撫州刺史，晚年自請出家為道士。

歌行

女耕田行

乳燕入巢筍成竹，誰家二女種新穀？無人無牛不及犁，持刀斫地翻作泥。自言家貧母年老，長兄從軍未娶嫂。去年災疫牛囤空，截絹買刀都市中。頭巾掩面畏人識，以刀代牛誰與同？

姊妹相攜心正苦，不見路人唯見土。疏通畦壟防亂苗，整頓溝塍待時雨。日正南岡下餉歸，可憐朝雉擾驚飛。東鄰西舍花發盡，共惜餘芳淚滿衣！

【語譯】

新生的乳燕長大，飛入巢中；新生的竹筍，長成了竹子。誰家的兩個女兒在種新的穀子呢？沒有人幫助，也沒有牛；她們用不上犁，持刀斫地，將泥土翻過來。

她倆自己說：家境貧窮，母親年老。大哥去從軍，還沒有娶嫂子。去年災疫時耕牛死去。她倆從織布機上把尚未成匹的絹子割下一段，到城市裡賣去，買了把刀回來。她倆用頭巾掩蔽面孔，怕被人家認識。用刀砍地來代替用牛犁田，有誰來和她們同樣幹呢？

姊妹倆互相幫助，心裡很苦。二人老是低頭砍地，不顧過路的人，兩眼只看著土地。把田園中的空地都疏通了，防止亂草生長。田野的溝道都整頓好，等待雨水及時的灌溉。

太陽墜入南岡下時，從田野工作歸家。可憐的野雞被驚擾得飛起。看到鄰家的花已開完，可惜只殘餘一點在枝頭。聯想到自己的青春也像殘花一樣，即將在貧困生活的折磨中消逝，不禁潸然淚下，沾滿衣襟！

【析　賞】

㈠唐朝安史亂後，吐蕃入侵，連年兵災外患，迫使農村壯丁，皆被徵召入役。耕作乃由婦女擔任，此詩即詠兩女子耕作之苦情。

㈡此詩借「乳燕入巢筍成竹」起興。用詰問口吻「誰家二女」引出全篇。

㈢中段言「長兄從軍」，故二女被迫操作。細寫「無人無牛不及犁」情況下，二女「持刀斫地」之特寫鏡頭。

㈣從「頭巾掩面畏人識」，與「不見路人唯見土」中，顯示二人無社交生活之可言，在辛勤勞動中消失青春。

㈤末聯是全篇之重點。二女偶見花殘，乃痛感青春消失而淚流滿衣，使讀者亦為二女悲慘之命運，一灑同情之淚。

韋應物

韋應物（七三七—七九一），長安人。少年任俠使氣，放蕩不羈。曾以三衛郎（皇宮衛士）事玄宗。玄宗歿後，始折節讀書，成進士。廣德初為洛陽丞。大曆間遷京兆府功曹。後歷任滁州、江州，終蘇州刺史，世稱「韋蘇州」。詩人晚年鮮食寡欲，所至焚香掃地而坐，性情高潔。交遊有顧況、劉長卿、盧綸、孟郊等。其詩以表現山水田園風物為特色。與王維、孟浩然、柳宗元並稱「王孟韋柳」。遺有《韋蘇州集》十卷。《全唐詩》編存其詩十卷。

五古

寄暢當

寇賊起東山，英俊方未閑。聞君新應募，籍籍動京關。
出身文翰場，高步不可攀。青袍未及解，白羽插腰間。
昔為瓊樹姿，今有風霜顏。秋郊細柳道，走馬一夕還。
丈夫當為國，破敵如摧山。何必事州府？坐使鬢毛斑！

【語譯】

賊寇在東邊作亂，英雄豪傑們不得安閑。聽說你毅然奮起，應募從軍。京城之中，大家都驚歎不已！

你出身文墨場中，高視闊步，世人仰不可攀。可是你還沒有來得及取得功名，便脫下文人的青色長袍，換取弓箭佩在腰間。

過去你有挺秀的風姿；而今從戎勤勞，不禁風霜滿面。秋天在嚴肅的軍營道路上，路程雖遠，你騎馬一天內便奔馳歸營。

大丈夫應當以身許國，擊破敵軍如摧山倒海，在戰場上大顯身手。何必要在地方官署裡當差，徒使頭髮斑白，浪費精力呢？

【析賞】

㈠暢當，河東人。大曆七年（七七二）進士，早歲從軍。此詩為詩人聞其從軍時寄贈之作。

㈡此詩大致可分三段：首段八句先寫其投筆從戎。中段四句寫其戎馬生活之雄姿。詩中「細柳道」借用漢代名將周亞夫故事，周亞夫駐軍之地名「細柳營」，絕律嚴明。末段四句道出對暢當嘉勉激勵，亦詩人之感慨。

㈢詩人詩風高古淡雅，多田園山水之作；唯獨此詩激昂慷慨，難得可貴。

初發揚子寄元大校書

悽悽去親愛，泛泛入煙霧。歸棹洛陽人，殘鐘廣陵樹。
今朝此為別，何處還相遇？世事波上舟，沿洄安得住？

【語譯】

我滿懷悽然之情的離開了親愛的人，乘舟向渺茫迷濛的煙霧中行去。我現在乘舟回歸洛陽，走時還聽到幾聲鐘鳴；回頭遙看廣陵城郊的樹木。船行漸遠，鐘聲漸小，樹影也逐漸消失。我們今天分別以後，什麼地方還會再遇呢？世間的事情就像江上的船一樣，永遠的漂蕩著，那裡有安息的時候？

【析賞】

㈠此詩是詩人離開廣陵北歸洛陽時舟中之作。「廣陵」即今之江蘇揚州。「揚子」是運河經揚州入長江之一段的別名。「元大」姓元。「大」是排行，一說是元結。「校書」即校書郎之簡稱。唐置八人，掌校理典籍，為文官起步之良職。

㈡首聯描寫離開友人，初發揚子之情事。「悽悽」寫心中悽然之情。「泛泛」既寫江上迷濛之煙霧，亦暗示內心迷茫之感覺，為後文世事渺茫鋪墊。

㈢次聯寫自己剛離廣陵後舟上之情景。兩句語法並列而無動詞。在並列語詞之意象中，深刻地寫出詩人回首廣陵依依不捨之情。在聽覺上：「殘鐘」二字寫那昔日常聞之鐘聲，猶如送別一樣。加一「殘」字，從側筆上表示船行漸遠，最後鐘聲漸微而至於完全聽不到。在視覺上：「廣陵樹」是昔日常遊息之處。現在漸行漸遠，終至在天末沉入渺冥之中。此聯通過形象抒發情感，為後世膾炙人口。

㈣腹聯簡樸的道出離別之情，是所有親友別離時所浮出的心聲。

㈤末聯結出詩人之感慨。世事難料。說人之行止猶如波上行舟，以之開脫自己，安慰友人。

寄全椒山中道士

今朝郡齋冷，忽念山中客。澗底束荊薪，歸來煮白石。

欲持一瓢酒，遠慰風雨夕。落葉滿空山，何處尋行跡？

【語　譯】

今天早晨我的官署裡很冷，使我忽然思念到在全椒山中的道士。他在石澗底面找柴，回來煮白石充飢。

我很想送他一瓢酒，在風雨的夜晚，遠道去安慰他。但是滿山都是落葉，在那裡能找到他行止的蹤跡呢？

【析　賞】

㈠全椒是今安徽之全椒縣，唐時屬滁州。此詩為詩人任滁州刺史時寄給一道士之作。

㈡首聯因齋冷而念及一山中道士。「郡齋」指滁州刺史官署。「冷」字是全詩之關鍵。「客」當然指「道士」。

㈢次聯推想山中道士在這寒冷天氣中之生活。「煮白石」是借用葛洪《神仙傳》之故事。說有個白石先生，「嘗煮白石為糧，因就白石山居。」同時道家修煉要服食「石英」。此聯極言道士生活清苦，隱射他品格之高尚。

㈣腹聯轉而寫詩人想送一瓢酒去，好讓他在這秋風冷雨之夜，得到一點友情的安慰。「瓢」是葫蘆從中剖開，一分為二，用來舀水或盛酒的器皿。《論語》寫顏回：「一簞食，一瓢飲，人不堪其憂，回也不改其樂。」

㈤末聯再一轉作結：「落葉滿空山，何處尋行跡？」想到道士乃遁跡山林，隨遇而安之人。今日在此石岩安頓，明日恐又遷到另一洞穴棲身，不知住在何所。更何況秋天滿山落葉，連路也不易找到。他所經之處，其足跡隨即為落葉所淹沒，「何處尋行跡」呢？

㈥此詩以平淡語言，寫真誠情感。運筆起伏頓挫，形象高超深遠。故有人讚此詩「一片神行」！清代沈德潛《唐詩別裁》評論此詩是：「化工筆，與陶淵明『采菊東籬下，悠然見南山』相似，妙處不關語言意思。」

郡齋雨中與諸文士燕集

兵衛森畫戟，宴寢凝清香。海上風雨至，逍遙池閣涼。煩痾近消散，嘉賓復滿堂。

自慚居處崇，未睹斯民康。理會是非遣，性達形跡忘。

鮮肥屬時禁，蔬果幸見嘗。俯飲一杯酒，仰聆金玉章。神歡體自輕，意欲凌風翔。

吳中盛文史，群彥今汪洋。方知大藩地，豈曰財賦強？

【語　譯】

官衙裡衛兵們持著畫戟，森嚴地排列。宴會內散發著芬芳的香氣。從海上飄來滿天的風雨。逍遙池畔空氣涼爽。煩燥苦熱都消散了。尊貴的客人聚滿在廳堂上。

我自己很慚愧，居在高位上，未曾看到這裡人民安樂的情形。我了解能會通事理，自能免去是非。性情曠達便可忘卻形跡。

宴會上缺乏葷腥肉食，因為時令所禁用；但蔬菜水果很多，希望大家多嚐些。我低頭喝一杯酒，抬頭細聽客人們金石般的詩篇。我精神歡快，身體也輕鬆起來。心境飄飄然像是隨風飛翔。

蘇州一帶是文人聚集之地，文化發達，人才濟濟。我才知道原來蘇州是個大地方，豈僅止是財稅富足而已？

【析　賞】

㈠此詩是唐德宗貞元五年（七八九），詩人任蘇州刺史時之作。詩人以刺史身分，在官署宴請顧況等地方名士，此是宴會上所賦之詩。

㈡首段六句描寫宴會肅穆清華氣象：戟衛森嚴，宴廳香溢。蘇州地近東海，風雨飄來，池閣清涼。燥熱消散。嘉賓雲集，好一場盛會！

㈢中段四句詩人自述所感：身居刺史之職，慚愧未見人民安樂，正合地方官之身分。詩人在其〈寄李儋元錫〉詩中亦有：「邑有流亡愧俸錢」之表示。「理會是非遣，性達形跡忘」，是他的處世態度與人生哲學。

㈣下段寫宴會，席上所供應者，無奢侈之山珍海味，或通常之雞鴨魚肉，詩人言：「鮮肥屬時禁，蔬果幸見嘗。」史書上說詩人：「性高潔，鮮食寡欲，所在焚香掃地而坐。」不知此宴席上無鮮肥，是否由於他個人之喜惡，抑是施於全民之禁令？或者因炎夏時節，禁止屠宰，是公共衛生政策之措施。參加宴會皆文人雅士，亦非酒肉之徒，宴席上能有蔬果即可。「群彥」指題中之諸文士。「金玉章」指宴會中諸文士之吟句賦詩。

結尾稱讚「吳中盛文史」，「豈曰財賦強？」切合題旨，為吳中驕傲，亦以自己能為蘇州刺史為榮。

㈤此詩言蘇州是盛文史、多彥士之富庶州郡，描寫風流太守與地方彥士交游之樂。謙遜中自有分寸。酬酢應付，合款入式，雅人雅事，至為瀟灑！

東郊

吏舍跼終年，出郊曠清曙。楊柳散和風，青山澹吾慮。
依叢適自憩，緣澗還復去。微雨靄芳原，春鳩鳴何處？
樂幽心屢止，遵事跡猶遽。終罷斯結廬，慕陶真可庶。

【語譯】

我在官衙終年，深感拘束。清早信步出城，心神開曠。和煦的春風中，楊柳拂散枝條。青翠的山色，澄清了我內心的煩慮。

在綠色的叢樹下，我正好休息一下。順著澗水，來回散步。細雨濕潤了芳草的平原，春天的鳩鳥不知在何處聲聲啼叫。

我愛好這幽境的心意，往往又自行抑止；因為如就這樣隱退，還是太倉促了。不過終有一天，我將要罷去官職，自己結個廬舍。到那時候我所羨慕的陶淵明生活，終究可以達到。

【析賞】

㈠首寫終年跼促官署，一旦郊出，心情舒暢，積慮盡消。繼寫郊外幽美景象，令人陶醉。

㈡末段轉折頓挫，先說自己愛此幽境，本想居留於此；卻又中止，因公職在身，不得遽爾脫身。然而最後仍寄望於罷官之後，結廬隱退，可實現過著和陶淵明樣生活之願望。陶有「結廬在人境，而無車馬喧」之詩句。

㈢《四庫全書．簡明目錄》云：「韋應物詩，源出於陶，而融化於三謝，故真而不樸，秀而不媚。」

送楊氏女

永日方戚戚，出行復悠悠。女子今有行，大江溯輕舟。爾輩況無恃，撫念益慈柔。幼為長所育，兩別泣不休。對此結中腸，義往難復留。

自小闕內訓，事姑貽我憂。賴茲託令門，仁恤庶無尤！貧儉誠所尚，資從豈待周？孝恭遵婦道，容止順其猷。別離在今晨，見爾當何秋？居閒始自遣，臨感忽難收。歸來視幼女，零淚緣纓流！

【語　譯】

我整天都在悲傷中渡過。女兒要出嫁了，路途又遙遠。女兒今天出嫁，乘船逆江上行。妳們受著沒有母親的苦處，我格外疼愛妳們。小女兒是大女兒帶大的，一旦分別，兩人哭泣不止。面對這種情況，我肝腸百結；但是女大當嫁，我也沒法留住妳。

妳從小就缺乏母親的教訓，我很憂慮妳現在如何事奉翁姑？幸好妳是嫁到一個良好的人家，他們會愛憐妳，使妳避免許多過失。我家貧窮，著重節儉，妳的嫁粧又哪能周全呢？只希望妳能孝順、恭敬，遵守婦道，容態、舉止，都要順著規矩。

今天早晨和妳分別了，哪一年才能再見妳呢？我在家閒居，正想自行排遣；但一旦有所感觸，熱淚忽然又收不住了。回家看看幼小的女兒，滴滴眼淚順著帽帶直流下來！

【析賞】

㈠此詩是詩人嫁女送別之作。其女即將出嫁到楊家去。詩人之妻死於長安，死時遺下兩女，均在幼年。長女年長幼女數歲，詩人自注「幼女為楊氏所育」，幼女是長女帶大的。故幼女對長女之出嫁，特別悲傷。

㈡首段先述長女出嫁之事實。次句「有行」意謂出嫁。《詩經・邶風》：「女子有行，遠父母兄弟」。詩人因妻早喪，對兩女益加慈愛；今將嫁出，自然悲傷。然而「義往難復留」。根據《禮記》：「女子二十而嫁，義當往也。」女兒長大了，非出嫁不可。

㈢中段只好對女兒反復叮嚀訓誡，庶其無尤。「賴茲託令門，仁恤庶無尤」，是強自慰解之詞，亦是對夫家懇求之辭。祝望其能寬待其女也。尤其此女幼年喪母，由父親隻手撫養，常在父親身邊，一旦遠嫁，人地生疏，父親無法繼續照顧，亦惟有期待婆家之「仁恤」而已。

此段詩人將他對女兒之愧咎、憐惜、祝望、訓誡等種種複雜心情，曲折寫出，父親慈愛之心，感人肺腑！

㈣末段言別後不知何時再見，熱淚難收。回家時見幼女孤獨無侶，想到長女遠嫁，不禁潸然淚下。與首段幼女與長女相依為命之情，互相呼應。

㈤至情文字，讀之令人心酸！

孟郊

孟郊（七五一——八一四），字東野，湖州武康（今浙江武康）人，一說是洛陽人。四十六歲始中進士，官只做到一判官微職，終生貧寒。自詠「食薺腸亦苦，強歌聲無歡，出門即有礙，誰謂天地寬？」詩與賈島齊名，世稱「郊寒島瘦」。詩多五古，茲選析其五言樂府詩二首。

樂府

遊子吟

慈母手中線，遊子身上衣。臨行密密縫，意恐遲遲歸。誰言寸草心，報得三春暉？

【語　譯】

慈母手中的針線，為著要出遠門的兒子縫製衣裳。母親將一針一線，密密地縫製，深怕兒子此去久久不歸，將在外受寒凍之苦。有誰敢說做子女們像微細小草般的一點孝心，能報答慈母們像春天和煦陽光般的深厚恩惠呢？

【析　賞】

㈠詩人的父親早逝，端賴母親養育孟郊、孟酆、孟郢三兄弟，生活貧苦。詩人四十六歲進士及第，五十歲始授溧陽（今江蘇溧陽）縣尉之小官。此詩詩人自注「迎母溧上作」。

㈡詩人在此詩中特在首聯舉出縫衣一事，深刻地描寫母親對子女的關懷和深情。

㈢次聯上句「臨行密密縫」，一針一線皆是母親心血的細作，縫進去的是母親無與倫比的溫情和熱愛。下句「意恐遲遲歸」，沒有語言，沒有淚水，母親心意中，只有對子女無微不至的關懷和體貼。此聯「密密」、「遲遲」，兩平凡疊詞，加強母親對子女的熱愛與關懷。

㈣末聯用比體，以寸草對陽光，作母子關懷慈孝之對比。顯示母恩如海，子女無論如何孝順，不足相報。

㈤此詩是五言樂府，全篇用流水對。每一聯中的兩句字面相對，詩意相承。前四句敘事抒情，後兩句議論說理。融事、情、理於一爐。清新工巧，自然流暢。中國人最講究孝慈之道；此詩是千古以來，頌揚母親最動人的詩篇。國人感受母恩之「寸草春暉」的成語，即由此詩而來。

烈女操

梧桐相待老，鴛鴦會雙死。貞女貴殉夫，捨生亦如此。波瀾誓不起，妾心古井水！

【語　譯】

梧桐樹相伴著老去；鴛鴦會一同死去。貞節的女子跟隨丈夫而死，捨棄生命，原該如此。女子在丈夫死去後，心中就像古井裡的水一樣，不會再泛波瀾的。

【析　賞】

㈠〈烈女操〉是樂府，屬於琴曲歌詞。

㈡此詩以植物梧桐與禽鳥鴛鴦起興。「梧桐」句源於魏明帝詩：「雙桐生枯井，枝葉自相加」。「鴛鴦」句據《古今注》：「鴛鴦水鳥，鳧類也。雌雄未嘗相離，人得其一，則一思而至死。」

㈢中聯逕入本題：「貞女貴殉夫，捨生亦如此」。言結婚之婦女，與丈夫是同命鴛鴦。丈夫死後亦應隨之同死，是義所當然。「捨生」語源於《孟子》：「捨生而取義者也。」

㈣末聯寫丈夫死後，孀婦之心態。縱然不隨丈夫死去，亦了無生趣。《全唐詩》中「古井水」作「井中水」。稍後白居易〈贈元稹〉詩：「無波古井水，有節秋竹竿」，即本此。

㈤此詩所詠是中國古時之道德觀。現代人對於夫婦間應有之關係，當然已不如此。夫婦因愛情而結合；殉夫並不能使亡夫復活，丈夫雖死，妻子還是要活下去，開創新天地。

王建

王建（七六五——八三〇），字仲初，潁川（今河南許昌）人。貞元年間進士。初為渭南尉，歷任祕書監，侍御史。大和中，出為陝州司馬，從軍塞上。後歸居咸陽，與韓愈、張籍等友好。其樂府與張籍齊名。作有「宮詞」一百首，遺有《王司馬集》。

樂府

水夫謠

苦哉生長當驛邊，官家使我牽驛船。辛苦日多樂日少，水宿沙行如海鳥。逆風上水萬斛重，前驛迢迢波淼淼。半夜緣堤雪和雨，受他驅遣還復去。夜寒衣濕披短簑，臆穿足裂忍痛何！到明辛苦無處說，齊聲騰踏牽船歌。一間茅屋何所值？父母之鄉去不得。我願此水作平田，長使水夫不怨天！

【語譯】

苦啊！我不幸生長在驛道的旁邊，官家就命令我揹縴驛船。我辛苦的日子多，快樂的日子少。夜晚在船上睡覺，白天則在沙岸上拉縴行走，生活像海鳥一樣。

我們水夫揹縴，逆著風向，或者溯流而上，驛船像萬斛般重。前面驛站遙遠，波浪濤濤。緊急的時候為著趕路，半夜在雪中雨中，須順堤揹縴。官府驅遣，來而復去！寒冷的夜裡，我們衣服都淋濕了。披著短短的簑衣。胸口快磨穿了，腳都裂開，只有忍著痛！天亮後痛苦無處可說，還騰步踏地，齊聲地哼唱牽船歌！

家裡的一間茅屋，有什麼價值？但因為是世代生長的故鄉，又捨不得離開。只希望這些河水都變成平坦的田地，我們這些縴夫們不必再縴船，就不會怨天了！

【析賞】

㈠中國古時官家有驛站制度，傳送公家文物。在陸地上有驛馬；在水路上則有驛船。官家強迫沿水路驛站的男子作縴夫，專門擔任揹縴拉船之勞役。此詩即詠其苦情。

㈡首段概寫縴夫之命運：首聯「苦哉生長當驛邊，官家使我牽驛船」。劈頭「苦哉」二字，貫徹全篇，奠定全篇基調。不幸生在驛邊，官家規定他終生作縴夫，為官家揹縴。次聯言其水宿沙行，概括地說是終年苦多樂少。

㈢中段八句細寫縴夫之生活：順風或順流而下之船，不必用縴夫。用縴夫時，皆是「逆風」或「逆水」。此時驛船載重，有如萬斛；而水波淼淼，總覺得前驛遙不可及。有時半夜雨雪中縴船，衣濕簑短，臆穿足裂，何其痛苦！天明後有苦不說，尚齊聲哼唱牽船歌！

㈣末段言縴夫所戀者，不過家鄉一間茅屋而已。惟願水道變成平田，能務農免作縴夫，其命運誠可悲也！

㈤王建、張籍等用樂府題材，寫民間疾苦。其後白居易、元稹等，步其後塵，作此類詩篇，號稱《新樂府》。蔚成一代風尚，影響甚鉅。

張籍

張籍（七六五——八三〇），字文昌，和州烏江（今安徽和縣烏江浦）人。貞元十五年（七九八）進士，為太常寺太祝。韓愈薦之為國子博士。累遷至水部郎中，終國子司業。詩人清寒，而狷介耿直。以樂府古體詩知名於世。著有《張司業集》。《全唐詩》編存其詩五卷。茲選析其五古、新樂府與歌行各一首。

五古

離婦

十載來夫家，閨門無瑕疵。薄命不生子，古制有分離。託身言同穴，今日事乖違。念君終棄捐，誰能強在茲？堂上謝姑嫜，長跪請離辭。姑嫜見我往，將決復沈疑。與我古時釧，留我嫁時衣。高堂拊我身，哭我於路陲。

昔日初為婦，當君貧賤時。晝夜常紡績，不得事蛾眉。辛勤積黃金，濟君寒與飢。洛陽買大宅，邯鄲買侍兒。夫婿乘龍馬，出入有光儀。將為富家婦，永為子孫資。

誰謂出君門，一身上車歸。有子未必榮，無子坐生悲。為人莫作女，作女實難為！

【語譯】我來到丈夫家十年了，在家中沒有過失。只是命運不好，沒有生出兒子。按照古來制度，就須分離。我結婚時原說是託付終生、死時要和丈夫合葬在一起。可是今天事勢改變了，夫君終究要捨棄我，誰能勉強得住呢？

我到堂上去拜謝公婆，跪地辭行。公婆看我將離開，想決定又遲疑不定。他們給我舊有的臂環，讓我保留出嫁時的衣裳。他倆拍著我的背，在路旁為我哭泣。

過去我出嫁，正當夫君家貧窮的時候。我晝夜紡紗織布，沒有空閑打扮自己。辛勤地賺錢，救濟夫君家的飢寒。後來家中有錢了，在洛陽買下寬大的住宅，在邯鄲買進童僕，丈夫乘著駿馬，出入都很光采。我也以為就將成為富有人家的主婦，可永久為子孫們積聚產業。

誰料得到我現在得離開你家，獨身登車回娘家去。如生兒子固然未必榮耀，沒有生兒子卻只有悲哀了。所以做人不要做女子，女子實在是很難當的啊！

【析賞】

㈠本詩句中有云：「堂上拜姑嫜」，又云「姑嫜見我往」。本人不諳「姑嫜」二字，究竟是何種親屬關係，乃翻閱《辭海》。《辭海》中對之有數種解釋：

1.父之姊妹曰姑，見《爾雅．釋親》。（這也是今日吾人所儘知。）

2.夫之姊妹曰姑。（如稱夫之妹為小姑，亦有所聞。）

3.婦稱夫之父曰舅，母曰姑。見《說文》。（這與今日之習慣迥異。今日吾人稱母之兄弟曰舅，父之姊妹曰姑。）

4.婦稱舅曰章。見《釋名．釋親屬》，章亦作嫜。（由此我得知嫜字的意義。）

綜上所述，古時對於親屬之稱呼中，某時某地，竟然姑可稱為夫之母；嫜是舅，而舅竟可能是夫之父。本人曲意作此周轉，乃將此詩中之姑嫜，解釋作夫之母父。在語譯中，以離婦之口吻，逕稱之曰公婆。使現代人讀此詩時易於理解。

㈡此詩格局頗似古時樂府長詩之〈孔雀東南飛〉，皆敘述女子身世之悲劇。不過〈孔雀東南飛〉細述因婆媳不和而媳婦被逼離家、終至夫婦自殺之經過，長達一千七百八十五字。本詩概述久婚無子而被休之離婦故事，全篇一百七十字。本詩刻劃情節，自不若〈孔雀東南飛〉之細緻。也許感人亦不若〈孔雀東南飛〉之深。然而就結局而言，〈孔雀東南飛〉中之夫婦二主角，至少在情感上得到心靈之滿足；本詩中主角之離婦，則含冤終生！

㈢中國人向有「不孝有三，無後為最」之觀念。男人結婚即為生子。同時，因為醫藥知識不足；久婚無子，即武斷地認為一定是妻子生理上有缺陷。中國是父權社會，乃有「久婚無子，即可休妻」之制度。其實，久婚無子，可能過失在丈夫，或其它緣由，怎可歸咎於妻子一人？此詩即為未生子而遭離棄之婦女，大發不平之鳴！

作者為婦女抱不平之作品甚多，除此詩外，尚有若干名作：如其〈別離曲〉云：「男兒生身自有役，那得誤我少年時？不如逐君征戰死，那得獨老空閨裡？」又如其「妾薄命」云：「君愛龍城征戰功，妾願青樓歌樂同。人生各各有所欲，詎得將心入君腹？」皆是站在婦女立場，要求同等之生活權利。

注意：詩人雖生平與韓愈、孟郊等友好，其作品卻不走韓詩險怪之路線。他是繼杜甫之後，最突出的社會寫實詩人。其作品除上述者外，如其〈西州〉、〈征婦怨〉等之極力暴露戰爭之罪惡，〈築城詞〉之揭示力役之痛苦，〈山農詞〉〈野老歌〉〉、〈賈客樂〉等歌曲，申訴社會各業之悲情，皆是樂府歌行之傑作。本書為篇幅所限，未能一一選析。

節婦吟

樂府

君知妾有夫，贈妾雙明珠。感君纏綿意，繫在紅羅襦。

妾家高樓連苑起，良人執戟明光裡。知君用心如日月，事君誓擬同生死！
還君明珠雙淚垂，恨不相逢未嫁時！

【語譯】
你知道我已經有丈夫，卻仍然送給我一雙珍貴的珠子。我感謝你對我纏綿的情意，把這珠子繫掛在我的紅色絲綢短襖上。
我家住在連接帝苑的高樓上，我丈夫現在明光殿執戟做侍衛。我知道你心地光明；我也不敢有別的念頭，一心事夫，誓共生死！
現在我將這對珠子退還給你。兩眼眼淚直流，只怨恨我倆沒有能在我未出嫁之前相逢！

【析賞】
㈠此詩因襲古樂府〈陌上桑〉以及〈羽林郎〉的主題，是詩人的新樂府。
㈡中國傳統道德觀上，「忠」與「貞」之德行類似。中國古人常以妻之事夫比擬臣之事君。俗諺有所謂：「忠臣不事二主，烈女不事二夫」。此詩題一作：〈節婦吟寄東平李司空道〉。唐代安史亂後，藩鎮割據。李氏家族政權盤據齊魯一帶，李師道雄霸東平，尤為跋扈不臣；延攬人才，慕張籍之名，以重金禮聘，期能羅致入幕，以增聲勢。詩人不願與亂臣賊子為伍，不便正面拒絕，乃作此〈節婦吟〉寄之。此詩表面上看來，是首委婉的情詩；實際上是向對方表明自己堅貞的立場。

㈢此詩前四句，平聲五言平敘，感謝對方之贈珠（暗喻聘請）。

㈣中四句突然一轉，用七言上聲激昂地表明自已堅定的身份。上句「知君」之君指贈珠之人。下句「事君」之君，指自已的夫君。

㈤末二句再用平聲七言委婉語氣，表示遺憾。

㈥全篇格律，適應內容的波動起伏，饒有音樂美。末句「恨不相逢未嫁時」，為後人廣泛引用。

㈦此詩詠一已婚婦女之情感生活與道德觀念之衝突。詩題〈節婦〉，曾遭諸衛道先生之攻擊，如元代俞德鄰《佩齋輯聞》云：「禮：男女授受不親，婦人從一。理不應受他人之贈。今受明珠而繫襦，還明珠而垂淚，其愧於秋胡之妻多矣。尚得謂之節婦乎？」明代唐汝詢《唐詩解》亦云：「繫珠於襦，心許之矣。以良人貴顯而不可背，是以卻之。然還珠之際，涕泣流連，悔恨無及，彼婦之節不幾岌岌乎？夫女以珠誘而動心，士以幣徵而折節，司業之識淺矣哉！」皆以為此女不得稱之為節婦。然此皆純就舊禮教立論，未免欠合人情。蓋以婦女是人，每人皆是一獨立存在之個體，各有其思想感情。已婚婦女並不能消除其對任何其他男性之情感。在舊社會婚姻制度之下，女性偶對所喜愛之對象動情，亦人情之常。詩中此婦能於最後懸崖勒馬，還君明珠，未出道德之藩籬，維持家庭之完整，非節婦而何？

歌行

野老歌

老農家貧在山住，耕種山田三四畝。苗疏稅多不得食，輸入官倉化為土。
歲暮鋤犁傍空室，呼兒登山收橡實。西江賈客珠百斛，船中養犬長食肉！

【語　譯】

老農家境貧寒，居住在山中。耕種三、四畝山田。土地瘠薄，禾苗長得稀疏；而官府租稅重，老農不能食用他辛勤所得的一點收穫，就送到官倉裡去。積壓腐爛後化為塵土。年終歲寒的時候，不能耕作，鋤犁等農具傍靠在空屋邊。老農叫兒子們登山，去採野生的橡栗來吃。那西江一帶販運珠寶的商客，卻擁有珍珠百斛；他船中養的狗子，還長時間吃肉哩！

【析　賞】

㈠此歌一名〈山農詞〉，是詩人自創的樂府新題。

㈡此歌屢換韻。「畝」上聲有韻，「土」上聲麌韻，「室」「實」入聲質韻，「斛」「肉」入聲屋韻，古詩可如此作。

㈢上段言老農耕作辛勤，山地不過三、四畝。土地貧瘠，所能收穫者已甚少。官家仍徵稅，徵取後輸入官倉，積壓腐爛，化為塵土！一面是「不得食」，一面是「化為土」。此「稅多」之如何諷刺！

(四)下段以貧農與賈客作對比，一面是「空室」，一面是「珠百斛」；貧農採橡栗充飢，賈客之犬食肉，真是「人不如狗」！描寫社會貧富懸殊現象，成強烈對照！

韓愈

韓愈（七六八——八二四），字退之，南陽（今河南沁陽）人。貞元八年（七九二）進士。為中唐詩文大師。因膽識過人，耿直敢言，在朝屢經遷貶，終任吏部侍郎。其詩氣勢雄健，想像奇麗，語言誇張，字句險峭，有其獨特風格。開創一流派，遺有《韓昌黎集》。《全唐詩》編存其詩十卷。茲選析其長篇七古五首、短篇歌行一首。

七古　山石

山石犖确行徑微，黃昏到寺蝙蝠飛。升堂坐階新雨足，芭蕉葉大梔子肥。僧言古壁佛畫好，以火來照所見稀。鋪床拂席置羹飯，疏糲亦足飽我飢。夜深靜臥百蟲絕，清月出嶺光入扉。

天明獨去無道路，出入高下窮煙霏。山紅澗碧紛爛漫，時見松櫪皆十圍。當流赤足踏澗石，水聲激激風吹衣。人生如此自可樂，豈必局束為人鞿？嗟哉吾黨二三子，安得至老不更歸！

【語譯】

山岩上大石眾多，起伏不平，路徑狹窄難行。我黃昏的時候到達寺廟，只見蝙蝠飛來飛去。我登上了殿堂，坐在臺階上，剛好雨已下夠停止。看見殿前綠油油的芭蕉葉子闊大，潔白的梔子花也開得很茂盛。

廟裡的和尚說這廟裡古壁上所畫的佛像很好，夜晚便用火來照著來看。我看到的很少，對之不感什麼興趣。和尚為了讓我休息，鋪好了床，拂淨臥席。又擺設羹湯飯食，糙米飯也夠充我的肚饑。夜深了，我靜臥在床上，一切的蟲聲都止息了。清澈的月亮從山嶺那邊升起，月光穿過門戶，照到室內。夜間非常清靜。

天明後我獨自離去，辨不出道路。轉出轉進，高高下下，才走出了這一片煙雲霧靄。然後看到太陽紅光照在山上，溪澗中碧波流動。山上山下，景象鮮豔。時時看到些松樹櫪樹，樹幹都粗大到十圍左右。

在澗流中，我赤著腳，踏在水中石上。傾聽水流潺潺的聲音，微風吹進我的衣襟。心曠神怡，覺得這大自然實在太美好了。人生像這樣已經很快樂，何必一定要拘束自己，為他人所套住呢？唉！我如何能與二、三知己來此終老呢？

【析賞】

㈠詩人是古文學大家，後人列之為「唐宋古文八大家」之首。詩人提倡詩歌散文化。此詩記事，以時間先後為序，是典型的散文化的古體詩。

㈡詩題「山石」，是取篇首二字為題，並非表示全篇之中心是「山石」。古人作詩命題，有此一格。此詩敘事抒懷，從所寫之景物而言，大概是詩人貶放至嶺南時之作。

㈢此詩首句寫山路，次句寫遊山的時間與所見，從黃昏開始。第三句寫雨後，第四句寫在寺前所見，並點明初夏景物，生機蓬勃。

第五、六兩句寫僧寺所見，時已入晚。第七、八兩句寫受寺僧之招待食宿。第九、十兩句寫清靜之夜中見聞。

第十一、十二兩句寫詩人天明離寺。「無道路」因在煙霏之中。第十三、十四兩句是走出煙霏後之所見。特意舉出松櫪十圍，寓有莊子「以不材得終天年」之意。

第十五、十六兩句寫詩人赤足濯流之樂，由此與最後四句之感慨：「人生如此自可樂，豈必局束為人鞿？」是詩人在貶放時期心境之反映。

㈣篇末「不更歸」是「更不歸」之倒句。詩人自命繼承儒家正統，故而篇末之文辭，引用孔門經典之《論語》，表達自己之性格與退隱之念：《論語・公冶長》子在陳曰：「歸與，歸與！吾黨之小子狂簡，斐然成章，人不知所以裁之。」《論語・述而》：「二三子以我為隱乎？」

㈤李白〈夢遊天姥吟留別〉之末，高呼「安能摧眉折腰事權貴，使我不得開心顏？」悲憤激昂，充滿淩厲之氣。詩人本詩，亦大有此意。不過語氣比較和緩。

八月十五夜贈張功曹

纖雲四卷天無河，清風吹空月舒波。沙平水息聲影絕，一杯相屬君當歌。君歌聲酸辭且苦，不能聽終淚如雨。

「洞庭連天九疑高，蛟龍出沒猩鼯號。十生九死到官所，幽居默默如藏逃。下床畏蛇食畏藥，海氣濕蟄熏腥臊。昨者州前搥大鼓，嗣皇繼聖登夔皋。赦書一日行萬里，罪從大辟皆除死。遷者追迴流者還，滌瑕蕩垢清朝班。州家申名使家抑，坎坷只得移荊蠻。判司卑官不堪說，未免捶楚塵埃間。同時輩流多上道，天路幽險難追攀。」

君歌且休聽我歌，我歌今與君殊科：「一年明月今宵多。人生由命非由他。有酒不飲奈明何？」

【語譯】

纖細的雲片盤踞天空，銀河不見蹤影。空中清涼的微風吹拂，月亮的清輝，波浪似的舒展開來。地面沙平水靜，萬籟俱寂。倒杯酒給閣下，請高歌一曲。你的歌聲酸楚，我沒有聽完，便淚下如雨。你唱：

「洞庭湖波浪連天，九疑山高入雲表。水裡蛟龍出沒，山中猩猩、鼯鼠叫號。我九死一生，才到達臨武貶所。像逃犯一樣默默地躲藏著。南方溫熱多蛇，下床時怕被蛇咬，吃飯時又怕誤食了蠱毒。在海邊潮濕的土地裡，毒蟲蒸發出腥臊的毒氣。生活環境，非常險惡。昨天郴州刺史衙門前，捶動大鼓。宣告新皇帝繼位，進用賢臣。宣佈天下大赦的佳音，日行萬里。犯死罪者都免死，改為流刑；死罪以下的都減輕或赦免。貶謫的人被召回京師，流放遠地的人可以回家，朝廷清除弊政，換新班底。州刺史將名冊上報，觀察使卻抑制壓下。我的命運坎坷，只被移置到江陵去做功曹。這種七品的卑官，微不足道。稍有過失，便不免伏地受到鞭捶。與我同時被貶的人，大多踏上召回做官的路，那回朝的路幽暗險阻，你我是攀不上的。」

你暫且停唱，來聽我唱罷。我唱的歌與你不同：「一年中的明月，今夜是最亮。人生由命，不必怨尤。有酒不飲，豈不辜負了這月亮明澈的光輝？我倆還是來欣賞這明月，痛飲一番罷！」

【析賞】

㈠此詩推定是順宗永貞元年（八〇五）作。二年前詩人在朝任監察御史，因上「論天旱人饑狀」，一說因上疏極論宮市之非，忤德宗，被左遷為陽山令。永貞元年正月唐順宗李誦即位，大赦，韓愈離陽山至郴州待命。八月順宗禪位，憲宗李純登基。授韓愈為江陵府法曹參軍，同時張署亦被授為江陵府功曹參軍。二者皆是七品或以下之卑官，所以二人命運相同。此詩為詩人在郴州接到江陵府派令時之作。

㈡此詩可分三大段。首段六句，即景敘事。寫中秋對月勸酒聽歌之情景。以下兩段是兩位患難朋友之唱和。

㈢中段十八句是張功曹之所唱，訴說其貶所險惡之環境，與赦令下不公平的遭遇，是全詩悲憤之所由。段中轉韻，平仄交互，音調傳達心聲，表現複雜感情。按「夔皋」是傳說中古代之二賢臣：「夔」曾任堯舜時之樂官。「皋」即皋陶，曾在舜時掌理刑法，在此詩人泛指賢臣。

㈣末段五句是詩人之回應，這五句皆押平聲歌韻，聲情一致。詩人強作曠達之情。勸慰張署，亦是自行慰解，激越悲涼！

㈤詩人與張署同一命運。此詩托張之口，寫謫放之苦，與赦令下不公平之待遇，兩人命運相同，同聲一哭！

謁衡嶽廟遂宿嶽寺題門樓

五嶽祭秩皆三公，四方環鎮嵩當中。火維地荒足妖怪，天假神柄專其雄。噴雲泄霧藏半腹，雖有絕頂誰能窮？

我來正逢秋雨節，陰氣晦昧無清風。潛心默禱若有應，豈非正直能感通？須臾靜掃眾峰出，仰見突兀撐青空。紫蓋連延接天柱，石廩騰擲堆祝融。森然魄動下馬拜，松柏一逕趨靈宮。粉牆丹柱動光彩，鬼物圖畫填青紅。

升階傴僂薦脯酒，欲以菲薄明其衷。廟令老人識神意，睢盱偵伺能鞠躬。手持杯珓導我擲，云此最吉餘難同。

竄逐蠻荒幸不死，衣食纔足甘長終。侯王將相望久絕，神縱欲福難為功。

夜投佛寺上高閣，星月掩映雲朦朧。猿鳴鐘動不知曙，杲杲寒日生於東。

【語譯】

中國向來的禮制，五嶽的祭禮與祭朝廷最高職位的三公相等。四方有四嶽，中嶽嵩山則鎮服其中。南嶽衡山處於屬火的南方，荒僻多怪；天帝把神權授予嶽神，獨專威鎮於此。這衡山雲霧噴騰，迴繞山腰。雖有絕頂，又有誰能攀登？

我來的時候正逢秋天霪雨季節，陰氣瀰漫，昏暗無風。我潛心默默地禱告。莫非正直感通神明？果然不一會兒，雲霧消散，群峰盡出。抬頭一看，高峻的峰巒，直撐伸入蔚藍的天空：紫蓋峰連接著天柱峰，石廩峰脊起伏，直推到祝融峰旁。看到這幅高峻森嚴的景象，使我驚心動魄。忙下馬來跪拜敬服。順著松柏夾道的山徑，一直走到衡嶽廟神殿。粉白的牆與朱紅色的廊柱，互相襯映，閃動著光彩。廟牆上滿是有青有紅的鬼怪圖畫。

我走上臺階，彎腰向衡嶽廟神進獻乾肉與酒，以我輕微的供品表達敬意。管理神廟的老僧曉得神的意旨；睜著眼睛注視，鞠躬行禮。他手拿占卜的杯珓，教我投擲。說我得到了最吉利的徵兆，別人是得不到這麼好的。

但是，我想我被貶逐到蠻荒之地，幸而未死；只要衣食足夠，也就甘心過此一生了。久已沒有作王侯將相的希望；神明縱然要賜福予我，怕也無能為力。

夜晚我住在佛寺的高閣上。天上星月掩映，山上雲霧迷濛。猿猴啼叫，鐘聲敲響，也不知什麼時候天色已亮。寒氣中燦爛的太陽在東方升起。

【析　賞】

㈠此詩是詩人首次被貶，放逐陽山（今廣東連縣）後，奉赦北返，離陽山至郴州待命，轉派為江陵府法曹參軍，途經衡山時作，時間當是永貞元年（八〇五）。「衡嶽廟」在衡山縣西三十里。

㈡此詩敘事層次井然。依次可分六大段：

1.自始至「誰能窮」六句，由五嶽落實至衡嶽，是典制體的開場大局面。《禮記・王制》：「天子祭天下名山大川，五嶽視三公。」唐時，五嶽之神皆封王號。按「三公」是朝廷最高的三大職位。如周以太師、太傅、太保為三公，西漢以司馬、司徒、司空為三公。

2.自「我來正逢秋雨節」至「森然魄動下馬拜」九句，寫衡嶽景色。紫蓋、天柱、石廩、祝融皆衡山七十二峰中之名峰。其中「須臾靜掃眾峰出」句中，「靜掃」呼應上文之「無清風」。「仰見突兀撐青空」句中，「突兀」形容山峰之高聳特出。「撐青空」之「撐」字，以及下文「騰擲」之寫山勢起伏的動態，皆極精煉！

3.「松柏一逕趨靈宮」是兩段間之過渡。「粉牆丹柱動光彩，鬼神圖畫填青紅」，寫岳廟景色。

4.自「升階」至「餘難同」六句，寫祭神與占卜。「睢盱」是張目仰視貌。「睢盱偵伺」四字描寫廟令之神態，甚是傳神。詩人向不迷信。上文之默禱雲開，不過故意增加趣味；此段之擲杯得吉，亦只是逢場作戲而已。

5.自「竄逐」至「難為功」。是詩人面對現實所生之絕望之嘆！因為他這時正從山陽貶所，轉往江陵途中，雖遇大赦，只改派作江陵府法曹參軍而已，對仕途非常灰心。

6.末段寫夜宿早起，結束全篇。末句「寒日」二字，太陽暖熱，詩人用「寒」字狀「日」，固因山高晨涼，亦喻詩人之心情也。

㈢清代沈德潛用詩人自己〈薦士〉詩中之兩句，評論此詩：「橫空盤硬語，妥帖力排奡！」

聽穎師彈琴

昵昵兒女語，恩怨相爾汝。劃然變軒昂，勇士赴敵場。浮雲柳絮無根蒂，天地闊遠隨飛揚。喧啾百鳥群，忽見孤鳳凰。躋攀分寸不可上，失勢一落千丈強！嗟余有兩耳，未省聽絲篁。自聞穎師彈，起坐在一旁。推手遽止之，濕衣淚滂滂：「穎乎爾誠能，無以冰炭置我腸！」

【語　譯】

琴聲開始時，琴曲輕柔細碎，像年輕兒女低聲談笑，又小聲吵嘴。仔細辨別時，忽然變得激昂，像勇士奔赴戰場。再下去，琴聲悠揚，像浮雲浮散天空，像柳絮隨風飄蕩，將人們帶至遼遠的地方！

正當悠悠忽忽的時候，耳邊又響起群鳥爭鳴；忽然聽到一隻鳳凰引吭長鳴，清亮音色壓倒眾響。琴聲越奏越高，一層又一層地向上，聽眾如爬山將至絕頂。在大家緊張得喘不過氣來時，琴聲陡然一落，就像人從高峰一腳滑下，墜入千丈深淵。越落越細，戛然而止！

可嘆我有兩個耳朵，卻不懂得音樂。自從聽到穎師的演奏，感動得坐也不是，站也不是。終於流淚滿襟，伸出手來趕緊擋住他，請他不要再彈奏下去了：「穎師呀！您真有本領！只是我受不了！請您不要一會兒把冰、一會兒拿炭放進我的肚腸裡了！」

【析賞】

㈠「穎師」是來自天竺的僧人，以彈琴受知於時。李賀亦有〈聽穎師彈琴聲〉，開端云：「竺僧前立當吾門，梵宮真相眉稜層。」

㈡本詩上半十句形象化描寫琴曲之陰陽開闔，音調之起伏變化。「昵昵」一作「呢呢」或「妮妮」，是親近之狀。「爾」、「汝」皆第二人稱之代詞，「爾汝」相稱，喻親密無間。《世說新語．排調》：「晉武帝問孫皓：『聞南人好作〈爾汝歌〉，頗能為不？』」〈爾汝歌〉是江南流傳的情歌。

㈢此詩下半八句，詩人自述親身之感受。「絲篁」即絲竹；絲指弦樂器，竹指管樂器，絲竹並舉則指音樂。詩人謙稱不懂音樂。以一不懂音樂之人，聽此琴聲後，眼淚滂沱，足見此琴聲之感人，並顯示穎師琴技之高超，補足上文。

㈣末句「冰炭置腸」，意謂詩人感情變化劇烈，忽冷如冰，忽熱如炭。語本《莊子・人間世》。郭象注：「人患雖去，然喜懼戰於胸中，固已結冰炭於五臟矣。」

㈤朱光潛《詩論》指出此詩聲與情的結合：「『昵昵』、『兒』、『爾』以及『女』、『語』、『汝』、『怨』，諸字或雙聲，或疊韻，或雙聲兼疊韻，讀起來非常和諧。各字音都很圓滑轉變，聲韻也就隨之轉變。第一個『劃』字音來得非常突兀斬截，恰能傳出一幕溫柔戲劇到猛烈戲的突變。」

㈥早於詩人數十年前之李頎，作〈聽董大彈胡笳〉與〈聽安萬善吹觱篥歌〉，形象化彈琴與吹觱篥之聲；與詩人同時期之白居易〈琵琶行〉，形象化琵琶聲；清末劉鶚之《老殘遊記》，用散文形象化白妞說書；皆是用比喻描摹音樂，手法類似。

華山女

街東街西講佛經，撞鐘吹螺鬧宮庭。廣張罪福資誘脅，聽眾狎恰排浮萍。黃衣道士亦講說，座下寥落如明星。

華山女兒家奉道，欲驅異教歸仙靈。洗妝試面著冠帔，白咽紅頰長眉青。遂來陞座演真訣，觀門不許人開扃。

不知誰人暗相報，訇然振動如雷霆。掃除眾寺人跡絕，驊騮塞路連輜軿。觀中人滿坐觀外，後至無地無由聽。抽釵脫釧解環佩，堆金疊玉光青熒！

天門貴人傳詔召，六宮願識師顏形。玉皇頷首許歸去，乘龍駕鶴去青冥。

豪家少年豈知道？來繞百匝腳不停。雲窗霧閣事恍忽，重重翠幔深金屏。仙梯難攀俗緣重，浪憑青鳥通叮嚀。

【語譯】

長安街頭到處都在講佛經，連皇宮裡面都撞鐘吹螺地鬧著。佛教徒們從各方面大肆誇張如何得福，如何獲罪，宣揚因果報應，誘騙和脅迫群眾。聽眾們密密麻麻地像浮萍般地擠在一起來聽。有些身穿黃色法衣的道士也登臺宣傳道經，可是講座下的聽眾卻少得像清晨天空的疏星。

華山一家的女兒世代信奉道教，想驅除他們認為是異教的佛教，使人們都歸奉神仙靈明的道教。她洗淨臉面，加以妝飾。臉上塗勻脂粉，戴上道冠，穿著披肩。她有雪白的頸項，紅潤的臉頰，眉毛畫得又長又青。她登上法壇，講演道家經典中玄妙的理論；又故弄玄虛地，把道觀的大門關閉，不許別人打開。

不知什麼人暗中轉告出去，好像雷聲一樣，一下子驚動了許多人。佛寺裡的人都跑掉了。達官貴人紛紛都來到道觀裡聽道。駿馬塞滿道路，華車一輛接連一輛到來。道觀中已坐滿了人，人們只得坐到觀外去。後來的人甚至無地可坐，沒有機會聽講了。在捐獻的時候，富貴的仕女們當場在頭髮中抽出金釵，在手臂上脫下寶鐲，解下身上的環珮，施捨給道觀；金玉首飾被高高地堆積閃耀發光！

皇宮中宦官傳下詔書，說六宮中的嬪妃們都想見識道師的真面目。皇帝也點頭允許她進入宮中。她就彷彿乘龍跨鶴似地從天而降了。

富豪貴族的少年們怎麼知道這道家經典中玄妙的道理？經常圍繞在華山女的身邊，追逐這妖豔的女道士。可是華山女住處雲遮重窗，霧迷深閣，事情神祕；臥室一層層綠色的帳幔，一道道金色的屏風。那些俗緣深重的人難能攀登仙梯，和華山女拉不上關係。徒然憑藉華山女下面的侍女來通話。

【析　賞】

㈠唐朝開國皇帝是鮮卑血統，取漢姓「李」氏。入主中國後，捧出春秋時中國大哲學家李耳為始祖。自此，以李耳《道德經》為經典的道教，在中國大行其道。但唐朝又有佛教傳入，廣收信徒。兩教在中國勢力頗大。此篇詩作，首寫長安佛教盛行，後寫信奉道教之華山女在道觀登壇說教的故事。

㈡詩人是儒家，是唐代儒學大師，向以「衛道」自居。其所衛之「道」，是孔孟儒家哲理。此詩大概作於唐憲宗元和十一年。憲宗初時頗有作為，被視為中興之主；後來篤信佛教。元和十四年詩人因諫其奉迎佛骨入宮，上〈論佛骨表〉，觸怒憲宗，幾受極刑。經裴度等說情，流放為潮州刺史。

㈢此詩描繪道教誘騙群眾之醜行，百姓愚昧信從，連朝廷亦召請入宮。詩人所說之「玉皇」，指憲宗皇帝。全篇繪聲繪影，滑稽可笑！主旨在揭發佛教道教之招搖惑眾，君主上下之昏瞶無知。間接地衛護儒教。

㈣止水選注《韓愈詩選》（頁一九二）認為本詩「豪家少年」四句是寫華山女和豪家少年的曖昧關係，詩中用「雲窗霧閣」、「翠幔金屏」等含蓄地暗示華山女的私生活。並且舉出朱熹《考異》云：「觀其卒章……褻慢甚矣。豈真以神仙處之哉？」

如果戴有色眼鏡來看這詩的末段：「豪家少年豈知道？」說他們「醉翁之意不在酒」，追求的不是道，而是「白咽紅頰長眉青」。他們「來繞百匝腳不停」，只在想一親芳澤。她的住處雖說隱蔽，「雲窗霧閣事恍忽」，這「雲」「霧」是「似有若無」；她的臥室，雖然「重重翠幔深金屏」，這「翠幔」「金屏」皆隨時可開。詩句次序，由「窗」「閣」而「幔」「屏」，是由外入內的過程。從這些文字之間，說豪家少年與華山女之間之有曖昧關係，未嘗沒有蛛絲馬跡；然則「仙梯」果真「難攀」？試想：「青鳥」傳來的是什麼信息呢？

歌行

董生行

嗟哉！董生朝出耕，夜歸讀古人書。盡目不得息，或山而樵，或水而漁。入廚且甘旨，上堂問起居。父母不慼慼，妻子不咨咨。

嗟哉！董生孝且慈，人不識，惟天有翁知！

【語譯】

可嘆呀！這個董姓的小伙子早晨出去耕作，夜晚歸家讀古人書。整天不得休息：在外面有時上山砍柴，有時去水上捕魚。在家中進入廚房，做好飯菜，到廳上問候父母。使得父母無憂無慮，妻子不嘆不怨，全家安樂融融！

可嘆呀！這董姓小伙子孝順而且仁慈。這樣好的小伙子，卻未得世人肯定，只有老天爺知道他！

【析　賞】

㈠詩人是古文大家，此詩全篇長短句，用散文結構，是他以文為詩的典型作品。

㈡韓詩以奇險僻怪著稱，他常用僻字、造怪句。他熟讀古籍，喜選僻字入詩，使人讀之有艱深之感。但此首短詩卻淺顯如話，可見詩人作品之另一面。十分可喜，故特選之。

柳宗元

柳宗元（七七二——八一九），字子厚，河東（今山西永濟）人。貞元九年（七九三）進士，其古文與韓愈齊名，並稱「韓柳」。散文以描寫自然景物著稱。詩風則與王維相近。

在政治上他參加王叔文集團，主張改革弊政。柳被任為禮部員外郎；旋改革失敗，王被殺，詩人及其同黨（劉禹錫等）同時被貶。詩人貶放為永州司馬；九年後，改調任柳州刺史，死於任內。

詩人早年習儒，熱中政治；受打擊後，自稱「好佛」。詩文中有淡遠清幽風格。蘇軾認為他的詩與陶淵明相近，都有「外枯中膏，似淡實美」之特色。著有《柳河東集》。茲選析其五古、七古各一首。

五古

早梅

早梅發高樹，迥映楚天碧。朔風飄夜香，繁霜滋曉白。
欲為萬里贈，杳杳山水隔。寒英坐銷落，何用慰遠客？

【語譯】

早期開放的梅花，掛在高樹梢頭；光澤遠遠地與楚國的碧藍天空相輝映。夜裡北風吹拂，使梅花馥郁的香氣飄散；清晨的嚴霜增加了梅花潔白的光彩。

我很想折一枝梅花，贈送給遠方的朋友；但是山水遠隔，不能如願。眼看著這寒梅逐漸凋落，將用什麼來安慰遠方的朋友呢？

【析　賞】

㈠首即點題。從「楚天碧」二字，可見此詩大概是詩人在永州時作。

㈡次聯細繪梅花之香色。古人詠梅之詩句，如後來宋代林逋〈山園小梅〉之「疏影橫斜水清淺，暗香浮動月黃昏」，南宋白玉蟾之「淡淡著煙濃著月，深深籠水淺籠沙」等，皆是膾炙人口。但在晚唐之前，詩人此聯，當視為詠梅之絕唱。

㈢後半寫詩人見梅而思及友人。欲折梅寄贈，因路遠而不可得。深為花謝而惋惜不置。蓋以古人有折梅寄友之事。《荊州記》：三國時陸凱自江南寄梅花一枝予范曄。並贈詩：「折梅逢驛使，寄與隴頭人。江南無所有，聊寄一枝梅。」

七古

漁　翁

漁翁夜傍西巖宿，曉汲清湘燃楚竹。煙銷日出不見人，欸乃一聲山水綠！

迴看天際下中流，巖上無心雲相逐。

【語　譯】

年老的漁夫，夜晚把船靠在西岸山岩下過夜。清晨汲取清淨的湘江水，燃燒楚地的竹片來作早餐。不久，晨霧消散，太陽出來了，江面上空寂不見人影；只聽到船櫓搖動，伊啞一聲，眼前一片翠綠的山光水色迎來！

船兒順流下放，回頭遠望天際，昨晚夜宿的岩石上，朵朵白雲，了無目的地在那裡追逐。

【析賞】

(一)此詩仍是詩人在永州時之作。描寫漁翁之恬靜生活，情景清絕。可見詩人心境之高雅自適，詩人藉此以抒自己之情懷。

(二)此詩前四句皆寫自然景色。「款乃一聲山水綠」。韻味極佳！「款乃」是櫓聲，決不可解作人之歌聲。

(三)此詩後兩句轉寫漁翁之所見。對於此詩之末尾兩句，宋代蘇軾認為：「詩以奇趣為宗，反常合道為趣。熟味此詩有奇趣。然其尾兩句，雖不必有亦可。」（惠洪《冷齋夜話》卷五）清代沈德潛亦贊成刪後有「餘情不盡」之妙」（《唐詩別裁》卷二）。王士禎更直言刪後二句「當為絕唱，添二句反蛇足」。

余認為此詩之末兩句，脫胎自陶淵明「歸去來辭」之「雲無心以出岫，鳥倦飛而知還」。本詩將漁翁（詩人）心境，託付在無心流逝之雲上。情融於景，韻味深長。全篇主旨，正在此兩句上，焉可以蛇足視之？

劉禹錫

劉禹錫（七七二——八四三），字夢得，彭城（今江蘇銅山）人。貞元九年（七九三）進士，因政治鬥爭，在朝時進時出。白居易推崇之為「詩豪」。遺有《劉夢得六集》四十卷。

歌行

白鷺兒

白鷺兒，最高格！
毛衣新成雪不敵。眾禽喧呼獨凝寂。
孤眠芊芊草，久立潺潺石。
前山正無雲，飛去入遙碧！

【語譯】

白鷺兒呀，有最高的品格！
你新生的羽毛比雪還白。許多鳥雀喧嘩的時候，你卻單獨默默地凝視著。
你夜晚單獨地睡在茂密的草上，白天長久地站在潺潺清水中石上。
看見前面山上現在正沒有雲，便振翼飛向那遙遠廣闊的碧藍天空！

【析賞】

(一)開端即高舉詩題〈白鷺兒〉。「最高格」是全篇主旨。

(二)第二段寫白鷺羽毛潔白勝雪。白色在中國人心目中象徵高雅純潔。特與雪比較，「雪不敵」兼示白鷺不懼寒冷之意。眾禽喧擾而鷺獨凝寂，有「眾人皆醉我獨醒」之神態。

(三)第三段用兩疊詞「芊芊」、「潺潺」。「芊芊」狀草茂密之形。「孤眠」再加強「孤」獨。「潺潺」是水流之聲。「石」上加「潺潺」二字，是寫石在清流之中。「久立」描繪白鷺修長兩腿站立泉石上卓然不群之形象。

(四)最後從平面而立體。前山無雲，白鷺振翼衝天。晴天萬里，將視線高升入遼闊無涯的境界！

(五)此詩體物傳神，是詠禽鳥中一最佳之作。

(六)詩人可能以白鷺自況，也可能是寫其想望中超塵拔世之人。

元稹

元稹（七七八——八三一），字微之，洛陽人。貞元十四年（七九八）明經及第。元和元年（八〇五）又對策第一。穆宗長慶年間，曾與裴度同拜相。因結交宦官，為士林所不齒。後出為同州、越州、鄂州刺史。詩與白居易齊名，擅作宮詞，亦作樂府詩。茲選析其新樂府一首。

樂府

估客樂

估客無住著，有利身則行。出門求伙伴，入戶辭父兄。父兄相教示：「求利莫求名，求名有所避，求利無不營。」伙伴相勒縛：「賣假莫賣誠，交關但交假，本生得失輕。」

自茲相將去，誓死意不更。一解市頭語，便無鄉里情。鍮石打臂釧，糯米炊項瓔。歸來村中賣，敲作今玉聲。村中田舍娘，貴賤不敢爭。所費百錢本，已得十倍贏。

顏色轉光淨，飲食亦甘馨。子本頻蕃息，貨賂日兼併。求珠駕滄海，采玉上荊衡。北買黨項馬，西擒吐蕃鸚。炎洲布火浣，蜀地錦織成。越婢脂肉滑，奚僮眉眼明。通算衣食費，不計遠近程。經遊天下徧，卻到長安城。

城中東西市，聞客次第迎。迎客兼說客：「多財為勢傾。」客心本明黠，聞語心已驚。先問十常侍，次求百公卿。侯家與主第，點綴無不精。歸來始安坐，富與王者勁。市卒酒肉臭，縣胥家舍成。豈惟絕言語，奔走極使令。

大兒販材木，巧識梁棟形。小兒販鹽鹵，一入州縣征。一身偃市利，突若截海鯨。鉤距不敢下，下則牙齒橫。生為估客樂，判爾樂一生。爾又生兩子，錢刀何歲平？

【語 譯】

販賣貨物的商人，沒有固定的住所，哪裡有利可圖，便往哪裡去。他出門時找個伙伴，回家來拜辭父兄。父兄教導他：「出門去求利，不要求名。因為求名有所顧忌，有些事要避開；求利則什麼事都不必顧。」伙伴也互相約束：「賣貨時要弄虛作假，不能講究誠實。和別人打交道要玩弄手段，不能真誠待人。要本錢生長，減少損失。」

從此便出門去，發誓不改變主意。一旦搞通生意人的行話，便不講同鄉鄰居的感情。以銅和爐甘石煉成的金屬品，外表像金子一樣的鍮石，打成套在臂上的金屬圈或臂環。用糯米熬成膠質，加進一些藥物。吹出光澤如銀的頂珠。回鄉時拿到村中去賣，輕敲起來發出金玉的聲音。村中鄉下婦女，不敢爭辨貴賤，都當作真實物品買去。原來不過百錢的本錢，一下子便賺得十倍。

商人賺錢後容光煥發，飲食也香甜起來。本生利，利轉化為本；本又再生利，一天天下去，市場錢財都被壟斷了。他生意擴張：尋求珍珠，他駕船渡過大海；採取白玉，他遠往荊州、衡州地帶；他向北方買党項羌族的駿馬；向西方擒取隴西的鸚鵡；買賣四川炎州耐火的火浣布；四川成都馳名的蜀錦；浙江地區肌膚滑嫩的婢女；奚族眉清目秀的僮奴。通盤籌算衣食費用，路程遠近，皆無關係。他經商遊遍天下，終於到達京城長安。

長安東西市區旅店的老闆們，聽說大商人來到，一個個地恭迎。他們迎接客商，也忠告客商：「財物多的商人如果不與有權勢的人結交好，將會遭到有權勢的人傾軋。」這商人本來精明狡滑，聽到這話後心中已有所警惕。於是首先訪問那許多位在皇帝左右的常侍，繼而請求許多公卿的關顧。公侯之家與公主住所，都佈置打點得十分精細。回來後才安心坐下，現在他的財富可與王侯們的權勢，對等較量了。他甚至還賄賂街上的兵士與縣府裡的小吏們，給市卒們吃不盡的酒肉；提供錢財，資助小吏們購買住宅。這些市卒胥吏們受到他的收買，對他的要求不但不敢拒絕，而且還盡力為他奔走，供他驅使。

商人的大兒子販賣木材，看得出棟樑的材料。小兒子販鹽，一下便打通政府的徵稅門路。所以這商人壓倒別人，獨佔商場。他突出得像是大海裡的鯨魚；別人不敢惹他，稍一觸犯，便牙齒畢露，要將你吞噬！他這一生做鉅商很快樂，天生他快樂一生。他又有兩個經商的兒子，錢財的威力何時得了呢？

【析　賞】

㈠〈估客樂〉是樂府古題。

㈡首段先言估客之目的。父兄教其求利，伙伴與之相約束：「賣假莫賣誠」。全篇即寫估客如何用「賣假莫賣誠」之手段，達到求利之目的。詩人為渲染估客奸詐，固可著筆如此描述。實則經商在通有無，經商致富之要訣在看清市場，掌握供需律。某種貨物在供過於求時，廉價收購；

看到求過於供的市場時，市價售出。一轉手之間，自然可以獲得相當之利潤；不一定要訴諸欺詐之手段。相反地，他必須堅持誠信的原則，建立其在商業界中以及顧主們之信譽。欺詐至多只能偶而過關於一時，絕不能長期欺詐而成功立業。當然詩人是作詩而非寫經商要領之論文，此點毋庸爭論。

㈢末段言估客有兩兒，並不一定是實事；詩人只是用此以示後繼有人。此類鉅商故事，古今中外皆有。結尾詩人詰問：「錢刀何歲平？」不勝慨嘆，錢可通神，錢財之威力，永無平息之日也。

㈣此詩細述一奸商致富之由與結交官府得勢之道。詩人描繪其奸詐狡黠之心態形態，淋漓盡致，令人叫絕！

白居易

白居易（七七二——八四六），字樂天。原籍太原，徙居下邽（今陝西渭南）。二十九歲進士及第。三年後與元稹同應拔萃科，及第訂交。他的天寶史詩〈長恨歌〉即作於此時。後為翰林學士，繼拜左拾遺。身為諫官，揭發民間疾苦，痛詆社會惡習，作〈秦中吟〉、〈新樂府〉等詩篇，熱中政治，譏評時事，成為繼杜甫之後，作此類詩之最大詩人。

詩人四十五歲時，因宰相武元衡被刺，上疏追緝兇犯，為執政所忌，被貶為江州司馬。

其〈琵琶行〉即作於此任內。旋遷忠州刺史。從此詩人消極，採取「隨遇而安」之處世態度。四十九歲召還，拜尚書司門員外郎、尚書主客郎中、知制誥，作考官。三年後自請外放，為杭州刺史，笑傲風月，頗有政聲。後調任蘇州刺史，再回朝任祕書監，以太子賓客分司東都。七十一歲時以刑部尚書致任。他晚年以詩酒自娛，自號「醉吟先生」、「香山居士」，享壽七十五歲。

詩人與元稹齊名，主張文學革新，以簡樸語言，寫民間事物。其詩作於憲宗元和年間，稱「元和體」。宋代蘇東坡譏為「元輕白俗」。然而宋代王若虛《滹南集詩話》卻說：「樂天之詩，情致曲盡，入人肝脾。隨物賦形，所在充滿，殆與元氣相侔。至長韻大篇，動數百千言，而順意愜當，句句如一，無爭張牽強之態。此豈撚斷吟鬚悲鳴口吻者之所能至哉？而後世以淺易輕之，蓋不足與言矣！」清代葉燮《原詩》亦認為白詩：「言淺而深，意微而顯，此風人之能事也；人每易視白，則失之矣！白俚俗處而雅亦在其中，終非庸近可擬。」

新舊《唐書》皆有詩人傳記。詩人有《白氏長慶集》二十卷，後集十七卷。別集補遺二卷。《全唐詩》編存其詩最多，計三十九卷。茲選錄其五古四十三首，七古三首，樂府十六首，歌行五首。

詩人古體詩，明白如話，無須語譯。這些詩多是其後期作品，所謂閒適詩，自寫其閒情逸趣，讀者自可心領神會，無庸拙筆借箸代謀，擅予析賞，錦上添花。故僅選錄於次，以供讀者欣賞。

五古

雲居寺孤桐

一株青玉立，千葉綠雲委；亭亭五丈餘，高意猶未已。
山僧年九十，清淨老不死。自云手種時，一顆青桐子。
直從萌芽拔，高自毫末始。四面無附枝，中心有通理。
寄言立身者，孤直當如此！

感　情

中庭曬服玩，忽見故鄉履。曾贈我者誰？東鄰嬋娟子。
固思贈時語，特用結終始；永願如履綦，雙行復雙止！
自吾謫江郡，漂蕩三千里。為感長情人，提攜同到此。
今朝一惆悵，反覆看未已。人隻履猶雙，何曾得相似？
可嗟復可惜，錦表繡為裡。況經梅雨來，色黯花草死！

適意（二首）

其一

十年為旅客，常有飢寒愁。三年作諫官，復多尸素羞。
有酒不暇飲，有山不得遊。豈無平生志，拘牽不自由。
一朝歸渭上，泛如不繫舟。置心世事外，無喜亦無憂。
終日一蔬食，終年一布裘。寒來彌懶放，數日一梳頭。
朝睡足始起，夜酌醉即休，人心不過適，適外復何求？

其二

早歲從旅遊，頗諳時俗意。中年忝班列，備見朝廷事。
作客誠已難，為臣尤不易。況余方且介，舉動多忤累。
直道速我尤，詭遇非吾志。胸中十年內，消盡浩然氣。
自從返田畝，頓覺無憂愧。蟠木用難施，浮雲心易遂。
悠悠身與世，從此兩相棄！

贈夢得（劉禹錫）

前日君家飲，昨日王家宴。今日過我廬，三日三會面。
當歌聊自放，對酒交相勸。為我盡一杯，與君發三願。
一願世清平，二願身強健。三願臨老頭，數與君相見。

香鑪峰下，新置草堂，即事詠懷，題於石上

香鑪峰北面，遺愛寺西偏，白石何鑿鑿，清流亦潺潺。
有松數十株，有竹千餘竿。松張翠傘蓋，竹倚青琅玕。
其下無人居，惜哉多歲年。有時聚猿鳥，終日空風煙。
時有沉冥子，姓白字樂天。平生無所好，見此心依然。
如獲終老地，忽乎不知還。架岩結茅宇，斲壑開茶園。
何以洗我耳？屋頭飛落泉。何以淨我眼？砌下生白蓮。
左手攜一壺，右手挈五弦；傲然意自足，箕踞於其間。
興酣仰天歌，歌中聊寄言。言我本野夫，誤為世網牽。
時來昔捧日，老去今歸山。倦鳥得茂樹，涸魚反清源。
舍此欲焉往？人間多險艱！

新栽竹

佐邑意不適，閉門秋草生。何以娛野性？種竹百餘莖。
見此溪上色，憶得山中情。有時公事暇，盡日繞闌行。
勿言根未固，勿言陰未成，已覺庭宇內，稍稍有餘清。
最愛近窗臥，秋風枝有聲。

竹窗

常愛輞川寺，竹窗東北廊。一別十餘載，見竹未曾忘。
今春二月初，卜居在新昌。未暇作廄庫，且先營一堂。
開窗不糊紙，種竹不依行。意取北檐下，窗與竹相當。
繞屋聲淅淅，逼人色蒼蒼，煙通杳靄氣，月透玲瓏光。
是時三伏天，天氣熱如湯。獨此竹窗下，朝迴解衣裳。
輕紗一幅巾，小簟六尺床。無客盡日靜，有風終夜涼。
乃知前古人，言事頗諳詳，清風北窗臥，可以傲羲皇！

喜友至留宿

村中少賓客，柴門多不開。忽聞車馬至，云是故人來。
況值風雨夕，愁心正悠哉。願君且同宿，盡此手中杯。
人生開口笑，百年都幾回？

新製布裘

桂布白似雪，吳綿軟於雲。布重綿且厚，為裘有餘溫。
朝擁坐至暮，夜覆眠達晨，誰知嚴冬月，肢體暖如春。
中夕忽有念，撫裘起逡巡，丈夫貴兼濟，豈獨善一身？
安得萬里裘，蓋裹周四垠；穩暖皆如我，天下無寒人！

歎魯（二首）

其一

季桓心豈忠？其富過周公；陽貨道豈正？其權執國命。
由來富與權，不繫才與賢；所託得其地，雖愚亦獲安。

㲋肥因糞壤，鼠穩依社壇；蟲獸尚如此，豈謂無因緣？

其二

展禽胡為者？直道竟三黜。顏子何如人？屢空聊過日。
皆懷王佐道，不踐陪臣秩。自古無奈何，命為時所屈。
有如草木分，天各予其一；荔枝非名花，牡丹無甘實。

養拙

鐵柔不為劍，木曲不為轅。今我亦如此，愚蒙不及門。
甘心謝名利，滅跡歸丘園。坐臥茅茨中，但對琴與樽。
身去韁鎖累，耳辭朝市喧。逍遙無所為，時窺五千言。
無憂樂性場，寡欲清心源。始知不才者，可以探道根！

自題寫真

我貌不自識，李放寫我真。靜觀神與骨，合是山中人。
蒲柳質易朽，麋鹿心難馴。何事赤墀上，五年為侍臣？
況多剛狷性，難與世同塵，不惟非貴相，但恐生禍因。

宜當早罷去，收取雲泉身！

贈寫真者

子騁丹青日，予當醜老時。無勞役神思，更畫病容儀。
迢遞麒麟閣，圖功未有期。區區尺素上，焉有寫真為？

感舊寫真

李放寫我真，寫來二十載。莫問真何如，畫亦銷光彩。
朱顏與玄鬢，日夜改復改。無嗟貌遽非，且喜身猶在！

答卜者

病眼昏似夜，衰鬢颯如秋。除卻須衣食，平生百事休。
知君善易者，問我決疑不？不卜非他故，人間無所求。

日　長

日長晝加餐，夜短朝餘睡。春來寢食間，雖老猶有味。

林塘得芳景，園曲生幽致。愛水多櫂舟，惜花不掃地。
幸無眠下病，且向尊前醉。身外何足言？人間本無事！

安穩眠

家雖日漸貧，猶未苦飢凍。身雖日漸老，幸無急病痛。
眼逢鬧處合，心向閒時用，既得安穩眠，亦無顛倒夢。

閒居（四首）

其一

空腹一盞粥，飢食有餘味。南檐半床日，暖臥因成睡。
綿袍擁兩膝，竹几支雙臂。從旦直至昏，身心一無事！
心足即為富，身閒乃當貴；富貴在其中，何必居高位？
君看裴相國，金紫光照地，心苦頭盡白，才年四十四。
乃知高蓋車，乘者多憂畏！

其二

深閉竹間扉，靜掃松下地。獨嘯晚風前，何人知此意？

看山盡日坐，枕帙移時睡。誰能從我遊？使君心無事。

其　三

肺病不飲酒，眼昏不讀書。端然無所作，身意閒有餘。
雞棲籬落晚，雪映林木疏。幽獨已云極，何必山中居？

其　四

門前有流水，牆上多高樹。竹逕遶荷池，縈迴百餘步。
波閒戲魚鱉，風靜下鷗鷺。寂無城市喧，渺有江湖趣。
吾廬在其上，偃臥朝復暮。洛下安一居，山中亦慵去。
時逢過客愛，問是「誰家住」？「此是白家翁，閉門終老處」。

白　髮

白髮知時節，闇與我有期，今朝日陽裡，梳落數莖絲。
家人不慣見，憫默為我悲。我云：「何足怪？此意爾不知。
凡人年三十，外壯中已衰。但思寢食味。已減二十時。
況我今四十，本來形貌羸，書魔昏兩眼，酒病沉四肢。
親愛日零落，在者仍別離，身心久如此，白髮生已遲。

由來生老死，三病長相隨，除卻念無生，人間無藥治！」

自詠

夜鏡隱白髮，朝酒發紅顏；可憐假少年，自笑須臾間；
朱砂賤如土，不解燒為丹；玄鬢化為雪，未聞休得官。
咄哉個丈夫，心性何墮頑？但遇詩與酒，便忘寢與餐；
高聲發一吟，似得詩中仙；引滿飲一盞，盡忘身外緣。
昔有醉先生，席地而幕天。於今居處在，許我當中眠。
眠罷又一酌，酌罷又一篇；回面顧妻子，生計方落然！
誠知此事非，不過知非年；豈不欲自改，改即心不安；
且向安處去，其餘皆老閒！

嘆老（三首）

其一

晨興照青鏡，形影兩寂寞。少年辭我去，白髮隨梳落。
萬化成於漸，漸衰看不覺。但恐鏡中顏。今朝老於昨。

人年少滿百，不得長歡樂，誰會天地心，千齡與龜鶴。
吾聞善醫者，今古稱扁鵲。萬病皆可治。唯無治老藥！

其　二

我有一握髮，梳理何稠直！昔似玄雲光，今如素絲色。
匣中有舊鏡，欲照先歎息，自從頭白來，不欲明磨拭。
鴉頭與鶴頸，至老常如墨。獨有人鬢毛，不得終身黑！

其　三

前年種桃核，今歲成花樹。去歲新嬰兒，今年已學步。
但驚物長成，不覺身衰暮。去矣欲何如，少年留不住。
因書今日意，遍寄諸親故。壯歲不歡娛，長年當悔悟。

弄龜羅

有侄始六歲，字之為阿龜；有女生三年，其名曰羅兒。
一始學笑語，一能誦歌詩。朝戲抱我足，夜眠枕我衣。
汝生何其晚，我年行已衰。物情小可念，人意老多慈。
酒美竟須壞，月圓終有虧。亦知恩愛緣，乃是憂惱資。

舉世同此累，我安能去之？

遣懷（二首）

其一

樂往必悲生，泰來由否極。誰言此數然？吾道何終塞？
嘗求詹尹卜，拂龜竟默默。亦曾仰問天，天但蒼蒼色。
自茲唯委命，名利必雙息。近日轉安閑，鄉園亦休憶。
回看世間苦，苦在求不得；我今無所求，庶離憂悲域！

其二

寓心身體中，寓性方寸內；此身是外物，何足苦憂愛？
況有假飾者，華簪及高蓋。此又疏於身，復在外物外。
操之多惴慄，失之又悲悔。乃知名與器，得喪俱為害。
頹然環堵客，蘿蕙為巾帶。自得此道來，身窮心甚泰！

詠懷（三首）

其一

冉牛與顏淵，卞和與馬遷。或罹天夭極，或被人刑殘。
顧我信為幸，百骸且完全；五十不為夭，吾今失數年。
知分心自足，委順身常安；故雖窮退日，而無戚戚顏。
昔有榮先生，從事於其間；今我不量力，舉心欲攀援。
窮通不由己，歡戚不由天；命即無奈何，心可使泰然。
且務由己者，省躬諒非難；勿問由天者，天高難與言！

其　二

昔為鳳閣郎，今為二千石。自覺不如今，人言不如昔。
昔雖居近密，終日多憂惕，有詩不敢吟，有酒不敢吃。
今雖在疏遠，竟歲無牽役，飽食坐終朝，長歌醉通夕。
人生百年內，疾速如過隙；先務身安閒，次要心歡適。
事有得而失，物有損而益。所以見道人，歡心不觀跡！

其　三

我知世無幻，了無干世意；世知我無堪，亦無責我事。
由茲兩相忘，因得長自遂。自遂意何如？閒官在閒地。
閒地唯東都，東都少名利。閒官是賓客，賓客無牽累。

嵇康日日懶，畢卓時時醉。酒肆夜深歸，僧房日高睡。
形安不勞苦，神泰無憂畏，從官三十年，無如今氣味。
鴻雖脫羅弋，鶴尚居祿位。唯此未忘懷，有時猶內愧！

（註：太和三年與七年，詩人五十八歲與六十二時，曾經兩度任太子賓客，分司東都。職位極其清閒。故有此作。可與下首「中隱」同讀。以見其時詩人之境況與心情。）

中隱

大隱住朝市，小隱入丘樊；丘樊太冷落，朝市太囂喧。
不如作中隱，隱在留司官。似出復似處，非忙亦非閒。
不勞心與力，又免飢與寒。終歲無公事，隨月有俸錢。
君若好登臨，城南有秋山。君若愛遊蕩，城東有春園。
君若欲一醉，時出赴賓筵，洛中多君子，可以恣歡言。
君若欲高臥，但自深掩關，亦無車馬客，造次到門前。
人生處一世，其道難兩全；賤者即凍餒，貴者多憂患。
雖此中隱士，致身吉且安；窮通與豐約，正在四者間。

詠老贈夢得（劉禹錫，為詩人老年時至友）

與君俱老也。自問老何如？眼澀夜先臥，頭慵朝未梳。
有時扶杖出，盡日閉門居。懶照新磨鏡，休看小字書。
情於故人重，跡共少年疏。唯是閒談興，相逢留有餘。

六十六（二首）

其一

七十欠四歲，此生那足論？每因悲物故，還且喜身存。
安得頭長黑？爭教眼不昏？交游成拱木，婢僕見曾孫。
瘦覺服金重，哀憐鬢雪繁。將何理老病？應付與空門。

其二

病知心力減，老覺光陰速。五十八歸來。今年六十六。
鬢絲千萬白，池草八九綠。童稚盡成人，園林半喬木。
看山倚高石，引水穿深竹；雖有潺湲聲，至今聽未足！

知足吟和崔十八〈未貧作〉

不種一隴田，倉中有餘粟。不採一株桑，箱中有餘服。
官閒離憂責，身泰無羈束。中人百戶稅，賓客一年祿。
樽中不乏酒，籬下仍多菊。是物皆有餘，非心無所欲。
吟君未貧作，同歌知足曲，自問此時心，不足何時足？

狂言示諸侄

世欺不識字，我忝攻文筆。世欺不得官，我忝居班秩。
人老多病苦，我今幸無疾。人老多憂累，我今婚嫁畢。
心安不移轉，身泰無牽率。所以十年來，形神閒且逸。
況當垂老歲，所要無多物。一裘煖過冬，一飯飽終日。
勿言舍宅小，不過寢一室。何用鞍馬多？不能騎兩匹。
如我優幸身，人中十有七。如我知足心，人中百無一。
傍觀愚亦見，當已賢多失。不敢論他人，狂言示諸姪。

自詠老身示諸家屬

壽及七十五，俸沾五十千。夫妻偕老日，甥侄聚居年。
粥美嘗新米，袍溫換故綿。家居雖濩落，眷屬幸團圓。
置榻素屏下，移爐青帳前。書聽孫子讀，湯看侍兒煎。
走筆還詩債，抽衣當藥錢，支分閒事了，爬背向陽眠。

喜老自嘲

面黑頭雪白，自嫌還自憐。毛龜著下老，蝙蝠鼠中仙。
名籍同逋客，衣裝類古賢。裘輕被白疊，靴暖蹋烏氈。
周易休開卦，陶琴不上弦。任從人棄擲，自與我周旋。
鐵馬因疲退，鉛刀以鈍全。行開第八秩，可謂盡天年！

合致仕

七十而致仕，禮法有明文；何乃貪榮貴，斯言如不聞？
可憐八九十，齒墮雙眸昏；朝露貪名利，夕陽憂子孫；

掛冠顧翠綏，懸車惜朱輪；金章腰不勝，傴僂入君門。
誰不愛富貴？誰不戀君恩？年高須告老，名遂合退身。
少時共嗤笑，晚歲多因循。賢哉漢二疏。彼獨是何人？
寂寞東門路，無人繼去塵！

七古

山鷓鴣

山鷓鴣，朝朝暮暮啼復啼，啼時露白風淒淒。黃茅岡頭秋日晚，苦竹嶺下寒月低。畬田有粟何不啄？石楠有枝何不棲？
迢迢不緩復不急，樓上舟中聲暗入。夢鄉遷客展轉臥，抱兒寡婦彷徨立。
山鷓鴣，爾本此鄉鳥。生不辭巢不別群。何若聲聲啼到曉？啼到曉，唯能愁北人，南人慣聞如不聞！

閒居

風雨蕭條秋少客，門庭冷靜晝多關。金羈駱馬近賣卻，羅袖柳枝尋放還。
書卷略尋聊取睡，酒杯淺把粗開顏。眼昏入夜休看月，腳重經春不上山。

心靜無妨喧處寂，機忘兼覺夢中閒。是非愛惡銷停盡，唯寄空身在世間！

耳順吟寄敦詩夢得

三十四十五欲牽，七十八十百病纏。五十六十卻不惡，恬淡清淨心安然。已過愛貪聲利後，猶在病羸昏耄前。未無筋力尋山水，尚有心情聽管弦。閒開新酒嘗數盞，醉憶舊詩吟一篇。敦詩夢得且相勸，不用嫌他耳順年！

樂府

長相思

九月西風興，月冷露華凝。思君秋夜長，一夜魂九升！二月東風來，草坼花心開。思君春日遲，一日腸九迴。

妾住洛橋北，君住洛橋南。十五即相識，今年二十三。有如女蘿草，生在松之側。蔓短枝苦高，縈迴上不得。

人言人有願，願至天必成。願作遠方獸，步步比肩行。願作深山木，枝枝連理生！

【語譯】

九月裡西風吹起，夜晚露水凝聚。清冷的月光中充滿寒意。在漫長的秋夜中，我想念著你，終夜神魂不定！二月裡東風吹來，草萌新芽，花心也綻開。在悠長的春日裡，我想念著你，每天肝腸寸斷。我對你的想念無時有已！

我住在洛橋北端，你住在洛橋南端。我倆從十五歲就相識，我現已二十三歲了。我倆的情誼，不可說不深。然而，我就像顆女蘿草，生長在松樹旁邊；女蘿蔓短，松樹枝高，怎麼攀也攀不上。

人們說：一個人如有心願，而其心願又很誠懇的話，老天必定會成全他的。那麼，我的心願是想做西方名叫蛩蛩的獸，步步與邛邛並行。或者作深山裡的連理樹，兩棵樹的樹枝生長在一起。我和你能夠成為夫婦，永遠在一起！

【析　賞】

㈠〈長相思〉是古代歌曲之名。樂府詩題列之為「雜曲歌辭」。六朝以來，文人多有擬作；本書前在李白古詩中，即選析其〈長相思〉二首。本首是寫一少女對情郎想思之癡情。

㈡首段先寫相思情郎之深情。「九月西風」與「二月東風」表示秋春兩季。終年相思。「魂九升」一句本諸潘岳〈寡婦賦〉：「意忽怳以遷越兮，神一夕而九升。」

㈢中段言兩人分住洛橋南北，結識八年。承接首段並啟末段。「有如」四句，以「女蘿草」自喻，納入此中段之中，言雖住近咫尺，結交久長，想高攀仍未可得。

㈣末段陳述心中願望。「遠方獸」句根據《爾雅．釋地》，與後世之注解：「西方有比肩獸焉，邛邛與蛩蛩，狀如馬。邛邛前足鹿，後足兔，前高不得食，而善走。蛩蛩前足鼠，後足兔，善求食，走則倒。故齧甘草仰含邛，邛則負蛩以走。」兩獸相依為命，比肩而行。

采地黃者

麥死春不雨，禾損秋早霜。歲晏無口食，田中采地黃。
采之將何用？持以易餱糧。凌晨荷鋤去，薄暮不盈筐。
攜來朱門家，賣與白面郎：「與君啗肥馬，可使照地光。願易馬殘粟，救此苦饑腸！」

【語　譯】

春季的雨水稀少，麥子都乾死；秋霜早降，禾苗又受損害。年底時候沒有糧食充飢，只好到田裡去採地黃。

採來地黃做什麼用呢？拿來換取食糧。清晨荷著鋤頭出去，直到天黑才採了不滿一筐。

攜帶著地黃到有紅漆大門的人家，賣給面孔淨白的兒郎：「用這來餵你家的肥馬，能使牠渾身閃閃發光！請你換給我一些你家馬吃的殘餘馬料，來填塞我全家人的饑腸！」

【析　賞】

㈠「地黃」是一種多年生的草本植物，可高六七寸，葉長橢圓形，緣邊有鋸齒。夏日開黃白色而帶紫的長筒形小花。俗稱「生地」，蒸熟者稱「熟地」，藥用作補劑。

㈡詩人摘取貧農採「地黃」以換馬料作食糧一事，極寫貧農之困苦，結出：「願易馬殘粟，救此苦饑腸」。強烈地反映貧富懸殊，與杜甫詩：「朱門酒肉臭，路有凍死骨。」同一語意。而貧農採集地黃，換取肥馬之殘粟以充飢，對比更尖銳直接，感人肺腑！

新樂府並序（五十首選十一）

序曰：凡九千二百五十二言，斷為五十篇；篇無定句，句無定字；繫於意，不繫於文。首句標其目，卒章顯其志。「詩三百」之義也。其言直而切，欲聞之者深誡也。其事覈而實，使採之者傳信也。其體順而肆，可以播於樂章歌曲也。總而言之，為君、為臣、為民、為物、為事而作，不為文而作也。

上陽白髮人

上陽人，紅顏闇老白髮新。綠衣監使守宮門，一閉上陽多少春！

玄宗末歲初選入，入時十六今六十。同時采擇百餘人。零落年深殘此身。

憶昔吞悲別親族，扶入車中不教哭。皆云入內便承恩，臉似芙蓉胸似玉。未容君王得見面，已被楊妃遙側目。妒令潛配上陽宮，一生遂向空房宿。

宿空房，秋夜長！夜長無寐天不明，耿耿殘燈背壁影，蕭蕭暗雨打窗聲。春日遲，日遲獨坐天難暮。宮鶯百囀愁厭聞，梁燕雙棲老休妒。鶯歸燕去長悄然，春往秋來不記年。唯向深宮望明月，東西四五百回圓。

今日宮中年最老，大家遙賜尚書號。小頭鞋履窄衣裳，青黛點眉眉細長。外人不見見應笑，天寶末年時世妝。

上陽人，苦最多。少亦苦，老亦苦。少苦老苦兩如何？君不見，昔時呂向〈美人賦〉，又不聞今日上陽〈白髮歌〉？

【語　譯】

上陽人，年輕時美麗的容顏，隨著歲月的流逝，漸漸地衰老；新的白髮不斷地長出來。身穿綠衣的監守使者把守著宮門。上陽宮一關閉，宮中就幽閉了多少個春天！

她在玄宗末年被選進皇宮時，年齡才十六歲；現在是六十歲的老人了。同時被選的共有一百多人。年長日久，一個個地相繼去世；倖存的，只剩下她老身一人。

想當時她吞聲忍淚和親人分別，被扶進車子裡時不許哭泣。人人都說：她臉如芙蓉，胸似白玉，一入宮便會承受皇恩。哪曉得還沒有看見君王，就被楊貴妃妒忌；遠遠地對她怒目而視，暗地裡把她送到洛陽的上陽宮。從此，一生一世便獨守空房！

獨守空房，秋夜漫長；夜長難眠，天竟似不肯亮。昏沉沉的殘燈映照牆壁，淅零零的夜雨敲打門窗。春日遲遲，獨坐房中，天色難晚。宮鶯啼唱，徒覺心煩。梁上燕子雙棲，她年老看了也無心嫉妒。鶯歸燕去，心中受不完地寂寞；春往秋來，記不清年月。只看見東升西落的月亮，循環往復，圓而又缺，已有四五百回了。

她如今在上陽宮中年紀最老，君王遠賜給她「尚書」的稱號。她腳著小頭鞋，身穿窄衣裳，用青黛把眉毛畫得又細又長；外面的人不見還罷，見了準會發笑。她這副天寶末年的時髦打扮，早就過了時了！

上陽宮人，痛苦最多。年少時痛苦，老了也痛苦！一生的光陰怎樣在痛苦中消磨？

世上的人們啊，你沒有看見從前呂向作的〈美人賦〉？又沒有聽見今天上陽宮人的〈白髮歌〉嗎？

【析賞】

㈠詩人自注，本詩主旨：「愍怨曠也。」「愍」是哀憐。「怨曠」指怨女曠夫，語出《孟子・梁惠王下》：「內無怨女，外無曠夫」。然而，「曠夫」是成年無妻之男子。此詩只寫上陽宮一老宮女而哀憐之。與曠夫無干。怨曠並舉，姑沿成例而已。

㈡此詩所根據之事實，詩人在題下自注云：「天寶五載以後，楊貴妃專寵，後宮人無復進幸矣。六宮有美色者，輒置別所。上陽其一也，貞元中尚存焉。」按貞元（七八五——八〇五）是德宗年號。天寶五載是七四六年。天寶末載是十五年（七五六）。

㈢本詩細述一宮女一生之遭遇，可分五段析之。

㈣首段自「上陽人」至「零落年深殘此身」，統領全篇。由紅顏至白髮，「入時十六今六十」，「一閉上陽多少春」。

㈤次段自「憶昔」至「一生遂向空房宿」八句寫初進宮，亦是宮女一生最大之關鍵。「憶昔吞悲別親族」，此「吞悲」兩字，即成宮女終生之寫照。本來「皆云入內便承恩」，是終生之指望；不意「未容君王得見面」，注定終生之絕望。由殷望而絕望，皆由於「楊妃遙側目」。「側目」二字，描寫楊妃眼中妒火，極為傳神。「妒令潛配上陽宮」，「妒」字言其動機，「潛」字指其行動，皆極精當。「一生遂向空房宿」，變成宮女終生之命運，由此衍生下文。

㈥第三段自「宿空房」至「東西四五百回圓」，寫宮女數十年「宿空房」之歲月。「秋夜長」與「春日遲」兩相對偶。「鶯歸燕去」四句總綰寂寞歲月。

㈦第四段自「今日宮中」至「天寶末年時世妝」六句寫現狀。「大家遙賜尚書號」，「大家」是宮廷口語中對皇帝之稱呼。「尚書」是宮中之女官名。漢魏以來，官中設女尚書。唐代自安史之亂後，皇帝未嘗至洛陽；皇帝在長安，上陽宮在洛陽，故皇帝頒給上陽宮宮女尚書之稱號，謂之「遙賜」。「小頭鞋履窄衣裳，青黛點眉眉細長」，是「天寶末年時世妝」。至貞元中，衣帶已寬緩，畫眉已短闊。上陽人幽閉深宮，仍著過時之妝飾，可笑亦可悲也。其鞋頭皆小，衣裳盡窄乎？

㈧末段重呼「上陽人」，「少苦老苦兩如何」，結束全篇。「君不見」三字，是樂府詩之常用語，並非實意，只是用來喚起讀者注意。「呂向」是玄宗時期之翰林；玄宗歲遣花鳥使，采天下美女，納入後宮。呂向上奏〈美人賦〉，以諷諫之。

新豐折臂翁

新豐老翁八十八，頭鬢眉鬚皆似雪。玄孫扶向店前行，左臂憑肩右臂折。問翁臂折來幾年？兼問致折何因緣？翁云：「貫屬新豐縣，生逢聖代無征戰；慣聽梨園歌管聲，不識旗槍與弓箭。無何天寶大徵兵，戶有三丁點一丁。點得驅將何處去？五月萬里雲南行。聞道雲南有瀘水，椒花落時瘴煙起；大軍徒涉水如湯，未過十人二三死。村南村北哭聲哀，兒別爺娘夫別妻；皆云前後征蠻者，千萬人行無一回。是時翁年二十四，兵部牒中有名字，夜深不敢使人知，偷將大石槌折臂。張弓簸旗俱不堪，從茲始免征雲南。骨碎筋傷非不苦，且圖揀退歸鄉土。此臂折來六十年，一肢雖廢一身全，至今風雨陰寒夜，直到天明痛不眠！痛不眠，終不悔，且喜老身今獨在；不然當時瀘水頭，身死魂孤骨不收，應作雲南望鄉鬼，萬人塚上哭呦呦！」

老人言，君聽取！君不聞，開元宰相宋開府？不賞邊功防黷武。又不聞，天寶宰相楊國忠？欲求恩幸立邊功；邊功未立生人怨，請問新豐折臂翁。

【語譯】

新豐縣有個八十八歲的老翁，頭髮鬚眉都像雪一般地白了。他的玄孫扶著他向店前走去。他只剩下左臂，右臂已折斷了。

問這老翁：臂膀折斷了多少年？並且問他右臂為什麼折斷了？老翁說：「我的籍貫是新豐縣，生長在聖明的朝代沒有戰爭。聽慣了戲院中歌唱與管弦演奏；不會耍弄軍中的旗槍弓箭！不久，天寶年間大批徵兵，每家有三個壯丁就要抽去一個。抽去的壯丁趕送到什麼地方去呢？五月天趕向遙遙萬里的雲南。聽說雲南有一條河叫瀘水，椒花落的時候瘴氣瀰漫。大軍泅水，水燙得好像滾湯。過水十人中，就有兩三人死亡。村南村北的哭聲多麼悲傷！丈夫辭別妻子，兒子拜別爺娘；卻說前後出征雲南的人，千萬個去了，沒有一個還鄉。這時老漢是二十四歲的青年，姓名列在徵兵的冊子上面。更深夜半不敢讓旁人知道，偷偷地用大石頭將自已的臂膀槌斷。弄得既不能搴旗，又不能射箭，這才避免了出征雲南。骨碎筋傷，並不是沒有痛苦；卻落得被淘汰，留在鄉土。這隻臂折斷了六十多年，損喪了一肢，一身卻因之得以保全。到現在每逢風雨陰寒的夜晚，直到天亮，疼得不能睡眠。雖然不能睡眠，但卻始終不懊悔。只慶幸老漢還能活到現在；否則的話，當時死在瀘水頭，孤魂無依，屍骨也沒人收。那就只有在雲南作望鄉鬼，萬人墳上去呦呦地哭了！」

老翁的話，請您聽取。您沒聽到開元時期的宰相宋開府嗎？他不賞邊功，就是為了防止濫用武力。又沒聽到天寶年間的宰相楊國忠嗎？他要求皇帝恩寵，妄想建立邊功；邊功沒有立，卻引起老百姓們的怨恨。如果您不相信的話，請問問這位新豐折臂的老翁罷！

【析　賞】

㈠唐玄宗前期有開元之治，媲美貞觀；後期好大喜功，採行黷武政策，連年對外用兵。此詩之背景是對南詔用兵。按南詔國在今雲南省境，本是唐之藩屬。天寶年間，南詔白族首領閣羅鳳不堪雲南太守張虔陀欺壓，起兵殺張佔地。朝廷震動。天寶十年（七五一）四月，劍南節度使鮮于仲通領兵八萬征討，潰於西洱河。十三年六月，楊國忠兼領劍南節度，派劍南留後李宓統軍十萬再往征討，結果李宓被擒，全軍覆沒。楊國忠反向朝廷報捷，繼續用兵，各處派人分道捕人，連枷送軍。此詩即詩人耳聞目睹此慘狀中之一故事。藉新豐折臂翁之口述之。

㈡此詩開端四句是一引子。全篇故事皆自老翁之回答其折臂原因中道出。在未言天寶大徵兵之前，先述自己之不諳兵事，以為鋪墊，反襯難於征戰。由於被徵將驅雲南，聞道「千萬人行無一回」，乃「偷將大石槌折臂」，庶可「一肢雖廢一身全」。從此故事中，可見戰爭帶給人民之苦難。故事結構緊密，情節動人！

㈢在「老人言，君聽取」後，揭出詩題「戒邊功也」之主旨。先從正面舉出：「開元宰相宋開府。不賞邊功防黷武」。按「宋開府」指宋璟，開元時開府儀同三司。詩人自注：「開元初，突厥數寇邊。時天武軍牙將郝靈筌出使，因引特勒回鶻部落，斬突厥默啜，獻首於闕下，自謂有不世之功。時宋璟為相，以天子年少好武，恐徼功者生心，痛抑其黨；逾年，始授郎將。靈筌遂慟哭嘔血而死也。」再從反面舉出：「天寶宰相楊國忠，欲求恩幸立邊功。」詩人亦原注：「天寶末，楊國忠為相，重構閣羅鳳之役，募人討之。前後發二十餘萬眾，去無返者；又捉人連枷赴役，天下怨哭，人不聊生。」詩人以此兩人為鑒證，以戒邊功。

㈣乾隆御批《唐宋詩醇》云：此詩「大意亦本之杜甫〈兵車行〉等篇，借老翁口中說出，便不傷於直遂。讀之如聞其聲，而窮兵黷武之禍，不待言矣。末又以宋璟、楊國忠比勘，開元、天寶治亂之機，具分於此。前事不忘，後事之師也，可謂詩史。」

澗底松

有松百尺大十圍，生在澗底寒且卑。澗深山險人絕路，老死不逢工度之。天子明堂欠梁木，此求彼有兩不知。誰諭蒼蒼造物意，但與之材不與地。金張世祿原憲貧，牛衣寒賤貂蟬貴。貂蟬與牛衣，高下雖有殊；高者未必賢，下者未必愚。君不見沉沉海底生珊瑚，歷歷天上種白榆！

【語譯】

有一棵百尺高、十圍大的松樹，生長在澗底下寒冷又低濕的地方。那溪澗在深山險地，沒有人的行跡；這松樹到老死也得不到良工的賞識。天子的明堂正缺少大樑粗柱，這裡在尋求好材料，那裡有好材料卻無人尋求。兩方面各不相知。誰能推想出蒼蒼老天造物的用意，只給予美好的材料，卻不把它放在合適的地方。

庸俗的金張世代享受俸祿，而貧窮的原憲卻很有賢德。牛衣寒賤，貂蟬珍貴。在物品的價值上，貂蟬與牛衣，高下雖然不同；在人的品格上，高位者卻未必賢能，位低者也未必愚劣。

您不見：沉沉的海底生有珊瑚，高高的天上卻種植白榆！

【析賞】

㈠詩人自注，本詩主旨：「念寒俊也。」是思念在野清寒俊傑之士。「澗底松」是寒俊之士的代表。

㈡「百尺大十圍」言才具之俊，「澗底寒且卑」是寫地位之「寒」。因「澗深山險人絕路」，而「老死不逢工度之」。在另一方面，「天子明堂欠梁木」，此松正所需求；然而「此求彼有兩不知」。所以詩人感嘆造物者，何以與之材而不與之地。詩人以物不能盡其用，詠嘆人之不能盡其才。

㈢詩人進而以人之金張原憲與物之牛衣貂蟬作譬。指出「高者未必賢，下者未必愚」。按「金張」指金日磾與張安世，漢宣帝時並為顯官。「原憲」是孔門弟子子思，清靜守節，貧而樂道。孔子相魯時，憲嘗為邑宰。孔子卒，憲亦退隱。

杜陵叟

杜陵叟，杜陵居，歲種薄田一頃餘。三月無雨旱風起，麥苗不秀多黃死；九月降霜秋早寒，禾穗未熟皆青乾。

長吏明知不申破，急斂暴徵求考課。典桑賣地納官租，明年衣食將何如？

剝我身上帛，奪我口中粟，虐人害物即豺狼！何必鉤爪鋸牙食人肉！

不知何人奏皇帝，帝心惻隱知人弊；白麻紙上書德音，京畿盡放今年稅。昨日里胥方到門，手持尺牒牓鄉村；十家租稅九家畢，虛受吾君蠲免恩！

【語　譯】

杜陵老人，住在杜陵，每年辛勤地耕種百畝貧瘠的田地。三月裡沒有雨水，颳起旱風，麥苗還沒有開花，大部分就枯黃死了。九月裡降霜，天氣早寒，禾穗還未成熟，就都青青地凍死了。地方官吏明知災情嚴重，卻不申報事情的真相。為了完成他們徵稅的任務，急斂暴徵，以求取考績。老百姓被逼迫典桑賣地，繳納租稅。明年的衣食有什麼辦法！這些官吏剝下我身上的衣裳，奪去我口中的糧食，害人害物的就是豺狼！何必一定要長著鉤一般的爪，鋸一般的牙，來吃人肉！

不曉得什麼人報告皇帝，皇帝知道了大發慈悲。白麻紙上寫下聖旨，京城附近免除今年的賦稅。地保昨天才來到家門，手拿著公文佈告鄉村。然而十家的賦稅，已有九家被逼出，大家只空受了「浩蕩皇恩」！

【析　賞】

㈠詩人自注，本詩主旨：「傷農夫之困也。」藉「杜陵叟」一人之受橫征暴斂，寫農夫大眾之困苦。

㈡此詩中段，寫急斂官吏是豺狼四句，是平民內心悲憤的吶喊！詞句極其鋒利，語意至為沉痛！

賣炭翁

賣炭翁，伐薪燒炭南山中。滿面塵灰煙火色，兩鬢蒼蒼十指黑。賣炭得錢何所營？身上衣裳口中食。

可憐身上衣正單，心憂炭賤願天寒。夜來城外一尺雪，曉駕炭車輾冰轍；牛困人饑日已高，市南門外泥中歇。

翩翩兩騎來是誰？黃衣使者白衫兒，手持文書口稱敕，迴車叱牛牽向北。一車炭，千餘斤，宮使驅將惜不得！半匹紅紗一丈綾，繫向牛頭充炭直！

【語譯】

賣炭翁，在終南山砍柴燒炭。他滿臉塵灰，被煙火燻得黑黑的。兩鬢灰白，十個手指都燻黑了。他賣炭得到的錢做什麼用呢？用來換取身上的衣服和張嘴要吃的糧食。

可憐他身上的衣服還很單薄，卻因擔心炭價低賤，而寧願天氣寒冷。夜裡城外地面上，積了一尺厚的雪，他天一亮就駕著炭車，趕上冰雪覆蓋的道路進城去。太陽高高昇起時，牛很困乏，人也餓了，在市南門外的泥濘路旁歇息。

忽然兩個騎馬的疾飛而來，是黃衣的太監與白衫的助手。他們手拿公文，口傳聖旨，吆喝著牽牛，把炭車轉向北面的皇宮那邊去。一車炭，千餘斤，太監把車趕走了。賣岸翁惋惜也沒有用！他們把半匹紅紗和一丈綾繫在牛頭上，就算充當炭的價值！儘管非常微薄，可憐的老翁淚眼睜睜地看著，又有什麼辦法？

【析 賞】

㈠詩人自注，本詩主旨：「苦宮市也。」「宮」指皇宮，「市」意謂買。「宮市」是以太監為採買使者到街市上為皇宮採購物品。照理應公平交易。但實際上這些太監以皇帝為幌子，去市場公開掠奪。付賣主價極低，有時甚至分文不給！此詩以一賣炭翁之實際遭遇為例，具體地揭露「宮市」之本質，為人民叫苦。題旨一作「苦官市也」。想係刊誤。

㈡此詩可分為兩大部分。上一部分寫賣炭翁工作之苦：

開端標出「賣炭翁」三字。「伐薪燒炭南山中」，寫出工作是「伐薪燒炭」，地址在長安南邊的終南山之中。「滿面塵灰煙火色」，描繪其面孔之飽受煙薰火燎。「兩鬢蒼蒼十指黑」，蒼鬢黑指，刻骨地顯示賣炭翁一生辛勤的形象。問到「賣炭得錢何所營」？原來一生辛勤，所求者不過「身上衣裳口中食」而已。此數句先為下一部分宮市之苦埋下伏筆。

由「身上衣裳」，頂真地接著寫老翁「可憐身上衣正單」。可見不論老翁如何辛勤工作，已至冬天卻無棉衣可禦寒冷。然而，他卻「心憂炭賤願天寒」。這種心態，看似反常，卻很合乎他的邏輯推論。由此可見賣炭所得對於老翁生計何等重要！

可說是天從人願：「夜來城外一尺雪」，果然天寒。老翁「曉駕炭車」，與高采烈地在天一亮時便駕起炭車出發。「輾冰轍」，在冰雪覆蓋的路上，趕車進城。「牛困人饑日已高」，一直到太陽高懸，牛困人饑，才在「市南門外泥中歇」。「市南」是長安城之商業區。「市南門外」表示賣炭翁即將到達其意圖售炭之地址。「泥中」二字呼應「日高」，路上冰雪大都已融化。「歇」乃意謂暫且休息一下。詩句氣勢至此稍平，間歇一下為下文搶炭蓄勢。

㈢下一部分寫宮市掠奪之苦：

「翩翩兩騎來是誰？」突兀之間，賣炭翁忽見有兩人騎馬飛馳而來，驚異是何人？一剎那兩騎馳近，一看原來是「黃衣使者白衫兒」，一位是身穿黃衣的太監，一位是他的助手。這兩人「手把文書口稱敕」，手裡拿著公文，說是皇帝的聖旨。「迴車叱牛牽向北」，拉轉牛頭，吆喝著就牽向城北皇宮那邊去了。這「翩翩」、「持」、「稱」、「迴」、「叱」、「牽」等數字，連珠直下，氣勢緊急，傳神地寫出這「黃衣使者」不可一世的神態、蠻橫無理之行動！巧取豪奪，叫疲憊孤苦的賣炭翁目瞪口呆，如被雷擊！

「一車炭，千餘斤」，是此老翁數月辛勤勞苦之結晶。「宮使驅將惜不得」，然而這聲勢顯赫的黃衣太監，在口奉皇命的權威下，硬搶而去。「惜不得」三字是老翁敢怒不敢言的心情。這老翁辛勤數月，賴以維生的千餘斤炭，宮使卻以「半匹紅紗一丈綾，繫向牛頭充炭直」，算是他掠奪民產的遮羞布，付了一車炭的價錢！老翁回家，以後的日子如何去過？

㈣詩人以淺顯的語言，深刻地寫出人民的苦難。在章法上，上一部分深入地描繪賣炭翁「伐薪燒炭」之辛勤。想以賣炭所得維持生計，反襯下一部分宮使之強奪而去，揭露宮市帶給人民之苦難！故事情節層層深入，步步推進。結構緊密。情感豐富。詩人結尾，並無議論，甚至亦無賣炭翁之怨言；然而令人讀之，自然萬分同情賣炭翁之苦情，咀咒宮市之罪行！

母別子

母別子，子別母，白日無光哭聲苦！

關西驃騎大將軍，去年破虜新策勳，敕賜金錢二百萬，洛陽迎得如花人。

新人迎來舊人棄，掌上蓮花眼中刺。迎新棄舊未足悲，悲在君家留兩兒：一始扶行一初坐，坐啼行哭牽人衣。以汝夫婦新燕婉，使我母子生別離！不如林中鳥與鵲，母不失雛雄伴雌；應似園中桃李樹，花落隨風子佳枝！

新人新人聽我語：洛陽無限紅樓女，但願將軍重立功，更有新人勝於汝！

【語譯】

娘別兒，兒別娘，哭聲悽慘，太陽沒有光！

我丈夫關西驃騎大將軍，去年擊破外敵建立新的功勳。皇上賞錢二百萬，從洛陽迎娶了一個貌美如花的女人。

我丈夫迎來新人便拋棄了舊人，一個是他的掌上明珠，另一個便成了他的眼中釘。他迎新棄舊，我還不很悲傷，我真正悲傷的是我所生育的兩個孩兒還遺留在他的家中。一個只會坐，另一個剛能扶著走路。坐著的孩兒啼哭，才能走路的孩兒牽著我的衣服，誰也不忍離開我。為著你倆新婚快樂，使我母子活生生地分離！我母子們不如那樹林中的鳥鵲，他們母親不失去子女，雄的老是伴隨著雌的。我母子們倒像園中的桃樹和李樹，它們的花隨著風吹落，而果實還留在樹上！新人啊，新人！聽我告訴妳：洛陽有數不盡的富貴美女。但願將軍再立戰功的時候，還有新人更勝過妳！

【析　賞】

㈠詩人自注，本詩主旨是：「刺新間舊也。」反對新婚妻子蠱惑丈夫來排斥舊有夫人。

㈡首行：「母別子，子別母」，刻意重複；並以白日無光，襯出哭聲悲哀，為全詩鋪出悲慘的場面。

㈢中段寫致使此「母別子」悲劇之原委。

㈣末段四句，是妒恨之詞。大概此「母別子」之悲劇，全由新人所主導。原有妻子在新人迫害之下，離開幼小子女時之自然反應。

㈤詩中所寫者，是中國古代社會問題。中國古時社會，以男性為中心。有權勢之丈夫，可以不用任何理由而休妻。妻子被休出時，其所生之子女，悉仍留在夫家。此詩即寫由此所發生之「母別子」悲劇，讀之令人悲憤！

井底引銀瓶

井底引銀瓶，銀瓶欲上絲繩絕。石上磨玉簪，玉簪欲成中央折。瓶沉簪折知奈何？似妾今朝與君別！

憶昔在家為女時，人言舉動有殊姿：蟬娟兩鬢秋蟬翼，宛轉雙蛾遠山色。笑隨伴戲後園中，此時與君未相識。

妾弄青梅倚短牆，君騎白馬傍垂楊；牆頭馬上遙相顧，一見知君即斷腸。知君斷腸共君語，君指南山松柏樹；感君松柏化為心，闇合雙鬟逐君去。

到君家舍五六年，君家大人頻有言：「聘則為妻奔是妾，不堪主祀奉蘋蘩」。終知君家不可住，其奈出門無去處！豈無父母在高堂，亦有親情滿故鄉，潛來更不通消息，今日悲羞歸不得。

為君一日恩，誤妾百年身！寄言癡小人家女，慎勿將身輕許人！

【語　譯】

要將銀瓶從井底下吊出，銀瓶快吊上來時，絲繩卻斷了。在石頭上磨玉簪，玉簪快磨成時，簪身中央忽然折斷了。瓶墜簪折，無可奈何，正像我今天和你分別！

回想在家做女兒的時光，人家都說我的姿態非常漂亮，宛轉的雙眉彷彿遠山的顏色，美麗的兩鬢好像秋蟬的翅膀。跟著女伴在後園玩耍，那時和你還沒有交往。

我玩著青梅依著矮牆，你騎著白馬靠近垂楊。牆頭馬上遙遙地相望，一見就知你把相思害上。知道你相思和你談心，你指著松柏立下誓盟。感激你的心像松柏般地堅貞，偷偷地梳起雙鬟跟你私奔。

到你家已經有五、六個年辰，你家父母時常在唧唧噥噥：「下聘娶來的是妻，私自偷奔來的是妾。妾沒有資格作主婦祭祀祖先！」我終於知道在你家我不能住，怎奈出了門也無去處。並不是我家高堂上沒有父母，也不是故鄉沒有親朋。只怪我自從潛逃以來，再不曾與他們通過消息。今天我既悲且羞，沒臉回家！

為了你一時的恩情，耽誤了我的終身！寄語世上年輕無知的閨女們，千萬不要把自己輕易地許人！

【析賞】

㈠詩人自題，本詩主旨：「止淫奔也。」

㈡本詩以瓶沉簪折作譬起興，寫自己一生之不幸。

㈢詩中情節，自「與君未相識」之前寫起。寫兩人一見傾心，相信對方松柏誓言而與之私奔。到君家五六年後，始終不能視作主婦，無法久住，而又無去處。

㈣最後奉勸世間閨女，「慎勿將身輕許人」。全詩敘事，層次井然。可說是「一失足成千古恨」，值得少女三思。當今社交開放社會，若干青年視婚姻為兒戲，甚至男女不結婚而公然同居，婦女未婚而生子，不以為恥。對於婦女貞節之美德，已不若古時之極端重視矣。

草茫茫

草茫茫，土蒼蒼！蒼蒼茫茫在何處？驪山腳下秦皇墓。

墓中下涸二重泉，當時自以為深固。下流水銀像江海，上綴珠光作烏兔。別為天地於其間，擬將富貴隨身去。

一朝盜掘墳陵破，龍槨神堂三月火。可憐寶玉歸人間，暫借泉中買身禍。

奢者狼藉儉者安，一凶一吉在眼前。憑君回首向南望，漢文葬在霸陵原！

【語　譯】

草茫茫，土蒼蒼！蒼蒼茫茫在哪裡呢？那驪山腳底秦始皇的墳墓。

墳裡頭掘乾了兩層泉水，自以為這樣深，絕對不會被毀壞。墓室裡上懸珍珠象徵日月，下鋪水銀象徵江海。這兒創造一個新的天地，打算將世間富貴隨身帶去。

想不到有一天強盜掘破墳墓，龍棺神堂燃起三個月的大火。可憐那些寶玉又回到人間，枉受了一場在墳墓中買身的災禍。

奢侈的遇到災難，節儉的平平安安。一兇一吉就擺在眼前：請你回過頭來向南瞭望，那終生節儉的漢文帝就葬在灞陵原上！

【析　賞】

㈠詩人自注，本詩主旨：「懲厚葬也。」以秦始皇墓與漢文帝墓前後對比，指出一兇一吉，「奢者狼藉儉者安。」稍後許渾〈途經秦始皇墓〉詩，亦將秦始皇墓與漢文帝陵比較，語意類似。

請參閱拙作《唐代絕句析賞》。

㈡除此以外，詩中次段描寫秦皇墓「墓中下涸二重泉」六句，至為幽默。「自以為深固」，而「盜掘墳陵破」，殊堪發人深省！

黑龍潭

黑潭水深黑如墨，傳有神龍人不識。潭上架屋官立祠，龍不能神人神之！豐兇水旱與疾疫，鄉里皆言龍所為。家家養豚漉清酒。朝祈暮賽依巫口。神之來兮風飄飄，紙錢動兮錦繖搖。神之去兮風亦靜，香火滅兮杯盤冷。肉堆潭岸石，酒潑廟前草。不知龍神享幾多？林鼠山狐長醉飽。狐何幸？豚何辜？年年殺豚將餧狐！狐假龍神食豚盡，九重泉底龍知無？

【語譯】深潭死水黑得像墨，相傳這深潭裡有神龍，人們都認不得。官府竟然在潭上架屋立祠。這龍本來並沒有神，而人卻把它尊奉為神！

人間的災難水旱與疫病，鄉下人都說是得罪了神龍的結果。因此家家都養肥豬，釀好酒，早祈晚祭只等那巫祝開口。神來時，清風飄飄，紙錢飛揚，錦傘動搖。神去後，微風停止，香火熄滅，杯盤都冷。肉堆在潭邊石上，酒潑在廟前草上。不知道龍神享受了多少，只看見林鼠和野狐們都酒醉肉飽！

狐有什麼福？豬有什麼罪？人們年年殺豬把狐餵！那些狐狸假借神龍的神靈把豬都吃盡了，九重泉底的真龍知道不知道？

【析　賞】

㈠詩人自注，此詩主旨：「疾貪吏也。」似未得本篇要領。愚意以為此詩主旨應是「闢迷信也」。

㈡此詩開端：「黑潭水深黑如墨」。點題「黑龍潭」之潭深水黑。因其潭深水黑，險不可測；迷信之人，就說其中有神龍。普通人不能看見，「傳有神龍人不識」，一切迷信皆由此而來。所有無法認知的神怪，都基於無法稽考的傳說。

「潭上架屋官立祠」，官府在潭邊還蓋座祠廟來奉祀神龍。這類官府不是有意執行愚民政策，便是其官員也與愚民同樣地愚蠢無知。「龍不能神人神之」，龍本來不是神，更何況深潭之中並沒有龍。而人硬要說有神龍而來奉祀它。「官立祠」就是此「人神之」的明證。

詩人快人快語：「傳有神龍人不識」。說明一切神怪之說的來源。「龍不能神人神之」，道出所有迷信之本質。此二句可當作一篇「闢神論」。

㈢中段繼寫「人神之」之事實：鄉民聽信巫人之言，「朝祈暮賽」。奉祝之後，「肉堆潭岸石，酒潑廟前草」。詩人很風趣地問：「不知龍神享幾多？」只看見「林鼠山狐長醉飽」！

㈣末段詩人感嘆：「狐何幸？豚何辜？年年殺豚將餧狐！」最後指出「狐假龍神食豚盡」。提出疑問：「九重泉底龍知無？」幽默之極！上帝在九重天上，龍則在九重泉底。「龍知無」與上文「不知神龍享幾多」呼應。

中國古時常說龍。也許詩人自己也相信有真龍之存在，不過是在九重泉下。上文只是「不知」此「黑龍潭」虛有之龍能「享幾多」。結句則問「九重泉」下之真龍：是否知道人間有此假其名而演之鬧劇？

秦吉了

秦吉了，出南中，彩毛青黑花頸紅；耳聰心慧舌端巧，鳥語人言無不通。

昨日長爪鳶。今朝大觜烏。鳶梢乳燕一窠覆，烏喙母雞雙眼枯。雞號墮地燕驚去，然後拾卵攫其雛。

豈無鵰與鶚？嗉中肉飽不肯搏。亦有鸞鶴群，閒立颺高如不聞。

秦吉了，人云爾是能言鳥。豈不見雞燕之冤苦？吾聞鳳凰百鳥主，爾竟不為鳳凰之前致一言。安用噪噪閒言語？

【語譯】

秦吉了，出生在南方，青黑羽毛紅脖項；耳明心靈舌頭巧，鳥語人言都擅長。

昨日有長爪鳶，撲翻了乳燕窠。今日有大嘴烏，啄瞎了母雞眼。母雞倒地燕驚飛，然後抓走雞雛拾燕卵。

豈無鵰與鴞，吃飽了肥肉懶得動彈；也有鸞和鶴，自顧高飛、閒站不肯管。

秦吉了，人說你是能言鳥。難道看不見雞、燕的冤苦？我聽說鳳凰是百鳥之王。你竟然不向鳳凰報告這些鳶鳥的罪行，誰要你咕咕喳喳叫得不停？

【析賞】

(一)詩人自注，本詩主旨：「哀冤民也。」

(二)「秦吉了」，屬鳴禽類之鳥。體小於鳩，頭有黃肉冠，毛紺黑有光，嘴黃，惟根部肉紅色。性伶俐，能識人且作人言。產於秦中，故名秦吉了。本詩中以之喻諫官。

(三)本詩中，以雞、燕喻平民，鳶鳥喻貪官污吏，雕鴞喻武將，鸞鶴喻文臣，鳳凰喻君主，無不確切身分。

(四)本詩言近旨遠，是善於諷諫者，為詩人任左拾遺時之作。

采詩官

采詩官，采詩聽歌導人言。言者無罪聞者誡，下流上通上下泰。

周滅秦興至隋代，十代采詩官不置。郊廟登歌讚君美，樂府豔詞悅君意。若求興諭規刺言，萬句千章無一字。不是章句無規刺，漸恐朝廷絕諷議：諍臣杜口為冗員，諫鼓高懸作虛器。一人負扆常端默，百辟入門皆自媚；夕郎所賀皆德音，春官每奏唯祥瑞。

君之堂兮千里遠，君之門兮九重閟；君耳唯聞堂上言，君眼不見門前事。貪吏害民無所忌，奸臣蔽君無所畏。君不見厲王胡亥之末年，群臣有利君無利。君兮君兮願聽此：欲聞壅蔽達人情，先向歌詩求諷刺！

【語譯】

採詩官，聽取、採集民間詩歌，引導人民發言。言者無罪，聽之者吸取教訓。如此上下溝通，則全體和順。

自從周亡秦興，直到隋代，十代不設採詩的官位。郊廟祭祀只讚皇帝的美德，樂府詩詞只博取皇帝的歡心。要想尋找規諫諷刺的作品，萬句千章中都無隻字片言。不僅章句中沒有規刺，朝廷上也斷絕諷議。諍臣閉口，充當冗員，諫鼓高懸，形同虛器。皇帝在朝堂常常沉默，百官進門個個獻媚。黃門侍郎所賀的都是德音，春官所奏的只有祥瑞。

皇帝的殿堂啊遠隔千里，皇帝的宮門啊深閉九重。皇帝的耳朵只聽堂上的話，皇帝的眼睛看不到門前的事情。奸臣蒙蔽皇上無所忌憚，貪吏放手殘害人民。

您不見厲王胡亥的末年，被害的是君主，得利的是群臣。君王啊君王啊，請您細聽：要想掃除障礙，了解民情，有用的諷刺須向詩歌中去找尋！

【析賞】

㈠詩人自注，本詩主旨：「監前王亂亡之由也。」然前王亂亡之由甚多，本詩只提出其不採民歌。具體言之，本詩主旨應是「諫聽民聲」也。

㈡詩中「扆」字本是戶牖之間，「扆座」是帝座，故而「一人負扆」指皇帝。「夕郎」則是黃門侍郎。《漢官儀》：「黃門郎日暮入對青瑣門拜，故謂之夕郎。」

㈢詩題〈采詩官〉，一開始即道出：「采詩官，采詩聽歌導人言。」此詩為詩人「新樂府」之最後一首，亦即是尾聲，言明詩人創作「新樂府」之本意。希望上達聖聽，庶使國泰民安。詩人之旨意，宏矣哉！

秦中吟（十首選三）

序曰：貞元、元和之際，予在長安，聞見之間，有足悲者。因直歌其事，命為〈秦中吟〉。

議婚

天下無正聲，悅耳即為娛。人間無正色，悅目即為姝。顏色非相遠，貧富則有殊；貧為時所棄，富為時所趨。

紅樓富家女，金縷繡羅襦。見人不斂手，嬌癡二八初。母兄未開口，已嫁不須臾。

綠窗貧家女，寂寞二十餘，荊釵不值錢，衣上無真珠。幾回人欲聘，臨日又踟躕。

主人會良媒，置酒滿玉壺，四座且勿飲，聽我歌兩途：「富家女易嫁，嫁早輕其夫。貧家女難嫁，嫁晚孝於姑。聞君欲娶婦，娶婦意何如？」

【語譯】

天下沒有標準的聲音，好聽的就討人歡喜。天下沒有標準的容貌，好看的就算是美麗。聲色上沒有多大區別，貧富卻有顯著的差異；富的受時人的奉承，貧的卻遭時人的唾棄。

紅樓上的富家女兒，錦衣上金線繡花；見人時不用行禮，嬌生慣養了十六個年華。母親哥哥還未開口，已經嫁給富貴人家。

綠窗裡的窮家女兒，寂莫地度過了二十多年。衣上珍珠沒有一個，頭上荊釵不值一錢。好幾次人家想要娶她，到頭來又躊躇不前。

主人請來很好的媒婆，準備美酒盛滿玉壺。大家暫且不慌飲酒，聽我歌唱兩條道路：「富家的女兒容易出嫁，嫁得早輕視丈夫。貧家的女兒出嫁困難，嫁得遲孝順翁姑。聽說您要娶媳婦，您娶媳婦是什麼意圖？」

【析賞】

㈠首段八句起興，先立論：貧富有殊。

㈡繼即分寫貧富之家女兒之差異。

㈢最後乃問「娶婦意何如？」究竟要嫁妝還是要德行？

㈣全篇明白如話，長者飽經世故之忠告，值得少年擇配時三思。雖然現代社會子女結婚後多與父母分居，新婦「孝順翁姑」與否，已不若古時之重要。然而品德如何，卻永遠是最重要的考慮！

重賦

厚地植桑麻，所要濟生民；生民理布帛，所求活一身。身外充徵賦，上以奉君親。國家定兩稅，本意在愛人。厥初防其淫，明敕內外臣：「稅外加一物，皆以枉法論！」

奈何歲月久，貪吏得因循。浚我以求寵，斂索無冬春。織絹未成匹，繅絲未盈斤。里胥迫我納，不許暫逡巡！歲暮天地閉，陰風生破村。夜深煙火盡，霰雪白紛紛。幼者形不蔽，老者體無溫；悲喘與寒氣，並入鼻中辛！

昨日輸殘稅，因窺官庫門：繒帛如山積，絲絮似雲屯。號為「羨餘物」，隨月獻至尊！奪我身上暖，買爾眼前恩。進入瓊林庫，歲久化為塵！

【語譯】

大地種植桑麻，是供給人民生活所需。人們織製布帛，是想養活自身。餘下來的用來納稅，是供給皇帝的費用。國家規定夏秋兩季徵收的辦法，本意在愛護人民。當初為了防止胡濫徵稅，皇帝明白地告誡內外官員：「若在正當租收之外多徵一物，都要當作犯法處分。」

無奈時間長久了，貪官們在舊法之下，逐漸橫行。剝削小民，討好上司，橫徵暴斂，不分冬春。小民們織的絹還不滿一匹，繅的絲還不夠一斤，地保們就逼迫我繳納，不准拖延片刻時辰！

嚴冬時節天地閉塞，破落的鄉村中吹起陣陣陰風。深夜裡煙消火滅，大雪紛飛。小孩子無衣蔽體，老年人渾身冰冷。悲喘和寒氣，刺入鼻孔，不勝酸辛！

昨天去繳納未清的稅，看到了官庫的情形：雲一樣屯聚著絲棉，山一樣堆積著帛繒。這些被叫作「剩餘物資」，每月要獻給皇上至尊！

他們奪取我身上的溫暖，來買他們眼前的恩寵。送到收藏貢物的庫裡，終久都化作灰塵！

【析賞】

(一)此詩大致可分為三大段。詩之首段先寫國家之稅制。注意最初四聯，幾乎全用頂真格，句法緊接。「厥初防其淫」四句作中段貪官斂索之反襯。

(二)中段寫貪官斂索情景，及其帶給平民之痛苦。

(三)末段從「羨餘物」堆積糟蹋情形，揭示「重賦」之罪惡。「繒帛如山積，絲絮似雲屯」，是上段「幼者形不蔽，老者體無溫」之成果。兩者強烈對照！

故而詩人最後控訴重賦：「奪我身上暖，買爾眼前恩。」民之苦極矣！而「歲久化為塵」，上亦何所得哉？

立碑

勛德既下衰，文章亦陵夷。但見山中石，立做路旁碑。銘勛悉太公，敘德皆仲尼；復以多為貴，千言直萬貲。為文彼何人？想見下筆時，但欲愚者悅，不思賢者嗤。豈獨賢者嗤，仍傳後代疑。古石蒼苔字，安知是愧詞！

我聞望江縣，麴令撫惸嫠；在官有仁政，名不聞京師。身歿欲歸葬，百姓遮路岐；攀轅不得歸，留葬此江湄。至今道其名，男女涕皆垂。無人立碑碣，唯有邑人知！

【語　譯】

世上功德既然衰微，文風也越來越壞。只看見山中的石塊，被立作路旁的墓碑。一記起功業來都像太公，一敘起道德來都像孔子。這種碑文越多越好，一千字能值一萬兩金子。

這些寫碑文的是些什麼人呢？可以想見他們下筆時的心情：只企圖得到出錢的愚人歡心，不考慮引起當代賢者的嗤笑，並且給後人留下了疑團。這些古石佈滿蒼苔的文字，那曉得盡是虛偽的謊言！

我聽說望江縣有位姓麴的縣令，撫恤孤獨困苦的人民。他做官實行仁政，京師裡卻聽不到他的聲名。他死後家人要運回故鄉歸葬，老百姓擁在路上阻擋。挽住車子不能前進，被留下葬在望江的長江江濱。到現在提起他的姓名。男男女女都熱淚滾滾。沒有人為他立什麼碑碣，他只活在當地人民的心中！

【析　賞】

㈠此詩先寫現世實際情況：勛德既衰，文章陵夷，伏筆反襯，為下段立碑之主文蓄勢。

㈡中段主文寫立碑。「銘勛悉太公，敘德皆仲尼」，顯然不合事實。作碑文者，為得萬貲，「但欲愚者悅，不思賢者嗤」。故而碑文皆是使「賢者嗤，後代疑」之愧詞。

㈢末段轉筆寫望江麴令行仁政，「名不聞京師」。身沒被留葬江濱。「至今道其名，男女涕皆垂，無人立碑碣，唯有邑人知」。

㈣全篇波瀾起伏，前後輝映，文詞幽默，立旨深遠！

歌行

長恨歌

漢皇重色思傾國，御宇多年求不得。楊家有女初長成，養在深閨人未識。天生麗質難自棄，一朝選在君王側；迴眸一笑百媚生，六宮粉黛無顏色！

春寒賜浴華清池，溫泉水滑洗凝脂；侍兒扶起嬌無力，始是新承恩澤時。

雲鬢花顏金步搖，芙蓉帳暖度春宵；春宵苦短日高起，從此君主不早朝。

承歡侍宴無閒暇，春從春遊夜專夜。後宮佳麗三千人，三千寵愛在一身。金屋妝成嬌侍夜，玉樓宴罷醉和春！

姊妹弟兄皆列士，可憐光彩生門戶；遂令天下父母心，不重生男重生女。驪宮高處入青雲，仙樂風飄處處聞。緩歌慢舞凝絲竹，盡日君王看不足！漁陽鞞鼓動地來，驚破〈霓裳羽衣曲〉。

九重城闕煙塵生，千乘萬騎西南行。翠華搖搖行復止，西出都門百餘里。六軍不發無奈何，宛轉蛾眉馬前死。花鈿委地無人收，翠翹金雀玉搔頭；君王掩面救不得，回看血淚相和流！

黃埃散漫風蕭索，雲棧縈紆登劍閣；峨嵋山下少人行，旌旗無光日色薄。蜀江水碧蜀山青，聖主朝朝暮暮情，行宮見月傷心色，夜雨聞鈴腸斷聲。天旋日轉迴龍馭，到此躊躇不能去，馬嵬坡下泥土中，不見玉顏空死處。君臣相顧盡沾衣，東望都門信馬歸。

歸來池苑皆依舊，太液芙蓉未央柳。芙蓉如面柳如眉，對此如何不淚垂？春風桃李花開日，秋雨梧桐葉落時。西宮南內多秋草，落葉滿階紅不掃。梨園子弟白髮新，椒房阿監青娥老。夕殿螢飛思悄然，孤燈挑盡未成眠；遲遲鐘鼓初長夜，耿耿星河欲曙天。鴛鴦瓦冷霜華重，翡翠衾寒誰與共？悠悠生死別經年，魂魄不曾來入夢。

臨邛道士鴻都客，能以精誠致魂魄；為感君王展轉思，遂教方士殷勤覓。排雲馭氣奔如電，升天入地求之遍；上窮碧落下黃泉，兩處茫茫皆不見。忽聞海上有仙山，山在虛無縹渺間。樓閣玲瓏五雲起，其中綽約多仙子，中有一人字太真，雪膚花貌參差是。金闕西廂叩玉扃，轉教小玉報雙成。聞道漢家天子使，九華帳裡夢魂驚。攬衣推枕起徘徊，珠箔銀屏迤邐開；雲髻半偏新睡覺，花冠不整下堂來。風吹仙袂飄颻舉，猶似〈霓裳羽衣舞〉；玉容寂寞淚闌干，梨花一枝春帶雨。含情凝睇謝君王：「一別音容兩渺茫；昭陽殿裡恩愛絕，蓬萊宮中日月長！回頭下望人寰處，不見長安見塵霧。唯將舊物表深情，鈿合金釵寄將去。釵留一股合一扇，釵擘黃金合分鈿；但教心似金鈿堅，天上人間會相見！」臨別殷勤重寄詞，詞中有誓兩心知：「七月七日長生殿，夜半無人私語時，在天願作比翼鳥，在地願為連理枝。」天長地久有時盡，此恨綿綿無盡期！

【語　譯】

喜好女色的漢族皇帝想有個絕色的美女陪伴，治理國家多年仍未找到。楊家有個姑娘剛剛長成，養在深閨裡無人認識。她天生麗質難得掩藏，果然有一天被選進宮中，侍候君王。她回頭一笑便千姿百態，嫵媚動人；相形之下，六宮的嬪妃們都黯然失色！
初春餘寒未消，皇上賞賜她在華清池沐浴，讓柔滑的溫泉洗滌她那雪白細嫩的肌膚。侍女扶起她出浴池時，她嬌生生地沒有力量，這是她剛剛得寵時那種嬌態。
她烏雲般的鬢髮上插著黃金的步搖，在溫暖的芙蓉帳裡歡度春宵。可惜春宵太短，直睡到日高三丈。從此開始，君王率性不再主持清晨他與大臣們商議國政的例行朝會了。
她承受歡寵，沒有片刻的空暇。白天伴著皇上遊賞春色，夜晚陪伴皇上睡眠。後宮裡儘管有三千多美人，三千多人的寵愛都集中在她一人身上。她金屋晚妝後嬌滴滴地侍奉君王過夜；白天玉樓宴會散席時，微微醉意中顯出迷人的春情！
她的姊妹兄弟們都封官拜爵，可羨的光彩照耀著楊家門戶！天下做父母的於是改變了想法，一反常態，不重視生男而想生女了。
驪山上宮殿高聳入雲，美妙的音樂隨風遠揚，到處都能聽到。緩歌慢舞應和著管弦的旋律，君王整天都沉醉在歡樂之中，樂無止盡！
忽然漁陽的戰鼓傳來了動地的殺聲，驚破了那〈霓裳羽衣〉徐緩悠揚的曲調。
戰禍降臨京城，千騎萬乘匆匆地離開京城向西南的蜀地逃奔。龍旗飄飄搖搖，行行還又停停。西出都門才走了百餘里路程，將士們不肯前進。有何辦法？可憐的貴妃被逼死在途中。她頭上的花鈿，以及那些翠翹金雀與玉質的頭飾，掉在地上無人收撿。君王只能遮著臉無法挽救她，眼睜睜看她熱血和淚水交流！

入蜀途中，黃塵漫天，寒風蕭瑟。高空棧道曲折盤旋，君主車駕登上了劍門關。四川山下行人稀少，天色昏暗，旌旗也黯無光彩。

蜀中江水澄碧，山巒青翠。皇帝對楊貴妃懷念之情，朝朝暮暮，也像碧水不斷、青山常在。他在行宮看見月色傷心，雨夜聽到鈴聲，心腸寸斷！

時局好轉了，君王從成都歸來，回程再經這裡，徘徊徬徨，不忍離開。馬嵬坡下泥土中，看不到貴妃犧牲的陳跡。君臣們相互看望都流下淚水！大家由著馬兒隨意，漫步向京城走回。

回京後看見舊時池苑仍然如舊，太液池的荷花輝映著未央宮前的楊柳。那荷花就像貴妃的臉龐，柳葉就像貴妃的眉毛，看了怎不令人悲傷流淚？熬過了和風吹開桃李的春季，又到了冷雨滴落梧桐樹葉的秋天。西宮和南內都長遍了秋草，枯黃的落葉堆滿階前。當年歌唱的梨園弟子們已白髮漸生，看管皇宮的女官們也紅顏暗老。夜晚宮殿中點點螢火，他愁思默默，挑盡了一盞燈心，不能成眠。緩慢的更鼓，送走悠悠的長夜；明淨的銀河又迎來將曉的明天。冰冷的鴛鴦瓦上舖滿霜花，室內寒氣襲人，有誰來共蓋這繡著翡翠鳥的被子？皇上與貴妃生死隔絕，已經一年多了，她的亡魂從來沒有進入他的夢中！

有個來自臨邛的道士寓居京城，能以誠心招致死者的靈魂。由於同情君王的輾轉思念貴妃，便接受命令去殷勤地找尋貴妃亡魂。他排雲駕霧，飛奔如電，昇天入地，上下尋遍，上往天庭，下達地底，兩下裡渺渺茫茫都沒有尋見。

忽然他聽說大海上有座仙山，這座山在虛無飄渺之間。五色彩雲繚繞著玲瓏樓閣，裡面有許多風姿美好的仙子；其中有一女名叫太真，花朵般美貌，雪白的肌膚，彷彿還像生前。

道士來叩金門樓西廂的玉門，請求開門的仙女轉告太真。太真聽說漢家天子派來了使者，在華麗的帳裡驚動了她的夢魂。推開枕頭、披起衣服，下床起來，珠簾子銀屏風次第打開。她剛剛睡醒，半偏著雲髻，花冠不整地就走下堂來。仙風吹拂著她的衣袖輕輕地飄動，還好像當年跳〈霓裳羽衣舞〉的姿態，她寂寞的玉容上流滿晶瑩的淚水，彷彿春天一枝露滿了雨水的梨花。

她含情凝視，感謝君王的情意：「分別以來，我與他音容相隔。昭陽殿裡的恩愛早已斷絕，我惟有在這蓬萊宮中度著漫長的歲月！回過頭來下望人間，看不見長安，只見塵霧迷漫。惟有拿當年的舊物表達深情，把鈿合金釵寄給君王。金釵留下一股，鈿盒留下一扇，把金釵擘開，鈿盒分作兩半。只願兩心像黃金寶鈿一樣地堅牢，天上人間總會仍能相見！」

臨別時她殷勤地重把話捎，話中的誓言只有兩人知道：「七月七日晚上在長生殿裡，夜深人靜祕密地立下了盟約：在天願作比翼雙飛的鳥兒，在地願作連理並生的樹枝。」

天儘管長，地儘管久，總有窮盡的時候。這綿綿的長恨啊，卻沒有完結的日子！

【析賞】

一、長恨歌之解析

(一)此詩是憲宗元和元年（八〇六），詩人三十五歲時之作品。關於此詩之緣起，陳鴻〈長恨歌傳〉云：「元和元年冬十二月，太原白樂天自校書郎尉於盩厔（今陝西周至縣），鴻與瑯琊王質夫家於是邑。暇日相攜游仙游寺，話及此事（指玄宗與楊貴妃事），相與感嘆！質夫舉酒於樂天前曰：『夫希代之事，非遇出世之才潤色之，則與時消沒，不聞於世。樂天深於詩，多於情者也。試為歌之。如何？』樂天因為〈長恨歌〉。意者不但感其事，亦欲懲尤物，窒亂階，垂誡於將來者也。」

(二)此詩大致可分四節，首節自開始至「盡日君王看不足」，共三十句，追敘「長恨」之由，寫玄宗之好色與楊貴妃之進宮受寵，細分數段述之：

1.請看此詩開端：「漢皇重色思傾國」，即標出詩中主角與主題所詠。唐代詩人避免直言惹禍，作文時常以漢代唐。「漢皇」是漢武帝，在此詩借指唐玄宗，語譯中譯作漢族皇帝亦可。「重色」是其特性。「傾國」意謂絕色之美女，起源於《漢書．外戚傳》：漢武帝所寵之李夫人，出身倡家，未入宮前，其兄李延年於帝前唱曰：「北方有佳人，絕世而獨立。一顧傾人城，再顧傾人國，寧不知傾城與傾國，佳人難再得！」帝嘆婉，後召見，遂有寵。故此詩一開始，就說唐玄宗重視美色，想有個極美女子。然而「御宇多年求不得」，一揚之後，隨即一抑，在他統治的天下之內，卻多年找不到此種極美的女子。

2.同時，轉筆「楊家有女初長成」，卻「養在深閨人未識」。「楊家有女」指楊貴妃，字玉環，蒲州永樂（今山西芮城）人。是易州司戶楊玄琰之女，生在四川。父親早死，自幼由叔父楊玄珪撫養。「天生麗質難自棄」，天生麗質，難以掩藏。「一朝選在君王側」，果然有一天被選入宮中，侍奉君王。

按此句「一朝選在君王側」，詩人以簡馭繁，省略了一段唐宮穢史。根據史實：玄宗開元二十三年，楊玉環十六歲時，被玄宗第十八子壽王李瑁選之為妃。李瑁是玄宗所寵之武惠妃所生。開元二十五年，武惠妃死，玄宗頓失所愛。後宮雖有嬪妃千人，無一中意。派花鳥使往各處搜尋美女。總管太監高力士向玄宗推薦楊玉環。但因楊玉環已是玄宗兒媳，如果直接迎進，太不成體統；乃想出一過渡辦法：於開元二十八年，先使楊玉環入太真宮，出家作女道士，道號「太真」（故後來楊貴妃又被稱為太真）。六年後（天寶四年）再給壽王另娶左衛中郎將韋昭訓之女，然後召楊玉環入宮為貴妃。其時楊玉環年二十七歲，玄宗已是花甲之年六十歲了。詩人如此省略，固然是「臣為君諱」的應作之事，也保持全詩完美的情調。

「迴眸一笑百媚生，六宮粉黛無顏色。」「眸」是眼中瞳仁，就是世人所稱之眼珠。粉黛本是婦女的化品，「六宮粉黛」在此借指後宮所有美女。此二句是誇張之詞。在此一段中，「天生麗質」已概括地言楊玉環有天賦的傾國傾城的容貌，「迴眸一笑」是突出她最令人消魂動人之處。

3.繼舉楊貴妃受寵之事例，特寫華清池之賜浴：「春寒賜浴華清池，溫泉水滑洗凝脂。」「華清池」是溫泉，在今陝西臨潼縣之驪山上。貞觀十八年在此修築了一座溫泉宮。天寶六年擴建，改名華清宮。「凝脂」言肌膚白嫩細膩，凝固起來如脂肪一樣。語出自《詩經．衛風．碩人》：「膚如凝脂。」「侍兒扶起嬌無力，始是新承恩澤時。」寫貴妃嬌滴滴的神態，賣弄風情。在春寒未消之時，即開始贏得玄宗之歡心。

4. 以下十句，即接寫玄宗與貴妃間男歡女愛之情：「雲鬢花顏金步搖，芙蓉帳暖度春宵。」「步搖」是婦女的頭飾，下垂綴珠，婦女戴在頭上，走路時綴珠搖動。《楊太真傳》：「是夕，授金釵鈿合。上（玄宗）又自執麗水鎮庫磨金琢成步搖至妝閣，親與插鬢。」「芙蓉帳」是繡有荷花之帷帳，芙蓉是荷花之別名。

「春宵苦短日高起，從此君王不早朝。」此聯頂真緊接上聯之「度春宵」。

「承歡侍宴無閒暇，春從春遊夜專夜。」承接上文之寫專寵。除專夜外，日間並侍宴遊玩。《新唐書．楊貴妃傳》寫貴妃得寵之原因與寵幸情形云：「太真善歌舞，邃曉音律，且智算警穎，迎意輒悟。帝大悅，遂專房宴。」

「後宮佳麗三千人，三千寵愛在一身。」虛筆總寫貴妃之受專寵。

「金屋妝成嬌侍夜，玉樓宴罷醉和春。」實筆總寫貴妃之受專寵。「嬌」字在此句是形容詞。此聯與上文「承歡」聯語意相同，似嫌重複。此聯對仗，「金屋」「玉樓」皆指華貴樓閣，「金屋」句中引用漢武帝故事，史載：「武帝年數歲，長公主抱置膝上。問曰：『兒欲得婦否』？曰：『欲得』。並指女阿嬌曰：『好否』？帝笑曰：『若得阿嬌，當以金屋貯之。』」長公主為武帝姑母。

5.側面寫玄宗之恩寵貴妃：楊家「姊妹弟兄皆列士」，《新唐書・楊貴妃傳》：「天寶初，進冊貴妃，追贈父玄琰為太尉、齊國公；擢叔玄珪光祿卿，宗兄銛鴻臚卿，錡侍御史，尚太華公主……而釗亦浸顯。釗，國忠也。三姊皆美劭，帝呼為姨。封韓、虢、秦國夫人。出入宮掖，恩寵聲焰震天下。」誠如俗諺所謂：「一人得道，雞犬升天。」楊國忠後來升官為右丞相，總攬朝政。「可憐光彩生門戶」，此「可憐」二字作「可羡」解。「遂令天下父母心，不重生男重生女。」當時民謠即有「男不封侯女作妃，看女卻為門上楣」。就是人民見楊貴妃一門富貴而發的感嘆。中國向來重男輕女，現在民間有此反常的心理，可見天下人羨慕楊貴妃受寵之程度。

下文再轉筆到：「驪宮高處入青雲，仙樂風飄處處聞。緩歌慢舞凝絲竹，盡日君王看不足。」實筆重寫唐玄宗與楊貴妃之淫樂生活。寫足其樂極，以反襯下文之生悲，為詩題「長恨」鋪墊，是謀篇上之所謂「欲擒故縱」的手法。

6.「漁陽鞞鼓動地來，驚破〈霓裳羽衣曲〉。」這兩句是上文「樂極」與下文「生悲」的過渡，是全篇之樞紐。

天寶十四年十一月，安祿山在范陽起兵造反。其時安祿山身兼范陽、平盧、河東三鎮節度使。漁陽是唐一郡名（轄今河北省薊縣、平谷一帶），是范陽鎮所統轄的八郡之一。在此以「漁陽」代表「范陽」，因為後漢彭寵在此叛漢，詩人之所以用「漁陽」兩字，暗含造反之意。

「鞞鼓」是戰陣中之軍用小鼓。「動地來」言其來勢兇猛，震動天地。安祿山叛軍長驅直下，次年正月即稱帝洛陽，六月下潼關，進逼長安。

〈霓裳羽衣曲〉是一著名舞曲，是西域樂舞之一，本名〈婆羅門〉。西涼節度使楊敬述依曲創聲，傳入中國。唐玄宗雅愛此曲，加以潤色。楊貴妃按此曲跳舞，因名〈霓裳羽衣曲〉。在此代表唐玄宗與楊貴妃之淫樂生活。

詩人詩句中「驚破」二字極其精煉。「驚」字傳神地顯示唐玄宗對於安祿山叛亂事，事前毫無覺察，事起無法應付；「鞞鼓動地」來時，驚惶失措之神態。「破」字本是樂舞術語，意謂舞曲開始。〈霓裳羽衣曲〉入破時，本奏以緩歌柔聲之絲竹，今以驚天動地的鞞鼓破之。此一「破」字，也破碎了玄宗「盡日看不足」的迷夢！一字雙關，並與此詩之上節緊密結合。可見詩人謀篇造句之神奇功力！（後世如蘇軾等譏評白詩淺俗，忽視了白詩此等精煉神妙之處。）

㈢第二節自「九重城闕煙塵生」至「回看血淚相和流」十句，寫楊貴妃之死，是「長恨」之開始。

「九重城闕煙塵生，千乘萬騎西南行。」「九」是陽數之極，「九重城闕」言皇城有很多重門，不一定真是「九重」或只限「九重」，在此指京城長安。「煙塵生」言戰禍降臨。當然「千乘萬騎西南行」，也可以寫實地激起塵土飛揚。四馬駕一車曰「乘」，「騎」是一人一馬之合稱。「西南行」指向西南方進發。玄宗奔往蜀地成都，成都在長安之西南方。《舊唐書》：「天寶十五載六月潼關不守，十二日淩晨（天子）自延秋門出。親王妃嬪、皇孫以下多從之不及。」

「翠華搖搖行復止，西出都門百餘里。」「翠華」是以翠羽為飾的旗幟，指皇帝之儀仗。「搖搖」形容龍旗飄搖，暗含搖晃不定，有「搖搖欲墜」之意。馬嵬坡故址在今陝西興平縣西北二十三里，而興平東距長安九十里，故「西出都門百餘里」，當指馬嵬坡。其實，玄宗此次倉皇逃出長安，向成都逃奔，情形是非常狼狽的。詩人為著保全皇族顏面，維護大漢皇朝在胡人安祿山進犯時之尊嚴，將逃奔時之狼狽情況淡化，只用「翠華搖搖」四字而已。

「六軍不發無奈何，宛轉蛾眉馬前死。」按周代制度。天子六軍，諸侯有三軍、二軍、一軍不等。每軍一萬二千五百人。後來以皇帝之軍隊為「六軍」。事實上，玄宗此行所從的只有大將軍陳元禮率領之左右龍武、左右羽林之四軍而已，實際人數遠較建制的少。《舊唐書・玄宗》載：「扈從官吏士兵到者一千三百人，宮女二十四人而已。」「六軍不發」是軍隊發生了兵變，停止前進。《詩經・衛風・碩人》寫碩人之美是「螓首蛾眉」，故而「蛾眉」是美女之代稱，在此指楊貴妃。「馬前死」指楊貴妃之被殺。《舊唐書・楊貴妃傳》：「禁軍大將軍陳元禮，誅國忠父子。既而四軍不散，玄宗遣力士宣問，對曰：『賊本尚在。』蓋指貴妃也。力士復奏，帝不得已，與妃決，遂縊死於佛室。」詩中「宛轉」二字形容貴妃就死時之神態，其不想死而又不得不死之痛苦盡在其中。

注意詩中只言「六軍不發無奈何」，並未道出「六軍不發」之原因，是要求劃除楊氏兄妹，可能是詩人曲意為貴妃維護，認為她是替罪羔羊。

「花鈿委地無人收，翠翹金雀玉搔頭。」「翠翹」是形似翠鳥羽毛的首飾。「金雀」是金製雀形的釵。「玉搔頭」是玉製的簪。凡此與「花鈿」等皆為富貴婦女之頭飾。「無人收」意謂扔了一地，無人收拾。

「君王掩面救不得，回看血淚相和流。」寫「帝不得已」時之形象與心理。讀者從此可以想像當時情況：貴妃哀求玄宗，玄宗與她淚眼相望，想搭救而搭救不得。眼睜睜地看著軍士們牽出貴妃去縊死。身為君主貴妃，一國之尊，達到此種無助無望之境，其內心如何悲痛，非筆墨可以描繪！

㈣第三節寫玄宗對貴妃之追悼。依時序可分為以下四階段，詩人融情入景，所寫事物，須從悲傷角度觀之。

1.「黃埃」以下四句寫玄宗自馬嵬坡至成都沿途之追思：

「黃埃散漫風蕭索，雲棧縈紆登劍閣。」寫沙塵飛揚，寒風蕭瑟，天色慘淡。玄宗一行沿著高空中縈迴的棧道，通過劍閣要隘，進入蜀地。

「峨嵋山下少人行，旌旗無光日色薄。」峨嵋山是川西名山。玄宗往成都，並不路經峨嵋山下。詩人借此山名指川北之山。「少人行」言山區行人稀少。霧重天昏，旌旗無光。

2.「蜀江」以下四句寫玄宗在成都行宮之追思貴妃：

「蜀江水碧蜀山青，聖主朝朝暮暮情。」蜀水碧綠，蜀山青翠，原來是美景，但在悲傷人玄宗眼中，因追悼貴妃。愁深如蜀水，哀重於蜀山。玄宗朝朝暮暮，哀悼貴妃。此聯兩句，一景一情，觸景生情。

「行宮見月傷心色，夜雨聞鈴腸斷聲」。「行宮」是京城以外供帝王出行時居住之宮室。此聯兩句對仗工整，亦景亦情，情景並融。下句說在夜雨中聽到鈴聲非常悲痛，是暗用了《明皇雜錄》中之故實：「明皇既幸蜀，西南行，初入斜谷。霖雨涉旬，於棧道中聞鈴聲，隔山相應。上既悼念貴妃，采其聲為〈雨霖鈴曲〉以寄恨焉。」

3.「天旋」以下六句寫玄宗回鑾道經馬嵬坡時之追悼貴妃：

「天旋日轉迴龍馭，到此躊躇不能去。馬嵬坡下泥土中，不見玉顏空死處。」玄宗倉卒逃奔成都時，傳位於其子李亨，帝號肅宗，改天寶十五載為至德元年。玄宗自已則變成太上皇。至德二年九月，郭子儀率軍收復長安。同年十二月，肅宗迎接玄宗返長安。「天旋日轉迴龍馭」即指此事。玄宗回京時，道經馬嵬坡，躊躇徘徊，不見貴妃玉顏，只空餘其死處。此「空」字含義甚深，具體而言，實寫當年貴妃殉身之處，玉顏不見，惟餘一塊泥土。抽象而言，「空」字表示貴妃白白地犧牲，她死得實在冤枉，含冤莫訴！則玄宗始終認為楊貴妃並無罪過，安史之亂，讓她背了黑鍋，賠出性命！

「君臣相顧盡沾衣，東望都門信馬歸。」「沾衣」表示淚下。君臣淚眼相望，寫玄宗固然悲痛，隨從臣僚們也都感嘆同情，為之流淚。「信馬歸」寫由馬信步緩行，不加鞭策。雖然東望都門，大家並不為還都而興奮，心中仍排除不去馬嵬坡悲劇的沉痛。

4.「歸來」以下十八句寫玄宗歸京後對貴妃之哀悼：

「歸來池苑皆依舊，太液芙蓉未央柳。芙蓉如面柳如眉，對此如何不淚垂？」「歸來」頂真緊接上文，見風物依舊，人事全非。「太液」是漢代建章宮池名。唐朝太液池在大明宮含涼殿後。「芙蓉」即荷花。「未央」是宮名，漢時所築，唐時在禁苑中。玄宗回到長安，看到太液池中照常開著荷花，未央宮前仍舊垂著楊柳；而看到荷花就不免想起貴妃的面貌，看到楊柳不免想起貴妃的眉毛，觸景思人，不禁淚下！

「春風桃李花開日，秋雨梧桐葉落時。」此兩句對仗工整。熬過春風吹開桃李、而無人共賞的春天，臨到秋雨滴落梧桐、令人愁苦的秋季。

「西宮南內多秋草，落葉滿階紅不掃。」古代宮禁稱「大內」，唐以太極宮為「西內」，興慶宮為「南內」，大明宮為「東內」。玄宗自蜀返京，為太上皇，先住南內之興慶宮。《新唐書．李輔國傳》載：宦宮李輔國弄權，假借皇帝肅宗名義，脅迫太上皇遷居西內，並流貶其左右親信。這可能也是肅宗本人之私意，防範玄宗之東山再起，將父王與外界隔絕，加以軟禁。到了深秋之際，但見居處長滿秋草，落葉無人清掃。此聯固然描繪玄宗居處，一片孤寂淒涼景象；也含蓄地暗示這位太上皇大權轉讓後，過著一種冷落被軟禁的生活。

「梨園子弟白髮新，椒房阿監青娥老。」宋代程大昌《雍錄》：「梨園在光化門北，開元二年正月，置教坊於蓬萊宮側；上自教法曲，謂之『梨園子弟』。至天寶中即東宮置宜春北苑，命宮女數百人，為『梨園』子弟。」（後世稱劇場為梨園，戲劇演員為「梨園子弟」，即由此而來。）「白髮新」意謂新生白髮，即年紀漸老。「椒房」指皇后所居之處，其牆壁是用椒和泥所塗，取其溫香與多子之意。「阿監」是宮中之女官。「青娥」言貌美，「青娥老」則言色衰年老。故此兩句寫宮中人物衰老，襯托玄宗晚景悲涼，對照當年為君王時之有「六宮粉黛」、「佳麗三千」。

「夕殿」以下八句寫夜晚時之追思貴妃：

「夕殿螢飛思悄然，孤燈挑盡未成眠。」寫這位太上皇夜晚之心態與形態。對於此聯，古人曾有批評。如邵博《聞見後錄》云：「寧有興慶宮中，夜不燒蠟燭，明皇自挑燈者乎？」張戒《歲寒堂詩話》問：「南內雖淒涼，何至挑孤燈耶？」此等責問，皆泥於實事，不諳寫作上虛構之藝術。王楙《野客叢談》看得到這一點，乃為此兩句解說：「正所以狀宮中向夜蕭索之意。使言高燒畫燭，貴則貴矣，豈復有長恨等意耶？觀者味其情旨，斯可矣！」

「遲遲鐘鼓初長夜，耿耿星河欲曙天。」此聯對仗工整。繼寫上聯「未成眠」。融合「思悄然」、「未成眠」之感於「初長夜」、「欲曙天」之中，聞「遲遲鐘鼓」，見「耿耿星河」。「鐘鼓」在《文苑英華》中作「鐘漏」，似較佳。因「鐘漏」是計時器，宮中也許無「鼓」夜敲也。

「鴛鴦瓦冷霜華重，翡翠衾寒誰與共？」屋瓦一俯一仰，兩相扣合，稱為鴛鴦瓦。「霜華」即霜花，上句言屋瓦上霜花厚積。瓦上冠以「鴛鴦」二字作形容詞，蓋以鴛鴦恒雙宿雙飛，反襯屋內玄宗之孤衾獨眠。「翡翠衾」言繡有翡翠之衾被。「誰與共」歎貴妃之永去。今日之「翡翠衾寒」在《文苑英華》中作「舊枕故衾」。「舊枕故衾」語意重複，又不能與「鴛鴦瓦冷」對偶，似不若「翡翠衾寒」之佳。無論如何，「誰與共」三字終嫌過於淺露。照理說，夫婦間之愛情，基於情投意合，心心相印。彼此同甘共苦，並不只限於「共眠」一事。更何況此句上文，自「夕殿螢飛思悄然」以降，已言孤眠之事。本句「衾寒」兩字，又隱含獨眠之意，何必又附加「誰與共」三字，露骨地重複其意？白氏詩作之被譏為「白俗」者，即在此等處。

「悠悠生死別經年，魂魄不曾來入夢。」此聯總結自馬嵬坡死別後之歲月。在此漫長的一年多時間之中，不能再見芳顏，連夢中一見亦不可得。由魂魄之不入夢，表示他對貴妃深切的思念，自然地引入下文之招魂。

㈤第四節寫招魂，與楊貴妃亡魂之思念玄宗。可細分四段，前兩段寫方士之尋得貴妃，後二段寫貴妃之神態與對玄宗之思念。

1.首段奇峰突起，說有道士可招魂。而且願為玄宗效命招魂：「臨邛道士鴻都客，能以精誠致魂魄；為感君王展轉思，遂教方士殷勤覓。」

然而，要想覓得貴妃，卻極其困難：道士「排雲馭氣奔如電，升天入地求之遍；上窮碧落下黃泉，兩處茫茫皆不見。」先寫尋得之難，以反襯終於尋到之喜。

2.「忽聞海上有仙山，山在虛無縹緲間。樓閣玲瓏五雲起，其中綽約多仙子，中有一人字太真，雪膚花貌參差是。」「忽聞」二字傳神。用「山窮水盡疑無路，柳暗花明又一村」之突轉手法，先寫海上仙山之新天地，逐漸縮小落到貴妃身上。以見尋得之不易，又表示貴妃死後轉進至非凡之境。情節波瀾曲折，令人神往。句中「參差」意謂彷彿。

道士「金闕西廂叩玉扃，轉教小玉報雙成。」此兩句為兩段間之過渡。「金闕」是貴妃之居處。「玉扃」是玉石做成的門。「小玉」是春秋時吳王女名，又名紫玉。《搜神記》：「吳王夫差女名紫玉，愛慕韓重，不諧，氣結而死。（韓）重游學歸，往墓弔唁，紫玉現形，贈重明珠，並作歌。」「雙成」之全名是董雙成，傳說是西王母侍女。煉丹宅中，丹成得道，吹笙駕鶴而升天。見《漢武帝內傳》。詩人在此詩中，以「小玉」、「雙成」為楊貴妃之侍女，可見貴妃之已成仙。

3.接著即寫楊貴妃之接見道士，貴妃「聞道漢家天子使，九華帳裡夢魂驚。」此「聞道」兩字，與上段開端之「忽聞」二字，遙相呼應，不過此「聞道」之人是貴妃，上文「忽聞」者是道士。兩者皆是突轉中飽含驚喜之情。「漢家天子」當然是指玄宗。道士是玄宗派來之使者。「九華帳」是言非常華美的床帳，「九」意謂多，「華」同「花」。「驚」字極其精煉。傳出貴妃意外聽到有玄宗派使來訪時「喜出望外」之情！

「攬衣推枕起徘徊，珠箔銀屏迤邐開；雲髻半偏新睡覺，花冠不整下堂來。」寫貴妃之慌忙出迎。「徘徊」本意來回走動，在此有東一步、西一步，手忙足亂之意。她披起衣服，推開枕頭，起床後手忙腳亂。「珠箔」是珍珠穿成的簾子，「銀屏」是鑲銀的屏風。「迤邐」意謂次第，一個接一個。珍珠簾子，銀鑲屏風，次第打開，寫貴妃穿門過戶，匆忙走出的情況。「雲髻」是她的頭髮像烏雲一般茂密鬆軟。「半偏」寫她剛從睡夢中驚醒時頭髮仍一半歪偏，來不及梳理，細膩地描繪她匆忙的形態。因為匆忙，見客常例頭戴之花冠，也就來不及整理，便下堂來。此四句盡寫貴妃急切迎見道士的行動。

「風吹」以下四句，寫道士眼中所見中之貴妃：「風吹仙袂飄颻舉，猶似〈霓裳羽衣舞〉。」寫貴妃之體態輕盈；微風吹動她的仙袖，飄然而起，宛如她當年跳〈霓裳羽衣舞〉時一樣。「玉容寂寞淚闌干，梨花一枝春帶雨」，描寫貴妃喜極而悲之容貌。「玉容」是她潔白如玉的外表，「寂寞」是她積鬱苦悶的內心，「淚闌干」寫眼淚縱橫，「梨花一枝」是比喻她的「玉容」，「春帶雨」是比喻她的「淚闌干」。此句是以具體的花木比喻她悲哀時的美容，猶如前文「芙蓉如面柳如眉」，是玄宗追憶貴妃歡樂時的美容。描繪貴妃真正是「天生麗質」的傾國美人，呼應篇首。

4.節末十八句寫貴妃之答謝玄宗，表出其深切懷念玄宗之情：

「含情凝睇謝君王：一別音容兩渺茫；昭陽殿裡恩愛絕，蓬萊宮中日月長！」貴妃含情脈脈地凝視道士，請他代為向玄宗致謝。此句領起以下十一句貴妃所說的話：分別以來，音信斷絕。當年在昭陽殿裡的恩愛一去不返，現在永住在蓬萊宮中日月漫長！「昭陽殿」是漢成帝與其寵妃趙飛燕姊妹所居之宮殿，在此指唐宮。「蓬萊宮」是現在海上蓬萊仙島上楊貴妃所居之宮殿。此聯對仗，慨嘆往日唐宮中之恩愛舊事，不堪回首。悲訴今後永居蓬萊宮之歲月，寂寞難熬。今昔異時，仙凡二界對舉，盡言內心悲痛之苦情。

「回頭下望人寰處，不見長安見塵霧。」「人寰處」是人間。「人寰處」要「回頭下望」，表示她是身居天上。她身在天上而仍「回頭下望人寰處」，表示她內心仍然懷念人間。「人寰處」她想看的是什麼呢？結果如何？「不見長安見塵霧」。她想看到的是長安。長安不見，卻只看到瀰空的塵霧。此句很含蓄，她在以地代人，她內心所想看到的當然是她日夜不能忘懷的唐玄宗！

玄宗既不可見，現在唯一可做的，只有請道士帶個舊物回去以紀永念：「唯將舊物表深情，鈿合金釵寄將去。」這舊物是玄宗所賜。現在「釵留一股合一扇，釵擘黃金合分鈿。」將金釵擘開成兩股，鈿盒分作兩半，我留下金釵一股，鈿盒一半，另一股一半敬請代為獻還玄宗。「但教心似金鈿堅，天上人間會相見！」但願彼此堅貞不移，儘管現時一在天上，一在人間，遲早總有重聚的一天！

陳鴻〈長恨歌傳〉：「方士受辭與信，將行，色有不足。玉妃固徵其意。復前跪致詞：『請當時一事，不為他人聞者，驗於太上皇。不然，恐鈿合、金釵，負新垣平之詐也。』玉妃茫然退立，若有所思；徐而言曰：『昔天寶十載，侍輦避暑於驪山宮。秋七月，牽牛織女相見之夕。秦人風俗，是夜張錦繡，陳飲食，樹瓜花，焚香於庭，號為七巧。宮掖間尤尚之。時夜殆半，休侍衛於東西廂，獨侍上。上憑肩而立；因仰天感牛女事，密相誓心，願世世為夫婦。言畢，執手各嗚咽。此獨君王知之耳。』」據此，本詩更進而重述貴妃與玄宗兩人間不為人知之私事，以昭方士招魂得見貴妃之非虛構。

「臨別殷勤重寄詞，詞中有誓兩心知：『七月七日長生殿，夜半無人私語時。在天願作比翼鳥，在地願為連理枝。』」寫兩人私語之事。「七月七日長生殿」是私語之時地。「比翼鳥」是古代傳說中之一種鳥。《爾雅．釋地》：「南方有比翼鳥焉。不比不飛，其名謂之鶼鶼。」此種鳥只有雌雄在一起時才飛行。「連理枝」是兩株不同根而枝幹連在一起的樹。故而「在天願作比翼鳥，在地願為連理枝」，即「世世願為夫婦」之意。

5.本詩寫唐玄宗與楊貴妃之間的愛情故事，就此結束。在《楊太真傳》與〈長恨歌傳〉中，尚有方士復命、上皇震悼等尾聲，此詩皆一概略去。因為這是詩歌而非小說，更不是歷史，無須包括始末情節，言而不盡，有餘音繚繞之效果。

最後：「天長地久有時盡，此恨綿綿無盡期！」是詩人對此一整個愛情故事之感慨。事實上天地是無盡的。倒是人間故事，隨著時間的久長，終有被人淡忘的一天。詩人卻反過來說：「天長地久有時盡，此恨綿綿無盡期！」強化此「恨」，扣住詩題之「長恨」。詩歌不是科學報告，反科學的說法正所以加強文學的藝術！

二、長恨歌之旨趣

㈥就主旨言：詩人寫〈長恨歌〉，使陳鴻作〈長恨歌傳〉。傳中說此歌之目的是：「意者不但感其事，亦欲懲尤物，窒亂階，垂誡於將來者也。」則此詩之初旨，是在「懲尤物，窒亂階」。

中國向來是男權社會。歷代文人常將世間之衰亡戰亂歸咎於「女禍」。夏桀之有妹喜，商紂之有妲己，周幽之有褒姒，皆視為各個朝代滅亡之禍根。馬嵬坡兵變，將士將安祿山之叛亂歸咎於楊氏兄妹。楊國忠身為宰相，當然難辭其咎，其死是「罪有應得」。然而楊貴妃何罪？何以要負此戰亂之責？只因為她父母給她「天生麗質」！被選入宮！玄宗非常寵愛她，叫她如何拒絕？你能夠指望她板起面孔，拒絕歡愛，來督促皇帝去料理國事嗎？安祿山作亂，負責任最大的當然是唐玄宗李隆基自己。臣民不敢向天子問罪，楊貴妃玉環變成了替罪羔羊！

㈦就內容言：詩人在作〈長恨歌〉之始，開端首句即揭出「漢皇重色」四字。第一節詳細寫出玄宗之沉迷女色，是一個昏君，遵循寫作此詩之本旨。然而，因為全篇集中在敘述玄宗與貴妃二人之間的愛情故事，對於安祿山叛亂與他兩人愛情之關係，只在第一二兩節之過渡：「漁陽鼙鼓動地來，驚破〈霓裳羽衣曲〉」兩句中，隱約地帶過而已。篇中並未明白指出貴妃之導致安祿山叛亂，未寫安史之亂帶給全國人民之災難。玄宗亦未明言貴妃應負此戰禍之罪責，甚至亦從不覺察自己與貴妃的愛情有何罪過。他不但不懊悔他對貴妃之寵愛，第三節中，反而再三地表示他對貴妃之愛情，始終不渝，朝朝暮暮，追悼貴妃不已。在這詩中，他被寫成是位非常癡情的男子。至於貴妃，在這詩的第一節中，是個絕色的美女，第二節中被犧牲，第三節中她是玄宗日夜追悼的對象，第四節中寫她在天之靈對玄宗深切的懷念，她是個堅貞的仙女。所以，讀者讀完此詩之後，所得的印象，與其說是「懲尤物，窒亂階」的嚴肅教訓，毋寧說是一篇迴腸蕩氣的愛情詩歌。此詩之廣受人民喜愛，並不在於它給後人一節貪色亡國的訓示，卻正在於它是一首非常感人的愛情敘事詩。

詩人將其詩作分為諷諭、閒適、感傷、雜律四類。他在〈長恨歌〉寫成後，大概也自覺其內容遠離當初寫作之本旨，故在編集其詩集之卷末，〈戲贈元九，李十二〉之詩中云：「一篇長恨有風情，十首秦中近正聲。」將此首〈長恨歌〉視為「風情」詩而非「諷諭」詩。

三、長恨歌之評價

(八)本人認為此詩是詩人現實主義與浪漫主義之結晶。此詩寫唐玄宗與楊貴妃二人悲歡離合故事，是首情景並融敘事詩。他粗枝大葉地根據史實而加工，在現實的基礎上，揉合一些虛構神祕的成份；在曲折的情節中，塗抹一層輕淡神祕的色彩；使全篇多姿多彩，文情並茂，是篇千古不朽的佳作！

這首詩深為後世人民所喜愛，固不必說；就是在當時，已很有名。元稹在《白氏長慶集．序》云：此歌傳誦於「王公妾婦牛童馬走」之口，成為各階層，乃至各民族公認之佳作。很有趣的，日本人特別鍾愛此詩。日本傳說楊貴妃在馬嵬坡由其侍女代死，而她卻逃到日本山口縣大津郡油谷町久津。連楊貴妃的墳墓，在日本也有兩處。日本還保存著傳說由唐朝使者贈送的楊妃塑像。可見美好的作品，任何人都會欣賞的。

㈨中國古代文人習於禮教的傳統，總是避免談論男女之愛情。他們認為詩歌的使命，是在傳播與增強教化上。有時即使專詠男女的佳作，也硬強詞曲解是喻君臣之義。他們不能正視男女愛情是人生之至情，而視所有歌詠男女愛情的詩文皆是淫穢。這些人當然不承認「長恨歌」是首非常優美的文學作品。如宋代張戒《歲寒堂詩話》，即說此詩：「其敘述楊貴妃進見專寵行樂事，皆穢褻之語。」他不能欣賞「侍兒扶起嬌無力」是如何地動人，而說「掩耳不聞可也」。清代張祖廉《定庵先生譜外記》並評定白詩是「千古惡詩之祖」！沈德潛《唐詩別裁》說此詩：「譏明皇之迷於色而不悟也。以女寵幾於喪國，應知從前之謬矣；乃猶令方士遍索。而方士因得以虛無縹渺之詞為對，遂信鈿釵私語為真，而信其果為仙人也。天下有妖豔之婦而仙人者耶？」姑不論是否天上有仙人之存在，即判定楊貴妃是妖豔之婦。成見如此之深，還有什麼話可說？

清代趙翼《甌北詩話》，還能正視文學，給此詩正當評價，說：「白居易之得名，在〈長恨歌〉一篇。其事本易傳。以易傳之事，為絕妙之詞，有聲有情，可歌可泣！文人學士，既嘆為不可及；婦人女子，亦喜聞而樂誦之。是以不脛而走，傳遍天下。又有〈琵琶行〉一首助之，此即無全集，而二詩已自不朽！」

琵琶行（並序）

元和十年，予左遷九江郡司馬。明年秋，送客湓浦口。聞舟中夜彈琵琶者，聽其音，錚錚然有京都聲。問其人，本長安倡女。嘗學琵琶於穆，曹二善才；年長色衰，委身為賈人婦。遂命酒，使快彈數曲。曲罷憫默。自敘少小時歡樂事，今漂淪憔悴，轉徙於江湖間。予出官二年，恬然自安，感斯人言，是夕始覺有遷謫意。因為長句，歌以贈之。凡六百一十二言，命曰〈琵琶行〉。

潯陽江頭夜送客，楓葉荻花秋索索。主人下馬客在船，舉酒欲飲無管弦。醉不成歡慘將別，別時茫茫江浸月。忽聞水上琵琶聲，主人忘歸客不發。尋聲暗問彈者誰，琵琶聲停欲語遲。移船相近邀相見，添酒迴燈重開宴；千呼萬喚始出來，猶抱琵琶半遮面。

轉軸撥弦三兩聲，未成曲調先有情！弦弦掩抑聲聲思，似訴平生不得志，低眉信手續續彈，說盡心中無限事。

輕攏慢撚抹復挑，初為〈霓裳〉後〈六么〉。大弦嘈嘈如急雨，小弦切切如私語。嘈嘈切切錯雜彈，大珠小珠落玉盤。間關鶯語花底滑，幽咽泉流冰下難。冰泉冷澀弦疑絕，疑絕不通聲暫歇。別有幽愁暗恨生，此時無聲勝有聲。

銀瓶乍破水漿迸，鐵騎突出刀槍鳴。曲終收撥當心畫，四弦一聲如裂帛。東舟西舫悄無言，惟見江心秋月白！

沉吟放撥插弦中，整頓衣裳起斂容；自言：「本是京城女，家在蝦蟆陵下住。十三學得琵琶成，名屬教坊第一部；曲罷曾教善才伏，妝成每被秋娘妒！五陵年少爭纏頭，一曲紅綃不知數；鈿頭雲篦擊節碎，血色羅裙翻酒污。今年歡笑復明年，秋月春風等閒度。弟走從軍阿姨死，暮去朝來顏色故。門前冷落鞍馬稀，老大嫁作商人婦。商人重利輕別離，前月浮梁買茶去。去來江口守空船，繞船月明江水寒，夜深忽夢少年事。夢啼妝淚紅闌干！」

我聞琵琶已歎息，又聞此語重唧唧。同是天涯淪落人，相逢何必曾相識？「我從去年辭帝京，謫居臥病潯陽城。潯陽地僻無音樂，終歲不聞絲竹聲。住近湓江地低濕，黃蘆苦竹繞宅生。其間旦暮聞何物？杜鵑啼血猿哀鳴。春江花朝秋月夜，往往取酒還獨傾。豈無山歌與村笛？嘔啞嘲哳難為聽。今夜聞君琵琶語，如聽仙樂耳暫明。莫辭更坐彈一曲，為君翻作〈琵琶行〉。」

感我此言良久立，卻坐促弦弦轉急。淒淒不似向前聲，滿座重聞皆掩泣。座中泣下誰最多？江州司馬青衫濕。

【語譯】

我夜晚在潯陽江畔送客，江岸上楓葉荻花，一片清秋蕭瑟景象。我從馬上下來，客人已在船中。大家舉杯飲酒，可惜沒有管弦音樂來助興。酒飲得不痛快，慘然地就將分別。月色映在水中，江上一片茫茫。這時忽然聽到水面上傳來彈琵琶的聲音。我駐足細聽，忘記回去。客人的船也不開了。找到琵琶聲音的來源，暗地去問彈琵琶的是誰。琵琶的聲音停止，彈奏的人似想說話又在遲疑。我們把船向她移近，邀請她出來相見。我們添上酒，移過燈來，重新開宴。再三請求她出面，她才勉強露面，出來時還抱著琵琶把她的臉半遮著。

她轉動琵琶的軸柱，撥弄兩三聲弦線，試彈一下。雖未成曲調，聽起來好像已很有韻味！她每撥一根弦，每彈響一個音，都壓抑著、沉思著，好像要吐露她心中的失意。她低著頭，順手彈下去，借著琵琶的聲音，申訴往事，抒發不盡的感慨。

她輕輕地按捺，慢慢地拂弄，彈彈撥撥，先彈〈霓裳曲〉，後彈〈六么調〉。她那琵琶大弦彈出的聲音，嘈嘈地像是一陣急雨；小弦聲音繁碎像是喁喁低語。那急切嘹亮的聲音和輕微柔細的聲音往復錯雜地彈著，聽來好像大大小小顆顆珍珠接連不斷地滴落在玉石盤子裡一樣。那琵琶的音調有時如花樹下穿來穿去的黃鶯，婉轉啼唱；有時又像泉流在凝凍的冰層下宛轉幽咽。一會兒水流凍結了，弦聲停在一個音階上，聲音阻塞了。弦音暫絕。暗暗地感到愁恨泛起。這時這無聲反而比有聲音更為美妙！

正在這沉寂的俄頃，忽然像個銀瓶突然迸裂，水花四濺。或者像大隊鐵騎，突出陣前，刀鎗齊鳴。曲子終了，她收起撥子在琵琶中心一劃。樂聲停止，那四根弦像撕開綢緞般響了一聲，戛然就都靜止。這時那些圍攏左右的船隻都靜悄悄地沒有一點聲響，只見江心中映著秋天的明月，泛著一片白色的浪光！

她喘口氣，低嘆一聲，放下撥子，插在弦線中。整頓一下衣裳，端莊著面容站起身來。她自己說：「我本來是京城的女子，家住在蝦蟆陵。十三歲學會彈琵琶，列名在教坊中最好的一隊。每次彈曲完畢，連那些著名的樂師都佩服。打扮起來，我的容貌常被京城的名妓們嫉妒！長安五陵一帶的富貴子弟們，爭著捧我場。我每唱一曲，賞賜給我的紅綢就不知多少。他們對我如醉如癡。聽我唱時，拿起鑲金嵌玉的雲形髮卡打拍子，甚至於連他們手中的那些珍貴的髮卡都敲碎了。我和他們戲謔，有時我紅色的羅裙，也被翻倒的酒染污了。我這樣承歡尋樂，年復一年，春風秋月在不經意中消逝了。後來弟弟去從軍，阿姨死去。暮去朝來，我的容貌也逐漸衰老。門前來訪的客人稀少。我因年紀老大，只好嫁給一個商人做妻子。商人是只要賺錢，不在乎離別的。上個月到浮梁販買茶葉去了。他來來去去，只留著我在這江口守這空船。圍繞這船的，只有淒寒的明月與江水。夜深的時候忽然夢見少年時的事情，禁不住啼哭，哭得滿臉都是混合著脂粉和淚水！」

我聽了她的琵琶，已經歎息；又聽到她的這些自述生平的話，更加噓唏不已。大家原來都是淪落天涯歸家不得的人，同病相憐，又何必是曾經相識呢？我便對她說：「我自從去年辭別京城，貶官到潯陽來，一直在病中。潯陽這地方偏僻，沒有什麼音樂，一年到頭聽不到樂器的演奏。我住的地方靠近湓江，地位低濕，黃蘆、苦竹圍繞著房屋。我在這兒，早晚聽到些什麼呢？只有杜鵑的悲啼與猿猴的哀鳴。春天江岸花開的時節，秋天月光皎潔的夜晚，我往往只是拿起酒來自飲。這裡並不是沒有山歌與村野的笛聲，只是咿咿啞啞嘈雜難聽。今天夜晚聽到妳的琵琶聲調，好像聽到了仙樂一樣，非常地悅耳。請妳不要推辭，再坐下來彈一支曲子罷！我當為妳寫一篇〈琵琶行〉。」

她為我的話所感動，佇立了好一會。又退步坐下，扣緊了弦線，弦聲也格外急促。淒淒切切，不像剛才的聲音。滿座的人聽了都掩面流淚。在座中誰的眼淚最多呢？要算我這江州司馬，所穿的青衫都沾濕了！

【析賞】

㈠元和十年（八一五）七月，淄青節度使李師道遣人刺殺力主削藩的宰相武元衡，並刺傷御史中丞裴度。詩人當時在朝任職左贊善大夫，激於義憤，首先上書奏請急捕兇手。對他不滿之人，認為他「越職言事」；又誣蔑他在他母親因看花墜井死後，竟作賞花詩，有傷名教。將他左遷為江州司馬。古代尊右卑左，「左遷」即降職之意。「江州」即今江西省之九江市，「湓浦口」是湓水人江處，在今九江市西。

㈡此詩是詩人在九江送客，偶遇善彈琵琶之長安歌女，現為商婦。聽到她富有感情的琵琶彈奏，借此宣洩內心之委曲悲傷。全篇大致可分四節，茲析賞之。

㈢首節自開端至「猶抱琵琶半遮面」，共十四句。寫秋夜送客，巧遇琵琶女，為全篇之楔子，開啟全篇。

首段首句「潯陽江頭夜送客」，點出地點、時間，與人物事由。次句「楓葉荻花秋索索」，先佈下一片清秋蕭瑟景象，給人一種蕭索淒涼的感覺。為全篇奠定下悲涼淒冷的基調。

「主人下馬客在船」，言詩人剛下馬送客，客人已經登舟，即將啟程。「舉酒欲飲無管弦」，「舉酒欲飲」言餞行，要舉起酒杯來痛飲；然而「無管弦」，沒有音樂助興。此三字引發下文之「琵琶行」。

「醉不成歡慘將別」，總結上文。「別時茫茫江浸月」，茫茫江水浸著慘白的月光，烘托將別時景色。為下文之背景。

第二段突轉：「忽聞水上琵琶聲」。未見其人，先聞其聲，立下主角出場「先聲奪人」之氣勢。「主人忘歸客不發」，寫正在送行中之主人與客人，聽到此琵琶聲時之反映。可見此琵琶聲之不同凡響。

第三段六句，寫尋聲探問，引出琵琶女：

「尋聲暗問彈者誰，琵琶聲停欲語遲。」上句寫送行主客之行動，下句寫琵琶女之反應。「欲語遲」言琵琶女想說話卻又遲疑不決。刻畫其不願或不敢與外人接觸時，猶疑不定的情態。

「移船相近邀相見。添酒迴燈重開宴。」寫送行主客之興趣高昂，急欲與琵琶女相見。

「千呼萬喚始出來」，言琵琶女推辭、遷延。經過詩人等再三再四地誠懇請求，才勉強出場。

「猶抱琵琶半遮面」，描寫琵琶女出場時含羞帶怯，楚楚有致的形態。

㈣第二節自「轉軸撥弦」至「唯見江心秋月白」，共二十二句，詳細描繪琵琶女之彈奏。

「轉軸撥弦三兩聲，未成曲調先有情。」先寫琵琶女為彈奏先作準備。她旋轉琵琶的軸柱，撥動一根根的絲弦。三兩聲來調音定調。就在這調音定調時，已經很有情味。

緊接著就說她彈奏時的情調：「弦弦掩抑聲聲思，似訴平生不得志，低眉信手續續彈，說盡心中無限事。」她的每一弦，都彈出幽咽的情調；每一個聲音，都流露出她抑鬱於懷的思想，似乎在說她平生的不得意。她低著頭繼續順手彈下去，聽者顯然可聽出她是在琵琶聲中，說盡她心中的無限事。這些都是聽者從琵琶聲中領略出的感受。

「輕攏慢撚抹復挑」，詳寫她彈琵琶的指法。「攏」是扣弦，左手手指按弦向琵琶中部按捺。「撚」是捻弦，左手手指按弦在柱上左右捻動。「抹」是右手手指向左彈。「挑」是右手手指向右撥弦。這一句中包含四種手指的動作，加上「輕」、「慢」兩個修飾詞，嵌上一個連接詞的「復」字，句子的容量極大。充分表示她指法嫻熟，左右逢源，得心應手，顯示她的技藝非凡。

「初為〈霓裳〉後〈六么〉」，指明她彈奏的曲子。「霓裳」即是著名的〈霓裳羽衣曲〉，詳見〈長恨歌〉。〈六么〉據《唐書》：「貞元中，樂工進曲，德宗命錄出要者，因名為〈錄要〉，後世訛稱為〈六么〉。」

再詳細描寫她彈這些曲子時，琵琶音量的大小緩急：「大弦嘈嘈如急雨，小弦切切如私語。嘈嘈切切錯雜彈，大珠小珠落玉盤。」琵琶上有四根弦，由粗到細，依次排列，大弦是最粗的弦，小弦是最細的弦。「嘈嘈」、「切切」都是象聲詞。此四句說她撥動粗弦，發出嘈嘈的聲音，響亮沉雄，好像來了一陣鋪天蓋地的狂風暴雨。撥動細弦，發出切切的聲音，輕柔細微，好像愛侶倆低聲下氣的竊竊私語。那高低粗細的聲音交錯地奏出，聽起來如同懸空的一大長串的珍珠、突然地斷了線後，大大小小的、接連不斷地掉落在玉石盤上！

再形容她曲調的變化：「間關鶯語花底滑，幽咽泉流水下難。」「間關」是象聲詞，摹擬黃鶯的叫聲。「滑」是形容黃鶯叫聲的婉轉流利。「幽咽」是低聲抽泣。「難」是形容遏塞不暢的樣子。此聯對仗，說她彈奏的曲調，有時婉轉流利，好像黃鶯在花間歌唱；有時幽咽不暢，好像泉水在冰下流動。

緊接「泉流水下」，寫曲調之中止。「冰泉冷澀弦疑絕，疑絕不通聲暫歇。另有幽愁暗恨生，此時無聲勝有聲。」琵琶聲音如冰下泉水因寒冷而凍結，絲弦彷彿斷了。弦聲頓時停止。聽起來別有幽愁暗恨生起，無聲勝過有聲。這是一種借助無聲襯托有聲的手法，是所謂「虛中見實」。猶如山水圖畫中之空白，加強藝術效果。清代詩評家沈德潛在《唐詩別裁》中，說根據某一古本，將此句改為「此時無聲復有聲」，並自以為佳，不諳詩歌中虛實相輔相成的道理，可謂「點金成鐵」。

最後，寫曲調之突起與突結：「銀瓶乍破水漿迸，鐵騎突出刀槍鳴。」「銀瓶」是盛水的瓶子。一下子清脆的強音爆發，如銀瓶突然裂開，水漿四濺。或者如鐵騎殺出陣前，刀鎗交鳴。琵琶聲調激起，達到最高潮。

突然間：「曲終收撥當心畫，四弦一聲如裂帛。」她忽然用撥子在琵琶的中腰一劃，四根弦同時俱響，發出撕碎綢緞一樣的脆利的聲響。她的彈奏，戛然而止。

轉筆再寫周圍的環境氣氛：「東舟西舫悄無言」，許多圍攏來的船隻，趕來聆聽琵琶的聽眾，都像著了魔似的沉浸在樂聲中，一時都默不作聲。「唯見江心秋月白」，只見江心中反映著皎潔的月光，隨波蕩漾！

㈤第三節寫琵琶女自述身世。「沉吟放撥插弦中，整頓衣裳起斂容。」此聯是兩節關之過渡，上句結束上文之彈奏，下句準備下文之自敘。「斂容」是寫琵琶女嚴肅的面部表情。

「自言」二字總提以下二十二句，述其身世，可分上下兩段：

上段十二句，自述昔日年輕時獻技之盛況：

首言籍貫：「本是京城女，家在蝦蟆陵下住。」「蝦蟆陵」在長安東南，傳有西漢大儒董仲舒之墓。行人過此皆下馬，以表恭敬。原稱「下馬陵」，後來訛傳為「蝦蟆陵」。唐時是遊樂場所，可見她生長在花花世界，見過大場面。

至於技藝：「十三學得琵琶成，名屬教坊第一部。」她年幼即學琵琶有成。玄宗開元年間，設內教坊於蓬萊宮附近，又在京城延政坊、光宅坊分設左右教坊，以教俗樂。琵琶女屬於外教坊，第一部是最優秀的一隊。此二句寫自己學習琵琶之略歷。

「曲罷曾教善才伏，妝成每被秋娘妒。」「善才」意謂高手，指序文中所說之穆、曹等著名樂師。「伏」是敬服。唐代樂伎多以「秋娘」為名，在此泛指名妓。此聯言自己之技高貌美。

繼述自己紅極一時之盛況：「五陵年少爭纏頭，一曲紅綃不知數。」「五陵」指漢代之長陵、安陵、陽陵、茂陵，與平陵，皆帝王墳墓。在長安郊外，是唐代貴族聚居之地，故「五陵年少」泛指長安之富貴人家子弟。「纏頭」是唐代女子裝飾，歌舞女子用羅錦纏頭。「爭纏頭」是互相競爭著以細綢薄紗等賞賜她。後來漸以錢物代替綢紗。她奏一曲下來，不知道這些富貴子弟們賞賜她多少綢紗與錢財。

「鈿頭雲篦擊節碎，血色羅裙翻酒污。」寫她獻藝時大家狂歡的情態。「鈿頭雲篦」，是鑲有金鈿的密齒髮梳。「擊節碎」描寫這些五陵少年們在聽她演奏時為她打拍子，將「鈿頭雲篦」都擊碎，極寫他們捧場時如癡如狂的神態。而她「血色羅裙」也被打翻的「酒」染「污」。她相對的也戲謔盡歡。

「今年歡笑復明年，秋月春風等閒度。」總結青年時獻藝享樂生活。

下段十句言今日之淒涼境遇：

「弟走從軍阿姨死，暮去朝來顏色故。」上句言親屬之遠離與死亡。「阿姨」通常指母親之姊或妹。但唐代教坊中，女子稱同性友好為姊妹，故亦可能泛指當年之女友。下句言自己逐漸衰老。

「門前冷落鞍馬稀，老大嫁作商人婦。」上句與當年「五陵年少爭纏頭」等向她追逐的情況，成鮮明地對照。下句言之自己年老，不得不「嫁作商人婦」。

以下緊接寫她作商人婦之境遇：「商人重利輕別離」，作商人婦不得不面對之問題。「前月浮梁買茶去」，直說到現時。「去來江口守空船」。「守空船」因商人之遠去，此三字包含說不盡苦情。

「繞船月明江水寒」四周環境，何等淒涼！

「夜深忽夢少年事」，夢憶年少時獻藝之盛況，回應上文。「夢啼妝淚紅闌干」，少年時一去不返，夢醒來眼淚與脂粉混合在滿臉。「闌干」是淚流縱橫的樣子。不知此「紅」的是脂粉，還是血？

㈥詩人寫到自己：

「我聞琵琶已歎息」，回應第二節之聽到琵琶之彈奏。「又聞此語重唧唧」，回應第三節之聽到琵琶女之身世。「唧唧」亦是嘆息之聲，此兩句承上。

「同是天涯淪落人，相逢何必曾相識？」言我和妳同樣來自京師，現在同樣是淪落在此天涯。我倆同樣孤獨，同樣處境悽涼，同樣有不平身世。現在偶然相逢，在琵琶上，妳會彈，我會聽。我從妳的琵琶聲中，可以聽到妳的心聲，我倆是知音。雖然我倆初次會面，可是這一見之下，我好像已經很瞭解妳。現在偶然相逢，即成知交。又何必過去互相認識呢？此兩句是詩人之感慨，強調他與琵琶女之間感情上之共鳴。

以下十四句是詩人之自述：

先從自己之淪落說起：「我從去年辭帝京」，特意提起「帝京」，因琵琶女「本是京城女」，妳我同源。「謫居臥病潯陽城」，「潯陽城」是現居之地。「謫」居是詩人之遭遇，已屬不幸。「臥病」是詩人之近況，更感痛苦。即此一句，已總括詩人可悲之際遇。

「潯陽地僻無音樂，終歲不聞絲竹聲。」上句頂真承前句之「潯陽城」。「地僻」呼應前文之

「天涯」。古人常將非故鄉之地皆稱之為「天涯」，「天涯」幾乎與「異鄉」同義。「絲」泛指弦樂器，「竹」泛指管樂器，下句不聞「絲竹聲」，即補充地說上句之「無音樂」。

「住近湓江地低濕，黃蘆苦竹繞宅生。」寫所居之環境。「其間旦暮聞何物？杜鵑啼血猿哀鳴」。所聞者，只有杜鵑「不如歸去」之啼聲。與猿猴哀切之悲鳴。

「春江花朝秋月夜，往往取酒還獨傾。」春江花朝與秋江月夜，本是良辰美景；因無樂助興，有酒只好獨傾。「豈無山歌與村笛？嘔啞嘲哳難為聽。」縱有山歌村笛，不能算是音樂，聲音噪雜，難於入耳。

所以，「今夜聞君琵琶語，如聽仙樂耳暫明。」注意此段詩人自述苦情。除在開始時概括地道出「謫居臥病」後，即從無音樂之角度申述，為今夜聞樂耳明之聯蓄勢。反襯聽到琵琶彈奏之可喜，隱含對琵琶女之感謝，抱緊詩題之〈琵琶行〉。

「莫辭更坐彈一曲」，詩人意猶未足，感到「此樂只應天上有，人間那得幾回聞？」請求琵琶女留下來，再奏一曲。同時，詩人並自願：「為君翻作〈琵琶行〉」，作為回報。「翻作」是依曲作詞，因為「行」是沿用樂府曲調。

(七)篇末六句，寫再奏琵琶一曲，作為餘音。

「感我此言良久立」，琵琶女為我這一番話所感動，站立了一會兒。想一想後，「卻坐促弦弦轉急。」她退回原位坐下，把弦拉得更緊，弦聲轉而變得急促。

「淒淒不似向前聲」，對她的彈奏只此一句，不再重複描寫，使全篇有繁有簡。處理材料，有濃有淡。變化中保存完整的章法。

「滿座重聞皆掩泣」，寫聽眾之感受。雖然詩中對於重奏描寫不詳，而聽眾之反映卻極其強烈，可見其樂聲感人之深！

最後，頂真聽眾掩泣，突出「座中泣下誰最多？江州司馬青衫濕。」以詩人自己作結，結束全篇。按唐代官服制度，青衫是八、九品之文官所服。其時詩人之官職雖為江州司馬；根據考證，實際上，他的官階是將仕郎，屬九品文官，故云「青衫濕」。

(八)詩人是唐代詩人中最多產的一位。在其數千詩作中，〈長恨歌〉與〈琵琶行〉是他最著名的兩首長詩。本書在眾多唐人古詩中，亦選錄其古詩最多，對於〈長恨歌〉與本詩，亦不厭其詳地加以析賞。

在主旨方面，這首詩作於貶謫之際。他藉琵琶女之彈奏與自述身世，表達他自己之感受與感慨。全篇的樞紐，是「同是天涯淪落人，相逢何必曾相識？」《唐宋詩醇》說此詩：「滿腔遷謫之感，借商婦以發之。有同病相憐之意焉」。蓋以其時詩人「謫居臥病潯陽城」，與琵琶女同樣自京城淪落潯陽；二人年輕時在長安各以詩文與技藝，名噪一時；二人之階級與身分雖然有異，不幸的遭遇皆大致相同，故而「同病相憐」。加以在琵琶上，善彈善聽，知音同好。是以琵琶女樂為彈奏，詩人亦願為賦詩，以紀其事。琵琶女之名不詳，其音不得再聞。而詩人之〈琵琶行〉，因寫得太好，卻千古不朽！

除「同病相憐」外，此時之另一主旨，在抒「遲暮之感」。第三節琵琶女自述身世中，說她自己年老色衰，「門前冷落鞍馬稀，老大嫁作商人婦。」歎息今昔不同中，顯有不勝遲暮之感。詩人此時年四十五歲。唐代文人年逾不惑時，恆自覺年老。加以此時剛由帝京貶來「地僻」、「無音樂」之地。春江秋月，取酒獨傾。舊事不堪回首，前途渺茫無望。當然亦有遲暮之感。（雖然後來詩人活到七十五歲，老來官運亨通，但在作此詩時，非其可能預見。）

㈨第四節中詩人自述苦情時，在「謫居臥病潯陽城」後，其苦情皆在「無音樂」之角度上。雖有哀怨，但對貶謫事，並未作政治上之反彈。這是儒家之所謂「哀而不傷，怨而不怒」的「溫柔敦厚」的詩教之旨。同時，其陳述苦情在「無音樂」方面，亦是不離〈琵琶行〉之主題。

㈩在內容方面，這是一首敘事詩，以詩歌來敘述一個聽琵琶的故事，故事的中心是彈琵琶。他對於琵琶的彈奏，寫得極其精采。他將演奏的開始與終止，彈琵琶的各種指法與姿態、琵琶音量的大小、節拍的快慢，皆有非常精細的描繪。且用各種具體的形象，作鮮明生動的比喻。並且寫出曲中所表現之情感，與聽眾之反應，面面俱到，有聲有色，可說是描寫音樂中空前絕後的傑作。

㈩㈠此詩在適當的場合，嵌入景物之描寫，以作敘事的背景，佈下抒情的氣氛，使此詩成為敘事抒情的結晶體。在寫景中，三次利用「江月」二字：在送別中，未聽到琵琶前：「醉不成歡慘將別，別時茫茫江浸月」。聽過琵琶後：「東舟西舫悄無言，唯見江心秋月白」。琵琶女現時的處境：「去來江口守空船，繞船月明江水寒」。皆善於運用同樣景物，佈景抒情，使詩歌情景並融。

(十二)此詩中之主要人物，當然是琵琶女與詩人自己。第一節中，由詩人引出琵琶女。第二節專寫琵琶女之彈琵琶，附入詩人對琵琶樂聲之感受。第三節琵琶女自述身世，第四節詩人自述苦情。

寫琵琶女初出場時：「千呼萬喚始出來，猶抱琵琶半掩面」。彈過琵琶後：「沉吟放撥插弦中，整頓衣裳起斂容」。被請再彈一曲時：「感我此言良久立，卻坐促弦弦轉急」。描寫琵琶女之神態舉止，在在顯示中國古代婦女高雅矜持的形象，高尚而不倨傲的品格，友善而不逢迎的態度，非常適合她的身分與處境。

至於詩人自己，從「潯陽江頭夜送客」開始，至「座中泣下誰最多」終結，中間浸入他自述「無音樂」之苦情，與聽琵琶時之感受，全篇人物生動，文情並茂。

(十三)王定保《唐摭言》載，據說唐宣宗有詠白居易詩，末云：「童子解吟〈長恨〉曲，胡兒能唱〈琵琶〉篇，文章已滿行人耳，一度思鄉一愴然。」由此可見此詩在唐時受人喜愛之程度，與流傳之廣；其膾炙人口，傳誦千古，自不待言矣。

畫竹歌 並引

協律郎蕭悅善畫竹，舉時無倫，蕭亦甚自秘重。有終歲求其一竿一枝而不得者。知予天與好事，忽寫一十五竿，惠然見投。予厚其意，高其藝，無以答貺，作歌以報之。凡一百八十六字云。

植物之中竹難寫，古今雖畫無似者。蕭郎下筆獨逼真，丹青以來唯一人。人畫竹身肥臃腫，蕭畫莖瘦節節竦。人畫竹梢死羸垂，蕭畫枝活葉葉動。不根而生從意生，不筍而成由筆成。野塘水邊碕岸側，森森兩叢十五莖。嬋娟不失筠粉態，蕭颯畫得風煙情。舉頭忽看不似畫，低耳靜聽疑有聲！西叢七莖勁且健，省向天竺寺前石上見。東叢八莖疏且寒，憶曾湘妃廟裡雨中看。幽姿遠思少人別，與君相顧空長歎！蕭郎蕭郎老可惜，手顫眼昏頭雪色。自言便是絕筆時，從今此竹尤難得！

【語譯】

植物之中，竹很難畫；從古到今雖不乏畫竹之人，但沒有人能將竹畫得很像竹的。唯獨蕭郎畫竹逼真，自有繪畫以來，畫竹如此像的，只有他一人。別人畫的竹子，竹身臃腫；蕭郎畫的竹子，竹莖挺瘦，節節聳立。別人畫的竹子，竹梢頭萎靡下垂，沒有生氣；蕭郎畫的竹子，枝葉活動，生氣盎然！

蕭郎畫的竹子，不是由根生出，也不是由筍長成，是從他的藝術構思中，運筆繪出。在他畫的這幅上，野塘水邊彎曲的岸旁，生長著十五莖、分成兩叢的竹子。那些竹子畫得維妙維肖：美好的形態中沒有失掉竹皮上的細粉；在風煙中，充溢著蕭颯的情態。觀者抬起頭來，看到的不像是畫，而忽然間竟是真的竹子；低耳靜聽，似乎還聽到風吹竹葉的蕭蕭聲音！

那西邊一叢的七竿竹子，畫得勁健挺拔；我記得曾經在天竺寺前的石上見過。那東邊一叢的八竿竹子，畫得疏朗清寒；我回憶中在湘妃廟裡雨中看過。那些竹子所表現出的幽雅姿態和含有高遠的思想，很少人能夠識別領會。我和你只面面相顧，徒然長歎了！

蕭郎啊蕭郎，可惜您年紀已老。現在您手顫眼昏，頭髮雪白。您說現在是您將絕筆的時候，這幅畫竹就更加難得了！

【析賞】

㈠蕭悅，蘭陵（今山東臨沂）人，「協律郎」是其官名。善畫竹，畫竹一幅贈予詩人。詩人感謝他的厚意，歎賞他的藝術，作此詩以答謝之。

㈡此詩首段八句，言畫竹甚難，指出蕭郎善畫竹，以及蕭郎畫竹與眾不同之處。

㈢第二段八句，詳寫蕭郎所畫與所贈之畫竹，先言蕭畫之特點與美妙之處：「舉頭忽看不似畫，低耳靜聽疑有聲！」繪色繪聲，極讚蕭畫之幾可亂真！杜甫〈丹青引贈曹將軍霸〉中，極讚曹霸畫馬之維妙維肖云：「玉花卻在御榻上，榻上庭前屹相向。」說御榻所懸之畫馬，與宮殿赤墀下之玉花馬完全相同。杜詩與白詩，皆誇張地說畫得酷似實物。然杜詩只說到其形相同而已，白詩更說「低耳靜聽疑有聲」，將蕭畫更說得更「神乎其技」矣。白氏能將誇張手法運用到這種程度，也可說是「神乎其技」！

㈣第三段六句分寫又合寫畫中之兩叢竹子。「天竺寺」在杭州西山，以產竹著稱。「湘妃廟」在湖南洞庭湖君山上。湘妃竹上據傳有舜妃為哀舜死而哭的眼淚，是唐代哀情詩中常引用之物。詩人特意舉出蕭畫中之竹，他曾在此兩處見過，大大增加此畫與此詩之情味！

㈤末段四句嘆惜蕭郎年老，此畫是其絕筆之作。「從今此竹尤難得」倍增此畫之價值，隱含詩人對蕭郎贈予此畫，不勝感激之情！

㈥此詩謀篇、佈局、措辭、立意，皆屬上乘，詠畫與人俱到，文情並茂！

㈦詩人愛竹，三十二歲時，對其常樂里住所前所種之竹，曾作〈養竹記〉，將竹之各種特質象徵君子之德行，可當作一篇〈竹頌〉讀之。摘錄於次：「竹似賢，何哉？竹本固，固以樹德；君子見其本，則思善建不拔者。竹性直，直以立身；君子見其性，則思中立不倚者。竹心空，空以體道；君子見其心，則思應用虛受者。竹節貞，貞以立志；君子見節，則思砥礪名行，夷險一致者。」

㈧詩人詠竹之詩甚多，本書已選錄其數首古詩。另外，他尚有〈贈元稹〉詩，句云：「無波古井水，有節秋竹竿。」後來元稹〈種竹〉告白詩云：「昔公憐我直，比之秋竹竿；秋來苦相憶，種竹廳前看。」白乃酬之以詩：「昔我十年前，與君始相識，曾將秋竹竿，比君孤且直。中心一以合，外事紛無極；共保秋竹心，風霜侵不得。始嫌梧桐樹，秋至先改色。不愛楊柳枝，春來軟無力。憐君別我後，見竹長相憶；常欲在眼前，故栽庭戶側。分首今何處？君南我在北。吟我贈君詩，對之心惻惻！」詩人與其至友元稹，以竹互勵，可見其愛竹之深！

不能忘情吟並引

樂天既老，又病風。乃錄家事，會經費，去長物。妓有樊素者，年二十餘，綽綽有歌舞態，善唱楊枝，人多以曲名名之，由是名聞洛下，籍在經費中。將放之。馬有駱者，駔壯駿穩，乘之亦有年，籍在經物中。將鬻之。圉人牽馬出門，馬驤首反顧一鳴，聲音間似知去而旋戀者。素聞馬嘶，慘然立且拜，婉孌有辭（辭具下）。辭畢，泣下。予聞素言，亦愍默不能對。且命回勒反袂，飲素酒，自飲一杯，快吟數十聲。聲成文，文無定句，句隨吟之短長也，凡二百五十五言。噫，予非賢達，不能忘情，又不至於不及情者。事來攪情，情動不可柅。因自哂，題其篇曰：「不能忘情吟」。吟曰：

鬻駱馬兮放楊柳枝，掩翠黛兮頓金羈。馬不能言兮長鳴而卻顧，楊柳枝再拜長跪而致辭。辭曰：

「主乘此駱五年，凡千有八百日，銜橛之下，不驚不逸。素事主十年，凡三千有六百日，巾櫛之間，無違無失。今素貌雖陋，未至衰摧。駱力猶壯，又無虺隤。即駱之力，尚可以代主一步；素之歌，亦可以送主一杯。一旦雙去，有去無回！故素將去，其辭也苦。駱將去，其鳴也哀。此人之情也，馬之情也，豈主君獨無情哉？」

予俯而嘆，仰而咍，且曰：

「駱，駱，爾勿嘶！素，素！爾勿啼！駱反廄！素反閨！吾疾雖作，年雖頹，幸未及項籍之將死；何必一日之內，棄騅兮而別虞兮？」

乃目素兮素兮，為我歌〈楊柳枝〉！我姑酌彼金罍，我與爾歸醉鄉去來！

【語譯】

我將出賣白色黑鬣尾的馬，外放家妓楊柳枝。把青翠畫眉的顏料收起，金色的馬轡整妥。馬不能講話，只長鳴而回顧。楊柳枝卻向我跪下而向我進言，她陳訴道：

「主人您乘此馬五年，有一千八百日之久，這馬在您坐下，不驚不逃。我服侍您十年，三千六百日中，換衣梳洗之間，從來沒有違反您的意思或有什麼過失。現在我雖然醜陋，還未至於衰老。這馬體力仍然強壯，又沒有瘡傷。這馬的力量，還可以代您走一步；我的歌唱，也可以奉您酒一杯。一旦馬和我都走了，這一走就不再回來！所以我將離開時，我的話很苦。馬將離開時，它的叫聲也很悲哀。這是人的情，馬之情，難道主人您單獨就沒有情嗎？」

我低首聽了嘆息，抬起頭來，仰天大笑，就說：

「馬，馬，你不用叫了！素，素，妳不要哭了！馬回到馬房去！素回到閨房去！我雖然有病，年紀雖老，僥幸還沒有到項籍將死的時候；何必在一天之內，像他那樣地放棄烏騅馬而與虞姬告別呢？」

我於是眼看樊素，看了又看，說要妳為我唱〈楊柳枝〉罷！我姑且在金樽中給妳斟杯酒，我要與妳暢飲一番，回到醉鄉裡去！

【析　賞】

此詩寫一軼事，以敘「無情」之舉始，而抒「有情」之果終，引用項籍垓下被圍之悲劇，相提並論。反襯詩人最後之決定，強力有味！

達哉樂天行

達哉達哉白樂天！分司東都十三年。七旬才滿冠已掛，半祿未及車先懸。或伴遊客春行樂，或隨山僧夜坐禪。

二年忘卻問家事，門庭多草廚少煙。庖童朝告鹽米盡，侍婢暮訴衣裳穿。妻孥不悅甥姪悶。而我醉臥方陶然。

起來與爾畫生計，薄產處置有後先：先賣南坊十畝園，次賣東郭五頃田。然後兼賣所居宅，彷彿獲緡二三千。半與爾充衣食費，半與吾供酒肉錢。

吾今已年七十一，眼昏鬚白頭風眩。但恐此錢用不盡，即先朝露歸夜泉。未歸且住亦不惡，飢餐樂飲安穩眠。

死生無可無不可，達哉達哉白樂天！

【語　譯】

從略。

【析　賞】

㈠此詩是詩人死前四年之作，其時詩人七十一歲，辭去刑部尚書職位，完全退休。

㈡此詩大致可分四段：首段六句，總寫退休；次段六句，家事仍待處理；第三段八句，詳寫產業之處理；第四段六句，再寫自己之身體與心態。

㈢此詩本甚平凡，其佳處與中心，在最後兩句：「死生無可無不可」，是全篇之主題思想；結尾再歎「達哉達哉白樂天！」與篇首呼應，可見詩人豁達之情，可謂達之至矣！

賈　島

賈島（七七九——八四三），字閬仙（一作浪仙），范陽（今北京）人。早歲落拓為僧，為韓愈所賞識，勸之還俗。後來進士及第，官只做到長江主簿。詩以苦吟著稱，著有《長江集》十卷。

五古

古意

碌碌復碌碌，百年雙轉轂！志士終夜心，良馬白日足！
俱為不等閒，誰是知音目？眼中兩行淚，曾吊三獻玉！

【語譯】人生百年的時光，如車輛的雙輪轉動，在轡聲碌碌中，單調地溜走。有志氣的人深思竭慮，夙興夜寐，盡日奔走，馬不停蹄。皆是想有所建樹，不負此生。可是，哪裡能遇到知音賞識的人呢？思念及此，我的兩行眼淚，不禁為著同情那三番獻玉的卞和而流了。

【析賞】

㈠此詩是擬古句法。首句「碌碌復碌碌」即模擬〈古詩十九首〉之〈行行重行行〉。全詩聲律與韻味，皆近於古體。「碌碌」兩字在音響上模擬轉轂聲響。同時在字義上，兼示自己百年時光，忙忙碌碌，一事無成。

㈡次聯抒懷。「志士」喻有抱負。「良馬」喻有才能。「終夜心」、「白日足」，喻盡心竭力。

㈢腹聯寫自己奮發思有作為，而知音難遇。千里馬而無伯樂賞識。伯牙琴弦中高山流水之音，無鍾子期來欣賞。

㈣末聯為懷才見棄而興悲，借用和氏獻玉的典故。按《韓非子》載：楚人和氏懷未經琢理之璞玉，獻給楚厲王。王命玉人檢定，認為是石頭，斷定和氏欺誑之罪，刖去其左足。楚武王即位，和氏再獻璞玉，又為玉人檢定為石頭，刖去其右足。至文王即位時，和氏痛哭三日三夜。王問其故，和氏曰：「我不為刖足而悲傷，所悲者乃璞玉被認作石頭，貞士被誣為誑人！」文王命玉人琢理其璞玉，果得寶璧。詩人引用典故，為千古懷才棄置之士悲傷。此詩中詩人雖未直接說自己是和氏之璧，然悲歎和氏之被誣，實亦自哀長才之不見用於世也。

㈤清代吳喬《圍爐詩話》推崇此首〈古意〉為詩人詩集中之最佳者。認為：「清絕！有孟襄陽不能過者，其句多深思靜會得之！」

張祜

張祜（七九二——八五二），字承吉，清河（今河北清河）人，擅作宮詞。令狐楚薦之於朝，為元稹所抑。杜牧稱讚他：「誰人得似張公子，千首詩輕萬戶侯」。

樂府

車遙遙

東方曨曨車軋軋，地色不分新去轍。閨門半掩床半空，斑斑枕花殘淚紅。
君心若車千萬轉，妾身如轍遺漸遠。碧川迢迢山宛宛，馬蹄在耳輪在眼。
桑間女兒情不淺，莫道野蠶能作繭！

【語　譯】

東方天色微明，車聲軋軋地響。地上分辨不出那些是新去的車印。閨房門半掩著。丈夫剛才出門。房裡床上一半空著，枕頭上紅淚斑斑。

夫君的心像車輪一樣，常有很多的轉動；我做妻子的卻像車印一樣被遺留下來，與你隔離越行越遠。你這一去水路茫茫，山巒屈曲。我耳朵還聽到你馬蹄的聲音，眼睛還看到車輪的轉動。

路上多情的女子是有，但野蠶不能作繭。不要想說和她們結交、會有好的結果啊！

【析　賞】

㈠〈車遙遙〉是樂府古題，屬雜曲歌辭。

㈡首寫丈夫清晨離家，枕上斑斑紅淚。顯示離別前夕，不知流了多少眼淚。

㈢第三、四聯，皆是上句寫夫君之去，下句寫己身之留。

㈣末聯「桑間」即「桑間濮上」之意，是男女幽會之所。《漢書・地理志》：「衛地有桑間濮上之阻，男女亦亟聚會，聲色生焉。」「莫道野蠶」句，言野蠶不能作繭。故最後二句勸誡大夫「路旁野花不要採」！

㈤此詩寫夫婦離別，丈夫清晨遠出，妻子眼看夫君離別，苦於不能相隨之憂慮心情！

劉駕

劉駕，字司南，大中六年（八五二）進士。官國子博士，以古詩鳴於時。《全唐詩》編存其詩一卷。

五古

棄婦

回車在門前，欲上心更悲。路旁見花發，似妾初嫁時。
養蠶已成繭，織素猶在機。新人應笑此，「何如畫蛾眉？」
昨日惜紅顏，今日畏老遲。良媒去不遠，此恨今告誰？

【語譯】

回娘家的車子在門前。我將登上車時，心裡更感悲傷。看到路旁花開，還像我初嫁來時一樣。

我辛辛苦苦養的蠶，現已成繭。我織的那匹沒有花紋的布，仍然在織機上面。我丈夫新娶的女子，看了我做這些養蠶織布的家事，一定要笑我：「何不去畫畫眉，打扮打扮呢？」

昨日還憐惜愛護我的美貌，今日就嫌惡我年華老去。撮合我倆的媒人似不久前才來的，而如今心中的怨恨要向誰抒發呢？

【析賞】

㈠上半寫棄婦登車返回娘家，見路花想起初嫁之時；而今日被迫離去，不勝今昔之感。

㈡下半寫養蠶織素，皆自己在夫家之業績。顯示其是一勤勞善良之妻子。「新人應笑此」，隱示新人之以姿色媚人，反映自己被棄之由。

㈢此詩委婉地描繪一善良婦女被迫離婚之心情。用新婦責怪之語，噴出自己內心之怨恨，妙絕！

陸龜蒙

陸龜蒙（八三〇—八八一），字魯望，吳郡（今江蘇蘇州）人。少高傲，曾應進士試落選。嗜茶病酒，不與流俗交，歸隱松江甫里。著有《甫里集》，《全唐詩》編存其詩十九卷。

五古

別 離

丈夫非無淚，不灑離別間。杖劍對樽酒，恥為遊子顏。
蝮蛇一螫手，壯士即解腕。所志在功名，離別何足歎？

【語 譯】

大丈夫不是沒有眼淚，只是不在離別的時候來灑。手持著寶劍，面對著一杯酒，作出遊子難離難捨的樣子，是可恥的事。

毒蛇一咬手，壯士立刻就將手腕斬掉。志在爭取功名，必要時離別，有何值得歎息的事？

【析 賞】

㈠此詩前四句，不用送別老套，首先即宣稱大丈夫不輕灑淚，不在別離時作小兒女態。第三句「杖劍對樽酒」，勾勒出其剛強堅毅形象，一派大丈夫志在四方之氣概！

㈡《前漢書．田儋傳》：「螫手則斬手，螫足則斬足」。詩人下段五、六句言我之決意離去，譬如蝮蛇螫手，疾斬此腕。作壯語表示當機立斷，提得起、放得下的氣慨。

㈢最後兩句，宣示建功立業之志向，一往直前，與首句呼應。

略舉引用書目

《詩經》 孔丘刪定 中華書局
《楚辭》 屈原等 世界書局
《史記》 司馬遷 商務印書館
《漢書》 班固 中華書局
《新唐書》 歐陽修、宋祁 中華書局
《古詩十九首繹》 姜任脩撰 學海書局
《樂府詩集》 郭茂倩 中華書局
《九家集注杜詩》 郭知達 上海古籍出版社
《歲寒堂詩話》 張　戒 藝文印書館
《詩藪》 胡應麟 正生書局
《唐詩歸》 鍾　惺 清刻本

《唐詩評選》	王夫之	藝文印書館
《薑齋詩話》	王夫之	藝文印書館
《李太白集注》	王　琦	中華書局
《杜臆》	王嗣奭	中華書局
《杜詩詳注》	仇兆鰲	中華書局
《讀杜心解》	浦起龍	中華書局
《說詩晬語》	沈德潛	中華書局
《唐詩別裁》	沈德潛	商務印書館
《昭昧詹言》	方東樹	廣文書局
《全唐詩》	清康熙敕令翰林院編	明倫出版社
《唐宋詩醇》	清乾隆御批翰林院撰	中華書局
《古唐詩合解》	王堯衢	文化圖書公司
《唐宋詩舉要》	高步瀛	世界書局
《峴傭說詩》	施補華	藝文印書局
《廣韻》	陳彭年、邱雍等撰	黎明出版公司
《集韻》	丁度等編	新興書局

《中國文學史大綱》 楊蔭深 商務印書館
《中國文學史》 葉慶炳 廣文書局
《中國詩學・設計篇》 黃永武 巨流圖書公司
《中國詩學・鑑賞篇》 黃永武 巨流圖書公司
《中國詩學・思想篇》 黃永武 巨流圖書公司
《寒山子研究》 陳慧劍 東大圖書公司
《李白傳記》 小尾郊一 萬盛出版公司
《李白詩賞析》 李正治 偉文圖書公司
《三李詩鑑賞辭典》 宋緒連、初旭主編 吉林文史出版社
《世事波舟（古體詩選）》 李正治 遠景出版公司
《論李杜詩》 周紹賢 中華書局
《杜甫評傳》 陳香 國家出版社
《杜甫》 森野繁夫 萬盛出版公司
《杜詩研究》 劉中和 益智書局
《杜詩賞析》 陳文華 偉文圖書公司
《杜甫心影錄》 黃坤 中華書局

《白居易傳記》 太田次男 萬盛出版公司
《唐詩三百首欣賞》 蘅塘退士 上海印書館
《唐詩的天空》 程千帆等 蘭亭書店
《唐詩賞論》 初國卿 遼寧人民出版社
《唐詩名篇精賞》 宋恪震 中州古籍出版社

古籍今注新譯叢書

書種最齊全
注譯最精當

【文學類】

新譯詩經讀本	滕志賢注譯	葉國良校閱
新譯楚辭讀本	傅錫壬注譯	
新譯文心雕龍	羅立乾注譯	李振興校閱
新譯世說新語	劉正浩等注譯	
新譯古文觀止	謝冰瑩等注譯	
新譯千家詩	邱燮友、劉正浩注譯	
新譯詩品讀本	成林等注譯	黃志民校閱
新譯花間集	朱恒夫注譯	耿湘沅校閱
新譯唐詩三百首	邱燮友注譯	
新譯宋詞三百首	汪　中注譯	
新譯元曲三百首	賴橋本、林玫儀注譯	
新譯唐人絕句選	卞孝萱等注譯	齊益壽校閱
新譯人間詞話	馬自毅注譯	高桂惠校閱
新譯幽夢影	馮保善注譯	黃志民校閱
新譯曹子建集	曹海東注譯	蕭麗華校閱
新譯阮籍詩文集	林家驪注譯	簡宗梧等校閱
新譯陶淵明集	溫洪隆注譯	齊益壽校閱
新譯駱賓王文集	黃清泉注譯	陳全得校閱
新譯昌黎先生文集	周啟成等注譯	陳滿銘等校閱
新譯杜牧詩文集	張松輝注譯	陳全得校閱
新譯范文正公選集	王興華等注譯	葉國良校閱
新譯王安石文集	沈松勤注譯	王基倫校閱

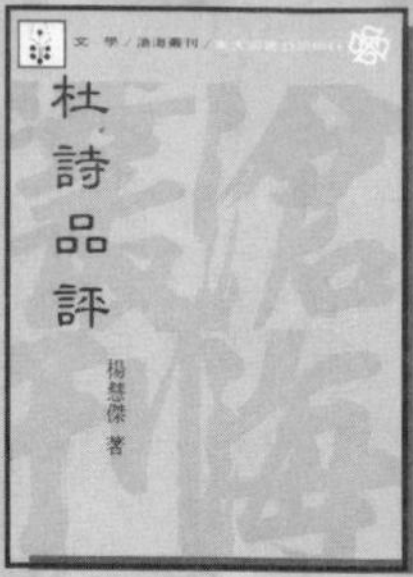

杜詩品評

楊慧傑

本書所選杜詩，分為三個時期，表現其不同時期詩之特色與生活之基調。第一期：自唐開元二十年至天寶五年，此一時期之共同特色，是豪邁、放蕩與清狂。第二期：天寶五年至乾元二年，此為一生中最不幸、最痛苦之年代。朝代之衰敗、人民之疾苦，個人之窮困，皆充分反映在其詩篇中。第三期：前元二年至大曆五年，晚年在草堂雖嘗有閒逸之情趣，喜悅之心情，但為時短暫，大部分之時光，依舊淒涼潦倒，甚至居無定所，到處飄泊。

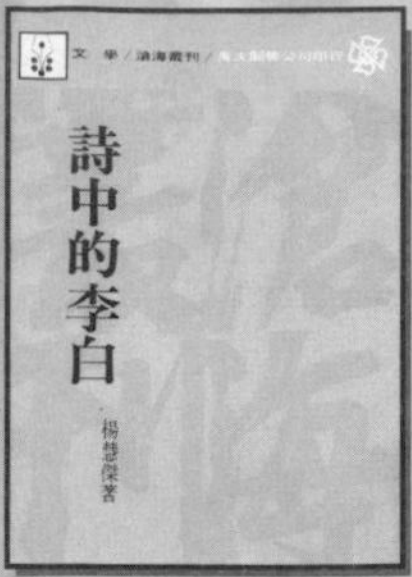

詩中的李白

楊慧傑

中國文學史上，由於受「文以載道」論之影響，評論詩人之準則，不免「德」優勝於「才」。在此標準下，李白竟被文評家以「酒色之徒」視之，其用世之心，以及蒼生之念，往往被忽視，本書主旨，即在為其辯解。其次，有關李白生平，可信之考據不多，因此歷來眾說紛紜，莫衷一是，作者認為要想了解真正的李白，必須從其詩中去探索，方不致失去其真正之面貌。

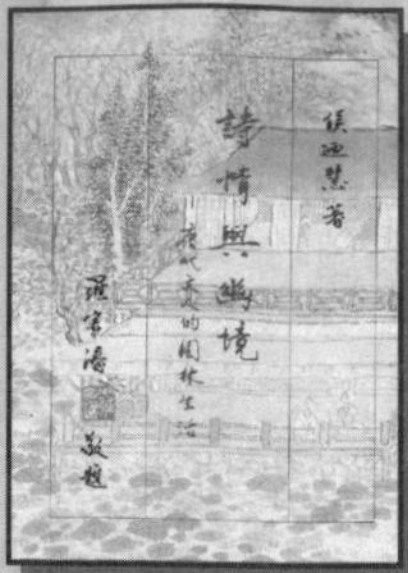

詩情與幽境—唐代文人的園林生活

侯迺慧

本書根據唐代文人的自述詩文，釐出唐代文人造園的寫意手法、理念及藝術化成就；呈現其園林生活的內容、型態與吏隱等調和兼融的精神特質；由文人賦予園林的功能和職責，說明了園林生活對唐詩興盛的促進與風格特色的影響；闡述了樂園實現的園林觀和唐代文人逍遙神遊、道藝合一的美感境界；並揭示其對詩、園、畫等山水藝術相啟發相轉換所做的實踐與貢獻。

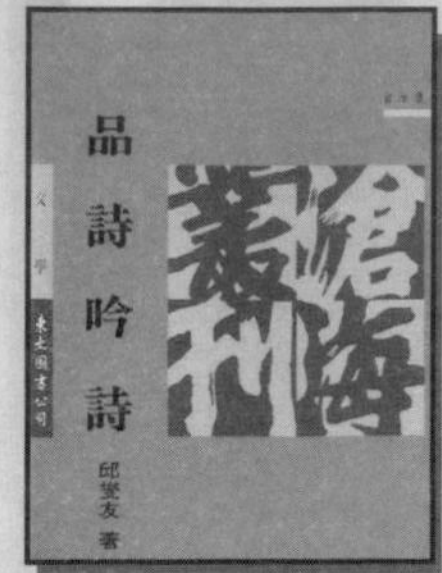

品詩吟詩

邱燮友

詩歌可愛，無論詩趣、詩情、詩意、詩境或詩聲，都是永遠引人入勝的地方。內容可分兩大類：一類是「品詩」部分，包括評品詩歌樂府的內涵、詩趣的構成、主題的轉變、以及寫作技巧的分析、詩歌的時代功能。另一類是「吟詩」部分，探討詩詞曲古譜的由來、吟誦的規則和方法、以及新詩朗誦的探述。